MW01626436

Ю. Гиппенрейтер

Самая важная книга для родителей

Издательство АСТ
Москва

УДК 159.922.7
ББК 88.8
Г50

Дизайн обложки К. Елькиной
Иллюстрации Е.М. Белоусовой, Г.А. Карасевой, Е.Н. Лимановой, В.В. Люлько, М.К. Петровой, М.Е. Федоровской

Гиппенрейтер, Юлия Борисовна.

Г50 Самая важная книга для родителей / Ю. Гиппенрейтер. – Москва : Издательство АСТ, 2019. – 752 с.

ISBN 978-5-17-083876-9

В это издание вошли бестселлеры профессора Ю. Б. Гиппенрейтер «Общаться с ребенком. Как?», «Продолжаем общаться с ребенком. Так?» и хрестоматия «Родителям: как быть ребенком» — книги, совершившие революцию в области воспитания и продолжающие окрылять родителей. Автор подробно рассматривает воспитательные нормы, бытующие в нашей культуре много десятилетий, — и показывает, почему они утратили эффективность. Юлия Борисовна доказывает, что не только с малышами, но и с трудными подростками отношения можно исправить всегда, — научившись общаться по-другому. И дает пошаговые инструкции к тому, как это сделать.

УДК 159.922.7
ББК 88.8

ISBN 978-5-17-083876-9

ПРЕДИСЛОВИЕ

В настоящее издание вошли три мои книги — «Общаться с ребенком. Как?», «Продолжаем общаться с ребенком. Так?» и «Родителям: Как быть ребенком (хрестоматия)». Эти книги объединяет общий гуманистический подход и направленность на практические задачи воспитания ребенка.

Гуманистический подход к человеку и человеческим взаимоотношениям, который составил идейную основу всех книг, противостоит авторитарному стилю воспитания детей, который долгое время бытовал в наших школах и семьях. Гуманизм в воспитании основан прежде всего на понимании ребенка — его нужд и потребностей, знании закономерностей развития его личности. Стиль общения, с которым вы познакомитесь в этих книгах, базируется на таких знаниях.

Первая книга — «Общаться с ребенком. Как?» — вышла в свет почти два десятилетия назад (1995) и неожиданно для автора стала бестселлером. Такой положительный прием, а также многочисленные вопросы и запросы читателей заставили меня продолжать думать над «уроками общения», оказавшимися столь практически полезными. В результате появилась вторая книга — «Продолжаем общаться с ребенком. Так?». В ней я попыталась удовлетворить потребности читателей, да и свои тоже, в более глубоком освещении тем, связанных с воспитанием детей и поведением самих родителей, которые были затронуты в первой книге.

Из своего педагогического и писательского опыта я знаю, как важно иллюстрировать каждую теоретическую мысль живыми примерами. Поэтому в обеих книгах привожу многочисленные реальные истории и сцены из жизни детей, а

также отрывки из детских воспоминаний. Вместе с тем меня не покидало ощущение, что конкретные факты, особенно личные свидетельства из детства, требуют еще большего внимания и пространства. Так родилась идея третьей книги: «Родителям: Как быть ребенком». В ее текстах звучат «голоса» детей, многие из которых стали знаменитыми взрослыми и при этом сохранили взволнованную память детства. В комментариях к каждому тексту я попыталась обсудить простую и поучительную мудрость этих голосов.

Несмотря на главную направленность всех текстов на воспитание ребенка, я сочла полезным затронуть и «взрослые» темы. Гармоничные отношения между взрослыми — необходимое условие эмоционального благополучия детей и их развития в целом. Поэтому родителям очень важно обращать внимание на стиль общения друг с другом и с окружающими. Надеюсь, что в книгах они найдут помощь и в этом отношении. Очень важно, чтобы в семье каждый умел по-настоящему слушать, искренне выражать свои эмоции, мирно разрешать конфликты, уважать уникальность и достоинство другого. Невозможно создать правильные отношения с ребенком, если нет мирной и доброжелательной атмосферы в семье в целом.

Приношу искреннюю благодарность всем, кто причастен к появлению моих книг. Многие родители, друзья, коллеги, известные и неизвестные мне читатели в личном общении и в письмах делились своими вопросами и проблемами, заботами и наблюдениями, ошибками, успешными пробами и замечательными достижениями. За ними всегда стояли их дети — живые, искренние, непосредственные, талантливые и одновременно нуждающиеся в нашей помощи. Так создавалось общее доброжелательное «поле», незримое сообщество людей, которые напряженно работают на благо и счастье детей и близких. Это поле обогащалось уникальным вкладом каждого и в свою очередь морально поддерживало каждого, в том числе и автора книги.

Особая благодарность моему мужу, Алексею Николаевичу Рудакову — неизменно терпеливому слушателю, собеседнику и консультанту по всем вопросам, которые когда-либо приходили и приходят мне в голову. Его ясный ум математика, широкая образованность и безошибочный вкус делали его принципиальным участником и судьей текстов всех книг. Все оставшиеся несовершенства отношу, конечно, на свой счет.

Профессор Ю.Б. Гиппенрейтер

Январь, 2013

книга первая

ОБЩАТЬСЯ С РЕБЕНКОМ. КАК?

МОЖНО ЛИ ЧТО-ТО ИСПРАВИТЬ? КАК?

(Из предисловия к первому и второму изданиям)

– Как построить нормальные отношения с ребенком?
– Как заставить его слушаться?
– Можно ли поправить отношения, если они совсем зашли в тупик?

Практика воспитания изобилует подобными «вечными» вопросами. Может ли психология помочь родителям, учителям, воспитателям в их решении?

Безусловно, может. В последние десятилетия психологи сделали ряд замечательных открытий. Одно из них — о значении стиля общения с ребенком для развития его личности.

Теперь уже стало бесспорной истиной, что общение так же необходимо ребенку, как и пища. Малыш, который получает полноценное питание и хороший медицинский уход, но лишен постоянных контактов со взрослым, плохо развивается не только психически, но и физически: он не растет, худеет, теряет интерес к жизни.

Анализ многочисленных случаев смерти младенцев в домах ребенка, проведенный в Америке и Европе после Первой мировой войны, — случаев, необъяснимых с одной лишь медицинской точки зрения, — привел ученых к выводу: причина — неудовлетворенная потребность детей в психологическом контакте, то есть в уходе, внимании, заботе со стороны близкого взрослого.

Этот вывод произвел огромное впечатление на специалистов всего мира: врачей, педагогов, психологов. Проблемы общения стали еще больше привлекать внимание ученых.

Если продолжить сравнение с пищей, то можно сказать, что общение может быть не только здоровым, но и вредоносным. Плохая пища отравляет организм; неправильное общение «отравляет» психику ребенка, ставит под удар его психологическое здоровье, эмоциональное благополучие, а впоследствии, конечно, и его судьбу.

«Проблемные», «трудные», «непослушные» и «невозможные» дети, так же, как дети «с комплексами», «забитые» или «несчастные», — всегда результат неправильно сложившихся взаимоотношений с ребенком и в семье в целом.

Мировая практика психологической помощи детям и их родителям показала, что даже очень трудные проблемы воспитания вполне разрешимы, если удается восстановить благоприятный стиль общения в семье.

Основные черты этого стиля определились в результате огромной работы психологов-гуманистов, теоретиков и практиков. Один из основателей гуманистической психологии — известный американский психолог Карл Роджерс — назвал его «личностно центрированным», то есть ставящим в центр внимания личность того человека, с которым ты сейчас общаешься. Большой вклад в гуманистические идеи воспитания и обучения внесли отечественные ученые, прежде всего Л. С. Выготский, А. Н. Леонтьев П. Я. Гальперин и др.

Психологи обнаружили, что большинство родителей, которые обращаются за психологической помощью по поводу трудных детей, сами в детстве страдали от конфликтов с собственными родителями. Специалисты пришли к выводу, что стиль родительского взаимодействия **непроизвольно «записывается»** (запечатлевается) в психике ребенка. Это происходит очень рано, еще в дошкольном возрасте, и, как правило, бессознательно.

Став взрослым, человек воспроизводит его как естественный. Таким образом, из поколения в поколение происходит социальное наследование стиля общения: большинство родителей воспитывают своих детей так, как их самих воспитывали в детстве. Из этого открытия был сделан важный вывод: родителей надо не только просвещать, но и **обучать на практике** способам правильного общения с детьми.

Этим и стали заниматься психологи. Во многих странах уже не одно десятилетие существуют «курсы общения» для родителей. В нашей стране такие курсы (их еще называют «группами» или «тренингами») также приобрели большую популярность, хотя их, конечно, все еще слишком мало, чтобы удовлетворить огромную накопившуюся потребность населения.

Психологи сделали радостное открытие: оказалось, что многие родители гораздо больше готовы к изменению стиля общения в семье, чем предполагалось. В результате обучения они не только прекращали «холодную войну» с детьми, но и умели установить с ними глубокое взаимопонимание. О другом замечательном результате часто сообщают родители, которые успели пройти курсы до наступления у их детей «переходного возраста». Они вовсе **не нашли** этот возраст **трудным** — ни для себя, ни для своих детей.

Несколько слов об этой книге. Мне хотелось сделать ее полезным практическим руководством как для участников тренингов, так и для тех, кто хочет или вынужден осваивать искусство общения самостоятельно. Поэтому первая часть написана в форме уроков и включает упражнения, вопросы и примеры.

Каждый урок содержит небольшой, но важный, а подчас и трудный для усвоения материал. Необходимо делать задания к урокам, а не только читать их текст. Очень важно почувствовать и пережить первые успехи в ваших практических пробах после каждого урока и только потом двигаться дальше. Постепенно вы станете обнаруживать чудесные перемены в вашей ситуации с ребенком, даже если вначале она казалась безнадежной.

В книге вы также найдете популярное изложение некоторых научных сведений, результатов исследований и экспериментов, а также письма родителей, которые иллюстрируют темы наших практических занятий. Чтобы не нарушать линейное движение по урокам, мы решили оформить этот материал в виде отдельных блоков — «боксов». Их можно читать и независимо от текста уроков.

В ходе подготовки книги родилась идея включить **вторую часть,** посвященную «трудному» переходному возрасту — теме, составляющей не менее половины всех жалоб и обращений за помощью. В ней вы найдете реальную жизненную историю в письмах. Первоначально, в первых изданиях и тиражах книги, автор этих писем фигурировала как «одна знакомая бабушка», которая любезно согласилась поделиться историей помощи своему внуку Феде — типичному

«трудному подростку». Однако по прошествии многих лет я сочла возможным признаться, что это были **мои письма.** Я их писала матери внука (моей дочери) «для отчета». Время идет, «Федя» перешагнул уже через свое тридцатилетие, и у него растет сын – милый и добрый мальчик. Хочу добавить, что в нашей недолгой совместной жизни с Федей (всего три месяца) я прошла через муки и радость попыток сближения с «трудным» ребенком, постоянно держа в голове все «уроки», которые сама же писала. Без них, я уверена, радости и успехов у нас бы не было.

Одновременно с писанием книги у меня была счастливая возможность проводить тренинги с родителями, учителями, воспитателями школ и детских садов, студентами психологического факультета и слушателями спецотделения МГУ. Очень хочу поблагодарить всех участников этих тренингов. Вы искренне делились своими проблемами, переживаниями, пробами, ошибками — и снова пробами. Малейший успех каждого из вас поддерживал и вдохновлял остальных, и многие к концу наших занятий достигали глубоких сдвигов в понимании себя и своих детей. Ваши поиски и успехи, напряженный душевный труд нашли отражение в этой книге, и, я надеюсь, вдохновят вступить на этот путь многих и многих других родителей, педагогов и воспитателей.

Хочу принести искреннюю благодарность художнику Г. А. Карасевой за чуткое отношение ко всем пожеланиям автора и их мастерское воплощение в рисунках книги.

Моя неизменная глубокая благодарность Т. В. Сорокиной за огромный кропотливый труд по литературному редактированию первых изданий книги, а также за постоянный энтузиазм, который был для меня большой поддержкой в процессе этой работы.

Профессор Ю.Б. Гиппенрейтер
Москва, 1995

часть первая

~

Уроки общения с ребенком

урок 1

БЕЗУСЛОВНОЕ ПРИНЯТИЕ

Начиная наши систематические занятия, хочу познакомить вас с одним общим принципом, без соблюдения которого все попытки наладить отношения с ребенком оказываются безуспешными. Он и будет для нас отправной точкой. Принцип этот — **безусловное принятие.**

Что он означает?

. . . .

Безусловно принимать ребенка —
значит любить его не за то, что он красивый,
умный, способный, отличник, помощник
и так далее, а просто так, просто за то,
что он есть!

. . . .

Нередко можно слышать от родителей такое обращение к сыну или дочке: «Если ты будешь хорошим мальчиком (девочкой), то я буду тебя любить». Или: «Не

жди от меня хорошего, пока ты не перестанешь... (лениться, драться, грубить), не начнешь... (хорошо учиться, помогать по дому, слушаться)».

Приглядимся: в этих фразах ребенку прямо сообщают, что его принимают **условно,** что его любят (или будут любить) **«только если...».** Условное, оценочное отношение к человеку вообще характерно для нашей культуры. Такое отношение внедряется и в сознание детей.

Пятиклассник из Молдовы нам пишет: «А за что тогда любить ребенка? За лень, за невежество, за неуважение к старшим? Извините, но я это не понимаю! Своих детей я буду любить, только если...».

Причина широко бытующего оценочного отношения к детям кроется в твердой вере, что награды и наказания — главные воспитательные средства. Похвалишь ребенка — и он укрепится в добре, накажешь — и зло отступит. Но вот беда: они не всегда безотказны, эти средства. Кто не знает и такую закономерность: чем больше ребенка ругают, тем хуже он становится. Почему же так происходит? А потому, что воспитание ребенка — это вовсе не дрессура. Родители существуют не для того, чтобы вырабатывать у детей условные рефлексы.

◆

Психологами доказано, что потребность в любви, в принадлежности, то есть **нужности другому,** одна из фундаментальных человеческих потребностей. Ее удовлетворение — необходимое условие нормального развития ребенка. Эта потребность удовлетворяется, когда вы сообщаете ребенку, что он вам дорог, нужен, важен, что он просто хороший. Такие сообщения содержатся в приветливых взглядах, ласковых прикосновениях, прямых словах: «Как хорошо, что ты у нас родился», «Я рада тебя видеть», «Ты мне нравишься», «Я люблю, когда ты дома», «Мне хорошо, когда мы вместе...».

Известный семейный терапевт Вирджиния Сатир рекомендовала обнимать ребенка несколько раз в день, говоря, что четыре объятия совершенно необходимы каждому просто для выживания, а для хорошего самочувствия нужно не менее восьми объятий в день! И, между прочим, не только ребенку, но и взрослому.

Конечно, ребенку подобные знаки безусловного принятия особенно нужны, как пища растущему организму. Они его **питают эмоционально,** помогая психологи-

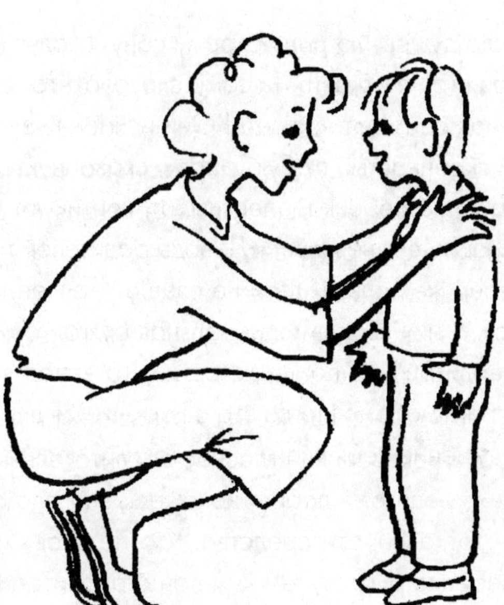

чески развиваться. Если же он не получает таких знаков, то появляются эмоциональные проблемы, отклонения в поведении, а то и нервно-психические заболевания.

Мать одной пятилетней девочки, обнаружив у дочки симптомы невроза, обратилась к врачу. В разговоре выяснилось, что однажды дочь спросила: «Мама, а какая самая большая неприятность была у вас с папой до моего рождения?» «Почему ты так спрашиваешь?» — удивилась мать. «Да потому, что потом ведь самой большой неприятностью у вас стала я», — ответила девочка.

Попробуем представить, сколько же десятков, если не сотен раз слышала эта девочка, прежде чем прийти к подобному заключению, что она «не такая», «плохая», «всем надоедает», «сущее наказание»... И все пережитое воплотилось в ее неврозе.

Мы далеко не всегда следим за своими обращениями к детям. Как-то в «Учительской газете» было опубликовано покаянное письмо матери: она с опоздани-

ем поняла, что нанесла душевную рану своему сыну. Мальчик ушел из дома, написав в записке, чтобы его не искали: «Ты сама сказала, что тебе без меня лучше». Вот ведь как буквально понимают нас дети! Они искренни в своих чувствах, и наделяют абсолютной искренностью любую фразу, сказанную взрослым. Чем чаще родители раздражаются на ребенка, одергивают, критикуют его, тем быстрее он приходит к обобщению: «Меня не любят». Доводы родителей типа: «Я же о тебе забочусь» или «Ради твоей же пользы» дети не слышат. Точнее, они могут услышать слова, но не их смысл. У них своя, эмоциональная бухгалтерия. Тон важнее слов, и если он резкий, сердитый или просто строгий, то вывод всегда однозначный: «Меня не любят, не принимают». Иногда это оформляется для ребенка не столько в слова, сколько в ощущение себя плохим, «не таким», несчастливым.

◆

Давайте посмотрим, во что развивается «комплекс непринятия» по мере взросления детей. Вот отрывок из письма четырнадцатилетней девочки.

> ***«Я не верю, что с матерью могут быть дружеские отношения. У меня самые нелюбимые дни — это суббота и воскресенье. Мама в эти дни меня ругает. Если бы она со мной, вместо того чтобы орать, говорила по-человечески, я бы ее лучше поняла... Ее тоже можно понять, она хочет сделать из меня хорошего человека, а получает несчастного. Мне надоело так жить. Прошу у вас помощи! Помогите мне!!!»***

Обида, одиночество, а порой и отчаяние звучат в письмах других ребят. Они рассказывают о том, что родители с ними «не дружат», никогда не говорят «по-человечески», «тычут», «орут», используют только повелительные глаголы: «сделай!», «убери!», «принеси!», «помой!». Многие дети уже не надеются на улучшение обстановки дома и ищут помощи на стороне. Обращаясь в редакцию газет и журналов («Помогите!», «Что мне делать?», «Не могу дальше так жить!»), все дети до одного меняют имена, не приводят обратного адреса. «Если родители узнают — прибьют». И через все это порой пробиваются нотки

теплой детской заботы о родителях: «Как ее успокоить?», «Им тоже трудно», «Ее тоже можно понять...». Правда, так пишут в основном дети до тринадцати-четырнадцати лет. А те, кто постарше, уже очерствели. Они просто не хотят видеть родителей, не хотят находиться с ними под одной крышей.

Пишет десятиклассница:

> ***«Я часто читала в журналах и газетах, что, мол, больше внимания надо уделять детям. Глупости. Я, да и многие мои сверстники, рады при малейшей возможности остаться одним. Идешь и думаешь: «Хоть бы их не было дома...» В воскресенье в голове: «Господи, лучше лишний день учиться!»***

А что чувствуют родители? Как им живется? У них не меньше горечи и обид: «Не жизнь, а одно мучение...», «Иду домой как на поле битвы», «По ночам перестала спать — все плачу...».

Поверьте, даже если дело дошло до таких крайностей, крайностей для обеих сторон, еще не все потеряно: родители могут вернуть мир в семью. Но для этого надо начинать с себя. Почему с себя? Потому что у взрослых больше знаний, способности контролировать себя, больше жизненного опыта.

Конечно, и родители нуждаются в помощи. Я надеюсь, что эту помощь вы будете получать в ходе наших занятий. А сейчас давайте попробуем понять, **какие причины** мешают родителям безусловно принимать ребенка и показывать ему это.

◆

Пожалуй, главная из них — это **настрой на «воспитание»,** о котором речь уже шла выше.

Вот типичная реплика одной мамы. «Как же я буду его обнимать, если он еще не выучил уроки? Сначала дисциплина, а потом уже добрые отношения. Иначе я его испорчу».

И мама встает на путь критических замечаний, напоминаний, требований. Кому из нас не известно, что вероятнее всего сын отреагирует всевозможными отговорками, оттягиваниями, а если приготовление уроков — ста-

БОКС 1-1

ЧАСТО РОДИТЕЛИ СПРАШИВАЮТ:

«Если я принимаю ребенка, значит ли это, что я не должна никогда на него сердиться?»

Отвечаю. Нет, не значит. Скрывать и тем более копить свои негативные чувства ни в коем случае нельзя. Их надо выражать, но выражать особым образом. И об этом мы будем много говорить позже. А пока обращаю ваше внимание на **следующие правила.**

Можно выражать свое недовольство отдельными действиями ребенка, но не ребенком в целом.

◆

Можно осуждать действия ребенка, но не его чувства, какими бы нежелательными или «непозволительными» они ни были. Раз они у него возникли, значит, для этого есть основания.

◆

Недовольство действиями ребенка не должно быть систематическим, иначе оно перерастет в непринятие его.

рая проблема, то и открытым сопротивлением. Мама из, казалось бы, резонных «педагогических соображений» попадает в заколдованный круг, круг взаимного недовольства, нарастающего напряжения, частых конфликтов.

Где же ошибка? Ошибка была в самом начале: дисциплина **не до, а после** установления добрых отношений, и только на базе них. Что и как для этого делать, мы будем обсуждать позже. А сейчас упомяну о других возможных причинах эмоционального непринятия или даже отталкивания ребенка. Иногда родители о них не подозревают, иногда их осознают, но стараются заглушить свой внутренний голос.

Причин таких много. Например, ребенок появился на свет, так сказать, незапланированным. Родители его не ждали, хотели пожить «в свое удовольствие»; вот и теперь он им не очень нужен. Или они мечтали о мальчике, а родилась девочка. Часто случается, что ребенок оказывается в ответе за нарушенные супружеские отношения. Например, он похож на отца, с которым мать в разводе, и некоторые его жесты или выражения лица вызывают у нее глухую неприязнь.

Скрытая причина может стоять и за усиленным «воспитательным» настроем родителя. Ею может быть, например, стремление компенсировать свои жизненные неудачи, неосуществившиеся мечты или желание доказать супругу и всем домашним свою крайнюю необходимость, незаменимость, «тяжесть бремени», которое приходится нести.

Иногда в таких случаях сами родители нуждаются в помощи консультанта. Но все равно, первый шаг можно и нужно сделать: самостоятельно задуматься о возможной причине своего непринятия ребенка. А следующими шагами будут задания, к которым мы и подошли.

ДОМАШНИЕ ЗАДАНИЯ

Задание первое

Посмотрите, насколько вам удается принимать вашего ребенка. Для этого в течение дня (а лучше двух-трех дней) постарайтесь подсчитать, сколько раз вы обратились к нему с эмоционально положительными высказываниями

(радостным приветствием, одобрением, поддержкой) и сколько — с отрицательными (упреком, замечанием, критикой). Если количество отрицательных обращений равно или перевешивает число положительных, то с общением у вас не все благополучно.

Задание второе

Закройте на минуту глаза и представьте себе, что вы встречаете своего лучшего друга (или подругу). Как вы показываете, что рады ему, что он вам дорог и близок? А теперь представьте, что это ваш собственный ребенок: вот он приходит домой из школы и вы показываете, что рады его видеть. Представили? Теперь вам легче будет сделать это на самом деле, до всяких других слов и вопросов. Хорошо, если вы продолжите эту встречу в том же духе в течение еще нескольких минут. Не бойтесь «испортить» его в течение этих минут, это совершенно немыслимо.

Задание третье

Обнимайте вашего ребенка не менее четырех раз в день (обычные утреннее приветствие и поцелуй на ночь не считаются).

Примечание: Неплохо то же делать и по отношению ко взрослым членам семьи.

Задание четвертое

Выполняя два предыдущих задания, обратите внимание на реакции ребенка, да и на свои собственные чувства тоже.

урок 2

ПОМОЩЬ РОДИТЕЛЕЙ. ОСТОРОЖНО!

На первом уроке вы познакомились с принципом, который можно считать основой наших отношений с ребенком — безоценочным, безусловным его принятием. Мы говорили о том, как важно постоянно сообщать ребенку, что он нам нужен и важен, что его существование для нас — радость.

Сразу возникает вопрос-возражение: легко следовать этому совету в спокойные моменты или если все идет хорошо. А если ребенок делает **«не то», не слушается,** раздражает? Как быть в этих случаях?

◆

Мы будем отвечать на этот вопрос по частям. На этом уроке разберем ситуации, в которых ваш ребенок чем-то занят, что-то делает, но делает, по вашему мнению, «не так», плохо, с ошибками.

Представьте себе картину: малыш увлеченно возится с мозаикой. Получается у него не все как надо, мозаинки рассыпаются, перемешиваются, не сразу вставляются, да и цветочек получается «не такой». Вам хочется вмешаться, научить, показать. И вот вы не выдерживаете. «Подожди, — говори-

те вы, — надо не так, а вот так». Но ребенок недовольно отвечает: «Не надо, я сам».

Другой пример. Второклассник пишет письмо бабушке. Вы заглядываете ему через плечо. Письмо трогательное, да вот только почерк корявый, да и ошибок много: все эти знаменитые детские «ищо», «сонце», «чюствую». Как же не заметить и не поправить? Но ребенок после замечаний расстраивается, скисает, не хочет писать дальше.

Однажды мать заметила уже довольно взрослому сыну: «Ой, как у тебя получается неуклюже, ты бы сначала научился...» Это был день рождения сына, и он в приподнятом настроении азартно танцевал со всеми — как умел. После этих слов он сел на стул и мрачно просидел весь остаток вечера, мать же обиделась на его обиду. День рождения был испорчен.

Вообще разные дети по-разному реагируют на родительские «не так»: одни грустнеют и теряются, другие обижаются, третьи бунтуют: «Раз плохо, не буду вообще!» Как будто бы реакции разные, но все они показывают, что детям не по нраву такое обращение. Почему?

Чтобы лучше это понять, давайте вспомним себя детьми.

Как долго у нас самих не получалось написать букву, чисто подмести пол или ловко забить гвоздь? Теперь эти дела нам кажутся простыми. Так вот, когда мы показываем и навязываем эту «простоту» ребенку, которому на самом деле **трудно,** то поступаем несправедливо. Ребенок вправе на нас обижаться.

Посмотрим на годовалого малыша, который учится ходить. Вот он отцепился от вашего пальца и делает первые неуверенные шаги. При каждом шаге с трудом удерживает равновесие, покачивается, напряженно двигает ручонками. Но он доволен и горд. Мало кому из родителей придет в голову поучать: «Разве так ходят? Смотри, как надо!» Или: «Ну что ты все качаешься? Сколько раз я тебе говорила, не маши руками. Ну-ка пройди еще раз, и чтобы все было правильно!»

Комично? Нелепо? Но так же нелепы с психологической точки зрения любые критические замечания, обращенные к человеку (ребенку или взрослому), который учится что-либо делать сам.

◆

Предвижу вопрос: как же научить, если не указывать на ошибки?

Да, знание ошибок полезно и часто необходимо, но указывать на них нужно с особенной осторожностью. Во-первых, не стоит замечать каждую ошибку, во-вторых, ошибку лучше обсудить потом, в спокойной обстановке, а не в тот момент, когда ребенок увлечен делом, наконец, замечания всегда надо делать на фоне общего одобрения.

БОКС 2-1

ЧЕТЫРЕ РЕЗУЛЬТАТА УЧЕНИЯ

Ваш ребенок чему-то учится. Общий итог будет состоять из нескольких частных результатов. Назовем четыре из них.

Первый, самый очевидный — это знание, которое он получит, или умение, которое он освоит.

Второй результат менее очевиден: это тренировка общей способности учиться, то есть учить самого себя.

Третий результат — эмоциональный след от занятия — удовлетворение или разочарование, уверенность или неуверенность в своих силах.

Наконец, **четвертый** результат — след на ваших взаимоотношениях с ним, если вы принимали участие в занятиях. Здесь итог также может быть либо положительным (остались довольны друг другом), либо отрицательным (пополнилась копилка взаимных недовольств).

Запомните: родителей подстерегает опасность ориентироваться только на первый результат (выучился? научился?). Ни в коем случае не забывайте об остальных трех. **Они гораздо важнее.**

Так что если ваш ребенок строит из кубиков странный «дворец», лепит собачку, похожую на ящерицу, пишет корявым почерком или не очень складно рассказывает о фильме, но при этом увлечен или сосредоточен — не критикуйте, не поправляйте его. А если вы еще и проявите искренний интерес к его делу, то почувствуете, как усилится взаимное уважение и принятие друг друга, так необходимые и вам, и ему.

И в этом искусстве нам стоит поучиться у самих детей. Спросим себя, знает ли порой ребенок о своих ошибках? Согласитесь, часто знает — так же, как ощущает нетвердость шагов годовалый малыш. А как он к этим ошибкам относится? Оказывается, более терпимо, чем взрослые. Почему? А он доволен уже тем, что у него что-то получается, ведь он уже «идет», пусть пока не-

твердо. К тому же он догадывается — завтра получится лучше! Мы, родители, замечаниями хотим скорее добиться лучших результатов. А получается часто совсем наоборот.

> *Как-то отец одного девятилетнего мальчика признался: «Я так придирчиво отношусь к ошибкам сына, что отбил у него всякую охоту учиться чему-нибудь новому. Когда-то мы с ним увлекались сборкой моделей. Теперь он делает их сам, и делает прекрасно. Однако застрял на них: все модели да модели. А вот какое-нибудь новое дело ни за что не хочет начинать. Говорит: не смогу, не получится, — и чувствую, это оттого, что я его совсем закритиковал».*

◆

Надеюсь, теперь вы готовы принять правило, которым стоит руководствоваться в тех ситуациях, когда ребенок чем-то занят самостоятельно. Назовем его **Правилом 1.**

. . . .

Не вмешивайтесь в дело, которым занят ребенок, если он не просит помощи. Своим невмешательством вы будете сообщать ему: «С тобой все в порядке! Ты, конечно, справишься!»

. . . .

ДОМАШНИЕ ЗАДАНИЯ

Задание первое

Представьте себе круг дел (можно даже составить их список), с которыми ваш ребенок в принципе может справиться самостоятельно, хотя и не всегда совершенно.

Задание второе

Для начала выберите из этого круга несколько дел и постарайтесь ни разу не вмешаться в их выполнение. В конце одобрите старания ребенка, несмотря на их результат.

Задание третье

Запомните две-три ошибки ребенка, которые вам показались особенно досадными. Найдите спокойное время и подходящий тон, чтобы поговорить о них.

урок 3

«ДАВАЙ ВМЕСТЕ!»

На предыдущем уроке мы говорили о том, как важно оставлять ребенка в покое, если он хочет делать что-то сам и делает это с удовольствием (Правило 1).

Другое дело, если он натолкнулся на серьезную трудность, с которой он не может справиться. Тогда позиция невмешательства не годится, она может принести только вред.

Отец одиннадцатилетнего мальчика рассказывает: «Подарили мы Мише на день рождения конструктор. Он обрадовался, сразу стал его собирать. Было воскресенье, и я играл с младшей дочкой на ковре. Через пять минут слышу: «Пап, не получается, помоги». А я ему в ответ: «Ты что, маленький? Сам разбирайся». Миша погрустнел и скоро бросил конструктор. Так с тех пор к нему и не подходит».

Почему родители часто отвечают так, как ответил Мишин отец? Скорее всего, из лучших побуждений они хотят приучить детей быть самостоятельными, не бояться трудностей.

Бывает, конечно, и другое: некогда, неинтересно, или родитель сам не знает, как надо. Все эти «педагогические соображения» и «уважительные причины» — главные препятствия на пути выполнения нашего **Правила 2.** Давайте его запишем сначала в общем виде, а позже — более подробно, с разъяснениями.

. . . .

Если ребенку трудно
и он готов принять вашу помощь,
обязательно помогите ему.

. . . .

Очень хорошо начать со слов **«Давай вместе».** Эти волшебные слова открывают ребенку дверь в область новых умений, знаний и увлечений.

На первый взгляд может показаться, что Правила 1 и 2 противоречат друг другу. Однако противоречие это кажущееся. Просто они относятся к разным ситуациям. В ситуациях, где применимо Правило 1, ребенок о помощи не просит и даже протестует, когда ее оказывают. Правило 2 используют, если ребенок либо прямо просит о помощи, либо жалуется, что у него «не выходит», «не получается», что он «не знает

как», либо вообще оставляет начатое дело после первых неудач. Любое из этих проявлений — сигнал о том, что ему **необходимо помочь.**

◆

Наше Правило 2 — не просто добрый совет. Оно опирается на психологический закон, открытый выдающимся психологом Львом Семеновичем Выготским. Он назвал его **«зоной ближайшего развития ребенка»**. Глубоко убеждена, что каждый родитель должен непременно знать об этом законе. Расскажу о нем вкратце.

Известно, что в каждом возрасте для каждого ребенка существует ограниченный круг дел, с которыми он может справиться сам. За пределами этого круга — дела, доступные для него только при участии взрослого или же недоступные вообще.

Например, дошкольник уже может сам застегнуть пуговицы, вымыть руки, убрать игрушки, но он не может хорошо организовать свои дела в течение дня. Вот почему в семье дошкольника так часто звучат родительские слова «Пора», «Теперь мы будем», «Сначала поедим, а потом...»

Давайте нарисуем простую схему — один круг внутри другого. Маленький круг будет обозначать все дела, с которыми ребенок справляется сам, а зона между границами малого и большого круга — дела, которые ребенок делает только вместе со взрослым. За пределами большего круга окажутся задачи, которые сейчас не под силу ни ему одному, ни вместе со старшими (рис. 3.1).

Вот теперь можно объяснить, что открыл Л.С. Выготский. Он показал, что по мере развития ребенка круг дел, которые он начинает выполнять самостоятельно, увеличивается за счет тех дел, которые он раньше выполнял вместе со взрослым, а не тех, которые лежат за пределами наших кругов. Другими словами, **завтра ребенок будет делать сам то, что сегодня он делал с мамой,** и именно благодаря тому, что это было «с мамой». Зона дел **вместе** — это золотой запас ребенка, его потенциал на ближайшее будущее. Вот почему ее назвали **зоной ближайшего развития**. Представим себе, что у одного ребенка эта зона широкая (рис. 3.1-а), то есть родители с ним много занимаются, а у другого узкая (рис. 3.1-б), так как родители часто предоставляют его самому себе. Первый ребенок будет развиваться быстрее, чувствовать себя увереннее, успешнее, благополучнее.

Теперь, я надеюсь, вам станет более понятно, почему оставлять «из педагогических соображений» ребенка одного там, где ему трудно — грубая ошибка. Это значит не учитывать основной психологический закон развития.

Надо сказать, что дети хорошо чувствуют и знают, в чем они сейчас нуждаются. Как часто они просят: «Поиграй со мной», «Пойдем погуляем», «Давай повозимся», «Возьми меня с собой», «А можно я тоже буду?» И если у вас нет действительно серьезных причин для отказа или отсрочки, ответ пусть будет только один: **«Да!»**

А что бывает, когда родители регулярно отказывают? Приведу в качестве иллюстрации разговор в психологической консультации.

> *МАТЬ: У меня ребенок какой-то странный, наверное, ненормальный. Недавно сидим мы с мужем на кухне, разговариваем, а он открывает дверь и прямо на нас с палкой идет, и прямо бьет.*

Рис. 3.1

КОНСУЛЬТАНТ: А как вы с ним обычно проводите время?

МАТЬ: С ним-то? Да никак не провожу. А когда мне? Дома все кручусь по хозяйству. А он хвостом ходит: поиграй да поиграй со мной. А я ему: «Да отстань ты, сам играй, тебе что, игрушек не хватает?»

КОНСУЛЬТАНТ: А муж ваш, он с ним играет?

МАТЬ: Что вы! Муж как придет с работы, так сразу на диван и в телевизор...

КОНСУЛЬТАНТ: А ваш сын к нему подходит?

МАТЬ: Конечно, подходит, но он его прогоняет: «Не видишь, я устал, иди к матери!»

Так ли уж удивительно, что отчаявшийся мальчик перешел «к физическим методам воздействия»? Его агрессия — реакция на ненормальный стиль общения (точнее, не-общения) с ним родителей. Подобный стиль не только не способствует развитию ребенка, но порой становится причиной его серьезных эмоциональных проблем.

◆

Теперь посмотрим на каком-нибудь конкретном примере, как применять Правило 2.

Известно, есть дети, которые **не любят читать.** Их родители справедливо огорчаются и пытаются любыми способами приучить ребенка к книге. Однако часто ничего не получается.

> *Одни знакомые родители жаловались, что их сын совсем мало читает. Оба хотели, чтобы он вырос образованным и начитанным человеком. Они были очень занятые люди, поэтому ограничивались тем, что доставали «самые интересные» книги и выкладывали их сыну на стол. Правда, они еще напоминали, и даже требовали, чтобы тот сел читать. Однако мальчик равнодушно проходил мимо целых стоп приключенческих и фантастических романов и отправлялся на улицу играть с ребятами в футбол.*

Есть более верный способ, который открыли и постоянно переоткрывают родители: **читать вместе с ребенком.** Во многих семьях читают вслух дошкольнику, еще не знакомому с буквами. Но некоторые родители продолжают это делать и потом, когда их сын или дочь уже ходят в школу. Сразу замечу, что на вопрос: «Как долго надо читать вместе с ребенком, уже научившимся складывать буквы в слова?» — однозначно ответить нельзя. Дело в том, что скорость автоматизации чтения у всех детей разная (это связано с индивидуальными особенностями их головного мозга). Поэтому важно в трудный период освоения чтения помочь ребенку увлечься содержанием книги.

На родительских курсах одна мать поделилась тем, как ей удалось пробудить интерес к чтению у своего девятилетнего сына:

> *«Вова не очень любил книги, читал он медленно, ленился. А из-за того, что мало читал, не мог научиться читать*

быстро. Вот и получалось что-то вроде заколдованного круга. Что делать? Решила его заинтересовать. Стала выбирать интересные книги и читать ему на ночь. Он забирался в кровать и ждал, когда я закончу свои домашние дела.

Читали — и оба увлекались: что будет дальше? Уже пора свет гасить, а он: «Мамочка, ну пожалуйста, ну еще одну страничку!» А мне самой интересно... Тогда договаривались твердо: еще пять минут — и все. Конечно, он ждал с нетерпением следующего вечера. А иногда и не дожидался, дочитывал рассказ до конца сам, особенно если мало оставалось. И уже не я ему, а он мне говорил: «Прочти обязательно!» Я, конечно, старалась прочитать, чтобы вместе вечером новый рассказ начать. Так постепенно он начал брать книгу в руки, и теперь, бывает, его не оторвешь!»

Эта история — не только прекрасная иллюстрация того, как родитель создал зону ближайшего развития для своего ребенка и помог ее освоить. Он также убедительно показывает: когда родители ведут себя сообразно описанному закону, им легко сохранять дружеские благожелательные отношения с детьми.

Мы подошли к тому, чтобы записать **Правило 2** целиком.

. . . .

Если ребенку трудно и он готов принять вашу помощь, обязательно помогите ему. При этом:

1. *Возьмите на себя только то, что он не может выполнить сам, остальное предоставьте делать ему самому.*
2. *По мере освоения ребенком новых действий постепенно передавайте их ему.*

. . . .

Как видите, теперь Правило 2 объясняет, **как именно** помогать ребенку в трудном деле. Следующий пример хорошо иллюстрирует смысл дополнительных пунктов этого правила.

◆

Многим из вас, наверное, доводилось учить ребенка кататься на двухколесном велосипеде. Обычно начинается с того, что ребенок садится в седло, теряет равновесие и норовит упасть вместе с велосипедом. Вам приходится, схватив одной рукой руль, другой седло, удерживать велосипед в вертикальном положении. На этом этапе почти все делаете вы сами: вы везете велосипед, а ребенок лишь неумело и нервно пытается крутить педали. Однако через некоторое время вы обнаруживаете, что он начал сам выправлять руль, и тогда вы постепенно ослабляете свою руку.

Еще через некоторое время оказывается, что вам можно оставить руль и бежать сзади, лишь поддерживая седло. Наконец, вы чувствуете, что можете временно отпустить седло, давая ребенку проехать самостоятельно несколько метров, хотя готовы подхватить его снова в любую минуту. И вот настает момент, когда он уверенно едет сам!

Если присмотреться к любому новому делу, которое дети осваивают с вашей помощью, многое окажется похожим. Обычно дети **активны,** и они постоянно стремятся **взять на себя** то, что делаете вы.

БОКС 3-1

КАК ЭТО СЛУЧАЕТСЯ

Среди подростков провели опрос: помогают ли они дома по хозяйству? Большинство учеников 4–6 классов ответили отрицательно. При этом ребята высказали недовольство тем, что родители не допускают их до многих домашних дел: не дают готовить, стирать и гладить, ходить в магазин. Среди учащихся 7—8 классов оказалось столько же ребят, не занятых в домашнем хозяйстве, однако число недовольных было **в несколько раз меньше!**

Этот результат показывает, как угасает желание детей быть активными, брать на себя различные дела, если взрослые не способствуют этому. Последующие упреки в адрес детей, что они «ленивы», «несознательны», «эгоистичны», столь же запоздалы, сколь и бессмысленны. Эти «лень», «несознательность», «эгоизм» мы, родители, не замечая того, порой сотворяем сами.

Если, играя с сыном в электрическую железную дорогу, отец вначале составляет рельсы и подключает к сети трансформатор, то через некоторое время мальчик стремится сделать все это сам, да еще укладывает рельсы каким-нибудь своим интересным способом.

Если мать раньше отрывала дочке кусок теста и давала ей сделать свой, «детский», пирожок, то теперь девочка хочет сама месить и разделывать тесто.

Стремление ребенка завоевывать все новые «территории» дел очень важно, и его следует охранять как зеницу ока.

◆

Мы подошли, пожалуй, к самому тонкому моменту: как уберечь **естественную активность** ребенка? Как не забить, не заглушить ее?

Оказывается, родителей подстерегает здесь двойная опасность.

Опасность первая — **слишком рано переложить** свою часть на ребенка. В нашем примере с велосипедом это равносильно тому, чтобы уже через пять минут отпустить и руль, и седло. Неизбежное в таких случаях падение может привести к тому, что у ребенка пропадет желание садиться на велосипед.

Вторая опасность — наоборот, **слишком долгое и настойчивое участие родителя,** так сказать, занудливое руководство, в совместном деле. И снова наш пример хорошо помогает увидеть эту ошибку.

Представьте себе: родитель, держа велосипед за руль и за седло, бегает рядом с ребенком день, второй, третий, неделю... Научится ли тот ездить самостоятельно? Едва ли. Скорее всего, ему вообще надоест это бессмысленное занятие. А уж присутствие взрослого — непременно!

В следующих уроках мы не раз вернемся к трудностям детей и родителей вокруг повседневных дел. А сейчас пора перейти к заданиям.

ДОМАШНИЕ ЗАДАНИЯ

Задание первое

Выберите для начала какое-нибудь дело, которое не очень хорошо получается у вашего ребенка. Предложите ему: «Давай вместе!» Посмотрите на его ре-

акцию: если он проявит готовность, займитесь с ним вместе. Внимательно следите за моментами, когда можно ослабить ваше участие («отпустить руль»), но не делайте этого слишком рано или резко. Обязательно отметьте первые, даже небольшие самостоятельные успехи ребенка; поздравьте его (а заодно и себя!).

Задание второе

Выберите пару новых дел, которые вы хотели бы, чтобы ребенок научился делать сам. Повторите ту же процедуру. Снова поздравьте с успехами его и себя.

Задание третье

Обязательно в течение дня поиграйте, поболтайте, поговорите по душам с ребенком, чтобы время, проводимое вместе с вами, было для него положительно окрашено.

ВОПРОСЫ РОДИТЕЛЕЙ

ВОПРОС: *Не избалую ли я ребенка этими постоянными занятиями вместе? Привыкнет все перекладывать на меня.*

ОТВЕТ: Ваше беспокойство справедливо, в то же время от вас зависит, как много и как долго вы будете брать на себя его дела.

ВОПРОС: *Что делать, если мне некогда заниматься с ребенком?*

ОТВЕТ: Насколько я понимаю, у вас есть «более важные» дела. Стоит осознать, что порядок важности вы выбираете сами. В этом выборе вам может помочь известный многим родителям факт, что на исправление упущенного в воспитании детей потом уходит в десятки раз больше времени и сил.

ВОПРОС: *А если ребенок и сам не делает, и мою помощь не принимает?*

ОТВЕТ: Похоже, что вы встретились с эмоциональными проблемами в ваших взаимоотношениях. О них мы начнем говорить на следующем уроке.

урок 4

«А ЕСЛИ НЕ ХОЧЕТ?»

Совместные занятия — настолько важная тема, что ей мы посвящаем еще один урок. Сначала поговорим **о трудностях и конфликтах взаимодействия** и о том, как их избегать.

Начнем с типичной проблемы, которая ставит в тупик взрослых: многие обязательные дела ребенок вполне освоил, ему уже ничего не стоит собрать в ящик раскиданные игрушки, застелить постель или положить учебники в портфель с вечера. Но все это он упорно **не делает!**

«Как быть в таких случаях? — спрашивают родители. — Опять делать это вместе с ним?».

Может быть, нет, а может быть, да. Все зависит от **причин «непослушания»** вашего ребенка. Возможно, вы еще не прошли с ним весь необходимый путь. Ведь это **вам** кажется, что ему одному легко расставить все игрушки по местам. Наверное, если он просит «давай вместе», то это не зря: возможно, ему **еще трудно** организовать себя, а может быть, ему нужно просто ваше участие, моральная поддержка.

Вспомним: и при обучении езде на двухколесном велосипеде есть такая фаза, когда вы уже не поддерживаете рукой седло, но все равно бежите рядом. И это придает силы вашему ребенку! Заметим, как мудро наш язык отразил этот психологический момент: участие в значении «моральная поддержка» передается тем же словом, что и участие в деле.

Но чаще корень негативного упорства и отказов лежит **в отрицательных переживаниях.** Это может быть проблема самого ребенка, но чаще она возникает **между** вами и ребенком, в ваших взаимоотношениях с ним.

Одна девочка-подросток призналась как-то в беседе с психологом:

«Я бы уж давно убирала и мыла за собой посуду, но тогда они (родители) подумают, что победили меня».

Если ваши отношения с ребенком уже давно испортились, не стоит думать, будто достаточно применить какой-то способ — и все вмиг пойдет на лад. «Способы», конечно, применять надо. Но без дружелюбного, теплого тона они ничего не дадут. Такой тон — самое главное условие успеха, и если ваше участие в занятиях ребенка не помогает, больше того, если он отказывается от вашей помощи, остановитесь и прислушайтесь к тому, **как вы общаетесь с ним.**

«Я очень хочу выучить дочку играть на фортепьяно, — рассказывает мать восьмилетней девочки. — Купила ин-

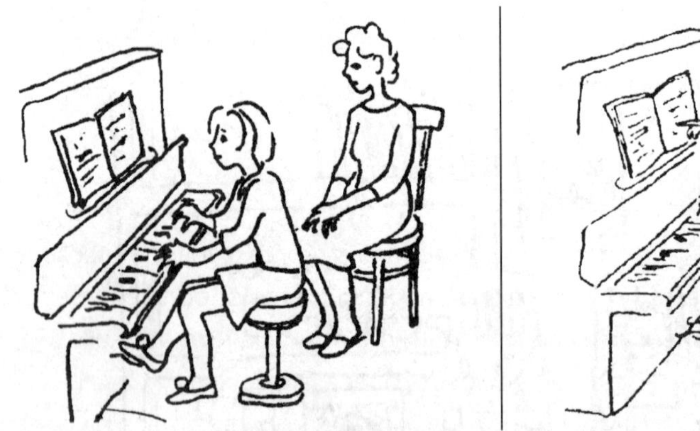

струмент, наняла учителя. Сама когда-то училась, да бросила, теперь жалею. Думаю, хоть дочка будет играть. Просиживаю с ней за инструментом часа по два каждый день. Но чем дальше, тем хуже! Сначала не засадишь ее заниматься, а потом начинаются капризы и недовольства. Я ей одно — она мне другое, слово за слово. Кончается тем, что она мне говорит: «Уходи, без тебя лучше!» А я ведь знаю, стоит мне отойти, как у нее все кувырком летит: и руку не так держит, и не теми пальцами играет, и вообще все быстро заканчивает: «Я уже позанималась».

Понятны озабоченность и самые лучшие намерения мамы. Больше того, она старается вести себя «грамотно», то есть помогает дочке в трудном деле. Но она упустила главное условие, без которого любая помощь ребенку превращается в свою противоположность: это главное условие — **дружелюбный тон общения.**

Представьте себе такую ситуацию: к вам приходит друг, чтобы что-то сделать вместе, например, отремонтировать телевизор. Он садится и говорит вам: «Так, достань описание, теперь возьми отвертку и сними заднюю стенку. Да как ты откручиваешь шуруп? Не жми так!»... Думаю, можно не продолжать. Такая «совместная деятельность» с юмором описана английским писателем Дж. К. Джеромом:

«Я, — пишет автор от первого лица, — не могу спокойно сидеть и смотреть, как кто-нибудь трудится. Мне хочется принять участие в его работе. Обычно я

встаю, начинаю расхаживать по комнате, заложив руки в карманы, и указывать, что надо делать. Такая уж у меня деятельная натура».

◆

«Руководящие указания», наверное, где-то нужны, но не в совместных занятиях с ребенком. Как только они появляются, прекращается работа вместе. Ведь вместе — значит **на равных.** Не следует занимать позицию **над** ребенком; дети к ней очень чувствительны, и против нее восстают все живые силы их души. Тогда-то они и начинают сопротивляться «необходимому», не соглашаться с «очевидным», оспаривать «бесспорное».

Сохранить позицию **на равных** не так-то легко: иногда требуется немалая психологическая и житейская изобретательность. Приведу в пример опыт одной мамы:

> ***Петя рос хилым, неспортивным мальчиком. Родители уговаривали его делать зарядку, купили турник, укрепили его в пролете двери. Папа показал, как надо подтягиваться. Но ничего не помогало — мальчик по-прежнему не испытывал интереса к спорту. Тогда мама вызвала Петю на соревнование. На стену повесили листок бума-***

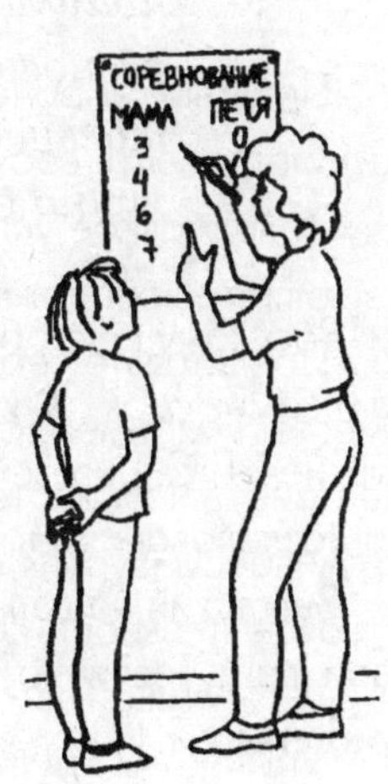

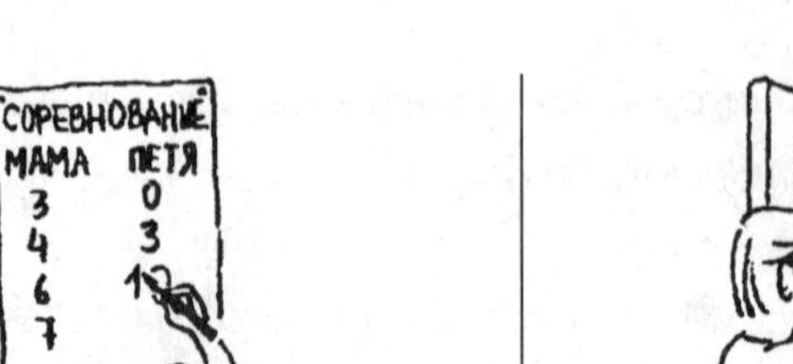

ги с графами: «Мама», «Петя». Каждый день участники отмечали в своей строчке, сколько раз они подтянулись, присели, подняли ноги «уголком». Много упражнений подряд делать было не обязательно, да и, как выяснилось, ни мама, ни Петя этого не могли. Петя стал зорко следить за тем, чтобы мама его не перегнала. Правда, ей тоже пришлось потрудиться, чтобы не отстать от сына. Соревнование продолжалось месяца два. В результате мучительная проблема зачетов по физкультуре была благополучно разрешена.

Расскажу еще об очень ценном способе, который помогает избавить ребенка и самих себя от «руководящих указаний». Этот способ связан с еще одним открытием Л.С. Выготского и много раз был подтвержден научными и практическими исследованиями.

Выготский нашел, что ребенок легче и быстрее учится организовывать себя и свои дела, если на определенном этапе ему помочь некоторыми **внешними средствами.** Ими могут быть картинки для напоминания, список дел, записки, схемы или написанные инструкции.

Заметьте, подобные средства — это уже не слова взрослого, это их замена. Ребенок может пользоваться ими самостоятельно, и тогда он оказывается на полпути к тому, чтобы справиться с делом самому.

Приведу пример, как в одной семье удалось с помощью такого внешнего средства отменить, а точнее, передать самому ребенку «руководящие функции» родителей.

Андрею уже шесть лет. По справедливому требованию родителей, он должен сам одеваться, когда идет гулять. На улице зима, и нужно надеть на себя много разных вещей. Мальчик же «буксует»: то наденет только носки и сядет в прострации, не зная, что делать дальше; то, надев шубу и шапку, готовится выйти на улицу в домашних тапочках. Родители приписывают все лености и невнимательности ребенка, упрекают, понукают его. В общем, конфликты продолжаются изо дня в день. Однако после консультации с психологом все меняется. Родители составляют список вещей, которые ребенок должен надеть. Список оказался довольно длинным, целых девять пунктов! Ребенок уже умеет читать по слогам, но все равно около каждого названия вещи родители вместе с мальчиком рисуют соответствующую картинку. Этот иллюстрированный список вешают на стену.

В семье наступает спокойствие, прекращаются конфликты, а ребенок оказывается чрезвычайно занят. Что же он теперь делает? Он водит пальцем по списку, отыскивает нужную вещь, бежит надевать ее, снова бежит к списку, находит следующую вещь и т.д.

Легко угадать, что скоро произошло — мальчик запомнил этот список и стал собираться гулять так же быстро и самостоятельно, как его родители — на работу. Замечательно, что все это произошло без всякого нервного напряжения — и сына, и его родителей.

◆

Рассмотрим следующую очень частую причину конфликтов при попытке сотрудничать с ребенком. Бывает, родитель готов учить или помогать сколько угодно и за тоном своим следит — не сердится, не приказывает, не критикует, а дело не идет. Такое случается с **излишне заботливыми** родителями, которые хотят для своих детей больше, чем сами дети.

> *Запомнился один эпизод. Это было на Кавказе, зимой, во время школьных каникул. На лыжном склоне катались взрослые и дети. А посередине горы стояла небольшая группа — мама, папа и их десятилетняя дочка. Дочка — на новых детских горных лыжах (редкость в то время), в замечательном новом костюме. Они о чем-то спорили. Оказавшись рядом, я невольно услышала следующий разговор:*
>
> *— Томочка, — говорил папа, — ну сделай хоть один поворот!*
>
> *— Не буду, — капризно дергала плечами Тома.*
>
> *— Ну, пожалуйста, — включалась мама. — Нужно только немного толкнуться палками. Смотри, папа сейчас покажет (папа показывал).*
>
> *— Сказала не буду — и не буду! Не хочу, — говорила девочка, отворачиваясь.*
>
> *— Тома, мы ведь так старались. Специально ехали сюда, чтобы ты научилась, за билеты дорого заплатили.*
>
> *— А я вас не просила!*

Сколько детей, подумала я, мечтают о таких вот лыжах (для многих родителей они просто не по средствам), о такой возможности оказаться на большой горе с подъемником, о тренере, который научил бы кататься. А у этой нарядной девочки есть все. Но она, как птица в золотой клетке, ничего не хочет. Да и трудно захотеть, когда вперед любому твоему желанию «забегают» сразу и папа, и мама.

БОКС 4-1

ВНЕШНИЕ СРЕДСТВА

(истории и опыт родителей)

Мама двух дошкольников (четырех и пяти с половиной лет), узнав о пользе внешнего средства, решила этот способ испробовать. Вместе с детьми она составила список обязательных утренних дел в картинках. Картинки были повешены в комнате детей, в ванне, в кухне. Изменения в поведении детей превзошли все ожидания. До этого утро проходило в постоянных напоминаниях мамы: «Поправьте постели», «Идите умываться», «Пора за стол», «Уберите за собой посуду»... Теперь же дети наперегонки старались выполнить каждый пункт списка. Такая «игра» продолжалась месяца два, после чего дети сами стали рисовать картинки для других дел.

Другой пример: «Мне надо было уехать в командировку на две недели, и в доме оставался только мой шестнадцатилетний сын Миша. Помимо других забот, меня беспокоили цветы, их надо было аккуратно поливать, что Миша совсем не привык делать, у нас уже был печальный опыт, когда цветы засохли. Мне пришла в голову счастливая мысль: я обернула горшки листами белой бумаги и написала на них большими буквами: «Мишенька, полей меня, пожалуйста. Спасибо!» Результат оказался прекрасным. Миша установил очень добрые отношения с цветами».

В семье наших друзей в прихожей висела особая доска, на которую каждый член семьи (мама, папа и двое детей школьников) могли приколоть любое свое сообщение. Там были и напоминания, и просьбы, просто короткая информация, недовольства кем-то или чем-то, благодарность за что-то. Доска эта была поистине центром общения в семье и даже средством разрешения трудностей.

Нечто похожее порой происходит с уроками. В психологическую консультацию обратился отец пятнадцатилетней Оли.

> *Дочь ничего не делает по дому, в магазин сходить не допросишься, посуду оставляет грязной, белье свое тоже не стирает, оставляет намоченным на 2–3 дня. Вообще-то родители готовы освободить Олю от всех дел — лишь бы училась. Но учиться она тоже не хочет. Придет из школы — либо на диване лежит, либо на телефоне висит. Скатилась на «тройки» и «двойки». Родители не представляют, как она в десятый класс перейдет. А о выпускных экзаменах и вовсе думать боятся. Мама работает так, что через день дома. Эти дни она думает только об Олиных уроках. Папа звонит с работы: села ли Оля заниматься? Нет, не села: «Вот папа придет с работы, с ним и буду учить». Папа едет домой и в метро учит по Олиным учебникам историю, химию. Приезжает домой «во всеоружии». Но не так-то легко упросить Олю сесть заниматься. Наконец, где-то в десятом часу Оля делает одолжение. Читает задачу — папа пытается ее объяснить. Но Оле не нравится, как он это делает: «Все равно непонятно». Упреки Оли сменяются уговорами папы. Минут через десять вообще все кончается. Оля отталкивает учебники, иногда закатывает истерику. Родители теперь думают, не нанять ли ей репетиторов.*

Ошибка Олиных родителей не в том, что они очень хотят, чтобы их дочка училась, а в том, что они этого хотят, если можно так выразиться, **вместо** Оли.

В таких случаях мне всегда вспоминается анекдот. Бегут по перрону люди, торопятся, опаздывают на поезд. Поезд тронулся. Еле-еле догоняют последний вагон, вскакивают на подножку, им кидают вдогонку вещи, поезд уходит. Оставшиеся на перроне в изнеможении падают на чемоданы и начинают громко хохотать. «Чему вы смеетесь?» — спрашивают их. «Так ведь уехали-то наши провожающие!»

Согласитесь, родители, которые готовят уроки за своих детей или «поступают» вместе с ними в вуз, в английскую, математическую, музыкальную школы, очень похожи на таких горе-провожающих. В своем эмоциональном порыве они забывают, что ехать-то не им, а ребенку. И тогда тот чаще всего «остается на перроне».

Так случилось и с Олей, чью судьбу удалось проследить в течение следующих трех лет. Она с трудом окончила школу и даже поступила в неинтересный для нее инженерный вуз, но, не закончив и первого курса, бросила учиться.

Родители, которые слишком многого хотят за ребенка, как правило, сами трудно живут. У них не остается ни сил, ни времени на собственные интересы и личную жизнь. Тяжесть их родительского долга понятна — ведь приходится все время тащить лодку **против течения!**

А чем это оборачивается для детей?

> *Передо мной мама с четырнадцатилетней дочкой. Мама — энергичная женщина с громким голосом. Дочка — вялая, безразличная, ничем не интересуется, ничего не делает, никуда не ходит, ни с кем не дружит. Правда, она вполне послушная, по этой линии у мамы к ней никаких претензий.*
>
> *Оставшись наедине с девочкой, спрашиваю: «Если бы у тебя была волшебная палочка, что бы ты у нее попросила?» Девочка надолго задумалась, а потом тихо и нерешительно ответила: «Чтобы я сама хотела того, что хотят от меня родители».*

Ответ меня глубоко поразил, насколько же родители могут отнять у ребенка энергию его собственных желаний!

Но это крайний случай. Гораздо чаще дети борются за право желать и получать то, в чем они нуждаются. И если родители настаивают на «правильных» делах, то ребенок с тем же упорством начинает заниматься «неправильными», не важно чем, лишь бы своим или пусть даже «наоборот». Особенно часто это случается с подростками. Получается парадокс: своими стараниями родители невольно отталкивают детей от серьезных занятий и ответственности за собственные дела.

К психологу обращается мама Пети. Знакомый комплекс проблем: «не тянет» девятый класс, уроки не делает, книгами не интересуется, в любую минуту норовит ускользнуть из дома. Мама потеряла покой, очень озабочена Петиной судьбой — что с ним будет? Кто из него вырастет? Петя же — румяный, улыбчивый «ребенок», настроен

благодушно. Считает, что все в порядке. Неприятности в школе? Ну ничего, как-нибудь уладятся. А вообще — жизнь прекрасна, вот только мама отравляет существование.

Сочетание слишком большой воспитательной активности родителей и инфантильности, то есть незрелости, детей — очень типично и абсолютно закономерно. Почему? Механизм здесь простой, он основан на действии психологического закона:

. . . .

Личность и способности ребенка развиваются только в той деятельности, которой он занимается по собственному желанию и с интересом.

. . . .

«Можно затащить лошадь в воду, но нельзя заставить ее пить», — гласит мудрая пословица. Можно заставить ребенка механически заучивать уроки, но такая «наука» осядет в его голове мертвым грузом. Больше того, чем настойчивее будет родитель, тем нелюбимее, скорее всего, окажется даже самый интересный, полезный и нужный школьный предмет.

◆

Как же быть? Как избегать ситуаций и **конфликтов принуждения?**

Прежде всего стоит присмотреться, чем больше всего увлекается ваш ребенок. Это может быть игра в куклы, в машинки, общение с друзьями, собирание моделей, игра в футбол, современная музыка... Некоторые из этих занятий могут показаться вам пустыми, даже вредными. Однако помните: для него они **важны и интересны,** и к ним стоит отнестись с уважением.

Хорошо, если ваш ребенок расскажет вам, что именно в этих делах интересно и важно для него, и вы сможете посмотреть на них его глазами, как бы изнутри его жизни, избегая советов и оценок. Совсем хорошо, если вы сможете при-

нять участие в этих занятиях ребенка, разделить с ним его увлечение. Дети в таких случаях бывают очень благодарны родителям. Будет и другой результат такого участия: на волне интереса вашего ребенка вы сможете начать передавать ему то, что считаете полезным: и дополнительные знания, и жизненный опыт, и свой взгляд на вещи, и даже интерес к чтению, особенно если начать с книг или заметок об интересующем его предмете.

В этом случае ваша лодка пойдет **по течению.**

Для примера приведу рассказ одного отца. Сначала он, по его словам, изнывал от громкой музыки в комнате своего сына, но потом пошел на «последнее средство»: собрав скудный запас знаний английского языка, он предложил сыну

разбирать и записывать слова зарубежных песен. Результат оказался удивительным: музыка стала тише, а у сына пробудился сильный интерес, почти страсть, к английскому языку. Впоследствии он окончил институт иностранных языков и стал профессиональным переводчиком.

Подобная удачная стратегия, которую порой интуитивно находят родители, напоминает способ прививки ветки сортовой яблони к дичку. Дичок жизнеспособен и морозоустойчив, и его жизненными силами начинает питаться привитая ветка, из которой вырастает замечательное дерево. Сам же культурный саженец в земле не выживает.

Так и многие занятия, которые предлагают детям родители или учителя, да еще с требованиями и упреками: они не выживают. В то же время они хорошо **«прививаются»** к уже существующим увлечениям. Пусть поначалу эти увлечения «примитивны», но они обладают жизненной силой, и эти силы вполне способны поддержать рост и расцвет «культурного сорта».

В этом месте я предвижу возражение родителей: нельзя же руководствоваться одним интересом; нужна дисциплина, есть обязанности, в том числе неинтересные! Не могу не согласиться. О дисциплине и обязанностях мы будем говорить подробнее позже. А сейчас напомню, что мы обсуждаем **конфликты принуждения,** то есть такие случаи, когда вам приходится настаивать и даже требовать, чтобы сын или дочь выполняли то, что «надо», и это портит настроение обоим.

◆

Вы, наверное, уже заметили, что в наших уроках мы предлагаем не только то, что стоит делать (или не делать) с детьми, но и то, что нам, родителям, стоит делать с самими собой. Следующее правило, которое мы сейчас обсудим, как раз о том, как работать с собой.

Мы уже говорили о необходимости вовремя «отпускать руль», то есть переставать делать за ребенка то, что он уже способен делать сам. Однако это правило касалось постепенной передачи ребенку вашей доли участия в практических делах. Теперь же речь пойдет о том, как добиться, чтобы эти дела были **сделаны.**

БОКС 4-2

«ПО ЛЮБВИ» — ИЛИ «ЗА ДЕНЬГИ»

Сталкиваясь с нежеланием ребенка делать что-либо положенное ему — учиться читать, помогать по дому, — некоторые родители встают на путь «подкупа». Они соглашаются «платить» ребенку (деньгами, вещами, удовольствиями), если он будет делать то, что от него хотят.

Этот путь очень опасен, не говоря уже о том, что мало эффективен. Обычно дело кончается тем, что претензии ребенка растут — он начинает требовать все больше и вперед, а обещанных изменений в его поведении не происходит.

Почему? Чтобы понять причину, нам нужно познакомиться с очень тонким психологическим механизмом, который лишь недавно стал предметом специальных исследований психологов.

В одном эксперименте группе студентов стали платить за игру в головоломку, которой они увлеченно занимались. Скоро студенты этой группы стали играть заметно реже, чем те их товарищи, которые никакой платы не получали.

Механизм, который здесь, а также во многих подобных случаях (житейских примерах и научных исследованиях) следующий: человек успешно и увлеченно

Ключевой вопрос: чья это должна быть забота? Поначалу, конечно, родителей, а со временем? Кто из родителей не мечтает, чтобы их ребенок сам вставал в школу, сам садился за уроки, одевался по погоде, вовремя ложился спать, без напоминаний отправлялся на кружок или тренировку? Однако во многих семьях забота обо всех этих делах так и остается на плечах родителей. Знакома ли вам ситуация, когда мама регулярно будит подростка по утрам, да еще воюет с ним по этому поводу? Знакомы ли вам упреки сына или дочери: «Почему ты мне не...?!» (не приготовила, не пришила, не напомнила)?

Если такое случается в вашей семье, обратите особое внимание на **Правило 3.**

занимается тем, что он выбирает сам, по внутреннему побуждению. Если же он знает, что получит за это плату или вознаграждение, то его энтузиазм снижается, а вся деятельность меняет характер: теперь он занят не «личным творчеством», а «зарабатыванием денег».

Многим ученым, писателям, художникам известно, как убийственна для творчества и уж по крайней мере чужда творческому процессу, работа «по заказу» с ожиданием вознаграждения. Нужна была сила личности и гениальность авторов, чтобы в этих условиях возникли «Реквием» Моцарта и романы Достоевского.

Поднятая тема наводит на многие серьезные размышления, и прежде всего о школах с их обязательными порциями материала, которые надо выучить, чтобы потом ответить на отметку. Не разрушает ли подобная система естественной любознательности детей, их интереса к познанию нового?

Однако остановимся здесь и закончим лишь напоминанием всем нам: давайте осторожнее обращаться с внешними побуждениями, подкреплениями, стимулированиями детей. Они могут принести большой вред, разрушив тонкую ткань собственной внутренней активности детей.

Постепенно, но неуклонно снимайте
с себя заботу и ответственность
за личные дела вашего ребенка
и передавайте их ему.

Пусть вас не пугают слова «снимайте с себя заботу». Речь идет о снятии мелочной заботы, затянувшейся опеки, которая просто мешает вашим сыну или дочери взрослеть. Передача им ответственности за свои дела, поступки,

а затем и будущую жизнь — самая большая забота, которую вы можете проявить по отношению к ним. Это забота мудрая. Она делает ребенка более сильным и уверенным в себе, а ваши отношения — более спокойными и радостными.

Хочу в связи с этим поделиться одним воспоминанием из собственной жизни.

> *Это было давно. Я только что окончила вуз, и у меня родился первый ребенок. Время было трудное, работа — малооплачиваемая. Родители получали, конечно, больше, ведь они проработали всю жизнь.*
>
> *Однажды в разговоре со мной отец сказал: «Я готов тебе помогать материально в экстренных случаях, но не хочу делать это постоянно: **этим я принесу тебе только вред**».*
>
> *Эти его слова я запомнила на всю жизнь, а также то чувство, которое у меня тогда возникло. Его можно было бы описать так: «Да, это справедливо. Спасибо за такую **особую заботу** обо мне. Я постараюсь выжить и, думаю, справлюсь».*
>
> *Теперь, оглядываясь назад, я понимаю, что отец сказал мне и нечто большее: «Ты достаточно крепко стоишь на ногах, теперь иди сама, я тебе больше не нужен». Эта его вера, выраженная совсем другими словами, очень помогала мне потом во многих трудных жизненных обстоятельствах.*

Процесс передачи ответственности ребенку за его дела очень непрост. Его надо начинать с мелочей. Но даже по поводу этих мелочей родители очень тревожатся. Это и понятно: ведь **приходится рисковать** временным благополучием своего ребенка. Возражения бывают примерно такие: «Как же мне его не будить? Ведь он обязательно проспит, и тогда будут большие неприятности в школе». Или: «Если не буду заставлять ее делать уроки, она нахватает двоек!»

◆

Как это ни парадоксально звучит, но ваш ребенок нуждается в отрицательном опыте, конечно, если тот не угрожает его жизни или здоровью. (На уроке 9 мы поговорим об этом подробнее.)

Данную истину можно записать как **Правило 4.**

. . . .

Позволяйте вашему ребенку встречаться с отрицательными последствиями своих действий (или своего бездействия). Только тогда он будет взрослеть и становиться «сознательным».

. . . .

Наше Правило 4 говорит о том же, что и известная пословица «на ошибках учатся». Нам приходится набираться мужества и сознательно давать детям делать ошибки, чтобы они научились быть самостоятельными.

ДОМАШНИЕ ЗАДАНИЯ

Задание первое

Посмотрите, есть ли у вас столкновения с ребенком на почве каких-то дел, которые, по вашему мнению, он может и должен выполнять сам. Выберите одно из них и поделайте некоторое время с ним вместе. Посмотрите, лучше ли у него пошло дело с вами? Если да, перейдите к следующему заданию.

Задание второе

Придумайте какое-нибудь внешнее средство, которое могло бы заменить ваше участие в том или ином деле ребенка. Это может быть будильник, написан-

ное правило или соглашение, таблица или что-то другое. Обсудите и обыграйте с ребенком это вспомогательное средство. Убедитесь, что ему удобно им пользоваться.

Задание третье

Возьмите лист бумаги, разделите его вертикальной линией пополам. Над левой частью напишите: «Сам», над правой — «Вместе». Перечислите в них те дела, которые ваш ребенок решает и делает сам, и те, в которых вы обычно участвуете. (Хорошо, если вы заполните таблицу вместе и по взаимному согласию.) Затем посмотрите, что из колонки «Вместе» можно сейчас или в ближайшем будущем передвинуть в колонку «Сам». Помните, каждое такое перемещение — важный шаг к взрослению вашего ребенка. Обязательно отметьте этот его успех. В Боксе 4–3 вы найдете пример такой таблицы.

ВОПРОСЫ РОДИТЕЛЕЙ

ВОПРОС: *А если, несмотря на все мои страдания, ничего не получается: он (она) по-прежнему ничего не хочет, ничего не делает, с нами воюет, да и мы не выдерживаем?*

ОТВЕТ: О трудных ситуациях и ваших переживаниях мы еще много будем говорить. Здесь же мне хочется сказать одно: «Пожалуйста, наберитесь терпения!» Если вы действительно будете стараться помнить Правила и упражняться, выполняя наши задания, результат обязательно будет. Но он может стать заметным нескоро. Иногда проходят дни, недели, а иногда и месяцы, и даже год-два, прежде чем посеянные вами семена дадут всходы. Некоторым семенам надо побыть в земле дольше. Лишь бы вы не теряли надежду и продолжали рыхлить землю. Помните: процесс роста в семенах уже начался.

ВОПРОС: *Разве всегда нужно помогать ребенку делом? По своему опыту знаю, как важно, чтобы иногда кто-то просто посидел рядом, послушал.*

БОКС 4-3

ПРИМЕР ТАБЛИЦЫ «САМ — ВМЕСТЕ», КОТОРУЮ СОСТАВИЛА МАМА СО СВОЕЙ ОДИННАДЦАТИЛЕТНЕЙ ДОЧКОЙ

Сама	Вместе с мамой
1. Встаю и собираюсь в школу.	1. Иногда делаем математику; мама объясняет.
2. Решаю, когда сесть за уроки.	2. Решаем, когда можно пригласить к нам друзей.
3. Перехожу улицу и могу переводить младших брата и сестру; мама разрешает, а папа нет.	3. Делим купленные игрушки или конфеты.
4. Решаю, когда мне мыться.	4. Иногда спрашиваю совета у мамы, чем мне заняться.
5. Выбираю, с кем дружить.	5. Решаем, что будем делать в воскресенье.
6. Разогреваю и иногда готовлю себе еду, кормлю младших.	

ОТВЕТ: Вы совершенно правы! Каждый человек, тем более ребенок, нуждается в помощи не только «делом», но и «словом», и даже — молчанием. К искусству слушать и понимать мы сейчас и перейдем.

Сообщу одну подробность: девочка — из многодетной семьи, и можно видеть, что она уже довольно самостоятельная. В то же время видно, что есть дела, в которых она по-прежнему нуждается в мамином участии. Будем надеяться, что пункты 1 и 4 справа скоро переместятся на левую сторону таблицы: они уже на полпути.

урок 5

КАК СЛУШАТЬ РЕБЕНКА

Причины трудностей ребенка часто бывают спрятаны в сфере его чувств. Тогда практическими действиями — показать, научить, направить — ему не поможешь. В таких случаях лучше всего... **его послушать.** Правда, иначе, чем мы привыкли. Психологи нашли и очень подробно описали способ «помогающего слушания», иначе его называют **«активным слушанием».**

Что же это значит — активно слушать ребенка? Начну с ситуаций.

Мама сидит в парке на скамейке, к ней подбегает ее трехлетний малыш в слезах: «Он отнял мою машинку!»

Сын возвращается из школы, в сердцах бросает на пол портфель, на вопрос отца отвечает: «Больше я туда не пойду!»

Дочка собирается гулять; мама напоминает, что надо одеться потеплее, но дочка капризничает: она отказывается надевать «эту уродскую шапку».

Во всех случаях, когда ребенок расстроен, обижен, потерпел неудачу, когда ему больно, стыдно, страшно, когда с ним обошлись грубо или несправедливо и даже когда он очень устал, первое, что нужно сделать — это дать ему понять, что вы знаете о его переживании (или состоянии), «слышите» его.

Для этого лучше всего сказать, что именно, по вашему впечатлению, чувствует сейчас ребенок. Желательно назвать «по имени» это его чувство или переживание.

Повторю сказанное короче. Если у ребенка **эмоциональная проблема,** его надо активно выслушать.

Вернемся к нашим примерам и подберем фразы, в которых родитель называет чувство ребенка:

Активно слушать ребенка — значит «возвращать» ему в беседе то, что он вам поведал, при этом обозначив его чувство.

СЫН: Он отнял мою машинку!
МАМА: Ты очень огорчен и рассержен на него.
СЫН: Больше я туда не пойду!
ПАПА: Ты больше не хочешь ходить в школу.
ДОЧЬ: Не буду я носить эту уродскую шапку!
МАМА: Тебе она очень не нравится.

Сразу замечу: скорее всего такие ответы покажутся вам непривычными и даже неестественными. Гораздо легче и привычнее было бы сказать:

— Ну ничего, поиграет и отдаст...

— Как это ты не пойдешь в школу?!

— Перестань капризничать, вполне приличная шапка!

При всей кажущейся справедливости этих ответов они имеют один общий недостаток: оставляют ребенка **наедине с его переживанием.** Своим советом или критическим замечанием родитель как бы сообщает ребенку, что его переживание неважно, оно не принимается в расчет.

Напротив, ответы по способу активного слушания показывают, что родитель понял внутреннюю ситуацию ребенка, готов, услышав о ней больше, принять ее.

Такое буквальное **сочувствие** родителя производит на ребенка совершенно особое впечатление (замечу, что не меньшее, а порой гораздо большее влияние оно оказывает и на самого родителя, о чем немного ниже). Многие родители, которые впервые попробовали спокойно «озвучить» чувства ребенка, рассказывают о неожиданных, порой чудодейственных результатах. Приведу два реальных случая.

Мама входит в комнату дочки и видит беспорядок.

МАМА: Нина, ты все еще не убралась в своей комнате?

ДОЧЬ: Ну, мам, потом.

МАМА: Тебе очень не хочется сейчас убираться.

ДОЧЬ (неожиданно бросается на шею матери): Мамочка, какая ты у меня замечательная!

Другой случай рассказал папа семилетнего мальчика.

Они с сыном торопились на автобус. Автобус был последний, и на него никак нельзя было опоздать. По дороге мальчик попросил купить шоколадку, но папа отказался. Тогда обиженный сын стал саботировать папину спешку: отставать, смотреть по сторонам, останавливаться для каких-то «неотложных» дел. Перед папой встал выбор: опаздывать нельзя, а тащить сына насильно за руку ему тоже не хотелось. И тут он вспомнил наш совет. «Денис, — обратился он к сыну, — ты расстроился из-за того, что я не купил тебе шоколадку, расстроился и обиделся на меня».

В результате произошло то, чего папа совсем не ожидал: мальчик миролюбиво вложил свою руку в папину, и они быстро зашагали к автобусу.

Не всегда, конечно, конфликт разрешается так быстро. Иногда ребенок, чувствуя готовность отца или матери его слушать и понимать, охотно продолжает рассказывать о случившемся. Взрослому остается только активно слушать его дальше.

Приведу пример более длительного разговора, в котором мама несколько раз «озвучила» то, что она услышала и увидела, беседуя с плачущим ребенком.

Мама занята деловым разговором. В соседней комнате играют ее пятилетняя дочка и десятилетний сын. Вдруг раздается громкий плач.

Плач приближается к маминой двери, и со стороны коридора начинает дергаться ручка. Мама открывает дверь, перед ней стоит, уткнувшись в косяк, плачущая дочь, а сзади — растерянный сын.

ДОЧЬ: *У-у-у-у!*

МАМА: *Миша тебя обидел... (Пауза.)*

ДОЧЬ *(продолжает плакать): Он меня урони-и-ил!*

МАМА: *Он тебя толкнул, ты упала и ушиблась... (Пауза.)*

ДОЧЬ *(переставая плакать, но все еще обиженным тоном): Нет, он меня не поймал.*

МАМА: *Ты откуда-то прыгала, а он тебя не удержал и ты упала... (Пауза.)*

Миша, который с виноватым видом стоит сзади, утвердительно кивает головой.

ДОЧЬ *(уже спокойно): Да... Я к тебе хочу. (Забирается к маме на колени.)*

МАМА *(через некоторое время): Ты хочешь побыть со мной, а на Мишу все еще обижаешься и не хочешь с ним играть.*

ДОЧЬ: *Нет. Он там свои пластинки слушает, а мне неинтересно.*

МИША: *Ладно, пойдем, я тебе твою пластинку поставлю...*

◆

Этот диалог дает нам возможность обратить внимание на некоторые важные особенности и дополнительные правила беседы по способу активного слушания.

Во-первых, если вы хотите послушать ребенка, обязательно **повернитесь к нему лицом.** Очень важно также, чтобы **его и ваши глаза находились на одном уровне.** Если ребенок маленький, присядьте около него, возьмите его на руки или на колени, можно слегка притянуть ребенка к себе, подойти или придвинуть свой стул к нему поближе.

Избегайте общаться с ребенком, находясь в другой комнате, повернувшись лицом к плите или к раковине с посудой, смотря телевизор, читая газету, сидя, откинувшись на спинку кресла или лежа на диване. Ваше положение по отношению к нему и ваша поза — первые и **самые сильные сигналы** о том, насколько вы готовы его слушать и услышать. Будьте очень внимательны к этим сигналам, которые хорошо «читает» ребенок любого возраста, даже не отдавая себе сознательного отчета в том.

Во-вторых, если вы беседуете с расстроенным или огорченным ребенком, не следует задавать ему вопросы. Желательно, чтобы ваши ответы звучали **в утвердительной форме.**

Например:

СЫН (с мрачным видом): Не буду больше водиться с Петей.

РОДИТЕЛЬ: Ты на него обиделся.

Возможные неправильные реплики:

— *А что случилось?*

— *Ты что, на него обиделся?*

Почему первая фраза родителя более удачна? Потому что она сразу показывает, что родитель настроился на «эмоциональную волну» сына, что он слышит и принимает его огорчение, во втором же случае ребенок может подумать, что родитель вовсе не с ним, а как внешний участник интересуется только «фактами»,

выспрашивает о них. На самом деле это может быть совсем не так, и отец, задавая вопрос, может вполне сочувствовать сыну, но дело в том, что фраза, оформленная как вопрос, **не отражает сочувствия.**

Казалось бы, разница между утвердительным и вопросительным предложениями очень незначительна, иногда это всего лишь тонкая интонация, а реакция на них бывает очень разная. Часто на вопрос «Что случилось?» огорченный ребенок отвечает «Ничего!», а если вы скажете «Что-то случилось...», то ребенку бывает легче начать рассказывать о случившемся.

В-третьих, очень важно в беседе **«держать паузу».** После каждой вашей реплики лучше всего помолчать. Помните, что это время принадлежит ребенку, не забивайте его своими соображениями и замечаниями. Пауза помогает ребенку разобраться в своем переживании и одновременно полнее почувствовать, что вы рядом. Помолчать хорошо и после ответа ребенка — может быть, он что-то добавит. Узнать о том, что ребенок еще не готов услышать вашу реплику, можно по его внешнему виду. Если его глаза смотрят не на вас, а в сторону, «внутрь» или вдаль, то продолжайте молчать — в нем происходит сейчас очень важная и нужная внутренняя работа.

В-четвертых, в вашем ответе также иногда полезно повторить, что, как вы поняли, случилось с ребенком, а потом **обозначить его чувство.** Так, ответ отца в предыдущем примере мог бы состоять из двух фраз:

СЫН (*с мрачным видом*): *Не буду больше водиться с Петей.*

ОТЕЦ: Не хочешь с ним больше дружить. ***(Повторение услышанного.)***

СЫН: Да, не хочу.

ОТЕЦ (после паузы): Ты на него обиделся. ***(Обозначение чувства.)***

Иногда у родителей возникает опасение, что ребенок воспримет повторение его слов как передразнивание. Этого можно избежать, если использовать другие слова с тем же смыслом. Например, в нашем примере слово «водиться» отец заменил «дружить». Практика показывает, что если вы даже и используете те же фразы, но при этом точно угадываете переживание ребенка, он, как правило, не замечает ничего необычного, и беседа успешно продолжается.

Конечно, может случиться, что в ответе вы не совсем точно угадали случившееся событие или чувство ребенка. Не смущайтесь, в следующей фразе он вас поправит. Будьте внимательны к его поправке и покажите, что вы ее приняли.

Так, в примере с двумя детьми мама только на третий раз угадала, что произошло с девочкой и ее братом. («Ты откуда-то прыгала, а он тебя не удержал».) И после этого дочка сразу успокоилась.

◆

Хочу снова отметить, что беседа по способу активного слушания очень непривычна для нашей культуры, и ею овладеть непросто. Однако этот способ быстро завоюет ваши симпатии, как только вы увидите результаты, которые он дает. **Их по крайней мере три.** Они также могут служить признаками того, что вам удается правильно слушать ребенка. Перечислю их.

1. Исчезает или по крайней мере сильно ослабевает отрицательное переживание ребенка. Здесь сказывается замечательная закономерность: разделенная радость удваивается, разделенное горе уменьшается вдвое.

2. Ребенок, убедившись, что взрослый готов его слушать, **начинает рассказывать о себе все больше:** тема повествования (жалобы) меняется, развивается. Иногда в одной беседе неожиданно разматывается целый клубок проблем и огорчений.

Мама укладывает четырехлетнюю Машу спать, и девочка просит посидеть с ней.

ДОЧЬ: *Мамочка, ну еще капельку, ну чуть-чуть!*

МАМА: *Машенька, уже поздно, все ребята спят.*

ДОЧЬ: *Целый день одна и одна, не хочу больше!*

МАМА: *Ты же целый день с ребятами в саду играешь... (Вспоминает активное слушание.) Ты чувствуешь себя одинокой...*

ДОЧЬ: *Да, ребят много, а маму в сад не пускают.*

МАМА: *Ты скучаешь без меня.*

ДОЧЬ: *Скучаю, а Саша Петров дерется.*

МАМА: *Ты на него сердита.*

ДОЧЬ: *Он мою игру поломал!*

МАМА: *И ты расстроилась...*

ДОЧЬ: *Нет, я его толкнула, чтоб не ломал, а он меня кубиком по спине.*

МАМА: *Было больно... (Пауза.)*

ДОЧЬ: *Больно, а тебя нет!*

МАМА: *Ты хотела, чтобы мама тебя пожалела.*

ДОЧЬ: *Я хотела с тобой пойти...*

МАМА: *Пойти... (Пауза.)*

ДОЧЬ: *Ты же обещала нас с Игорьком в зоопарк сводить, я все жду-жду, а ты не ведешь!*

Как часто мы оставляем детей наедине с грузом разных переживаний своими решительными «Поздно!», «Пора спать», в то время как несколько минут слушания могли бы по-настоящему успокоить ребенка перед сном.

Многие родители рассказывают, что активное слушание помогло им впервые установить контакт со своими детьми.

Вот пример из книги Т. Гордона.

Отец пятнадцатилетней девочки, вернувшись с родительских курсов, где он познакомился со способом ак-

тивного слушания, нашел свою дочь в кухне, болтающей со своим одноклассником. Подростки в нелестных тонах обсуждали школу. «Я сел на стул, — рассказывал потом отец, — и решил их активно слушать, чего бы мне это ни стоило. В результате ребята проговорили, не закрывая рта, два с половиной часа, и за это время я узнал о жизни своей дочери больше, чем за несколько предыдущих лет!»

3. Ребенок сам продвигается в решении своей проблемы.

Привожу почти дословно рассказ молодой женщины — слушательницы наших курсов:

«Моей сестре Лене четырнадцать лет. Иногда она приезжает ко мне в гости. Перед очередным ее приездом мама позвонила и рассказала, что Лена связалась с плохой компанией. Мальчики и девочки в этой компании курят, пьют, выманивают друг у друга деньги. Мама очень обеспокоена и просит меня как-то повлиять на сестру.

В разговоре с Леной заходит речь о ее друзьях. Чувствую, что ее настроение портится.

— Лена, я вижу, тебе не очень приятно говорить о твоих друзьях.

— Да, не очень.

— Но ведь у тебя есть настоящий друг.

— Конечно есть — Галка. А остальные... даже не знаю.

— Ты чувствуешь, что остальные могут тебя подвести.

— Да, пожалуй.

— Ты не знаешь, как к ним относиться.

— Да...

— А они к тебе очень хорошо относятся.

Лена бурно реагирует:

— Ну нет, я бы не сказала. Если бы они ко мне хорошо относились, то не заставляли бы занимать у соседей деньги на вино, а потом просить их у мамы, чтобы отдать.

— Да-а. Ты считаешь, что нормальные люди так не поступают.

— Конечно, не поступают. Вон Галка не дружит с ними и учится хорошо. А мне даже уроки некогда делать.

— Ты стала хуже учиться.

— Учительница даже домой звонила, жаловалась маме.

— Мама, конечно, сильно расстроилась. Тебе ее жаль.

— Я очень люблю маму и не хочу, чтобы она расстраивалась, но ничего не могу с собой поделать. Характер какой-то у меня стал ужасный. Чуть что — начинаю грубить.

— Ты понимаешь, что грубить плохо, но что-то внутри тебя толкает сказать грубость, обидеть человека...

— Я не хочу никого обижать. Наоборот, мне все время кажется, что меня хотят обидеть. Все время чему-то учат...

— Тебе кажется, что тебя обижают и учат...

— Ну да. Потом я понимаю, что они хотят как лучше и в чем-то правы.

— Ты понимаешь, что они правы, но не хочешь это показывать.

— Да, а то будут думать, что я их во всем и всегда буду слушаться.

— Ребята из компании тоже не хотят слушаться своих родителей...

— Они даже их обманывают.

— Даже обманывают. Если обманывают родителей, то что им стоит обмануть друзей...

— Вот-вот! Я теперь поняла. Они же с деньгами меня обманули: отдавать и не собираются. В общем, они мне надоели, и я им в глаза скажу, что они за люди.

Лена поехала домой. Через несколько дней звонит мама.

— Оля, Лена передо мной извинилась. Сказала, что все поняла. И вообще стала другим человеком — ласковая, добрая, с компанией не ходит, чаще сидит дома, делает уроки, читает. А самое главное — сама очень довольна. Спасибо тебе!»

◆

Вы познакомились с тремя положительными результатами, которые можно обнаружить (любой из них или сразу все) при удачном активном слушании ребенка уже в ходе беседы.

Однако постепенно родители начинают обнаруживать еще по крайней мере два замечательных изменения, более общего характера.

Первое: родители сообщают, как о чуде, что дети сами довольно быстро начинают активно **слушать их.**

Рассказывает мама четырехлетней Нади.

На днях садимся обедать, я ставлю перед Надей тарелку с едой, но она отворачивается, отказывается есть. Опускаю глаза и думаю, как правильно сказать. Но тут слышу слова дочки:

НАДЯ: Мамуленька, ты расплачешься сейчас...

МАМА: Да, Надя, я огорчена, что ты не хочешь обедать.

НАДЯ: Я понимаю, тебе обидно. Ты готовила, а я не ем твой обед.

МАМА: Да, мне очень хотелось, чтобы тебе понравился обед. Я очень старалась.

НАДЯ: Ладно, мамочка, я съем все-все до последней капельки.

И действительно — все съела!

Второе изменение касается самих родителей. Очень часто в начале занятий по активному слушанию они делятся вот каким своим неприятным переживанием. «Вы говорите, — обращаются они к психологу, — что активное слушание помогает понять и почувствовать проблему ребенка, поговорить с ним по душам. В то же время вы учите нас способу или методу, как это делать. Учите строить фразы, подыскивать слова, соблюдать правила. Какой же это разговор «по душам»? Получается сплошная «техника», к тому же неудобная, неестественная. Слова не приходят в голову, фразы получаются корявые, вымученные. И вообще — нечестно: мы хотим, чтобы ребенок поделился с нами сокровенным, а сами «применяем» к нему какие-то способы».

Такие или приблизительно такие возражения приходится слышать часто на первых двух-трех занятиях. Но постепенно переживания родителей начинают меняться. Обычно это случается после первых удачных попыток вести беседу с ребенком по-другому. Успех окрыляет родителей, они начинают иначе относиться к «технике» и одновременно замечают в себе что-то новое. Они обнаруживают, что становятся **более чувствительными** к нуждам и горестям ребенка, легче принимают его «отрицательные» чувства. Родители говорят, что со временем они начинают находить в себе больше терпения, меньше раздражаться на ребенка, лучше видеть, как и отчего ему бывает плохо. Получается так, что «техника» активного слушания оказывается средством преображения родителей. Мы думаем, что «применяем» ее к детям, а она **меняет нас самих.** В этом — ее чудесное скрытое свойство.

Что же касается беспокойства родителей относительно искусственности, «приемов» и «техник», то преодолеть его помогает одно сравнение, которое я часто привожу на занятиях.

Хорошо известно, что начинающие балерины часы проводят в упражнениях, далеко не естественных с точки зрения наших обычных представлений. Например, они разучивают позиции, при которых ступни ставятся под различными углами, в том числе под углом 180 градусов.

При таком «вывернутом» положении ног балерины должны свободно держать равновесие, приседать, следить за движениями рук... и все это нужно для того, чтобы потом они танцевали легко и свободно, не думая уже ни о какой технике.

Так же и с навыками общения. Они вначале трудны и порой необычны, но когда вы ими овладеваете, «техника» исчезает и переходит в **искусство** общения.

ДОМАШНИЕ ЗАДАНИЯ

Задание первое

Перед вами таблица, в которой нужно заполнить графу «Чувства ребенка». В левой колонке вы найдете описание ситуации и слова ребенка, справа напишите, какие, по вашему мнению, чувства он испытывает в этом случае. Пока не думайте о вашем ответе.

Задание второе

По сути, это продолжение первого задания. Запишите в третьей колонке ваш ответ на слова ребенка. Обозначьте в этой фразе чувство, которое (по вашему предположению) он испытывает (см. образец).

Примечание. Правильные ответы к этому и предыдущему заданиям вы найдете в конце урока.

Ситуация и слова ребенка	Чувства ребенка	Ваш ответ
1. (Образец): «Сегодня, когда я выходила из школы, мальчишка-хулиган выбил у меня портфель и из него все высыпалось». 2. (Ребенку сделали укол, плачет): «Доктор плохой!» 3. (Старший сын — маме): «Ты всегда ее защищаешь, говоришь «маленькая, маленькая», а меня никогда не жалеешь». 4. «Сегодня на уроке математики я ничего не поняла и сказала об этом учителю, а все ребята смеялись». 5. (Ребенок роняет чашку, та разбивается): «Ой!!! Моя ча-а-шечка!» 6. (Влетает в дверь): «Мам, ты знаешь, я сегодня первый написал и сдал контрольную!» 7. «Ну надо же, я забыла включить телевизор, а там было продолжение фильма!»	Огорчение, обида	Ты расстроилась, и было очень обидно

Задание третье

Начните то же делать в вашем повседневном общении с ребенком: замечайте моменты его различных переживаний, когда он обижен, расстроен, боится, не хочет, устал, рассержен, радостен, нетерпелив, увлечен... и называйте их в вашем обращении к нему. Не забывайте о повествовательной (не вопросительной) форме вашей реплики и о паузе после ваших слов.

ВОПРОСЫ РОДИТЕЛЕЙ

ВОПРОС: *Всегда ли нужно активно слушать ребенка? Вот, например, вчера сын пришел домой в порванных брюках. Ему хоть бы что, а я в отчаянии: где теперь их достанешь! Неужели и здесь его надо было активно слушать?*

ОТВЕТ: Нет, не надо. Когда ребенку «хоть бы что», а вы переживаете, то ситуация как раз противоположна той, которую мы имели в виду до сих пор. Как в этом случае реагировать, мы обсудим через урок.

Другой случай, когда не надо активно слушать — это вопрос типа: «Мам, который час?» Было бы нелепо ответить: «Ты хочешь узнать, который час...»

ВОПРОС: *Обязательно ли, слушая ребенка, откликаться развернутыми фразами?*

ОТВЕТ: Совсем не обязательно. Одна мама пишет: «Моя дочка, придя из школы, рассказывает, не закрывая рта, обо всем, что случилось. Мне остается только кивать головой и поддакивать».

Эта мама ведет себя естественно и совершенно правильно. Когда ребенок, переполненный впечатлениями, говорит «не закрывая рта», все, в чем он нуждается, — это в вашем присутствии и внимании. Психологи назвали этот способ **«пассивным слушанием»** — пассивным, конечно, только внешне. Здесь употребляются короткие фразы и слова, междометия, просто мимические знаки, говорящие о том, что вы слушаете и отзываетесь на детские чувства: «Да-да...», «Ага!», «Неужели?», «Расскажи еще...», «Интересно», «Ты так и сказал!», «Вот-вот...», «И что же?», «Замечательно!», «Ну надо же!..» и т. п.

Короткие слова уместны и при рассказе об отрицательных переживаниях. В опере «Снегурочка» есть сцена — дуэт: к старому царю берендеев приходит девушка. Она жалуется на то, что возлюбленный покинул ее, полюбив Снегурочку. Льется грустная речь девушки, а мудрый старик мягко отвечает: «Сказывай, сказывай...», «Сказывай, деточка...», «Сказывай, милая...», «Сказывай, слушаю». Не правда ли, завораживающий пример искусства слушать, пришедший к нам из глубин народной культуры! А мудрые бабушки, по которым теперь все тоскуют, — не так ли они слушали?

ВОПРОС: *А как слушать ребенка, если некогда? Как прервать его?*

ОТВЕТ: Если некогда, лучше не начинайте. Нужно, чтобы у вас был некоторый запас времени. От начатых и прерванных попыток слушать ребенка тот может получить только разочарование. Хуже всего, если хорошо начавшийся разговор резко обрывается родителем:

— Вася, пора домой.

— Пап, пожалуйста, еще немножко!

— Тебе хочется еще немножко поиграть... (Активно слушает).

— Да, у нас так интересно!

— Сколько же еще?

— Ну, хоть полчасика.

— Нет, это слишком много. Сейчас же домой!

При повторении подобных случаев у ребенка может вырасти лишь недоверие к отцу, и попытки активного слушания он начнет оценивать как способ войти к нему в доверие, чтобы потом больнее ударить. Особенно опасны такие ошибки, если у вас до сих пор не было хорошего контакта с ребенком, и вы делаете только первые шаги.

ВОПРОС: ***А что, если активное слушание не помогает? Например, на днях я говорю дочке: «Пора садиться за уроки». А она отвечает. «Нет, еще есть время, сейчас не хочу». Я ей: «Тебе сейчас не хочется...» Она: «Да, не хочется», — так и не села!***

ОТВЕТ: Этот вопрос помогает разъяснить одно частое ошибочное мнение родителей, будто активное слушание — это способ добиться от ребенка того, что вы от него хотите.

Совсем нет, активное слушание — это путь установления **лучшего контакта** с ребенком, способ показать, что вы **безусловно его принимаете** со всеми его отказами, бедами, переживаниями. Для появления такого контакта может понадобиться некоторое время, в течение которого ребенок убедится, что вы стали более внимательно относиться к его проблемам. Если же, напротив, он заподозрит, что вы рассчитываете каким-то новым способом воздействовать на него «в свою пользу», то сопротивление вашим попыткам только возрастет.

Ответы на задания 1 и 2, урок 5

Возможные ответы родителя:

1. Ты очень расстроилась и было обидно.
2. Тебе больно, ты рассердилась на доктора.
3. Тебе хочется, чтобы я тебя тоже защищала.
4. Было очень неловко и обидно.
5. Ты испугалась, и чашечку очень жалко.
6. Здорово! Я вижу, ты очень рад.
7. Очень досадно...

урок 6

ДВЕНАДЦАТЬ ПРОТИВ ОДНОГО,
ИЛИ ЧТО НАМ МЕШАЕТ СЛУШАТЬ РЕБЕНКА

Родители, которые пытаются научиться активному слушанию, жалуются на большие трудности: на ум приходят **привычные ответы,** — все, кроме необходимого.

На одном из занятий группу родителей попросили написать, как бы они ответили на такую жалобу дочери:

— Таня больше не хочет со мной дружить. Сегодня она играла и смеялась с другой девочкой, а на меня они даже не взглянули.

Вот какие были ответы:

— А ты попробуй подойди к ним первая: может быть, и тебя примут.

— Наверное, ты сама в чем-то виновата.

— Конечно, очень обидно. Но, может быть, Тане интереснее с той девочкой. Лучше не навязывай ей свою дружбу, а найди себе другую подружку.

— А ты предложи Тане поиграть с твоей новой куклой.

— Не знаю, что делать. Подари им что-нибудь.

— Такое часто бывает в жизни. Постарайся не переживать так сильно.

— А у вас с ней не было ссоры?

— Брось переживать. Давай лучше поиграем.

Родители очень удивились, узнав, что ни один ответ не был удачным. В последние два десятилетия психологи проделали очень важную работу: они выделили типы тра-

диционных родительских высказываний — настоящих **помех** на пути активного слушания ребенка. Их оказалось целых двенадцать! Давайте же познакомимся с этими типами **автоматических ответов** родителей, а также с тем, что слышат в них дети.

1. Приказы, команды: «Сейчас же перестань!», «Убери!», «Вынеси ведро!!!», «Быстро в кровать!», «Чтобы больше я этого не слышал!», «Замолчи!».

В этих категоричных фразах ребенок слышит нежелание родителей вникнуть в его проблему, чувствует неуважение к его самостоятельности.

Такие слова вызывают чувство бесправия, а то и брошенности «в беде».

В ответ дети обычно сопротивляются, «бурчат», обижаются, упрямятся.

МАМА: Вова, одевайся скорее (команда), в садик опаздываем!

ВОВА: Я не могу, помоги мне.

МАМА: Не выдумывай! (Приказ.) Сколько раз уже одевался сам!

ВОВА: Рубашка противная, не хочу ее.

МАМА: Новые фокусы! Ну-ка, сейчас же одевайся! (Снова приказ.)

ВОВА: А у меня не застегивается.

МАМА: Не застегивается — так и пойдешь, все ребята увидят, какой ты неряха.

ВОВА (плачущим голосом): Ты плохая...

А разговор мог бы развиваться совсем по-другому:

МАМА: Вова, одевайся скорее, в садик опаздываем.

ВОВА: Я не могу, помоги мне.

МАМА (останавливается на минутку): Не можешь сам справиться.

ВОВА: Рубашка противная, не хочу ее.

МАМА: Тебе не нравится рубашка.

ВОВА: Да, ребята вчера смеялись, говорили: девчачья.

МАМА: Тебе было очень неприятно. Понимаю. Давай наденем вот эту!

ВОВА (облегченно): Давай! (Быстро одевается.)

Заметим, что в этом разговоре первые же ответы мамы на слова мальчика («Не можешь сам справиться», «Тебе не нравится рубашка») настраивают ее на то, чтобы действительно послушать его, услышать его ответы, а не только свои приказания. В результате сын охотно делится своей действительной проблемой, и мать готова ее принять. Если же разговор идет первым способом, то неизбежно появляется следующий тип родительских фраз.

2. Предупреждения, предостережения, угрозы: «Если ты не прекратишь плакать, я уйду», «Смотри, как бы не стало хуже», «Еще раз это повторится, и я возьмусь за ремень!», «Не придешь вовремя — пеняй на себя».

Угрозы бессмысленны, если у ребенка сейчас неприятное переживание. Они лишь загоняют его в еще больший тупик.

Так, в конце первого разговора мама прибегла к угрозе «так и пойдешь, все ребята увидят, какой ты неряха», на что последовали слезы и выпад мальчика в адрес мамы.

Знакомы ли вам такие сцены? Бывает ли так, что в результате вы реагируете еще большим «закручиванием гаек», следующей угрозой, окриком?

Угрозы и предупреждения плохи еще и тем, что при частом повторении дети к ним привыкают и перестают на них реагировать. Тогда некоторые родители от слов переходят к делу и быстро проходят путь от слабых наказаний к более сильным, а порой и жестоким: раскапризничавшегося малыша «оставляют» одного на улице, дверь закрывают на ключ, рука взрослого тянется к ремню.

3. Мораль, нравоучения, проповеди: «Ты обязан вести себя как подобает», «Каждый человек должен трудиться», «Ты должен уважать взрослых».

Обычно дети из таких фраз не узнают ничего нового. Ничего не меняется от того, что они слышат это в «сто первый раз». Они чувствуют давление внешнего авторитета, иногда вину, иногда скуку, а чаще всего все вместе взятое.

Дело в том, что моральные устои и нравственное поведение воспитываются в детях не столько словами, сколько атмосферой в доме, через подражание поведению взрослых, прежде всего родителей. Если в семье все трудятся, воздерживаются от грубых слов, не лгут, делят домашнюю работу, — будьте уверены, ребенок знает, как надо себя правильно вести.

Если же он нарушает «нормы поведения», то стоит посмотреть, не ведет ли себя кто-то в семье так же или похожим образом. Если эта причина отпадает, то

скорее всего действует другая: ваш ребенок «выходит за рамки» из-за своей внутренней неустроенности, эмоционального неблагополучия. В обоих случаях словесные поучения — самый неудачный способ помочь делу.

Хочу рассказать реальную историю.

Родители двух детей, Ани девяти лет и Васи тринадцати лет, уезжают на две недели в командировку. В доме на это время поселяется сестра матери, их тетя, со своей одиннадцатилетней дочкой Леной. Образуется довольно-таки «взрывчатая смесь» из троих детей «трудного» и «предтрудного» возраста. Вася и Аня тоскуют по уехавшим родителям, появление двоюродной сестры со своей мамой отнюдь не облегчает дело, а скорее наоборот: дети переживают чувства ревности и зависти («у нее есть мама, а у нас нет»), выливающиеся в желание подразнить и даже обидеть ее. Хотя все трое много играют вместе, но часто возникают споры и ссоры, в которых родные брат и сестра объединяются против Лены, та нередко плачет. Тетя старается быть «справед-

ливой», не вставать ни на чью сторону. Ее племянникам это мало чем помогает (мамы все равно нет), а ее дочке все время кажется, что мама все время защищает «их», а не ее. Маленький ад скоро достигает своего пика. Дети ссорятся у телевизора — какую программу смотреть. Вася сильно толкает двоюродную сестру прямо в лицо, та падает, громко рыдая. Ее мать прибегает из соседней комнаты, застает сцену: Вася и его младшая сестра смотрят испуганно, но настороженно, «готовые к бою», Лена лежит на полу, громко плача.

ТЕТЯ: Что случилось?

ЛЕНА: Он меня в лицо-о-о удари-и-л!

ТЕТЯ (обращает гневный взор на Васю): !!!

АНЯ: Она включила, а он переключил, а она снова включила, а тогда он ее толкнул... вот так... (Показывает.)

ТЕТЯ (в негодовании — Васе): Толкнул прямо в лицо!

ВАСЯ: Да.

ТЕТЯ: Тебе известно, что лицо человека ни при каких обстоятельствах трогать нельзя?!

ВАСЯ: Известно!

ТЕТЯ: Ты знаешь, что ударить в лицо — это самое большое оскорбление, которое можно нанести человеку?!

ВАСЯ: Знаю.

ТЕТЯ: Знал и тем не менее сделал. Сделал специально.

ВАСЯ (с вызовом): Да, специально. (Убегает.)

Через 15 минут слышится новый взрыв рыданий Лены: «Он меня не пускает в комнату и что-то делает с моими ку-у-клами-и». Тетя направляется в комнату, Васи там уже нет. С кукол сорвана одежда, которая валяется где попало, самая любимая кукла исчезла. На требования Ле-

ны, перемешанные с плачем: «Где моя кукла? Отдай мою кук-лу!», Вася отвечает: «Не знаю, не трогал».

Тетя ждет возвращения родителей, чтобы доложить об ужасном поведении Васи. Для нее нет сомнений, что он заслуживает «проработки» и выяснения всего в присутствии всех.

Мама, однако, предпочитает поговорить с Васей наедине. Беседа продолжается больше часа. Вася честно рассказывает все как было (кукла быстро «находится» под кроватью Лены), и между прочим выясняется, что он чувствовал себя несчастным и загнанным, «все на него нападали» (в школе, как выяснилось, в это время тоже были неприятности). Через два дня он неожиданно подходит к тете и просит не думать, что он плохой и злой, просто на него последнее время «находит». Тетя с Леной гостят в доме еще неделю, и в эти дни отношения между детьми оказываются намного спокойнее.

Эта история поднимает много вопросов о правилах, о границах дозволенного, о наказаниях и др. Но мы не будем обсуждать их сейчас*, чтобы не отвлекаться от нашей главной темы — о действии словесных назиданий и проповедей. Хотя тетя и сделала подростку справедливое замечание о неприкосновенности лица другого, оно не произвело на него желаемого впечатления, оно не «исправило» и не «научило» его, а лишь толкнуло на следующий злой, мстительный поступок.

Напротив, умелый разговор матери, которая смогла послушать сына, магически смягчил его.

Значит ли это, что с детьми не надо беседовать о моральных нормах и правилах поведения? Совсем нет. Однако делать это надо **только в их спокойные минуты,** а не в накаленной обстановке. В последнем случае наши слова только подливают масло в огонь.

4. Советы, готовые решения: «А ты возьми и скажи...», «Почему бы тебе не попробовать...», «По-моему, нужно пойти и извиниться», «Я бы на твоем месте дал сдачи».

Как правило, мы не скупимся на подобные советы. Больше того, считаем своим долгом давать их детям. Часто приводим в пример себя.

«Когда я был в твоем возрасте...» Однако дети не склонны прислушиваться к нашим советам. А иногда они открыто восстают: «Ты так думаешь, а я по-другому», «Тебе легко говорить», «Без тебя знаю!».

---

* *К этим вопросам мы вернемся на Уроке 9.*

Что стоит за такими негативными реакциями ребенка? Желание быть самостоятельным, принимать решения самому. Ведь и нам, взрослым, не всегда приятны чужие советы. А дети гораздо чувствительнее нас. Каждый раз, советуя что-либо ребенку, мы как бы сообщаем ему, что он еще мал и неопытен, а мы умнее его, наперед все знаем.

Такая позиция родителей — позиция «сверху» — раздражает детей, а главное, не оставляет у них желания рассказать больше о своей проблеме.

В следующем разговоре отец не избежал подобной ошибки.

В субботу вечером сын в заметно подавленном настроении слоняется по дому.

ОТЕЦ: *Ты что такой кислый?*

СЫН: *Да так, делать ничего не хочется.*

ОТЕЦ: *Пойди погуляй, погода какая хорошая.*

СЫН: *Нет, гулять не хочу.*

ОТЕЦ: *Ну, позвони Мише, сыграйте в шахматы.*

СЫН: *В шахматы надоело, да и Мишка сегодня занят.*

ОТЕЦ: *Возьми, в конце концов, книжку!*

СЫН: *Да ладно, пап, чего ты привязался. Не понимаешь ты меня. (Уходит в другую комнату, закрывает дверь.)*

Разговор пошел иначе, когда отец вспомнил о методе активного слушания. Через некоторое время он заходит в комнату сына, садится рядом.

ОТЕЦ (положив руку на плечо мальчика): Все еще плохое настроение.

СЫН: Да, плохое.

ОТЕЦ (помолчав): Делать ничего не хочется.

СЫН: Ага, а тут еще этот доклад.

ОТЕЦ: Задали доклад приготовить.

СЫН: Ну да, к понедельнику, по мифам Древней Греции, а книжки нет, по чему буду готовить?

ОТЕЦ: Думаешь, где найти материал.

СЫН: Вот именно, негде... (Пауза.) Есть, правда, одна идея, у Кольки дома — энциклопедия.

ОТЕЦ: Пожалуй, там про это написано.

СЫН (уже бодрее): Сейчас я ему позвоню.

Звонит, договаривается о книге, говорит: «А потом погуляем».

Как часто дети сами приходят к тому же, что мы перед этим пытались им посоветовать. Но им надо самим принять решение — это их путь к самостоятельности. Очень важно давать детям такую возможность, хотя это, конечно, труднее, чем дать совет.

5. Доказательства, логические доводы, нотации, «лекции»: «Пора бы знать, что перед едой надо мыть руки», «Без конца отвлекаешься, вот и делаешь ошибки», «Сколько раз тебе говорила. Не послушалась — пеняй на себя».

И здесь дети отвечают «Отстань», «Сколько можно», «Хватит!». В лучшем случае они перестают нас слышать, возникает то, что психологи называют «смысловым барьером», или **«психологической глухотой».**

Папа и пятилетняя Вера идут по весенней улице. Тает снег, на тротуаре лужи. Вера проявляет повышенный интерес к лужам и сугробам. Папа: «Вера, если ты будешь

наступать в воду, ты промочишь ноги. Если ты промочишь ноги, твой организм охладится. Если он охладится, ты можешь легко подхватить инфекцию. Ты должна знать, что весной в городе всюду много микробов».

Вера (наступая в очередную лужу): «Пап, а почему у дяденьки, который прошел, такой красный нос?»

6. Критика, выговоры, обвинения: «На что это похоже!», «Опять все сделала не так!», «Все из-за тебя!», «Зря я на тебя понадеялась», «Вечно ты!».

Вы, наверное, уже готовы согласиться с тем, что никакой воспитательной роли такие фразы сыграть не могут. Они вызывают у детей либо активную защиту, ответное нападение, отрицание, озлобление, либо уныние, подавленность, разочарование в себе и в своих отношениях с родителем. В этом случае у ребенка формируется низкая самооценка, он начинает думать, что он и в самом деле плохой, безвольный, безнадежный, что он неудачник. А низкая самооценка порождает новые проблемы.

Вера некоторых родителей в воспитательное значение критики поистине безмерна. Только этим можно объяснить, что иногда в семьях замечания вперемежку с командами становятся главной формой общения с ребенком.

Давайте проследим, что может слышать ребенок в течение дня: «Вставай», «Сколько можно валяться?», «Посмотри, как у тебя заправлена рубашка», «Опять с вечера не собрал портфель», «Не хлопай дверью, малыш спит», «Почему опять не вывел собаку (не покормил кошку)? Сам заводил, сам и следи», «Опять в комнате черт знает что!», «За уроки, конечно, не садился», «Сколько раз говорила, чтобы мыл за собой посуду», «Устала напоминать про хлеб», «Гулять не пойдешь, пока...», «Сколько можно висеть на телефоне?», «Ты когда-нибудь будешь ложиться спать вовремя?!»

Помножьте эти высказывания на количество дней, недель, лет, в течение которых ребенок все это слышит. Получится огромный багаж отрицательных впечатлений о себе, да еще полученных от самых близких людей. Чтобы как-то уравновесить этот груз, ему приходится доказывать себе и родителям, что он чего-то стоит. Самый первый и легкий способ (он, кстати, подсказывается родительским стилем) — это подвергнуть критике требования самих родителей.

Что же может спасти положение, если ситуация в семье сложилась именно таким образом?

Первый и главный путь — постарайтесь обращать внимание не только на отрицательные, **но и на положительные** стороны поведения вашего ребенка. **Не бойтесь, что слова одобрения в его адрес испортят его.** Нет ничего более пагубного для ваших отношений, чем такое мнение. Для начала найдите в течение дня несколько положительных поводов сказать ребенку добрые слова. Например: «Спасибо, что ты сходил в сад за малышом», «Хорошо, что ты пришел, когда обещал», «Мне нравится готовить с тобой вместе».

Иногда родители думают, что ребенок и так знает, что его любят, поэтому положительные чувства ему высказывать необязательно. Это совсем не так.

Вот горькое признание одной одиннадцатилетней девочки. «Моя мама меня не любит, я это точно знаю. Я проверяла это много раз. Вот, например, на днях Олег (старший брат) принес ей цветочки, и она ему улыбнулась. Вчера я тоже ку-

БОКС 6-1

МЕНЯ МНОГО ХВАЛИЛИ

Это отрывок из письма одной родительницы в редакцию «Учительской газеты», где печатались материалы наших уроков.

«Я много читала статей и книжек про воспитание детей. В некоторых из них встречались советы хвалить детей, но они меня очень смущали.

Дело в том, что я сама через это прошла. Меня в детстве много хвалили.

Привыкаешь к этому очень быстро, и меня раздражало и огорчало, что, когда подросла, не всегда отмечали похвалой оценки, помощь по дому и т.д. В школе, в университете я уже не могла без хвалебных слов — у меня просто руки опускались, ничего не хотелось делать, пока не заметят. А если не замечали, то я и поворачивалась боком: раз вы так, то и

пила ей цветы, принесла и внимательно наблюдала за ее лицом: она мне **не улыбнулась.** Так что теперь я точно знаю: Олега она любит, а меня — нет».

Приходит ли нам в голову, что дети так буквально истолковывают наше поведение, слова, выражение лица? Всегда ли мы учитываем, что дети воспринимают мир в черно-белых тонах либо безусловно — да, либо безусловно — нет?

И еще вопрос: а мы сами хорошо бы выживали в условиях постоянной бомбардировки критикой со стороны нашего самого близкого человека? Не ждали бы мы от него добрых слов, не тосковали бы по ним?

7. Похвала. После всего сказанного, наверное, неожиданно и странно прозвучит рекомендация не хвалить ребенка. Чтобы разобраться в кажущемся противоречии, нужно понять тонкое, но важное различие между **похвалой и поощрением** или **похвалой и одобрением.** В похвале есть всегда элемент оценки: «Молодец, ну ты просто гений!», «Ты у нас самая красивая (способная, умная)!», «Ты такой храбрый, тебе все нипочем».

я ничего вам делать не буду. Но главной своей бедой считаю то, что и сейчас, достигнув двадцатисемилетнего возраста, я от любой задачи, которую ставлю перед собой, от любой работы жду в конечном счете не результата, а похвалы. И вот только сейчас я прочитала в «Родительской газете» (наконец-то!) реальный ответ: «Я рада, что ты так сделал» (а не «Ты — молодец!»). Почему же так поздно вы дали конкретный пример? Как правило, все отговариваются тем, что у всех семьи разные, свои отношения, вот так нельзя, так тоже. А как можно?

Давайте побольше конкретных примеров, не такие уж мы дураки, будем сами, учитывая отношения, семьи и т.д. находить ответ. Но пример должен быть. Хоть один, это лучше, чем ничего. Спасибо вам, а то я чуть было и дочь (хоть и испытывала в душе колебания, помня свой опыт) не начала хвалить, хвалить, хвалить «Ты у меня...», «Да какая ты...».

С уважением, Е.В. г. Пермь»

Чем плоха похвала-оценка? Во-первых, когда родитель часто хвалит, ребенок скоро начинает понимать: где похвала, там и выговор. Хваля в одних случаях, его осудят в других.

Во-вторых, ребенок может стать зависимым от похвалы: ждать, искать ее («А почему ты меня сегодня не похвалила?») (см. Бокс 6–1). Наконец, он может заподозрить, что вы неискренни, то есть хвалите его из каких-то своих соображений.

СЫН: Не получаются у меня эти буквы!

МАМА: Что ты, ты прекрасно их написал!

СЫН: Неправда, ты нарочно так говоришь, чтобы я не расстраивался!

А как же реагировать на успехи или правильное поведение ребенка?

Лучше всего просто выразить ему **ваше чувство**. Используйте местоимения «я», «мне» вместо «ты»:

ДОЧЬ: Мама, я сегодня по-русскому получила сразу две «пятерки»!

МАМА: Я очень рада! (Вместо «Какая ты у меня молодец!»)

СЫН: Ведь правда, я плохо выступил?

ПАПА: Мне так не показалось. Наоборот, мне понравилось (то-то и то-то). (Вместо: «Ну что ты, ты выступил, как всегда, блестяще!»)

8. Обзывание, высмеивание: «Плакса-вакса», «Не будь лапшой», «Ну просто дубина!», «Какой же ты лентяй!» Все это — лучший способ оттолкнуть ребенка и «помочь» ему разувериться в себе. Как правило, в таких случаях дети обижаются и защищаются: «А сама какая?», «Пусть лапша», «Ну и буду таким!».

Вот иллюстрация.

Тринадцатилетняя Маша приглашена с мамой на свадьбу. Девочка очень возбуждена, примеряет разные

«нарядь», хотя выбор не очень большой. Наконец появляется перед мамой и бабушкой с завитыми волосами, в длинной юбке и туфлях на высоких каблуках (то и другое «занято» у старшей сестры).

МАША (входит, сияя): Ну как?!

МАМА: Господи! Ну и нарядилась! Прямо первая красавица. Смотри, как бы тебя с невестой не перепутали.

БАБУШКА: А туфли-то зачем? Ты в них как жирафа на ходулях! (Лицо девочки гаснет, настроение испорчено.)

МАША: Ну и идите сами, а я никуда не пойду.

9. Догадки, интерпретации: «Я знаю, это все из-за того, что ты...», «Небось опять подрался», «Я все равно вижу, что ты меня обманываешь...».

Одна мама любила повторять своему сыну: «Я вижу тебя насквозь и даже на два метра под тобой!», что неизменно приводило подростка в ярость.

И в самом деле, кто из ребят (да и взрослых) любит, когда его «вычисляют»? За этим может последовать лишь защитная реакция, желание уйти от контакта.

Пятнадцатилетний Петя приходит домой, обращается к маме.

ПЕТЯ: Мне никто не звонил?

МАМА: Никто. Я догадываюсь, ты ждешь звонка Лены.
ПЕТЯ: А тебе все надо знать?
МАМА: Надо. Например, я знаю, почему у тебя второй день плохое настроение: с Леной поссорился.
ПЕТЯ: Мам, ну хватит! Какое тебе дело?!

Близок к этому следующий тип ошибок.

10. Выспрашивание, расследование: «Нет, ты все-таки скажи», «Что же все-таки случилось? Я все равно узнаю», «Почему ты опять получил двойку?», «Ну почему ты молчишь?».

Удержаться в разговоре от расспросов трудно. И все-таки лучше постараться вопросительные предложения заменить на утвердительные. Об этом мы уже говорили на предыдущем уроке.

Привожу дословно короткий разговор, где мать допускает именно такую ошибку:

ДОЧЬ (зло): Вот смотри, что я получила!
МАМА: Четыре по математике. Почему же ты злишься?

ДОЧЬ: Да, злюсь, а почему, не знаю. А ты спрашиваешь: «Почему да почему?» (Уходит от разговора, замыкается.)

Более удачный вариант был такой (реальный диалог):

ДОЧЬ (зло): Вот смотри, что я получила.

МАМА: Четыре по математике. Но я чувствую, что ты злишься.

ДОЧЬ: Да, я злюсь, а почему, не знаю.

МАМА: Тебе плохо.

ДОЧЬ: Да, плохо... Я не хочу, чтобы ты уходила.

МАМА: Ты хочешь, чтобы я осталась дома.

ДОЧЬ: Да (просительно). Мам, пожалуйста, не ходи сегодня на занятия!

Удивительно, как одно, совсем, казалось бы, незначительное изменение в ответе взрослого (вместо: «Почему же ты злишься?» — «Я чувствую, что ты злишься») может повернуть разговор иначе.

Порой разница между вопросом и утвердительной фразой может показаться нам почти незаметной. А для переживающего ребенка эта разница велика, вопрос звучит как холодное любопытство; утвердительная фраза — как понимание и участие.

11. Сочувствие на словах, уговоры, увещевания. Конечно, ребенку нужно сочувствие. Тем не менее есть риск, что слова «я тебя понимаю», «я тебе сочувствую» прозвучат слишком формально. Может быть, вместо этого просто помолчать, прижав его к себе. А во фразах типа: «Успокойся», «Не обращай внимания!», «Перемелется, мука будет» он может услышать пренебрежение к его заботам, отрицание или преуменьшение его переживания.

ДОЧЬ (расстроенная): Знаешь, я сегодня в школе бежала по коридору, а Сережка Петров поставил мне подножку и я упала.

ОТЕЦ: Ну ничего, пустяки, ты же не разбилась.

ДОЧЬ: Да, пустяки, а все мальчишки смеялись.

ПАПА: Да брось, не обращай внимания!
ДОЧЬ: Тебе легко говорить, а мне обидно!

12. Отшучивание, уход от разговора.

СЫН: Знаешь, папа, терпеть не могу эту химию и ничего в ней не понимаю.
ПАПА: Как много между нами общего!

Папа проявляет чувство юмора, но проблема остается. А что уж говорить о таких словах, как «Отстань!», «Не до тебя», «Вечно ты со своими жалобами!».

◆

Познакомившись с длинным списком неудачных высказываний, родители обычно восклицают: «И это нельзя, и то нельзя — что же можно?»

И тут возникает необходимость активно слушать уже их самих:

— Вы озадачены и растеряны.

— Конечно! Оказывается, что до сих пор все делали не так. И потом, ответить правильно очень трудно, все время лезут привычные советы и замечания.

— То есть вам трудно подбирать необходимые фразы.

— Ну да, они такие непривычные. Неужели нельзя по-старому?

— Вам хочется по-старому...

— Да!.. то есть нет. Я же вижу, что это ни к чему хорошему не приводит.

В таких случаях мой учитель, профессор Алексей Николаевич Леонтьев любил приводить одно сравнение, и снова речь пойдет о велосипеде.

Представьте себе, что люди никогда не видели велосипедов. И тут им на суд предлагают сразу две конструкции — трехколесный и двухколесный. Какой велосипед они предпочтут? Конечно, трехколесный. Почему? Потому что, сев на него, они поедут сразу легко и «естественно». Преимущества же двухколесного останутся для них за семью печатями... пока они не затратят время и усилия на овладение им. Вот тогда они поймут все замечательные свойства «неудобного» велосипеда.

Рис. 6.1 к домашнему заданию 2

БОКС 6-2

СЛУШАТЬ ПО-ДРУГОМУ

Хорошо известно, что дети любят фантазировать. Слушая сказки или играя, они буквально погружаются в воображаемый мир и живут в нем не менее полно, чем в реальном. Можно присоединиться к этому миру ребенка, играя в его мечты и фантазии. Таким способом удается помочь в его эмоциональных трудностях.

Вот два примера. Мама укладывает Сережу спать, мальчик капризничает.

СЕРЕЖА: *Не буду, не хочу спать. (Пауза.) Когда папа приедет? Я устал его ждать. (Папа в длительной командировке и приедет нескоро.)*

МАМА: *Ты очень соскучился.*

СЕРЕЖА: *Да, очень. Уже больше не могу...*

МАМА: *Я тоже скучаю. Давай вообразим, что папа приезжает. Как это будет?*

СЕРЕЖА *(оживляясь): Он нам звонит с вокзала и говорит: «Я уже здесь, скоро буду у вас!»*

МАМА: *Да, мы очень обрадовались, начинаем наводить порядок...*

СЕРЕЖА: *Нет, порядок мы уже навели, и ты уже испекла пирог.*

МАМА: *Да, конечно. Мы начинаем накрывать на стол, ставить пирог, тарелки и чашки.*

СЕРЕЖА: *Я достаю из «гаража» свою новую машинку и еще альбом, где рисовал танки.*

МАМА: *Вот слышим шаги у двери, звонок...*

СЕРЕЖА: *Я бегу открывать — папа!!! Он смеется, поднимает меня на руки...*

Разговор продолжается еще несколько минут, после чего мальчик засыпает с улыбкой на лице.

Другой пример — на тему, многим знакомую.

ЛЕНА: Пап, я хочу шоколадку, купи-и-и.

ПАПА: По-моему, мама тебе уже вчера покупала.

ЛЕНА: Одну, и то маленькую.

ПАПА: А ты хочешь много.

ЛЕНА: Да, много-много.

ПАПА: Десять штук, а лучше пятьдесят.

ЛЕНА (подхватывая игру): Нет, сто, тысячу!!!

ПАПА: Мы покупаем тысячу шоколадок, нагружаем Павликову коляску и везем домой.

ЛЕНА (смеется): Все удивляются: «Откуда у вас столько шоколада?» Собирается много детей, и мы начинаем всех угощать.

Когда дети и родители мечтают вместе, ребенок знает, что взрослый слышит и разделяет его чувства.

Замечу, что наши привычные обращения к ребенку с советами, назиданиями и упреками — это не «естественные», а **тоже выученные** фразы. Но они подобны неэффективной езде на машине старой конструкции.

Психологи всего мира потратили много усилий, чтобы усовершенствовать эту конструкцию и помочь родителям научиться «ездить» на «лучшей машине». В основе новых навыков общения, которыми мы пытаемся овладеть, лежат гуманистические принципы: уважение к личности ребенка, признание его прав на собственные желания, чувства и ошибки, внимание к его заботам, отказ от родительской позиции «сверху».

Очень важно научиться слышать собственные ошибки. Давайте для упражнения нашего слуха разберем запись «типичного домашнего конфликта», сделанную мамой. Были ли некоторые ответы родителей неудачными, и если да, то к какому типу ошибок они относились?

ДОЧЬ (четырех лет): Мама, кушать скорее!

МАМА: Садись, я уже налила.

ДОЧЬ (Садится за стол, гримаса): У, этот суп невкусный. Я не бу-ду.

МАМА: Оставь и уходи. (Приказ.)

ДОЧЬ: Я есть хочу!

Вмешивается папа.

ПАПА: Сядь и ешь без капризов! (Приказ.)

ДОЧЬ (на грани слез): А я с морковкой не люблю.

МАМА: Я тебе ее выловлю.

ДОЧЬ: А все равно...

МАМА (взрывается): Я не для того варила, чтобы ты тут носом крутила! (Назидание, критика.)

У дочери закапали первые слезы...

ПАПА: Сядь хорошо и ешь. Набирай ложку. В рот! Жуй, жуй, а не держи во рту! (Приказ, команда.)

ДОЧЬ: А мне невкусно!!!

МАМА: Уходи из-за стола, ходи голодная. (Команда, угроза.)

ПАПА: Я вот сейчас... (Угроза.)

Дочь со слезами берет ложку, начинает есть через пень-колоду. Через минуту ест нормально, через пять минут съедает все. Но настроение у всех испорчено.

Хотелось бы в заключение этого урока привести другой реальный диалог, который показывает, как родители вполне успешно овладевают методом активного слушания. Это тоже документальная запись одной мамы.

«Рассматриваем с дочкой фотографию группы детского сада. Дочка показывает на воспитательницу (замечаю, что на фотографии ее лицо поцарапано).

ДОЧЬ: Видеть ее не могу!

Я: Тебе очень неприятно ее видеть.

ДОЧЬ: Да, она очень злая.

Я: Она тебя обижала.

ДОЧЬ: Да, она ругала меня борзой собакой и говорила, что если я наябедничаю, то уж она тогда...

Я: Тогда она что-то сделает...

ДОЧЬ: Да. Она не говорила, что.

Я: Тебе не хотелось это рассказывать раньше.

ДОЧЬ: Да, я боялась (готова заплакать).

Беру ее на руки».

В этом диалоге мама уже в первой фразе избежала возможной традиционной ошибки — «воспитательного» замечания. Она вполне могла бы ответить: «Как ты можешь так говорить о воспитательнице?! И почему ты поцарапала фотографию?» Вместо этого она «озвучила» чувство ребенка, показала, что готова разделить и принять его. Это помогло девочке освободиться от загнанных вглубь страха и обиды. Навернувшиеся слезы — слезы облегчения.

ДОМАШНИЕ ЗАДАНИЯ

Задание первое

Попробуйте определить, к какому типу ошибочных высказываний относится ответ родителя (ключ вы найдете в самом конце урока)

ДОЧЬ: Никогда не пойду больше к зубному!

МАТЬ: Не выдумывай, на завтра у нас талончик, надо долечивать твой зуб. (1)

ДОЧЬ: Я больше не выдержу. Знаешь, как было больно!

МАТЬ: Не умерла же. В жизни часто приходится терпеть. А не будешь лечить, останешься без зубов. (2)

ДОЧЬ: Тебе хорошо говорить, тебе так не сверлили! И вообще ты меня не любишь!

СЫН: Представляешь, я пропустил две последние тренировки, и тренер продержал меня сегодня в запасе.

МАТЬ: Ну, ничего, кому-то там тоже надо сидеть, не ты, так другой мальчик, а потом — сам виноват. (3)

СЫН: Пусть другой сидит, а я не хочу. Это ведь несправедливо: Петров слабее меня, а его поставили играть.

МАТЬ: Откуда ты знаешь, что он слабее? (4)

СЫН: Знаю! Я один из лучших в команде.

МАТЬ: Я бы на твоем месте так не заносилась, надо быть более скромным. (5)

СЫН (с досадой): Да что с тобой говорить, не понимаешь ты...

Девочка пяти лет — отцу (плачет): Посмотри, что он (брат двух с половиной лет) сделал с моей куклой! Нога теперь болтается.

ПАПА: Да, а как это случилось? (6)

ДОЧЬ: Откуда я знаю! Моя ку-у-колка!

ПАПА: Успокойся, что-нибудь придумаем. (7)

ДОЧЬ: Не могу-у успокоиться, ку-у-колка моя…

ПАПА (радостно): О, я придумал! Представь себе, что она попала в аварию и стала инвалидом, симпатичный такой инвалидик. (Улыбается.) ***(8)***

ДОЧЬ (плачет сильнее): Не хочу представля-я-ть… Не смейся. Я убью его в следующий раз!

ПАПА: Что ты такое говоришь?! Чтобы я никогда таких слов не слышал! ***(9)***

ДОЧЬ: Ты плохой, я пойду к маме. Ма-а-ам, посмотри…

Задание второе

Сделайте то же, что в задании 1, на этот раз рассматривая рисунки: 6.1, 6.2 и 6.3. (Ключ в конце урока.)

Задание третье

Понаблюдайте за своими беседами с ребенком, особенно в те моменты, когда у него что-то случилось. Не узнаете ли вы в них некоторые типы высказываний из нашего списка? Продолжайте упражняться в активном слушании. Это самый главный навык, без овладения которым вам будет невозможно продвигаться дальше в наших уроках.

Задание четвертое

Попробуйте провести один день без слов критики или упрека в адрес вашего сына или дочери. Замените их фразами одобрения по любому подходящему поводу или без повода. Посмотрите на реакцию ребенка.

Рис. 6.2 к домашнему заданию 2

ВОПРОСЫ РОДИТЕЛЕЙ

ВОПРОС: *Что, так уж никогда нельзя задавать вопросы, давать советы и так далее?*

ОТВЕТ: Замечу еще раз, что все разобранные нами типы ответов не стоит применять вместо активного слушания, то есть когда у ребенка есть эмоциональная проблема. Если же он спокоен или если вы чувствуете, что эмоциональный контакт у вас уже есть, то можете беседовать более свободно. Один вопрос среди десяти «понимающих» фраз вряд ли испортит дело. Некоторые родители даже находят полезным иногда нарушать строгие правила активного слушания, чтобы их новый стиль беседы с ребенком не выглядел уж столь отличным от старого. Однако важно узнавать «старые» фразы и не позволять им выскакивать автоматически.

ВОПРОС: *А что, если ребенок настойчиво требует невозможного и при этом плачет или очень расстроен? Ведь слушание здесь не поможет.*

ОТВЕТ: Все-таки попробуйте его активно послушать. Ваши первые фразы, в которых он услышит участие, могут несколько смягчить обстановку. Вслед за этим попробуйте помечтать с ним вместе о невозможном (см. Бокс 6–2).

Ключ к заданию 1.*

(1) Приказ.
(2) Доводы, угроза.
(3) Увещевание, критика.
(4) Вопрос.
(5) Совет, критика.
(6) Выспрашивание.
(7) Увещевание.
(8) Совет, подшучивание.
(9) Нравоучение, угроза.

**См. цифры после высказываний родителей.*

*Ключ к заданию 2**.

Рис. 6.1.
(1) Приказ.
(2) Догадка, предположение.
(3) Нотация.
(4) Угроза.

Рис. 6.2.
(5) Совет.
(6) Высмеивание.
(7) Чтение морали.
(8) Выспрашивание.

Рис. 6.3.
(9) Уговоры.
(10) Уход от разговора.
(11) Критика.
(12) Совет, похвала.

* *См. цифры на рисунках 6.1—6.3.*

урок 7

ЧУВСТВА РОДИТЕЛЕЙ. КАК С НИМИ БЫТЬ?

Думаю, на протяжении всех предыдущих уроков у вас неоднократно возникали вопросы: «А как быть с **нашими** чувствами? Мы, родители, ведь тоже волнуемся и сердимся, устаем и обижаемся. Нам тоже бывает трудно с детьми, иногда даже мучительно... А кто нас будет слушать? Что нам-то делать **с нашими собственными переживаниями?»**

Вопросы эти справедливы, и, конечно, они давно назрели. На этом уроке мы попытаемся на них ответить.

◆

Для начала давайте уясним, о каких ситуациях идет речь. Скорее всего о тех, где **больше переживает родитель.** Иными словами, эти ситуации обратны тем, которыми мы до сих пор занимались, когда обсуждали эмоциональные проблемы ребенка.

Изобразим эмоции родителя и ребенка в виде двух «стаканов».

Когда больше переживает ребенок, его «стакан» полный, родитель же относительно спокоен, уровень в его «стакане» низкий.

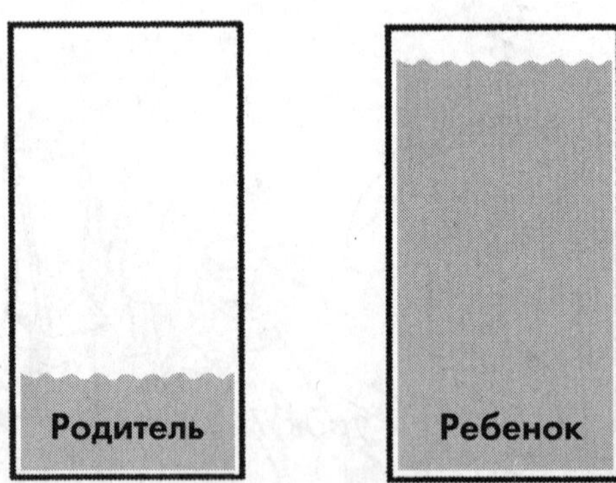

И другая ситуация: наполнен эмоциями родитель, ребенок же особенно не переживает.

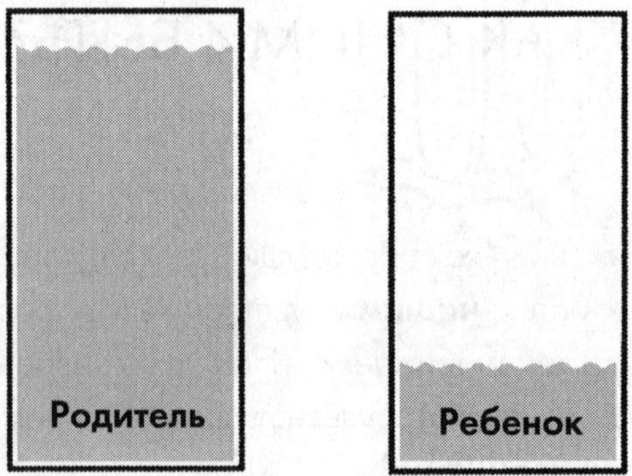

Вот примеры ситуаций второго типа.

1. Подходя к дому, вы встречаете собственного сына: лицо измазано, пуговица оторвана, рубашка вылезла из брюк. Прохожие оглядываются, улыбаются, вам же неприятен вид сына и немного стыдно перед соседями. Однако ребенок ничего не замечает, он прекрасно провел время, а сейчас рад встрече с вами.

2. Малыш с энтузиазмом катает по полу свою машинку. Вы торопитесь на работу, сын мешает, путается под ногами, одним словом, раздражает вас.

3. Подросток опять включил магнитофон «на полную катушку». Вам это страшно досаждает.

Итак, что же делать в подобных случаях, а именно, когда родителей переполняют эмоции?

Правило 5 может показаться парадоксальным.

Если ребенок вызывает у вас своим поведением отрицательные переживания, сообщите ему об этом.

Правило говорит о том, что чувства, особенно если они отрицательные и сильные, ни в коем случае не стоит держать в себе: не следует молча переносить обиду, подавлять гнев, сохранять спокойный вид при сильном волнении. Обмануть такими усилиями вы никого не сможете: ни себя, ни своего ребенка, который

без труда «читает» по вашей позе, жестам и интонации, выражению лица или глаз, что что-то не так. Ведь именно через эти «несловесные» сигналы передается более 90% информации о нашем внутреннем состоянии. И контролировать их очень трудно. Через некоторое время чувство, как правило, «прорывается» и выливается в резкие слова или действия.

Как же сказать о своих чувствах ребенку, чтобы это не было разрушительно ни для него, ни для вас?

◆

Правило 6.

. . . .

Когда вы говорите о своих чувствах ребенку, говорите от ПЕРВОГО ЛИЦА. Сообщите О СЕБЕ, О СВОЕМ переживании, а не о нем, не о его поведении.

. . . .

Вернемся к нашим примерам и попробуем, применяя Правила 5 и 6, сконструировать ответы родителей.

Они могут быть такими:

1. Я не люблю, когда дети ходят растрепанными, и **мне** стыдно от взглядов соседей.

2. **Мне** трудно собираться на работу, когда под ногами кто-то ползает, и **я** все время спотыкаюсь.

3. **Меня** очень утомляет громкая музыка.

Заметьте, все эти предложения содержат личные местоимения **я, мне, меня.** Поэтому высказывания такого рода психологи назвали **«Я-сообщениями».**

Кто-нибудь из родителей мог бы сказать иначе:

1. Ну что у ***тебя*** за вид?

2. Перестань тут ползать, ***ты*** мне мешаешь.

3. ***Ты*** не мог бы потише?

В таких высказываниях используются слова ***ты, тебя, тебе.*** Их можно назвать ***«Ты-сообщениями».***

На первый взгляд разница между «Я-» и «Ты-сообщениями» невелика. Больше того, вторые привычнее и «удобнее». Однако в ответ на них ребенок обижается, защищается, дерзит. Поэтому их желательно избегать.

Ведь каждое «Ты-сообщение», по сути, содержит выпад, обвинение или критику в адрес ребенка. Вот типичный диалог:

> *— Когда ты наконец начнешь убирать свою комнату?! (Обвинение.)*
>
> *— Ну хватит, пап. В конце концов, это моя комната!*
>
> *— Как ты со мной разговариваешь?! (Осуждение, угроза.)*
>
> *— А что я такого сказал?*

«Я-сообщение» имеет ряд **преимуществ** по сравнению с «Ты-сообщением».

1. Оно позволяет вам выразить свои негативные чувства в необидной для ребенка форме. Некоторые родители стараются подавлять вспышки гнева или раздражения, чтобы избежать конфликтов. Однако это не приводит к желаемому результату. Как уже говорилось, полностью подавить свои эмоции нельзя, и ребенок всегда знает, сердиты мы или нет. И если сердиты, то он, в свою очередь, может обидеться, замкнуться или пойти на открытую ссору. Получается все наоборот: вместо мира — война.

Недавно мне довелось присутствовать при разговоре одиннадцатилетней девочки со своей мамой. Девочка была расстроена и вспоминала, плача, все свои «обиды».

> *«Ты не думай, что я не понимаю, как когда ты ко мне относишься. Я все вижу! Вот, например, сегодня, когда ты вошла и мы крутили магнитофон, вместо того чтобы учить уроки, ты разозлилась на меня, хотя ничего не сказала. А я видела, видела это, можешь не отпираться.*

Я поняла это по тому, как ты посмотрела на меня, даже как повернула голову!»

Такая реакция девочки была прямым следствием скрытого недовольства ее матери. Я подумала: какими же тонкими и наблюдательными «психологами» бывают наши дети и какой урок преподала эта девочка маме (и мне заодно), разбив холодный лед ненужного молчания и дав выход своим чувствам.

2. «Я-сообщение» дает возможность детям ближе узнать нас, родителей. Нередко мы закрываемся от детей броней «авторитета», который стараемся поддерживать во что бы то ни стало. Мы носим маску «воспитателя» и боимся ее хотя бы на миг приподнять. Порой дети поражаются, узнав, что мама и папа могут

БОКС 6-1

ПРОУЧИТЬ РАЗ И НАВСЕГДА

Эта история — дословный рассказ матери о родительском гневе.

«Это было давно, моему сыну тогда было лет шесть. Я, помню, болела, лежала в кровати, а он попросился погулять. Вообще наш двор не очень опасный, к тому же у нас с ним было твердо условлено: гулять только в районе детских площадок (у нас их две, с каждой стороны дома).

Мы договорились, что он вернется во столько-то, спросив время у прохожих. Назначенный час прошел, затем еще час, и еще около часа. Я начала ужасно волноваться, наконец вскочила с кровати и бросилась его искать. Обегала все площадки, другие возможные и невозможные места — его нигде не было. Забегала домой: не пришел ли, снова бежала искать.

Главное, что такое случилось в первый раз, он в общем-то мальчик был послушный.

Когда он, наконец, нашелся, я была «на пределе» и решила его проучить «раз и навсегда». Придя с ним домой, я зловещим голосом (у меня внутри все дрожало) сказала: «То, что ты сделал, ни в какие рамки не лезет, и я должна те-

вообще что-то чувствовать. Это производит на них неизгладимое впечатление. Главное же — делает взрослого ближе, человечнее.

Недавно я слышала, как одна мама говорила по телефону с десятилетним сыном. Мама (педагог по профессии) рассказывала ему о том, как трудное для нее занятие прошло успешно. «Ты ведь знаешь, — говорила она, — как я волновалась сегодня утром. Но все кончилось хорошо, и я очень рада. И ты рад? Спасибо!» Было приятно наблюдать такую эмоциональную близость между мамой и сыном.

бя наказать. Выбирай: или я тебя выдеру ремнем, или неделю не буду читать книжку на ночь!» Сын задумался, спрашивает:

«А если ремень, то книжечка будет?» «Будет», — мрачно говорю я. «Тогда лучше ремень!» — сказал он.

Я ему велела спустить штаны, нашла в шкафу ремень. «Как мне встать?» — спрашивает он. Тут мне как-то стало не по себе (а началось неловкое чувство, когда он с серьезным и задумчивым видом выбрал книжку). Но мысль о том, что надо доводить наказание до конца, заставила меня хлестнуть его ремнем несколько раз. Сразу после этого мне стало очень стыдно. Было чувство, что я унизила маленького человека, который, кстати, в этой истории держался более достойно, чем я со своим «гневом». Да и был ли гнев? Сначала — смертельное волнение, а потом, когда он нашелся, все отлегло и возникло соображение: «надо наказать!» Если бы я ему сразу рассказала, как волновалась, думаю, он понял бы все не хуже, и не было бы этого оскорбительного, дурацкого случая. Я уж больше никогда его не била, а когда узнала о «Я-сообщении», то поняла, как выходить из подобных положений».

3. Когда мы открыты и искренни в выражении своих чувств, дети становятся искреннее в выражении своих. Дети начинают чувствовать: взрослые им доверяют, и они тоже могут довериться.

Приведу письмо одной мамы, которая спрашивает, правильно ли она поступила.

> *«Мы разошлись с мужем, когда сыну было шесть лет. Сейчас ему одиннадцать, и он стал глубоко, осознанно, но больше про себя, скучать по отцу. Как-то вырвалось у него: «С папой я пошел бы в кино, а с тобой не хочется». Однажды, когда сын прямо сказал, что ему скучно и тоскливо, я сказала ему: «Да, сынок, тебе очень грустно, и грустно, наверное, оттого, что нет у нас папы. Да и мне невесело. Был бы у тебя папа, у меня муж, было бы нам жить намного интереснее». Сына как прорвало: прислонился к моему плечу, полились тихие горькие слезы.*
>
> *Всплакнула украдкой и я. Но нам обоим стало легче. Я долго думала об этом дне и где-то в глубине души понимала, что сделала правильно. Не правда ли?»*

Мама интуитивно нашла правильные слова, сказала мальчику о его переживании (активное слушание), а также рассказала о своем («Я-сообщение»). И то, что обоим стало легче, что мама и сын стали ближе друг к другу, — лучшее доказательство действенности этих методов. Дети очень быстро усваивают от родителей манеру общения. Это касается и «Я-сообщения».

> *«С тех пор как я стал использовать «Я-сообщения», — пишет папа пятилетней девочки, — у дочки почти исчезли просьбы типа «Дай мне!», «Поиграй со мной!» Чаще звучит: «Мне хочется», «Я не могу больше ждать».*

Таким путем родителям гораздо легче узнавать о чувствах и потребностях ребенка.

4. И последнее, высказывая свое чувство без приказа или выговора, мы оставляем за детьми возможность самим принять решение. И тогда — удивительно — они начинают учитывать наши желания и переживания. Приведу случай, рассказанный мамой четырехлетнего мальчика.

«Пришли мы с сыном в аптеку. Он захотел витамины, я ему купила.

Потом он увидел другие, стал и их просить. Я сказала: «Сережа, давай договоримся: когда эти витамины кончатся, я куплю другие». Но он начал ныть, а потом — толкать меня и кричать, причем так, чтобы слышали окружающие. Мне было очень неприятно и стыдно. Я уже не замечала вокруг никого, не знала, как выйти из положения. И тогда я громко сказала:

— Мне ужасно стыдно из-за такой сцены.

И вдруг Сережа оглянулся, посмотрел по сторонам на всех, потом прижался ко мне, обнял за ноги и говорит:

— Мам, пойдем. Как хочешь. Вот сколько скажешь съесть витаминок, столько я и съем. Скажешь одну — съем одну, скажешь две — съем две.

Так мы и пошли домой. Он все время заглядывал мне в глаза и повторял, сколько он съест витаминок».

Научиться посылать «Я-сообщения» непросто, так же, как и активно слушать ребенка. Потребуется тренировка, и на первых порах трудно будет **избегать ошибок.**

Одна из них состоит в том, что иногда, начав с «Я-сообщения», родители **заканчивают фразу** «Ты-сообщением».

Например: **«Мне** не нравится, что ***ты*** такая неряха!» или **«Меня** раздражает это ***твое*** хныканье!»

Избежать этой ошибки можно, если использовать **безличные предложения,** неопределенные местоимения, обобщающие слова. Например:

— Мне не нравится, когда за стол **садятся** с грязными руками.

— Меня раздражает, когда **дети** хнычут.

Следующая ошибка вызвана боязнью выразить чувство **истинной силы.**

Например, если вы приходите в ужас при виде сына, который бьет по голове кубиком своего младшего братишку, то в вашем восклицании следует выразить силу этого чувства. Фраза: «Мне не нравится, когда мальчики так делают», — здесь никак не подходит, ребенок почувствует фальшь.

Приведу еще один реальный пример.

> *Мама пятнадцатилетней девочки заметила, что дочь в последнее время отдалилась от нее. Отчуждение очень мучило маму. Но она не знала, как заговорить с дочкой об этом. Наконец она решилась сказать то, что чувствует. Она призналась, что «совсем потеряла покой» и «не может больше так жить». Эти слова послужили началом очень важного для обеих разговора. Сдержанное «Мне не нравятся наши отношения» в этом случае было бы далеко от истины и могло бы только испортить дело.*

◆

До сих пор мы говорили о том, что делать, когда отрицательные чувства у нас уже возникли. Но можно подумать о другом: как уменьшить саму возможность появления таких чувств. Это похоже на лечение простуды и на ее профилактику. Когда вы уже заболели, приходится принимать лекарства, но можно заранее принять меры предосторожности: одеваться потеплее, закаляться и т.д. Итак, поговорим о профилактике эмоциональных проблем.

Один путь довольно ясен, хотя мы, родители, часто о нем забываем.

Запишем его в виде **Правила 7.**

. . . .

Не требуйте от ребенка невозможного или трудно выполнимого. Вместо этого посмотрите, что вы можете изменить в окружающей обстановке.

. . . .

К примеру, полуторагодовалый малыш очень интересуется розеткой. Вы беспокоитесь, как бы он не сунул в нее пальцы. Уговоры и запреты не помогают, ссо-

ры с ребенком — тем более. Проблема исчезнет, если вы загородите розетку какой-нибудь мебелью или купите специальную пробку.

Вы, конечно, легко найдете другие примеры того, как в повседневной жизни оградить себя и своего ребенка от излишних напряжений. Некоторые родители ставят временные заграждения на окна, убирают повыше все бьющееся, выносят из комнаты дорогую мебель, чтобы ребенок мог свободно двигаться, наклеивают в его комнате дешевые обои обратной стороной, чтобы он мог на них рисовать.

Меня поразило своей гениальной простотой одно правило, принятое в американских школах: все письменные работы, включая арифметику, ребята начальных и средних классов делают **карандашом,** к верхнему концу которого прикреплен ластик. Ластиком они могут пользоваться сколько угодно. Увидев это, я подумала: сколько слез, разочарований и конфликтов помогает избежать эта простая идея!

Привожу здесь этот пример, во-первых потому, что он хорошо иллюстрирует наше Правило 7: измените условия, и проблемы исчезнут. Во-вторых, надеюсь, наши учителя попробуют использовать карандаш с ластиком. Уверяю вас, дети от этого не пишут хуже или небрежнее. Наоборот, они более внимательны к ошибкам, так как их легко исправить.

◆

Перейдем к **Правилу 8.**

. . . .

Чтобы избегать излишних проблем и конфликтов, соразмеряйте собственные ожидания с возможностями ребенка.

. . . .

Как видите, это Правило похоже на предыдущее. Идея такова: бесполезно требовать от ребенка невозможного или очень трудного, к чему он еще не готов. Лучше изменить что-то вне его, в данном случае — **свои ожидания.** Давайте и здесь обратимся к примерам.

Мама отправляет четырехлетнего мальчика за молоком. Надо пройти несколько домов, деревенская улица неровная, под горку. Бидон велик для мальчика, достает почти до земли. Но мама, воспитывая в нем «взрослость» и ответственность, строго предупреж-

дает: «Смотри, не пролей!» Мальчик возвращается в унынии, волоча по земле почти пустой бидон. Мама в ярости.

Другой пример.

Двенадцатилетнему подростку родители поручают сидеть с пятилетними близнецами. «И чтобы был мир и порядок!» — наказывают они. Возвратившись из гостей, находят в доме кавардак, завал грязной посуды; близнецы передрались, старший зол на всех и вся. Родители очень разочарованы.

Недавно мне пришлось наблюдать такую сцену.

Мама с двумя спутниками и пятилетним сыном стояла в очереди на улице перед кафе. Стоять пришлось долго, около получаса. Мальчик изнывал от скуки, потом начал крутиться, бегать с другим таким же ребенком, залезать на тумбы... Мама то и дело, отрываясь от ожив-

ленного разговора, делала ребенку замечания, стараясь «пригвоздить» его к месту рядом с собой. А чтобы лучше его обездвижить, дала ему держать довольно большую сумку. Но все было напрасно. Наконец, очень рассердившись, она прочла сыну длинную нотацию.

Спас положение человек из очереди, который стал играть с мальчиком. Было так интересно, что и мама бросила разговор, с улыбкой наблюдая за игрой.

Ошибка этой мамы в том, что она требовала невозможного для пятилетнего мальчика: долго стоять столбом на одном месте. В результате у нее и появилась «проблема».

У всех родителей есть ожидания относительно того, что уже может или уже должен делать их ребенок и что он делать не должен. В приведенных примерах ожидания были несколько завышены, а результатом стали отрицательные переживания родителей.

Сказанное не означает, что мы не должны «поднимать планку» для ребенка, то есть воспитывать в нем практический ум, ответственность, послушание. Напротив, это необходимо делать в любом возрасте. Только эту планку не следует ставить слишком высоко. А главное — стоит последить за своими реакциями. Знание того, что ребенок осваивает новую высоту и осечки неизбежны, может значительно прибавить вам терпимости и позволит спокойнее относиться к его неудачам.

◆

Мы подошли к последнему правилу в этом уроке. **Правило 9,** пожалуй, самое сложное, хотя записать его можно очень коротко:

. . . .

Старайтесь не присваивать себе эмоциональные проблемы ребенка.

. . . .

О чем здесь идет речь? Раньше мы говорили о том, как важно передавать детям заботу об их повседневных делах (Правила 4 и 5). Теперь речь идет о переживаниях ребенка и о наших **чрезмерных волнениях** по поводу детей.

Не приходилось ли вам слышать такие слова от детей (чаще от подростков и старше) в адрес родителей: «Перестань плакать (нервничать, паниковать), **этим ты мне только мешаешь!»**

За такими словами стоит потребность детей отделяться от родителей и в эмоциональном смысле: учиться быть самостоятельными перед лицом напряженных, а то и опасных ситуаций. Конечно, они при этом могут нуждаться в нашем участии, но участии деликатном, ненавязчивом.

А что делать с нашими собственными переживаниями? Ведь рано или поздно приходится идти на риск впервые отпустить сына одного через улицу, разрешить взрослеющей дочери встретить Новый год в компании сверстников. Наше беспокойство оправдано, и мы, конечно, должны принять все зависящие от нас меры предосторожности. Но как при этом разговаривать с ребенком? Уверена, что «Я-сообщение» здесь незаменимо.

Расскажу один случай.

Пятнадцатилетний подросток собирается в горный поход с друзьями.

Родители очень тревожатся: поход предстоит серьезный, со снежными перевалами, переходами через горные реки. И мальчик не будет у них на глазах. Мама, хотя и знакомая с правильными методами общения, не удержалась: «Очень тебя прошу, будь осторожен!» («Ты-сообщение».) Тот взволнованно отреагировал: «Ну, мам, как ты не понимаешь? Ты делаешь мне этими словами толь-

ко хуже. Да я сам все знаю. Не хочу тебя слушать». «Прости, я сказала плохо, — спохватилась мама, — просто знай, что я буду очень беспокоиться». («Я-сообщение».)

Потом сын рассказал, что в горах он оказался перед выбором: переходить через ледяную трещину по ненадежному снежному мостику или пойти в обход. «Я вспомнил, как ты сказала, что будешь очень беспокоиться, и выбрал второе».

Когда ребенок стоит перед реальным испытанием, ему легче сделать выбор, если он знает о нашей любви, о нашем беспокойстве. «Я-сообщение» не даст ему повода сделать «назло», по-своему, совершить поспешный, необдуманный поступок.

ДОМАШНИЕ ЗАДАНИЯ

Задание первое

Выберите из ответов родителей тот, который больше всего отвечает «Я-сообщению». (Ответы вы найдете в конце этого урока).

Ситуация 1. Вы который раз зовете дочь садиться за стол. Она отвечает: «Сейчас», — и продолжает заниматься своими делами. Вы начали сердиться.

Ваши слова:

1. Да сколько же раз тебе надо говорить?
2. Я начинаю сердиться, когда приходится повторять одно и то же.
3. Меня сердит, когда ты не слушаешься.

Ситуация 2. У вас важный разговор с другом. Ребенок то и дело его прерывает.

Ваши слова:

1. Мне трудно беседовать, когда меня прерывают.
2. Не мешай разговаривать.
3. Ты не можешь заняться чем-нибудь другим, пока я разговариваю?

Ситуация 3. Вы приходите домой усталая. У вашего сына-подростка друзья, музыка и веселье. На столе — следы их чаепития. Вы испытываете смешанное чувство раздражения и обиды («Хоть бы обо мне подумал!»).

Ваши слова:

1. Тебе не приходит в голову, что я могу быть усталой?!
2. Уберите за собой посуду.
3. Меня обижает и сердит, когда я прихожу усталая и застаю дома беспорядок.

Задание второе

Хочу напомнить, что, используя «Я-сообщение», важно называть именно то чувство, которое вы сейчас испытываете, и именно такой интенсивности. Оказывается, это не так просто: мы привыкли думать **о словах,** которые надо сказать ребенку, а не о наших **чувствах,** которые порой загоняем внутрь. В этом задании вам предлагается больше послушать себя. Сначала не думайте, что ответить ребенку, а попытайтесь дать себе отчет в том, что́ бы вы пережили в каждом из приводимых ниже случаев. Заполните сначала только столбец II.

Задание третье

А теперь, имея в виду то чувство (или чувства), которые вы записали против каждой ситуации, напишите в столбце III ваше «Я-сообщение».

Например, в первой ситуации вашей фразой могло бы быть: «Меня сердит, когда дети не слушают, что им говорят!» Напомню, что слово «дети» здесь позволяет избежать выпада «ты».

Первый пример — образец

I. Ситуация	II. Ваше чувство	III. Я-сообщение
1. Ребенок шалил за столом и, несмотря на предупреждение, пролил молоко. 2. Сын-первокурсник ходит в институт в дырявых джинсах. Отказывается носить другие брюки. 3. Ваша взрослеющая дочка влюбилась в «шалопая». 4. Вы входите в комнату (9-й этаж) и видите вашего сына-дошкольника сидящим на подоконнике открытого окна. 5. Вы ожидаете гостей. Дочь отрезала и съела кусок торта, который вы приготовили к торжеству. 6. Вы только что вымыли пол, сын пришел и наследил. 7. С работы должен прийти муж, вы просите дочь сбегать за хлебом, она отказывается.	Расстроилась, рассердилась	

Задание четвертое

Вы, наверное, уже догадываетесь, что в качестве еще одного задания я предложу вам использовать «Я-сообщения» в разговорах с вашим ребенком. Успех обязательно придет к вам вслед за опытом. Напоминаю: сначала определите, у кого сейчас проблема; действительно ли она у вас?

Вас переполнило чувство? Тогда назовите его самому себе. Теперь скажите о нем ребенку.

ВОПРОСЫ РОДИТЕЛЕЙ

ВОПРОС: *А если «Я-сообщение» не действует? Вчера, например, сын собрался гулять поздно вечером, я ему говорю: «Я беспокоюсь, что слишком поздно», — а он все равно ушел.*

ОТВЕТ: Вопрос этот аналогичен тому, что мы разбирали на одном из предыдущих уроков (см. «Вопросы родителей», урок 5). Ответ будет такой же: не надо думать, что «Я-сообщение» и другие методы, которые мы осваиваем, — это новые способы быстро добиваться практического результата. Например, заставить ребенка выучить уроки, надеть шарф или отказаться от похода в кино. Назначение их совсем другое: установить контакт с ребенком, улучшить взаимопонимание с ним, помочь ему в обретении самостоятельности и ответственности. Как видите, цели более далекие и гораздо более общие.

Конечно, бывает, что после одной вашей фразы ребенок делает то, что вы хотите. Ценно, однако, не это, а то, что он принял решение сам.

Чаще же приходится ждать, пока отношения наладятся. Ребенок должен еще поверить, что ваш стиль общения меняется к лучшему. А пока что ваша правильная фраза будет лишь кирпичиком в новом здании — кирпичиком, пока не очень видным. Но как иначе построить здание, как не из множества небольших кирпичиков?

ВОПРОС: *Дочь обидели в школе. Она пришла вся в слезах, и я очень переживаю. Как быть?*

ОТВЕТ: Важно понять, чье переживание в данный момент сильнее. Конечно, любая неудача или беда ребенка вызывает у нас ответное чувство.

Если оно очень сильно, можно использовать «Я-сообщение», причем доверить его себе самому, чтобы не усугублять проблем девочки, другому взрослому, наконец бумаге. А затем, так как главная проблема у обиженной дочки, ее стоит активно послушать. В этом и выразится ваше сочувствие ей.

ВОПРОС: *Как посылать «Я-сообщение», если я очень сердита или разгневана на ребенка?*

ОТВЕТ: Психологи считают, что гнев чаще всего — вторичное чувство. Он возникает на почве какого-то другого, первичного переживания.

Поэтому, если вам захотелось бросить ребенку гневную фразу, подождите и постарайтесь дать себе отчет в исходном чувстве.

Например, ребенок вам сильно нагрубил. Первой вашей реакцией может быть **обида**...

Вы услышали о нем на родительском собрании много нелестных слов и испытали **горечь,** разочарование, может быть, даже стыд.

Ребенок возвращается с опозданием на три часа, заставив вас ужасно **переволноваться.** Первое чувство — радость и облегчение! Лучше всего выразить именно эти первые чувства:

— *Мне больно и обидно.*

— *Я очень огорчен тем, что услышал.*

— *Слава богу! Ты цел! Я так волновалась!*

Вы скоро обнаружите, что в таких случаях для «грома и молний» места уже не остается.

ВОПРОС: *У нас часто бывает так: на мои слова «Я волнуюсь» сын отвечает: «А ты не переживай, я же спокоен». В последнее время стал говорить (наслышался где-то!): «Твое волнение — это твоя проблема!» Как быть?*

ОТВЕТ: Если сын так отвечает, это верный признак того, что вы зашли в его «территориальные воды», вторглись в проблемы, которые он хочет решать сам. Лучше всего в таких случаях задать себе вопрос: «Касается ли меня лично то, что он делает?» И если вас лично это не касается, передайте ему право беспокоиться о себе самому. Все равно ваши волнения ему не помогут, а скорее помешают.

Ответы к первому заданию

Ситуация 1.

«Я-сообщением» будет фраза 2.

В реплике 1 — типичное «Ты-сообщение», фраза 3 начинается как «Я-сообщение», а затем переходит в «Ты-сообщение».

Ситуация 2.

«Я-сообщение» — фраза 1, обе остальные — «Ты-сообщение». Хотя во второй фразе «ты» отсутствует, но оно подразумевается (читается «между строк»).

Ситуация 3.

«Я-сообщение» — фраза 3.

урок 8

КАК РАЗРЕШАТЬ КОНФЛИКТЫ

Когда-то я с некоторым удивлением прочла в одной психологической книге, что конфликты в семье неизбежны даже при самых хороших отношениях, и что дело вовсе не в том, чтобы их избегать или стараться замять, а в том, чтобы правильно их **разрешать.** Со временем, присмотревшись к жизни своей и окружающих, я убедилась, что это действительно так.

Конфликтные ситуации подстерегают нас чуть ли не на каждом шагу, и в одних случаях дело кончается открытым спором, в других — невысказанной и затаенной обидой, а бывает, и настоящим «сражением». В наше время написано уже много книг о том, как конструктивно разрешать конфликты. Сегодня мы и займемся этой «наукой».

Для начала давайте посмотрим, **как и почему** возникают конфликты между родителями и детьми.

Возьмем один из типичных примеров (знаком ли он вам?): семья располагается вечером у телевизора, но смотреть каждый хочет свое. Например, сын — заядлый болельщик, и он рассчитывает посмотреть трансляцию футбольного матча. Мама настроена на очередную серию зарубежного фильма. Разгорается спор: мама никак не может пропустить серию, она «весь день ее ждала»; сын никак не может отказаться от матча: он «ждал его еще дольше!».

Другой пример.

Мама торопится закончить приготовления к приему гостей. Неожиданно обнаруживается, что в доме нет хлеба. Она просит дочь сходить в магазин. Но у той скоро начало спортивной секции, и она не хочет опаздывать. Мама просит «войти в ее положение», дочка делает то же. Одна настаивает, другая не уступает. Страсти накаляются.

Что общего в этих историях? Что создает конфликтную ситуацию и приводит к «накалу страстей»?

Очевидно, что дело — **в столкновении интересов** родителя и ребенка. Заметим, что в подобных случаях удовлетворение желания одной стороны означает ущемление интересов другой и вызывает сильные отрицательные переживания: раздражение, обиду, гнев. Пользуясь уже известной нам терминологией, можно сказать, что при столкновении интересов возникает проблема сразу у обоих: и у ребенка, и у родителя. Или, другими словами, оба стакана оказываются наполненными до краев.

Что же делать в таких случаях?

Родители решают эту задачу по-разному. Одни говорят: «Вообще не нужно доводить до конфликтов». Пожалуй, намерение хорошее в принципе. Но, к сожа-

лению, никто не застрахован от того, что желания наши и нашего ребенка однажды разойдутся. Жизнь слишком сложна, чтобы интересы родителей и детей (да и родителей между собой) всегда совпадали.

Когда же начинаются противоречия, одни родители не видят никакого другого выхода, как **настоять на своем,** другие же, напротив, считают, что лучше **уступить,** сохраняя мир.

Так появляются два неконструктивных способа разрешения конфликтов, которые известны под общим названием «Выигрывает только один». Посмотрим, как это случается в жизни.

Первый неконструктивный способ разрешения конфликтов: **«Выигрывает родитель».**

К примеру, в случае конфликта у телевизора мама может в раздражении сказать:

— *Ничего, подождешь со своим футболом. Попробуй только переключить еще раз!*

А во второй ситуации с хлебом слова мамы могут звучать так:

— *А все-таки ты пойдешь и купишь хлеб! И никуда твоя секция не денется. Что это такое, никогда тебя не допросишься!*

Что на это отвечают дети? Напомним, что их «стакан» полон, они эмоционально заряжены, а во фразах мамы звучат приказы, обвинения, угрозы. От этого уровень в «стакане» сына или дочери скорее всего еще больше поднимется.

– Это *твое кино дурацкое!*

— Нет, не пойду! Не пойду — и все, и ничего ты мне не сделаешь!

Родители, склонные использовать первый способ, считают, что побеждать ребенка, ломать его сопротивление необходимо. Дашь ему волю, так он «на шею сядет», «будет делать что хочет».

Сами того не замечая, они показывают детям сомнительный пример поведения «всегда добивайся того, что ты хочешь, не считаясь с желаниями другого». А дети очень чувствительны к манерам родителей и с раннего детства им подражают. Так что в семьях, где применяются авторитарные, силовые методы, дети быстро учатся делать то же. Они как бы возвращают взрослым преподанный урок, и тогда «коса находит на камень».

Есть и другой вариант этого способа мягко, но настойчиво требовать от ребенка выполнения своего желания. Часто это сопровождается объяснениями, с которыми ребенок в конце концов соглашается. Однако если такой нажим — постоянная тактика родителей, с помощью которой они всегда добиваются своего, то ребенок усваивает другое правило: «Мои личные интересы (желания, потребности) не в счет, все равно придется делать то, что хотят или требуют родители».

В некоторых семьях это продолжается годами, и дети постоянно оказываются побежденными. Как правило, они растут либо агрессивными, либо чрезмерно пассивными. Но в обоих случаях у них накапливаются озлобление и обида, их отношения с родителями нельзя назвать близкими и доверительными.

Второй неконструктивный способ разрешения конфликтов: **«Выигрывает только ребенок».**

По этому пути идут родители, которые либо боятся конфликтов («мир любой ценой»), либо готовы постоянно жертвовать собой «ради блага ребенка», либо и то и другое.

В этих случаях дети растут эгоистами, не приученными к порядку, не умеющими себя организовать. Все это может быть и не так заметно в пределах семейной «всеобщей уступчивости», но едва они выходят за двери дома и включаются в какое-то общее дело, как начинают испытывать большие трудности. В школе, на работе, в любой компании им уже никто не хочет потакать. Со своими завышенными требованиями к окружающим и неспособностью идти навстречу другим они остаются в одиночестве, часто встречают насмешки и даже отвержение.

В такой семье у родителей накапливается глухое недовольство собственным ребенком и своей судьбой. В старости такие «вечно уступчивые» взрослые часто оказываются одинокими и заброшенными. И только тогда наступает прозрение: они не могут простить себе мягкотелость и безответную самоотдачу.

Таким образом, неправильно разрешаемые семейные конфликты, большие и маленькие, неизбежно дают «эффект накопления». А под его влиянием формируются черты характера, которые потом оборачиваются судьбой детей и родителей. Поэтому очень важно внимательно относиться к каждому столкновению интересов между вами и вашим ребенком.

◆

Каков же путь благополучного выхода из конфликта? Оказывается, можно повести дело так, что ни одна сторона не проиграет, больше того, можно сказать, что обе стороны окажутся в выигрыше. Рассмотрим этот способ более подробно.

Конструктивный способ разрешения конфликтов: **«Выигрывают обе стороны: и родитель, и ребенок».**

Сразу скажу, что этот способ основывается на двух навыках общения: активном слу-

шании и «Я-сообщении». Так что усиленно рекомендую сначала практически освоить все, что мы проходили на предыдущих уроках. Сначала убедитесь, что вам удается успешно послушать ребенка и сообщить ему о своих чувствах в более простых, бесконфликтных ситуациях, и только потом переходите к более сложным случаям. Сам метод предполагает несколько последовательных шагов или этапов. Сначала перечислим их, а потом разберем каждый в отдельности.

1. Прояснение конфликтной ситуации.
2. Сбор предложений.
3. Оценка предложений и выбор наиболее приемлемого.
4. Детализация решения.
5. Выполнение решения; проверка.

Итак, **первый шаг:** *прояснение конфликтной ситуации.*

Сначала родитель выслушивает ребенка. Уточняет, в чем состоит его проблема, а именно: что он хочет или не хочет, что ему нужно или важно, что его затрудняет и т.д.

Делает он это в стиле **активного слушания,** то есть обязательно озвучивает желание, потребность или затруднение ребенка. После этого он говорит о своем желании или проблеме, используя форму **«Я-сообщения».**

Воспользуемся все тем же примером с просьбой о покупке хлеба.

МАМА: Леночка, пожалуйста, сбегай за хлебом. Гости сейчас придут, а у меня еще дел по горло!

ДОЧЬ: Ой, мам, мне же на секцию сейчас!

МАМА: У тебя секция, и ты не хочешь опаздывать (активное слушание).

ДОЧЬ: Да, понимаешь, у нас ведь начинается с разминки, и ее нельзя пропускать.

МАМА: Тебе нельзя опаздывать... (активное слушание). А у меня такое затруднительное положение... Гости вот-вот придут, а хлеба нет! («Я-сообщение».) Как же нам быть? (Переход ко второму шагу.)

Еще раз замечу, что **начинать надо именно с выслушивания ребенка.** После того как он убедится, что вы слышите его проблему, он с гораздо большей готовностью услышит и вашу, а также примет участие в поисках совместного решения.

Часто, едва взрослый начинает активно слушать ребенка, острота назревающего конфликта спадает. То, что вначале казалось «простым упрямством», начинает восприниматься родителем как проблема, заслуживающая внимания. Тогда возникает готовность пойти навстречу ребенку.

> *Под Новый год у папы с его тринадцатилетним сыном произошла ссора. Испорчен был и новогодний вечер, и часть школьных каникул. Вообще-то все случилось из-за пустяка: сын не захотел отправиться в ванну мыться. Рассказывая потом о конфликте, папа недоумевал: «Обычно этот вопрос у нас не вызывал никаких затруднений. Но тут что-то заклинило. Возможно, я приказал слишком резко или сделал это в неподходящий момент. А потом, как я чувствовал, для него дело пошло „на принцип“: хотел настоять на своем, показать характер. Я тоже не сдавался. В конце концов насильно загнал его в ванну и запер на час, пока не вымоется. Он вымылся, конечно, но потом мы несколько дней не разговаривали».*

Папа очень точно уловил желание сына отстоять право на самостоятельность. Однако предпочел решать конфликт первым неконструктивным способом.

— А что было бы, если бы в тот момент вы активно послушали сына? — спросили папу на занятиях.

— Ну, все пошло бы, конечно, иначе. И он не так бы упрямился, да и мне не захотелось бы уже так давить на него.

Как вы помните, выслушав ребенка, нужно сказать ему о **своем** желании или проблеме. Это очень

ответственный момент. Ребенку не менее важно узнать больше и точнее о вашем переживании, чем вам — о его. Проследите, чтобы ваше высказывание имело форму «Я-сообщения», а не «Ты-сообщения». Например:

— *Мне тяжело и обидно вести хозяйство одной (вместо «Вы все взвалили на меня одну»).*

— *Мне трудно идти так быстро (вместо «Ты меня совсем загнал»).*

— *Знаешь, я очень ждала этой передачи (вместо «Ты что, не знаешь, что я смотрю ее каждый день?!»).*

Послать в конфликтной ситуации точное «Я-сообщение» важно еще и по другой причине: взрослому приходится задуматься, какая же именно его потребность ущемлена действиями или желаниями ребенка.

Коля, накопив денег, из тех карманных, что давали ему родители, решил истратить их на жвачку и марки. Однако родители хотели, чтобы вместо жвачки он купил себе какую-нибудь игру. Мальчик настаивал на своем, родители — на своем. Кончилось взаимными упреками, обидами, ссорой.

Правы ли родители? Нет! Спросим, какая их личная потребность была бы ущемлена, если бы Коля купил жвачку? Да никакая. Значит, оснований для конфликта просто не было.

К сожалению, довольно часто родители прибегают к запретам, не задумываясь: «Нельзя, и все!» А если ребенок начинает интересоваться, почему нельзя, то добавляют: «Мы не должны перед тобой отчитываться».

А если попытаться отчитаться по крайней мере **перед собой?** Тогда может оказаться, что за этим «нельзя» не стоит ничего большего, кроме желания утвердить свою власть или поддержать свой родительский авторитет. О власти и авторитете мы поговорим немного позже, в ответах на вопросы, а сейчас продолжим разбор этапов этого метода.

Второй шаг: ***сбор предложений.***

Этот этап начинается с вопроса: **«Как же нам быть?»**, «Что же нам придумать?» или: «Как нам поступить?» После этого надо обязательно подождать, дать возможность ребенку **первому** предложить решение (или решения) и только за тем предлагать свои варианты. При этом ни одно, даже самое неподходящее, с вашей точки зрения, предложение не отвергается с места. Сначала предложения

просто набираются «в корзинку». Если предложений много, их можно записать на листе бумаги.

Приведу пример, рассказанный на наших курсах одной мамой.

Возвратясь с работы, она обнаружила у своего двенадцатилетнего сына Пети его друга Мишу: мальчики делали вместе уроки. Они стали упрашивать маму разрешить посмотреть очень интересную телепрограмму, которая начиналась в 11 часов. Родители Миши разрешили ему остаться ночевать в гостях.

Однако мама очень устала и собиралась лечь в 10 часов. Телевизор же стоял в ее комнате. Кроме того, ребятам утром в школу, не следовало бы так сильно нарушать режим.

Как быть?

Мама решила применить конструктивный способ разрешения конфликтной ситуации. Внимательно выслушав ребят и поделившись своими опасениями, она спросила: «Как же нам быть?» Ребята предложили несколько вариантов:

1. Попросить у родителей Миши разрешения посмотреть передачу у него.

2. Посмотреть передачу вместе, а потом Мише идти домой.

3. Маме с Петей поменяться комнатами, тогда ребята смогут, не мешая ей, посмотреть передачу.

4. Поиграть вместе до 11 часов и потом лечь спать, Миша остается в гостях.

Предложения мамы были такие:

5. Ребята играют до 10 часов и потом все ложатся спать.

6. Ребята идут ночевать к Мише.

7. Каждый ночует у себя дома.

8. Ребята ложатся спать в 10 часов, но мама разрешает им почитать.

Стоит заметить, что некоторые предложения ребят (например, второе) с самого начала могли показаться маме неподходящими, однако она устояла перед искушением сразу сказать об этом.

Когда сбор предложений окончен, делают следующий шаг.

Третий шаг: *оценка предложений и выбор наиболее приемлемого.*

На этом этапе проходит совместное обсуждение предложений. «Стороны» к этому времени уже знают интересы друг друга, и предыдущие шаги помогают создать атмосферу взаимного уважения.

В примере с мальчиками и мамой этот этап проходил так:

1. Родители Миши оказались против, и предложение отпало само собой.

2. Не годится, так как мама оказывается в проигрыше.

3. Маме не очень удобно: она привыкла спать на своем месте. Кроме того, она обычно читает на ночь, а в Петиной комнате нет ночника; от верхнего света у нее разболится голова. Попутно Петя замечает Мише, что, сидя поздно у телевизора, он «опять заснет».

4. Мама не возражает. Петя развивает идею: «Давай возьмем с собой в комнату приемник и конструктор». Миша: «Построим гараж и сверхскоростную дорогу. Наушники берем?»

5. Не устраивает ребят.

6. Миша звонит родителям, чтобы посоветоваться, но его мама не разрешает ложиться поздно.

7. Ребят не устраивает: «Хотим быть вместе».

8. Ребята: «Можно, конечно, но лучше бы не читать, а поиграть в Петиной комнате».

В конечном итоге выбирается предложение 4.

Если в выборе лучшего решения участвуют несколько человек — как было в этом случае, — то лучшим считается то, которое принимается единодушно.

Заметим, что это была первая попытка мамы применить конструктивный способ разрешения конфликтов, и она это сделала довольно успешно.

Некоторым из читателей может не понравиться решение, к которому пришли все трое: ведь оно означало, что ребята лягут поздно. Однако не будем судить о правильности этого решения: важно, что оно показалось и маме, и ребятам в той ситуации вполне приемлемым. Для нас же гораздо важнее обратить внимание на процесс, который вел к этому решению, выделить в нем несколько положительных моментов.

Во-первых, мы видим, что каждый участник оказался выслушан. **Во-вторых,** каждый вник в положение другого. **В-третьих,** между «сторонами» не возникло ни раздражения, ни обиды, напротив, сохранилась атмосфера дружеских отношений. **В-четвертых,** ребятам представилась возможность осознать свои истинные желания, например, оказалось, что им важно не столько смотреть телевизор, сколько провести вечер вместе. Наконец, **последнее:** ребята получили прекрасный урок, как вместе решать «трудные» вопросы.

Практика родителей показывает, что при повторении таких ситуаций мирное решение споров становится для ребят привычным делом.

Четвертый шаг: ***детализация принятого решения.***

Предположим, в семье решили, что сын уже большой, и ему пора самостоятельно вставать, завтракать и выходить в школу. Это освободит маму от ранних хлопот и даст ей возможность высыпаться.

Однако одного решения мало. Надо научить ребенка пользоваться будильником, показать, где какая еда лежит, как разогревать завтрак и т.д.

Пятый шаг: ***выполнение решения, проверка.***

Возьмем такой пример: семья решила разгрузить маму, поделить домашние дела более равномерно. Пройдя все этапы, пришли к определенному решению. Его хорошо бы записать на листочке и повесить на стену (см. шаг четыре).

Предположим, на старшего сына пришлись такие обязанности: выносить мусор, мыть по вечерам посуду, покупать хлеб и отводить младшего брата в сад. Если раньше мальчик не делал всего этого регулярно, то на первых порах возможны срывы.

Не пеняйте ему при каждой неудаче. Лучше подождать несколько дней. В удобный момент, когда есть время у него и у вас и никто не раздражен, спросите: «Ну как у тебя идут дела? Получается ли?»

Лучше, если о неудачах скажет сам ребенок. Возможно, их будет слишком много. Тогда стоит уточнить, в чем, по его мнению, причина.

Может быть, что-то не учли, или нужна какая-то помощь; или он предпочел бы другое, «более ответственное» поручение.

В заключение замечу, что этот способ никого не оставляет с чувством проигрыша. Напротив, он приглашает к сотрудничеству с самого начала, и в конечном итоге выигрывают все.

ВОПРОСЫ РОДИТЕЛЕЙ

ВОПРОС: *Как применять конструктивный способ, если никогда этого в семье не делали?*

ОТВЕТ: Начать лучше всего с общего разговора в семье. Это хорошо делать, собравшись вместе в спокойной обстановке. Объясните ребятам, что есть хороший способ «договориться», расскажите, как это делать и пригласите попробовать. От взрослых же здесь требуется действительное желание выслушивать ребенка. Еще раз напомню: активное слушание — ваш главный помощник.

ВОПРОС: *Не страдает ли родительский авторитет?*

ОТВЕТ: Давайте обсудим различия между двумя понятиями: авторитет и авторитарность. Авторитарным называют человека, который стремится к власти и, пользуясь силой, добивается от других подчинения. Авторитетен тот, чье влияние

на поступки других основано на признании и уважении его мнения, его личных качеств: компетентности, справедливости и т. п.

Для маленького ребенка родители — существа, которых он почитает и обожает. В глазах малыша папа — самый сильный, самый умный, самый справедливый; мама — самая красивая, самая добрая, самая замечательная.

Этот авторитет родители имеют просто потому, что они взрослые, а ребенок еще мал, неумел и слаб. В первые годы жизни такой естественный авторитет дает ребенку очень много. Он бессознательно «впитывает» от родителей все: манеры поведения, вкусы и взгляды, ценности и моральные нормы. Но со временем соотношение сил меняется. Происходит неизбежное выравнивание возможностей детей и родителей. Может случиться, что папа уже не знает, как решить задачу, с которой справляется сын, а мама не прочла столько книг, сколько ее дочь.

Наступает критический момент, когда авторитет родителей перестает держаться на преимуществах возраста.

Что же тогда происходит?

Родители оказываются перед драматическим выбором между заслуженным авторитетом и авторитарностью.

Путь авторитарности — абсолютно тупиковый. Власть, рассчитанная на беспрекословное подчинение или страх наказания, перестает действовать.

Ребенок рано или поздно вступает в борьбу за самостоятельность, за право реализовать свои потребности и цели, и делает это со всей энергией своих юных сил. Дело порой доходит до открытой войны. И самое опасное на этом пути — ощущение невозможности повернуть назад.

На наш взгляд, выбор один — понять, что путь насилия над ребенком безнадежен и рано или поздно приведет к разрыву отношений. Взрослый теряет авторитет, если начинает полагаться на запреты, давление и приказ.

Он сохраняет авторитет, если остается образцом силы и опытности, но не силы приказа, а духовной, личностной силы, и той опытности, которая состоит не в механическом запасе знаний, а в мудром поведении.

Способ, с которым мы вас познакомили, помогает проявлять мудрость в трудных для вас и вашего ребенка ситуациях, и удерживает вас от опасного крена в авторитарность.

ВОПРОС: ***Не слишком ли много времени требует процесс конструктивного разрешения конфликта?***

ОТВЕТ: Действительно, здесь не обойдешься «по-военному», односложной командой, приходится потратить минут десять, а то и полчаса.

Но во-первых, заметьте, это время не потерянное, а приобретенное, дети и вся семья в эти минуты получают опыт доброжелательного общения.

Во-вторых, если конфликт не разрешить, он будет возобновляться. Тогда часов, уходящих на бесплодные пререкания и ссоры, право же, наберется гораздо больше, чем потребуется для их разумного решения.

В-третьих, многие родители отмечают: с применением правильного способа конфликты начинают возникать все реже и решаться все быстрее.

ВОПРОС: ***Как быть, если не удастся найти устраивающее всех решение?***

ОТВЕТ: Опасение не найти приемлемое для всех решение, как правило, не подтверждается. Правда, это опасение естественно возникает, если наблюдать со стороны, как «коса находит на камень». Но в том то все и дело, что наш метод предполагает заинтересованность обеих сторон в совместном решении. В этом случае пробуждаются изобретательность и готовность идти навстречу друг другу.

ВОПРОС: ***Как быть, если ребенку грозит опасность, а он настаивает на своем; что, и здесь нужно искать совместное решение?***

ОТВЕТ: Если от экстренности ваших действий зависит жизнь ребенка, то, конечно, нужно действовать энергично, не допуская возражений.

Однако приказ и запрет как главные методы предотвращения любой опасности, не до конца осознаваемой ребенком, не годятся.

Часто разгорается спор вокруг такого вопроса: нужно ли позволять малышу дотронуться до горящей свечи, если он не слушает слово «нельзя» и продолжает тянуться к огню?

Одни родители считают, что они должны настоять на запрете, другие же — что следует дать ребенку слегка обжечься, если уж он так настаивает.

Не эта ли альтернатива встает перед нами во многих и многих других жизненных ситуациях? И чем старше дети, тем дороже может стать плата за приобретение собственного опыта. Как же поступить правильно?

Универсального ответа здесь, конечно, нет. Но стоит помнить, что, систематически ограждая детей от опасности, мы, может быть, подвергаем их еще большей опасности, потому что лишаем их ответственности за свои поступки. В то же время успешная практика совместного разрешения конфликтов может послужить хорошей школой воспитания в ребенке бдительности и осмотрительности.

ВОПРОС: *А как вести себя, если конфликт разгорелся между детьми?*

ОТВЕТ: Хуже всего, если родитель к поднявшемуся крику добавляет свой повышенный голос: «Сейчас же перестаньте!», «Вот я вас сейчас обоих...» Пожалуй, еще хуже, если он берет сторону одного из детей, как правило, им оказывается младший. Это может привести к избалованности младшего и стойкой обиде и ревности старшего.

В большинстве случаев неплохо оставлять разбираться самих детей. Можно послать «Я-сообщение» примерно такого рода: «Мне не нравится, когда в доме поднимается такой крик», «Мне нравится, когда дети разбираются со своими делами сами».

Но бывают случаи, когда родитель втягивается в разрешение детского конфликта в качестве посредника. Тогда конструктивный способ оказывается очень полезным.

Начать нужно, конечно, с выслушивания каждой из сторон.

Очень важно при этом соблюдать следующий принцип: если вы в данный момент слушаете одного ребенка, и он начинает чувствовать, что вы вникаете в его проблему, дайте каким-нибудь образом знать другому, что и он будет столь же внимательно выслушан. Будьте уверены, другой ребенок очень ревниво следит за тоном вашего разговора, а отсутствие выговора, миролюбивые нотки в вашем голосе могут привести его к заключению, что ваши симпатии — на стороне «противника». Поэтому, пытаясь выслушать переживания одного, хорошо взглядом, прикосновениями, кивком головы посылать другому сигналы: «Да, я помню и о тебе тоже, и скоро буду готов внимательно выслушать тебя».

Рассмотрим пример подобного разговора с детьми.

ПАПА: Знаете, ребята, я зашел сейчас в ванную и мне было очень неприятно увидеть там полный беспорядок: полотенца скомканы, на полу вода, ванна не вымыта... (Я-сообщение.)

МАРИНА: Это все Сашка, он никогда за собой ничего не убирает!

САША (гневно): Неправда, ты сама там все побросала!

МАРИНА: Нет, ты!

САША: Нет, ты!

МАМА: Мне неприятна эта сцена («Я-сообщение»). Марина, ты хочешь сказать, что после тебя остался в ванной порядок (активное слушание).

МАРИНА: Ну, не совсем порядок, но уж не такой, как после него.

САША: Вот именно, «не совсем порядок»!

МАМА: Сейчас, Саша, я послушаю и тебя. Значит, кое-что и ты не убрала (продолжение активного слушания).

МАРИНА: Ну, может быть, кое-что.

МАМА (Саше): И тебе, Саша, обидно, когда тебя одного обвиняют во всем (Саша кивает). Значит, я поняла так: каждый согласен, что он внес свой «вклад» в беспорядок. (Мама резюмирует сказанное.) А папе теперь неприятно туда входить (активно слушает папу), да и мне, признаться, тоже («Я-сообщение»). Что же будем делать? (Ключевой вопрос, когда все выслушаны и страсти поутихли.)

САША: Пусть уберет каждый свое (мама выждала, пока предложение поступит от кого-либо из детей).

МАМА: То есть на каждый носок и каждую лужицу прикрепим надпись: «Саша», «Марина» (чувство юмора обычно очень помогает разрядить обстановку).

САША (улыбаясь): Ну, уж не до такой степени.

МАРИНА: Я вытру пол и вымою ванну, а он пусть уберет все остальное (еще одно предложение).

САША: Ладно, я согласен.

МАМА: Ну что ж, мне кажется, это решение всех устраивает. Когда вы сделаете это, сейчас или после ужина? (Детализация решения.)

САША: Да чего там, давай сейчас. (Марина кивает.) А что значит «убрать все остальное»?

МАМА: Пойдем посмотрим. (Идут все вместе.) Что, по-твоему, здесь надо сделать?

САША: Полотенца, носки... еще мыло и мочалка... (Детализация решения.)

Дети быстро справляются с уборкой, ужин проходит мирно. Инцидент забыт, а дети приобрели ценный опыт беспроигрышного разрешения конфликта.

урок 9

А КАК НАСЧЕТ ДИСЦИПЛИНЫ?

На предыдущих уроках мы много говорили о чувствах и переживаниях детей и о том, как слушать, слышать, понимать и принимать их.

Предвижу накопившееся нетерпение родителей: а когда же речь пойдет о **дисциплине и послушании?** Ведь есть же правила, которым дети должны следовать, требования, которые они должны безусловно выполнять!

Нельзя с этим не согласиться. Конечно, такие правила и требования есть, и пришло время заняться их обсуждением. Почему же только сейчас? На это есть веские основания: без умения учитывать эмоции и переживания, интересы и потребности ребенка, да и свои собственные, родители не могут наладить дисциплину. Благодаря предыдущим урокам у нас появилась необходимая база: новые знания и новые навыки общения. Мы не раз будем использовать их в этом уроке.

Начну с одного «секрета», который некоторым родителям может показаться неожиданным. Детям не только нужен порядок и правила поведения, они **хотят и ждут** их! Это делает их жизнь понятной и предсказуемой, создает чувство безопасности.

Вам, должно быть, знакомо, как нервничает и выбивается из ритма жизни грудной ребенок, увезенный из дома на несколько часов «в гости», и как он успокаивается, попав домой, в привычную обстановку.

Дети порой готовы поддерживать порядок больше, чем взрослые.

Вспоминаю одну трогательную сцену. Мама с полуторагодовалым малышом вышла гулять. Открыв дверь подъезда, она так и оставила ее нараспашку. Сделав несколько шагов, малыш беспокойно оглянулся, вынул свою ручонку из руки мамы, нетвердыми шагами пошел к двери и, приложив некоторые усилия, закрыл ее. Порядок был восстановлен. Взглянув на маму, я увидела ее смущенную улыбку.

Все, конечно, сталкивались с другим примером хорошего «консерватизма» детей, их стремлением повторять привычное: вы читаете дошкольнику книжку или рассказываете сказку. Прежде всего удивляет, что эти книжка или сказка ему не надоедают, он готов слушать их бесконечное число раз, хотя знает уже все наизусть. И попробуйте что-нибудь изменить в тексте — сразу же последует протест «Нет, ты здесь пропустил», «Нет, он сказал не так, а вот так...»

Приведу один случай из личного опыта, который показывает, как нарушение порядка может совершенно расстроить и даже напугать ребенка.

Однажды меня попросили посидеть с девочкой трех лет. Ее родители, мои друзья, решились впервые за последние три года выбраться в театр. До этого я редко видела девочку, но знала, что она была довольно тревожной. Однако родители рассчитывали на мою «психологическую квалификацию», да и я, признаться, тоже. «Давай поиграем во что-нибудь очень интересное, — предло-

жила я, — например в домик!» Воспоминания из собственного детства и наблюдения за другими детьми позволяли надеяться, что девочке игра понравится. «А как это?» — робко спросила девочка. И тогда я с энтузиазмом приступила к показу «как надо». Перевернула несколько стульев, сдвинула их вместе и накрыла сверху одеялом. Попыталась еще поставить внутрь «домика» настольную лампу. И тут услышала резкий плач девочки: «Сейчас же поставь все на место!» — кричала она, напуганная до полусмерти. Уже потом я узнала, что ее родители никогда не допускали в доме подобных беспорядков.

Дети интуитивно чувствуют, что за родительскими «нельзя» скрывается забота о них. Один подросток с горечью признался, что родители его совсем не любят, так как позволяют ему слишком многое, включая и то, что запрещается другим ребятам. «Им, по-моему, просто нет до меня дела», — печально заключил мальчик.

Возникает вопрос: если ребята чувствуют себя более защищенными в условиях заведенного порядка и определенных правил поведения, то почему они но-

ровят эти порядок и правила нарушать? Почему на это постоянно жалуются родители, воспитатели, учителя?

Можно назвать много причин, их гораздо больше, чем кажется на первый взгляд. О них мы поговорим позже, в конце урока. Сейчас скажу только, что на самом деле дети восстают не против самих правил, а против способов их **«внедрения»** (согласитесь, само это привычное для слуха слово уже указывает на силовые методы).

Поэтому давайте сформулируем вопрос иначе: **как найти пути к бесконфликтной дисциплине ребенка?**

Думаю, что о такой дисциплине мечтает каждый родитель. Это, безусловно, самая трудная и тонкая задача воспитания. Ведь от способа ее решения зависит, вырастет ребенок внутренне собранным и ответственным человеком или нет.

◆

Есть несколько правил, которые помогают наладить и поддерживать в семье бесконфликтную дисциплину. Получается что-то вроде списка правил о правилах.

Правило первое

. . . .

*Правила
(ограничения, требования, запреты)
обязательно должны быть
в жизни каждого ребенка.*

. . . .

Это особенно полезно помнить тем родителям, которые стремятся как можно меньше огорчать детей и избегать конфликтов с ними. В результате они начинают идти на поводу у собственного ребенка. Это попустительский стиль воспитания. Его последствия мы обсуждали в предыдущем уроке (см. урок 8, второй неконструктивный способ разрешения конфликтов).

Правило второе

. . . .

Правил
(ограничений, требований, запретов)
не должно быть слишком много,
и они должны быть гибкими.

. . . .

Как вы понимаете, это правило предостерегает от другой крайности — воспитания в духе «закручивания гаек», то есть **авторитарного стиля** общения (см. первый неконструктивный способ разрешения конфликтов).

Оба правила, взятые вместе, предполагают особое чувство меры, особую мудрость родителя в решении вопросов о «можно», «следует» и «нельзя».

◆

Найти золотую середину между попустительским и авторитарным стилями нам помогает образ **четырех цветовых зон** поведения ребенка: зеленой, желтой, оранжевой и красной (идея зон принадлежит одному американскому психологу, мы ее видоизменяем и дополняем по-своему).

В зеленую зону поместим все то, что разрешается делать ребенку ***по его собственному усмотрению или желанию***. Например, в какие игрушки играть, когда сесть за уроки, в какой кружок записаться, с кем дружить...

Ища примеры, я, признаться, натолкнулась на трудность: не так уж много оказалось действий по собственному выбору ребенка, на которые согласились бы все родители. Например, некоторые взрослые считают, что нужно контролировать время приготовления уроков, следить за тем, с кем их сын отправился гулять и т.п. С одной стороны, их беспокойство справедливо, с другой, думаю, они и сами были бы рады снять с себя груз лишних забот.

Действия ребенка, в которых ему предоставляется ***относительная свобода***, находятся в **желтой** зоне. Ему разрешается действовать по собственному

ЗЕЛЕНАЯ ЗОНА

ЖЕЛТАЯ ЗОНА

ОРАНЖЕВАЯ ЗОНА

КРАСНАЯ ЗОНА

выбору, но в пределах определенных границ. Иначе говоря, он может решать сам, но при условии соблюдения некоторых правил. Например, можно сесть за уроки, когда хочешь, но закончить работу к 8 часам вечера. Можно гулять в своем дворе, но дальше не уходить.

Эта зона очень важна, так как именно здесь ребенок приучается к внутренней дисциплине по известному нам механизму извне-внутрь. Родитель на первых порах помогает ребенку сдерживать непосредственные импульсы, быть осмотрительным и учиться контролировать себя как раз с помощью норм и правил, которые установлены в семье. Постепенно, привыкая к этим правилам, ребенок следует им без особого напряжения. Однако это происходит, только если вокруг правил не было постоянных конфликтов.

Поэтому бесконфликтное принятие ребенком требований и ограничений должно быть **предметом особенной вашей заботы.** Постарайтесь в каждом случае спокойно (но коротко!) объяснить, чем вызвано ваше требование. При этом обязательно подчеркните, что именно остается ребенку для его свободного выбора. Когда дети чувствуют уважение к их чувству свободы и самостоятельности, они легче принимают родительские ограничения.

Приведу пример удачного разговора мамы с пятилетним Петей.

Петя хватает печенье.

МАМА: Сейчас не время для печенья, оно перебьет тебе аппетит. (Ограничение с коротким объяснением.)

ПЕТЯ: А я хочу!

МАМА: Ты обязательно его съешь, но только в конце ужина. (Разрешение с условием.)

ПЕТЯ: Я не хочу ужинать!

МАМА: То есть ты пока не голоден. (Активное слушание.) Хорошо, у нас есть время подождать папу. Он придет, и мы будем есть вместе. Но если ты проголодаешься, я могу покормить тебя и раньше. (Показ возможного выбора.) Ты будешь есть на ужин кашу или жареную картошку? (Возможность выбора.)

ПЕТЯ: Конечно, жареную картошку, и вместе с папой!

Но бывают обстоятельства, когда нам приходится нарушать установленные правила. Такие случаи попадают в следующую, оранжевую зону.

Итак, в **оранжевой** зоне находятся такие действия ребенка, которые в общем нами не приветствуются, но ввиду *особых обстоятельств* сейчас допускаются. Например, после долгого отсутствия папа приезжает в 10 часов вечера, и ребенку разрешают не ложиться спать до его появления и даже завтра не пойти в сад. Или: малыш напуган страшным сном, и мать берет его в свою кровать, пока он не успокоится.

Мы знаем, что исключения только подтверждают правила; не стоит бояться подобных исключений, если они действительно редки и оправданы. Зато дети бывают очень благодарны родителям за готовность пойти навстречу их особенной просьбе. Тогда они даже больше готовы соблюдать правила в обычных ситуациях

Наконец, в последней, **красной** зоне находятся действия ребенка, *неприемлемые ни при каких обстоятельствах.* Это наши категорические «нельзя», из которых нами не делается исключений.

Нельзя бить, щипать или кусать маму, играть с огнем, ломать вещи, обижать маленьких... Список этот «взрослеет» вместе с ребенком и подводит его к серьезным моральным нормам и социальным запретам.

Итак, все зоны, вместе взятые, говорят нам, что правило правилу рознь, и что вполне можно найти «золотую середину» между готовностью понимать — и быть твердым, между гибкостью — и непреклонностью в процессе воспитания дисциплины.

◆

Правило третье

*Родительские требования
не должны вступать
в явное противоречие
с важнейшими потребностями ребенка.*

Например, родителям часто досаждает «чрезмерная» активность детей: почему им надо так много бегать, прыгать, шумно играть, лазать по деревьям, бросать камни, рисовать на чем попало, все хватать, открывать, разбирать?..

Ответ прост: все это и многое другое — проявления естественных и очень важных для развития детей потребностей в движении, познании, упражнении. Им гораздо больше, чем нам, взрослым, нужно двигаться, исследовать предметы, пробовать свои силы. Запрещать подобные действия — все равно что пытаться перегородить полноводную реку. Лучше позаботиться о том, чтобы направить ее течение в удобное и безопасное русло.

Исследовать лужи можно, но только в высоких сапогах, разбирать часы тоже можно, но только если они старые и давно не ходят; играть в мяч можно, но только не в помещении и подальше от окон; даже бросать камни в цель можно, если позаботиться, чтобы никто при этом не пострадал. Вы, конечно, узнаете примеры из желтой зоны, но они могут принадлежать также зеленой. Для этого нужно поместить ребенка в подходящую обстановку и разрешить действовать свободно.

Например, за рубежом в некоторых детских учреждениях есть кафельная комната, специально для рисования на стенах. Каждый ребенок может рисовать фломастером или краской сколько ему угодно. После занятий рисунки смывают из брандспойта, и комната готова для следующей группы. Дети очень любят эти занятия, воспитатели тоже.

Другой пример относится больше к школьному возрасту. Начиная лет с десяти-одиннадцати ребятам становится особенно важно общаться со сверстниками. Они собираются в группы, большие или маленькие, чаще проводят время вне дома, считаются больше с мнением ребят, чем взрослых. От родителей подростков часто приходится слышать: «Вот уж действительно ни один пророк не признается в своем отечестве». Один отец, преподаватель вуза, говорил своему сыну: «Посмотрел бы ты, как студенты смотрят мне в рот, стараясь не пропустить ни одного слова, а ты...»

Ребята часто перестают слушаться родителей, и последствия этого могут быть опасными. Чтобы избежать осложнений, родителям стоит быть особенно осторожными в запретах «не дружить», «не ходить», «не надевать», «не участвовать...»

Нужно быть уверенным, что ребенок не воспринимает их как угрозу его статусу в группе ребят. Страшнее всего для него — стать «белой вороной» или предметом насмешек, оказаться непринятым или отвергнутым ребятами. И если на одной чаше весов окажется его положение среди сверстников, а на другой — родительское «нельзя», то скорее всего перевесит первое.

От нас, родителей, требуются порой исключительные терпение и терпимость, и даже философский настрой. Это поможет принять подростковую моду, неизвестные ранее словечки и выражения, трудно переносимую музыку, причудливые прически и сомнительные украшения, слишком короткие юбки или слишком дырявые джинсы.

Подростковая мода подобна ветрянке — многие ребята ее подхватывают и переносят в более или менее серьезной форме, а через пару лет сами же улыбаются, оглядываясь назад. Но не дай бог родителям в это время войти в затяжной конфликт со своим сыном или дочерью. Согласия со своим мнением он не добьется, а контакт и доверие может потерять окончательно.

Что же остается на долю родителей, кроме терпения и принятия неизбежности «ветрянки»? По-моему, очень многое, и самое главное — оставаться носителями и проводниками более общих, непреходящих ценностей: честности, трудолюбия, благородства, уважения к личности другого. Заметьте, что многие из этих ценностей вы можете не только обсуждать с вашим взрослеющим ребенком, но и реализовать во взаимоотношениях с ним, а это — самый главный дар, который он в глубине души ищет и надеется от вас получить!

Правило четвертое

. . . .

Правила
(ограничения, требования, запреты)
должны быть согласованы
взрослыми между собой.

. . . .

Знакомо ли вам, когда мама говорит одно, папа другое, а бабушка — третье. Вот как в этом случае.

Лене купили нарядные лаковые туфельки, на следующее утро она собирается в детский сад.

ЛЕНА: Я надену новые туфельки.

МАМА: Нет, Леночка, они для праздников и для гостей.

ЛЕНА: Нет, я хочу, хочу сегодня! (Начинает хныкать.)

ПАПА: Не расстраивайся, мы что-нибудь придумаем. Обращается к маме: Может быть, можно, один только раз?

МАМА: Нет, я не согласна. Ребенок должен приучаться беречь дорогие вещи!

ЛЕНА (плачет сильнее): Тогда я не пойду в садик вообще-е!

(Входит бабушка.)

БАБУШКА: Что опять случилось?! Опять вы расстраиваете ребенка с самого утра?! Иди ко мне, девочка, расскажи, кто тебя обидел. Ах, туфельки? Я тебе куплю сегодня же другие, будешь в них ходить, когда захочешь.

В такой ситуации ребенку невозможно усвоить правила, привыкнуть к дисциплине. Он привыкает добиваться своего, «раскалывая» ряды взрослых. Отношения между взрослыми членами семьи от этого не становятся лучше.

Даже если один родитель не согласен с требованием другого, лучше в эту минуту промолчать, а потом, уже без ребенка, обсудить разногласие и попытаться прийти к общему мнению.

Не менее важна последовательность в соблюдении правил. Если ваш ребенок два дня подряд ложился в 10 часов вечера вместо 9, то на третий день трудно будет уложить его вовремя, он резонно возразит, что вчера и позавчера вы ему «разрешали».

Стоит помнить, что дети постоянно испытывают наши требования «на прочность» и принимают, как правило, только то, что не поддается расшатыванию. В противном же случае приучаются настаивать, ныть, вымогать.

Правило пятое

. . . .

Тон, в котором сообщается требование или запрет, должен быть скорее дружественно-разъяснительным, чем повелительным.

. . . .

Любой запрет желаемого для ребенка труден, а если он произносится сердитым или властным тоном, то становится трудным вдвойне.

Мы уже говорили, что на вопрос «Почему нельзя?» не стоит отвечать: «Потому, что я так сказал», «Я так велю», «Нельзя, и все!» Нужно коротко пояснить: «Уже поздно», «Это опасно», «Может разбиться...»

Объяснение должно быть коротким и повторяться один раз. Если ребенок снова спрашивает: «Почему?», то это не потому, что он вас не понял, а потому, что ему трудно побороть свое желание. Здесь поможет то, что вы уже проходили, например, активное слушание. Приказы же и «Ты-сообщения» усугубляют сопротивление ребенка.

Предложение, в котором вы говорите о правиле, лучше строить в безличной форме. Например, стоит сказать: «Спичками не играют» вместо «Не смей играть спичками!», «Конфеты едят после обеда» вместо «Сейчас же положи конфету назад!», «Хвост у кошки не для того, чтобы за него тянули», вместо «Перестань мучить кошку!»

Рассмотрим два примера: первый — неудачный, второй — удачный разговор мамы с детьми.

Дети увлеченно играют.

МАМА: Хватит, заканчивайте! (Приказ.)

СЫН: Как? Почему заканчивать?

МАМА: Прекрасно знаете почему: вы должны отправляться спать. (Приказ в форме «Ты-сообщения».)

ДОЧЬ: Как, уже спать?

МАМА: Да, уже! И никаких возражений! (Приказ.) Отбирает игру, дети расстроены и сердиты.

Гораздо лучше, когда разговор идет иначе с первых же слов мамы.

МАМА: Ребята, пора заканчивать. (Безличная форма.)

СЫН: Как? Почему заканчивать?

МАМА: Время ложиться спать. (Безличная форма.)

ДОЧЬ: Как, уже спать?

МАМА: Я вижу, игра интересная, и вам трудно оторваться. (Активное слушание.)

ДОЧЬ: Да, очень интересная! Смотри, нам осталось сделать всего два хода!

МАМА: Хорошо, два хода — это немного, договорились.

ОБА: Да, да. А потом мы сами все уберем.

Как видите, мама здесь выдержала дружественный тон и дала понять, что входит в положение ребят. Дисциплина от этого не пострадала. Напротив, ребята взяли на себя ответственность за наведение порядка после игры.

Бывает очень полезно, предвидя трудность ребенка в выполнении требования, обсуждать ее с ним заранее. Если, например, известно, что интересный фильм кончается поздно, а ребенок обязательно хочет посмотреть «хотя бы начало», то стоит предупредить, что придется прерваться на середине фильма. Одновременно можно предложить ему на выбор другие возможности, например, поиграть перед сном в интересную игру или почитать книжку. Если же он все-таки выберет «трудный» вариант, важно проследить, чтобы уговор был выполнен, и ребенок пошел спать вовремя.

Хорошо помочь ему, напомнив о договоре минут за пять до назначенного времени. В таком случае вы окажетесь, скорее, помощником ребенку в выполнении добровольно взятого на себя слова, чем надоедливым «полицейским». А он приобретет еще один маленький опыт бесконфликтной дисциплины.

◆

Разговор о дисциплине неминуемо приводит к **вопросу о наказаниях.** Что делать, если, несмотря ни на какие ухищрения, ребенок не подчиняется?

Прежде всего хочу вас заверить, что при соблюдении всех пяти правил о правилах, а также всего того, что мы прошли в предыдущих восьми уроках, число непослушаний вашего ребенка сократится во много раз, если вообще не исчезнет.

И тем не менее от недоразумений никто не застрахован, и может настать момент, когда вам нужно будет отреагировать на явно плохое поведение.

Обычно много споров вызывает вопрос о физических наказаниях. Лично я определенно против них. Они оскорбляют и озлобляют, запугивают и унижают детей. Позитивного результата от них меньше, чем негативного. Единственный вариант физического воздействия, который не вызывает сомнения, — это обуздание разбушевавшегося ребенка.

Однажды мне довелось быть свидетелем именно такой сцены. Дело было в Америке. Тринадцатилетний Джон, поджидая мать в машине около дома, захотел завести мотор. Машина, стоявшая на включенной скорости (это он упустил из виду), дернулась, проломила забор и стукнулась в ствол дерева. Все произошло так неожиданно и молниеносно!

Подросток, весь красный и дрожащий, выскочил из машины и влетел в дом, бормоча под нос: «Что я наделал! Что я наделал!» Его младшая сестра, видевшая все из окна, встретила его каким-то едким замечанием — и была отброшена на пол.

На ее крик появилась мать. Увидев состояние Джона, она схватила его за руки и резко усадила на диван.

— Пусти, — вырывался Джон.

— Нет, — твердо говорила мать, — я буду тебя держать, пока ты не придешь в себя.

— Нет пусти, — бился Джон, — не имеешь права! Это насилие!

— Нет, Джон, — спокойно, но внушительно говорила мать, продолжая крепко его держать. — Я не могу отпу-

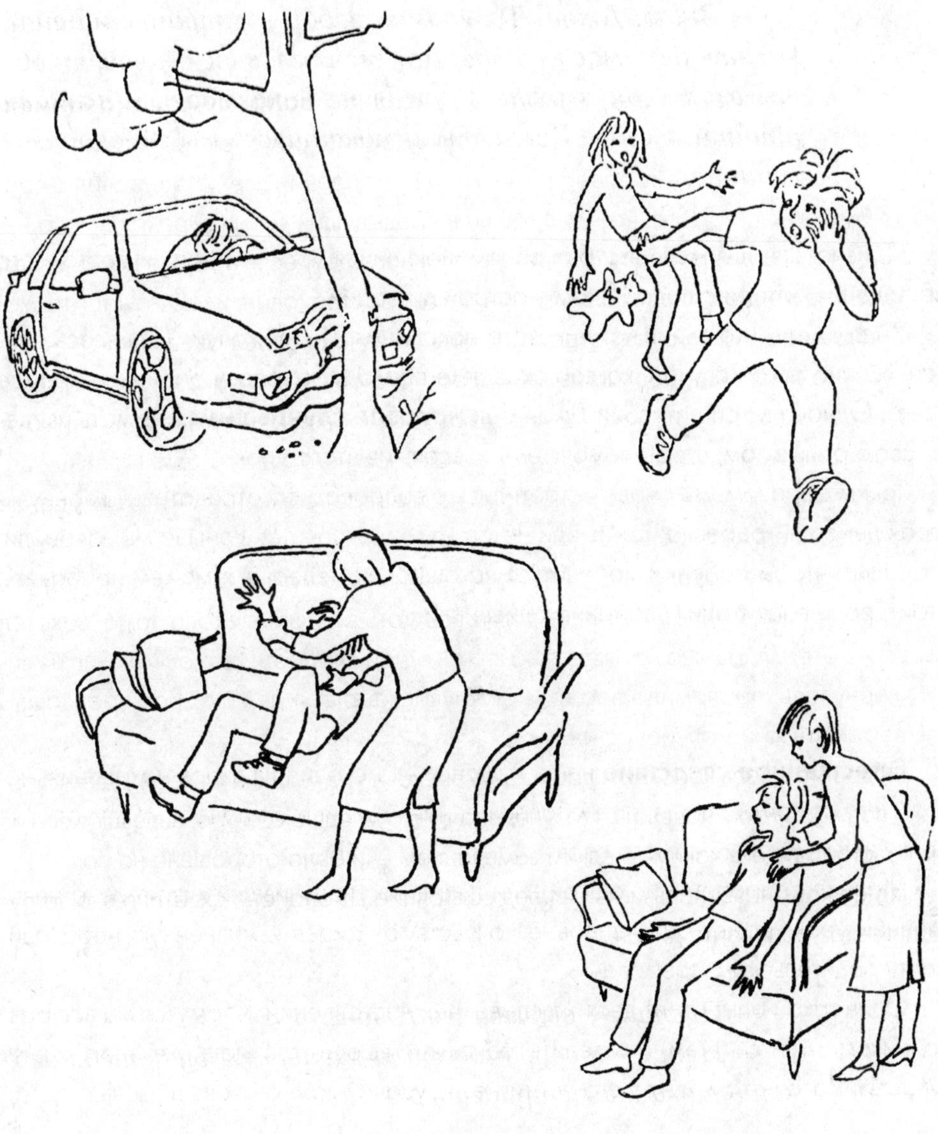

стить тебя сейчас, я сделаю это, как только ты будешь способен себя контролировать. Сейчас ты этого пока не можешь.

— Но ты не знаешь, что я наделал! (К тому времени из коротких фраз окружающих мать поняла, что случилось.)

— Знаю, Джон. Ты сломал забор и стукнул машину. Но это не самое главное. Для меня главное сейчас, чтобы ты ***взял себя в руки****. Я тебя не наказываю, а* ***помогаю*** *прийти в себя. Когда ты успокоишься, мы поговорим о машине.*

Признаться, для меня это был запоминающийся урок мудрого и достойного обращения матери с подростком в острой ситуации.

Вы скажете, что здесь нет никакого наказания. Да, пожалуй. Хотя здесь описан именно такой случай, когда наказание приходит в голову родителю прежде всего. Однако в той ситуации Джон был **наказан случившимся,** а мать увидела свою роль в том, чтобы помочь ему извлечь из этого урок.

Таким образом, мы снова встретились с вопросом об отрицательных результатах действий ребенка: стоит или не стоит их допускать? Раньше мы говорили, что стоит, чтобы ребенок мог учиться на ошибках. Теперь мы можем прибавить: стоит, ради воспитания уважения к дисциплине.

◆

Естественное следствие непослушания — это один из видов наказания, исходящего от самой жизни, и тем более ценный, что винить в подобных случаях ребенку некого, кроме самого себя.

Малыш, оцарапанный кошкой, или школьник, получивший «двойку» за невыученный урок, может быть, впервые почувствуют смысл и жизненную необходимость родительского требования.

Один такой опыт стоит десятка словесных наставлений. К тому же мы все равно никогда не сможем «постелить соломку» всюду, где наш ребенок может «упасть». Зато потом, когда его постигнет неудача, можно очень помочь ему.

Активное слушание здесь незаменимо. Напомню вам, что оно помогает ребенку сделать самостоятельный вывод из случившегося.

Хотя порой родителю и хочется сказать: «Я же тебя предупреждал...», «Не послушался — пеняй на себя». Этого делать не стоит. Во-первых, ребенок прекрасно помнит о вашем предупреждении, во-вторых, он сейчас расстроен и глух к любым разумным замечаниям; в-третьих, ему тяжело признаться в своей ошибке, и он готов оспаривать вашу правоту.

Второй тип наказания — более привычен, он исходит от родителя. Все начинается с предупреждения: «Если ты не..., то...», а кончается выполнением обещанного. Например: «Если ты не прекратишь грубить, я поставлю тебя в угол»; «Если ты не уберешь комнату, не пойдешь гулять».

Такие наказания называют **условными следствиями** непослушания, потому что они не вытекают естественным образом из действий ребенка, а назначаются родителями по их усмотрению.

◆

Как к ним относиться? Думаю, их все равно не избежать. Однако, применяя такие наказания, хорошо придерживаться одного очень важного правила.

Правило шестое

. . . .

Наказывать ребенка лучше, лишая его хорошего, чем делая ему плохое.

. . . .

Другими словами, лучше наказывать, двигаясь в направлении от «плюса» к нулю, чем от нуля к «минусу»; причем под нулем подразумевается нейтральный, ровный тон ваших взаимоотношений.

А что означает «плюс»?

Вот примеры: в семье заведено, что по выходным дням отец ездит с сыном на рыбалку, или мама печет любимый пирог, или все вместе отправляются на прогулку.

Вы, конечно, знаете, что дети очень ценят подобные семейные традиции. Когда родитель уделяет им специальное внимание, и с ним интересно — это настоящий праздник для ребенка.

Однако если случается непослушание или проступок, то «праздник» в этот день или на этой неделе отменяется.

Наказание ли это? Конечно, и довольно ощутимое! И главное — не обидное и не оскорбительное. Ведь дети хорошо чувствуют справедливость, а это справедливо, когда родитель не дарит им свое время, потому что расстроен или рассержен.

А что бывает, если из-за того, что родителю всегда «некогда», все воспитание ограничивается требованиями, замечаниями и «минусовыми» наказаниями? Как правило, в таких случаях добиться дисциплины бывает намного труднее. Но главное — это опасность потерять контакт с ребенком: ведь взаимное недовольство, которое здесь неизбежно, будет накапливаться и разъединять.

Какой же практический вывод? Наверное, он уже ясен: нужно иметь запас больших и маленьких праздников. Придумайте несколько занятий с ребенком или несколько семейных дел, традиций, которые будут создавать **зону радости.** Сделайте некоторые из этих занятий или дел **регулярными,** чтобы ребенок ждал

0

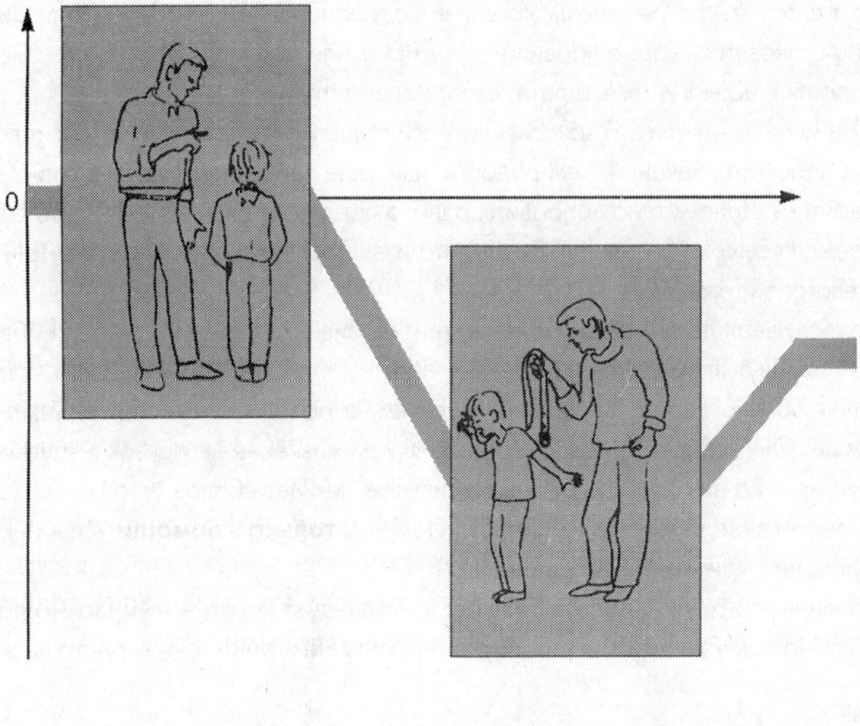

0

их и знал, что они наступят обязательно, если он не сделает чего-то очень плохого. Отменяйте их, только если случился проступок, действительно ощутимый, и вы на самом деле расстроены. Однако не угрожайте их отменой по мелочам.

. . . .

Зона радости — это «золотой фонд» вашей жизни с ребенком.

. . . .

Она одновременно и зона его ближайшего развития, и основа вашего с ним доброжелательного общения и залог бесконфликтной дисциплины.

◆

Нам осталось обсудить самые трудные случаи, когда родители, по их словам, не могут справиться с ребенком, когда непослушание и конфликты на почве дисциплины становятся скорее правилом, чем исключением. «Трудными» чаще бывают подростки, но могут быть и дети любого возраста.

Мое мнение — если это ваш случай, если общение с ребенком приносит вам больше забот и огорчений, чем радости, или, еще того хуже, зашло в тупик, не отчаивайтесь. Дело можно поправить, однако предстоит специальная работа.

Прежде всего хочу поделиться тем, что известно далеко не всем родителям, да и педагогам тоже.

Непослушных детей, а тем более детей, «отбившихся от рук», принято обвинять. В них ищут злой умысел, порочные гены и т.п. На самом же деле в число «трудных» обычно попадают дети не «худшие», а особенно **чувствительные и ранимые.** Они «сходят с рельсов» под влиянием жизненных нагрузок и трудностей, реагируя на них гораздо раньше и сильнее, чем дети более устойчивые. Отсюда следует вывод: «трудный» ребенок нуждается **только в помощи** — и ни в коем случае не в критике и наказаниях.

Причины стойкого непослушания ребенка следует искать в глубине его психики. Это на поверхности кажется, что он «просто не слушается», «просто не же-

лает понять», а на самом деле причина иная. И как правило, она **эмоциональная,** а не рациональная. Больше того, она не осознается ни взрослым, ни самим ребенком. Отсюда вывод: такие причины **надо знать.** Ими мы сейчас и займемся.

◆

Психологи выделили четыре основные причины серьезных нарушений поведения детей.

Первая — борьба за внимание. Если ребенок не получает нужного количества внимания, которое ему так необходимо для нормального развития и эмоционального благополучия (о чем мы уже много говорили), то он находит свой способ его получить: непослушание.

Родители то и дело отрываются от своих дел, сыплют замечания... Нельзя сказать, что это уж очень приятно, но внимание все-таки получено. Лучше такое, чем никакого.

Вторая причина — борьба за самоутверждение против чрезмерной родительской власти и опеки.

Знаменитое требование «я сам» двухлетнего малыша сохраняется в течение всего детства, особенно обостряясь у подростков. Дети очень чувствительны к ущемлению этого стремления. Но им становится особенно трудно, когда родите-

ли общаются с ними в основном в форме указаний, замечаний и опасений. Родители считают, что так они прививают своим детям правильные привычки, приучают их к порядку, предупреждают ошибки, вообще — воспитывают.

Это необходимо, но весь вопрос в том, **как** это делать. Если замечания и советы слишком часты, приказы и критика слишком резки, а опасения слишком преувеличены, то ребенок начинает восставать.

Воспитатель сталкивается с упрямством, своеволием, действиями наперекор. Смысл такого поведения для ребенка — отстоять право самому решать свои дела, и вообще, показать, что он личность. И не важно, что его решение подчас не очень удачно, даже ошибочно. Зато оно свое, а это — главное!

Третья причина — желание отомстить. Дети часто бывают обижены на родителей. Причины могут быть очень разные: родители более внимательны к младшему; мать разошлась с отцом, и в доме появился отчим; ребенка отлучили от семьи (положили в больницу, послали к бабушке); родители постоянно ссорятся...

Много и единичных поводов для обиды: резкое замечание, невыполненное обещание, несправедливое наказание.

И снова в глубине души ребенок переживает и даже страдает, а на поверхности — все те же протесты, непослушание, неуспеваемость в школе.

Смысл «плохого» поведения в этом случае можно выразить так: «Вы сделали мне плохо — пусть и вам будет тоже плохо!..»

Наконец, четвертая причина — потеря веры в собственный успех.

Может случиться, что ребенок переживает свое неблагополучие в какой-то одной области жизни, а неудачи у него возникают совсем в другой. Например, у мальчика могут не сложиться отношения в классе, а следствием будет запущенная учеба, в другом случае неуспехи в школе могут привести к вызывающему поведению дома и т.д.

Подобное «смещение неблагополучия» происходит из-за низкой самооценки ребенка. Накопив горький опыт неудач и критики в свой адрес, он вообще теряет уверенность в себе. Он приходит к выводу: «Нечего стараться, все равно ничего не получится». Это — в душе, а внешним поведением он показывает: «Мне все равно», «И пусть плохой», «И буду плохой!»

Согласитесь, что стремления трудных детей вполне **положительны и закономерны** и выражают естественную потребность в тепле и внимании родителей, потребность в признании и уважении его личности, чувство справедливости, желание успеха. Беда «трудных» детей в том, что они, во-первых, остро страдают от нереализации этих потребностей и, во-вторых, — от попыток восполнить эту нехватку способами, которые ничего не восполняют.

Почему же они так «неразумны»? Да потому, что **не знают,** как это сделать иначе? И поэтому всякое серьезное нарушение поведения подростка — это **сигнал о помощи.** Своим поведением он говорит нам: «Мне плохо! Помогите мне!»

Может ли родитель помочь ему? Практика показывает: вполне может, но только для этого нужно понять глубинную причину непослушания. Нужно сначала разгадать, какая из четырех эмоциональных проблем мешает ему нормально существовать. Соответственно, ваши действия будут **разными**.

Задача понять причину, на первый взгляд, непростая. Ведь разные причины внешне проявляются одинаково. Например, плохая учеба может быть связана и с желанием привлечь внимание, и с нежеланием подчиняться чужой воле, и с попытками «отплатить» родителям, и с потерей веры в свои силы.

◆

И все же выявить истинную причину непослушания и плохого поведения довольно просто, хотя способ может показаться парадоксальным: **родителю нужно обратить внимание на собственные чувства.**

Посмотрите, какая эмоциональная реакция возникает у вас самих при повторном непослушании и неподчинении ребенка. При разных причинах эта реакция разная. Вот такой удивительный факт: переживания родителей — это своеобразное зеркало скрытой эмоциональной проблемы ребенка.

Давайте посмотрим, какие же родительские чувства соответствуют каждой из четырех названных причин.

Если ребенок **борется за внимание,** то и дело досаждая своим непослушанием и выходками, то у родителя возникает ***раздражение***.

Если подоплека стойкого непослушания — **противостояние** воле родителя, то у последнего возникает ***гнев***.

Если скрытая причина — **месть,** то ответное чувство у родителя — ***обида***.

Наконец, при глубинном переживании ребенком своего **неблагополучия** родитель оказывается во власти чувства ***безнадежности***, а порой и ***отчаяния***.

Как видите, чувства разные, и вполне можно понять, какое именно подходит к вашему случаю.

Что же делать дальше? Это, конечно, ключевой вопрос.

Первый и общий ответ на него такой: **постараться не реагировать привычным образом, то есть так, как ждет от вас ребенок.**

Дело в том, что в подобных случаях образуется **порочный круг.** Чем больше взрослый недоволен, тем больше ребенок убеждается: его усилия достигли цели, и он возобновляет их с новой энергией.

Значит, задача родителя — перестать реагировать на непослушание прежними способами и тем самым разорвать заколдованный круг.

Конечно, сделать это нелегко. Эмоциям не прикажешь, они включаются почти автоматически, особенно когда конфликты застарелые, «со стажем». И все же изменить характер общения можно! Можно остановить если не эмоцию, то, по крайней мере, все, что за ней следует: замечания и наказующие действия. Если в следующий момент вам удастся уяснить, что именно вы почувствовали, то нетрудно будет разгадать и проблему вашего ребенка: с чем, против чего или отчего он «воевал». А уж после этого гораздо легче перейти с позиции исправления на позицию помощи.

◆

Помощь в каждом случае, конечно, будет разная.

Если идет борьба за внимание, необходимо найти способ показать ребенку ваше **положительное внимание** к нему. Делать это лучше в относительно спокойные моменты, когда никто никому не досаждает и никто ни на кого не рассержен. Вы уже знаете, как: придумать какие-нибудь совместные занятия, игры или прогулки. Стоит попробовать, и вы увидите, какой благодарностью отзовется ваш ребенок.

Что же касается его привычных непослушаний, то их в этот период лучше всего оставлять без внимания. Через некоторое время ребенок обнаружит, что они не действуют, да и надобность в них, благодаря вашему положительному вниманию, отпадет.

Если источник конфликтов — борьба за самоутверждение, то следует, наоборот, **уменьшить свой контроль** за делами ребенка. Мы уже не раз говорили, как важно для детей накапливать опыт собственных решений и даже неудач.

БОКС 9-1

«ТОЛЬКО ПОПРОБУЙ!..»

Некоторые родители считают, что с детьми чем строже, тем лучше. Посмотрим, так ли это. Действительно ли тактика «завинчивания гаек» помогает добиться дисциплины?

В одном эксперименте старшим дошкольникам демонстрировали дорогого и очень привлекательного робота с дистанционным управлением. С этим роботом им не разрешалось играть, когда взрослый выходил из комнаты.

Для одной половины детей запрет давался очень строгим и жестким тоном и сопровождался серьезными угрозами. Для другой половины детей запрет был более мягким, хотя тоже вполне определенным.

Дети обеих групп подчинялись требованию, и в отсутствие взрослого к роботу не подходили.

Через несколько недель дети оказались в той же игровой комнате. С ними был совсем другой воспитатель, и никаких напоминаний о прежних условиях не давалось. Вскоре воспитатель покинул комнату: как теперь поведут себя дети в отношении робота? — вот что интересовало психологов.

В переходный период налаживания ваших отношений воздерживайтесь от таких требований, которые, по вашему опыту, он скорее всего не выполнит. Напротив, очень помогает то, что может быть названо «методом подстройки»: вы не оспариваете решение, к которому он пришел, а договариваетесь с ним о деталях и условиях его выполнения. Но больше всего поможет избавиться от излишнего давления и диктата понимание, что упрямство и своеволие ребенка — это лишь раздражающая вас форма мольбы: «Позвольте же мне, наконец, жить своим умом».

Если вы испытываете обиду, то нужно спросить себя: что заставило ребенка причинить ее вам? **Какая боль у него самого?** Чем вы обидели или

Оказалось, что 14 из 18 детей первой группы, где запрет был очень строгим, тут же стали играть с роботом. Наоборот, $^2/_3$ детей второй группы, где запрет был мягче, по-прежнему к роботу не подходили.

По мнению психологов, поведение детей второй группы объясняется тем, что решение не трогать игрушку стало их собственным сознательным решением. Внешнее требование взрослого благодаря его тональности интериоризировалось в их внутреннее правило поведения. Им дети продолжали пользоваться и при втором посещении.

Практический вывод из этого и многих других подобных исследований: если мы хотим привить ребенку дисциплину, нужно оставить ему возможность для собственного решения о правильном поведении, некоторый «люфт», который даст ему почувствовать долю самостоятельного решения.

Делайте его соучастником выработки правил, получайте его внутреннее согласие на их выполнение. Поступая так, вы будете и в вопросе о дисциплине использовать чудодейственную силу закона «зоны ближайшего развития» (см. урок 3).

Что же касается тактики «завинчивания гаек», то она сплошь и рядом приводит к прямо противоположным результатам: дети бунтуют, а правила при первой же возможности нарушаются.

постоянно обижаете его? Поняв причину, надо, конечно, постараться ее устранить.

Самая трудная ситуация — у отчаявшегося родителя и разуверившегося в своих силах подростка. Умное поведение родителя в этом случае — **перестать требовать** «полагающегося» поведения. Стоит «сбросить на ноль» свои ожидания и претензии. Наверняка ваш ребенок что-то может и к чему-то даже очень способен. Но пока он у вас такой, какой есть. Найдите доступный для него уровень задач. Это ваш исходный плацдарм, с которого вы можете начать двигаться вперед. Организуйте с ним совместную деятельность, сам выбраться из тупика он не может.

При этом нельзя допускать в его адрес никакой критики!

Ищите любой повод, чтобы его **поощрить,** отмечайте любой, даже самый маленький успех. Постарайтесь подстраховывать его, избавлять от крупных провалов. Стоит поговорить с учителями и попытаться сделать их в этом вашими союзниками. Вы увидите: первые же успехи окрылят вашего ребенка.

В заключение несколько дополнительных замечаний. Бесполезно ждать, что ваши старания наладить мир и дисциплину в семье приведут к успеху в первый же день. Путь предстоит **долгий и трудный,** он потребует от вас немалого терпения. Вы, наверное, заметили: главные усилия надо направить на то, чтобы переключать свои отрицательные эмоции (раздражение, гнев, обиду, отчаяние) на конструктивные действия. Да, в каком-то смысле придется **менять себя.** Но это единственный путь воспитания вашего «трудного» ребенка.

Во второй части этой книги вы познакомитесь с реальной историей помощи одному «трудному подростку».

И последнее, что очень важно знать: вначале, при первых ваших попытках улучшить взаимоотношения, ребенок **может усилить** свое плохое поведение! Он не сразу поверит в искренность ваших намерений и будет проверять их. Так что придется выдержать и это серьезное испытание.

урок 10

«КУВШИН» НАШИХ ЭМОЦИЙ

На предыдущих уроках образ «стакана» помогал нам говорить о переживаниях детей и родителей. Спокойное состояние мы сравнивали с пустым стаканом, а сильное волнение, обиду, гнев или радость — с полным или даже переполненным стаканом.

Теперь мы готовы к тому, чтобы лучше разобраться в **причинах эмоций.** На этом последнем уроке мы также вспомним и подытожим многое из того, что проходили раньше. А в заключение снова вернемся к ответам на главный вопрос родителей: «Что же делать?»

Начнем с самых неприятных эмоций — **гнева, злобы, агрессии.** Эти чувства можно назвать *разрушительными,* так как они разрушают и самого человека (его психику, здоровье), и его взаимоотношения с другими людьми. Они — постоянные причины конфликтов, порой материальных разрушений и даже войн.

Изобразим снова «сосуд» наших эмоций. Пусть на этот раз он будет иметь форму кувшина (см. рис. 10.1)*. Поместим гнев, злобу и агрессию в самой верхней его части. Тут же покажем, как эти эмоции проявляются во внешнем поведении человека. Это – так, к сожалению, знакомые всем обзывания и оскорбления, ссоры и драки, наказания, действия «назло» и т.п.

---

* *Мы модифицируем идею «кувшина» В. Сатир.*

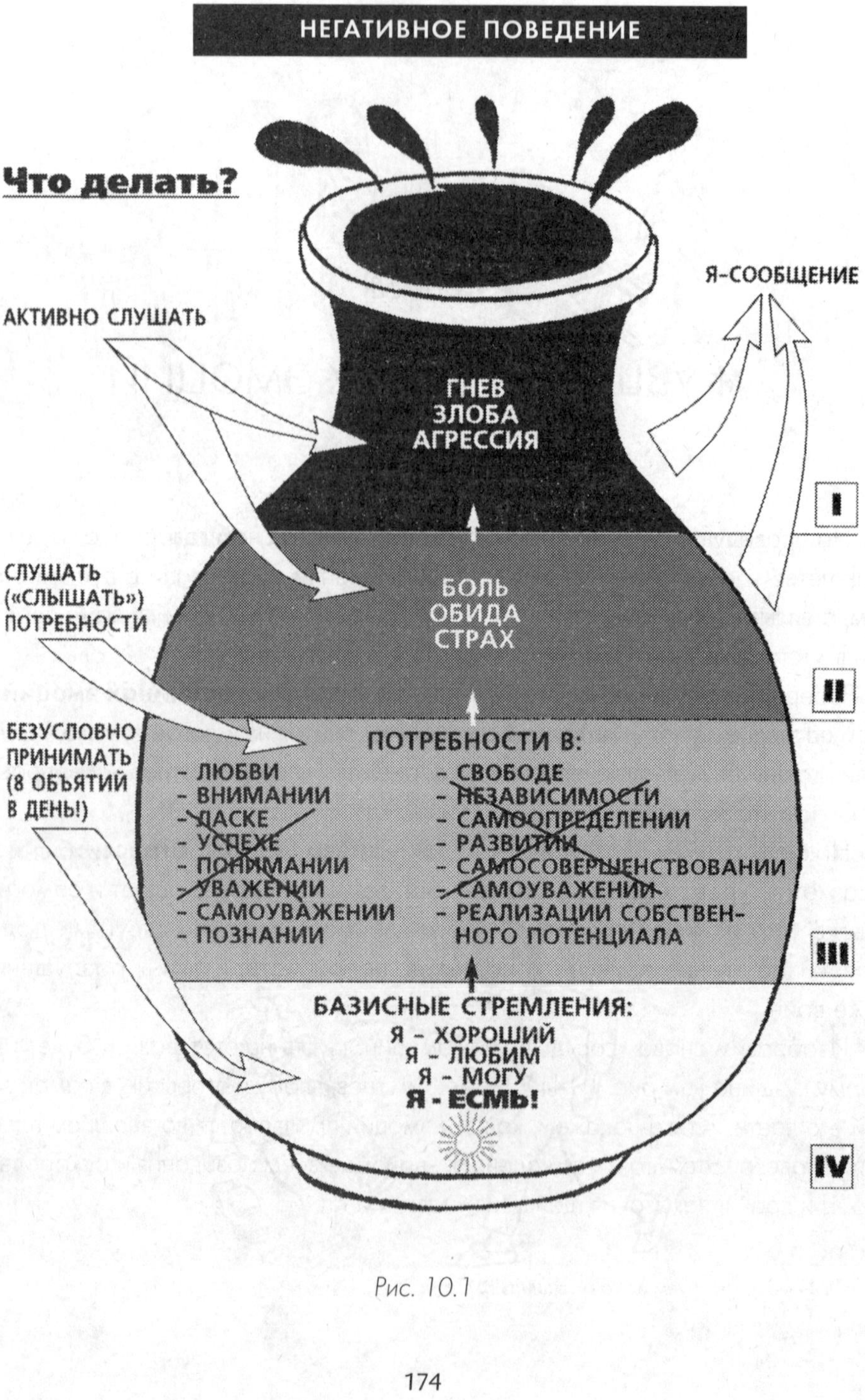

НЕГАТИВНОЕ ПОВЕДЕНИЕ

Что делать?

АКТИВНО СЛУШАТЬ

Я-СООБЩЕНИЕ

ГНЕВ
ЗЛОБА
АГРЕССИЯ

I

СЛУШАТЬ («СЛЫШАТЬ») ПОТРЕБНОСТИ

БОЛЬ
ОБИДА
СТРАХ

II

БЕЗУСЛОВНО ПРИНИМАТЬ (8 ОБЪЯТИЙ В ДЕНЬ!)

ПОТРЕБНОСТИ В:

- ЛЮБВИ
- ВНИМАНИИ
- ЛАСКЕ
- УСПЕХЕ
- ПОНИМАНИИ
- УВАЖЕНИИ
- САМОУВАЖЕНИИ
- ПОЗНАНИИ

- СВОБОДЕ
- НЕЗАВИСИМОСТИ
- САМООПРЕДЕЛЕНИИ
- РАЗВИТИИ
- САМОСОВЕРШЕНСТВОВАНИИ
- САМОУВАЖЕНИИ
- РЕАЛИЗАЦИИ СОБСТВЕННОГО ПОТЕНЦИАЛА

III

БАЗИСНЫЕ СТРЕМЛЕНИЯ:

Я – ХОРОШИЙ
Я – ЛЮБИМ
Я – МОГУ
Я – ЕСМЬ!

IV

Рис. 10.1

Теперь спросим, а отчего возникает гнев? Психологи отвечают на этот вопрос несколько неожиданно: гнев — чувство вторичное, и происходит он от переживаний совсем другого рода, таких как **боль, страх, обида.**

Возьмем несколько примеров из жизни. Один из них мы уже обсуждали: дочь возвращается домой очень поздно, и мать встречает ее гневным выговором. Что стоит за этим гневом? Конечно, пережитые страх и беспокойство за дочь.

Ребенок сердится на доктора, который сделал ему укол. Здесь легко увидеть, как гнев возникает от физической боли. Бывает и так, что мы учим детей сердиться, когда они больно ушибаются, например, побить «этот противный стул».

Старший брат постоянно нападает на младшего, которого, как ему кажется, родители «больше любят». Его агрессия — результат невысказанной боли и обиды.

Дочь не желает... (делать уроки, мыть посуду, ложиться спать) — и вы сердитесь. Отчего? Скорее всего, от досады, что ваши воспитательные усилия остаются безрезультатны.

Итак, мы можем поместить переживания боли, обиды, страха, досады **под** чувствами гнева и агрессии, как причины этих разрушительных эмоций (II слой «кувшина»).

Заметим, что все чувства этого второго слоя — ***страдательные:*** в них присутствует бо́льшая или меньшая доля страдания. Поэтому их нелегко высказать, о них обычно умалчивают, их скрывают. Почему? Как правило, из-за боязни унизиться, показаться слабым. Иногда же человек и сам их не очень осознает. («Просто зол, а почему — не знаю!»)

Скрывать чувства обиды и боли часто учат с детства. Наверное, вам не раз приходилось слышать, как отец наставляет мальчика: «Не реви, лучше научись давать сдачи!»

Кстати, этот «безобидный», на первый взгляд, совет — начало пути, по которому, если идти без оглядки, можно дойти до принципа «око за око»!

◆

Однако вернемся к нашей схеме и спросим: а отчего возникают «страдательные» чувства? Психологи дают очень определенный ответ: причина возникновения боли, страха, обиды — **в неудовлетворении потребностей.**

Мы, таким образом, возвращаемся к теме о потребностях человека, в том числе ребенка.

Каждый человек, независимо от возраста, нуждается в пище, сне, тепле, физической безопасности и т.п. Это так называемые органические потребности. Они очевидны, и о них мы не будем сейчас много говорить.

Сосредоточимся на тех, которые связаны с общением, а в широком смысле — с жизнью человека среди людей.

Вот примерный (далеко не полный) перечень таких потребностей, которые обычно называют и сами участники наших занятий.

Человеку нужно: чтобы его любили, понимали, признавали, уважали; чтобы он был кому-то нужен и близок; чтобы у него был успех — в делах, учебе, на работе; чтобы он мог себя реализовать, развивать свои способности, самосовершенствоваться, уважать себя.

Если в стране нет экономического кризиса или тем более войны, то в среднем органические потребности более или менее удовлетворяются. А вот потребности, только что перечисленные, всегда находятся в **зоне риска**!

Человеческое общество, несмотря на тысячелетия своего культурного развития, не научилось гарантировать психологическое благополучие (не говоря уже о счастье!) каждому своему члену. Да и задача это сверхсложная. Ведь счастливость человека зависит от психологического климата той среды, в которой он растет, живет и работает. И еще — от эмоционального багажа, накопленного в детстве. А эти климат и багаж зависят от стиля общения, и прежде всего — родителей с ребенком.

К сожалению, обязательных школ общения у нас еще нет. Они только зарождаются, да и то — на добровольных началах.

Итак, любая потребность из нашего списка может оказаться неудовлетворенной, и это, как мы уже сказали, приведет к страданию, а возможно, и к «разрушительным» эмоциям.

Возьмем какой-нибудь пример.

Предположим, человеку крупно не везет: одна неудача следует за другой. Значит, не удовлетворяется его потребность в успехе, признании, может быть, самоуважении. В результате у него может появиться стойкое разочарование в своих силах или депрессия, или обида и гнев на «виновников».

И так обстоит дело с любым негативным переживанием: **за ним мы всегда найдем какую-нибудь нереализованную потребность.**

◆

Снова обратимся к схеме и посмотрим, есть ли что-нибудь, что лежит ниже слоя потребностей? Оказывается, есть!

Бывает, при встрече мы спрашиваем друга: «Ну как ты?», «Как жизнь вообще?», «Ты счастлив?» — и получаем в ответ: «Ты ведь знаешь, я — невезучий», или: «У меня все хорошо, я — в порядке!»

Эти ответы отражают особого рода переживания человека — **отношение к самому себе,** заключение о себе.

Понятно, что подобные отношения и заключения могут меняться вместе с обстоятельствами жизни. В то же время в них есть некий «общий знаменатель», который делает каждого из нас скорее оптимистом или пессимистом, больше или меньше верящим в себя, а значит, более или менее устойчивым к ударам судьбы.

Психологи посвятили много исследований подобным переживаниям себя. Они называют их по-разному: восприятием себя, образом себя, оценкой себя, а чаще — самооценкой. Пожалуй, наиболее удачное слово придумала В. Сатир. Она назвала это сложное и трудно передаваемое чувство **чувством самоценности.**

Ученые обнаружили и доказали несколько важных фактов. Во-первых, они открыли, что самооценка (будем пользоваться этим более привычным словом) сильно влияет на жизнь и даже судьбу человека. Так, дети с низкой самооценкой, но вполне способные, хуже учатся, плохо ладят со сверстниками и учителями, менее успешны потом во взрослой жизни.

Другой важный факт: основа самооценки закладывается очень рано, в самые первые годы жизни ребенка, и зависит от того, как с ним обращаются родители. Если они понимают и принимают его, терпимо относятся к его «недостаткам» и промахам, он вырастает с положительным отношением к себе. Если же ребенка постоянно «воспитывают», критикуют и муштруют, самооценка его оказывается низкой, ущербной.

Общий закон здесь прост:

. . . .

В детстве мы узнаем о себе только из слов и отношения к нам близких.

. . . .

В этом смысле у маленького ребенка нет внутреннего зрения. Его образ себя строится извне; рано или поздно он начинает видеть себя таким, **каким видят его другие.**

Однако в этом процессе ребенок не остается пассивным. Здесь действует еще один закон всего живого: активно добиваться того, от чего зависит выживание.

. . . .

Положительное отношение к себе — основа психологического выживания, и ребенок постоянно ищет и даже борется за него.

. . . .

Он ждет от нас подтверждений того, что он — **хороший,** что его **любят,** что он **может** справляться с посильными (и даже немного более сложными) делами.

Запишем все это как базисные стремления ребенка и вообще всякого человека (IV слой в нашей схеме).

Давайте посмотрим, как эти стремления обнаруживаются в повседневной жизни детей.

Вот родитель в запальчивости бросает сыну: ***«Ты плохой мальчик!»***, на что малыш, топая ногой, возражает: ***«Нет, я хо-ло-сый!»***

Трехлетняя девочка, видя сердитое лицо бабушки, требует: ***«Скажи: зайчик!»*** «Зайчик» на домашнем языке означает ласковое: «Ты моя хорошая», и девочке совершенно необходимо получать это подтверждение любви в критические моменты.

Что бы ни делал ребенок, ему нужно наше признание его успехов.

Каждому знакомо, как малыш взглядом и всем своим видом (когда еще не умеет говорить), а потом и прямо словами постоянно просит: ***«Посмотри, что у меня получилось!», «Смотри, что я уже умею!»*** А начиная с 2-летнего возраста у него уже появляется знаменитое: ***«Я сам!»*** — требование признать, что он это может!

Поместим на дно эмоционального кувшина самую главную «драгоценность», данную нам от природы, — ощущение энергии жизни. Изобразим ее в виде «солнышка» и обозначим словами: **«Я есмь!»** или более патетично: **«Это Я, Господи!»**

Вместе с базисными стремлениями оно образует первоначальное, еще мало оформленное ощущение себя. Это — некоторое чувство внутреннего благополучия или неблагополучия, которое малыш реально переживает. Достаточно посмотреть, как он встречает новый день: улыбкой или плачем.

◆

Дальнейшая судьба этого чувства себя динамична, а порой и драматична. Хотя ребенок с самого рождения борется за свое «солнышко», его силы ограничены, и чем он меньше, тем больше во власти родителей.

Повторим:

. . . .

Каждым обращением к ребенку — словом, делом, интонацией, жестом, нахмуренными бровями и даже молчанием мы сообщаем ему не только о себе, своем состоянии, но и всегда о нем, а часто — в основном о нем.

. . . .

От повторяющихся знаков приветствия, одобрения, любви и принятия у ребенка складывается ощущение: «со мной все в порядке», **«я — хороший»,** а от сигналов осуждения, неудовольствия, критики — ощущение «со мной что-то не так», **«я — плохой».**

Попробуем навести лупу нашего внимания на переживания малыша в обыденной обстановке.

Для этого приведу рассказ одного детского психолога.

> *«Приходит ко мне на консультацию отец годовалого ребенка и среди прочего рассказывает о таком случае. Его 11-месячный сын был оставлен в детской кроватке, рядом с которой находился стол. Малыш както умудрился перелезть через спинку кровати на стол, где его и застал отец, вошедший в комнату. Ребенок, покачиваясь на четвереньках, победоносно сиял, а папу охватил страх. Он подбежал к малышу, резко схватил его, водворил на место и строго пригрозил пальцем. Ребенок горько заплакал и долго не мог успокоиться».*
>
> *«Я предложил отцу, — продолжает психолог, — попробуйте влезть в кожу своего сына и представить, что вам 11 месяцев. И вот ты, малыш, впервые в жизни (!), затратив героические усилия, выбрался из надоевшей кровати на новую неизведанную территорию. Что бы ты почувствовал?» Отец ответил: «Радость, гордость, торжество». «А теперь, — продолжал я, — представь себе, что появляется дорогой тебе человек, твой папа, и ты приглашаешь его разделить твою радость. Вместо этого он сердито тебя наказывает, и ты совсем не понимаешь, за что!»*
>
> *«Боже мой, — сказал отец, схватившись за голову, — что я сделал, бедный мальчик!»*

Этот пример, конечно, не про то, что не надо оберегать ребенка от падения со стола. Он про то, что, оберегая и воспитывая, мы должны отдавать себе отчет, какое сообщение **о нем** мы сейчас ему посылаем.

Наказание ребенок чаще всего воспринимает как сообщение: «Ты плохой!», критику ошибок — «Ты не можешь!», игнорирование — «Мне до тебя нет дела» и даже — «Ты нелюбим».

Душевная копилка ребенка работает непрерывно, и чем он младше, тем неизгладимее влияние того, что мы в нее бросаем. К счастью, с маленькими детьми

родители более ласковы и внимательны, хотя и с ними не всегда удается избежать ошибок, как в только что описанном случае. Но по мере взросления ребенка «воспитательная» струна начинает звучать все сильнее, и порой мы перестаем заботиться о том, что же накапливается в его «сокровищнице» самооценки: светлые дары нашего тепла, принятия и одобрения — или тяжкие камни окриков, критики, наказаний.

О том, как по-разному складывается жизнь ребенка и потом взрослого в крайних случаях его принятия и непринятия, иллюстрируют следующие два примера.

Первый я беру из личного опыта общения с одной замечательной женщиной, матерью троих детей, с которой мне посчастливилось провести вместе несколько месяцев. Это был удивительно добрый и щедрый человек. Она легко делилась всем, что у нее было, находила поводы делать подарки, помогала людям деньгами и делами. Но больше всего производила впечатление ее особая душевная щедрость. В моменты уныния или огорчения другого она всегда находила доброе слово или улыбку, в моменты напряжения — мудрый выход. В ее присутствии проблемы становились проще, а атмосфера — человечнее. Этот ее дар очаровывал каждого, кто с ней соприкасался.

Однажды я прямо спросила ее: «Откуда в тебе столько доброты и щедрости?» И получила такой ответ: «Все очень просто: еще в животе матери я совершенно точно знала, что мама меня очень любит и очень ждет. И потом, с первых дней жизни я тоже всегда знала, что меня очень любят и мама и папа и что я им очень дорога. Теперь я просто возвращаю миру то, что получила от своих родителей».

Излишне говорить о той заботе, которой была окружена в то время уже престарелая мать моей знакомой.

Другой пример, к сожалению, тоже из реальной жизни.

Девочка — подросток 15 лет, отношения с матерью почти разорваны. Проводит дни «по подъездам», неизвестно с кем, неизвестно как.

Когда девочке было 4–5 лет, часто повторялись такие сцены: она подходила к стене и сильно билась об нее головой. На вопрос матери: «Что ты делаешь? Перестань!» — она отвечала: «Нет, буду! Я себя наказываю, потому что плохая!»

Эта история потрясает. К пяти годам девочка уже не знала, что она хорошая. Об этом ей могло бы сообщить теплое и приветливое обращение с ней родителей. Однако обстановка в семье была куда хуже: отец пил, денег не хватало, появился второй ребенок... Задерганная мать нередко срывалась на старшей дочери. Базисное стремление девочки быть «хорошей» заставляло ее искать пути «исправления» себя. Но она знала только один путь так называемого исправления — наказание, и совсем не знала, что этот путь безнадежен!

БОКС 10-1

«УХОДИ, ТЫ ПЛОХОЙ!»

Как живется в школе детям, которые уже в первых классах получили оценку «хороших» или «плохих», стало предметом одного исследования.

Психолог регулярно посещал уроки в 1–2 классах обычной московской школы. Он молча сидел на задней парте, объяснив учителю, что наблюдает за поведением детей. В действительности его интересовало, сколько раз и как учитель обращается к «отличникам» и «двоечникам» (для этого в каждом классе было выделено по 3–4 ученика каждой группы).

Цифры оказались поразительными. Каждый «отличник» получал в день в среднем по 23 одобрительных замечания, таких как: «Молодец», «Берите с него пример», «Я знаю, что ты все выучил», «Отлично, как всегда»... и только 1–2 отрицательных замечания.

У «двоечников» все оказалось наоборот: критических замечаний в среднем было по 25 в день («Опять ты!», «Когда же ты наконец!», «Никуда не годится!», «Просто не знаю, что с тобой делать!») и только 0–1 положительное или нейтральное обращение.

Это отношение передавалось детям-соученикам.

Наказание, а тем более самонаказание ребенка, только усугубляет его ощущение неблагополучия и несчастливости. В результате он в конце концов приходит к выводу: «Плохой, ну и пусть! И буду плохой!» Это вызов, за которым скрывается горечь отчаяния.

Всегда ли мы это отчаяние слышим?

Жизнь показывает, что далеко не всегда. Неблагополучного ребенка продолжают наказывать, критиковать, а затем и вовсе отвергать в семье и школе (см. Бокс 10-1).

Теперь мы можем использовать «кувшин» эмоций, чтобы лучше понять, с проблемой какого уровня мы имеем дело в каждом отдельном случае. Одновремен-

Обычно ребята на переменках окружали психолога, охотно с ним беседовали. Они трогательно выражали свое расположение, стараясь подойти как можно ближе, прикоснуться, подержаться за его руки, иногда даже деля между собой его пальцы. Когда же к этому плотному кольцу детей приближался «двоечник», ребята его прогоняли: «Уходи, тебе сюда нельзя! Ты плохой!»

Представьте себя на месте такого ребенка. По 25 раз в день вы слышите только критику в свой адрес от авторитетных и уважаемых людей, и так изо дня в день, из месяца в месяц, из года в год! А в промежутках вас отталкивают ваши же сверстники или сослуживцы. Что с вами станет? Как вы сможете выжить?

Как «выживают» дети, стало ясно, когда исследование было продолжено в колонии для несовершеннолетних правонарушителей. Оказалось, что из всех подростков, помещенных в колонию, 98% не принимались сверстниками и учителями, начиная с первых классов школы!

(По материалам диссертационной работы Гинтаса Валицкаса)

но повторим и приведем в систему все наши предыдущие ответы на вопрос «Что же делать?».

◆

1. Ребенок сердится на маму: «Ты нехорошая, я тебя не люблю!»

Мы уже знаем, что за его гневом скрывается боль, обида и т.п. (I и II слои нашей схемы). В этом случае лучше всего его **активно послушать,** угадать и **назвать** его «страдательное» чувство.

Что не стоит делать — это осуждать и наказывать его в ответ. Так можно только усугубить его отрицательное переживание (да и ваше тоже).

Свои воспитывающие слова лучше оставить до того времени, когда обстановка будет спокойной, а ваш тон — дружелюбным.

2. «Тебе больно»...

Если ребенок открыто страдает от боли, обиды, страха, **то активное слушание** — незаменимо. Этот способ прямо предназначен для переживаний из II слоя нашей схемы.

Если те же чувства испытывает родитель, то лучше всего их высказать в форме **«Я-сообщения».**

Однако при этом важно помнить, что если «стакан» ребенка тоже наполнен, то его уши могут не услышать вас, сначала стоит выслушать его.

3. Что ему не хватает?

Если недовольство или страдание ребенка повторяются по одному и тому же поводу, если он постоянно ноет, просит поиграть, почитать, или, наоборот, постоянно не слушается, дерется, грубит... очень вероятно, что причина — в неудовлетворении какой-то его потребности (III слой схемы). Ему может не хватать вашего внимания или, наоборот, чувства свободы и самостоятельности, он может страдать от запущенной учебы или неуспехов в школе.

В таком случае одного активного слушания недостаточно. Правда, с него можно начать, но затем постараться **понять, что же все-таки не хватает вашему ребенку.** Вы реально поможете ему, если будете больше проводить с ним время, чаще обращать внимание на его занятия или, наоборот, перестанете контролировать его на каждом шагу.

Выше мы уже обсуждали, что один из очень действенных способов — создание условий, которые не противоречат, а отвечают потребностям ребенка.

Он хочет много двигаться — хорошо организовать открытое пространство, хочет исследовать лужи — можно завести высокие сапоги, хочет рисовать большие картины — не помешает лишний кусок дешевых обоев.

Напомню, что грести по течению несравненно легче, чем против него.

Понимать потребности ребенка, принимать их и отвечать им своими действиями — значит активно слушать ребенка **в самом широком смысле.**

Эта способность развивается у родителей по мере того, как они все больше практикуют технику активного слушания.

4. «Ты мне дорог, и у тебя все будет хорошо!» Чем дальше вниз мы продвигаемся по слоям нашей схемы, тем значительнее влияние на ребенка стиля общения с ним. О том, какой он — хороший, дорогой, способный, или плохой, никому не нужный, неудачник, — он узнает только от взрослых и прежде всего от родителей.

Если самый глубокий слой — эмоциональное ощущение себя — складывается из отрицательных переживаний, расстраиваются многие сферы жизни ребенка. Он становится «трудным» и для себя и для окружающих. Нужны большие усилия, чтобы в таких случаях помочь ему. Чаще всего приходится начинать с помощи родителям, в частности, очень действенным оказывается тренинг, которому посвящена эта книга.

Чтобы не допускать глубокого разлада ребенка с самим собой и окружающим миром, нужно постоянно поддерживать **его самооценку или чувство самоценности.**

Давайте еще раз посмотрим, как мы можем это делать.

. . . .

1. *Безусловно принимать его.*
2. *Активно слушать его переживания и потребности.*
3. *Бывать (читать, играть, заниматься) вместе.*
4. *Не вмешиваться в его занятия, с которыми он справляется.*
5. *Помогать, когда просит.*
6. *Поддерживать успехи.*
7. *Делиться своими чувствами (значит доверять).*
8. *Конструктивно разрешать конфликты.*
9. *Использовать в повседневном общении приветливые фразы. Например:*

   Мне хорошо с тобой.
   Я рада тебя видеть.

Хорошо, что ты пришел.
Мне нравится, как ты...
Я по тебе соскучилась.
Давай (посидим, поделаем...) вместе.
Ты, конечно, справишься.
Как хорошо, что ты у нас есть.
Ты мой хороший.

10. Обнимать не менее 4, а лучше по 8 раз в день.

. . . .

И многое другое, что подскажут вам интуиция и любовь к вашему ребенку, незамутненные огорчениями, которые хоть и случаются, но, ей-богу, вполне преодолимы!

Удачи вам
и душевного благополучия!

часть вторая

~

Реальная история помощи «трудному подростку»

Наши уроки закончились, и вы, наверное, уже пробовали общаться с вашим ребенком по-другому. Хорошо, что у нас была возможность двигаться постепенно, шаг за шагом, от урока к уроку, от упражнения к упражнению. Теперь настало время применять все полученные знания и навыки сразу, в повседневной жизни. Конечно, это совсем не просто: думать сразу обо всех «правильных способах» общения, когда надо ходить на работу, заботиться о пропитании, выдерживать многие стрессы нашей современной жизни.

Но давайте подумаем о том, что в стрессе находимся не только мы, но и наши дети. Чем труднее условия жизни, тем больше нам и им нужна эмоциональная поддержка. А ведь нет никого, кто был бы ближе ребенку, чем мы, родители, или кто-то ближе нам, чем собственный ребенок! Так что сохранение теплых, поддерживающих отношений в семье — дело ее выживания, и ради этого стоит потрудиться.

Хочется заверить вас, что, пройдя через наши уроки, вы обязательно найдете пути преодоления психологических трудностей. Трудности, конечно, будут, не все может идти гладко, но главное — это знания и стремление к изменениям. Знания у вас уже есть, и я уверена, что стремление — тоже. Стоит помнить, что не ошибается тот, кто ничего не делает. «Ошибки» у вас будут, но это ошибки в кавычках, на самом деле они — шаги на пути к успеху.

Вы, конечно, знаете, что опыт других родителей бывает очень ценным, иногда более ценным, чем советы и теории специалистов. Поэтому я и решила поделить-

ся с вами «Письмами о подростке», моими письмами дочери о внуке, тринадцатилетнем мальчике Феде. К тому времени я как раз прошла наши уроки, да еще прочла пару книг о «трудных» детях. Так что, когда в мою семью прибыл внук, была примерно в том же положении, что и вы сейчас: обладала знаниями, но не имела опыта применения их.

Несколько слов о предыстории событий.

Федя — старший из четырех детей, двое младших — от второго брака его матери. Семья живет в деревне. К нелегкой сельской жизни в последние годы добавились заботы о двух малышах. И это бы еще ничего, если бы не «напряженка» с Федей. Его отношения с матерью и отчимом совершенно разладились: он отказывался учить уроки, потом вообще перестал ходить в школу, не помогал по дому, грубил, постоянно обижал сестру, целыми днями пропадал на улице, а иногда и вовсе не приходил домой ночевать.

После безуспешных воспитательных усилий родители решили отправить его к бабушке «на исправление».

О том что происходило в моем доме, я писала в письмах своей дочери, матери Феди, и ее мужу.

часть вторая
Реальная история помощи «трудному подростку»

К некоторым местам писем — они помечены номерами — мне захотелось написать комментарии, которые помогут связать события с содержанием наших уроков и, надеюсь, дадут вам дополнительные важные сведения.

Эти комментарии вы найдете в конце писем.

Итак, действующие лица писем: Аня — мама Феди, Дима — ее муж, Виктор — мой муж.

5 ноября 199...

Анечка, Дима, здравствуйте!

Впервые появилась возможность написать вам, раньше не было буквально ни одной свободной минуты, хотя это звучит неправдоподобно. Забота о Феде, в основном о его учебе, съедала жалкие крохи времени.

Я знаю, что Федя написал вам на днях: он мне прочел свое письмо. К сожалению, в нем нет главного: последние десять дней четверти он не ходил в школу. Это произошло, несмотря на все мои старания; а старания заключались в том, что я пыталась учить с ним все уроки. Если он отказывался, я приглашала мальчиков — его друзей, и учила вместе с ними (некоторое время это помогало, потом перестало: они учат, а он нет). Еще я ходила на уроки (в основном на математи-

ку), решала вместе с ним и объясняла примеры и задачки, вместе посещали и дополнительные занятия.

Вставала и будила его в 7 часов утра, чтобы сделать те уроки, которые он отказался делать накануне. Обсудила «ситуацию» практически со всеми учителями и директором. **(1)**

Все это было очень тяжело, сопровождалось взаимным недовольством, у меня — порой бессонными ночами и ощущением бессилия и безнадежности. Дневник он упорно не вел, уроки не записывал, «приготовление» уроков начиналось со звонков ребятам: «Что задали?» Часто говорил, что ничего не задали, упражнения по русскому упорно не делал, английский учить тоже отказывался. Решать дополнительно примеры на материал, который он запустил, например на дроби, отказывался категорически. Нахватал двоек.

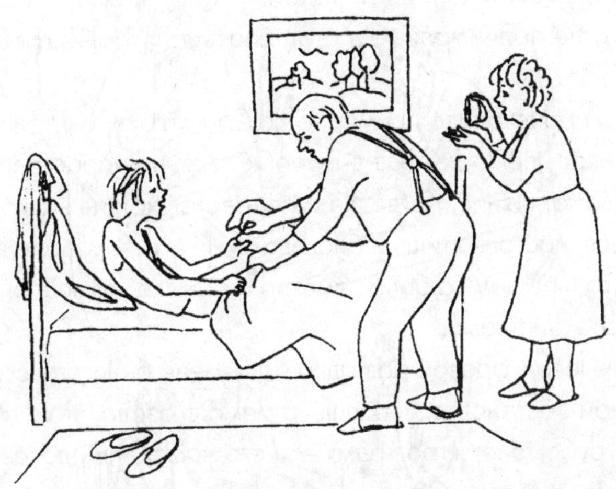

Катить камень в гору было все труднее и труднее: гора круче, камень тяжелее. Бывало, я открывала учебник, находила номер задачки, а Федя отворачивался: «Не буду». На этом занятия кончались, он уходил гулять.

Нам с Виктором стало ясно, что так жить ни ему, ни нам больше невозможно. В первый день, когда Федя отказался встать в школу, Виктор подни-

мал его дважды и умывал холодной водой — но он ложился опять. В последующие дни мы его не поднимали. Он стал спать до 11–12; а вечером ложиться поздно. **(2)**

Это — то, что происходило примерно до 25 октября. Внутри у меня все бурлило. Очень хотелось помочь Феде выкарабкаться, но нарастали также раздражение, усталость и отчаяние. Когда же он перестал ходить в школу, когда стало некуда стремиться, настали «тишь и благодать». И на этом фоне все яснее вырисовывается то, что в общем-то было заметно и раньше, но заслонялось школьными делами и беспокойствами.

Пожалуй, ключевой фразой-разгадкой для меня были его слова, сказанные как-то в спокойной обстановке: «Знаешь, а мама сказала, что в Москве меня заставят учиться». Грубо говоря, разгадка — в его намерении доказать, что «не заставят». Ущерб, который он при этом понесет (остаться на второй год, потерять ребят-друзей, остаться неучем вообще), для него не так важен, как это намерение.

Только спустя полтора месяца он заговорил о Сергино и о вас. Вчера, когда я прилегла к нему перед сном, он начал рассказывать о вашем доме, где чья комната, где что стоит. Мечтательно вспоминал, что из окна кухни видно лошадей и всегда можно узнать, пора на водопой или нет.

Потом в темноте Федя набросал план дома, а сегодня утром аккуратно его перерисовал, прибавив клумбы, картофельное поле, парник, собачью будку.

У него постоянные страхи перед засыпанием. Эти страхи пока не проходят, и каждый вечер он боится гасить свет: мы зажигаем свет в коридоре и открываем настежь двери в комнату, где он спит. Иногда он сам зажигает свет в своей комнате и так засыпает. **(3)**

Нам становится все яснее: ему необходимо тепло, которое он недополучил. Не хватало ему, конечно, и внимания, так как несколько (или даже много) лет вы жили с ним в очень трудных бытовых и психологических условиях. Конечно, это была не твоя вина, а в основном ваша общая беда. Мне сейчас вспоминается, каким верным и безропотным помощником он был. Уверена, как часто и как много он тебе сочувствовал, когда у тебя было тяжело на душе, чувствуя это кожей и наверняка старался облегчить твою ношу.

Он ведь был тогда старшим мужчиной... Представь, как много это должно было значить для детской души!

За последние десять дней у меня накопилось очень много впечатлений о его замечательных свойствах. **(4)** Федя очень чувствительный мальчик, внимательный к состояниям других. Часто первый приветствует, когда я прихожу с работы, спрашивает: «Ну как прошел день?» Поехал к тете Тане, я дала 3 рубля ей на цветы. Он купил у грузина астрочки, за которые тот просил 4 рубля, а потом уступил за 3. Грузин в шутку сказал: «Ладно, будешь мне должен». Тетя Таня дала ему на рыбок 2 рубля; на обратном пути он отдал грузину рубль.

Недавно ему подарили несколько моделей, и он сейчас упорно над ними трудится — значит, воля и способность организовать свои занятия есть. «Над моделью яхты, — говорит, — придется трудиться дня четыре». Стал просить будить его пораньше, чтобы начать утром. Сегодня делали вместе зарядку. Живо интересуется всем, что не связано с «официальным» образованием. Постепенно становится с нами более откровенным. Вначале мы натыкались на его упорное молчание, особенно в конфликтных ситуациях. Теперь он даже в них что-то «бурчит». Зато в спокойные периоды стал гораздо разговорчивее. Когда были конфликты с приготовлением уроков, он регулярно уходил играть в одиночку: катал машинки, играл в «револьвер» — поджигал наскобленную из спичек серу. Теперь он старается проводить свободное время с нами: подстраивается к нашим занятиям, нашим разговорам. Мы стараемся с ним тоже играть, читать.

Еще одно наблюдение. На днях он был в плохом настроении, пытался грубить, отказывался убрать со стола, слонялся, вызывал на ссору. Я его пару раз обняла, вместо того чтобы обидеться, и он помягчал. **(5)**

По всем нашим наблюдениям сейчас возможен только один-единственный способ жизни с Федей: как можно больше положительного внимания и ни одного критического замечания, осуждения или недовольства.

Очень помогает мне мысль, что, слава Богу, у ребенка не тяжкая болезнь, ему всего 13 лет, «необратимого» еще не случилось и он многое может еще набрать, даже начав «с нуля».

Мы с Виктором пришли к выводу, что Федя просто-напросто не подготовлен к выполнению тех требований, которые ему предъявляет школа, особенно мос-

ковская школа, и жизнь вообще. Его можно, конечно, понукать и критиковать, но это все бесполезно, и только усугубляет его проблемы.

Если снять все эти требования и ожидания, то сразу становится спокойнее, начинаешь к нему приветливее относиться, а главное — находить светлые стороны в его характере. Тогда появляется надежда...

В один день, в один и даже несколько месяцев все эти нехватки восполнить, конечно, нельзя. Никаким механическим способом — отделения, помещения куда-то или к кому-то, записывания в какие-нибудь кружки или секции — эти проблемы не решить. С Федей надо жить и питать его своей любовью, своей жизнью — такой вывод у меня сложился в конце концов.

Мы это можем делать и делаем уже, и, надо сказать, несмотря на нагрузку, мне от этого становится только лучше. Но у него есть вы, и вас он не может ни забыть, ни вычеркнуть, ни перестать обижаться за то, что он не с вами.

Сегодня он мне сказал: «Дурак я, что согласился уехать, чувствовал, что все равно заставят, а вообще-то, когда захочу, тогда и вернусь. А если будут против, то такое покажу!»

Видите, у него обида и угрозы — единственные способы бороться за то, чтобы хоть как-то себя защитить. Других средств у него в общем-то нет. И опять, за этими выпадами, бравадой — несчастный, неблагополучный ребенок.

Ждем с некоторым напряжением начала второй четверти. Федя бросил мимоходом, что пойдет учиться, хотя мы не очень обнадеживаем себя. Все «технические» проблемы — подъем утром, действия с дробями, писание письменных упражнений и т.д. — «встанут во весь рост». На днях я беседовала с директором, все ей рассказала. Она просила отдать дневник, чтобы проставить за первую четверть «н/а» (не аттестован) практически по всем предметам. Она согласна пойти на индивидуальное обучение на дому, но для этого нужна справка от врача. Я попробую ее получить. Самое худшее — остаться на второй год. Но если все проблемы не будут решены, то и на второй год он не сможет учиться нормально.

Целую всех. Мама.

7 ноября.

Анечка, привет!

Пишу вдогонку большому письму. Я как-то не сообразила попросить в нем тебя не сообщать Феде о том, что ты знаешь о его школьных делах. У него стало появляться доверие ко мне — он стал больше рассказывать о том, что обычно вызывает критику.

Наша жизнь с ним идет пока без изменений. По окончании каникул, конечно, возрастет нагрузка на все — и на его психику, и на наши отношения, и на наши (взрослых) переживания. Жду этих дней с некоторым опасением.

Тревожат меня Федины страхи перед засыпанием. Одну ночь он часто просыпался и проверял, есть я поблизости или нет. Он сказал, что в Сергино такого не было. Помогает, если я прилягу к нему перед сном, тогда он прижмется и спокойно заснет. **(6)**

Я думаю, что его драки с Леной, о которых ты мне так много писала, связаны с тем же. Прочла сегодня в одной психологической книжке, что драки между детьми в семьях часто бывают из-за того, что им не хватает ласковых телесных прикосновений (в основном от родителей). Задирание и битье друг друга — это как бы замена их, они ведь не знают ничего другого.

К сожалению, Федя читает пока гораздо меньше, чем гуляет. Гуляет по-прежнему с друзьями «запоем».

25 ноября.

Аня, Дима, здравствуйте.

Дела у нас такие: после каникул Федя в школу не пошел — взял и не встал в то утро. Так и пошло: заставить, конечно, было невозможно. Через несколько дней он сказал, что не ходит потому, что если начнет нормально учиться, то «с Сергино все заглохнет».

Он имел в виду, что тогда в Сергино он попадет нескоро. А так, по его словам, «возьму и уеду», или «дам телеграмму маме, чтоб забирала, а то не буду учиться...»

Все время думаю о Феде и часто как бы беседую с вами о нем. Когда он говорил вчера с Димой по телефону, и я вошла на кухню, его голые коленки (т. к. было утро и он вскочил с постели) были мокрые от слез. Голову он опустил, чтобы я не видела, а коленки все обнаружили.

Он очень страдает от разлуки с вами. Представь себе, Анечка, если б я, когда вышла замуж за Виктора (а тебе было тогда уже 14 лет — Феде-то на год меньше, и сил тоже меньше), тебя выслала бы куда-нибудь жить в другой город, на неопределенный срок, хотя и к родственникам? Тебе, правда, и так было не очень уютно, были у нас с тобой охлаждения и напряжения. И я теперь думаю, может быть, не получив опыт теплого общения с мамой в этом возрасте, ты не можешь его воссоздать и с Федей? А он теперь расплачивается за нас своим горем. Кстати, я сейчас подумала: и у меня в 13–14 лет начались с мамой напряжения (с папой тоже), и тоже не получалось никакого «теплого опыта». А теперь я хожу по улицам и постоянно «вылавливаю» случаи заботливого отношения родителей с детьми — как они рядом идут, разговаривают, куда-то вместе спешат. Утром в лифте встречаю детей, которые с мамой направляются в школу. А Федя у меня лежит в постели, и неизвестно, когда встанет, а если встанет, то все равно дела будут совсем еще далеки от нормы. Да и мама совсем не рядом.

Теперь о нашей формальной ситуации. Вчера наконец получили справку об индивидуальном обучении, отнесла ее в школу. Контакт с директором у

меня хороший, она сказала, что во всем поможет. До справки засадить Федю учиться не удавалось. Хотя нет, все-таки сдвиг произошел, хотя маленький, но для него (для нас) очень важный! Удалось подвигнуть его на то, чтобы начать проходить вперед «хотя бы один» предмет. Начал он с любимого — биологии. За 2 дня выучил и сдал мне 10 параграфов. До этого условились, что первые 10 параграфов отпразднуем в кафе «Мороженое», что и сделали. Когда назад ехали, он попросил пойти с ним в Музей палеонтологии. Надо, конечно, его сводить. Я постараюсь.

Сегодня он обещал с утра выучить два параграфа по географии. Учительница согласилась у него принимать параграфы. Не знаю, что у нас получится. Жду понедельника, когда официально все начнется. Он не учится уже месяц. Главный стимул, который снимает сейчас у него сопротивление и дает возможность, хотя и после нескольких напоминаний, открыть книгу, это — «все сдать заранее, к весне, и уехать к вам». Сами понимаете, что для этого нужно много трудиться, и это наиболее тревожный сейчас для меня момент.

Вспомнив древнюю мудрость: «Обращайся с сыном до 5 лет как с царем, до 12 — как со слугой, а после 12 — как с другом», я поняла, чего так сильно не хватает Феде: до 5 лет «как с царем» не было, а было скорее «как со слугой». Служил он, по-моему, верой и правдой, из последних детских сил — помнишь, как-то он встречал тебя по колено в грязи, в поле, под дождем? Таким образом, «царем» он не добрал и теперь в этом нуждается. Сильная детская натура умеет требовать недобранное, хотя чаще всего в резкой, раздражающей форме.

Например, прихожу вчера пол-одиннадцатого вечера с работы, усталая, голодная. Федя, развалившись, сидит у телевизора, стол захламлен, на полу грязь, географию не выучил, хотя и обещал. Меня спасает в таких случаях мысль: «он недополучил, надо начинать с нуля, а точнее, даже из минуса».

Знаю уже, что на него абсолютно гробовым образом действуют нотация и критика. Говорю себе: «Ну что ж, не убрал, не открыл книгу, не организовался. Но он этого и не может делать!»

Например, в очень хорошем, дружелюбном тоне в кафе-мороженом мы уславливаемся, что он, вернувшись домой (я пошла на работу), сходит к невропатологу за справкой об индивидуальном обучении. Но этот врач ему два дня назад пришелся не по душе. Звоню в 5 часов: «Сходил?» — «Нет». — «Пожалуйста, очень тебя прошу, оденься и сходи» — «Ладно». Вечером прихожу, смотрит исподлобья. «Ну как, сходил за справкой?» — «Нет». — «Но почему?» Молчит. Прекращаю разговор на эту тему (опять проносится буря в душе со знаком «недодали», «разворочена у ребенка душа»). На следующий день снова спрашиваю: «Почему же все-таки не сходил?» — обнимая при этом за плечо. Отвечает: «Я сам не знаю почему». **(7)**

Продолжаю по-доброму присматриваться к Феде. Часто вспоминаю поразившее меня когда-то место из «Анны Карениной». Толстой описывает Сережу — сына Анны, который остался с отцом, когда Анна уехала с Вронским. Отец при-

ходит и читает нотации Сереже — тот, по отзывам учителей, плохо учится. А Сережа в это время думает о маме, мечтает, как он ее увидит на прогулке и бросится к ней. А насчет его учебы Толстой пишет, что ум у мальчика был вовсе не ленивый, а очень живой. Он учился, но не по книжкам Закона Божия, а у няни, у кучера, у всех и всего, что его окружало. Но он берег этот свой живой ум как зеницу ока и не подпускал к нему псевдоучителей.

Насчет Феди у меня все больше создается то же впечатление: живой ум, очень внимателен к жизни (внимательно смотрит и слушает, тонко чувствует) и тоже оберегает свой внутренний мир как зеницу ока.

Целую, мама.

7 декабря.

Анечка, Дима!

Продолжаю спустя почти две недели. Сейчас с учебой ситуация такая. Дали Феде 10 часов индивидуальных занятий в неделю. Расписали их по основным предметам, правда, еще не уточнили дни и часы по русскому и по английскому. Он охотно побывал уже 2 раза на биологии и получил 4, 5 и 4. Был один раз на географии (получил 4) и один раз на математике, где дело обернулось не так хорошо, учительница дала решать ему примеры и потом ушла проводить урок, на дом же задала штук пятнадцать номеров из задачника.

Как я потом узнала, с примерами он не справился, оставил ей записку, что ему их решать трудно, так как «надо все вспоминать», и ушел. То, что было задано на дом, отказывался решать всю неделю. На историю идти отказался, на биологию пошел, причем там же договорился, что будет ходить на нее не один, а два раза в неделю. На географию не пошел и на алгебру (это было вчера) тоже. До вчерашнего дня в то время, когда случались все эти пропуски, я мало бывала дома — то работа, то в больницу к Виктору. Федя очень сожалел: «Опять я буду один весь день!» А вчера у меня был как раз свободный день, и так как алгебра была назначена на 13.30, то надеялась, что мы вместе сможем с ней разобраться.

Но началось с того, что не могла его поднять до половины двенадцатого. Да, забыла: накануне вечером мы получили наконец от вас письма, Федя их читал и плакал. Поэтому и утром он был очень не в себе. А тут еще алгебра...

Потом все-таки встал, глаза тоскливые, позавтракал, машинально включил телевизор, глядя на него тоскливыми глазами. Я телевизор выключила, сказав, что скоро идти на алгебру. Ушел, лег на диван. На мои попытки поговорить, расспросить и т.д. — молчание. Тогда спросила: «Если бы у меня была волшебная палочка, то что бы ты попросил?» — «Ты все равно не сможешь». — «Наверное, — говорю, — чтобы ты полетел в Сергино?» — «Да». — «Ну давай, полетим в воображении». **(8)**

Тут он наконец начал говорить. «Поехали» мы с ним в аэропорт, сели на самолет, приземлились в Н-ске, ждали самолет на Сергино — была нелетная погода, как тогда, когда вы летели туда первый раз. Заночевали в гостинице. Наконец сели в «кукурузник».

Попутно он рассказал очень много подробностей — и как колет в ушах, и как кукурузник делает посадку в предыдущей деревне, и как он катится по кочкам в «порту» Сергино. По полю бегут мальчишки «Привет!» — «Привет!» Мы идем к вам в дом, стучимся.

«Кто там?» — «Почтальон Печкин». Открываем дверь, уже дело к вечеру, и мама дома: «Ах!» Настроение у Феди сдвинулось с мертвой точки, перешли опять в кухню. Дело близится к часу дня, опять завожу разговор о примерах. Открываю задачник, говорю: «Смотри, какие они легкие». Отказ. Предлагаю: «Давай я буду решать, а ты смотри и проверяй».

В ответ: «Знаю я твои штучки, это ты чтобы меня заставить». Уже второй час, индивидуальные занятия в школе — наша последняя надежда — летят под откос. Говорю, что все уже испробовали, и если от этих занятий отказываешься, то останешься на второй год — ведь до конца полугодия осталось три недели.

Дальше события у нас пошли так: я в отчаянии, Федя непробиваемо упорен, учительница в школе уже ждет. Спрашиваю как быть с учительницей? Молчит, сует голову под стол и на полу чем-то играет. Тут со мной что-то случилось: я выволокла его из-под стола, схватила «за грудки», стала трясти его и кричать, что я тоже живой человек — неужели он не видит, как мне трудно, как я мучаюсь, изо всех сил стараясь ему помочь?

В ответ увидела глаза затравленного зверька, а в них — проблеск то ли испуга, то ли интереса. Мне этот «взрыв» принес облегчение. Федя, по-моему, в глубине души тоже остался доволен, по-моему, потому, что увидел, что я по-настоящему переживаю, а не просто все время его «воспитываю». **(9)**

Ну, в общем, пошла я в школу одна, все рассказала учительнице, попросила ее написать записку Феде. Она согласилась. Содержание записки успокаивающее: все не так страшно, все у них получится, постепенно. Федя тревожно ждал моего возвращения. Прочел записку и, по-моему, остался доволен, пошел гулять.

Часа через три пришел, весь облепленный мокрым снегом. Я его отряхивала в тамбуре, вместе стащили сапоги, внутри сапоги были забиты плотно утрамбованным снегом. Посмеялись. Посадила его обедать. Дала на третье кофе с мороженым. Гладя по голове, сказала, что после обеда будем решать примеры. Включил телевизор — я выключила. Кофе и мороженое растянул минут на 30.

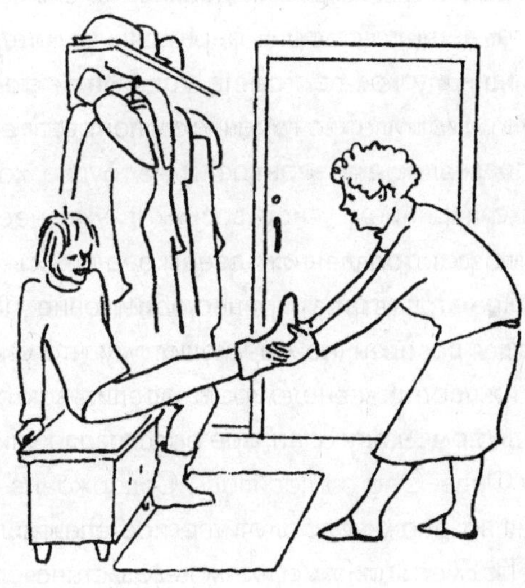

Наконец сели заниматься. Кое-где я помогала, кое-где он меня отсылал — «я сам».

Сделали все-таки три номера, в каждом от «а» до «д». В последнем сделал ошибку со знаками, стал настаивать, что прав, слушать объяснения отказался. На этом занятия кончились, но все-таки прозанимались не меньше часа.

После этого произошло совсем неожиданное: остаток вечера Федя посвятил разбору своего захламленного стола. Обернул книги и тетради, наклеил на них картинки. Стол приведен в такое состояние, как будто сейчас первое сентября!

К вечеру он также заметил, что с курением у него стало лучше: раньше о нем думал все время, а последние дни забывает.

Вообще вопрос с курением у нас возникал уже несколько раз. Первый раз было так: уйдя на работу, я неожиданно вернулась за чем-то и застала его курящим на балконе. Другой раз обнаружила, что он ушел, хотя и собирался быть дома все утро (обычно он уходит гулять, когда возвращаются из школы его друзья). Почувствовав недоброе, я пошла к табачному киоску, а он там уже засовывал в карман пачку сигарет, которую купил для него взрослый парень.

В обоих случаях я воздерживалась от упреков. Выразила только свое сожаление и заметила: «Что, мол, так уж совсем невозможно бросить?» Он ответил,

что от курева успокаивается, трудно бросить, «тянет». Посоветовала ему, когда «тянет», сосать леденцы.

Как-то мы засыпали (сейчас он спит в моей комнате), я уже задремала, вдруг он будит и говорит: «Ну как мне бросить курить?» А сегодня он кашляет, я перебираю причины, где он мог простудиться, а он замечает: «Это оттого, что я стал меньше курить. Папа про своего отца рассказывал, что когда тот бросал, то очень кашлял и даже комки черные отходили».

Так что и здесь становится вроде бы лучше. Он очень «лепится» к нам. Перебрался спать ко мне в комнату, пока Виктор в больнице. Раньше я лежала с ним, пока он не уснет, а потом уходила к себе. Теперь он это дело просек — спит рядом всю ночь, и я кожей чувствую, как это ему нужно. Интересно, Аня, могла бы ты с ним спать, чувствуя его под боком и обмениваясь душевным и физическим теплом? Этот вопрос очень важный, для тебя почти критический. Я уверена, что если ты его вспомнишь маленьким комочком, то тебе легко будет вспомнить и то чувство.

Недавно в одной психологической книжке я прочла: если с неблагополучными подростками начинаешь общаться непривычно для них, не так, как они ждут, а лучше, то их плохое поведение на первых порах даже усиливается. Они как будто испытывают родителей: действительно ли те изменили к ним отношение, или это только уловка? И вот через это обострение всяких нарушений и непослушаний приходится проходить, набираясь мудрости и терпения.

Совет этот мне очень помогает. Бывает, привычные чувства раздражения, гнева или отчаяния готовы нахлынуть, но тут вспоминаешь: ведь испытывает же тебя, а сам с тоской ждет любви — и тогда во мне действительно что-то сдвигается к лучшему. Приходит в голову мысль, что дети мудрее и тоньше, чем мы порой о них думаем. На воспитательной мякине их не проведешь, реагируют только на истинную доброту и помогают нам ее не терять, или же находить снова под слоем всяких «шлаков».

Мне кажется, после вчерашнего эксцесса с алгеброй я кое-что поняла в нем глубже.

Во-первых, в его отказах заниматься математикой очень большую роль играют неверие в свои силы и даже отчаяние или паника. Это подтверждается вот еще чем: когда я ходила с ним на уроки математики и помогала найти правильный ответ в темпе работы всего класса и даже с опережением, то он изо

всех сил тянул руку, чтобы его спросили и чтобы он правильно ответил. В остальных случаях он сидел в «глубоком тылу», да еще на последней парте.

Я думаю, что математика — это модель многих его переживаний. Получается такая цепочка: неверие в свои силы — отталкивание (ненависть) — сопротивление. За ненавистью и сопротивлением лежит на самом деле горячее желание успеха.

Я вижу главное назначение нас, взрослых, в том, чтобы помочь ему в этих успехах.

Во-вторых, я вдруг поняла, что по части развития воли он не просто младше, чем есть, он очень маленький! Я оцениваю его возраст в этом отношении в 3–4 года! Почему? Потому что он так же, как и дети в этом возрасте, ничего не делает из того, что он «должен», «обязан», что «следует», «нужно», даже если дал слово, даже если страдает другой, расположение которого ему важно.

Что отсюда следует? Как с ним быть? Да так же, как с 3–4-летним, все трудное делать вместе, беря на себя половину дела, а то и больше, подбадривая, хваля, прощая провалы, и в это время разговаривать о разном, слушать его рассказы, его замечания. И знать, что без тебя он будет только играть — и больше ничего. Так это все и получается: если меня нет дома целый день, то он спит, гуляет, смотрит телевизор, слоняется по дому. Все, в чем мы с ним сдвинулись, произошло только с помощью делания вместе, в дружеском тоне, иногда вперемежку с чтением книжки: страница — пример — страница — пример. Зато он привязался и уже скучает без такого общения. И у него появляется кое в чем уверенность. Делает и такие неожиданные подарки, как вчерашняя уборка стола.

Иногда в поисках того уровня, на котором надо все делать вместе, я спускаюсь слишком низко: какие варежки, или носки, или рубашку надеть, как и что поесть, взял ли ключ, уходя гулять... Тогда получаю замечание: «Ну, я сам знаю». Ну что же, лучше перебрать, чем недобрать в поисках этой границы...

Надеюсь, что свойственная ему живость ума поможет довольно быстро начать многое делать самостоятельно. Но постоянный положительный тон общения ему нужен как воздух, гораздо больше, чем многим детям его возраста...

В свете этого «озарения» я с сожалением думаю о тех часах и днях изоляции, о которых ты нам писала: «Федя совсем отдалился от нас. Часами возит машинки один». В такие часы он точно не растет, не взрослеет, не развивается.

Целую, мама.

14 декабря.

Анечка, Дима, здравствуйте!

Мои письма стали превращаться в трактаты, но я сознательно пишу вам много о Феде и о наших с ним перипетиях.

Сразу обрадую вас: у нас большой прогресс. Позавчера он по алгебре получил 5. До этого, накануне, пришла к нам домой учительница, и очень терпеливо и приветливо занималась с ним. Потом они поговорили о том, о сем, она ему призналась, что и ей часто не хочется садиться заниматься трудным предметом и как ей удается это нежелание преодолевать. После этого мы с грехом пополам, через вздохи и гримасы сделали (все-таки сделали!) все домашнее задание. И вот — он вернулся домой с «пятеркой». Вчера ходил на геометрию, и вечером мы с ним доказывали теорему, которую задали на следующую субботу. Невиданный прогресс, ведь Федя прежде наотрез отказывался делать какие-либо уроки заранее!

Потом, к вечеру, мы поехали в гости. Я хотела ехать одна, но он захотел со мной — последнее время он все время хочет быть вместе. Например, после ремонта мне нужно было выносить битую плитку из ванны. Время для этого нашлось только около полуночи.

Хотела сначала уложить Федю, но он наотрез отказался — стал помогать, сократив мой труд и время вдвое (по пять раз бегали на помойку с полными ведрами). Зато вернувшись, уже после полуночи почитала ему вслух две страницы

Жюля Верна — на большее нас не хватило. Но чтение перед сном стало для нас ритуалом. И даже, как я чувствую, символом — «у меня с бабушкой все идет хорошо».

Так вот, в длинную дорогу в гости (на метро надо ехать 40 минут) он взял учебник биологии, и всю дорогу ее учил и записывал что-то в тетрадку. Это тоже невиданный прогресс — раньше он отказывался брать в метро даже увлекательную книжку («Я лучше подремлю»).

Теперь продолжу о том третьем «открытии» о Феде, которое не попало в предыдущее письмо.

Здесь мне также помогли некоторые психологические сведения. Недавно было обнаружено, что у многих людей существует один ведущий канал восприятия информации, другие же каналы играют второстепенную роль. «Каналы» — это наши зрение, слух, чувство тела, т.е. осязания и движения. Если, например, ведущий канал — зрительный, то человек осваивает мир в основном через зрение. Он воспринимает, понимает, запоминает, воображает и даже мыслит с помощью зрительных картин. Если человек «слуховой», то он учится в основном на слух, и живет больше в мире звуков и слов. Второстепенный канал бывает настолько слабо развит, что человек (особенно в детстве) не может через него полноценно учиться, приобретать новые знания.

Вдобавок, когда ему плохо, когда он в разладе с окружающими и с собой, он особенно погружен в свои ведущие ощущения, а остальные как бы отключены. Например, если человек «телесный», то он не слышит или плохо слышит «голые» слова. Он, конечно, слышит их физически, но усваивает их плохо.

Так вот, я убедилась, что Федя абсолютно «телесный». Недавно, когда мы с ним представляли, как летим к вам, меня поразило, сколько телесных ощущений было в его рассказе: «летим — тошнит», «засыпаю», «колет уши», «снижаемся — трясет»; в гостинице — «холодно», «есть хочется», взлетаем на кукурузнике — «ж-ж-ж», садимся — «бух-бух, прыгаем по кочкам» и т. п.

После этого мне стали абсолютно ясны его трудности в школе — то, что он не любит русский и английский языки, зевает при монотонных объяснениях по любому предмету, и особенно глух к воспитательным разговорам. Он очень способен во всем том, что можно пощупать, потрогать, подвигать и самому подвигаться, в крайнем случае увидеть, но при этом опять-таки подвигаться, показать руками. И так очевидной стала невозможность выводить его разговорами из плохих или разболтанных состояний.

Все это на фоне его крайней эмоциональной неустойчивости. Бывает, что просыпается с головной болью, и тогда весь день летит «под откос». Но даже если голова не болит, он все равно очень легко сваливается «под откос» от малейшего напряжения в наших отношениях. А поводы для таких напряжений возникают постоянно. Приходится вырабатывать с ним совершенно новый способ общения. Если его обнять — просто так, среди дня, это производит на него

очень сильное впечатление: как-то стихает, мягчеет, вылезает из «ямы». Теперь, зная, что может возникнуть напряжение, ищу в телесном контакте выход для себя и для него.

Как правило, он напрягается, когда предлагаешь ему что-то сделать: встать утром, вымыть тарелку за собой, сесть за уроки. Из десяти предложений об уроках на девять следует ответ «не буду» или «не хочу». В школу на индивидуальные занятия тоже отказывается идти.

Опять говорю себе: надо радоваться тому, что есть, — и откатываюсь назад в своих ожиданиях. Опять стараюсь прикасаться к нему, обнимать, вместе что-нибудь делать — из того, что ему нравится, например, читать книжку. Да, предвижу твою возможную реакцию: «Что, так и носиться с ним?!» У меня пока только один ответ: «Да, носиться!»

Спешу отправить. Пока. Мама.

28 декабря.

Анечка, Дима, здравствуйте!

Поздравляю вас с наступающим Новым годом. Все вы много трудились в этом году, и я желаю вам мира на душе и в семье.

Как и раньше, хочу написать о вашем недостающем члене семьи — Феде. Все это время он тоже много трудился, хотя и по-особому, побеждая внутренние злые силы — «недуги». Иногда мне казалось, что они буквально корежат его!

Например, в хорошем настроении решает заняться уроками. Расчищает стол в кухне, приносит учебники, тетрадь, смотрит в дневник: что задали. Наступает момент, когда надо раскрыть учебник и начать решать примеры. Тут с ним что-то случается: лицо искажается мучительной гримасой, тело надламывается, вырывается тяжелый стон. Снова выпрямляется, пытается открыть учебник, но в его обложке — как будто сто пудов, опять стон... Когда я такое однажды увидела, поразилась и очень отчетливо поняла, что его сопротивление учебе — это никакая не лень, не злой умысел, не желание «нагрубить» или «досадить». Это вообще — не он!

Можно сказать, что это — плохо осознаваемые силы отторжения всего, что приносит огорчения и травмы. Почти по всем предметам они накопились у него в большом количестве. Причины — ранние неуспехи, ссоры из-за этого, а глав-

ное — его совершенно особый склад ума, о котором я уже вам писала. Это восприятие только того, что можно «пощупать», ярко представить и эмоционально пережить; и почти полная неспособность воспринимать все абстрактное: слова, формулы, определения, грамматические конструкции, геометрические теоремы, где порой доказывается очевидное. Там, где можно пойти в обход абстракции, переложить ее на образный, конкретный язык, он способен и талантлив.

Например, выражение: $-(-2) = +2$ он как-то озвучил так: «враг моего врага — мне друг». Сокращение дробей — числителя и знаменателя на общий множитель он раньше как-то пропустил. Оно ему плохо давалось, что такое общий множитель — вообще было неясно. Мы продвинулись в этом и даже получили удовольствие, пытаясь разглядеть в шестерке и десятке двойку, выделить ее: $2 \times 3/2 \times 5$, а потом резко зачеркнуть. Последнее решительное действие — зачеркивание особенно ему понравилось, и нам удалось также повозиться с $^{15}/_{21}$ и $^{27}/_{15}$.

Кстати, это происходило как раз в тот день, когда его «корежило» при открывании учебника, и первый заход с приготовлением алгебры закончился плачевно. Наткнувшись на этот материал в несколько более усложненном виде: $6^{2}/_{34}$, он не понял, а точнее, отстранился от моего объяснения, захлопнув книжку и тетрадку, гневно сказал: «Не буду» — и ушел катать машинки. Как ни трудно мне было удержаться от уговоров и увещеваний, оставила его в покое. Только спустя несколько часов, уже к вечеру, ласково и приветливо, после каких-то положительных впечатлений, предложила вернуться к алгебре и «совсем немножко, просто посмотреть», «увидишь, что ничего страшного», «давай попробуем, а потом будем...» (что-то приятное). На удивление согласился, притащил учебник с тетрадкой, мы начали издалека (из пятого класса), повеселились на «резких перечеркиваниях» и т. д. Вот примерно путь, который много раз повторенный, привел Федю к «пятерке» по алгебре в четверти. Конечно, в таком же примерно стиле приходилось отвоевывать каждый предмет. Например, с русским языком произошла следующая история.

Примерно 3–4 раза он не пошел на индивидуальный урок в назначенный день и час: то «забыл», то «не нашел», то вообще промолчал. Наконец я сбегала в школу, договорилась с учительницей определенно о месте и времени.

Это было не утром, так что Федя уже встал, поел, мог что-то посмотреть в учебнике (но не стал этого делать). Когда подошло время идти в школу, неожи-

данно отказался. Мои возгласы и расспросы ни к чему не привели. Я пошла к учительнице и снова — как с математикой — попросила прийти ее «хотя бы первый раз» домой. Она долго сопротивлялась, наконец со скрипом согласилась: «Приду к вам через 20 минут». Возвращаюсь домой, сообщаю Феде — гневный взрыв: «Кто тебя просил?! Все равно уйду гулять!» Тут еще и мальчик за ним заходит, ситуация аховая, знаю, что ссориться, резко приказывать нельзя. Прошу, беседую. Уход как-то затягивается, приходит учительница, раздевается, проходит в комнату, Федя мимо нее проскальзывает в туалет и там запирается. Сидим с учительницей 5–10 минут. Как могу, объясняю ей что-то в ответ на удивленно поднятые брови. Иду к туалету, тихо объясняю Феде, прошу выйти, чтобы «хоть только условиться», «не заниматься». Выходит. Учительница мягко издалека начинает беседовать на темы «Тараса Бульбы», «Бежина луга» (которые он, оказывается, еще не прочел), говорит о конях, водопое, ночном... Потом подбираются к наречиям.

Слава богу, заработало! Условливаются, что Федя походит на русский вместе с классом — по классному расписанию. Он заметно рад: видно, уже осточертело сидеть по утрам дома одному, ничего не делая: «уроки», если мы и делаем, то поздно вечером и только вместе. Один он пока совсем не может побеждать «силы торможения».

Следующая неделя прошла в более или менее регулярном посещении уроков в классе и систематических пропусках индивидуальных уроков. Но все-таки ходил, и даже сделал одно большое упражнение после пяти напоминаний. По сравнению с сидением в туалете это была огромная победа, и я искренне радовалась, не скрывая этого. И опять: ни на один провал, ни на одно «не буду», «не хочу», «не сделал», «не прочел» — ни одного критического замечания. Зато каждый маленький успех гремел как «гром победы». Например, однажды на уроке учительница сказала, что ставит ему в уме 5 и что, может быть, скоро поставит ее в дневник. Он радостно мне об этом сообщил, но даже после этого старательно обходил индивидуальные уроки стороной. Наконец нам пришлось уже после окончания четверти идти вместе в школу «выяснять отношения с русским». Договорились, что учительница будет принимать параграфы и упражнения по частям во время каникул.

Ярко разгоревшаяся мечта Феди — «получить три «пятерки» (в крайнем случае, «пятерки» и «четверки») по каждому предмету и уехать к вам, — привела к тому, что он довольно спокойно согласился с порционными муками по русскому. Это, конечно, не означает, что дело будет идти без потрясений. Но опять же, по

сравнению с запертым туалетом, прогресс — как от каменного века к веку паровозов, по крайней мере.

Так обозначился для меня очень ясно еще один путь помощи ему — путь постепенного дожимания. Его провалы и протесты бывают резкими. Я поняла, что в ответ он ждет тоже резкие реакции (не то что ждет, а привык и готов дать отпор). И (признаюсь в который раз) эта реакция очень быстро начинает расти в моей душе. Но уже накопился опыт — гнев и раздражение переводить в огорчение, которое я, кстати, не скрываю. После этого в дружелюбном тоне стараюсь возобновить общение, зачастую совсем на другую тему. И только спустя некоторое время, иногда и через несколько часов, возврат к теме недоразумения оказывается возможным и более и или менее плодотворным. Это, наверное, называется терпением (а может быть, терпимостью?).

Аня и Дима! Мне очень хочется передать вам эти находки и переживания, вполне новые для меня самой. Очень помогают мне слова «это не он!», которые говорю себе часто.

А какой же «он»? Часто стал класть голову на плечо, когда сидим на диване и вместе что-нибудь рассматриваем. На ночь просит сделать «домик» из одеяла

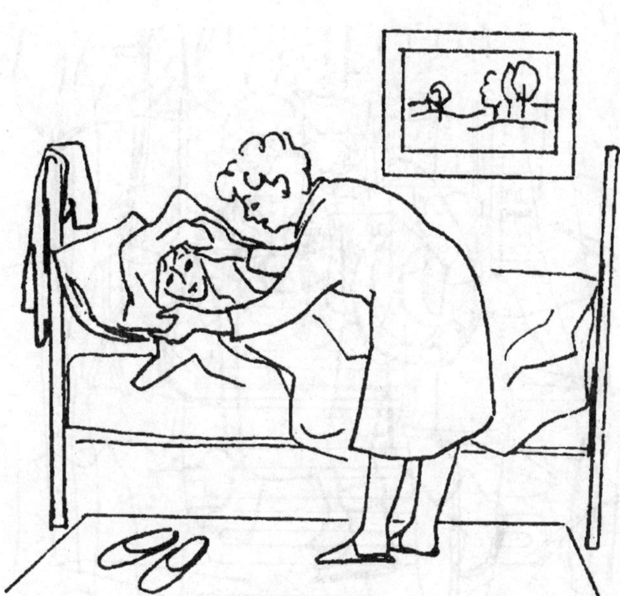

вокруг головы и плеч и тогда спокойнее засыпает. Каждый день тревожно спрашивает, надолго ли мы уходим, и если надолго, то восклицает: «Какой ужас!» На днях попросил сходить к учительнице физики и попросить, чтобы она была с ним «помягче».

Как-то пришел с многочасового гуляния. До него отказался сходить в магазин. Я в тот день много работала, ходила в магазин, готовила — очень устала. Федя, развалившись на стуле, говорит: «Ох, ноги отваливаются»! На что я ответила: «Меня не очень это расстраивает: у тебя отваливаются от гуляния, а у меня — от работы, так что сочувствовать тебе мне как-то не хочется». Посерьезнел, притих. Поели — мне надо было сходить к знакомым за плафоном. Вызвался помочь. На улице был сильный гололед, страшно было разбить плафон. Он всю дорогу трогательно меня поддерживал, увещевая быть осторожнее, заодно шутил, развлекал рассказами. Позже пришел Виктор, я стала кормить его ужином. Он тоже был усталый, и охотно принимал знаки внимания. Федя смотрел-смотрел и вдруг говорит: «Дядя Витя, что это вы! Жена о вас все время заботится, а вы — ни ухом, ни рылом!» Виктор так и поперхнулся. А потом мы все долго смеялись, перебирая всякие выражения, вроде «ухом по рылу» или «рылом по

уху»... В общем, трогательный «рыцарь», дружба с которым — большая радость, честь и удовольствие.

Чем больше мы так его чувствуем, чем больше растет к нему уважение, тем счастливее он становился. И голова у него болит нечасто. Курение пока довели до полсигареты в день. А вот страхи пока не проходят.

Теперь я хотела бы поговорить с вами немного о другом: для Феди настали критические дни. Я встречаю сейчас знакомых бывших шестиклассников, которые учатся теперь в девятом. Они возмужали, оформились по своим вкусам, ценностям, культурному уровню кто хочет поваром, кто автомехаником, кто в 10-й класс. Видно, что те, кто не прочел много книг, уже не станут на путь умственных интересов. Уже все случилось!

Федю еще надо вытаскивать из «минусов». Мне почти ясно, что из книг много знаний он уже не получит. Его нельзя винить в том, что он не доберет, и еще более — снижать на этой почве его уверенность в себе.

Он талантлив, трогателен — и бесконечно нуждается сейчас не только в поддержке, но и в культурной помощи. Через год-два уже будет поздно. А без вас жить где-то в другом месте он, как мы все это увидели, не может.

Он, конечно, счастлив, что возвращается к вам. Хочет начать третью четверть уже дома. Передаем его вам со всеми горестями и радостями, которые мы делили с ним вместе.

Была бы счастлива узнать, что вам будет удаваться больше держать его при себе, разговаривать с ним, делиться мыслями и чувствами. И еще... больше обнимать его и делать «домик». Он все поймет и станет вашим верным другом и дорогим ребенком. Тогда и ты, Аня, станешь счастливее. А другого пути я не вижу.

Целую вас всех. Мама.

9 января.

Анечка, Дима!

Ну вот, провожаю Федю к вам. Сидим в электричке, едем в аэропорт. Вчера получили ваши письма. Очень вам сочувствуем (Федя говорит «и завидуем»). Действительно, так много тяжелой работы, и так мало времени остается на все остальное, а главное на детей — почитать, поиграть, поговорить.

Федя одновременно и рад, что едет, и немножко грустит, что мы расстаемся. Ему бы хотелось, чтобы и мы ехали к вам со всем хозяйством.

Сегодня много думали и говорили с ним, как бы сделать так, чтобы у вас было поменьше огорчений и ссор.

Решили, что ссоры, конечно, могут случаться. И тогда мы стали думать, как из них выходить. Постарались запомнить, что главное — это не замолкать надолго и не сидеть по своим углам, а вместо этого, когда схлынет первый гнев, постараться, чтобы кто-нибудь заговорил. Ведь во время ссоры каждый думает, что он обижен больше. Можно друг другу сказать, чем обижен. Например, так: «Мне трудно слышать такие крики». Или (говорит мама): «Я просто прихожу в отчаяние, когда думаю, что из-за этой алгебры можно остаться на второй год!» После этого можно, как говорят англичане, «сдвинуть головы вместе» и подумать-посовещаться, как выходить из положения.

Мы с Федей решили, что хорошо бы записать правила для родителей. И вот сейчас, сидя в электричке, пишем их вместе (главный автор — Федя):

1. Не заставлять ничего делать насильно. Если хочешь попросить что-то сделать, то попросить надо вежливо. Потом надо дать возможность ребенку закончить это дело тогда, когда он хочет: ведь он устает иногда раньше, чем думают взрослые. Совсем хорошо, если ребенок может начать дело тогда, когда он сам решит.

2. Пытаться вообще не повышать голос на ребенка, потому что это вызывает упрямство: «Вот теперь назло им не буду это делать!»

3. Не читать всякие морали, потому что, когда их читают, хочется уши заткнуть.

4. Больше доверять самостоятельным решениям ребенка.

5. Хочется, чтобы по вечерам читали книжку. Если перед этим было взаимное недовольство, то перед чтением надо помириться. Тогда можно заснуть без тревоги, а утром проснуться не с гробовым настроением. Кстати, будить хорошо бы шутливо, весело или радостно, а когда с утра от вставания испорчено настроение, то весь день разбит. И тогда трудно делать дела, учиться, и тянет курить. Если же день проходит интересно и дружелюбно, то курево забываешь. Очень успокаивает, если мама или кто-нибудь делает на ночь «домик» из одеяла.

Прибавлю от себя, что Федя — хороший, умный, добрый мальчик. И его у нас все полюбили, даже учителя.

Целую вас всех.

Мама.

От автора

Мне трудно добавить что-либо к этим письмам. Поделюсь только своими впечатлениями: перечитывая их, каждый раз удивляюсь, какие волшебные изменения могут происходить в наших отношениях с детьми, даже в очень «запущенных» случаях. На первый взгляд, шаги к этим изменениям просты: слышать и слушать, принимать, терпеть, любить, а порой и страдать, не скрывая этого. Но чтобы все это было возможно, приходится отказаться от старого мнения, что воспитывать ребенка — значит сражаться с его непослушанием. Если уж нам и приходится с чем-то сражаться, так это с трудностями и проблемами ребенка (и тогда мы с ним союзники), но главное — с нашими собственными «естественными» реакциями, ожиданиями и привычками, наконец, с самим духом авторитарной культуры, в которой прожили вот уже три поколения родителей и учителей. Преодолеть это «культурное» наследие в себе, пожалуй, самый тяжкий труд.

Комментарии к «письмам»

(1) Здесь мы видим попытки бабушки организовать для Феди «зону ближайшего развития», делать вместе с ним то, что ему трудно или почти невозможно делать одному. Как будет видно ниже, этот путь поначалу не приносит успеха, потому что в основе разлада Фединой жизни лежат глубокие эмоциональные проблемы. Без помощи ему по этой линии никакие «совместные действия» пока помочь не могут.

(2) В книге А.Е. Личко «Психопатии и акцентуации характера у подростков» можно найти почти портретное описание ситуации и поведения Феди. Автор рассказывает о типичных реакциях детей на трудные для них события или условия жизни. Одна из них — **отказ** от общения, игр, пищи. Он часто возникает у детей, внезапно оторванных от матери, семьи, привычного места жительства.

Другая реакция — **оппозиция.** Читаем:

Реакция оппозиции может быть вызвана у ребенка чрезмерными претензиями к нему, непосильной для него нагрузкой — требованием отлично учиться, проявлять успехи в каких-либо занятиях. Но чаще всего эта реакция возникает из-за утраты или резкого уменьшения внимания со стороны матери или близких. В детстве это может случиться при появлении

младшего брата или сестры, у подростка ту же реакцию может вызвать появление в семье отчима или мачехи. Ребенок разными способами пытается или вернуть прежнее внимание к себе (например, представляясь больным), или досадить «сопернику».

Подобные нарушения поведения подростков, какими бы «ненормальными» и даже «больными» они не казались, очень часто есть не что иное, как здоровые реакции их чувствительной психики на ненормальные, больные или, лучше сказать, болевые, причиняющие душевную боль обстоятельства».

Надо прибавить, что подобное стремление вернуть себе внимание — полуосознаваемое или даже неосознаваемое. Когда ребенок нарушает нормы и требования, не подчиняется родителям, не слушается, не учится, то он тем самым сигнализирует: «Мне плохо, помогите мне». Признаком того, что ребенку плохо, что у него «боль», служат отрицательные чувства родителей раздражение, гнев, обида, растерянность и отчаяние. Это как бы палка о двух концах, на нее насажены и родитель и ребенок — чем хуже одному, тем хуже и другому.

(3) Страхи — классический симптом, или признак того, что у ребенка большое внутреннее напряжение, что он не справляется с жизненными и эмоциональными трудностями. Долгое молчание Феди о своей прежней жизни подтверждает то, что именно здесь у него зона сильного эмоционального напряжения. Начало обсуждения — признак изменения психологической ситуации к лучшему.

(4) По воспоминаниям автора писем, путь находить и отмечать прежде всего положительные свойства Феди оказался спасительным.

(5) Заметьте, с улучшением эмоционального самочувствия начинает проявляться естественное стремление ребенка к познанию, к развитию. Эмоциональная неустроенность, «плохое настроение» блокируют это стремление, и поэтому эмоциональная помощь взрослых в таких случаях крайне необходима. Непосредственная ласка, нежность как знак принятия и любви «несмотря ни на что» оказались очень нужны Феде.

(6) Страхи перед засыпанием часто означают, что бессознательная сфера ребенка ищет контакта с матерью. Она как бы говорит: если мне будет страшно, то мама придет и будет со мной.

(7) История со справкой ярко иллюстрирует бессознательное отталкивание мальчика от всего, что связано с неприятными переживаниями. Такое отталкивание взрослые часто принимают за безволие, лень или упрямство. Но это ошибочно. Подобные «забывчивость» или сопротивление возникают как естественные защиты психики, ребенок борется как может за свое хотя бы минимальное эмоциональное благополучие. Усилением нажима, нотациями или критикой такие реакции преодолеть нельзя — это бессознательные механизмы, которые сильнее разумных соображений и даже сознательных намерений самого ребенка. Усиление требований и критика в такой ситуации вызывают у него лишь чувства вины и неполноценности.

(8) Фантазирование с ребенком о сильно желаемом, но невозможном, часто помогает больше, чем «разумные доводы».

(9) Как похожий случай приходит в голову знаменитая пощечина А.С. Макаренко. В минуту крайнего возмущения и бессилия он отвесил ее одному из своих великовозрастных воспитанников.

Сам А.С. Макаренко пережил ее в ту минуту как крушение всех своих высоких педагогических идеалов. Однако она оказала неожиданно благотворное действие на его отношения с ребятами: лед отчуждения между ними был сломан.

«Пощечина Макаренко» обсуждалась потом во многих педагогических трудах. В частности, шел спор, правомерно ли такое как воспитательный прием? Я бы присоединилась к мнению, что сама постановка вопроса неправильна. Эмоциональный взрыв взрослого, как правило, **случается,** а не **используется как «прием».** Если он абсолютно искренен и без тени расчета на «педагогический эффект», то последствия его могут быть положительными. Ведь взрослый здесь предстает перед ребенком не защищенным педагогической броней, а значит, как равный и более близкий человек.

Возвращаясь к случаю в письме, можно было бы сказать на языке наших уроков, что бабушка послала Феде очень сильное «Я-сообщение».

книга вторая

ПРОДОЛЖАЕМ ОБЩАТЬСЯ С РЕБЕНКОМ. ТАК?

Светлой памяти
нашего дорогого сына Алеши

. . . .

Ребенок — это чудо, которое живет
рядом с нами.
Мы стараемся его оберегать
и помогать в развитии.
Мы продолжаем задавать себе вопросы:
«КАК — общаться, воспитывать, заставлять,
наказывать, исправлять?»
Для разумных ответов
нам нужны знания природы
и свойств этого «чуда».

. . . .

ИЗ ПРЕДИСЛОВИЯ К КНИГЕ «ПРОДОЛЖАЕМ ОБЩАТЬСЯ С РЕБЕНКОМ. ТАК?»

Эта книга — про общение взрослых с детьми и в какой-то мере взрослых между собой. Она **продолжает и углубляет** темы моей предыдущей книги «Общаться с ребенком. Как?».

Судя по отзывам читателей, первая книга оказалась полезной. Многие говорили мне о позитивных изменениях в их жизни, которые происходили после ее прочтения. На встречах с очень разными людьми — это были родители и дети, семейные пары и одиночки, студенты и люди бизнеса — мы обсуждали трудные вопросы воспитания, проблемы общения, сложные жизненные ситуации. Так накопился живой материал, который вошел в эту книгу.

Помимо живых историй, в ней обсуждаются идеи выдающихся профессиональных психологов, педагогов, философов и мыслителей. Еще одним бесценным материалом стали яркие описания переживаний в произведениях художественной литературы, в воспоминаниях, биографиях и автобиографиях. Ведь только через реальные истории, личный опыт и практику можно дойти до глубокого по-

нимания того, что пытались и пытаются передать нам выдающиеся гуманисты — ученые и практики, избравшие в качестве своей профессии помощь людям в воспитании детей и развитии собственной личности.

Относительно содержания книги. Было очень трудно выстроить строгую линейную «логику». В жизни все переплетено. В течение нескольких дней можно пережить все: недовольство и радость, согласие и противоречия, игры и конфликты, уступки, запреты, наказания, прощение. Если говорить о чем-то одном, то неизбежно цепляется другое. Поэтому разбивать на части и главы пришлось условно, заранее предвидя неизбежность повторения, и уж конечно, пересечения обсуждаемых тем.

Есть темы, которые красной нитью проходят через всю книгу.

Первая — это **знание и понимание детей.** Успех нашей миссии как родителей очень зависит от того, насколько мы понимаем и учитываем природу ребенка. Описанию их потребностей, мотивов их поведения, эмоций и переживаний, их внутреннего мира посвящены несколько глав книги.

Следующая тема — **пути и способы воспитания** ребенка. В этой книге мы продолжаем обсуждать вопросы: «Как его воспитывать? Как приучать к дисциплине? Как наказывать? Как делать так, чтобы он учился?» Я пытаюсь показать, что для правильных ответов приходится расширять рамки привычного мышления. Нужно, чтобы в наш словарь вошли не только глаголы «учить», «приучать», «направлять», «заставлять», «требовать», но также и «радовать», «играть», «увлекать».

Тема **общения** проходит красной нитью через все главы книги. Умение слушать, выражать себя, быть позитивным, разрешать конфликты входят в техники общения. Основы этих техник описаны в моей предыдущей книге. Здесь же (особенно в третьей части книги) они обсуждаются более глубоко, с важными подробностями.

Я глубоко признательна художникам Елене Белоусовой и Марине Федоровской за внимательное отношение ко всем пожеланиям автора и творческое воплощение их в рисунках.

Моя специальная благодарность Ирине Умновой, любезно согласившейся просмотреть и отредактировать рукопись. Ее высокий профессионализм в области литературы, журналистики и психологии помог мне увидеть и посильно исправить недостатки как общей композиции книги, так и изложения отдельных глав.

Профессор Ю.Б. Гиппенрейтер. Январь, 2008

часть первая

~

Ребенок растет

ПРИРОДА РЕБЕНКА

Как и любое живое существо, ребенок активен с рождения. Новорожденные дети поворачивают голову в сторону звука. Двухмесячный младенец ищет лицо склонившегося над ним человека, ловит улыбку, гулит в ответ. В течение первого года он научается смотреть, узнавать лица и предметы, брать игрушки, сидеть, ползать, вставать, ходить, а потом — говорить, задавать вопросы... и многое, многое другое. Учат ли его специально всему этому?

Нет, **ребенок осваивает сложнейшие вещи сам, благодаря собственной активности**.

Стремление к свободе

Жизнь показывает, что когда ребенку предоставляется свобода в играх и занятиях, то он бывает бодр, активен, предприимчив. Наоборот, если его сильно ограничивают, он становится безразличным, а порой упрямым и агрессивным. Подобные наблюдения привели психологов к выводу, что **стремление к свободе и самоопределению — одна из базисных потребностей человека**.

У ребенка она проявляется очень рано. На детском языке стремление к свободе и самостоятельности выражается словами: «Я сам», «я

могу!» При этом ребенок активно ищет и находит то, что ему в данный момент больше всего нужно — нужно для его развития и самообучения.

. . . .

*Когда ребенок трудится над тем,
что выбирает по собственной инициативе,
и добивается результата, он испытывает особое
чувство подъема и гордости. Но происходит и большее:
у него возникает уверенность в своих силах,
желание пробовать и дерзать дальше.*

. . . .

Приведу небольшой, но яркий эпизод, рассказанный одной матерью.

Моему сыну было тогда три года. Мы с ним гуляли во дворе зимой. У нас была горка, а сбоку по ней шла лестница для пешеходов. Горка была высокая, и лестница довольно длинная. Дети поменьше поднимались на несколько ступенек и скатывались с середины горки. Мой сын по возрасту был среди них. Через некоторое время он заявил, что хочет подняться повыше; я не решилась ему возразить, и он благополучно съехал несколько раз. После этого его смелость возросла, и он поднялся еще выше. Наконец, преодолевая страх (я это видела), он залез на самый верх! Я пережила много волнений, но изо всех сил старалась себя сдержать, чтобы не запретить ему съехать. Вернувшись домой, возбужденный сын с порога крикнул:

— Папа, я могу!

— Что ты можешь? — спросил отец.

— Всё! — гордо ответил сын.

Можно с уверенностью сказать, что мальчик в этой истории получил бесценный опыт самостоятельного решения, связанного с риском, и победы над собственным страхом. Согласимся, что вывод «Могу всё!» дорогого стоит!

А нам стоит отметить, что эти «подарки» обеспечила мальчику его мать, которая проявила мужество — мужество особого рода: **позволять ребенку рисковать**.

Глубокая сосредоточенность

Однажды пожилой профессор, подойдя к кроватке, в которой стоял, держась за перильца, его десятимесячный внук, сказал гостю: «Посмотрите, какие у него внимательные глаза: он будет очень способный!»

Способность к пристальному вниманию — это дар, который получает любой ребенок от природы. Нам, взрослым, знакомы такие особые состояния внимания, когда мы заняты интересным делом, «уходим в него с головой». Тогда случается, что мы не слышим обращенные к нам слова или проезжаем остановку, погрузившись в интересную книгу. Очевидно, что в эти моменты в нас идет интенсивная внутренняя работа.

. . . .

Психологи установили важный факт: чем младше ребенок, тем чаще он находится в состоянии глубкой сосредоточенности.

. . . .

И в этом есть своя «логика»: весь мир для него нов, неизвестен и очень интересен. Количество нового несоизмеримо с тем, что узнает и осваивает потом взрослый. По словам Л.Н. Толстого, взрослый человек проходит в своей жизни версты, а ребенок до пяти лет преодолевает пространство космоса!

Существует легенда о детстве знаменитого физика Нильса Бора.

Рассказывают, что однажды его мать с двумя сыновьями (у Нильса был брат) ехала в поезде. Когда они вышли на своей остановке, один из пассажиров — соседей по купе произнес: «Бедная мать, один ребенок у нее нормальный, а другой идиот!» Этот приговор относился к Нильсу, и причиной было то, что большую часть дороги Нильс ехал с остановившимся взглядом, полуоткрыв рот, безу-

частный ко всему происходящему. Пассажир не понял, что мальчик был в состоянии глубокой задумчивости. Способность погружаться в глубокие размышления у мальчика была уже тогда очень развита, что, несомненно, являлось признаком большого таланта.

Не ошибаются ли таким же образом учителя, особенно в начальных классах, прерывая «замечтавшегося» ребенка грубым замечанием: «Миша, ты опять ворон ловишь!» А Миша, может быть, в этот момент глубоко переживает что-то увиденное или услышанное, и богатство этого переживания не идет ни в какое сравнение с наставлениями вроде того, что дату надо писать, отступив на две клеточки сверху и одну слева.

К таким состояниям ребенка надо относиться очень бережно!

Удивительная настойчивость

Следующий природный дар, который свойственен всем детям, — удивительная настойчивость. Дети **постоянно упражняются во всем**, что пытаются освоить. Они упорно трудятся, осваивая новое движение или действие, — ошибаются, снова пробуют, повторяя то же самое десятки раз, пока не добьются результата.

Вот один из многих примеров. Рассказывает мать годовалого малыша.

> *Я сидела на диване, а мой сын стоял в нескольких метрах от меня, держась за кресло. Он только начинал ходить. Стоять и передвигаться по стенке он уже мог, но когда отпускал руку, то терял равновесие и падал. Он явно хотел перебраться ко мне, и я его ласково звала. По всему было видно, что он хотел до меня* ***дойти****! Он отрывался от кресла, делал несколько шагов и шлепался на мягкое место. Вставал на четвереньки, полз...* ***но не ко мне, а назад к креслу****! Там он поднимался на ноги и опять пробовал идти ко мне. Снова шлепался, снова отползал назад. Повторял он это много раз! Наконец все-таки дошел до*

меня, качаясь и сияя от восторга! Он явно переживал триумф, а я испытавала вместе с ним не только радость, но и гордость. Знаете, я почувствовала, что он — личность!

Можно согласиться с матерью. Действительно, этот эпизод показывает, что ребенок не только учится ходить, он проявляет волю и настойчивость, выбирая новый трудный способ вместо простого и привычного.

И через такое проходят все дети!

Особенная впечатлительность

Известный ученый — исследователь поведения животных, Оскар Гейнрот имел обыкновение говорить, что животные — это те же люди, только более эмоциональные. То же вполне можно сказать о детях.

Дети — те же мы, только гораздо более эмоциональные и, добавим, более восприимчивые. Их память способна **«запечатлевать»** некоторые события, на посторонний взгляд незначительные, и хранить их всю жизнь. Иногда это приводит к важным осознанным решениям.

Австрийский психолог Альфред Адлер много занимался детскими воспоминаниями и их значением для взрослой жизни. Приведу пример лишь одной его истории. Это сокращенный рассказ взрослой женщины.

Когда мне было три года, мой отец купил нам двух пони. Он привел их за поводки к дому. Моя сестра, которая была тремя годами старше, чем я, взяла один поводок и торжествующе повела своего пони вдоль по улице. Мой собственный пони, торопящийся вслед за первым, пошел слишком быстро для меня — и уронил меня лицом прямо в грязь. Вот как бесславно завершилось событие, которого я с таким восторгом ждала! <...> И тот факт, что позже я превзошла свою сестру как наездница, никогда и ни в малейшей степени не растопил во мне этого разочарования.

А. Адлер справедливо замечает, что случай не просто запомнился девочке, но определил важный вывод и ее жизненную установку: «Если я не буду осторожна, моя старшая сестра всегда будет побеждать. А я всегда буду терпеть поражение, всегда буду оказываться в грязи. Единственный способ обезопасить себя — это быть первой».

В автобиографических воспоминаниях мы находим аналогичные примеры **глубоких эмоциональных «выводов» детей**. Вот один из них.

Когда Марине Цветаевой было шесть лет, она увидела в концертном исполнении сцену объяснения Онегина и Татьяны в саду (после письма Татьяны). М. Цветаева так описывает свое восприятие и его последствия:

> *Скамейка. На скамейке — Татьяна. Потом приходит Онегин, но не садится, а она встает. Оба стоят. И говорит только он, все время, долго, а она не говорит ни слова. И тут я понимаю, что... это — любовь: когда скамейка, на скамейке — она, потом приходит он и все время говорит, а она не говорит ни слова.*
>
> *...Моя первая любовная сцена была нелюбовная: он не любил (это я поняла), потому и не сел, любила она, потому и встала...*
>
> *...Эта первая моя любовная сцена предопределила все мои последующие, всю страсть во мне несчастной, невзаимной, невозможной любви.*
>
> *...Если я потом всю жизнь по сей последний день всегда первая писала, первая протягивала руку — и руки, не страшась суда, — то только потому, что на заре моих дней Татьяна в книге, при свечке, с растрепанной и переброшенной через грудь косой, это на моих глазах сделала...*
>
> *...Урок смелости. Урок гордости. Урок верности. Урок судьбы. Урок одиночества.*

◆

Замечательные качества, заложенные в каждом ребенке, — его активность, стремление к самостоятельности, настойчивость, гибкость, впечатлительность и эмоциональность — в благоприятных случаях не только ведут к развитию его талантов, характера, но порой определяют его судьбу.

Посмотрим более внимательно, как это происходит.

ЕГО ВНУТРЕННИЙ МИР

Очарованность

Среди особых впечатлений детства есть такие, которые отмечены яркими переживаниями волнения и восторга. В них ребенок открывает что-то важное для себя, что-то очень «свое».

Попытаемся всмотреться и понять эти чудесные и часто скрытые от наших глаз состояния **очарованности** ребенка.

Приведу одно из воспоминаний, которое принадлежит выдающемуся австрийскому ученому, исследователю поведения животных и человека, Конраду Лоренцу.

> *Конец лета, пожалуй, самое чудесное время года в северо-альпийских долинах... В это время года я часто вновь переживаю минуту, которую помню удивительно ясно, хотя с тех пор прошло семьдесят лет. Я уверен, что тогда еще не учился в школе и даже не умел читать. Мы гуляли по заливным лугам Дуная, и я, непослушно убежав вперед, несмотря на запрет моей опасливой матери и даже еще более опасливой тетушки Ядвиги, стоял среди кустов почти на самом берегу. У меня над головой раздались странные металлические звуки, и я увидел высоко в небе стаю диких гусей, летящих вниз по реке. Человеческие*

эмоции развиваются очень рано и остаются неизменными до конца жизни. Я и сегодня вновь ощущаю то, что ощутил тогда. Я не знал, куда летят эти гуси, но мне хотелось отправиться с ними. Меня переполняла романтическая жажда странствий, от которой вздымалась грудь и сердце готово было разорваться. И впервые — это я знаю точно — во мне возникло непреодолимое желание выразить себя творчески.

...Романтика моего детства... пробуждается вновь, когда высоко надо мной пролетают наши дикие гуси, и детская мечта становится явью, когда они, словно в волшебной сказке, спускаются на мой зов.

К. Лоренц осуществлял эту **детскую мечту** в течение всей своей жизни. Он не расставался с дикими гусями, выращивая, приручая их, исследуя их поведение. В своих работах К. Лоренц сделал ряд замечательных открытий, за которые был удостоен Нобелевской премии в возрасте семидесяти лет.

Похожий случай «судьбоносного» переживания произошел в жизни Чарли Чаплина, когда ему было пять лет.

Мать Чаплина была эстрадной актрисой и часто брала сына на свои выступления. Однажды у нее сорвался голос, ее освистали, и ей пришлось уйти за кулисы. Возник неприятный разговор с директором театра, который боялся потерять денежный сбор. Но тут директору пришла спасительная мысль — вывести на сцену маленького Чарли. Раньше ему доводилось видеть, как мальчик пел и танцевал, подражая матери. Сказав несколько слов публике, директор ушел, оставив Чарли одного на ярко освещенной сцене. Тот спел одну песенку, затем другую.

Из зала стали одобрительно кидать монеты. Мальчик воодушевился, продолжая петь и импровизировать по ходу представления. Концерт продолжался с нарастающим успехом. Это было рождением Чаплина-артиста!

Открытие собственного призвания или жизненной мечты может случиться у ребенка как «удар молнии» от одного яркого события.

Но далеко не всегда встреча с предметом будущего увлечения запечатлевается сразу и навсегда. Вместо этого могут накопиться многие, казалось бы незначительные, «встречи-удивления». Мы уже говорили, что внимание ребенка обладает способностью приковываться к новым объектам, «поглощаться» ими и оставлять глубокий след.

Такой след обнаруживается потом в узнавании предмета как «чего-то своего», переживании его особой личной значимости.

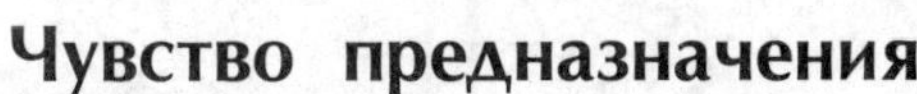

Чувство предназначения

Независимо от того, как появилось чувство «это — мое», от одного яркого впечатления или от накопления многих случаев радостного удивления, главный его признак — рано или поздно (часто рано!) **пришедшее понимание своего будущего предназначения**.

Обратимся снова к Чарли Чаплину. Семья его жила в бедности, и мальчику рано приходилось зарабатывать на хлеб.

Я продавал газеты, клеил игрушки, работал в типографии, в стеклодувной мастерской, в

приемной врача и так далее, — пишет Ч. Чаплин в своей автобиографии, — но чем бы я ни занимался, я помнил, что все это временно и в конце концов я стану актером.

Родители знаменитого художника Марка Шагала мечтали выучить сына на бухгалтера или приказчика. «Слово «художник» было таким диковинным... в нашем городке его никто и никогда не произносил», — пишет Шагал. Но в один прекрасный день Марк-подросток обратился к матери:

— Я хочу стать художником. Спаси меня, мамочка. Пойдем со мной. Ну пойдем! В городе есть такое заведение, если я туда поступлю, пройду курс, то стану настоящим художником. И буду так счастлив!

— Что? Художником? Да ты спятил. Пусти, не мешай мне ставить хлеб.

— Мамочка, я больше не могу. Давай сходим!

— Оставь меня в покое...

(«Все равно буду художником, — думаю я про себя, — но выучусь сам».)

В описаниях драгоценных событий — открытий ребенком своего пути — можно обнаружить некоторые общие черты. Посмотрим, в чем они состоят.

«Магия» тихой сосредоточенности

Во-первых, подобные откровения, как правило, происходят, когда ребенок предоставлен самому себе, когда он один, внешне спокоен, но его внимание активно. Можно назвать это минутами тихой сосредоточенности. Такое бывает, например, когда ребенок в постели; он еще не заснул или не совсем проснулся, тихо лежит и в то же время чем-то занят!

. . . .

Склонитесь над колыбелью младенца, —
писал один психолог прошлого, —
и вы увидите, что он что-то ищет.
Что же он ищет? Он ищет мир!

. . . .

Если ребенок уже не младенец, то его поиск мира, несмотря на относительный покой, а может быть, и благодаря ему, очень содержателен.

Вот несколько примеров.

Рассказывают, что когда Россини было немногим более двух лет, он, лежа утром в своей кроватке, обратился к матери со словами: *«Мама, послушай, молочница за окном кричит на си-бемоль!»* — впервые обнаружив свой абсолютный музыкальный слух (мать Россини была пианисткой, и ребенок уже знал названия нот).

Существует легенда, что малолетний Гаусс по вечерам, лежа в постели, поправлял ошибки отца-бухгалтера, который вслух производил свои вычисления.

Известен факт из биографии Софьи Ковалевской: ее увлечение математикой началось с желания разгадать формулы, которые она рас-

сматривала во время болезни на стене: перед ремонтом стена была обклеена старыми математическими рукописями.

. . . .

Интуитивно чувствуя плодотворность и «магию» атмосферы тихого уединения, ребенок активно ищет это уединение.

. . . .

В приведенном выше воспоминании К. Лоренца можно заметить, что на прогулке он непослушно убежал вперед, несмотря на запрет своей матери и тетушки. В результате мальчик находился один среди кустов, когда услышал поразившие его звуки гусиной стаи. Пятилетняя Марина Цветаева забиралась в свое тайное убежище — книжный шкаф, чтобы читать любимого Пушкина.

Запретный шкаф. Запретный плод. Этот плод — том, огромный, сине-лиловый том с золотой надписью вкось — Собрание сочинений А.С. Пушкина. Толстого, Пушкина я читаю в шкафу, носом в книгу и в полку, почти в темноте... Пушкина читаю прямо в грудь и прямо в мозг.

Сокровенность переживания

Чем дороже для ребенка предмет его увлечения, тем сокровеннее он для него, тем больше он готов в буквальном смысле ***скрывать*** его от посторонних глаз. Из той же Цветаевой:

А я влюблена — в «Цыган»... и в игранные слова, которыми все это рассказано. И не могу сказать об этом ни словом: взрослым — потому что краденое, детям — потому что я их презираю, а главное — потому, что тайна: моя — с красной комнатой, моя — с синим томом...

Известный психолог Карл Роджерс пишет о том, как он скрывал свое детское увлечение. Будучи подростком, он заинтересовался одним из видов ночных бабочек. И началось это так же, как в описанных выше случаях, — с первого сильного впечатления.

Мое внимание привлекла очень красивая бабочка с удивительными зелеными крыльями с красной окантовкой. Я до сих пор вижу этого мотылька, как тогда, глазами ребенка: нечто удивительное, сияющее зеленым и золотом, с великолепными пятнами цвета лаванды. Я был покорен...

Несколько лет мальчик увлеченно занимался разведением этих мотыльков у себя дома: изучал условия их жизни, то, как они питаются,

растения, на которых они живут, циклы превращения из гусениц в бабочки и многое другое, став хорошим специалистом в этой области.

> *Но вот что главное, — замечает Роджерс, — я никогда не рассказывал никакому учителю о своем увлечении. Тот проект, который поглотил меня целиком, не был частью моего официального образования... То, что интересовало меня, было чем-то личным. Это не входило в отношения с учителями. Не должно было входить в них.*

Задумаемся, почему «личное» «не должно входить» в отношения с учителями, а порой и с родителями?

Потому что ребенок хочет это **оберегать**.

. . . .

Он хочет быть уверенным, что грубое прикосновение или равнодушие не затронет его внутреннего мира, не разрушит чар удивления и увлечения, которые живут в его душе.

. . . .

Он сопричастен этим чарам, переживает их как важную часть себя. И таким образом, сохранение тайны оказывается борьбой за сохранение себя, своей личности!

Стойкость

Один из самых ярких признаков рано определившегося таланта — постоянная, почти навязчивая, **тяга** к любимым занятиям. Возьмем пример из Средних веков. В жизнеописаниях Дж. Вазари читаем о художнике Джотто:

> *Отец его... хлебопашец и человек простой дал ему под присмотр нескольких овец, и когда он пас их на усадьбе то*

там, то здесь, будучи побуждаем природной склонностью к искусству рисования, постоянно что-нибудь рисовал на скалах, на земле или на песке, либо с натуры, либо то, что приходило ему в голову... [Он] не учился этому ни у кого, кроме как у природы...

Знаменательно, что склонность к искусству рисования обнаружилась одинаково в детстве Шагала и Джотто, разделенных семью веками, без и до всякого специального обучения. И это — частый случай с талантом вообще, в любой области. Другой вопрос, что с ним происходит под влиянием обучения, но это — особый разговор.

Ребенок, нашедший себя, не только готов без устали заниматься любимым делом все 24 часа в сутки, но стремится к этому порой наперекор обстоятельствам или воле родителей.

Отец знаменитого физика Льва Ландау решительно протестовал против чрезмерного увлечения сына математикой, к которой тот тянулся еще дошкольником. Отец насильно заставлял мальчика заниматься музыкой и даже прибегал к физическим наказаниям. Противостояние дошло до того, что в тринадцать лет подросток стал серьезно задумываться о самоубийстве. Положение спасла мать, вставшая на сторону сына.

Для Марины Цветаевой трудность, напротив, заключалась в позиции матери. Мать Марины была блестящей пианисткой. Но ее музыкальная карьера не состоялась, и свою мечту она решила воплотить в жизни дочерей. По настоянию матери пятилетняя Марина должна была часами упражняться на рояле. Однако она механически «отбывала» музыкальные уроки. Настоящей же ее страстью были книги, стихи, чтение — все, что связано со словом. Читать она могла уже в четыре года, но в доме многое не разрешалось читать детям. Однако около рояля стояла этажерка с нотами, и на ней были ноты сестры Леры — романсы со словами! Слова романсов были, конечно, «запрещенные».

Всю эту Лерину полку я с полным упоением и совершенно всухую целый день повторяла наизусть, даже, иногда, забывшись, при матери. «Что это ты опять говоришь? Повтори-ка, повтори!» — «В сердце радость и гроза». — «Что это значит?» Я, уже тихо: «Что в сердце радость и гроза». — «Что? Что? — мать, наступая... — Я тебе тысячу раз говорила, чтобы ты не смела читать Лериных нот. Не могу же я, наконец, от нее и этажерку запирать на ключ!» — мать, торопливо проходящему... отцу.

Свой путь

. . . .

Чем больше увлечен ребенок,
тем яснее он чувствует
и отстаивает свой путь.

. . . .

Знаменитая Айседора Дункан почувствовала тягу к особому стилю танца уже в раннем детстве.

Я мечтала об ином танце, — пишет она. — Я не знала точно, каким он будет, но стремилась к неведомому миру, в который, я предчувствовала, смогу попасть... Мое искусство уже жило во мне, когда я была еще маленькой девочкой...

Увидев увлеченность девочки, мать Айседоры определила ее к знаменитому балетному учителю.

...Но уроки мне не понравились. Когда преподаватель велел мне стать на пальцы ног, я спросила его, к чему это. После его ответа «это красиво» я заявила, что это

безобразно и противно природе, а после третьего урока я покинула его класс, чтобы никогда туда не возвращаться. **Чопорная и пошлая гимнастика**, *которую он называл танцем,* ***лишь сужала мою мечту...***

Сходные чувства описывает Марк Шагал. Вот его впечатление от художественной школы, куда он впервые пришел с матерью:

Мастерская набита картинами, сверху донизу. Все завалено гипсовыми руками, ногами, греческими головами... Всем нутром чувствую, что путь этого художника — не мой. Что за путь — еще не знаю.

Мама озиралась по углам, боязливо оглядывала картины. И вдруг, резко повернувшись ко мне, почти умоляющим, но ясным и решительным тоном сказала:

— Вот что, сынок. Сам видишь, тебе так никогда не суметь. Пошли домой.

— Подождем, мамочка!

Для себя-то я сразу решил, что ***мне так и не надо***. *Зачем? Это не мое.*

Плодотворное «одиночество», сохранение себя и сопротивление грубому непониманию и формальному обучению не исчерпывают всех необходимых условий развития таланта и способностей ребенка.

Хотя он сам охраняет драгоценные минуты личной свободы, не менее страстно он хочет поделиться своим увлечением. Однако это возможно только при одном условии: если взрослый (родитель, учитель) хорошо **понимает** его.

. . . .

Отсюда ясно, какая ответственность ложится на плечи взрослого!

. . . .

И здесь нам могут помочь некоторые важные знания.

ПОСТАРАЕМСЯ БОЛЬШЕ ПОНЯТЬ

Потребности и мотивы

Источник активности ребенка, как и всякого человека, лежит в его **потребностях**. Каждое живое существо активно ищет и, как правило, находит то, что ему нужно.

А что нужно ребенку?

Психологи выявили и описали **базисные потребности**, которые появляются на свет вместе с ребенком.

. . . .

Детям от природы свойственно стремление к познанию, самосохранению, общению, росту и развитию, положительной самооценке, к свободе и самоопределению.

. . . .

В жизни ребенка рано или поздно происходит «встреча» потребностей с тем, что их удовлетворяет. В результате каждая потребность конкретизируется, она как бы «узнает» себя в предмете («предметом» может быть и какое-то занятие, и человек, и многое другое). Такая содержательно оформленная потребность называется **мотивом**.

ТЕЛЕВИЗОР – СОСКА

Впечатляющие опыты, которые показывают врожденность познавательной потребности, были проведены с младенцами двухмесячного возраста.

Ребенку давали соску-пустышку и соединяли ее через резиновую трубочку с телевизором. При этом соска служила пневматическим датчиком и, если ребенок сосал соску, то экран телевизора начинал светиться, и на нем появлялось лицо говорящей женщины. Если ребенок переставал сосать, то экран гас.

Ребенок был сыт (это было обязательным условием опыта), но и в сытом состоянии он, как известно, изредка посасывает пустышку. Постепенно ребенок «обнаруживал» связь пустышки с изображением на экране, и тогда происходило следующее: он начинал интенсивно сосать соску, не прерываясь ни на секунду!

Этот результат поражает: уже в двухмесячном возрасте ребенок ищет и **активно добывает** информацию из внешнего мира. Такая активность и есть проявление познавательной потребности.

Познавательная потребность, или любознательность, развивается вместе с ростом ребенка. Очень скоро в дополнение к исследованиям с помощью органов чувств и практических манипуляций (с помощью которых ребенок тоже познает свойства предметов) появляются интеллектуальные формы познания. Они выражаются в классических детских вопросах: «Это что?», «А почему?», «Зачем?», которыми дошкольники засыпают взрослых. А затем (при благоприятных условиях) появляется интерес к чтению, учебе, исследованию природы и людей.

Мотив — это то, что одновременно **побуждает** нас к действиям, задает их **направление** и придает им **смысл**. Понять мотив — значит ответить на вопрос — почему или **ради чего** человек так поступает. При этом мотивов может быть несколько.

Например, ребенок настойчиво тянется к матери: нетрудно понять, что за этим стоят его потребности в любви и общении. Ему интересна яркая игрушка, потому что та «питает» его потребности в новых впечатлениях, в познании. Он учится ползать, ходить, говорить, и в этом реализуются потребности в росте, развитии и самоопределении. Чем старше ребенок, тем больше предметов, людей, дел и событий начинают связываться с его потребностями. Так развивается и усложняется сфера его мотивов.

Тонкий наблюдатель Антон Павлович Чехов в одном из своих рассказов описал разнообразные мотивы детей, занятых игрой в лото.

Пятеро детей в возрасте девяти лет и младше остались дома одни. Они собрались вокруг большого стола и играют в лото на деньги: ставка — копейка. Играют с большим азартом!

> *Самый большой азарт написан на лице девятилетнего Гриши. Играет он исключительно из-за денег. Не будь на блюдечке копеек, он давно бы уже спал. Страх, что он может не выиграть, зависть и финансовые соображения, наполняющие его стриженую голову, не дают ему сидеть спокойно, сосредоточиться.*
>
> *Сестра его, Аня, девочка лет восьми, тоже боится, чтобы кто-нибудь не выиграл. Она краснеет, бледнеет и зорко следит за игроками. Копейки ее не интересуют. Счастье в игре для нее вопрос честолюбия.*
>
> *Другая сестра, Соня, девочка шести лет, играет в лото ради процесса игры. По ее лицу разлито умиление. Кто бы ни выиграл, она одинаково хохочет и хлопает в ладоши.*
>
> *Алеша, пухлый, шаровидный карапузик. У него ни корыстолюбия, ни самолюбия. Не гонят из-за стола, не укладывают спать — и на том спасибо. По виду он флегма, но*

в душе порядочная бестия. Сел он не столько для лото, сколько ради недоразумений, которые неизбежны при игре. Ужасно ему приятно, если кто ударит или обругает кого.

Пятый партнер, кухаркин сын Андрей. К выигрышу и чужим успехам он относится безучастно, потому что весь погружен в арифметику игры, в ее несложную философию; сколько на этом свете разных цифр и как это они все не перепутаются!

В этом отрывке мы видим очень разные мотивы, которые побуждают детей играть в лото. Давайте их перечислим: *«финансовые соображения», честолюбие, сам процесс игры, страсть к недоразумениям, наконец, интерес к «арифметике игры».*

И в жизни всегда так: дело у людей может быть одно, а мотивы — разные, и они очень индивидуальны. Все зависит от возраста, воспитания, развития человека.

Но это еще не вся история про мотивы.

О мотивах и эмоциях

Мотивы обнаруживают себя в эмоциях. Одно и то же событие может переживаться по-разному в зависимости от того, какой был мотив и каков результат.

Если снова обратиться к рассказу Чехова, то можно увидеть именно такую зависимость.

Вот Аня, у которой, по словам автора, *«на блюдечке вместе с копейками лежит честолюбие»*. Она постоянно *«краснеет, бледнеет»* по поводу успехов и проигрышей своих соперников.

А девочка Соня, которая играет *«ради процесса игры»*, наоборот, *«одинаково хохочет и хлопает в ладоши»*, кто бы ни выиграл. Радость ей доставляет просто то, что игра идет, и она сама участвует в этой игре.

А вот карапузик Алеша: *«ужасно ему приятно, если кто ударит или обругает кого»*, то есть когда удовлетворяется его страсть к недоразумениям.

Посмотрим, как развиваются события дальше:

> *«Партия! У меня партия! — кричит Соня, кокетливо закатывая глаза и хохоча. У партнеров вытягиваются физиономии. — Проверить! — говорит Гриша, с ненавистью глядя на Соню».*

Почему у Гриши возникла ненависть? Потому что копейки, ради которых он только и играет, достались Соне, а не ему. Итак:

. . . .

Удовольствие и радость
появляются при реализации мотива,
а неудовольствие, разочарование
и даже гнев — при его нереализации.

. . . .

Теперь посмотрим, как эти психологические сведения помогают нам при воспитании детей.

Что привлекает и что отталкивает?

Обычно в любом деле бывают «задействованы» сразу несколько мотивов. Рассмотрим конкретный пример из жизни подростка.

Например, подросток играет в футбол: что ему это дает? Посмотрим на то, какие его потребности при этом удовлетворяются. Во-первых, он получает разрядку физической энергии, удовлетворяет потребность в упражнениях тела. Во-вторых, он пытается овладеть техническими приемами, реализуя общую потребность в совершенствовании. В-третьих, он общается со сверстниками — потребность в общении с ребятами того же возраста у него очень сильна. В-четвертых, забивая гол или давая хороший пас, он чувствует себя отличившимся, и его самооценка растет. В-пятых, возможно, на трибуне сидит зритель (или зрительница), и это подогревает его еще больше.

Заметим, что ко всему этому добавляется еще и то, что он проявил личную инициативу — договорился о месте и времени встречи, может быть, о составе «команды» — и, таким образом, подключилась очень общая базисная потребность в самоопределении. Все вместе взятое насыщает его занятие футболом острыми положительными переживаниями. И в результате этого футбол становится его **самостоятельным мотивом**. Он посвящает ему много времени и сил.

Теперь посмотрим на ситуацию с уроками. Сами по себе они не очень интересны. Их задают, то есть нет возможности выбирать, что и как учить. Когда учить — тоже определяют родители, говоря: «Пока не выучишь, не пойдешь играть в свой футбол». Таким образом, не только нет самоопределения, но, наоборот, есть приказы и принуждения. Дальше — уроки несколько запущены, так как под внешним давлением и без интереса они выполняются на скорую руку. Это приводит к плохим отметкам. К тому же становится трудно понимать новый материал по математике или русскому, потому что не усвоен предыдущий. Из-за многих неудач гаснет желание бороться и преодолевать учеб-

ные трудности. **От переживаний неуспеха страдает самооценка**. Больше того, учитель перед классом отпускает нелестные замечания, так что страдает (в этой части) популярность среди сверстников. Дома за «двойки» и «тройки» следуют выговоры и наказания, потребность общаться с родителями постепенно сходит на нет и даже уходит «в минус». В результате с учебой возникла большая проблема. Никакого самостоятельного мотива из нее не получилось. Напротив, она стала тем, что подростка отталкивает.

Из этих примеров мы можем понять **механизм** возникновения и, наоборот, исчезновения мотивов. Если воспользоваться метафорой, то можно сказать, что наши эмоции подобно кристаллам «оседают» и накапливаются на предмете, занятии, человеке, с которым и мы имеем дело. И если «кристаллы» положительные, радостные и светлые, то предмет начинает «светиться» сам, становится самостоятельным мотивом. Если же кристаллы отрицательные, то, выпадая на предмет, они как бы отравляют его. Занятие начинает от себя отталкивать, даже если раньше оно чем-то нравилось. В таких случаях говорят: «Отбили охоту».

Таким образом, **эмоции могут служить путеводными ориентирами в деле воспитания ребенка**, показывая, насколько мы учитываем «законы жизни» его потребностей. Из сказанного следуют два **практических правила**:

. . . .

- ✔ *При воспитании ребенка необходимо следить за успешным удовлетворением его потребностей.*
- ✔ *Нельзя допускать накопления отрицательных эмоций вокруг занятия, к которому мы хотим приобщить ребенка.*

. . . .

«Мытье посуды»

В свете этих правил посмотрим на обычную домашнюю обязанность, например мытье посуды. По этому поводу часто возникают недовольства и конфликты с детьми. Как их избегать?

Известно, что в три-четыре года малыш с удовольствием моет чашки, «стирает» тряпочки и вообще пытается делать все то, что делает мама. К этому его побуждает стремление осваивать новое, совершенствовать свои навыки, а также радость быть с мамой. Позже, лет в восемь–десять, потребность роста и развития переключается с домашних дел на более сложные вещи, например компьютер, чтение, спортивные игры, а потребность в общении — на сверстников.

Почему же (в благоприятном случае) школьник все-таки будет мыть посуду? Думаю, что у него сохранится мотив общения с мамой — желание помочь ей, продолжить с ней хорошие отношения. К этому может присоединиться мотив положительной самооценки (осознание себя как помощника).

А как это получилось? Мать, скорее всего, следила за **положительным тоном общения**. Она не позволяла себе «отравлять» обстановку вокруг домашних дел критическими замечаниями, такими как: «Почему ты опять...?!», «Никогда тебя не допросишься...», «Сколько надо говорить?!» Вместо этого она могла мягко напомнить, иногда попросить, иногда с благодарностью отметить случаи помощи. Иными словами, способствовала тому, чтобы рутинное дело не потеряло своей положительной эмоциональной окраски и, значит, желания его выполнять. Приведу рассказ девятнадцатилетней девушки на эту же тему.

Мой отец — военный, офицер, любитель дисциплины и порядка. Отношения у нас с ним были в общем хорошие. В то же время я не отличалась любовью к уборке и мытью посуды. Однажды — мне было тогда лет тринадцать — он мне сказал: «Лена, ты ведь хорошо ко мне относишься? — и на мое «да» продолжал: — ...и ты хотела бы, что-

бы я чувствовал себя дома комфортно?» — «Конечно, папа». — «Тогда я хочу тебе объяснить, что я чувствую себя комфортно, когда в доме бывает порядок, в частности, вымыта посуда». С тех пор и по сей день я аккуратно мою посуду.

Однако нужно признать, что в жизни не всегда бывает все так просто.

Что ущемляется и почему?

Пожалуй, главный «камень преткновения» воспитательных усилий родителей и учителей — **неучет**, и даже больше, **ущемление одной из базисных потребностей ребенка — потребности в свободе и самоопределении**.

Именно самостоятельные действия ребенка обеспечивают его собственный рост и развитие. И ребенок многое может сам, если ему не мешать.

Замечательный педагог и психолог Мария Монтессори более ста лет назад пришла к убеждению, что:

. . . .

Ребенок изначально стремится к саморазвитию, и это является его настоятельной внутренней потребностью. К ней нужно относиться с полным вниманием и уважением!

. . . .

Приведу одно из наблюдений М. Монтессори. Оно особенно ценно тем, что сопровождается комментариями автора, пронизанными как раз тем пониманием ребенка, за которое она боролась в своей философии, теории и практике.

> *Однажды дети, смеясь и болтая, собрались вокруг миски с водой, в которой плавало несколько игрушек. В нашей школе был мальчик всего двух с половиной лет. Его оставили вне круга в одиночестве, и легко было видеть, что он сгорает от любопытства. Я издали наблюдала за ним с большим вниманием. Сперва он придвинулся к детям и пытался протиснуться в их среду, но на это у него не хватило сил, и он стал озираться по сторонам. Выражение его лица было необычайно интересно. Я жалею, что у меня не было в ту минуту фотоаппарата. Взгляд его упал на стульчик, и он, видно, решил придвинуть его к группе детей и затем вскарабкаться на него. С сияющим личиком он начал пробираться к стулу, но в эту минуту наставница грубо (она бы, вероятно, сказала — нежно) схватила его на руки и, подняв над головами других детей, показала ему миску с водой, воскликнув: «Сюда, крошка, смотри и ты!»*

Без сомнения, ребенок, увидав плававшие игрушки, не испытал той радости, какую должен был испытать, преодолев препятствие собственными силами. Желанное зрелище не могло принести ему пользы, между тем как осмысленная попытка развила бы его душевные силы. Наставница помешала ребенку воспитать себя, не дав ему взамен иного блага. Малютка уже начал чувствовать себя победителем и вдруг ощутил бессилие в объятиях двух сковавших его рук. Столь заинтересовавшее меня выражение радости, тревоги и надежды растаяло на его личике и сменилось тупым выражением ребенка, знающего, что за него будут действовать другие.

Хочется обратить внимание на несколько замечательных мыслей М. Монтессори, высказанных по поводу этого случая:

- ребенку важно было преодолеть препятствие собственными силами;
- эта попытка развила бы его душевные качества (личность);
- он уже начал чувствовать себя победителем;

- но наставница помешала ребенку, и радость на его лице сменилась тупым выражением ребенка, знающего, что за него будут действовать другие!

Этой последней фразой М. Монтессори затрагивает «нерв» главной проблемы:

. . . .

Воспитатель, лишающий ребенка свободы действий, убивает естественные силы его развития.

. . . .

Отчего же порой так ведут себя взрослые?

На это есть две основные причины. Одна из них родительская **сверхзабота**; другая — стойкое убеждение, что ребенок будет учиться, только если его **принуждать** и **заставлять**.

Сверхзабота

Хочется привести один небольшой, но поучительный случай. Это рассказ молодых родителей — и снова о первых шагах ребенка.

Наша дочка на днях, наконец, пошла. Хотя в первые дни она иногда приземлялась на мягкое место, мы из-за этого особенно не переживали, да и она тоже. Видно было, что падать ей невысоко (не то что нам «с двухметровой высоты!»), да к тому же у нее была такая естественная координация: покачнувшись назад, она сразу сгибалась и благополучно шлепалась на пятую точку. На выходные дни ее взяла к себе бабушка. И, о ужас! После бабушки дочка стала падать назад плашмя на затылок! Мы догадались, в чем дело: бабушка ходила за ней и подхватывала, когда та норовила упасть.

И вот теперь у нее пропали и естественная координация, и собственная осторожность! Пришлось все это восстанавливать, да еще проводить воспитательную работу с бабушкой!

Бабушка проявила недоверие к естественным силам и способностям ребенка. Заметим, что тем самым она причинила вред девочке, который, к счастью, поняли и смогли устранить родители. Однако не всегда все складывается так благополучно. Иногда ребенок бывает буквально «задушен» заботой родителей — так, как они ее понимают.

Мне довелось наблюдать одну такую семью: вокруг маленькой девочки — мама, няня и бабушка. Установка для всех: не оставлять ребенка одного ни на минуту! Если девочка играет — сидеть рядом с ней; если у нее что-то не получается, тут же помочь. Она не должна расстраиваться, и если плачет, дать то, что требует. Ходить девочка училась долго, так как за ней шли и поддерживали сзади. Но даже в ее два с половиной года, когда она бегала по дачному участку, няня должна была держаться за ней на расстоянии не больше двух метров. Если расстояние увеличивалось, мама, наблюдавшая со стороны, делала

няне замечание. Девочка производила впечатление ребенка несамостоятельного, неумелого, тревожного и капризного.

Забота о ребенке необходима, но **в какой дозе** и с какой «плотностью» во времени?

Хорошо, если нет няни или бабушки, — силы матери когда-то кончаются, и маленький ребенок получает минуты отдыха от опеки. В противном же случае эстафета неусыпного контроля и заботы передается от одного «ответственного лица» к другому.

Для подросшего ребенка-дошкольника ситуация с его свободой в таких семьях почти такая же: к домашнему контролю присоединяется обязательный режим детского сада. Когда же он становится школьником, то о личном времени он часто может только мечтать. Дело снова усугубляется очень озабоченными родителями: они стараются максимально загрузить ребенка, «чтобы не болтался, чтобы учился как можно лучше». **Так чрезмерная забота незаметно перерастает в принуждение**.

Что тогда происходит с ребенком?

Девочки-отличницы

Когда родители «делают все», чтобы их ребенок добился успехов (в учебе, спорте, музыке), а ребенок покладистый и сочувствующий, то он старается удовлетворить все ожидания родителей, подчиняется их требованиям и «тянет лямку». Так может продолжаться годами, но последствия бывают неожиданными и уж, по крайней мере, не такими, о которых мечтали родители.

Нередко приходится слышать, например, о старательных девочках, которые, сдав выпускной экзамен в музыкальной школе на «отлично», закрывают крышку фортепьяно и больше к нему никогда не подходят! А ведь до этого они в течение семи-восьми лет упорно занимались музыкой по несколько часов в день! Скорее всего, главные причины их стараний были внешними: требования родителей, боязнь их огорчить, недовольство

учителя, угроза плохих оценок. В результате, когда внешнее давление отпало, игра на фортепьяно стала безразличной, а то и отталкивающей — слишком много мучений накопилось вокруг нее! Сама девочка, да и родители тоже, в таких случаях готовы задать себе вопрос: «Зачем было затрачено столько усилий и времени. Был ли в этом смысл?!»

Стоит задуматься над этим вопросом, когда мы принуждаем детей учиться, не обращая внимания на их истинную заинтересованность.

В этом месте хочется привести высказывание Альберта Эйнштейна:

> *«Кажется почти чудом, что современные методы обучения еще не совсем удушили святую любознательность... Большая ошибка думать, что чувство долга и принуждение могут привести к радости поиска и познания. Здоровое хищное животное отказалось бы от еды, если бы ударами кнута его заставляли непрерывно есть мясо, особенно если принудительно предлагаемая пища не им выбрана».*

. . . .

Итак, принуждение душит истинный интерес ребенка к учебе, лишает его «радости поиска и познания». В результате он оказывается не подготовленным к выбору своего пути, своего главного дела жизни.

. . . .

Загадка Паганини

И все-таки известны случаи, когда люди находили призвание и достигали больших успехов, проходя через жесткие методы обучения и воспитания. Яркий пример тому — детство знаменитого композитора и скрипача-виртуоза Никколо Паганини. Этот пример лично мне как противнику метода принуждения долго не давал покоя и требовал объяснения.

Из биографии Паганини известно, что отец его был очень строг и даже жесток. Он заставлял сына упражняться на скрипке целыми днями, бил его по пальцам (!), запирал дома. Если мальчик убегал в порт поиграть на берегу моря, то бил его особенно жестоко.

Паганини рассказывал потом своему биографу:

> *Трудно представить более строгого отца, чем мой. Когда ему казалось, что я недостаточно прилежен в занятиях, он оставлял меня без еды и голодом вынуждал удвоить старания, так что мне пришлось много страдать физически, и это стало сказываться на моем здоровье.*

Как же случилось так, что мальчик не возненавидел в конце концов игру на скрипке?

Ответ мы находим в тех же воспоминаниях Паганини. Однажды, примерно в семилетнем возрасте оказавшись в церкви, он был поражен зву-

ками органа, и **как зачарованный** слушал музыку, погрузившись в нее и забыв обо всем! Это переживание стало ключевым для его судьбы. С этого момента Никколо стал увлекаться скрипкой, с каждым днем все больше и больше. Музыка начала становиться смыслом его жизни!

И снова его слова:

> ***Я был в восторге от инструмента и занимался непрерывно, пытаясь найти какие-то совершенно новые, никому не ведомые прежде позиции пальцев, чтобы извлечь звук, который поразил бы людей.***

Что же произошло с мальчиком? Он был поражен музыкой, пережил сильный эмоциональный подъем — состояние счастья, восторга, вдохновения. Такие состояния, как мы знаем, обладают свойством запе-

чатлеваться и «зажигать» ребенка, становиться центром его настойчивых поисков и проб и в конечном счете приводить к осознанию своего назначения. На языке научной психологии это называется рождением **стойкого внутреннего мотива**.

Особенность такого мотива в том, что он оказывается источником большой энергии. Эта энергия направляется не только на достижение большой цели, но и на преодоление трудностей, в том числе тяжелых испытаний.

Последние не могут «отравить» предмет увлечения: он слишком значителен и важен! Образно говоря, меня могут «бить по пальцам», но я вытерплю, потому что для меня важнее всего на свете моя игра, я хочу уметь играть так, чтобы извлекать из скрипки божественные звуки, которые *поразили бы людей*.

Так получает разрешение «Загадка Паганини». Он стал виртуозом **не благодаря** принуждениям и наказаниям его первого учителя, а **несмотря на них**. Его увлечение, его собственная воля оказались сильнее многочисленных испытаний, которые выпали на его долю. Он узнал побеждающую силу призвания еще будучи ребенком.

Вывод из этой истории можно выразить с помощью метафоры:

И через асфальт насилия могут пробиваться цветы свободного творчества.

Все-таки добавим, что асфальт не лучшая среда для произрастания цветов, и многие из них в этой среде погибают.

Разве можно иначе?

Но если не заставлять и не контролировать, то как же тогда с воспитанием и дисциплиной?!

Этот вопрос-возражение постоянно появляется у родителей и учителей, когда речь заходит об уважении свободы ребенка. Конкретных возражений очень много, и они разные: его же надо учить, приучать, воспитывать ответственность, вырабатывать чувство долга — как же все это делать, если его не заставлять?

Что касается перечисленных задач воспитания, то они совершенно правильны и под ними подпишется любой «защитник детской свободы». Под сомнение ставится лишь метод принуждения.

Известный английский педагог и психолог Александр Нилл провел уникальный эксперимент, длившийся более сорока лет. В 20-е годы прошлого столетия он основал школу-интернат для «трудных детей». Строгой дисциплине и принуждению обычных школ он противопоставил принцип свободы. Пожалуй, самое смелое начинание состояло в том, что в его школе посещение уроков было необязательным! Ребенок сам

выбирал, на какие уроки ходить и ходить ли на них вообще. И каков же был результат? Об этом А. Нилл рассказывает в своей книге «Саммерхилл — воспитание свободой».

Новые ученики, узнав о порядках в этой школе, радостно заявляли, что они больше никогда в жизни не пойдут *ни на один идиотский урок.*

> *Это продолжалось, — пишет автор, — порой несколько месяцев. Они играли, катались на велосипедах, мешали другим, но уроков избегали. Время выздоровления от этой болезни пропорционально ненависти, порожденной у них их прошлой школой. Рекорд поставила одна девочка, пришедшая из монастырской школы. Она пробездельничала три года. Вообще, средний срок выздоровления от отвращения к урокам — три месяца.*

Во многих случаях дети Саммерхилла в старших классах быстро наверстывали то, что они пропустили в школьных занятиях. Со свобод-

ными детьми происходили и другие чудесные превращения. Но об этом позже. Практические результаты и психологические открытия А. Нилла настолько замечательны, что мы обязательно к ним вернемся.

До сих пор речь шла в основном о знании общих психологических механизмов и понимании детей — их жизни, внутренних переживаний, поведения и развития. Теперь обратимся к действиям взрослого, живущего с ребенком.

ВЗРОСЛЫЙ — ЗНАТЬ И УМЕТЬ

Что может дать взрослый растущему ребенку? За чем он должен следить, чтобы процесс образования и развития шел успешно? Некоторые ответы мы уже обсуждали, опираясь на наблюдения за жизнью детей и психологические знания.

Обратимся к **практическому опыту** талантливых психологов, педагогов и родителей. Знание и понимание детей помогали им находить замечательные по своей эффективности, а иногда и смелости способы жизни с ребенком, которые порой шли вразрез с традиционными методами воспитания.

Уверена, что их опыт послужит источником размышлений и практических шагов для многих родителей и воспитателей.

М. Монтессори: не заглушать саму жизнь!

Девизом к практической деятельности М. Монтессори могут служить ее слова:

. . . .

Мы не можем предвидеть всех последствий приглушения непосредственной, самопроизвольной деятельности ребенка

в ту пору, когда он только начинает проявлять активность. Может быть, мы заглушаем саму жизнь.

. . . .

В своей школе М. Монтессори специально обучала учителей (которых она называла «наставницами») не вмешиваться в занятия ребенка. Это давалось наставницам с трудом, они не понимали и спрашивали: «Тогда зачем мы здесь вообще?» М. Монтессори предлагала им прежде всего **наблюдать** за ребенком, занятым каким-нибудь делом. Сама она придумала множество разнообразных задач и пособий, которые привлекали и увлекали детей.

> *Пример одного из таких пособий — брусок с десятью отверстиями убывающего диаметра. К нему прилагается набор из десяти цилиндров соответствующей толщины, так что каждый цилиндр точно входит в свое отверстие. Ребенку показывают вставленные цилиндры, затем их вынимают, смешивают и предлагают их снова расставить.*

Для детей двух–четырех лет это превращается в увлекательную игру. В ней тренируются многие способности: глазомер, тонкие движения рук, концентрация внимания, умение находить и исправлять собственные ошибки, наконец «логика» всего движения к цели. Так, если цилиндр не входит в отверстие, надо искать другое отверстие, большее, а если такое не находится, значит, в большое отверстие неправильно попал маленький цилиндр и т. д. Дети могут возиться с этой игрушкой часами, постепенно научаясь правильно расставлять цилиндры.

> *Однажды, — пишет Монтессори, — наблюдая четырехлетнего ребенка, проделывавшего упражнение уже шестнадцатый раз, я велела другим детям запеть, чтобы отвлечь его, но он не сдвинулся с места и продолжал вынимать цилиндры, смешивать их и ставить на места.*

Что же должны делать, по мнению М. Монтессори, взрослые, которые находятся рядом?

Самый общий ответ — «руководить жизнью и душой ребенка» (а не отдельными его действиями). А если более конкретно, то:

- во-первых, обеспечивать ему индивидуальную свободу — давать возможность заниматься тем, чем он сейчас хочет;
- во-вторых, «обогащать среду», то есть окружать ребенка возможно более разнообразными пособиями, играми, задачами, учитывая уровень его развития.

Иногда достаточно просто показать игру — и дальше ребенок будет заниматься ею сам. Взрослый только показывает, что́ можно делать с этим материалом, и ребенок перехватывает инициативу. «Среда», по мнению Монтессори, стимулирует собственную деятельность ребенка. В то же время участие взрослого требует величайшей осторожности и искусства!

Самое удивительное, что соблюдение главного принципа — свободы саморазвития детей — приводило не только к быстрым и замечательным успехам детей, но и к их дисциплинированности.

Задумаемся о механизме этой связи. Мы видели, что занятие, которое ребенок выбирает сам, для него всегда интересно и полезно. Он хочет повторять его, чтобы получалось как можно лучше. Он много трудится, проявляет настойчивость и упорство. Труд, настойчивость и упорство — естественные следствия интереса и одновременно условия рождения **внутренней дисциплины**. Ведь дисциплина — это умение освоить необходимые действия и организовать их так, чтобы продвигаться к цели.

Углубленный в задачу и достигающий успеха ребенок не может быть недисциплинированным почти по определению. Недисциплина — это неупорядоченное поведение, когда ребенок не знает, чем себя занять, или — еще хуже — саботирует то, что от него ждут и навязывают. Вот почему Монтессори говорит о «деятельной дисциплине» в противоположность «пассивной дисциплине» — простому подчинению воле воспитателя.

В то же время в ее школе соблюдалось одно неукоснительное правило: **решительно останавливать грубые, невежливые, мешающие другим действия ребенка**. В результате в школе Монтессори совершалось еще одно **«чудо»**: возникала особая атмосфера спокойствия, доброты, приветливости и заботы друг о друге.

А. Нилл: быть на стороне ребенка

В школе А. Нилла жили дети от шести до шестнадцати лет. Большинство из них при поступлении считались детьми «трудными», или «проблемными». По убеждению Нилла, трудный ребенок — это несчастливый ребенок, и свою задачу он видел в том, чтобы вернуть детям счастье, насколько это было в его силах. Выше уже говорилось, что в его школе

дети могли не посещать уроки, если они этого не хотели. Дети много играли и занимались тем, что их интересовало. Спустя некоторое время, иногда месяцы, а иногда и годы(!), они начинали посещать занятия и не потому, что им говорили, что это «надо», а потому, что **у них появлялось собственное желание учиться**. Как в учебе, так и в поведении дети проходили интересные **фазы**. Вот что пишет об этом Нилл:

> *Я вижу плоды несвободы и подавления в тех новых учениках, которых ко мне переводят из приготовительных и монастырских школ. Эти дети — смесь неискренности с невероятной вежливостью и фальшивыми манерами.*
>
> *Их реакция на свободу стремительна и предсказуема. Первую пару недель они открывают дверь перед учителями, обращаются ко мне «сэр» и тщательно умываются. Они смотрят на меня с «уважением», в котором легко прочитывается страх. Через несколько недель свободы*

они показывают себя истинных: становятся грубыми, неумытыми и утрачивают все свои манеры. Они делают все то, что раньше им запрещали: сквернословят, курят, ломают вещи, при этом сохраняют неискреннюю вежливость в глазах и в голосе.

На то, чтобы расстаться с неискренностью, у них уходит, по крайней мере, полгода. По истечении этого срока они утрачивают и притворную почтительность обращения к тем, кого считали властью. Всего через шесть месяцев они становятся естественными здоровыми детьми, которые говорят то, что думают, без смущения или грубости.

Эти результаты поражают. Возникает много вопросов. Прежде всего, почему дети после «свободной жизни» начинают учиться? Почему после периода «искусственной вежливости» наступает период грубого и распущенного поведения, а потом «выздоровление»? Почему так влияет предоставление свободы? В чем состоит эта свобода? И какой психологический механизм стоит за ней?

Все эти вопросы — вызов, который предъявляет психологии практика А. Нилла. Сначала посмотрим, какое главное убеждение лежит в ее основе:

. . . .

Мы взялись создать школу, в которой детям предоставлялась свобода быть самими собой... Все, что требовалось, — это вера в ребенка: в то, что он по природе своей существо доброе, а не злое. Более чем за 40 лет вера в добрую природу ребенка ни разу не поколебалась и, скорее, превратилась в окончательную уверенность.

. . . .

Итак, ребенок по природе добр. В других местах Нилл говорит больше: дети мудры, справедливы, доброжелательны. Откуда же у них берется ложь, воровство, хулиганство?

Ответ Нилла — от принуждений и наказаний. Принуждая и наказывая ребенка, родитель (воспитатель) проявляет насилие. А всякое насилие сопряжено с ненавистью! Это чувство возникает и у наказывающего родителя, и у ребенка.

Накопленные обиду, гнев и ненависть ребенок обращает на взрослого, на общество и на самого себя — в форме непослушания, асоциального поведения, саботажа усилий взрослых, наконец, вывода: **ну и буду плохим!** Он становится «несчастливым ребенком». Оба, взрослый и ребенок, попадают в **«заколдованный круг»**.

Вот как он получается:

- взрослый добивается правильного поведения, применяя меры контроля и принуждения (оценка, критика, давление, наказание);
- эти меры вызывают в ребенке негативные эмоции и сопротивление;
- взрослый раздражается, в гневе усиливает нажим;
- у ребенка нарастают чувства обиды и ненависти;

- на почве (не всегда осознаваемого) гнева развиваются безразличие ко всему, лень, отвращение к учебе, открытое сопротивление, отрицание ценностей взрослых, асоциальное поведение;
- давление и наказания «воспитателя» усиливаются еще больше, «круг» замыкается.

Итог — ребенок становится неуправляемым, родители и учителя оказываются беспомощными.

Где и как можно разорвать эту порочную цепь? Нилл, похоже, нашел главные «точки» вмешательства.

. . . .

Это — снятие давления на ребенка и устранение негативных эмоций, порождаемых воспитанием.

. . . .

Коротко говоря, «вылечивает» вера (в его положительную природу), принятие и добро.

В чем же состояла **положительная программа действий** Нилла? Она разрабатывалась более 40 лет и описана в его книге. Мы остановимся лишь на некоторых важных его открытиях и примерах.

О первом решительном шаге уже говорилось: ребенок освобождался от обязательного посещения уроков. Именно в устройстве обычных школ, а также других образовательных учреждений, включая университеты, Нилл видит источник режима несвободы и подавления, с которого начинаются все проблемы. Родители сами выросли в такой несвободе и воспроизводят ее в домашнем воспитании с раннего возраста. Главная беда — в их уверенности, что они знают лучше, что́ нужно ребенку, и начинают его «формировать».

Свободный ребенок много играет. *«Я не знаю, почему дети и котята играют,* — пишет Нилл. — *Полагаю, дело в энергии».* По его убеждению, это энергия свободно растущего организма, и ей надо дать ход. Свободный и самоопределяющийся ребенок лучше «знает»,

куда и как ему развиваться. В этом надо доверять его природе. Поэтому в школе Нилла игре отводилось первостепенное место, учеба была, по крайней мере, на втором (!). Дети в нашем обществе не успевают наиграться, считает Нилл, и от этого происходят не только психологические проблемы, но и пороки цивилизации.

Итак, два практических вывода Нилла:

- снять принуждения и дать детям наиграться;
- оказывать детям эмоциональную поддержку.

. . . .

У меня ушли годы на то, чтобы осознать, что моя главная забота состоит в том, чтобы... одобрять все то, что ребенок не любит в себе. Иными словами, я пытаюсь разрушить ненависть к себе, навязанную ребенку извне.

. . . .

Нилл оказывал поддержку ребенку иногда в особой, несколько неожиданной для «здравого смысла» форме. Как правило, он делал это в личных беседах, особенно с «проблемными» детьми.

Однажды, — пишет Нилл, — я попросил четырнадцатилетнего мальчика зайти ко мне поговорить. Он только что перешел в Саммерхилл из вполне типичной закрытой частной школы. Из прежней школы его исключили за воровство.

Я заметил, что его пальцы желты от никотина, поэтому достал свои сигареты и предложил ему закурить.

— Спасибо, — пробурчал он, — я не курю, сэр.

— Бери, бери, чертов враль, — сказал я, улыбаясь, и он взял...

Ох, как бы мне хотелось сфотографировать его лицо во время этого первого интервью!

— Я слышал, ты — ловкий жулик, — сказал я. — Как лучше всего надуть железнодорожную компанию и проехать без билета?

— Я никогда не пытался их обманывать, сэр.

— Э-э, так не годится. Ты должен попробовать. Я знаю массу способов, — и рассказал ему о нескольких.

Он разинул рот. Он попал в сумасшедший дом, это точно. Директор школы рассказывает ему, как половчее смошенничать. Годы спустя он признался мне, что этот разговор был самым большим потрясением в его жизни.

Что потрясло подростка? Директор школы, обязанный следить за соблюдением правил и морали, учит его обманывать! В голове все переворачивается: получается, что обман и воровство, которые были главным оружием подростка в его восстании против взрослых, теряют свою силу! И что это за странный директор, который понимает и принимает его? Подросток смутно чувствует, что этот человек в глубине души к нему доброжелателен.

Но почему?! Он еще никогда не встречался с таким взрослым! Нилл повторял такой же «ход» не раз и с неизменным успехом:

> *В моей практике излечение юного вора не раз начиналось с того, что я вместе с ним отправлялся воровать соседских кур или помогал ему ограбить школьный ящик с карманными деньгами (!).*

. . . .

Присоединение к осуждаемым (и самоосуждаемым) подросткам было не просто «приемом», а своеобразным сообщением: «Я тебя понимаю и принимаю таким, какой ты есть. Я полагаю, у тебя есть веские причины для такого поведения. Я с тобой, и мы можем побыть вместе».

. . . .

Вот еще одна история на ту же тему. Она ценна тем, что в ней приводится свидетельство самого подростка.

> *Несколько лет назад, — пишет Нилл, — ко мне прислали подростка, который был настоящим мошенником, воровавшим очень умно. Через неделю после его приезда мне позвонили из Ливерпуля.*
>
> *— Это говорит мистер X (хорошо известный в Англии человек). У меня в вашей школе племянник. Он написал мне письмо, спрашивая, может ли он на несколько дней приехать в Ливерпуль. Вы не возражаете?*
>
> *— Нисколько, — ответил я, — но у него нет денег. Кто оплатит его дорогу? Вы бы лучше связались с его родителями.*
>
> *На следующий день мне позвонила мать мальчика и сказала, что ей звонил дядя Дик. Что касается их с му-*

жем, то они не возражают, чтобы Артур поехал в Ливерпуль. Они проверили стоимость билета — она составляет двадцать восемь шиллингов. Не мог бы я дать Артуру эти деньги?

Оба звонка Артур сделал из телефонной будки рядом со школой. Ему удалось превосходно сымитировать голоса — и старого дяди, и матери. Он разыграл меня, и я дал ему денег, прежде чем осознал, что меня провели.

Мы с женой обсудили ситуацию и решили, что требовать вернуть деньги назад было бы неправильно, потому что именно к этому обращению парень привык. Жена предложила наградить его. Поздно вечером я вошел к нему в спальню.

— Тебе сегодня повезло, — сказал я весело.

— Еще бы! — отозвался он.

— Да, но тебе повезло даже больше, чем ты думаешь, — продолжал я.

— Ты о чем это?

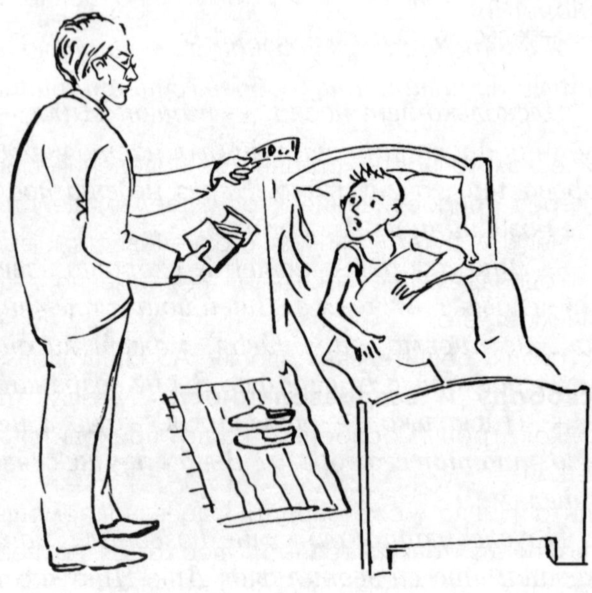

— А твоя мать только что снова звонила, — ответил я непринужденно, — оказывается, она ошиблась насчет билета, он стоит не двадцать восемь, а тридцать восемь шиллингов. Так что она просила добавить тебе десять.

Я беззаботно бросил десятишиллинговую банкноту ему на кровать и вышел прежде, чем он успел что-нибудь сказать.

На следующее утро он отправился в Ливерпуль, оставив письмо... Оно начиналось так: «Дорогой Нилл! Ты лучший актер, чем я». А потом много недель он приставал ко мне с вопросом, зачем я дал ему эти десять шиллингов.

Наконец я ему ответил: «Что ты почувствовал, когда я дал их тебе?» На минуту он глубоко задумался, а потом медленно сказал: «Знаешь, это было самое большое потрясение в моей жизни. Я подумал, что ты первый человек в моей жизни, который стал на мою сторону».

Я встретился с мальчиком, — заключает Нилл, — который понимал, что любовь есть принятие.

Психологическая точность «странного» поведения Нилла состояла в том, что он через присоединение к осуждаемым действиям подростка почти «хирургическим путем» снимал его ненависть к враждебному миру взрослых и одновременно показывал, что именно этот взрослый понимает и принимает его.

При всех своих решительных шагах А. Нилл должен был **четко разводить свободу и вседозволенность**. Между этими понятиями пролегает тонкая грань, особенно когда приходится иметь дело с «трудными» детьми.

Что́ из опыта Нилла может прийти здесь на помощь родителю, то есть помочь найти эту тонкую грань и удержаться на ней?

Одного рецепта нет; скорее всего, мер много.

Прежде всего не следует всякое нарушение оценивать как проявление вседозволенности. Приходится запастись терпением, понять неизбежность своевольных действий свободного ребенка и знать, что со временем он «войдет в колею».

С другой стороны, нельзя оправдывать все действия идеей предоставления свободы. Должны существовать немногие, но **категорические «нет!»**. Например, в Саммерхилле безусловно запрещалось играть с огнем, использовать пневматические ружья, сражаться опасными мечами (последние должны были быть деревянными и обмотаны тряпками).

. . . .

Стоит помнить, что когда запретов немного, дети относятся к ним вполне терпимо.

. . . .

В связи с запретами, конечно, встает вопрос об особом подходе к **наказаниям**.

Нилл считал совершенно недопустимыми наказания физические. Но в его школе детей штрафовали. Санкции применялись в случае нарушения правил, которые были приняты самими детьми на общем собрании путем голосования, причем голос директора имел тот же вес, что и голос шестилетнего ребенка. Не пропускались также действия, которые наносили вред другому лицу — его правам и интересам, его личной собственности (требовалось не мешать работать или спать, не брать без спроса личные вещи, не портить чужие инструменты, в случае разбитых лампочек или окон — компенсировать из карманных денег). При этом пострадавший (не важно, младший ребенок или сотрудник) мог громко заявить о своем уроне на собрании. Важно, что это заявление делалось в форме, как мы теперь бы сказали, «Я-сообщения». В нем пострадавший объявлял о личном ущербе, но без гневного выпада в адрес виновника.

Обычно нарушитель соглашался с приговором собрания без обиды. Но если наказание казалось ему слишком суровым, то «дело» рассма-

тривалось повторно и с особой тщательностью; как правило, второе решение было более щадящим.

Описанная процедура назначения наказаний — еще одна замечательная психологическая находка Нилла. Заметим, что санкции приходили не от человека, облеченного властью, а от детского сообщества, справедливого и достаточно доброжелательного. Процедура предполагала обсуждение, то есть высказывания «за» и «против». Голоса «за», конечно, были попытками понять проступок, и если не оправдать, то смягчить вину; они были психологической поддержкой ребенка. Это уменьшало вероятность накопления гнева и ненависти, о которых говорил Нилл как о причинах общего неблагополучия детей.

Можно спросить, а как быть в семье, где нет «общего собрания» и детского суда?

Ответ, думаю, в следующем. И в семейном воспитании можно сохранить главные черты подхода, с которым мы только что познакомились. Если говорить о наказаниях, то их функция — поддерживать уважение к правилам как общим установлениям, в противовес личной власти или «злой воле» родителя.

Что же касается общего пути воспитания ребенка, то лучше привести слова самого Нилла, обращенные к родителям:

. . . .

Отмените власть. Дайте ребенку быть
самим собой. Не подталкивайте его все время.
Не учите его. Не читайте ему нотаций.
Не пытайтесь его превозносить.
Не заставляйте его делать
что бы то ни было.

. . . .

«*Возможно,* — добавляет автор, — *этот ответ вам не подходит. Но, отвергая мой, вы обязаны найти лучший*».

А. Звонкин: вопросы без ответов

Многие родители сами, без педагогических наставлений, стараются наблюдать за развитием своего ребенка и по мере возможности участвовать в нем.

Недавно опубликована замечательная книга Александра Звонкина «Малыши и математика». Это записи отца, который на протяжении нескольких лет вел дома «математический кружок», то есть занимался со своими детьми-дошкольниками и их друзьями. Математик по образованию, он в этих занятиях (о них он и написал книгу) проявил себя как тонкий и проникновенный наблюдатель, интуитивный психолог, умеющий понять и почувствовать ребенка, увидеть возможности его возраста, проследить увлекательный процесс развития его интеллекта.

Собранные и придуманные А. Звонкиным задачи, вопросы и темы бесед с детьми — кладезь находок, из которого каждый, кто озабочен «обогащением среды» ребенка, может черпать идеи, а заодно заражаться энтузиазмом автора. Приведу одну из его бесед.

Девочке Жене (дочка Звонкина) два года и один месяц. На столе набор фигурок Дьенеша — это круги, квадраты и треугольники. Каждая фигурка может быть большой или маленькой, красной, синей, желтой или зеленой и еще иметь или не иметь в середине дырку. Девочка просит поиграть *«в это»* и отец дает ей задание *по ее силам* — уложить все фигурки в коробку. В коробке для каждой формы имеется две лунки, в каждую из них укладываются по четыре фигурки: в одну — четыре с дыркой, в другую — четыре без дырки.

> *Женя принялась за дело с большим энтузиазмом. Сначала она тыкала фигурки совершенно произвольно; например, пыталась засунуть большой квадрат в лунку для маленького треугольника... Когда ей удавалось правильно уложить фигурку, я в качестве подкрепления восклицал:*
>
> *— Оп!*

Если же она, например, помещала маленький круг в лунку для большого квадрата (явно полагая, что это правильное решение — ведь он поместился!), я ничего не говорил. Постепенно она научилась отличать правильную укладку от неправильной и сама стала говорить:

— Оп!

Еще она объясняла мне, что укладывает фигурки спать. Так мы занимались целый час, успев за это время уложить все фигурки по три раза. За это время Женя научилась определять фигурки одинаковой формы и размера, но сопоставлять форму фигурки и лунки так и не научилась. Процесс укладки происходил примерно так: она брала, например, большой круг и тыкала его подряд в разные лунки. Как только находилась нужная лунка, она начинала выбирать из множества фигурок один за другим все большие круги и класть их туда же. До некоторых пор все шло гладко: пять кругов в лунку помещалось (хотя вообще-то она рассчитана на четыре фигурки). Однако шестой круг уже в лунку не входил, оставаясь снаружи. Это было препятствие нового рода.

Наступал интересный момент... Женя понимала, что этот круг тоже должен влезть в лунку, раз другие влезли. Поэтому нужно предыдущие круги вынуть и сначала положить этот, а уже потом все остальные, вынутые круги (они уже доказали свою способность влезть в лунку, значит, про них сомнений нет — влезут и во второй раз). Вынимать фигурки у нее не получалось, об этом она просила меня:

— Пап, вынь, пожалуйста...

Так продолжалось с разными вариациями некоторое время; Женя занималась этой игрой с огромным удовольствием, сама меня об этом просила и могла просиживать за этим занятием по часу и больше. Но потом она стала играть также и без меня.

(Лето 2005 года: сейчас Жене 25 лет. Я дописываю эту книгу. Увидев у меня на столе блоки Дьенеша, Женя сказала, что до сих пор, когда она о них вспоминает, у нее просто сердце замирает от восторга.)

В этом описании поражает «работа» обоих участников. Прежде всего, конечно, девочки. Ребенок обнаруживает настойчивость, увлеченность и свою логику — трогательную логику двухлетнего ребенка. Например, шестой кружок в лунку не влезает, но он такой же, как и предыдущие, значит, он влезет, если его положить первым, а остальные тоже влезут — ведь они уже там были! Папа тоже участвует: говорит «*Оп!*», вынимает фигурки по просьбе девочки, в остальном не вмешивается, оставаясь просто сочувствующим наблюдателем. Вспоминаются слова М. Монтессори, что способность воспитателя определять **моменты** и **меру** вмешательства в занятия ребенка — великое искусство.

Вот другая задача из тех же занятий, тоже с детской «логикой» и дозированным вмешательством взрослого. На этот раз участники — трое мальчиков трех-четырех лет. Обсуждаются сделанные из картона фигуры: квадрат, прямоугольник и неправильный четырехугольник.

Мы детально и обстоятельно обсуждаем их свойства. Прежде всего, у всех фигур — по четыре угла. Значит, каждую из них мы можем назвать четырехугольником. Итого: у нас три четырехугольника. При этом два из них отличаются тем, что у них все углы прямые. За это их называют прямоугольниками.

Один из двух прямоугольников особый: у него все стороны одинакового размера. Его называют квадратом.

У квадрата как бы три имени: его можно назвать и квадратом, и прямоугольником, и четырехугольником — и все будет правильно. Моя информация встречается не без сопротивления. Дети упорно стремятся мыслить в понятиях непересекающихся классов. А характер их объяснений внушает подозрение в том, что они еще не осознали по-настоящему великий закон «целое больше своей части».

Десять минут назад они спорили о том, являются ли папы и дедушки мужчинами, а мужчины — людьми. А сейчас они никак не соглашаются называть квадрат прямоугольником: уж или одно, или другое. Я провожу настоящую агиткампанию за равноправие квадрата среди всех прямоугольников. Постепенно моя пропаганда начинает действовать. Мы еще раз подводим итог:

— Сколько у нас квадратов?

— Один.

— А прямоугольников?

— Два.

— А четырехугольников?

— Три.

Казалось бы, все хорошо. И я задаю последний вопрос:

— А чего вообще на свете больше — квадратов или четырехугольников?

— Квадратов! — дружно и без тени сомнения отвечают дети.

— Потому что их легче вырезать, — объясняет Дима.

— Потому что их много в домах, на крыше, на трубе, — объясняет Женя.

Такова завязка этой истории. А развязка произошла через полтора года, без всякой подготовки и даже без всякого внешнего повода. Летом на прогулке в лесу Дима неожиданно сказал мне:

— Папа, помнишь, ты давал нам задачу про квадраты и четырехугольники — чего больше? Так мне кажется, мы тогда тебе неправильно ответили. На самом деле больше четырехугольников.

И дальше довольно толково объяснил, почему. С тех пор я и исповедую принцип: ***вопросы важнее ответов****.*

Вместе с автором книги поражаешься этому факту:

. . . .

Как долго и как глубоко может идти скрытый процесс размышления ребенка над вопросом, которым его озадачили, но оставили в покое, не поясняя, не назидая, не натаскивая на правильный ответ!

. . . .

Очень хочется присоединиться к замечанию автора в адрес горе-энтузиастов раннего обучения малышей, которые порой пытаются «втащить ребенка за шиворот на следующую ступеньку лестницы» развития.

Хочется приводить еще и еще примеры из занятий А. Звонкина. Практически все они пронизаны искусством увлечь ребенка содержательной задачей и в то же время деликатно отнестись к той «ступеньке», на которой тот в данный момент находится. Возьмем еще только один пример.

Девочки четырех-пяти лет считают игрушечные тарелки, поставленные на столе в ряд (это включено в сказку про принцев и принцесс и про угощение во дворце). У одной девочки получилось одиннадцать тарелок.

> *Потом их считала Женя. Сначала процессы называния чисел и тыкания пальцем в тарелки шли у нее синхронно, но потом каждый пошел своим путем, и в результате число тарелок оказалось четырнадцать-пятнадцать. (Не следует думать, что это приближенная оценка, как бывает у взрослых: «штук эдак четырнадцать-пятнадцать».) Скорее, это что-то вроде двойного имени, как Анна-Мария. Женя еще не знает, что при счете каждая совокупность предметов может иметь только одно имя. Потом считала Саня и получила тоже одиннадцать. Я сказал Жене:*
>
> *— Смотри, у девочек у обеих получилось одиннадцать. Попробуй и ты посчитать так, чтобы у тебя тоже получилось одиннадцать.*

Женя послушно стала считать, но у нее снова получилось четырнадцать-пятнадцать. Пришлось смириться.

Хочется выделить эти последние слова отца: **«Пришлось смириться»**. В них отразились замечательные свойства мудрого и понимающего подхода: принятие в ребенке того, что в нем сейчас есть, вера в его способность идти дальше, и при этом идти самому.

Отец Фейнмана: особые отношения

Посмотрим, как в других удачных случаях взрослый (как правило, родитель) бережно обходится с живыми ростками творчества ребенка.

Очень впечатляет рассказ о своем детстве Ричарда Фейнмана, известного американского физика, лауреата Нобелевской премии. Р. Фейнман был не только выдающимся ученым, но и не менее выдающимся педагогом — по знаменитым «Фейнманским лекциям» учились и учатся

многие поколения физиков во всем мире. А умению исследовать, думать и учить других Фейнман научился, по его собственному признанию, у своего отца. Отец был простым торговцем рабочей одеждой, однако обладал живым умом и тонкой интуицией. Он много гулял с сыном и во время прогулок неспешно беседовал с ним. Приведем рассказ самого Р. Фейнмана:

> *— Видишь ту птицу? — говорит отец, — ...взгляни, птица постоянно копается в своих перышках... Как ты думаешь, почему птицы копаются в своих перьях?*
>
> *Я сказал:*
>
> *— Ну, может быть, во время полета их перья пачкаются, поэтому они копошатся в них, чтобы привести их в порядок.*
>
> *— Хорошо, — говорит он. — Если бы это было так, то они должны были бы долго копошиться в своих перьях сразу после того, как полетают. А после того, как они какое-то время провели на земле, они уже не стали бы столько копаться в своих перьях — понимаешь, о чем я?*
>
> *— Угу.*
>
> *Он говорит:*
>
> *— Давай посмотрим, копошатся ли они в своих перьях больше сразу после того, как сядут на землю.*
>
> *Увидеть это было несложно: между птицами, которые бродили по земле в течение некоторого времени, и теми, которые только что приземлились, особой разницы не было. Тогда я сказал:*
>
> *— Я сдаюсь. Почему птица копается в своих перьях?*

Это лишь один из многочисленных примеров проникновенных бесед, которые вел отец с маленьким Ричардом. Были в них и обсуждения размеров динозавров (*«Я испытывал настоящий восторг и жуткий интерес, когда думал, что существовали животные такой величины и что все они вымерли, и никто не знает почему»*); и по-

иск причины, почему шарик в кузове вагончика катится к задней стенке при движении вагончика вперед; и рассматривание следа, оставляемого личинкой мухи на листе дерева. В этих беседах было не только узнавание нового, но и переживание вместе. Когда матери других мальчиков пожелали, чтобы отец Ричарда брал на прогулки и их детей, тот отказался, объяснив, «*потому что у нас с ним особые отношения*».

Последние слова хочется очень подчеркнуть: **«особые отношения»** — что это такое?

Конечно, это прежде всего личное внимание отца к мальчику — ведь в компании детей такое было бы невозможно. Он был внимателен ко всему, что происходило в душе сына, — как тот наблюдал, думал, искал ответы. Одновременно он заражал его собственным духом пытливого отношения к окружающему и вкусом исследователя.

> *Не имея опыта общения со многими отцами, я не осознавал, насколько замечателен мой, — замечает Р. Фейнман.*

Можно сказать, что в целом отцу Фейнмана удавалось создавать особую атмосферу общения, в которой было и тонкое понимание ребенка, и уважение к его самостоятельным размышлениям, и, наконец, **состояние очарованности вдвоем**!

> *Я, так сказать, попался, подобно человеку, которому дали что-то удивительное, когда он был ребенком, и он постоянно ищет это снова. Я все время ищу, как ребенок, чудеса, которые, я знаю, что найду — и нахожу.*

В этом замечании Фейнман говорит еще об одном «даре», который он получил от отца. Это переживание чудес, которые скрываются за такими, казалось бы, незначительными предметами, как перышки птицы, катящийся шарик, след на листе дерева.

. . . .

А ведь каждый ребенок способен увидеть и откликнуться на такие чудеса природы!

. . . .

Матери: «свет на лице другого»

Ребенок чрезвычайно открыт к восприятию красоты, искусства, духовной культуры в целом, которые также передает ему родитель или Учитель. Приведу отрывки из воспоминаний Айседоры Дункан:

> *Благодаря моей матери вся наша жизнь в детстве была проникнута музыкой и поэзией. По вечерам она усаживалась за пианино и играла часами, забывая обо всем окружающем...*
>
> *Совершенно не заботясь о материальных вопросах, мать научила нас великолепному презрению и пренебрежению к обладанию домами, мебелью, всякой утварью. Благодаря ее примеру, я никогда в жизни не носила ни одной драгоценности. Она внушила нам, что все эти вещи оказываются путами...*
>
> *Мне кажется, что общее образование, получаемое ребенком в школе, является абсолютно бесполезным. Настоящее воспитание я получала в течение тех вечеров, когда мать играла нам Бетховена, Шумана, Шуберта, Моцарта, Шопена и читала вслух Шекспира, Китса или Бернса. Эти часы очаровывали нас.*

По словам М. Цветаевой, ее мать «*залила*» своих детей Музыкой, красота которой обернулась для них красотой Лирики.

Наконец, еще один пример, на этот раз из автобиографии Ч. Чаплина.

Я вспоминаю один вечер в нашей комнате в подвале на Окли-стрит. Я лежал в постели, выздоравливая после гриппа... Уже смеркалось, и мать, сидя спиной к окну, читала мне Новый Завет, играя и объясняя в своей неподражаемой манере, как любил и жалел Христос бедняков и маленьких детей... Мама продолжала рассказывать, и слезы лились из ее глаз...

В этой темной комнатке в подвале на Окли-стрит мать озарила мою душу тем светом доброты, который подарил литературе и театру самые великие и плодотворные темы: любовь, милосердие и человечность.

Из этих свидетельств видно, что ребенок порой больше, чем взрослый, готов к восприятию высоких человеческих ценностей и с готовностью приобщается к ним. Вспоминаются слова митрополита Антония Сурожского:

. . . .

Человек может обрести духовную благодать, только если он увидит «на лице хотя бы одного человека сияние вечной жизни...»

. . . .

Трудно выразить короче и точнее путь к освоению идеальных ценностей ребенком.

Атмосфера семьи: Флоренские

Большое счастье, когда «свет» культуры и нравственности ребенок может увидеть «на лице» родителя!

В своих замечательных воспоминаниях известный русский философ и ученый Павел Флоренский пишет о семье, в которой прошло его детство (в конце XIX века):

> *У нас в доме было сплошное тепло, сплошная ласка, а главное, сплошная порядочность и чистоплотность. Тут все подобралось одно к одному. Никогда ни одного пошловатого слова, ни одного приниженного интереса, никакого проявления эгоизма; всегдашняя взаимная предупредительность всех друг к другу при широкой, активной доброте отца в отношении окружающих, посторонних. А со стороны окружающих — признание, уважение, почти благоговение к отцу, ко всей семье.*

Там же П. Флоренский рассказывает, как семейная атмосфера пропитывала и формировала его сознание:

> *В моем сознании строй семейной жизни был изыскан. И ничего другого я не знал. Детское сознание привыкло к этой изысканности, раз навсегда приняло ее, но приняло как нечто подразумеваемое, естественное. Иначе и быть не может. Отношения личные не могут быть иными, как ласковыми и вежливыми, внешние отношения — бескорыстными, честными и т. д. Люди вообще не могут быть иными, как воспитанными, немелочными, знающими. Ложь, даже оттенок неправды, невозможна.*

Из тех же записок мы узнаем, что в сознании мальчика запечатлевались не только положительные нравственные устои семьи, но запреты и границы, через которые нельзя было переступать. Примечательно, как маленький Павел, у которого случались и непослушания, относился к наказаниям:

> *Признание закона над собою определяло мое самочувствие с раннейшего детства. Проказя, я знал, что вслед за тем должно последовать и возмездие, — не потому, чтобы так хотели старшие, а по существу вещей.*

Как-то я в чем-то напроказил, меня поставили в угол. Через несколько времени, забывшись, я сделал ту же маленькую проказу. Но, памятуя закон возмездия, я сам подошел к недоумевающим старшим с вопросом: «В который?» — то есть в который угол встать мне. Потом, когда мой вопрос разъяснился, двоюродный брат Датико часто подсмеивался надо мною, спрашивая: «В который?» Но обиды я не чувствовал, таким необходимым представлялся мне подобный вопрос, — я не понимал соли насмешки.

В этом последнем отрывке особенно поражают две вещи.

Во-первых, ощущение ребенком «закона» над ним. Безусловность запрета, или невозможность безнаказанного нарушения границ, воспринималась не как воля родителей, а «по существу вещей». Это с точки зрения и житейских представлений и научной психологии — признак действительного усвоения ребенком нравственных норм. **Это уже убеждения личности**: «Не делаю не потому, что не разрешают и накажут, а потому, что так нельзя «по существу вещей».

И второе: родителям П. Флоренского удалось заложить это в мальчике с самого раннего детства, в то время как подобные личностные структуры формируются сильно позже.

. . . .

Это, скорее всего, стало результатом не просто методов воспитания, а влияния личностей родителей и общей уникальной атмосферы семьи, в которой рос мальчик.

. . . .

Любимый Учитель

Любой подросток или юноша мечтает об Учителе — мудром взрослом, который бы понимал его и помогал разбираться в сложных вопросах жизни.

Таким Учителем может оказаться школьный учитель или другой внимательный взрослый, который не ограничивает себя узкими задачами воспитания.

В школе постоянно повторяется один и тот же факт: если учителя любят, то и предмет его становится любимым, причем у доброй половины класса. В чем тут дело?

Опыт и наблюдения показывают, что учителю в таких случаях удается создать в классе положительную эмоциональную атмосферу, которая «освещает» изучаемый предмет и привлекает к нему. Существует меткое выражение: талантливый учитель **приобщает** ученика к науке. Что стоит за этим емким словом «приобщает»? Скорее всего, имеется в виду способность учителя организовать общие, то есть совместные, переживания. Это переживания красоты мысли, удивления, радости открытий, собственных удач и достижений. Легко видеть за этим перечнем **заботу учителя об удовлетворении базисных потребностей учеников**.

Вспоминается моя собственная учеба в университете. Профессором антропологии у нас был замечательный ученый и педагог Яков Яковлевич Рогинский. Он был влюблен в свою науку, а мы, студенты, были влюблены в него и в его лекции. О чем бы ни рассказывал Яков Яковлевич — о человеческих расах, строении черепов или доисторических предках человека — все звучало в его устах как волшебная сказка. Его глаза светились, мягкий голос звучал вдохновенно и завораживающе, его волнение по поводу какой-нибудь детали или археологической находки передавалось и нам. Мы любили этот предмет, и почти все сдавали экзамен на «отлично». Прошло несколько де-

сятков лет, но и теперь, собравшись, мы с большой теплотой вспоминаем любимого учителя и его волнующие истории о «наших чудесных предках» — питекантропах и неандертальцах.

Другой пример, который хочется привести, относится к обучению детей. Некоторое время тому назад в Москве жил и работал учитель музыки Михаил Петрович Кравец. Он любил выбирать себе учеников, «не способных к музыке», и многих из них доводил до уровня Центральной музыкальной школы при Консерватории (уровня, как известно, самого высокого). Его увлекал, как он выражался, «процесс производства способностей»; действительно, неспособных детей для него не существовало.

Мне посчастливилось наблюдать работу М.П. Кравеца с начинающими учениками.

Уроки всегда проходили на высоком эмоциональном подъеме. Ребенок и учитель живо и разнообразно общались. Они вместе пели, подбирали к звукам картинки. Ребенок бил в бубен и ритмично двигался под аккомпанемент учителя. На звуках сочинялись сказки, в звуках жили медведи и птички, на «проводах» (нотных линейках) селились воробьи. Все это сопровождалось интересными музыкальными загадками и отгадками, оживлялось смехом, наполнялось радостным настроением.

Урок обычно заканчивался хорошо знакомой мелодией «Родина слышит...», которую неожиданно начинала играть музыкальная модель «спутника». Под ней ребенок находил открытку с большой красной «пятеркой», которую дарил «спутник» лично ему. Конечно, следующий урок ожидался с большим нетерпением.

Можно сказать, что в деятельности таких учителей мы встречаемся с законом «зоны ближайшего развития» Л.С. Выготского применительно к эмоциональной жизни детей и взрослых.

. . . .

Переживание интересности, важности, значимости предмета и личной включенности в этот процесс происходит сначала вместе с учителем (или родителем), а затем становится увлечением самого ученика.

. . . .

Сделаем еще один шаг и спросим себя: какой взрослый становится таким Учителем?

Ответ, который напрашивается, может показаться неожиданным и в то же время простым. Это — тот взрослый, который смог сохранить в своей душе живую энергию ребенка, пронеся ее через рутину официального образования, жесткие рамки воспитания, трудности выживания в обществе и многое другое.

Вспоминается «теория талантливости» выдающегося математика Андрея Николаевича Колмогорова. Он считал, что талантливый, творческий человек внутренне остается ребенком, и чем меньше возраст этого ребенка, тем талантливее ученый. Свой внутренний возраст он определял в тринадцать лет, когда мальчишки интересуются всем на свете, но еще равнодушны к интересам взрослых.

Излишне говорить, что масса людей вспоминают об А.Н. Колмогорове как о необыкновенном Учителе, который вдохновил их на занятия наукой.

Главные «секреты»

Попробуем обобщить опыт успешных родителей, учителей и воспитателей, о которых мы рассказали на предыдущих страницах. Сформулируем главные «секреты» их успеха.

1. Внимание к природе ребенка: осознанное или интуитивное **понимание его, бережное отношение к его потребностям, предоставление ему свободы роста и развития**.

Здесь прежде всего стоит напомнить призывы М. Монтессори: «Не вмешиваться!», «давать свободу ребенку», «благоговейно наблюдать за самостоятельным развитием его», «беречь его спонтанность», «не навязывать своих задач»! Эти же призывы поддержаны голосами и практикой К. Роджерса, А. Нилла и другими. Отец Р. Фейнмана, не задумываясь о какой-либо теории, давал возможность сыну самому искать ответы на вопросы. То же делал А. Звонкин, «смиряясь» с ошибками детей и давая им возможность приходить к правильным решениям своими путями и со своей скоростью. И все это лишь примеры аналогичного мудрого поведения многих родителей и педагогов.

2. Создание «обогащенной среды». Трудно переоценить этот вклад взрослого в развитие ребенка. В широком смысле речь идет **о погружении ребенка в среду человеческой культуры**.

Более конкретно это касается очень многих обстоятельств его жизни: от «умных» игрушек и развивающих игр до общей атмосферы в доме. Чем заняты дети и во что они играют? Есть ли в доме книги? Звучит ли музыка и какая? Выходят ли интересы домашних за пределы телевизионных программ? Какие темы обсуждаются за столом? Делятся ли взрослые своими впечатлениями от красоты природы, произведений искусства? Знакомят ли они ребенка с понятиями добра и зла, благородства, справедливости, чести и достоинства?

В приведенных историях на этот счет можно увидеть многое. Это и замечательные пособия, игры и материалы, созданные М. Монтессори, которые выдержали более чем вековое испытание и продолжают служить развитию детей в детских садах всего мира. Это и многочисленные задачи и загадки, которые использовал А. Звонкин на своих занятиях с малышами. Это и «захватывающие» темы бесед отца Р. Фейнмана.

3. Особые взаимоотношения. Талантливым родителям и воспитателям удается устанавливать уникальную атмосферу общения с детьми. Это атмосфера **доброжелательности, доверия, поддержки, наконец, общей эмоциональной увлеченности**.

Когда мудрый воспитатель просто отпускает ребенка и дает ему свободу, его невмешательство означает уважение, поддержку и сообщение: «Ты можешь сам». В другие моменты он вовлекает ребенка в совместные обсуждения и занятия. О принципиальной важности совместных занятий для развития интеллекта ребенка нам говорит закон «зоны ближайшего развития» Л.С. Выготского*. Если к практике таких занятий присоединяется искренний энтузиазм, заинтересованность и вдохновленность взрослого, то такое общение способствует развитию личности ребенка. Его озаряют и возвышают минуты переживания вместе с родителем или Учителем. Из наших примеров вспомним потоки музыки, которыми «заливали» своих детей матери А. Дункан и М. Цветаевой, «свет доброты», которым озарила душу маленького Чарли его мать, наконец, исключительный дух «порядочности, бескорыстия и честности», который запечатлелся в сознании Павла Флоренского. Заметим:

. . . .

У таких родителей ребенок уже не «объект воспитания», а участник совместной эмоциональной и духовной жизни взрослого.

. . . .

Последний же выступает для него как вдохновляющий пример!

Подведем итоги. Что делает успешный взрослый, который способствует развитию ребенка, росту его личности, его культурному обогащению?

Вот далеко не полный список форм участия взрослого. Он:

- воздерживается от вмешательства в дела ребенка;
- привлекает к занятиям;
- озадачивает, будит мысль;
- вовлекает, увлекает;

** Об этом законе см. в книге «Общаться с ребенком. Как?» (урок 3).*

- поддерживает;
- верит в добрую природу;
- заражает энтузиазмом, вдохновляет;
- служит образцом.

Усилия взрослого встречаются и взаимодействуют с собственной активностью ребенка, которую можно описать в виде ряда коротких фраз:

- «я хочу сам»;
- «хочу этому научиться»;
- «мне интересно»;
- «это удивительно!»;
- «как здорово, что у меня это получается!»;
- «я хороший»;
- «мне важно, чтобы меня любили»;
- «важно, чтобы мама (папа) были рядом»;
- «хочу быть таким, как они».

Изобразим для наглядности все сказанное с помощью схемы (см. следующую страницу).

◆

В заключение хочется выразить надежду, что изложенные «секреты», находки и идеи помогут вам, родители, в решении многих трудных задач воспитания и помощи детям.

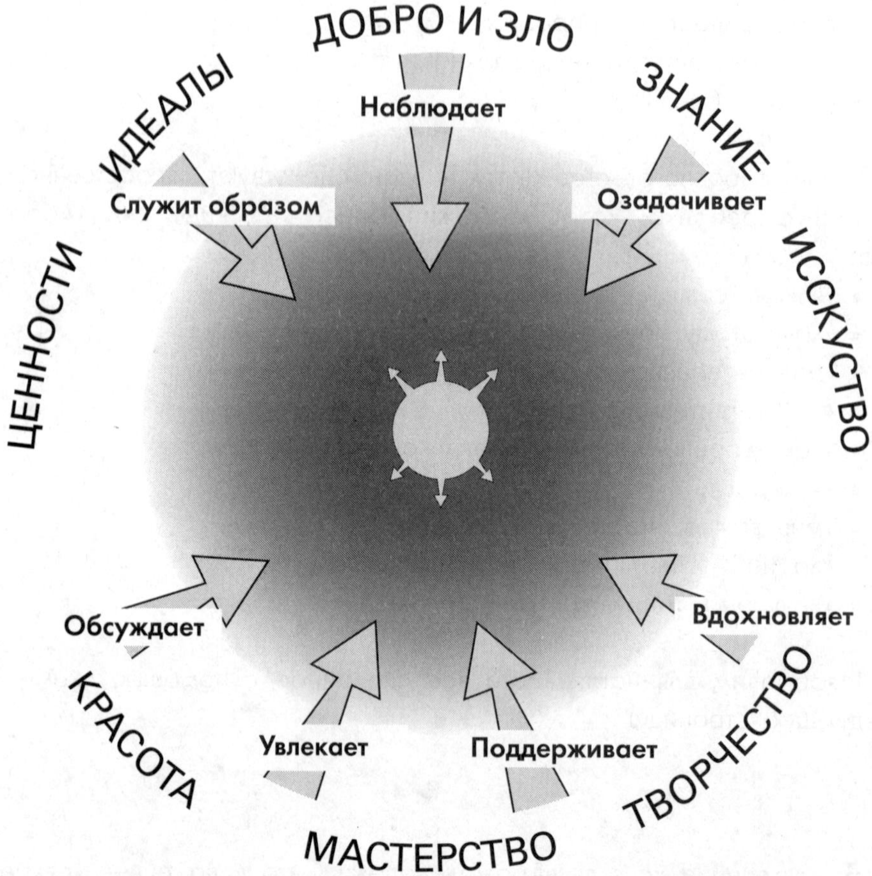

ДОБРО И ЗЛО

Наблюдает

ИДЕАЛЫ

Служит образом

ЗНАНИЕ

Озадачивает

ЦЕННОСТИ

ИССКУСТВО

Обсуждает

Вдохновляет

КРАСОТА

Увлекает

Поддерживает

ТВОРЧЕСТВО

МАСТЕРСТВО

«Встреча» ребенка и взрослого в зоне развития ребенка.

Стрелки, исходящие из центра «Я САМ», представляют внутреннюю активность ребенка, направленную навстречу взрослому и миру в целом. Стрелки, входящие в ЗОНУ РАЗВИТИЯ извне, — формы участия («вклады») взрослого в развитие ребенка. На периферии большого круга — сферы человеческой культуры.

часть вторая

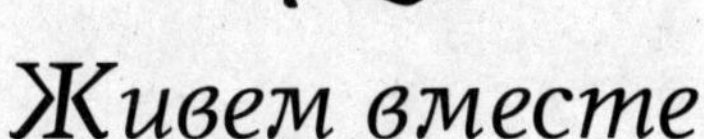

Живем вместе

ПОВСЕДНЕВНЫЕ ДЕЛА И ПОРЯДОК

В каждой семье существуют определенные правила, гласные и негласные. Они касаются домашнего распорядка, режима, норм поведения и многого другого. Приучение к ним ребенка — важная часть, если не сказать основа, его воспитания.

Слово «приучать» имеет особый смысл, отличный от слова «учить». Когда мы говорим «научить», то имеем в виду передачу знаний ребенку: мы что-то рассказываем, показываем, объясняем, одновременно он учится сам. Слово же «приучать» означает наше намерение добиваться от него регулярного поведения. Например, чтобы он мыл руки перед едой, убирал игрушки, вовремя делал уроки, наводил порядок в вещах и т. д.

Неприученный к порядку и правилам, ребенок оказывается во власти минутных желаний, неуправляемых эмоций, случайных влияний. Мы говорим, что он разболтан, не организован, не воспитан. Во многих ситуациях он оказывается без ориентиров, не знает, как себя вести, как организовать свои дела и время. **Правила дают ребенку ощущение не только порядка, но и уверенности в жизни.**

Как же его приучать?

Приучение к порядку и правилам — специальная работа, работа длительная, ежедневная и ежечасная! Часто она проходит трудно, с

обидами и конфликтами. Хорошо известные «поля сражений» с детьми любого возраста — это еда, приготовление уроков, помощь по дому, укладывание спать и др.

Говорит мать одиннадцатилетней девочки:

> *У нас с ней все вроде бы хорошо, но есть один «камень преткновения»: беспорядок в ее комнате. И не то чтобы она не умела убираться. Когда должны прийти подружки, наводит идеальный порядок. А обычно войти в комнату невозможно: вещи «размазаны» по всей комнате, все валяется где попало! Меня уже заранее трясет, когда я просто приближаюсь к ее двери. А она грубит: «Отстань, надоела, сама знаю!» Если бы не это, мы бы жили мирно. Вообще она неплохая девочка, учится хорошо. Но такой изъян в воспитании — и я не могу с ним примириться! В этом вопросе меня просто заклинило!*

Мать права: действительно «изъян» и действительно «заклинило», между прочим, не только ее, но и дочь. Что-то было упущено, а сейчас уборка комнаты стала для обеих «камнем преткновения».

К сожалению, такие упущенные случаи могут привести и приводят к серьезным семейным разладам. Вот один пример.

> *В знакомой семье с двумя подростками появляется отчим. В прошлом он морской офицер и в силу своей бывшей профессии, да и по характеру — человек, приученный к порядку и организованности. Подростки, наоборот, привыкли находиться «в свободном полете». Их мать, обремененная работой и учебой по вечерам, не могла обращать должного внимания на их «приучения». Неубранные вещи, оставленные на столе тарелки, разбросанная в прихожей обувь — это еще «мелкие» дискомфорты, с которыми сталкивается новый человек в семье. Накапливаются и более серьезные неприятнос-*

ти, потому что «проспали, забыли, потеряли...». Так, девица теряет ключ от дома, лазает в окно, и в один прекрасный день «по проторенной дорожке» в дом забираются воришки и уносят что-то ценное. Из школы сообщают, что сын не успевает, так как прогуливает уроки... и т.д. Отчим пытается помочь матери ввести ребят в рамки — они обсуждают, договариваются, даже составляют письменные соглашения. Но ситуация запущена, дети плохо поддаются исправлению, а бывший морской офицер, конечно, не А.С. Макаренко. Отношения портятся, накапливается глухая вражда. Мать оказывается между двух огней. Все в проигрыше. Печально, но планы создания новой семьи «разбиваются о быт»!

Итак, как же его приучать? Одного рецепта, конечно, нет, так как причины непослушания или неорганизованности ребенка могут быть разные. Лучше всего помнить о некоторых **общих методах и закономерностях**. Их довольно много, и они разные для разного возраста. Обсудим некоторые наиболее важные.

Начинать как можно раньше

Не могу не поделиться одним впечатлением.

Дело происходило в Америке, на перроне пригородной электрички. На скамейке сидела юная мама-негритянка с малышом на коленях. Маме на глаз можно было дать не больше лет шестнадцати, а малышу — не больше одного года. Оба общались улыбками, жестами и короткими словами. В какой-то момент разыгравшийся малыш шлепнул маму по лицу. «Stop it!» — строго сказала мать, подняв указательный палец. Но малыш скоро повторил свой шлепок. «Stop it!» — снова

строго повторила мать. После третьей попытки малыша дотянуться до лица матери она сняла его с колен и поставила на ноги около себя (стоять он уже умел), перестав обращать на него внимание. Малыш захныкал; подождав немного, мать снова посадила его на колени. В какой-то момент на его подозрительный жест она просто подняла палец с серьезным лицом — и инцидент был исчерпан. Общение снова вошло в мирное русло.

Эта сцена запомнилась, наверное, потому, что было удивительно видеть такое необычное сочетание юности мамы и ее мудрого поведения. Молодая мать интуитивно действовала абсолютно грамотно. Она четко и в то же время мягко сообщала малышу решительный запрет на недружелюбное действие по отношению к себе. Какими запущенными случаями на этом фоне выглядят подчас агрессивные выпады наших подростков в адрес матери!

Дело, конечно, не в географии или культуре страны. В наших семьях можно найти сотни примеров ежедневной, казалось бы, незаметной и в то же время необычайно важной воспитательной работы родителей. Эти примеры хочется собирать и приводить, они красноречивее любых умных слов. Вот один из них.

Семья сидит за столом, все пьют чай и разговаривают. Бабушка испекла печенье; оно лежит на большой тарелке, посыпанное сахаром, и выглядит очень привлекательно. Пока разливают чай, полуторагодовалая девочка под шумок уже добыла себе печенье и с удовольствием его ест. Все тепло улыбаются ее находчивости. Мать, освободившись от чайника, берет ее к себе на колени. Съев первое, девочка просит второе печенье, и мать позволяет

его взять. Не доев второе, девочка тянется за третьим печеньем. «Нет, — говорит мать, — я тебе не позволю, пока не доешь вот это, — указывая на недоеденную половинку. Но та продолжает тянуться к тарелке с печеньем. — Нет, нет, — мягко, но настойчиво повторяет мать, — ни в коем случае нельзя! Нет, нельзя». — Это повторяется еще несколько раз: девочка — живая и упорная, мама — мягкая, но непреклонная. До возможных слез дело не доходит, так как мать поднимается и уносит дочку в другую комнату. Через минуту она спокойно возвращается с девочкой на руках. Чаепитие мирно продолжается, а тарелка, между прочим, уже отодвинута на другой конец стола.

Эта история может показаться очень обыденной, но именно поэтому она поучительна. На таких повседневных «уроках» ребенок осваивает **беспрекословность родительского «нет»**.

. . . .

Так с самого раннего возраста по золотым крупинкам собирается опыт послушания и овладения правилами поведения.

. . . .

Организовать среду и быт

Организованность ребенка зависит от порядка вокруг него. Необходимо, чтобы вещи, посуда, игрушки имели свои места и возвращались на место. Чтобы ребенок, как и остальные члены семьи, спал в своей кровати, по возможности сидел за столом на своем месте, ел из своей тарелки. Хорошо, когда в семье соблюдаются некоторые постоянные «ритуалы» — укладывания спать, прогулок, приема гостей.

Невозможно перечислить все то, к чему приходится приучать ребенка.

. . . .

Важно чтобы то, что вы от него ждете, регулярно вами отслеживалось, внимательно и настойчиво.

. . . .

Ведь постоянные нарушения и отклонения могут тоже закрепляться и грозить стать «правилами».

Очень важны правила, связанные с едой: что, как и когда ребенок ест, как он себя при этом ведет. Обычно еда — испытание не только для ребенка, но и для родителей. К сожалению, родители не всегда выдерживают эти испытания.

В семье двухлетней девочки тяжелая проблема: дочка «ничего не ест» (эти традиционные слова родителей всегда удивляют — непонятно, как ребенок при этом выживает, да еще неплохо выглядит?). Девочку кормят отдельно от всех, так как нужны особые условия. Чтобы

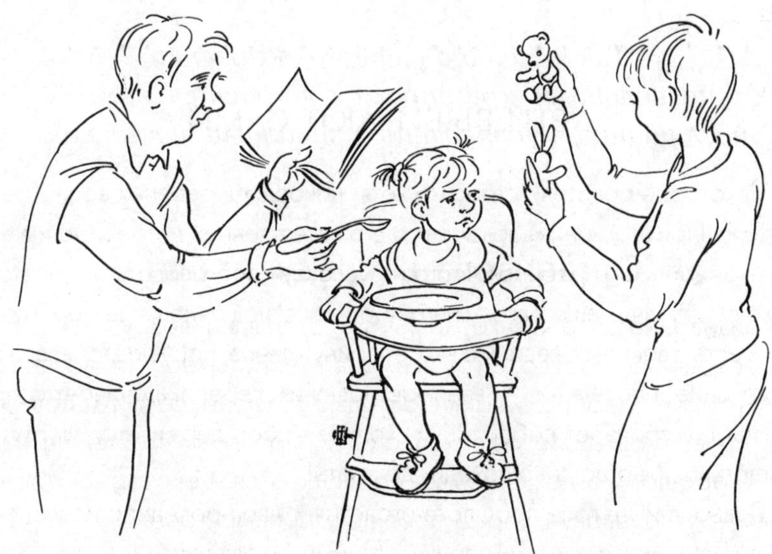

она открывала рот на ложку с кашей, мама должна петь, а няня танцевать (или наоборот). Эти песни и пляски происходят по нескольку раз в день и совсем измотали домочадцев.

А вот другой пример.

Мать пятилетнего мальчика озабочена его неорганизованностью. Правда, в доме есть дядя мальчика, который умеет «приводить племянника в норму». Например, если тот вышел из-за стола, а потом возвращается, чтобы схватить кусок, дядя ему этого не разрешает. Мама довольна действиями дяди, считает их правильными. Но на вопрос: «А сами вы делаете так же?» — отвечает: «Нет, что вы, я ведь мама! Он пришел из садика, может быть голодный, надо дать покушать сколько захочет».

Так оказывается на разных чашах весов забота, условно говоря, «о желудке» и о нормах поведения. К сожалению, первая чаша у родите-

БОКС 2

ДЕТИ ВЫБИРАЮТ САМИ

Некоторые родители страстно хотят накормить ребенка во что бы то ни стало. При этом они «забывают» о его естественной потребности в еде. У тревожной мамы ребенок часто не успевает проголодаться и поэтому плохо ест. Но, что еще хуже, у него портится отношение к еде. Там, где на пути к естественному желанию встает принуждение, нарушается все: и само желание и поведение, и взаимоотношения. Ребенок начинает сопротивляться, устраивает саботаж. Он капризничает, держит еду во рту, не проглатывая, иногда дело доходит до рвоты!

Давно, в 20-е годы прошлого столетия, было проведено исследование с очень интересными и поучительными результатами. Дело происходило в детском доме одной из европейских стран.

Группу малышей усаживали за стол, на который были выставлены одновременно все продукты детского рациона: овощи, фрукты, творог, молоко, мясо, печенье, конфеты и пр. Дети могли свободно выбирать то, что они хотели съесть. Наблюдатели записывали, что именно выбирал и сколько съедал каждый ребенок. В конце недели подсчитывалось общее количество белков, жиров, углеводов и витаминов, которые в результате получал ребенок, самостоятельно выбиравший для себя еду. Его питание оказалось **вполне сбалансированным**, то есть названные показатели были в пределах нормы!

лей порой перевешивает, и, конечно, действуют они «из самых лучших соображений». Тревожным мамам, наверное, будет полезно познакомиться с результатом одного важного эксперимента (см. Бокс 2).

Помочь ребенку организовать себя

Вернемся к моментам, когда ситуация еще не так запущена. Заметим, что просто отслеживать выполнение правил недостаточно. Очень важно, чтобы родитель был включен в общение с ребенком по поводу разных дел, тогда его помощь оказывается гораздо более эффективной.

> *Недавно я наблюдала мать, гуляющую с двухлетней дочкой. Девочка играла в песочнице. Подходило время обеда.*
>
> *«Давай, моя хорошая, — обратилась к ней мать, — будем потихоньку собираться домой. Отряхнем руки, соберем формочки, положим их в пакет... Куколку и совок тоже не забудем» (все это она приговаривала и делала не спеша, давая возможность девочке принимать участие).*
>
> *«Сейчас пойдем домой... Ой, как хорошо ты мне помогаешь!.. Придем домой, разденемся, помоем ручки, будем есть вкусный супчик...»*

Казалось бы, что особенного делала мать? На самом деле, очень многое! Во-первых, она говорила очень доброжелательно (*моя хорошая, как хорошо ты мне помогаешь!*), поддерживая приятный тон общения. Во-вторых, подстраивалась под темп девочки, которой надо было оторваться от игры и начать собираться — что всегда непросто дается ребенку (говорила *потихоньку собираться*, и сама действовала не спеша). В-третьих, «озвучивала» и организовывала действия ребенка, помогая ему и в то же время сохраняя его инициативу — предлагала отряхнуть руки, сложить игрушки, не забыть другие. В-четвертых, она планировала следующие ближайшие шаги, при этом делая их привлекательными (*вкусный супчик*).

. . . .

В результате следовало естественное послушание ребенка, а вместе с ним — приучение его к порядку и дисциплине.

. . . .

Многие родители интуитивно ведут себя так же. Им нравится приговаривать, когда они занимаются с малышом, и тем более обсуждать занятия и дела с детьми постарше.

С дошкольного возраста приходится приучать детей и к более сложным вещам. Например, важно, чтобы они научились держать свое слово, выполнять взятые на себя обязательства. Когда дети умоляют завести щенка, купить хомячка или аквариумных рыбок, они горячо заверяют, что будут заботиться о своих питомцах и **все** делать сами. Но потом многое «забывается», так что заботы ложатся на взрослых.

. . . .

Бесконфликтно приучать ребенка выполнять свое обещание — важная задача, но она, как и остальные «приучения», требует терпения, деликатности, а иногда и изобретательности родителей.

. . . .

Сошлюсь на интересный случай из воспоминаний замечательного американского психотерапевта Мильтона Эриксона. У него было восемь детей, и каждый из них испытал на себе умелое, часто нетрадиционное обращение отца с их детскими проблемами. Привожу его рассказ:

У детей короткая память, но я отлично запоминаю, что они делали или говорили.

Роберт однажды заявил: «Я достаточно взрослый, большой и сильный, чтобы каждый вечер выносить му-

соф». Я выразил сомнение в этом, но он горячо защищал свою точку зрения. Тогда я сказал: «Хорошо, со следующего понедельника мы попробуем».

Он вынес мусор в понедельник и во вторник, но в среду забыл это сделать. В четверг я ему напомнил, и он вынес мусор, но забыл это сделать в пятницу и в субботу. Поэтому в субботу я дал ему возможность как можно больше поиграть в активные игры, которые ему очень понравились, но от которых он устал. И затем в качестве особого исключения я позволил ему лечь спать так поздно, как он пожелает. В час ночи он сказал: «Пожалуй, я пойду спать».

Я отпустил его. По какой-то «странной случайности» я проснулся в три часа ночи и разбудил Роберта. Я очень извинялся за то, что забыл ему напомнить вынести мусор. Не сделает ли он этого сейчас? И вот с большой неохотой Роберт оделся. Я еще раз извинился за то, что не напомнил ему, и он понес мусор.

Вот он вернулся, разделся, надел пижаму и забрался в кровать. Когда он крепко заснул, я снова разбудил его. На этот раз я извинялся еще больше. Я сказал ему, что сам не понимаю, как это мы просмотрели мусор в кухне. Не оденется ли он снова и не вынесет ли этот мусор? Он вынес его в мусорный контейнер у дороги. Он шел обратно, глубоко задумавшись, и уже дошел до крыльца. Вдруг он рванулся обратно на дорогу к мусорному контейнеру, чтобы убедиться, что крышка на нем хорошо закрыта.

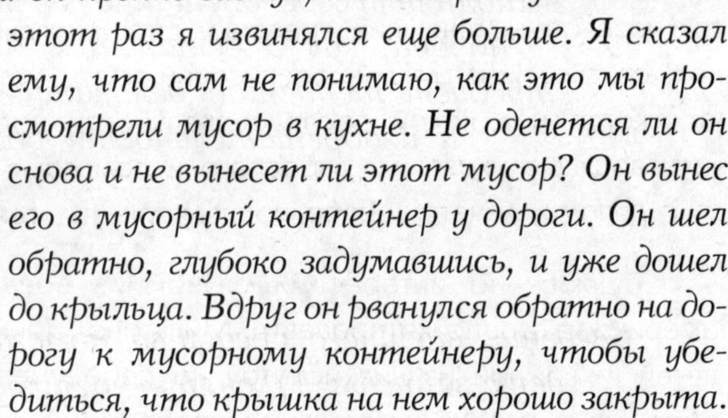

Войдя в дом, он остановился и окинул взглядом кухню, прежде чем снова лечь в постель. А я все еще продолжал извиняться. Он лег спать и уже больше никогда не забывал выносить мусор.

Фактически, Роберт запомнил этот урок так крепко, что у него, теперь уже взрослого, вырвался тяжелый вздох, когда я сказал ему, что опишу этот случай в своей книге.

В этом эпизоде отец повел себя действительно несколько необычно. Однако все, что он делал, было четко продумано и рассчитано на безусловный результат. Во-первых, он разбудил сына поздно ночью (причем дважды!), дождавшись, когда тот крепко заснул. Для чего? Чтобы дать ему сильнее прочувствовать, что держать слово — дело важное, во всяком случае, важнее ночного сна. Во-вторых, он провел всю «воспитательную операцию» в интересном тоне: непрерывно сожалея и извиняясь. Почему? Чтобы, сочувствуя и беря на себя часть вины, установить дружеский тон и тем самым предотвратить возможную негативную реакцию сына. Расчет оказался точным: мальчик не только добросовестно сделал все, но больше никогда не забывал о своем слове.

Использовать «внешние средства»

Организовать себя дошкольникам и младшим школьникам помогают и так называемые внешние средства. Это наглядный материал в виде картинок, списков, инструкций, расписаний и т.п., которые напоминают ребенку что́, когда и в какой последовательности надо делать. Они замещают «руководящие указания» взрослого и помогают самостоятельно справляться с делами. Хочется особенно подчеркнуть «гениальность» этого способа.

. . . .

Введение внешнего средства помогает «убить сразу двух зайцев»: 1) снять нагрузку с родителя и 2) делегировать ответственность ребенку.

. . . .

К сожалению, родители не всегда готовы передавать свою роль такому неодушевленному «заместителю». Вот один из многих примеров.

Мать будит по утрам сына-второкурсника, который отчаянно сопротивляется всем ее усилиям.

На вопрос:

— А что, у вас нет будильника?

Мать отвечает:

— Конечно есть, он его каждый день ставит, а когда тот звенит, затыкает и продолжает спать!

— И что вы делаете?

— Ну, я иду его будить. Иногда приходится делать это по нескольку раз. Он говорит: «Сейчас встану, не приставай!» А сам снова засыпает. Пока не разозлится на меня, тогда действительно просыпается и встает.

— А что, если вы не станете его будить?

— Так ведь он лекцию проспит!

Дальше можно было бы поинтересоваться, чья это забота, но ответ и так ясен: **мать продолжает оставлять эту заботу себе**, мешая сыну взять на себя ответственность за свои учебные дела, а заодно научиться пользоваться вполне подходящим «вспомогательным средством».

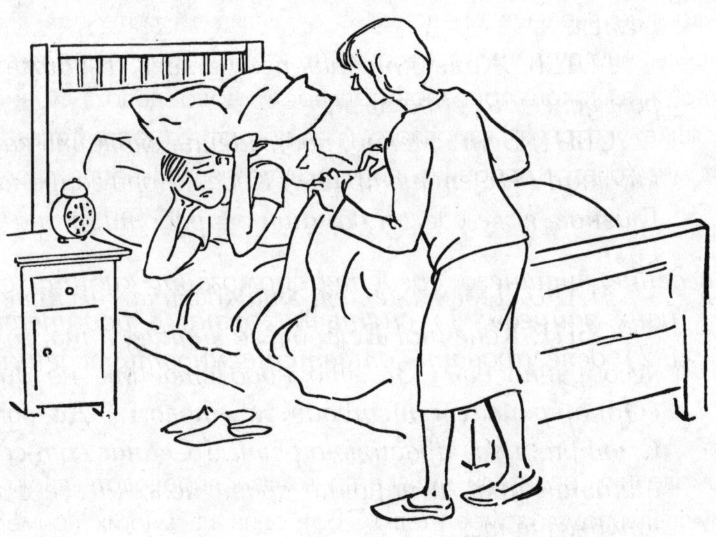

Не бояться «уроков жизни»

Всем известны **естественные следствия** неорганизованности или непослушания — это наказания, которые исходят от самой жизни.

. . . .

В тех случаях, когда ребенку не хватает «сознательности», стоит не мешать ему столкнуться с негативными результатами его действий.

. . . .

Тогда ему некого будет винить, кроме самого себя, и он приобретет ценный опыт. Только что мы говорили о вставании или невставании по будильнику. Посмотрим на другую ситуацию, где мать повела себя более разумно.

Девятилетний школьник не сложил с вечера портфель, утром впопыхах не нашел тетрадку с домашним заданием, провозившись, опоздал в школу, получил «двойку». Приходит домой расстроенный и сообщает матери о случившемся.

МАТЬ. Жаль, что так получилось. Ты думал, что утром успеешь собраться.

СЫН. Вот именно, подумаешь, сложить какие-то две книжки! (Ищет тетрадь.) Куда же она запропастилась?! Главное, я же сделал домашнюю работу, а она мне «двойку»!

МАТЬ. Тебе кажется, эта «двойка» несправедливая.

СЫН. Конечно! Если бы за знание, а то, говорит, «за несобранность»! За это надо ставить по дисциплине... (Обнаруживает тетрадь за столом.) Да вот же она! Смотри, я все правильно решил! Сейчас вот сделаю сегодняшний урок и нарочно сразу положу все в портфель, чтобы знала...

МАТЬ. То есть хочешь положить все заранее.
СЫН. Ну да, не собираюсь лопухаться второй раз!

Мы видим, что мать действовала очень мудро. Во-первых, она позволила сыну столкнуться с возможными неприятными последствиями — не стала напоминать о несобранном портфеле. Во-вторых, когда неприятность случилась, она сочувственно отнеслась к его переживаниям. Ее активное слушание позволило сохранить дружескую атмосферу и помочь мальчику извлечь полезный урок.

. . . .

Жизнь порой учит лучше, чем родитель. И когда за неправильные действия ребенок наказывается «самой жизнью», то не стоит добавлять еще родительские назидания.

. . . .

Мы обсудили несколько основных методов и закономерностей, учет которых помогает родителю и ребенку в нелегкой задаче приучения. Кратко их повторим.

. . . .

✔ *Приучение надо начинать по возможности рано и делать это систематически. Важно помнить о естественных законах организма: любое действие при раннем начале и повторении превращается в привычку.*

✔ *Вначале следует помогать ребенку в сложных для него задачах (напоминать, подстраховывать, делать вместе), затем постепенно отпускать его на самостоятельность. В «переходный период» стоит помнить о внешних средствах.*

✔ *Исключительно важно следить за доброжелательным тоном общения, особенно если приучение идет трудно.*

✔ *Полезно помнить правило: «На ошибках учатся». Не следует «стелить соломку» везде, где ребенок может «упасть». Важно оставлять ему возможность встретиться с неприятными последствиями своих действий.*

. . . .

НАКАЗЫВАТЬ РЕБЕНКА: КАК И ЗАЧЕМ?

Можно ли наказывать ребенка, и если можно, то как? Начнем с того, что наказывать ребенка всегда неприятно. Приходится вызывать на себя «огонь» его недовольства, обиды и даже гнева. Мирные отношения портятся. Он тебя «больше не любит», в его глазах «ты плохой», «обидчик», «желаешь ему зла».

Разные позиции

Некоторые родители не выдерживают роли «недруга» и вообще не хотят доставлять ребенку неприятности. Они предпочитают путь увещеваний и объяснений. В крайнем случае следуют угрозы, которые, как правило, не выполняются. Короче говоря, они хотят воспитывать ребенка, **не огорчая его.** Это установка **мягких родителей**. Ее можно понять, но, к сожалению, во многих случаях она себя не оправдывает: рано или поздно ребенок начинает выходить из берегов, и родитель не знает, что с ним делать.

Противоположную позицию занимают **жесткие, авторитарные родители**. Они считают, что с ребенком не следует церемониться, его надо наказывать, а иногда и как следует — «чтобы знал!». Такие родители требуют подчинения, пользуясь своей силой и властью. Это часто

приводит к озлоблению ребенка, а порой и к еще большему непослушанию.

Бывает, что в семье родители занимают разные и даже противоположные позиции, которые мы только что описали.

Мне пришлось наблюдать одну такую семью. Отец — мягкий, чувствительный человек, мать — решительная энергичная женщина. Дочке четыре года. Делает что хочет — не слушается, не подчиняется никаким просьбам и приказам. Любое обычное действие — ложиться спать, вставать, садиться за стол, собираться гулять — проходит со скандалами. В магазине и на улице может устроить сцену. Дома в гневе ложится на пол и колотит руками и ногами. Сбрасывает еду со стола (может вместе с тарелкой!). Ломает игрушки и вещи.

Папа пытается ей все объяснять, активно слушать, посылать «Я-сообщения» (прочитал книжку). Мама — за решительные действия: запирает девочку в туалете (в углу она не стоит), та кричит, что есть силы, колотит в дверь ногами...

Некоторые тревожные сигналы появились еще два года назад: чем бы ни был занят родитель (ел, разговаривал), дочка тянула его за руку, требовала с ней играть, иначе поднимала крик (папа всему подчинялся). За столом она лезла руками в тарелку родителя (позволялось, так как ребенок, слава богу, хоть что-то съедал). На улице шла куда хотела, а не куда ей предлагали. При укладывании спать кричала по 30—40 минут, не желая оставаться в кроватке, при этом мама не подпускала папу (без мамы же папа переносил ее на диван).

Видно, что со временем проблемы усугубились. В семье, помимо ошибочного подхода каждого родителя, не соблюдалось еще одно важное правило: согласие между взрослыми в требованиях к ребенку. И уж совсем не было согласия по поводу его наказания.

Итак, вернемся к вопросу: можно ли наказывать ребенка и как?

Смысл наказания

Прежде всего важно обсудить, в чем родители видят **смысл** наказания и «механизм» его действия.

Начнем с ошибочного взгляда. Очень распространено мнение, что наказание нужно для того, чтобы вызвать отрицательную эмоцию (боль, обиду, страх). Тогда случай запомнится, и ребенок впредь не будет себя так вести. А если будет, то наказание надо усилить.

Эта точка зрения пустила глубокие корни в сознании людей и в практике воспитания. К сожалению, иногда ее подтверждают «научно», ссылаясь на теорию условных рефлексов, в которой говорится о необходимости «подкрепления» (в том числе отрицательного) для научения.

• • • • • • • • • • • • • •

Но поведение человека — не набор рефлексов, а воспитание — не их выработка.

• • • • • • • • • • • • • •

Может ли наказание человека исправить его поведение? Конечно, нет! Достаточно посмотреть на этот вопрос совсем широко и обратить внимание на результаты пребывания людей в колониях и тюрьмах. Называть эти учреждения «исправительными» все равно, что черное называть белым.

Но не будем уходить так далеко. Вернемся к исправлениям ребенка. Бывает, что под страхом наказания он действительно перестает делать то, что ему запрещено. Однако чаще он подстраивается или маскируется — делает вид, что послушался, то есть идет на обман. Бывает, что он ведет себя «правильно» при одном родителе и распускается при другом. Типичный пример можно было видеть в одной семье.

Старший мальчик девяти лет постоянно задирает и обижает шестилетнюю сестру. Это при матери. С приходом отца атмосфера резко меняется: сын становится «как шелковый». Больше того, как не без гордости сообщает отец, при его появлении сына начинает «трясти». Примерно раз в неделю отец порет мальчика ремнем. Он уверен, что это очень правильная мера, именно поэтому сын его боится, «а без страха не может быть дисциплины».

Большую часть дня дети проводят с матерью. При ней сын не только продолжает обижать сестру, но и делает многие другие недозволенные вещи — грубит, устраивает беспорядок, не делает уроки. Что еще хуже, последний год появились серьезные проблемы в школе: мальчик стал очень агрессивным. Учителя и родители других детей стали требовать «убрать» его из класса. И тогда

родители пошли на крутую меру: сдали мальчика в интернат на пятидневку.

Каждый понедельник он с криком и мольбами, уцепившись за ручку двери, просит, чтобы его не отвозили в интернат. Но вера родителей в «выработку рефлексов» настолько прочна, что такая форма «воспитания» продолжается целый год!

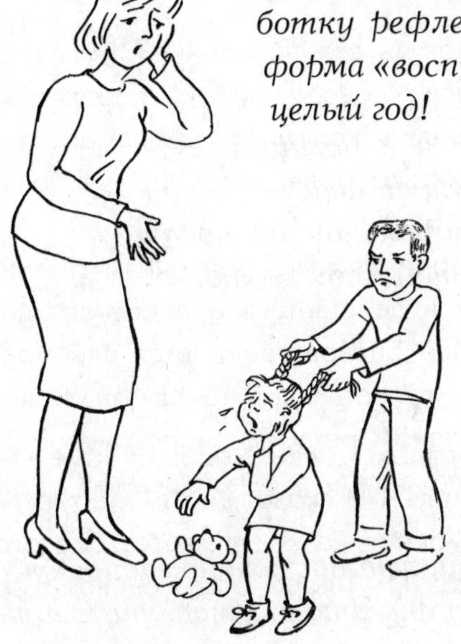

Теперь мы обратимся к другой, более правильной точке зрения на наказание. Согласно ей:

. . . .

Наказание — это прежде всего сигнал о нарушении правила, нормы или установленного порядка. Смысл его — сделать более весомыми слова взрослого, подчеркнуть их серьезность.

. . . .

Ведь дети слишком легко пропускают слова родителей мимо ушей, особенно когда им что-то не нравится. Хотя наказание может огорчить ребенка, дело не в том, чтобы его обидеть, расстроить или напугать,

а в том, чтобы дать ему возможность задуматься над проступком, понять, что именно он нарушил и почему это плохо.

Такой взгляд на роль наказания предполагает установку на воспитание сознания и личности ребенка, а не на исправление его внешнего поведения. Стоит еще раз подчеркнуть: при таком подходе

. . . .

родитель оказывается в позиции
проводника и защитника
жизненного правила или моральной ценности,
а не фигуры, диктующей свою волю.

. . . .

Это должно выражаться и в соответствующих словах: «В нашей семье это не принято...», «У нас такой порядок...», «Так надо...». Заметьте, что в этих фразах отсутствует «Я» родителя («Я сказал...», «Я требую...»). Они, так сказать, безличны и воспринимаются не как диктат взрослого, а просто как должное (вспомним рассказ П. Флоренского о своей семье в первой части книги).

«Понимаю, но не могу!»

Родители часто говорят: «В умных книжках много написано, как правильно воспитывать ребенка. Все это звучит очень хорошо, но мне это не помогает. Не получается применять на практике. **Как же мне не срываться**, когда он меня не слушается, а иногда и как будто специально выводит из себя? Кончается тем, что я ему наподдаю!»

Конечно, родителям трудно научиться разумно себя вести. Ведь приходится иметь дело не только с капризным или непослушным ребенком, **но и со своими собственными эмоциями**. А родитель ведь тоже человек, а не «железный Феликс» и не «железная леди»! Давайте скажем несколько слов о наших эмоциях, а потом посмотрим на практическую сторону дела.

Негативные эмоции у нас возникают и будут возникать, и мы ничего с этим поделать не можем. Больше того, человек имеет на них право, так как для появления эмоций всегда есть, по крайней мере, субъективные, а то и объективные основания. Другой вопрос — что мы с ними делаем дальше. Ведь эмоция, как правило, переходит в поведение, и в этот момент — момент этого «перехода» — у нас есть разные возможности.

Мы можем «дать ход» своему возмущению и резко отреагировать; можем затормозить любое действие и обиженно замолчать; можем подумать о состоянии того, кто явился причиной переживания; можем постараться посмотреть на все со стороны и попытаться оценить смысл случившегося. Весь этот набор реакций и переживаний более или менее знаком каждому.

Главное — помнить, что у нас есть выбор — выбор в пункте «продолжения» эмоции.

А выбор этот, в свою очередь, зависит и от желания, и от общей установки, и от понимания близких и отдаленных следствий наших реакций, и от многого другого.

Короче говоря, каждая наша эмоция дает нам шанс, а то и требует включения более широких функций нашей психики — сознания, чувства ответственности, мышления, опыта. Что же может нам помочь в разумном выборе реакции на непослушание ребенка?

Разные пути

Как всегда, единого и общего рецепта нет, но есть надежда, что могут помочь **успешные примеры** родителей, которым удавалось решать задачу «правильного наказания». Начну со случая, который мне довелось наблюдать лично.

Две дочки моих друзей (двух и четырех лет) играли и что-то не поделили. Старшая грубо толкнула сестру, и та заплакала. Все произошло на глазах родителей, которые собирались на концерт.

ОТЕЦ (твердо, обращаясь к старшей). Аня, попроси у Саши прощения.

АНЯ (сердито). Не буду!

ОТЕЦ (садится на диван). Подойди ко мне (берет Аню за руки, смотрит в глаза и медленно повторяет). Подойди к Саше и скажи: «Извини меня, пожалуйста».

АНЯ (смотрит исподлобья). Не хочу!

ОТЕЦ. Тогда пойди в другую комнату и побудь там, пока не успокоишься и не будешь готова извиниться.

Девочка уходит, закрывает за собой дверь. Наступает напряженное ожидание. До выхода на концерт оста-

ется совсем немного. Но не похоже, что родители настроены уходить.

«Как вы думаете, сколько она может там просидеть?» — спрашиваю я. «Никто не знает, — отвечает отец. — Может быть, пять минут, а может быть, и сорок!»

К счастью, довольно скоро дверь открывается, Аня выходит, подходит к сестре и спокойно произносит: «Саша, извини меня, пожалуйста».

Эта, казалось бы, незначительная, сцена произошла тридцать лет назад, а помнится до сих пор. Впечатление произвело то, как отец деликатно и искусно помог девочке усвоить урок вежливости, а заодно и овладеть собственным поведением. Здесь каждая деталь имела значение: быстрая, но спокойная реакция на проступок; разъяснение, **что** надо сделать (а не критика: «*Почему ты… ?!*», «*Опять ты…!*»); овладение вниманием девочки (берет за руки, смотрит в глаза); наконец слова наказания — в них прозвучала вера родителя, что девочка способна подумать и взять себя в руки.

Обратимся к другим примерам родительских «наказаний». Беру последнее слово в кавычки, так как возникает вопрос: насколько это были действительно наказания?

На этот раз речь идет о проблеме с подростком.

Лена пятнадцати лет отправляется в летний лагерь на море, и родители дают ей с собой деньги. Из опыта прошлого года известно, что в лагере бывают экскурсии и во время них платные развлечения. В прошлом году пришлось даже срочно досылать деньги, так как Лена попросила у другой девочки деньги взаймы на какой-то аттракцион. В этом году не без труда денег выделили больше и попросили дочь тратить их аккуратно.

Через две недели раздается звонок, и Лена сообщает, что денег больше нет ни на что — не может заплатить

за телефон, не может ехать на экскурсию — пришлите еще! Родители отказывают, замечая ей, что выпрашивание и легкая трата денег случается уже не первый раз. Дочь настаивает, жалуется, требует, но родители отказывают. Лена обижена, родители расстроены тем, что их собственный ребенок проявляет безответственность и неуважение к деньгам, которые даются им совсем не легко.

По возвращении из лагеря девочка ходит обиженная, родители ведут себя сдержанно, но отстраненно. В конце концов все чувствуют, что трудно продолжать «холодную войну», происходит разговор.

ЛЕНА. Почему вы стали ко мне так плохо относиться?

МАТЬ. Может быть, у тебя есть какие-нибудь предположения насчет этого? Хотелось бы тебя послушать.

ЛЕНА. Если говорить про лагерь, то у всех были деньги и все тратили!

МАТЬ. Все тратили. И тебе хотелось быть как все. В то же время, мы с тобой договорились, что денег дали тебе немало и чтобы ты тратила их осмотрительно. Что касается других детей, то мы не знаем, как эти деньги достались им и их родителям. Главное, что я хочу сказать, — лично мне было обидно. Я тебе объяснила, что деньги у нас далеко не лишние, и просила тратить их аккуратно. Я даже подумала сейчас, как приятно было бы, если бы ты привезла немного денег назад, сэкономив на каком-нибудь развлечении.

ЛЕНА. Но вы мне всегда раньше давали. Я же имею право на карманные деньги!

ОТЕЦ. Да, раньше давали. Знаешь, когда ребенок маленький, его хочется баловать. Это так приятно, побаловать маленького ребенка, купить что-нибудь вкусное или новую игрушку. Но ребенок растет, и начинаешь задумываться, чтó своим отношением ты с ним делаешь и

как он сам реагирует на твои подарки. И вот оказывается, что он привыкает только «брать», что он слышит только свои желания, не очень считается с другими, не думает, как на других отзываются его действия. И тогда пропадает желание его баловать. Больше того, начинаешь понимать, что своим отношением ты приносишь ему вред! А я не хочу этого. Ты мне далеко не безразлична, и я о тебе забочусь.

Поэтому больше не хочу тебя баловать. Мы с мамой решили больше не давать тебе лишних карманных денег. Нам казалось, что они нужны, чтобы ты научилась их ценить и разумно тратить. Но этого, к сожалению, пока не случилось. Хочу еще раз повторить, что мы беспокоимся о тебе и поэтому вынуждены тебе отказывать в том, что, как нам кажется, работает против тебя.

МАТЬ. Папа и я говорили долго. Может быть, ты хочешь что-нибудь сказать? Мы ответили на твой вопрос?

ЛЕНА (которая за это время уже успела и поплакать, и вытереть слезы). Да, поняла. Вам не нравится мое поведение, когда я бываю эгоисткой. Я подумаю.

После разговора участники беседы почувствовали облегчение и поняли, что разговор был нужен. Вечером после ужина Лена спохватилась: «Ой, мама, я не успела помочь тебе убрать со стола, прости!»

Как мы видим, проблема Лены и ее родителей — более серьезная, чем просто эмоциональная вспышка маленького ребенка. Это уже подросток, от которого справедливо ожидать уважения к деньгам, заработанным родителями, внимания к их просьбам и вообще ответственного поведения. Тем более что родители идут навстречу ее желаниям и просьбам, насколько могут себе позволить.

Из чего же в этой истории состояло «наказание»? Родители отказались послать деньги, пересмотрели вопрос о карманных деньгах, нако-

нец, были холодно-сдержанны до начала разговора. Между прочим, последнее иногда переживается сильнее прямых наказаний. Не слышим ли мы порой: «Лучше бы накричал, чем вот так смотреть или проходить мимо!»

В разговоре же родители постарались разъяснить девочке свое понимание и свои чувства. Спросили также о ней. Сказать о своих чувствах и послушать ребенка — очень важно; ведь это базисные навыки общения, которые мы будем обсуждать в третьей части книги. Когда ты говоришь искренне о себе, то проявляешь доверие к ребенку и показываешь, что он близок и дорог тебе. Тем более что отец прямо объяснял отказ заботой о дочке. А слушать ребенка важно для того, чтобы «разговор» не превратился в монолог-нотацию. Остается надеяться, что и Лена, и ее родители сделают из этого случая положительные выводы и останутся друзьями.

Обратимся к еще одному примеру, в котором речь пойдет и о маленьком ребенке, и о нем же спустя десять лет. Этот пример снова из семейной жизни Милтона Эриксона. Его дочке Кристи в то время два с половиной года.

> *Однажды в воскресенье мы всей семьей сидели и читали газету. Кристи подошла к матери, схватила газету, скомкала ее и бросила на пол. Мать сказала: «Кристи, это не очень красиво выглядело, подбери газету и верни ее мне. И извинись».*
>
> *«Я не должна», — сказала Кристи.*
>
> *Каждый из нас сказал Кристи то же самое и получил такой же ответ. Тогда я попросил жену взять Кристи и отвести ее в спальню. Я улегся на кровать, а жена положила ее рядом со мной. Кристи с презрением смотрела на меня. Она начала выкарабкиваться, но я схватил ее за лодыжку. «Отпусти!» — сказала она.*
>
> *«Я не должен», — ответил я.*
>
> *Борьба продолжалась, она брыкалась и боролась. Очень скоро ей удалось высвободить одну лодыжку, но я*

ухватил ее за другую. Борьба была отчаянной — это было похоже на молчаливую схватку двух гигантов. В конце концов,она поняла, что проиграла, и сказала: «Я подберу газету и отдам ее маме».

Вот тогда и настал главный момент. Я сказал: «Ты не должна». Тогда она, подумав получше, сказала: «Я подберу газету и отдам ее маме. Я извинюсь перед мамой».

«Ты не должна», — вновь сказал я.

Ей пришлось основательно задуматься и поразмышлять: «Я подниму газету, я отдам ее маме, я хочу ее поднять, я хочу попросить прощения».

«Хорошо», — сказал я.

В этой истории много моментов, которые хочется обсудить. Прежде всего заметим, что на отказ девочки извиниться последовала **быстрая и решительная реакция отца**. Для него слова «Я не должна» означали не только непослушание, но и установку, нежелательную для формирующейся личности ребенка. Этого, как понимал Эриксон, нельзя было оставить без внимания.

Девочка, как и каждый ребенок, нуждалась в помощи опытного родителя, чтобы осознать необходимость соблюдения норм, учета интересов и чувств других. Эта помощь последовала сразу, хотя и в несколько необычной форме. Обращает внимание длительность «схватки»; поражает терпеливость отца, но также и стойкость ребенка. Видно, что **происходившее было серьезным делом для обоих**.

Заметим, что обязательность правила и запрет на недопустимое поведение отец передает ребенку через физическое действие: ведь девочка еще маленькая, и развернутые словесные объяснения здесь не годятся. Однако его действие не рассчитано на причинение боли, как это обычно бывает при телесных наказаниях. Это акт, который просто ограничивает активность (своеволие) ребенка **и показывает силу родителя, его способность взять ситуацию в свои руки**.

Дальше отец работает с **сознанием** девочки. Во-первых, отвечая ее же словами («Я не должен»), он помогает ей увидеть ее поведение как бы со стороны — задача непосильная для сознания двухлетнего ребенка без такой помощи и в то же время необходимая для осмысления своего поступка. Но главный момент, по словам самого Эриксона, наступает после согласия девочки сказать то, что от нее требовали окружающие. В ответ отец произносит все то же: «Ты не должна»!

Почему? И почему Эриксон расценивает это как «главный момент»?

Ответ, на наш взгляд, заключается в той задаче, которую Эриксон здесь решает. Его цель — не добиться от девочки правильных слов или правильного внешнего поведения. Он хочет помочь ей **задуматься** и **понять**, что «правильные слова» недостаточны и что речь идет о чем-то другом, более серьезном.

Ребенок пробует догадаться, добавляет еще несколько слов — и опять тот же ответ отца, который показывает, что он не хочет формального согласия, не хочет принуждать девочку, а надеется на ее самостоятельный вывод. В конце концов, ее слова **«хочу»** показывают, что ребенку удается почувствовать свою причастность к тому, что стоит за правилами вежливого поведения.

Так ли это? Будет ли она и дальше следовать этическим нормам?

В продолжении того же рассказа М. Эриксон отвечает на этот вопрос.

Десять лет спустя мои две младшие дочери стали кричать на мать. Я подозвал их и сказал: «Постойте-ка в углу. Я не думаю, что это очень здорово так грубить матери. Постойте и подумайте, согласны вы со мной или нет».

«Я могу простоять там хоть всю ночь», — заявила Кристи. Рокси сказала: «Думаю, что неправильно было кричать на маму. Я пойду и извинюсь перед ней».

Я продолжал работать над рукописью. Через час я посмотрел на Кристи. Простоять час — это все равно утомительно. Я отвернулся и продолжал писать еще час. Снова повернулся и сказал: «Кажется, что даже стрелки часов стали двигаться медленнее». Через полчаса я снова повернулся к ней и сказал: «Я думаю, что реплика, которую ты бросила маме, была очень глупой. И еще глупее было кричать на нее».

Она бросилась ко мне в объятия и, заплакав, сказала: «Я тоже так думаю».

Десять лет без наказаний, продолжает Эриксон, с двух лет до двенадцати. В пятнадцать лет я еще раз наказал ее. И все. Только три раза.

Итак, первого опыта и первого переживания хватило на десять лет, а всего понадобилось «только три раза» за всю жизнь! Можем ли мы принять это за свидетельство правильных и психологически точных действий отца в отношении своего ребенка? Думаю, что да.

Здесь вспоминается очень сходная позиция М. Монтессори. Мы помним, что она страстно призывала не вмешиваться в действия детей, когда те заняты каким-либо делом. В то же время она требовала **решительно пресекать любые грубые, невежливые, наносящие вред другим людям поступки**. Когда такое случалось, она вмешивалась и показывала,

...с какой безусловной строгостью надо останавливать и подавлять все, чего нельзя делать, чтобы ребенок сумел ясно отличать добро от зла.

Освоение ребенком различия между «добром и злом» Монтессори считала «отправной точкой дисциплины».

. . . .

Слова «свобода», «самостоятельность», «добро» и одновременно «решительное пресечение», «недопущение», «запрет» не зря звучат в описании позиции многих талантливых воспитателей. Главное в этой позиции — редкое сочетание безусловной твердости и мудрого понимания ребенка.

. . . .

Общие правила

Нам пора подвести итоги в вопросе о том, как наказывать ребенка. Приведенные примеры содержат большой материал для размышлений. Может случиться, что не всякий способ наказания или наш комментарий к нему вызовет согласие читателей. Некоторые родители могут и, наверное, будут искать свои пути решения этой проблемы. В то же время уверена, что **все** родители хотят, чтобы избранный ими путь помогал растить воспитанного, эмоционально благополучного и успешного ребенка, а также способствовал сохранению добрых отношений с ним.

Поэтому выделим общие правила того, что нельзя делать и о чем, напротив, надо помнить и делать, если возникло желание наказать ребенка.

. . . .

✔ *Нельзя пропускать или надолго откладывать наказание. Оно должно следовать сразу за нарушением правила, за грубым или невежливым поведением. При этом не имеет значения возраст ребенка: чем раньше в своей жизни он встретится с безусловностью правила, тем лучше.*

- *Нельзя делать наказание чрезмерным. Оно — сигнал о важности правила, а не «акт возмездия». Поэтому классические «стояния в углу» или «сидения в дедушкином кресле» вполне подходят.*
- *Нельзя наказанием унижать ребенка. Это значит, что наказание не должно сопровождаться грубым тоном, недоброжелательной критикой или обзыванием.*
- *Совершенно недопустимы физические наказания. Они не только унижают, но и ожесточают ребенка. Они ничего не прививают, а, напротив, разрушают отношения с ребенком и тормозят развитие его личности.*
- *Важно помнить, что смысл наказания — сообщить серьезность и непререкаемость установленных правил. Поэтому надо реагировать на их нарушение, по возможности не пропуская.*
- *Нужно объяснить ребенку (по возможности кратко) смысл недовольства взрослого и сказать, что конкретно от него ждут.*
- *Наказание нужно назначать в относительно спокойном доброжелательном тоне.*

. . . .

Будем надеяться, что при соблюдении того, что изложено в этой главе, вопрос о наказании станет для читателей неактуальным. Ведь главная воспитательная сила взрослого — в его авторитете, а последний достигается правильным образом жизни, умением грамотно и бесконфликтно общаться, заботой о развитии собственной личности!

Но если все-таки речь зайдет о наказании всерьез, то это будет сигналом чего-то упущенного или запущенного. Очень хочется пожелать вам **спохватиться вовремя**!

ВСЕГДА ЛИ БЫТЬ СЕРЬЕЗНЫМ?

Шутки, смех

Дети гораздо подвижнее нас, монотонность утомляет их. Они плохо переносят однообразные занятия, затянувшиеся назидания и даже очень размеренный порядок дня. Им хочется что-нибудь «выкинуть», повозиться, побузить, «возбудить спокойствие». Хорошо известный бой подушками перед сном — пример такой естественной тяги к разрядке.

Один наш хороший знакомый любил повторять:

. . . .

«Человек должен мерцать», то есть почаще переходить от грусти к улыбке, от уверенности к сомнению, от серьезности к шутке.

. . . .

Можно сказать, что дети постоянно «мерцают», это в их природе.

Участие родителей в детских развлечениях и «предприятиях» — большой подарок для детей. Ничто не сближает нас с ними больше, чем совместная игра, выдумка, смех! В такие моменты «мерцания вместе» растет взаимное доверие: ребенок чувствует, что родитель понимает и принимает его вечно живую часть, и тогда в серьезные

моменты он больше готов услышать нас. Нередко шутки, юмор и совместный смех бывают сильнее воспитательных назиданий.

Хочется привести пример.

> *Семья живет в квартире с совмещенным санузлом. Стульчак расположен около стены с теплой дугообразной трубой для сушки полотенец. Подросток поставил на трубу свои мокрые ботинки, и один из них каким-то образом угодил в унитаз. В туалет заходит отец семейства и тут же возвращается, держа в руках окончательно промокший ботинок. Обращаясь к сыну, он говорит:..*

Давайте сочиним воспитательные фразы родителя. Наверное, получится так: «*Миша, ты должен понимать, что ботинок может упасть не туда, куда следует!*», или «*Надеюсь, тебе известно, что на трубу вешают полотенца. Она не для грязных ботинок!*», или еще (сердито, с сарказмом) «*Ты не нашел более подходящего места для своего ботинка?!*»

В действительности отец сказал:

— *Миша, ты не возражаешь, если я* ***временно*** *выну твой ботинок из унитаза, мне надо им воспользоваться, а потом я снова положу его на то же место.*

— *Нет, папочка, не возражаю, — улыбаясь, ответил сын.*

Сцена развеселила всю семью и потом долго рассказывалась знакомым. Кстати, о практических выводах уже не пришлось беспокоиться.

Приведу другой случай.

> *Семья наших знакомых переживала трудности с приучением двенадцатилетней дочки к порядку. Та ленилась вставать, приводить себя в порядок, убирать разбросанные вещи. Родители пытались «достучаться» до нее разными объяснениями — мол, «ты же девочка», «ну посмотри на себя!», «разве так можно?!», но без особых результатов.*

Наконец, им пришло в голову воспользоваться помощью Редьярда Киплинга, точнее, его стихотворением в переводе Маршака. Стихотворение было напечатано и отправлено по почте, конкретно на имя девочки. Обратный адрес гласил:* Р. Киплинг, Великобритания.

Открыв конверт, она прочла:

Горб
Верблюжий
Такой неуклюжий
Видал я в зверинце не раз,
Но горб
Еще хуже,
Еще неуклюжей,

* *Редьярд Киплинг (1865—1936) — английский писатель.*

Растет у меня и у вас.
У всех,
Кто слоняется праздный,
Немытый, нечесаный, грязный,
Появится
Горб,
Невиданный горб,
Косматый, кривой, безобразный.
Мы спим до полудня,
И в праздник, и в будни,
Проснемся и смотрим уныло,
Мяукаем, лаем,
Вставать не желаем
И злимся на губку и мыло.
Совет мой такой:
Забыть про покой

И бодро заняться работой,
Не киснуть, не спать,
А землю копать,
Копать до десятого пота.

Глаза девочки округлились: «Ой! Как он узнал все это про меня?!» (Родители в ответ недоуменно пожимали плечами.) Посмотрев на обратный адрес, она пришла в настоящий ужас: «Боже мой! Какой международный скандал!»

Нельзя сказать, что с тех пор героиня рассказа сразу и во всем стала другой. Но испытанное потрясение, несомненно, оставило свой положительный след, в чем она позже сама признавалась.

Родители находят и другие остроумные способы договориться с ребенком.

Двухлетняя девчушка стоит в своей кроватке с выражением упрямой решимости: никакие силы в мире не заставят ее лечь спать! Дальше происходит диалог:

— Твой зайчик не знает, как укладываться спать.

— Мой зайчик знает все!

— Но твой зайчик не знает, как класть голову на подушечку.

— Мой зайчик знает!

(Укладывает его на подушку, сама пристраивается рядом.)

— Твой зайчик не знает, как лежать тихо.

— Зайчик знает!

— Зато твой зайчик не умеет закрывать глазки.

— Зайчик умеет! (Закрывает глаза и скоро засыпает.)

Действия наоборот

Бывают очень полезны не только действия «в обход», но и совсем не ожидаемые действия родителя.

В одной семье мать, уставшая от боев с дочерью-подростком по поводу уборки комнаты и беспорядка в вещах, пошла на решительный шаг. Все вещи дочери, которые оказывались не на своих местах, она собирала и складывала в ее комнате прямо у порога, тем самым, увеличивая хаос. Входя в комнату, девочка натыкалась на бесформенную кучу. За первыми недовольствами последовало изменение: в комнате стал наводиться порядок.

Еще один случай неожиданных действий мамы:

Четырехлетняя девочка с утра капризничала и не желала одеваться. Она отбросила протянутую рубашку, так что та взлетела вверх. Мать, вместо того чтобы призвать ее к дисциплине (что она обычно делала), повторила ее жест и бросила вверх колготки. Оторопев на секунду, девочка подбросила кофточку. Мама — пижа-

му... Бросание разных вещей продолжалось с нарастающим смехом.

На шум пришел десятилетий брат: «Что это вы тут делаете? А что, мне тоже можно?» Получив разрешение, он открыл шкаф с вещами сестры и начал доставать и подбрасывать вверх ее вещи. Вскоре девочка перестала смеяться: «Теперь хватит! Давайте наводить порядок!» С тех пор подобные капризы с утра не повторялись.

Интересный пример на ту же тему рассказывает в своей книге А. Нилл.

Домоправительница группы девочек пришла ко мне однажды и сказала:

— Милдред не умывается уже неделю, она не хочет принимать ванну и уже начинает пахнуть. Что мне делать?

— Пришли ее ко мне, — сказал я.

Милдред скоро пришла. Ее руки и лицо были очень грязными.

— Послушай, — сказал я строго, — так не пойдет.

— Но я не хочу умываться, — запротестовала она.

— Заткнись, — сказал я. — Кто здесь говорит об умывании? Посмотри в зеркало.

Она посмотрела.

— Ну, и как тебе твое лицо?

— Не такое уж чистое, правда? — спросила она с усмешкой.

— Оно слишком чистое, — сказал я. — Я не потерплю в этой школе девочек с такими чистыми лицами. А теперь убирайся.

Она отправилась прямо к ящику с углем и натерла им лицо до черноты. Потом вернулась ко мне с торжествующим видом.

— Так годится? — спросила она.

Я исследовал ее лицо с должной тщательностью.

— Нет, — сказал я. — Вот на этой щеке еще осталось белое пятно.

В тот же вечер Милдред приняла ванну. Понятия не имею почему.

Размышляя над вопросом: **«Почему с детьми происходит вдруг такой разворот на 180 градусов?»**, можно высказать некоторое предположение.

. . . .

*Часто непослушание детей —
это форма «восстания» против взрослого
в ответ на надоевшие требования.
Когда в своих действиях наоборот взрослый
неожиданно переходит на сторону ребенка,
тому становится больше не с кем
и не с чем воевать.*

. . . .

Чувство юмора

У послушных детей возникает обратная проблема. Их старания быть «правильными», соблюдать нормы и приличия приводят порой к излишней скованности.

. . . .

Родители могут и должны показывать детям, что можно оставаться свободными в рамках внешних правил. «Высокий класс» демонстрирует человек, которому удается вести себя в обществе уверенно и непринужденно.

. . . .

Но для этого нужно пройти путь внутреннего раскрепощения, и чувство юмора здесь незаменимо.

Непринужденность и умение отнестись с юмором к «неловкостям» воспитывались в аристократических кругах старой России. В трилогии Л.Н. Толстого «Детство. Отрочество. Юность» есть замечательный эпизод на эту тему. Герою повести, Николеньке, от лица которого ведется повествование, в этот момент, по-видимому, около десяти лет.

В доме устраиваются детские танцы. Прибывают гости с нарядными девочками, в воздухе — торжественная обстановка. Танцы вот-вот начнутся, и старший брат напоминает, что пора спускаться в зал.

Вдруг Николенька с ужасом осознает, что у него нет белых перчаток, которые полагаются для танцев. Перерыв все комоды, он находит только одну лайковую перчатку, к тому же старую, грязную и с отрезанным средним пальцем. Надев на руку этот остаток перчатки, он с горечью рассматривает свой вылезший средний палец, замазанный чернилами. Затем он спешит в гостиную, совершенно позабыв об этой надетой уродливой перчатке.

Осторожно подойдя к креслу бабушки, он шепотом сообщает о своей беде:

— Бабушка! Что нам делать? У нас перчаток нет!

— А это что,— сказала она, вдруг схватив меня за левую руку.

— Посмотрите, моя дорогая, — продолжала она (по-французски), обращаясь к г-же Валахиной, — посмотрите, как расфрантился этот молодой человек, чтобы танцевать с вашей дочерью.

Бабушка крепко держала Николеньку за руку, пока смех не сделался общим. Переживание мальчика было смешанным. С одной стороны, было стыдно, и он изо всех сил пытался вырвать свою руку. Но, с другой стороны, Сонечка, которая ему очень нравилась, так искренно смеялась, что ему стало легко и весело: *«то, что мы посмеялись вместе и глядя друг на друга, как будто сблизило меня с нею»*.

Описание случая заканчивается замечательными словами Толстого, от имени того же Николеньки:

Эпизод с перчаткой, хотя и мог кончиться дурно, принес мне ту пользу, что поставил меня на свободную ногу в кругу, который казался мне всегда самым страшным, — в кругу гостиной; я не чувствовал уже ни малейшей застенчивости в зале.

Толстой психологически точно и тонко описывает переживание освобождения мальчика от застенчивости. Он также показывает мудрость бабушки, которая понимала, как юмор помогает освобождаться от излишних напряжений.

Опишу также реальный случай, в котором игра и шутки помогли разрядить натянутую атмосферу в гостях.

В семью пришли гости с детьми. Сели за красиво накрытый стол: несколько взрослых и пять-шесть детей в возрасте от трех до двенадцати лет. Взрослые строго

следят, чтобы их дети вели себя «прилично», притихшие дети стараются быть «на высоте». Около трехлетней девочки на столе лежит ее куколка — голышок из пластмассы.

Неожиданно хозяин дома с озорным видом хватает куколку и отправляет ее в банку с лечо. Куколка смешно торчит внутри банки, наполовину утонув в томатном соусе с кусками перца. От неожиданности все замирают, потом разражаются смехом. Куколку общими усилиями выковыривают из банки, вытирают бумажной салфеткой... Постепенно все успокаиваются. И тут — резкое движение того же взрослого «проказника», и куколка опять в лечо. Все повторяется; общий шум, увещевания взрослых, восторг детей. Опять все приходит в норму.

Жена виновника подозрительно на него косится, дети же не сводят с него глаз с выражением восхищения и горячей надежды. «Баловник» принимает грустный и послушный вид, впрочем, поглядывая искоса на детей. В конце концов, куколка в третий раз отправляется в банку под

хохот детей до колик в животе («Мы так и знали!»), а потом еще пару раз — уже руками детей. Наконец общее решение: «Ну, теперь хватит, уже насмеялись и наигрались!» Вымыли перемазанные руки, куколку тоже отмыли под краном. Начались более серьезные и более спокойные разговоры.

Как повела себя куколка — предоставим воображению читателей. А когда стали собираться домой, трехлетняя гостья взмолилась: «Мама, давай здесь останемся жить!»

К этому можно только добавить, что:

. . . .

каждый ребенок, встречаясь с живым детским началом внутри нас, взрослых, переживает это как счастливый подарок судьбы.

. . . .

Мир фантазий

Внутренняя жизнь ребенка проходит в фантазиях, мечтах и играх. Можно даже сказать, что дети — в основном дошкольники и младшие школьники — живут в двух мирах. Вот что пишет об этом детский психолог Мария Осорина в своей замечательной книге «Секретный мир детей»:

Дома ребенок может одновременно сосуществовать в двух разных реальностях — в привычном мире окружающих предметов, где распоряжаются и оберегают ребенка взрослые, и в воображаемом собственном мире, наложенном поверх обыденности. Он тоже реален для ребенка, но невидим для других людей. Соответственно для взрослых он недоступен. Одни и те же предметы могут быть в обоих мирах сразу, имея, однако, там разные сущности. Вот вроде бы просто черное пальто висит, а посмотришь — как будто кто-то страшный.

Воображаемый мир ребенка — это мир сказок, грез, собственных образов и историй; в нем живут разные персонажи, разыгрываются необыкновенные события, где сам «автор» нередко выступает в роли героя. Взрослый никогда по-настоящему не поймет ребенка, если не будет знать об этой его в буквальном смысле двойной жизни.

Однажды мать трехлетнего мальчика обратилась к психологу:

> *Я очень беспокоюсь, у меня ребенок какой-то странный. Говорит, что был на войне и там его ранили в ногу, показывает мне место, куда его ранили. Я говорю: «Ты что, какая война, какая рана?!», а он ни в какую — бубнит одно и то же, и уже не первый день! Может быть, он у меня с ума сошел?*

В отличие от этой мамы, внимательные взрослые, особенно те, кто в силу избранной профессии много жили и общались с детьми, хорошо знают о фантазиях ребенка и помогают нам их понять. Вот снова отрывок из книги М. Осориной:

Мама даже не подозревает, что, рассматривая суп в тарелке, ребенок видит подводный мир с водорослями и затонувшими кораблями, а проделывая ложкой бороздки в каше, представляет, что это ущелья среди гор, по которым пробираются герои его сюжета.

Иногда поутру родители не знают, кто сидит перед ними в образе их родного дитяти: то ли это их дочка Настя, то ли Лисичка, которая аккуратно раскладывает свой пушистый хвост и требует на завтрак только то, что едят лисы. Чтобы не попасть впросак, бедным взрослым бывает полезно заранее спросить ребенка, с кем они имеют дело сегодня.

А. Нилл, проведший несколько десятилетий в ежедневном общении с детьми разного возраста, рассказывает нам о том же:

Шестилетки в Саммерхилле играют весь день напролет — играют со своими фантазиями. Для маленького ребенка фантазия и реальность очень близки друг к другу. Когда десятилетний мальчишка вырядился призраком, ма-

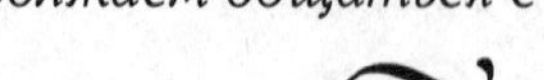

лыши сначала визжали от восторга: они знали, что это всего лишь Томми, и видели, как он заматывался в простыню. Но когда он напал на них, они все завопили от ужаса...

Мне так и не удалось установить, где у них пролегает граница между фантазиями и действительностью. *Когда девочка приносит кукле еду на маленькой игрушечной тарелочке, верит ли она, что кукла живая? Игрушечный конь-качалка — это настоящий конь? Когда мальчик кричит: «Огонь!» — и потом стреляет, верит ли он, что ружье у него в руках — настоящее? Я склонен думать, что, когда игра в разгаре, дети и в самом деле воображают, что их игрушки — настоящие вещи, и только когда вмешивается какой-нибудь бестактный взрослый и тем самым напоминает, что все происходящее плод их воображения, они с размаху шлепаются обратно на землю.*

Почему дети играют «все дни напролет» и создают свой воображаемый мир? Для чего им это нужно? Дело в том, что через фанта-

зию и игру ребенок осваивает мир взрослых, со всей сложностью его устройства, порядка, социальных ролей и человеческих взаимоотношений. Воображая себя солдатом, летчиком, полководцем, он «проживает» в действии (пусть пока в фантазии) своих героев — их характеры, поступки, их героизм и благородство. Как пишет отечественный психолог Даниил Борисович Эльконин, для ребенка *«игра является школой морали, но не морали в представлении, а морали в действии»*.

Вот почему опытные педагоги и психологи призывали бережно относиться и к игре, и к воображению, и к фантазиям детей.

. . . .

«Ни один чуткий родитель
никогда не станет разрушать
мир детской фантазии».
А. Нилл

◆

«Не надо стыдиться играть.
Детских игр нет!»
Януш Корчак

. . . .

Хорошо, если родитель, проявив такт, принимает участие в игре детей. Дети в таких случаях не только счастливы, но и **предельно серьезны**, так что и нам приходится сохранять в игре полную серьезность.

Вспоминается одна такая игра в нашей семье. Моя внучка восьми лет (ученица 2-го класса) усадила свою маму, старшую сестру и меня играть «в школу». Она, конечно, в роли учительницы, а мы — ученики. Мы писали буквы, считали (иногда нарочно ошибались), нас по-

правляли, делали замечания. Кто-то из нас время от времени нарушал дисциплину, жаловался на соседа (тогда учительница строго одергивала обоих), повторно просился в туалет (повторно не отпускала).

Наконец наступил урок рисования, и было задано нарисовать льва! Каждый в меру своих способностей изобразил, что мог. На моем рисунке лев был, прямо скажем, трудно узнаваем. Начался обход «учителя» с проставлением оценок. Я замерла в ожидании своей участи.

«Учитель» — своей старшей сестре (у которой явные способности к рисованию):

— Неплохо, ...тут можно еще подправить, но в общем пять с минусом!

Следующий — рисунок мамы:

— Немного хуже, пожалуй, могу поставить четыре.

Наконец долгий взгляд на мое произведение:

— Да, Юлечка, больше трех с минусом поставить тебе никак не могу, ты у нас все-таки очень слабенькая!

Я съежилась под тяжестью приговора, а тут еще злорадные улыбки моих «одноклассниц»...

«Бедные дети, — подумалось мне, — как они только выживают в атмосфере наших непрерывных оценок в школе и дома!»

. . . .

*Включаясь в фантазии ребенка,
можно не только лучше понять его,
но и помочь справиться со страхом
и другими эмоциональными проблемами.*

. . . .

Об одном таком случае рассказывает американский психолог Вилл Макдональд.

Однажды, когда моей дочери было три года, я услышал ужасный вопль из ее комнаты. Я пошел посмотреть, что случилось, и обнаружил Джессику, которая, забравшись на кровать, кричала, что в ее комнате по-

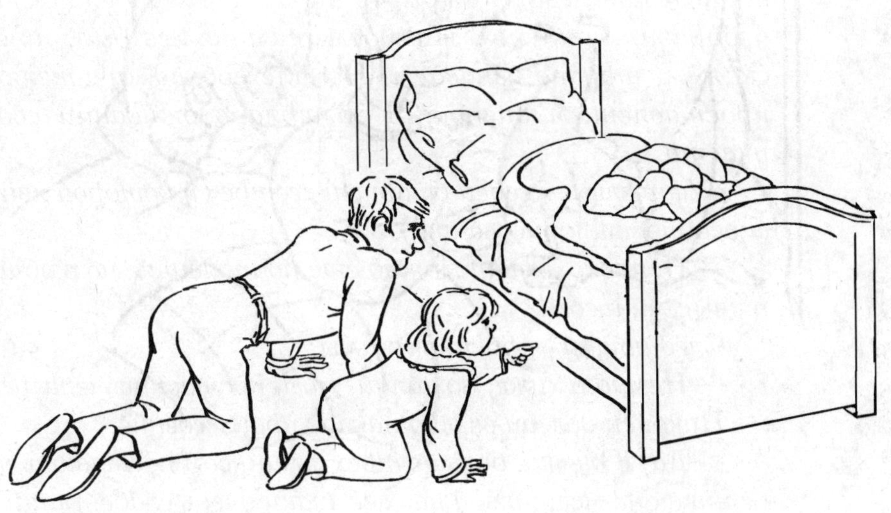

явился монстр (чудовище). Когда я сказал, что не вижу никакого монстра, она ответила, что я, когда входил в комнату, испугал его, и он спрятался под кровать. Мы встали на четвереньки и стали его искать под кроватью. Я опять ничего не увидел, но она заявила, что это ее собственный монстр, поэтому видит его только она. Тогда я сказал, что раз это ее монстр, то она может сделать с ним все, что хочет. Например, она может сделать его совсем большим, но это было бы страшно. Она может также сделать его маленьким. Второе ей понравилось, и она уменьшила его до размера плюшевого медвежонка.

Этим вечером мы поехали ужинать в ресторан, и Джессика, уже подружившаяся с монстриком, взяла его с

собой. На обратном пути домой с заднего сиденья вдруг раздался громкий плач Джессики: «Я забыла своего монстрика в ресторане!» Ее шестилетний брат, искушенный в таких вещах, сказал: «Все в порядке, Джесс, он у меня в кармане».

Сказки и истории

Можно сказать, что известные сказки — это мир детских фантазий, созданный живыми, талантливыми взрослыми. Эти же фантазии возвращаются к детям, развивая и обогащая их. Раньше сказки рассказывались старыми бабушками, в наше время их чаще читают родители. **Сказки нужны детям как воздух.**

Еще дети любят слушать **истории**. Это те же сказки, только «про жизнь», и они бывают не менее захватывающими. Вот как об этом пишет русский историк Сергей Михайлович Соловьев (его детство пришлось на 20-е годы XIX столетия).

Самыми близкими и любимыми существами для меня в раннем детстве были старая бабушка и нянька. Последняя, думаю, имела немалое влияние на образование моего характера.

Как теперь я помню эти вечера в нашей тесной детской: около большого стола садился я на своем детском стулике, две сестры… старая бабушка с чулком в руках и нянька-рассказчица, также с чулком и в удивительных очках, которые держались на носу только. Небольшая, худощавая старушка с очень приятным выразительным лицом без умолку рассказывала о странствиях своих вдоль по Великой и Малой России. Несколько раз (не менее трех) путешествовала она в Соловецкий монастырь и столько же раз в Киев, и рассказы об этих путешествиях составляли для меня высочайшее наслаждение.

Рассказывала нянюшка и о дальних странах — например, об Астраханской губернии, куда она была запродана купцам еще девочкой, *«о Волге, о рыбной ловле, больших фруктовых садах, о калмыках и киргизах, о похищении последними русских людей, об их страданиях в неволе и бегстве»*. Все это переносило воображение мальчика далеко за пределы «тесной детской» и будило стремление узнавать все больше о странах, временах и народах.

> *Если я и родился со склонностью к занятиям историческим и географическим, — замечает С. Соловьев, — то постоянные рассказы старой няни о своих хождениях, о любопытных дальних местах, о любопытных приключениях не могли не развить врожденной в ребенке склонности.*

Так простые неграмотные бабушки, наши чудесные «Арины Родионовны», ведя неспешные беседы, «образовывали» души и характеры детей, впоследствии становившихся знаменитыми поэтами и учеными!

В наше время традиция личных бесед и увлекательных рассказов постепенно разрушается из-за технических средств массовой коммуникации. У родителей возникает соблазн переложить свои функции на мультики, видики и прочее. Но **личное общение с ребенком ничем заменить нельзя**! К тому же оно имеет много разных форм и «жанров».

К их числу относится, например, придумывание историй. Сошлюсь снова на практику А. Нилла.

> *Через воскресенье по вечерам, — пишет Нилл, — я рассказываю младшим детям истории из их собственных приключений. Я делаю это годами.*

В рассказах Нилла дети совершали путешествия в глубины Африки, на дно океанов, улетали далеко в небо за облака. В этих историях происходили воображаемые события в том числе и из их школьной жизни.

> *Некоторое время назад я рассказал им, что случилось после моей смерти. Саммерхилл перешел под начало сурового человека по имени Маггинс. Он сделал уроки обязательными. Если кто-то произносил всего лишь «черт!», его наказывали розгой. Я живописно изобразил, как все они кротко подчинились его приказам.*
>
> *Детвора — от трех до восьми лет — пришла в ярость: «Мы не подчинились. Мы все убежали. Мы его убили молотком. Думаешь, мы бы стали терпеть такого человека?»*
>
> *В конце концов я понял, что смогу успокоить их, только ожив и вышвырнув господина Маггинса за порог.*

Придумывание историй и сказок проходит особенно драматично, когда дети и взрослые **сочиняют их вместе**.

Замечательный пример такой «сказки вместе» мы находим у Марины Цветаевой в рассказе «Сказка матери». Это рассказ автобиографический. Марина (ей примерно шесть лет) и ее младшая сестра Ася (на три года младше) слушают маму. Приводим лишь небольшие кусочки из этого редкого по своему очарованию текста.

> *— Жила-была мать, у нее были две дочки...*
>
> *— Муся и я! — быстро перебила Ася. — Муся лучше играла на рояле и лучше ела, а зато Ася... Асе зато вырезали слепую кишку, и она чуть не умерла.*
>
> *— Да, — подтвердила мать, очевидно не слышавшая и сочинявшая свою сказку дальше, а может быть, ду-*

мавшая совсем о другом, — две дочери, старшая и младшая...

— А зато старшая скоро состарилась, а младшая всегда была молодая, богатая и потом вышла замуж за генерала, Его Превосходительство, или за фотографа Фишера, — возбужденно продолжала Ася, — а старшая за богадела Осипа, у которого сухая рука, потому что он убил брата огурцом. Да, мама?

— Да, — подтвердила мать.

— А младшая потом еще вышла замуж за князя и за графа, и у нее было четыре лошади. А старшая — в это время — так состарилась, стала такая грязная и бедная, что Осип ее из богадельни выгнал: взял палку и выгнал.

— И вот, когда тот разбойник потребовал, чтобы она выбрала, она, обняв их обеих сразу...

— Мама! — завопила Ася. — Я совсем не знаю, какой разбойник!

— А я знаю! — я, молниеносно. — Разбойник, это враг этой дамы, этой мамы, у которой было две дочери. И это, конечно, он убил их отца....

— Ма-ама! Как Муся смеет рассказывать твою сказку?

— Потому что он был в нее влюблен! — торжествовала я, и уже безудержно: — И ему лучше было ее видеть в могиле, чем...

— Какие африканские страсти! — сказала мать. — Откуда это у тебя?

— Из Пушкина. Но я другому отдана, и буду век ему верна. (И после краткой проверки.) Нет, кажется, из «Цыган».

— А по-моему, из «Курьера», который я тебе запретила читать....

— А кого, мама, она все-таки больше жалела? — не вытерпела Ася. — Потому что одна была болезненная... плохо ела, и котлет не ела, и бобов не ела, а от наваги ее даже тошнило... Но чтобы она нечаянно не умерла с голоду, мама становилась перед ней на колени и говорила: «Ну ррради Бога, еще один кусочек: открой, душенька, ротик, я тебе положу этот кусочек!» Значит, мама ее — больше любила!

— Может быть... — честно сказала мать,— то есть больше — жалела, хотя бы за то, что так плохо выкормила.

— Мама, не забудь про аппендицит! — взволнованно, Ася.

Только через несколько лет в народе пошел слух о каком-то святом отшельнике, живущем в пещере, и...

— Мама! Это был — разбойник! — закричала я. — Это всегда так бывает. Он, конечно, стал самым хорошим на земле, после Бога! Только — ужасно жаль.

— Что жаль? — спросила мать.

— Разбойника! Потому что когда он так, как побитая собака, — поплелся — ни с чем! — она, конечно... ***я бы****, конечно, его страшно полюбила: взяла бы его в дом, а потом бы непременно на нем женилась.*

Даже в этих отрывках, которые лишь частично передают всю художественную и психологическую красоту полного рассказа, обнаруживаются «горячие точки» переживаний девочек, их почти «африканские страсти». Здесь ревность и соперничество, борьба за превосходство и за любовь матери. Балуемая младшая претендует на особое положение, использует любые средства, в том числе «моральное уничижение» старшей сестры и превознесение себя. Старшая готова дать бой, но, с другой стороны, проявляет трогательное милосердие и жертвенность, выражая готовность приютить несчастного разбойника. В целом сказка позволяет узнать о внутренней жизни девочек то, что они никогда не смогли бы рассказать прямо.

И так — с любыми детьми!

Еще один жанр — **развивающие беседы**. Мы уже встречались с такими беседами в первой части, рассказывая о прогулках отца Р. Фейнмана со своим сыном. Подобные разговоры родителей с детьми бывают наполнены не только вопросами, но и загадками, юмором, смехом. Один пример из книги А. Звонкина.

Летом мы снимали дачу в Подмосковье, и к нам в гости приехал Петя. Мальчики вспоминали, как они недавно ходили в зоопарк и как им показывали обезьян.

Я вмешался в их разговор и сказал, что это не им показывали обезьян, а их показывали обезьянам. Такая инсинуация с моей стороны не могла не вызвать решительный протест, но они не сразу нашли, что ей противопоставить.

— Мы на них смотрели.

Такой аргумент разбить легче легкого:

— Ну и подумаешь, смотрели! Они тоже на вас смотрели.

Второй аргумент был гораздо серьезнее:

— Мы можем ходить, где хотим, а обезьяны не могут. Они в клетке сидят.

Но я и на это нашел, что возразить.

— Нет, вы ходите не где хотите. Например, вам нельзя ходить внутри клетки. А обезьянам нельзя снаружи. Просто есть решетка, и обезьяны ходят, где хотят, с одной стороны решетки, а вы — с другой.

Так мы еще спорили некоторое время...

Игры и загадки

Чем еще может родитель заниматься вместе с детьми с пользой для них и для своих взаимоотношений с ними? Возьмем, например, настольные игры, шашки, шахматы. Такие занятия полезны во многих отношениях. Они развлекают, развивают, сближают; одновременно они помогают решать некоторые психологические задачи.

Одна из важных задач родителя — **научить ребенка проигрывать**. Известно, что некоторые дети не переносят проигрышей: плачут, устраивают сцены, отказываются играть. Не стоит в таких случаях жалеть ребенка, идти у него на поводу, стараться нарочно проиграть. Ведь игра — это прообраз жизненных ситуаций, где будут соревнование, соперничество и, конечно, возможные проигрыши.

. . . .

Ваша игра с ребенком готовит его к жизни.
Через игру он может понять, что, во-первых,
его не всегда ждет успех; во-вторых,
что для успеха надо работать, думать
и много знать; в-третьих,
что проигрыш еще не «конец света».

. . . .

Все эти и другие эмоциональные уроки игры в наших руках. Лучше всего с особенно чувствительным ребенком поговорить заранее. Отметить, что каждый из нас будет время от времени проигрывать, и тогда каждый может **поделиться своим огорчением**, а другой может ему **посочувствовать**. Конечно, у выигравшего будет соблазн порадоваться, это естественно, но лучше удерживаться от чрезмерного торжества, чтобы другому было не так обидно. Можно обсудить, где еще с нами случаются (или могут случиться) похожие огорчения и как лучше их преодолевать. Можно подняться даже до оптимистической идеи о пользе неудач: в чем эту пользу можно найти?

В совместных играх ребенок развивается умственно, причем вы становитесь свидетелем и участником этого процесса. Вот пример.

Обычная настольная игра, в которой бросается кубик с очками от 1 до 6, и каждый играющий делает своей фишкой ходы, то продвигаясь по проложенному пути ровно, то

взлетая на много шагов вперед, то проваливаясь вниз на предыдущие позиции. Ребенку пять лет, и ему постепенно становится скучно от медленного продвижения фишек. Вообще игра на первых порах была полезной и интересной — в ней осваивался порядковый счет и количества: что такое два, три шага или даже шесть! Но все это уже позади. И тут ребенок догадывается взять второй кубик. Теперь намного интереснее! Во-первых, игра идет быстрее; во-вторых, счет шагов доходит до 12, а главное, теперь ребенку приходится складывать выпавшие очки — и он быстро осваивает эту операцию. Через некоторое время он предлагает взять три кубика! Так незаметно осваиваются арифметические действия с переходом через десятку.

Когда такое «изобретение» с кубиками приходит в голову, важно не торопить ребенка — ни с самой идеей, ни со счетом. Надо помнить, что ему необычайно важно все, до чего он додумывается **сам**!

Еще один пример относится к играм в карты. Не думаю, что игра в карты — это всегда плохо. Даже играя в «подкидного», вы можете вместе пройти через переживания разочарований и побед, о чем шла речь выше. Но есть и более «умные» карточные игры, с большим развивающим потенциалом.

Это тоже из опыта одной семьи. Отец, мать и сын тринадцати лет находят время поиграть в «Кинга». Игра предполагает внимательность, счет и расчет. В ней много конов, и в конце каждого кона играющие получают баллы. Баллы записываются, игра продолжается довольно долго.

В конце всей игры возникает идея построить график по результатам каждого игрока. Графики обнаруживают интересную картину: резкие взлеты и падения у мамы (рискующий игрок) с окончательным результатом — на последнем месте! У папы более ровный график (более осторожная тактика), однако с некоторыми досадными прова-

лами; объяснение «автора» — «терял бдительность»; общий результат — второе место. У сына осторожная и внимательная игра: незначительные проигрыши компенсировались большими выигрышами — первое место.

В заключение все трое весело обсуждают, как здорово с помощью графиков можно увидеть тактику каждого и даже проявления их характеров! Очевидно, что для сына тема графиков в школе окажется знакомой и понятной.

Замечательную историю из своего детства рассказал известный математик Владимир Игоревич Арнольд.

После стольких поколений предков стал математиком и я, хотя наша учительница Анна Федоровна объяснила моей матери, что я второй класс не осилю, так как до сих пор не выучил таблицу умножения (и, следовательно, не имею нужных для арифметики математических талантов).

«Когда я его спрашиваю, сколько будет четырежды семь, то вижу, что он наизусть этого не знает, а быстро-быстро складывает в уме», — объясняла учительница.

В тот же вечер бабушка Вера Степановна навсегда обучила меня всей таблице умножения. Она сделала для этого колоду карточек, на каждой из которых на одной стороне написала вопрос (скажем, «семью восемь»), а на другой — ответ («пятьдесят шесть»). Играть этой колодой нужно было как в «пьяницу»: отвечаешь, переворачиваешь карточку, и если ответ верен, то откладываешь ее, как «выигранную», а если нет — кладешь ее в низ колоды и читаешь следующую карточку.

Колода невыигранных карточек быстро уменьшается, и через какой-нибудь час одинокой игры остается всего три-четыре карточки, для которых ответы теперь

запоминаются автоматически, сами собой. Игры обучают лучше, чем наказания.

Дети любят решать **задачи на сообразительность**, особенно когда их задают с учетом возраста и возможностей ребенка. Много задач и загадок разной трудности можно найти в замечательной книге Е.Г. Козловой «Сказки и подсказки».

Но есть совсем простые «каверзные» задачки, которые вполне доступны пониманию дошкольника, и в то же время не сразу решаются взрослыми. В таких случаях ребенок, когда он уже знает ответ, с удовольствием наблюдает ошибки и «муки» родителя: **наконец, роли переменились и «отливаются его слезы»**! Это забавляет и подогревает желание найти другие подобные задачки. Для начала приведу две из них.

Первая звучит так:

«Сколько весит кирпич, если он весит один килограмм, и еще полкирпича?» (Только не отвечайте сразу: «полтора», это обычный, но неверный ответ!)

Вторая задача — это, скорее, интеллектуальный «фокус», которому вы можете научить ребенка, чтобы он показывал его другим: папе, бабушке или однокласснику.

> *Задумай число в пределах десятка. Помножь его на семь. Вычти задуманное число. Раздели то, что получилось, на шесть. Снова вычти задуманное число. К тому, что получилось, прибавь пять. Помножь это на четыре. У тебя получилось* ***двадцать!***

Читатель может проверить правильность ответа, задумав число и проделав все шаги. Если не сразу, то через два-три раза, меняя задуманное число, вы догадаетесь, в чем тут дело. А потом, разобрав все с ребенком (если он еще не опередил вас), вы сможете сочинять другие последовательности шагов и с другими числами, которые приведут вас к безошибочной отгадке.

Приходят на ум и другие увлекательные занятия с детьми. Это и подвижные игры — в прятки, в жмурки, в рукопашную, и совместные предприятия — рыбная ловля, запускание змея или шитье одежды для куклы; и устройство сюрпризов и «секретных» подарков.

Время для ребенка

. . . .

Родителям просто необходимо
хотя бы в какой-то доле иметь
время для ребенка и в течение этого времени
жить в его мире, то есть играть, интересно
беседовать, фантазировать,
шутить и смеяться вместе с ним.

. . . .

Ссылка на занятость — не очень убедительное оправдание. В конце концов, «очень занятый родитель» — это человек, определивший свои приоритеты, в которых ребенку досталось не так много места и времени, так сказать, «по остаточному принципу». Но если человек успешно работает, он также успешно может решать для себя и своего ребенка судьбоносную задачу: как делиться с ним своим временем и талантом!

В этой связи хочется привести еще один пример очень талантливого родителя, имя которого ни у кого не вызывает сомнения в его профессиональном успехе и огромном труде, который он вкладывал в свою работу. Эту возможность нам дают воспоминания Лидии Чуковской о своем отце, Корнее Ивановиче Чуковском.

В доме Чуковских сложился такой порядок: обычно Корней Иванович после многочасовой работы выходил к детям, которые ждали его с нетерпением.

> *От него мы всегда ожидали веселого чародейства. Если с ним, значит уж так завлекательно — не оторвешься...*
>
> *Он охотно играл с нами и в самые распространенные, общепринятые, незамысловатые игры: в палочку-выручалочку, перегонки, снежки, даже в кучу малу: ни с того ни с сего хохот, толкотня, клубок тел на полу, визг...*
>
> *Он научил нас играть в шахматы и шашки, разыгрывать шарады, ставить пьесы, строить из песка крепости и запруды; он поощрял игры — кто выше прыгнет, кто дальше пройдет по забору или по рельсу, кто лучше спрячет мяч или спрячется сам; играл с нами в городки, скакал на одной ноге до калитки и обратно.*

Чуковский-отец пристально следил за моральным воспитанием детей. Он не терпел «разгильдяйства», безделья, работы вполсилы, приучал их к труду. Но и в обыденных делах он умел задеть живые струнки детей.

Он превратил для нас в любимую игру уборку письменного стола; какая это была радость: выковыривать кнопки особой раздвоенной лопаточкой, постилать на стол новую зеленую бумагу и ровненько закалывать ее кнопками; протирать ящики особой тряпкой, которую он хранил в потайном месте, и потом, по его поручению, мчаться к ручью — стирать ее серым, тоже извлеченным из особого тайника мылом.

Корней Иванович сам обучал детей английскому языку, к которому питал страсть смолоду. Уроки он также превращал в увлекательную игру.

«Сухопарая экономка знаменитого лысого путешественника, заболев скарлатиной, съела яичницу, изжаренную ею для своего кудрявого племянника. Вскочив на гнедого скакуна, долгожданный гость, подгоняя лошадь кочергой, помчался в конюшню...»

Это мне задано. Это я должна к завтрему перевести на английский. Чушь эту сочинил для меня он сам; для Коли — другую, столь же несусветную; он составил эти интересные сочинения из тех английских слов, которые накануне дал нам выучить.

Мне лет шесть или семь; Коле — девять или десять. Мы переводим подобную ахинею верстами и от нее в восторге. Радостный визг и хохот! «Подгоняя лошадь кочергой!..»

«Старая дева, объевшись замазкой, упала в пруд».

Объевшись замазкой! Какая радость! Мы были неприхотливы и смеялись взапуски. Когда же после ахинеи, белиберды, чуши откроешь, бывало, книгу Диккенса на той странице, к которой он нас готовил, и сама, без его помощи, узнаешь, что случилось дальше с Оливером Твистом, — о! ради этого стоило зубрить слова и даже терпеть его немилость.

Из всего, что мы обсудили в этом разделе, **простой вывод**:

. . . .

✔ ***Веселое и радостное общение с ребенком оказывается гораздо более эффективным, чем воспитание «в лоб»!***

. . . .

часть третья

~

Наше общение

СЛУШАТЬ И СЛЫШАТЬ

Мы общаемся с ребенком всегда — когда учим и приучаем, когда кормим и гуляем, наказываем и играем. От того, как проходит общение, зависят и результаты воспитания, и, конечно, общее благополучие ребенка, да и нас самих. В предыдущих главах мы неоднократно упоминали о важности **доброжелательной атмосферы общения**.

Такая атмосфера зависит не только от характера взрослого и не только от поведения ребенка. Она создается благодаря овладению и использованию **навыков общения**.

. . . .

Влияние правильных навыков, или техник, общения на состояние человека и его взаимоотношения с другими в том числе собственным ребенком, — это настоящее открытие, которое пережили и продолжают переживать все, кто поверил в эти техники и стал их осваивать.

. . . .

В психологии был найден замечательный способ помощи собеседнику в случаях, когда ему трудно справиться с ситуацией, пережить неудачу, выразить еще не вполне ясные чувства или мысли. Он получил название **техники активного слушания**.

Основы этой техники описаны в книге «Общаться с ребенком. Как?» (урок 5). Там же приведено много примеров и подробностей, с которыми стоит познакомиться. Здесь мы не будем повторять все, скажем лишь основное. А затем обсудим более глубокие позитивные следствия ее применения.

Пойдем «от печки»

При активном слушании ваша задача – **понять говорящего и дать ему знать об этом**. Когда мы говорим «понять», то имеем в виду не только содержание его слов, но и его эмоциональное переживание.

Обнаружено, что решить эти обе задачи (понять и дать знать) помогает следующий прием:

. . . .

*Вы повторяете то, что сказал собеседник,
и при этом называете его чувство или состояние.*

. . . .

Если ваш ответ точен, то собеседник чувствует, что вы как бы присоединились к его переживанию, что вы «разделили» его. И это чувство очень важно для каждого: происходит то, о чем говорит мудрая пословица: «Разделенное горе уменьшается вдвое, а разделенная радость вдвое усиливается».

Напомню некоторые **рекомендации**.

– Воспроизводя сказанное собеседником, вы можете повторить отдельное слово, или фразу, или использовать парафраз (то есть передать тот же смысл другими словами); если человек говорил долго, то можно сделать **резюме**.

Возьмем пример. Маленькому ребенку сделали укол, он плачет и говорит: «*Больно, доктор плохой!*» Ваш ответ: «*Тебе больно и ты сердишься на доктора*» (заметим, этим не закончится ваша беседа с ребенком, мы обсуждаем лишь ваш первый ответ).

Другой пример: ваша дочка-школьница заявляет: *«Не надену я эти дурацкие туфли, над ними все в классе будут смеяться!» Ваш ответ в стиле активного слушания: «Тебе не нравятся эти туфли, ты боишься, что ребята тебя засмеют»*.

В первом примере в ответе родителя было точно повторено слово «больно», а также озвучено чувство ребенка «сердишься». Во втором примере слова «*боишься, что ребята тебя засмеют*» есть парафраз высказанного опасения девочки («*все в классе будут смеяться*»), а также называется ее чувство («*боишься*»).

– Наряду с активным слушанием используется так называемое **пассивное слушание**. Это тоже форма активного внимания к проблеме собеседника, только с малым количеством слов. Это могут быть отдельные слова, междометия («как жаль», «неужели?», «ой!» «гм-гм»...), кивки головы, внимательный взгляд.

В технику активного слушания входит также ряд других правил и рекомендаций.

– Очень важно после вашего ответа **держать паузу**. Она нужна для того, чтобы дать собеседнику пространство и время подумать и, может быть, сказать больше. Она же дает вам возможность сосредоточиться на собеседнике, отстраняясь от собственных мыслей, оценок и чувств. Такое умение отстраняться от себя и переключаться на внутренний процесс собеседника (иногда даже говорят погружаться в него) — одно из главных и трудных условий активного слушания. Когда оно выполняется, между вами и собеседником возникает раппор. Это иностранное слово означает особенно доверительный контакт.

– Еще одна важная подробность касается ваших интонаций. Повторять сказанное нужно в **утвердительной**, а не вопросительной форме. Когда вы задаете вопрос, то это значит, что вы хотите

информировать себя. А когда вы произносите ту же фразу в утвердительной форме, вы рассказываете собеседнику то, что услышали о нем.

Давайте сравним: видя, например, страдание на лице другого, в одном случае вы можете спросить: «Тебе больно?»; в другом случае вы произнесете утвердительно: «Тебе больно». Где прозвучит больше сочувствия и понимания? Признаюсь, разница тонкая, но человек «в беде» ее всегда замечает. И это потому, что в первом случае вы задаете вопрос для себя, чтобы подтвердить свое впечатление (пусть даже о нем). Во втором же случае вы показываете, что вы разделяете **его** боль.

– Чтобы поддерживать контакт, полезно также подстраиваться под собеседника **невербально**, то есть повторять его позу, мимику, жесты, интонации, громкость и темп голоса, движения глаз и головы. Важно, чтобы ваши глаза находились на уровне его глаз.

Есть несколько рекомендаций, которые начинаются с **«не»**.

– **Не начинать** слушать, если нет времени. Это понятно: представьте себе, что, начав беседу и установив доверительный контакт, вы вдруг говорите: «Ах, извини, я очень спешу!» Ваш собеседник может почувствовать разочарование и даже обиду и будет прав.
– **Не расспрашивать.** Об этом шла речь выше в связи с вопросительной интонацией. Прямые вопросы и тем более расспросы нежелательны. Ведь задавая вопросы, вы удовлетворяете свое любопытство, и собеседник это почувствует.
– **Не давать советов.** Советы — это первое, что обычно приходит в голову, когда возникает желание помочь. Больше того, человек, оказавшийся в беде, часто сам просит: «Скажи, что мне делать?» Жизнь показывает, что на самом деле советы не работают. На это есть несколько причин.

  Во-первых, когда вы даете совет, то как бы ставите себя выше другого. Это его (сознательно или бессознательно) обижает, и он стремится развенчать ваши «умные» рекомендации. Во-вторых, вы исходите из своего понимания ситуации, а для него пробле-

ма может выглядеть совсем по-другому (вот почему совет, который начинается со слов: «Я бы на твоем месте...», часто встречает возражение: «А я не ты, и я так не могу!»). Наконец, в-третьих, обычно то, что вы советуете, человеку уже и так приходило в голову — ведь он с этой проблемой пробыл дольше вас. Вот почему разговор с советами часто проходит по такому образцу: вы говорите — «*Почему бы тебе не ...?*», на что получаете ответ «*Да, но...*»

Рассмотренными «не» не ограничиваются «подводные камни», которые встают на пути практического овладения активным слушанием. Их гораздо больше, и в их число входят наши **привычные фразы**, которыми мы отвечаем на жалобу, беду или переживание другого.

Вопросы и советы стоят во главе списка таких типичных ответов. Приведем остальные, снабдив их примерами (которые, конечно, будут контрпримерами, то есть тем, **как не надо**) и комментариями к ним.

Напомню, что в этих примерах предполагаются ситуации, где у вашего ребенка (или взрослого партнера по общению) «наполненный эмоциональный стакан», то есть он нуждается в сочувственном (активном) слушании.

- **Приказы, команды:** «*Сейчас же перестань реветь!*»
  (Ясно, что до сочувствия здесь далеко!)
- **Предупреждения, угрозы:** «*Еще раз так скажешь, получишь!*», «*Будешь не слушаться, запру в чулан!*»
  (Нет понимания и нет желания понять. На первом месте — цель «навести порядок», а для этого припугнуть.)
- **Морали, нравоучения, проповеди:** «*Сколько раз тебе говорил: слушайся старших. Теперь пеняй на себя!*», «*Все беды происходят от шалопайства. Тебе говорили: надо трудиться!*»
  (В ответ — молчаливое переживание ребенка: «И так тошно, а тут еще со своими моралями». «Когда так говорят, хочется заткнуть уши ватой!» (реальное высказывание подростка.)

- **Критика, выговоры, обвинения:** *«Вечно ты влипаешь в истории!», «Такая дылда, а ума не набрался!»*
  (Еще один щелчок по самолюбию!)
- **Обзывание, высмеивание:** *«Плакса-вакса», «Лапша», «Нытик», «Нельзя быть таким ослом!», «Смотрите-ка, нашего Эйнштейна не оценили!»*
  (Нельзя приклеивать ярлыки, а шутить лучше теплее.)
- **Догадки, интерпретации:** *«Ты злишься, потому что у тебя самого ничего не получается», «Ты, наверное, поругался со своей девочкой, вот и киснешь».*
  (В этих фразах — отстраненное суждение и вторжение в личное пространство. Люди не любят, когда их «вычисляют».)
- **Сочувствие на словах, уговоры, увещевания:** *«Ничего, пройдет», «Я тебя понимаю, но не стоит так сокрушаться», «Это пустяки», «У меня тоже так было — и ничего, выжил».*
  (Вместо того чтобы разделить переживание собеседника, «сочувствующий» принижает или обесценивает его чувства. Это несправедливо и обидно.)

Конечно, в жизни все эти типы фраз перемешаны и редко встречаются в чистом виде. Например, возьмем случай: огорченный сын приходит из школы и сообщает, что получил «двойку». Отец говорит:

> *Ну вот, я так и знал! Ну что мне теперь с тобой делать?! Человеческих слов ты не понимаешь, лоботрясничаешь! Неужели ты не видишь, как родители для тебя стараются? И вместо благодарности — эти твои замечательные «успехи»! Я все это дальше терпеть не намерен, придется принимать меры!*

Вам, наверное, будет нетрудно узнать в этой тираде отца смесь разных типов традиционных реплик без стремления услышать и понять проблему сына. Научиться активно слушать непросто.

. . . .

При активном слушании приходится внимательно наблюдать, эмоционально отзываться, быстро схватывать смысл, владеть языком и многое другое. К тому же надо отрешиться от себя, своих мыслей и переживаний, поместить себя в «кожу» собеседника.

. . . .

Важно знать, что все эти трудности преодолимы, правда, не сразу. Нужны упражнения и тренировка. Впрочем, желание упражняться обычно поддерживается радостью первых успехов.

Приведу несколько удачных примеров. Первый — короткий рассказ мамы.

Моей дочке два года и десять месяцев. Вчера идем с ней на занятия. Дочка застревает около любимого сугроба. Говорит:

— Не хочу на занятия, хочу гулять! Не хочу на занятия.

— Хочешь погулять.

— Да-а!

— Хочешь в сугробе поваляться.

— Да-а!

— А что тебе мешает?

Очень сильно задумывается. Потом:

— Не знаю.

Еще думает, я молчу, она еще пару раз говорит: «Хочу гулять». Потом думает еще, и вдруг произносит:

— Пойдем на занятия.

В этой сценке мы видим, как мамино активное слушание помогло ребенку самостоятельно решить проблему. Кроме того, видно, что если контакт уже установился (мама дважды получила от девочки «*да-а*»), то один ее вопрос процессу не помешал.

Еще один пример, записанный молодой девушкой, которая впервые попробовала активно послушать ребенка.

Сестра попросила меня посидеть с ее дочкой. Они с мужем должны были уехать и вернуться поздно. Олечка очень болезненно реагировала на отсутствие мамы. Для нее это всегда было стрессом и кончалось слезами, которые долго нельзя было остановить. В результате Олю было сложно уложить спать, и ночью чаще всего она спала плохо, ворочаясь и вздрагивая. За исключением последнего раза, я никогда не разговаривала с ней методом активного слушания.

На этот раз события развивались так: Оля села на кровать, сгорбилась, скорбно сложила руки и захныкала: «Я хочу к маме!» Мама к этому времени еще не ушла, одевалась в соседней комнате. Я молча подсела к ней и начала гладить ее по плечу. Она надула губы трубочкой и

еще более плаксиво повторила: «Я хочу к маме мое-е-ей!» Я опять ничего не сказала, только глубоко и сочувственно вздохнула и продолжала гладить ее по плечу. Тут она посмотрела на меня, залезла ко мне на колени, уткнулась лицом в грудь и начала плакать, всхлипывая. Я обняла ее и сказала: «Ты будешь скучать по маме. Тебе бы хотелось, чтобы она сейчас осталась с тобой». Оля покачала головой в знак согласия и через несколько минут уже перестала плакать.

Честно говоря, для меня это было очень удивительно. Я не ожидала такого быстрого эффекта. «Маме надо уйти, и ты это понимаешь, но тебе все равно так хочется, чтобы она осталась», — продолжила я. Оля опять покачала головой. Я не переставала гладить ее по плечу, слегка покачиваясь. «Ты у меня умница. Мне нравится, что ты перестала плакать... Тебе грустно, но ты не будешь расстраивать маму и плакать у нее на глазах». Я посмотрела Оле в глаза и улыбнулась. Она улыбнулась мне в

ответ, опять прижалась к груди и спросила: «А ты почитаешь мне книжку?»

Первый раз за долгое время сестра ушла из дома без бурных Олиных истерик. Я почитала Оле обещанную книгу. Она достаточно быстро уснула и спала спокойно.

Родители постоянно делятся своим удивлением по поводу того, что дети очень быстро «впитывают» их новые способы общения. Следующий пример — дословное письмо матери, которая потратила усилия на овладение практикой активного слушания и, судя по всему, достигла успехов.

Уважаемая Юлия Борисовна! Добрый день!

Я очень надеюсь, что мой диалог со старшим сыном Вам понравится. Вот он почти слово в слово.

В канун Пасхи мы украшали куличи взбитым суфле (яичный белок с сахаром). Паша (мой старший сын — ему пять с половиной) старательно мне помогал.

Я сильно расстроилась, обнаружив, что белки не только не взбиваются, а буквально осели на дно кастрюли. Таким суфле куличи не украсить! Я говорю:

— Боже мой, ты только посмотри, яйца совсем не взбиваются! Они осели на дно!.. Как же мы будем их намазывать на куличи!? Что же делать?

Паша абсолютно оторопел от моих слов отчаяния; смотрит глазами, полными сострадания, и говорит:

— Мамочка, ты говоришь, они совсем осели! Ну, надо же, какая для тебя неприятность! Ведь ты не сможешь теперь обмазывать куличики!

— Да, не смогу!

— Тебе очень обидно, потому что ты не сможешь сделать для нас праздник!

— Да...

— А ведь ты так старалась всех нас порадовать!

— Это точно...

— И в то же время, мама, ведь у нас есть выход — мы можем украсить куличи мармеладками, ну да, моими любимыми, или позвонить папе и попросить его купить нам еще яиц. И я тебе обязательно помогу их взбить. Ты знаешь, у меня получится. Вот так, и дело будет сделано!!!

Если честно, я чуть не выронила миксер из рук от его слов! И не только потому, что мне стало очень тепло и приятно; но в большей степени оттого, что из его уст я слышала собственные речевые обороты, ко-

торыми активно пользовалась последнее время в беседах с ним!

С наилучшими пожеланиями, М. П.

Признаюсь, очень приятно узнавать такие жизненные истории и детали, которые, как говорится, нарочно не придумаешь!

А что, если...

Отвечу на некоторые частые вопросы читателей.

ВОПРОС: *Если ребенок еще не говорит, можно ли его активно слушать?*

ОТВЕТ: Конечно можно, больше того, матери, как правило, делают это интуитивно. Посмотрим, как это происходит. Вот грудной младенец начинает беспокоиться, покряхтывает или плачет. Мать подходит и ласково говорит: «*Что такое? Наверное, ты проголодался... хотя еще ра-*

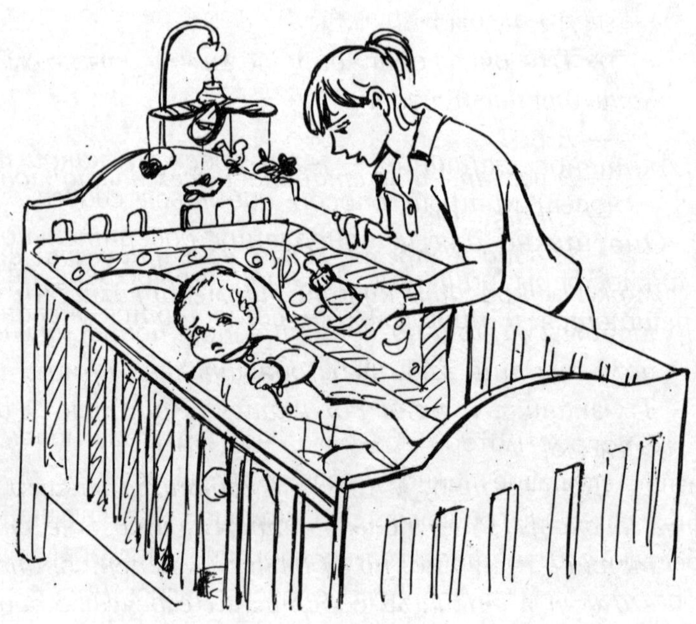

но... А может быть, ты хочешь пить?» — дает ему бутылочку с водой, но ребенок крутит головой, отказывается. *«А, не хочешь! Наверное, ты просто мокренький? — пробует. — Нет, сухой. Наверное, ты просто устал лежать на спинке»,* — берет его на руки.

Что происходит? Мать озвучивает недовольство ребенка, показывает, что она с ним, что готова помочь в его «проблеме». Ребенок не понимает еще ее слов, но интонации вполне сочувственные, и действия тоже.

Мать «слушает» его делом (см. Бокс 3).

ВОПРОС: *А у меня активное слушание не работает, дочь продолжает не слушаться. Что мне делать?*

На просьбу описать конкретную ситуацию мать отвечает:

Вчера я ей говорю: «Пора идти спать, уже поздно».

Она отвечает: «Не пойду, рано еще!»

Я ее активно послушала: «Ты не хочешь идти спать».

Она в ответ: «Да, не хочу» и продолжала смотреть телевизор.

ОТВЕТ: В основе таких вопросов лежит одно ошибочное предположение.

Еще и еще раз хочется подчеркнуть: не следует думать, что активное слушание предназначено для того, чтобы ребенок выполнил ваше желание или требование.

. . . .

Активное слушание — это вовсе не какой-то новый хитрый способ добиться своего. Оно нужно для установления доверительной атмосферы общения. В этой атмосфере легче решаются и проблемы, и согласуются желания.

. . . .

Этот же вопрос матери позволяет нам еще раз напомнить о том, что активное слушание нужно использовать не во всех, а только в определенных ситуациях общения. Это ситуации, где сильнее переживает ваш собеседник, а вы относительно спокойны. Подозреваю, что в только что рассказанном случае больше беспокоилась мать.

ВОПРОС: *Как, активно слушая, помочь собеседнику разрешить его проблему? Ведь советы не рекомендуются, что же ему тогда может помочь?*

ОТВЕТ: Скажу о главном выводе, к которому пришли мастера психологической помощи. Их опыт показал, что решить эмоциональную проблему **за** человека не может никто. Попытки советовать, указывать на свой опыт, как правило, не приводят к успеху. И тем не менее помощь «слушающего» может быть очень существенной. Достаточно сказать, что **эмпатическое слушание**, которое представляет собой особый, более совершенный вариант активного слушания, было главным методом успешной работы знаменитого психотерапевта Карла Роджерса.

Таким образом, прежде всего стоит помнить, что:

. . . .

Человек — независимо от того,
ребенок это или взрослый — сам
находит пути к решению своей проблемы,
если он получает психологическую поддержку.

. . . .

В чем же состоит эта поддержка? Вообще говоря, в нее входит много вещей, с которыми мы уже знакомы:

- во-первых, то, что вы находитесь рядом и даете ему возможность выговориться;
- во-вторых, вы показываете, что знаете о его чувствах, так как точно их называете и разделяете их, о чем он узнает по вашему виду и интонациям;
- в-третьих, вы грубо не вмешиваетесь в его переживание, делая паузы и оставляя ему пространство для размышлений и внутренней работы;
- в-четвертых, своим невмешательством передаете веру в то, что у него есть запас собственных сил и способностей.

Как нам сочувствие удается

Как мы уже отмечали, встав на путь использования активного слушания, человек довольно быстро начинает замечать в себе положительные изменения: его начинают меньше раздражать слова и действия ребенка или близких, он становится более спокойным и терпимым.

От техники, которая вначале кажется просто внешним поведением, процесс идет вглубь.

Родитель начинает лучше понимать потребности ребенка, мягче реагировать на его «отрицательные» действия, больше понимать их причину.

Приведу отрывок из письма матери.

Мой семилетний сын уже две четверти ходил в школу один, благо она находится в соседнем дворе. Однако, посовещавшись, мы с мужем решили, что будет спокойнее, если он, приходя в школу и уходя из нее, будет звонить нам по телефону из вестибюля. Мы договорились с ребенком, и в первый день все прошло замечательно. На следующий день он не позвонил, мне пришлось в панике бежать в школу. Вася заявил мне, что забыл. На следующий день повторилось то же самое.

— Почему ты забыл? Я же напомнила, когда ты уходил! — беспомощно возмущалась я.

Все штрафные санкции Вася переносил стоически. Стоял в углу, безропотно принимал запрещение смотреть мультфильмы. Но назавтра опять не звонил. В ответ на все вопросы он безнадежно повторял, что просто забыл.

Исчерпав весь педагогический арсенал, я решила воспользоваться советами из книги «Общаться с ребенком. Как?». Не надеясь на успех, я спокойно предположила:

— Тебя, наверное, мальчишки дразнят...

— Да, — сразу сказал Вася виновато, — они говорят, что я маменькин сынок!

Мы долго разговаривали, и я почувствовала, как трудно было ему, привыкнув к самостоятельности и к сознанию своей взрослости, звонить мне и отчитываться под насмешливыми взглядами одноклассников.

— Знаешь, ведь мы с тобой друг друга не поняли, — сказала я. — Я совсем не хотела, чтобы ты вел себя как маменькин сынок. Это я чувствую себя маленькой и беспомощной, когда беспокоюсь за близких мне людей. Я мучаюсь и очень-очень боюсь. А ты как взрослый и сильный мужчина избавляешь меня от страха, если звонишь.

Честное слово, с тех пор он не позвонил только один раз — когда в школе сломался телефон!

В этой истории мама вникла в трудное положение мальчика, который не хотел на виду у товарищей выглядеть маменьким сынком. Она догадалась об этом без его прямых слов. Такие догадки означают способность родителя «слышать» внутренние переживания ребенка и идти ему навстречу. Это можно назвать углубленным активным слушанием.

Вот еще один запоминающийся случай «слышания» родителем состояния ребенка, который описан в книге американского психолога Ле Шан.

Когда праздник по случаю дня рождения Дэвида подходил к концу, его младший брат Питер начал вести себя чудовищно. Четырехлетнему малышу было тяжело пережить, что мать и отец сосредоточили все свое внимание на Дэвиде. Когда отец протянул ему стакан молока, Питер ударил его по руке и сказал: «Я не люблю тебя, уйди и оставь меня одного!»

Отец мог бы задать ему суровую трепку, сказать, что он гадкий мальчишка, и отправить в постель без ужина, но он поступил иначе: серьезно посмотрел на Питера, тот в ответ посмотрел на него широко раскрытыми глазами, потрясенный сам своим поведением. Затем старший взял младшего на руки и сказал: «Бедный Питер, ты огорчен и рассержен. Давай пойдем в твою комнату и отдохнем».

Ребенок бьет вас по руке, в которой вы протягиваете стакан молока, и говорит: «*Я не люблю тебя!*» Какие действия родителя можно

ожидать в ответ? Сердитую нотацию, шлепок, гневное: «*Это что такое?*» Кстати, мальчик предвидел наказание, о чем сказали его испуганные глаза. Но отец поступил иначе. Почему? Он понял состояние сына: мальчик устал, исстрадался, ему не хватало в тот день внимания. Смысл его выпада был ровно противоположный: «*Вы мне дороги, мне так нужна ваша любовь, я так долго ее жду!*» **Отец услышал это «скрытое послание» и дал ребенку то, чего ему не хватало.**

Очень впечатляют заключительные слова Ле Шан:

> *«Воспитание, основанное на понимании и сочувствии, дало нам поколение сострадающих молодых людей. Питеру сейчас двадцать два года, и я уверена, что его сегодняшняя озабоченность проблемами человечества связана с тем воспитанием, которое он получил в детстве».*

. . . .

Общий контакт с ребенком складывается из накопления многих случаев понимания родителем его повседневных переживаний.

. . . .

Один из таких случаев — разговор матери с ее десятилетним сыном.

> *— Мам, можно я пойду поиграть к Пете?*
>
> *— Нет, уже поздно, через полчаса ложиться спать, а мы еще не ужинали.*
>
> *— Ну, мам, я на немножко! Петя так ждет!*
>
> *— Нет-нет, я же сказала, поздно!*
>
> *— Ну, мамочка! Мне так нужно! Ну, пожалуйста!*
>
> *— Мне очень не нравится, когда дети после первого «нет» продолжают упрашивать. Ты ведь знаешь, что это бесполезно.*
>
> *— Знаю. Но что же мне делать, ведь я обещал!*

Здесь для матери возникла дополнительная проблема: мальчик обещал и беспокоится, что нарушит слово. К этому беспокойству надо отнестись с вниманием и, больше того, с уважением — ведь дело касается моральной позиции сына. В результате мать сочла необходимым не настаивать тупо на своем, а продолжила разговор:

— Ты обещал, и тебе будет неудобно.

— Ну да, он ведь ждет!

— Вообще-то, ты прав, так оставлять дело не хорошо. Мне нравится, что ты об этом беспокоишься. Давай подумаем, как быть.

В последних двух фразах мать сделала несколько замечательных вещей: она показала, что слышит и понимает беспокойство сына, принимает его, одобряет желание сдержать слово, приглашает подумать на равных. Дальше обсуждались разные варианты: позвонить Пете, зайти к нему вместе и объяснить, может быть, даже поиграть немножко, договориться поиграть завтра. В целом разговор принял дружеский тон, и противостояние отпало. Почему? Потому что мальчик получил понимание и одобрение его важного личностного переживания. Стоит помнить:

. . . .

Понимание личных переживаний ребенка — одно из самых главных условий хорошего контакта с ним. К такому пониманию ведет практика активного слушания.

. . . .

Хочу закончить эту главу разбором более сложного эпизода — беседы Милтона Эриксона с его собственным сыном, попавшим в беду. Этот рассказ ценен тем, что сопровождается комментариями самого психотерапевта.

Трехлетний Роберт упал с лестницы, рассек губы и вогнал передний зуб обратно в десну. Он истекал кровью и громко кричал от боли и страха. Мы с женой поспешили ему на помощь. Едва увидев, как он лежит на земле, рыдая, с полным крови ртом, можно было понять, что ситуация требует принятия срочных и правильных мер.

Никто из нас не попытался поднять его. Вместо этого, как только он сделал паузу, чтобы набрать в легкие воздуха для нового крика, я быстро сказал ему просто, твердо и с сочувствием: «Ужасно болит, Роберт. Тебе страшно больно». И сразу же, без малейших колебаний, мой сын понял, что я знаю, о чем говорю. Теперь он мог слушать меня и доверять мне, поскольку я продемонстрировал, что полностью понимаю его ситуацию.

Затем я сказал Роберту: «И это будет еще болеть». Сделав это простое утверждение, я выразил в словах его страх и озвучил то, как он понимал свою ситуацию. Ведь в этот момент он знал, что впереди его ждут только страдания и боль.

Следующий шаг для него и для меня был очень важным. В тот момент, когда он сделал очередной вдох, я сказал: «И ты очень хочешь, чтобы перестало болеть». И снова мы находились в полном согласии, я оправдывал и даже поощрял его желание. Это было его желание, его настоятельная потребность.

Определив всю ситуацию таким образом, я мог теперь сказать то, чему можно было поверить. Это было такое внушение: «Может быть, скоро перестанет болеть, через минутку или две». Это предложение полностью согласовывалось с его собственными желаниями и потребностями и, поскольку оно предварялось словами «может быть», оно не противоречило его собственному пониманию ситуации.

Таким образом, он мог принять эту идею и начать реагировать на нее.

Заметим, что Эриксон произнес всего пять фраз, и каждая из них была ювелирно точной! Первые две фразы озвучили чувства ребенка. Причем слова *«страшно больно»* точно соответствовали переживанию мальчиком сильной боли. Третья фраза — *«И это будет еще болеть»* — показала мальчику, что отец точно знает о его боли и страхе и продолжает разделять его чувства — что замечает и сам Эриксон.

Четвертая же фраза — *«И ты очень хочешь, чтобы перестало болеть»* — имеет совершенно иной характер. Она замечательна тем, что озвучивает для ребенка не столько боль сейчас, сколько его горячее желание-надежду на ее прекращение. Эта фраза содержит то, что можно назвать **«сдвигом в позитив»**.

. . . .

Фразы с позитивным смыслом тоже входят в арсенал техник мастера. О них хорошо знать и ими владеть.

. . . .

Дело в том, что человек, который страдает, «забывает» о «свете в конце туннеля», теряет оптимизм. И ему надо напомнить о его возможностях, его прошлых удачах. Такую функцию берет на себя опытный «слушатель».

Только **важно не уговаривать пострадавшего, а приписывать позитивное желание и позитивный настрой ему самому:** «Ты очень хочешь, чтобы перестало болеть». Такие слова направляют его мысль в конструктивное русло — поиск благополучного исхода.

Первую оптимистическую нотку отец усиливает следующей фразой — *«Может быть, скоро перестанет болеть, через минуту или две»*. Заметим, что Эриксон подчеркивает важность слов «может быть» в этой фразе. Они помогают исключить подозрение ребенка в том, что его

БОКС 3

АКТИВНО СЛУШАТЬ ДЕЛОМ

При активном слушании мы своими словами «отражаем» сказанное собеседником, и тем самым даем ему знать, что понимаем и разделяем его проблему. Возникает вопрос: а можно ли делать то же без слов? Да, в таком случае речь пойдет о понимании, сочувствии через действие.

Понимание и сочувствие могут проявляться по-разному. Например, вы можете помочь подростку с уборкой комнаты без его специальной просьбы, можете вместе поискать потерянную тетрадь, починить ребенку игрушку. Все это — небольшие действия, которыми вы откликаетесь на временную трудность вашего ребенка или близкого.

Но можно заботиться и о более серьезных вещах. Мы уже много говорили о **потребностях** человека, от удовлетворения которых зависит его психологическое благополучие. Любому ребенку, а также и взрослому необходимо получать подтверждения того, что он **любим**, что он **хороший**, что он может быть **успешным**, что он имеет **свободу** выбирать дела, друзей, свой путь. Показывать делом, что вы «слышите» эти основные потребности человека, не только возможно, но и совершенно необходимо!

Маленькому ребенку обычно дают знать, что его любят, через доброе обращение с ним, а особенно — через физический контакт, ласковые прикосновения, объятия. Вспомним, что В. Сатир рекомендовала обнимать ребенка не менее восьми раз в сутки! Но то же следует делать с детьми любо-

«нарочно» хотят успокоить, и тогда он принимает без сопротивления надежду на скорое облегчение боли!

В целом, можно видеть, как по ходу разговора **развивался и укреплялся контакт мальчика с отцом**. В итоге ребенок полностью доверился его словам, в конце разговора мальчик отвлекся от боли и перестал плакать.

Очень ценно узнать и о последующих действиях Эриксона:

го возраста (в тех пределах, в которых они готовы от вас это принять), да и со взрослыми тоже!

Доброжелательность и терпеливость при общении, а главное, исключение критики ребенка (или близкого) будут говорить ему, что он **«хороший»**.

А предоставление свободы будет формировать его уверенность в себе и движение к успеху.

Заметим, что в этих примерах есть ваши **действия** (обнимать, давать, поддерживать) и **не-действия**: не критиковать, не контролировать, не навязывать. Все это дает возможность **«услышать»** самые глубокие и универсальные потребности человека. Таким образом, мы приходим к такому определению:

«Активно слушать делом» — значит понимать, учитывать и стараться удовлетворять то, в чем нуждается ребенок или взрослый — нуждается сейчас и в жизни вообще.

Такое активное слушание делом в сочетании с обычной, речевой, формой активного слушания создает прочный фундамент для доверительных отношений, взаимопонимания и роста личности.

«Смотри, мама, какая у него яркая, красная кровь! Это настоящая мужская кровь! — говорит отец (мама, конечно, соглашается).— И теперь, когда мы пойдем умываться, то сможем проверить: если она действительно настоящая мужская, то, смешиваясь с водой, станет розовой!» Проверка, естественно, проходит с успехом.

И снова следует важный комментарий Эриксона: когда с любым человеком, большим или маленьким, случается беда, он чувствует себя униженным и очень **нуждается в поддержке своей самооценки** — поддержке любым способом! Это придает ему дополнительные силы для преодоления несчастья.

В целом подобные примеры показывают, как техника активного слушания в руках мастера превращается в настоящее **искусство понимания и контакта**!

Перейдем к следующей базисной технике общения в воспитании и в совместной жизни.

ТРУДНЫЙ МИР ЧУВСТВ

Выражение своих чувств — не менее важная сторона общения, чем умение слушать. Делясь своими чувствами, мы даем возможность собеседнику узнать и понять нас. Другое дело, настроен ли он на такое понимание. Но многое зависит и от нас, а именно, **в какой форме мы сообщаем о себе**.

Начнем с начала

В предыдущей книге этой форме посвящена специальная глава (урок 7). В ней рассказывается о технике **«Я-сообщения»** и разбираются преимущества такого способа выражения чувств. Начнем с краткого напоминания основных положений и важных рекомендаций.

. . . .

Чувства, особенно если они отрицательные и сильные, ни в коем случае не следует держать в себе: не стоит молча переносить обиду, подавлять гнев, сохранять спокойный вид при сильном волнении.

. . . .

Обмануть таким поведением вы никого не сможете. По жестам, интонации, выражению лица или глаз собеседник прочтет ваше настроение. Как же сказать о своих чувствах, чтобы это не навредило вашим отношениям с окружающими?

Ответ звучит просто: когда вы говорите о своих чувствах, выступайте **от первого лица**. Сообщите о себе, своем переживании, своей внутренней ситуации.

Эти высказывания называются «Я-сообщениями»: они содержат личные местоимения: **я, мне, меня**. Как правило, они начинаются словами: *Я не люблю... Мне трудно... Меня очень утомляет...*

Например: *«Мне трудно говорить по телефону, когда вокруг так громко разговаривают»*.

Очень важно избегать отрицательных «Ты-сообщений». Это такие высказывания, которые содержат местоимения второго лица: **ты, тебе, из-за тебя**...

Например: *«Почему ты опять устроил такой беспорядок?!»*

На любое «Ты-сообщение» собеседник либо обижается, либо реагирует встречным обвинением.

Нужно также остерегаться «кентавров», т. е. предложений, которые начинаются с местоимения первого лица, а заканчиваются упреком или обвинением. Это все равно «Ты-сообщения».

Например: ***«Мне не нравится, когда ты так безобразно себя ведешь!»***

«Я-сообщение», как мы уже сказали, кажется простым по своей форме, но сочинить такую фразу не всегда получается. Впрочем, в этом помогает использование безличных предложений, неопределенных местоимений, обобщающих слов.

Например: ***«Грубость мне неприятна», «Это для меня неприемлемо», «Меня огорчает, когда дети не слушаются».***

«Я-сообщение» особенно незаменимо, когда вы недовольны, раздражены или обижены на собеседника. Если вы выразите свое чувство через «Я-сообщение», то **это его не заденет** (или заденет гораздо меньше) — ведь вы скажете о себе, а не о нем. Если же вы выскажетесь в форме «Ты-сообщения», то **ваши слова воспримутся как прямой выпад**.

Давайте представим себе, **что** переживает человек (или ребенок), когда вы огорчены или сердиты на него. А для этого поставим себя на его место, и на время станем «мишенью» обвинений. Вот вам говорят:

> *МУЖ (тоном выговора). Из-за тебя сегодня опоздал на работу, вечно ты со своими дурацкими разговорами, как будто нельзя было с вечера!*

ЖЕНА (с досадой). Опять ты упустил кофе! Ты вообще что-нибудь можешь делать как следует?!

МАТЬ (раздраженно). Опять рубашка из штанов вылезла! Мне надоело терпеть твою безалаберность!

В каждом из приведенных случаев вы, находясь в позиции критикуемого, скорее всего, расстроитесь и обидитесь. Вам захочется защитить себя, объясниться, привести оправдания. Например, такие:

— Но ведь тема разговора пришла мне в голову только утром, и была срочной.

— От варки кофе меня отвлек телефонный звонок.

— А в школе все так ходят — и ничего!

Но говорить все это в свою защиту вслух не всегда получается — вы уже обижены и знаете, что стоит возразить, «обвинитель» распалится еще больше. И тогда в вас закипит «праведный гнев», и вы нападете в ответ или молча затаите обиду.

Именно это происходит с вашим собеседником, когда вы бросаете ему упрек или гневное замечание. Только что, побывав «в его шкуре», вы испытали обиду и желание встречно напасть. Если вы хотите оградить ваши отношения от подобных результатов, нужно использовать «Я-сообщения». Согласитесь, что совсем иначе прозвучат такие ваши слова:

— Сегодня опоздал на работу, было очень неприятно; хотелось бы решать важные вопросы с вечера.

— Ой, кофе убежал, досадно... опять заваривать, да еще грязь вытирать!

— Знаешь, меня коробит, когда у мальчиков рубашка вылезает из штанов.

Такие фразы не только звучат иначе, но и их действие бывает другим — собеседник скорее услышит вас. Тогда более вероятно, что он войдет в ваше положение и постарается не повторить «оплошность».

Здесь хочется привести пример замечательного спонтанного «Я-сообщения» маленького ребенка, о котором рассказала его мать.

> *Однажды, много лет назад, моя дочка преподнесла мне урок на всю жизнь. Дети были тогда еще маленькие: дочке было четыре с половиной года и сыну — полтора года. Жизнь была очень напряженная. Утром обычно ношусь по дому. Надо все успеть: детей поднять, одеть, в детский сад собрать, мужа и детей накормить, детей в сад отвести, самой на работу вовремя попасть. В быстром*

темпе кручусь, тороплю, покрикиваю на всех. А дочка у меня спокойная, рассудительная.

В одно прекрасное утро я, как всегда, тороплюсь и дергаю их всех. А дочка сидит, задумчиво натягивая колготки, и говорит: «Когда вырасту, детяв рожать не буду!» Я остановилась, как вкопанная. «Почему?!» — спрашиваю. «Потому что с ними так плохо!» — отвечает она.

У меня в голове что-то щелкнуло: «Боже, что я с ними делаю!» И с тех пор никогда не позволяла себе так себя вести.

В этой истории девочке было трудно, но она никого не обвинила (хотя и можно было упрекнуть маму), а просто выразила свое состояние вслух, да еще с оттенком «философского размышления» о будущем. А если вдуматься, то у нее получилось и активно послушать мать. По существу, ***«так плохо»*** относилось к состоянию их обеих (а также всех остальных членов семьи).

Замечателен результат ее слов — мать вдруг ясно поняла чувства домочадцев и настолько прониклась ими, что сделала выводы на всю жизнь.

Важное предостережение

Часто жалуются на то, что «Я-сообщение» «не действует». Например:

Я все время посылаю мужу «Я-сообщения», говорю: «Мне не хватает твоего внимания!», а он все равно просиживает все вечера за компьютером!

В ответ приходится напоминать:

. . . .

«Я-сообщение» — вовсе не для того, чтобы изменить поведение другого! Это надо твердо усвоить.

. . . .

И тем не менее такой соблазн возникает нередко. Здесь очень стоит помнить об искренности вашего намерения: действительно ли вы хотите **признаться** в своем чувстве — или же **надеетесь**, что ваши слова исправят ситуацию.

В качестве иллюстрации приведу письмо мамы двух девочек-дошкольниц.

Использовать «Я-сообщение» я начала два года назад. Но недавно обнаружила огромную ошибку — я говорю неискренне! Особенно в обращении к детям. В привычку вошло скорее пугать детей своим раздражением, чем честно признаться в чувствах. Оказывается, для меня гораздо проще сказать расшалившимся детям: «Мне очень неприятно видеть комнату грязной и сейчас я начну злиться!» или: «Я расстроюсь, если вы не уляжетесь вовремя».

Муж однажды, услышав, как я разговариваю с детьми, спросил меня, что значит мое «расстроюсь», которое я так часто использую? Расстроюсь, что не слушаются; расстроюсь, что не едят; расстроюсь, что не ложатся спать. И я задумалась — а ведь правда! Дети тоже вряд ли понимают, что я имею в виду, когда так говорю. Наверное, они чувствуют, что я хочу их разжалобить.

Так что это моя самая главная ошибка — неискренность и стремление скорее манипулировать, чем обозначать свои истинные чувства.

Итак, повторим еще раз:

«Я-сообщение» предназначено для того, чтобы ребенок или взрослый собеседник услышал и понял вас. Если не давать знать, что́ вы чувствуете, то человеку это может просто не прийти в голову!

Наверное, многим доводилось быть свидетелем, а то и участником таких печально-комичных сцен.

Мать семейства перегружена домашними делами, устает, обижается, не получая помощи. Наконец она бросает домочадцам упрек: «Я вот все кручусь, с ног падаю, а вам хоть бы что!» На что получает в ответ: «А мы думали, тебе это нравится, не хочешь — не делай!»

Что помешало матери получить действительное сочувствие от домашних? Во-первых, она долго **не давала о себе знать**. Желание увидеть помощь и поддержку и, может быть, услышать слова благодарности посещало ее давно, но она молчала, пока копилась обида.

Во-вторых, теперь эта обида вылилась в **горький упрек** с примесью «Ты-сообщения». Но упрек обычно не доходит до сознания тех, кому он адресован; домочадцам бывает удобнее его проигнорировать, оправдаться или даже упрекнуть в ответ.

Здесь очень тонкая грань: искренне высказанное переживание скорее вызывает сочувствие, а переживание с оттенком давления — протест.

Можно сказать, что:

. . . .

«Я-сообщение» вносит вклад в решение проблемы не прямо, а тем, что создает атмосферу доверия, при которой легче договориться.

. . . .

Позитивные чувства

Иногда у осваивающих технику возникает стремление всегда использовать «Я-» и избегать «Ты-высказывания». Хочется снять с них подобный самозапрет.

Дело в том, что в **позитивных** высказываниях «Ты-сообщения» и смесь «Я-» и «Ты-сообщений» не только не вредны, но, наоборот, **желательны**. Их очень стоит чаще использовать. Вот возможные примеры:

«Ты мне очень помог, спасибо!»

«Вчера ты сам лег вовремя, и я была очень рада».

«Мне нравится, как ты бережно обращаешься с книгами».

К таким же позитивным «Ты-высказываниям» относятся фразы, где вы говорите о вашей заботе, но не навязываете ее. Например:

«Меня волнует это твое увлечение, из-за которого у тебя остается мало времени на уроки. В то же время, я надеюсь, что ты сам сможешь разобраться со своими делами».

Позитивные высказывания не очень часто слышишь в наших семьях. Один знакомый, вспоминая свое детство, рассказывал, что его мама, обладавшая сильным характером, наводила порядок в доме, в основном, с помощью критических замечаний в адрес детей и мужа. Если таких замечаний не было, значит, все более или менее хорошо. А положительных фраз он что-то не мог припомнить.

Приведу на эту же тему отрывок из одного письма:

Пишу вам с чувством благодарности за то, что я получила на наших занятиях. Для себя я сделала ряд важных открытий.

Я задумалась о том, что со своим младшим братом (с которым мы росли вместе, он младше меня всего на год) у меня не слишком клеятся отношения — все вроде внешне в порядке, но не так, как хотелось бы. Я всегда обожала и опекала его и всегда, увы, хотела научить его жить — ведь он был таким ранимым и непростым ребенком. И вдруг я совершенно ясно поняла, что за все эти годы я о своей любви к нему говорила многим, но никогда не говорила ему самому! Меня эта мысль поразила.

Я вспомнила, как он был маленьким мальчиком и как-то раз забрался на пожарную лестницу и повис на ней вниз головой, уцепившись ногами. Я стояла внизу, и меня раздирали противоречивые чувства — с одной

стороны, восхищение и гордость, что это мой брат висит там, на виду у всего двора, а с другой — жуткий страх и растерянность. И я поняла, что теперь, когда он выступает перед публикой, у меня все те же чувства, ничего не изменилось. И когда вчера у нас были гости, и он в их числе, я просто подняла рюмку и сказала ему все то, что сейчас написала вам.

Все время я ощущаю радость от того, что самые простые вещи — приятные слова, сказанные собеседнику, внимание и бережное отношение к тем, кто рядом с тобой, — делают каждый новый день счастливым и осмысленным. Добрые чувства, которые мы отдаем, обязательно возвращаются к нам.

К этому мало что можно прибавить, разве только следующее:

. . . .

Переживания «счастливого открытия» испытали многие из тех, кто стал говорить о своих чувствах, в том числе положительных.

. . . .

Услышать самого себя

Как и активное слушание, техника «Я-сообщения» ведет к изменениям нашего внутреннего мира, помогая решать важные психологические задачи. Среди них — умение защищать свою позицию, противостоять манипуляции. Обычно проблема начинается с трудности сказать «нет».

Бывает слышишь такое признание: *Мне совсем неудобно делать то, что он от меня ждет, но я не могу отказать: мучаюсь, а все-таки делаю.*

На вопрос: *Почему же вы не скажете: «Не буду»? — отвечают: Потому что он обидится (рассердится, расстроится, устроит скандал)!*

Вот конкретный пример из жизни взрослых.

> *Молодая женщина сетует на то, что не может отказывать в просьбах своей близкой подруге. Та любит ездить по магазинам, покупать себе одежду. Наша рассказчица учится в институте, для нее дорого время, да и лишних денег у нее нет, а поездки в качестве «сопровождающего лица» ей совсем надоели. Отказать же подруге она не может: при первых попытках та обижается и упрекает ее.*

Что происходит с участниками такого общения? Один использует время, силы и доброе отношение другого, а этот другой «из деликатности» дает использовать себя.

Иногда приходится слышать, что заботиться о собственных интересах и желаниях — значит проявлять эгоизм. Избавиться от подобных обвинений помогает афоризм Оскара Уайльда: «Эгоист — это тот, кто любит себя больше, чем меня».

Короче говоря, ваш «обвинитель» порой хочет, чтобы вы любили больше **его**. Так кто же из вас двоих больший эгоист?!

Самое печальное, что некоторые люди, не осознавая того, добровольно принимают позицию жертвенного служения другому. На эту тему есть один очень яркий литературный пример — сказка того же О. Уайльда «Преданный друг».

В одной деревне жили два друга: Большой Мельник и Маленький Ганс. Мельник был богатым и довольным собой, Маленький Ганс жил скромно, но был человеком добрым и веселым. Он разводил цветочки и жил от их продажи. Маленький Ганс очень дорожил дружбой с Мельником и ни в чем тому не отказывал. Большой друг, между прочим, обещал подарить Маленькому Гансу старую тачку (у него уже была новая). Ганс был переполнен благодарностью и никогда не забывал этого щедрого обещания.

Мельник постоянно использовал Маленького Ганса для своих нужд, так что тому стало некогда заниматься своими цветами, и его садик начал приходить в запустение. И скоро ему не на что стало жить. Но Мельник говорил такие красивые слова о дружбе (Маленький Ганс даже за-

писывал их в тетрадочку), что Ганс стыдился даже самой мысли о том, чтобы уделить время своим делам — ведь это было бы совсем не по-товарищески. А, кроме того, ведь его щедрый друг обещал подарить ему тачку!

Сказка заканчивается трагически. Маленький Ганс погибает, заблудившись ночью в темноте: он выполнял очередную просьбу Мельника, но тот отказался одолжить ему фонарик... А тачка так и не была подарена — пришлось Мельнику ее выбросить!

Признаюсь, когда читаешь эту сказку, «сердце разрывается на части»! Конечно, сказка — литературный гротеск. И тем не менее она очень точно отражает дефектные отношения, в которых один готов только служить, забывая о себе, а другой готов только брать.

При воспитании детей часто в позиции «служения» оказывается родитель, а ребенок — в положении «потребителя». Как такие «перекосы» в отношениях сказываются на личности ребенка, мы увидим в следующей главе (*см. Как из нас «вьют веревки»*). А сейчас обсудим, как защищать себя от разрушающей установки «я не в счет, он (они) главнее».

Для этого порой приходится проделать особую внутреннюю работу. Начинать ее лучше во взрослых отношениях — ведь с детьми это труднее, так как родителям свойственно жалеть ребенка, и они легко поддаются на эмоциональные провокации детей.

Прежде всего, если у вас появляется чувство ущемленности, недовольства или дискомфорта, важно признаться в нем **как можно раньше**. Это, однако, не всегда удается. Бывает, что отдельным неприятным ощущениям вы не придаете особого значения — как-то их объясняя или оправдывая. Но они постепенно накапливаются, и наступает момент, когда приходит **ясное чувство**, что вы несчастливы, или что с вами обращаются несправедливо, или что вас используют в близких отношениях.

Вслед за этим наступает необходимость принять **решение** — сообщить партнеру об этом своем эмоциональном «открытии». Такое решение также дается не сразу, приходится преодолевать внутренние

барьеры. Наконец, третий шаг — **найти правильные слова** для вашего сообщения и сказать их.

Всю эту работу в целом можно назвать «Я-сообщением» в широком смысле, то есть настроем на внимание к себе и своим переживаниям, осознание последних и их открытое выражение.

Приведу пример из жизни супругов, в котором можно увидеть, как жена прошла через все эти шаги и смогла удачно объясниться с мужем. Вот ее рассказ.

Мой муж ездит по воскресеньям с друзьями на рыбалку. Я знаю, что для него это большое удовольствие. Он отдыхает и отводит душу после трудной недели. Поэтому обычно я отпускала его, планируя, как сама проведу этот выходной. Не то что мне нравилось оставаться одной, я настраивала себя на его поездки как на необходимость: «Ну что ж, что мне будет одиноко; ведь ему это надо». При этом я знала, что с некоторыми друзьями ездили их жены, но мой муж меня не приглашал. «Наверное, — думала я, — у него есть на это свои причины», и деликатно не расспрашивала.

Однако как-то получилось, что у меня накопилась обида. Может быть, надоело придумывать дела (как правило, домашние, скучные); может быть, задевала мысль о женах, которых берут с собой другие; может быть, муж стал казаться равнодушным, в то время как я думала о нем, — не знаю. Скорее всего, все собралось вместе.

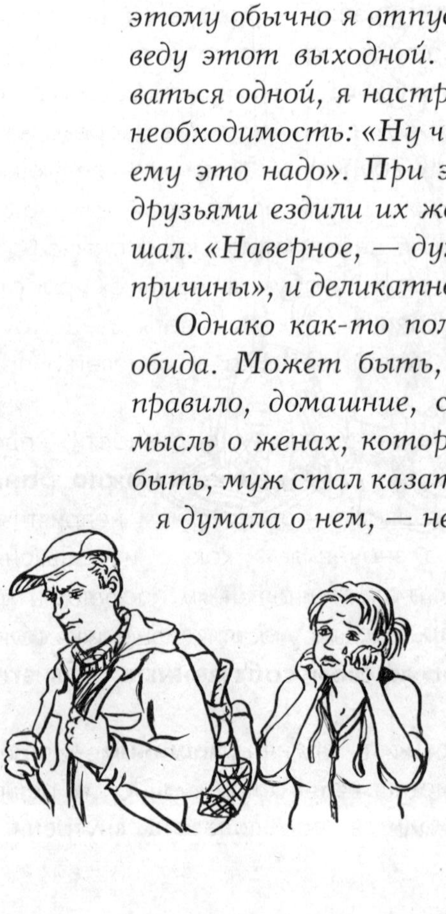

Однажды в воскресенье утром, когда он уже с рюкзаком стоял у двери, я расплакалась и высказала все, что накопилось. Не помню, в каких выражениях, но смысл был, что мне горько и обидно. Он стоял, слушая меня, а

потом молча ушел. Я еще поплакала, но была рада, что все высказала — разрядилась.

Примерно через час муж вернулся. Сказал, что не мог оставить меня в таком расстройстве, а поехал, чтобы передать ребятам на вокзале топор — иначе бы они остались без костра.

Меня очень согрело его внимание. И теперь, читая о «Я-сообщении», я понимаю, что тогда сделала что-то в этом роде. Я не винила его, а просто говорила, что мне горько. После этого случая он стал, как мне кажется, более внимательным, а я стараюсь не затаивать надолго свои обиды.

Итак, если мы стремимся к гармоничным отношениям, то должны помнить, что они такими становятся, если каждый участник общения соблюдает интересы не только другого, **но и свои собственные**. И в этом помогает нам техника «Я-сообщения».

Замечательное действие этой техники в том, что намерение искренне говорить о своих чувствах неизбежно ведет к осознанию их и вниманию к собственному внутреннему миру.

Подводя итог этой главы, перечислим, что дает «Я-сообщение».

. . . .

«Я-сообщение» позволяет:

- ✔ *давать знать другому о вашем чувстве;*
- ✔ *понижать уровень своего эмоционального напряжения;*
- ✔ *задавать доверительный тон общения;*
- ✔ *чаще выражать свои добрые чувства;*
- ✔ *противостоять давлению и манипуляции;*
- ✔ *заботиться о личных интересах.*

. . . .

ВОКРУГ КОНФЛИКТОВ

Две трудности

В предыдущей главе мы говорили о том, что гармоничные отношения между людьми могут быть только при уважении интересов и прав с обеих сторон. Это относится к взаимоотношениям взрослых и тем более к отношениям между взрослым и ребенком. Дело в том, что родителям приходится преодолевать две специальные трудности. Одна из них — **природная эгоцентричность** ребенка, другая — **изначальная власть** взрослого.

Дети, когда они еще маленькие и слабые, неизбежно оказываются в положении эгоцентриков. Они нуждаются в заботе и уходе, ждут и требуют внимания и, как правило, получают его. Это вполне закономерно и естественно. В то же время такое отношение создает у ребенка впечатление, что он — «центр мира». С ростом ребенка происходит постепенная перестройка его мироощущения: от «я — в центре», и «все для меня» — к открытию: «оказывается, есть другие люди со своей жизнью и своими нуждами!» (см. Бокс 4).

С самого начала на родителе лежит ответственность за то, чтобы ввести ребенка в мир взрослых, то есть приспособить его к требованиям, правилам, нормам, порядку этого мира, включая множество ограничений и запретов. Родителям приходится контролировать и организовывать жизнь ребенка — они большие, сильные и опытные.

БОКС 4

Л.Н. ТОЛСТОЙ «МОРАЛЬНАЯ ПЕРЕМЕНА»

Случалось ли вам, читатель, в известную пору жизни, вдруг замечать, что ваш взгляд на вещи совершенно изменяется, как будто все предметы, которые вы видели до тех пор, вдруг повернулись к вам другой, неизвестной еще стороной? Такого рода моральная перемена произошла во мне в первый раз во время нашего путешествия, с которого я и считаю начало моего отрочества.

Мне в первый раз пришла в голову ясная мысль о том, что не мы одни, то есть наше семейство, живем на свете, что не все интересы вертятся около нас, а что существует другая жизнь людей, ничего не имеющих общего с нами, не заботящихся о нас и даже не имеющих понятия о нашем существовании. Без сомнения, я и прежде знал все это; но знал не так, как я это узнал теперь, не сознавал, не чувствовал.

Мысль переходит в убеждение только одним известным путем, часто совершенно неожиданным и особенным от путей, которые, чтобы приобрести то же убеждение, проходят другие умы... Когда я глядел на деревни и города, которые мы проезжали, в которых в каждом доме жило по крайней мере такое же семейство, как наше, на женщин, детей, которые с минутным любопытством смотрели на экипаж и навсегда исчезали из глаз, на лавочников, мужиков, которые не только не кланялись нам, как я привык видеть это в Петровском, но не удостаивали нас даже взглядом, мне в первый раз пришел в голову вопрос: что же их может занимать, ежели они нисколько не заботятся о нас? И из этого вопроса возникли другие: как и чем они живут, как воспитывают своих детей, учат ли их, пускают ли играть, как наказывают? и т. д.

Обозначенное «соотношение сил» определяет трудности, и задачи, которые приходится решать родителям в отношении ребенка и себя.

Преодоление эгоцентризма ребенка не происходит само собой. Ему необходим опыт встреч и даже столкновений с потребностями и желаниями других. И родитель как первый «другой» должен **уметь заявлять о себе**, чтобы быть услышанным.

С другой стороны, родителя подстерегает опасность **увлечения властью**. В своем стремлении «правильно воспитывать» он порой оставляет без внимания переживания и потребности ребенка, то есть не слышит его.

Как из нас «вьют веревки»

Итак, развитие ребенка предполагает неизбежное ограничение свободы его эгоцентрических желаний. На этой почве возникает множество острых переживаний из-за конфликта между «хочу!» и «надо!». Ребенок сопротивляется, настаивает, требует, плачет. Некоторые родители не могут вынести его переживаний и слез. Такое, как правило, случается **с очень заботливыми и сочувствующими родителями**. Однако тут их подстерегает опасность пойти на поводу у ребенка: тогда «усиленная забота» о ребенке превращается в **потакание его капризам**.

Если в доме раздается требовательный плач в ответ на родительское «нет» и повторные выкрики «нет, да!», «а я хочу!», «а я все равно буду!», значит, родитель не миновал этой опасности. Ему надо остановиться и посмотреть не только на неправильное поведение ребенка, но в первую очередь на то, **что неправильно делает он сам!**

Недавно мне довелось наблюдать такую сцену.

Мать с двумя детьми, девочкой четырех лет и мальчиком шести лет, гуляла во дворе. Мальчик по какому-то поводу агрессивно напал на сестру, и та горько заплакала. Мать резко оттолкнула сына от девочки, и тот повалился на землю, подняв неимоверный крик. Мама растерянно взглянула на подругу, которая тоже гуляла со

своими детьми: «Что мне теперь делать?» Подруга предложила спокойно двинуться к дому — дело клонилось к вечеру, и все уже и так собирались домой. Мама, взяв за руку младшую, сделала несколько шагов к дому, но нерешительно остановилась и оглянулась — мальчик продолжал лежать, ***и крик его усилился****. Подруга убедила маму продолжить путь к дому. Однако нерешительные остановки матери и усиление крика мальчика повторились еще несколько раз. «Как же мы его там оставим?!» — не могла успокоиться мать. «Да ничего, — повторяла подруга, — вот увидишь, в конце концов, сам встанет и прибежит!» Наконец почти у самого подъезда мальчик догнал всю группу, бросился на мать и с гневными криками начал колотить ее руками и ногами. Мать в растерянности говорила ему что-то увещевающее и убеждающее. К счастью, из подъезда вышел взрослый родственник. Подойдя сзади, он заключил разъяренного ребенка «в замок», и когда тот оказался способным его услышать,*

> *сообщил, что отпустит его только тогда, когда тот возьмет себя в руки.*

Позже, поговорив с матерью, я узнала, что сын распускает кулаки не так уж редко, что ее «нет», как правило, в доме не признается — вот и младшая девочка начинает перенимать эту манеру — и что мать иногда приходит в отчаяние. Со своей стороны, она старается быть заботливой, внимательной и бережно относиться к переживаниям детей. В конфликтах она пытается их активно слушать, говорит о своих чувствах, то есть посылает «Я-сообщения» (почерпнув все это из книжки), но всего этого оказывается недостаточно. Дети каким-то образом умудрились «сесть ей на шею».

Как она это допустила, можно догадаться хотя бы по некоторым деталям только что описанной сцены. Отметим одну из них: мальчик зорко следил за реакцией матери на его крики, не без основания рассчитывая, что она вернется его утешать. И только усилия подруги помогли матери удержаться от этого, не уступить его эмоциональному давлению.

Подобные сцены при «сверхбережном» отношении родителей широко известны. Они происходят и происходили во все времена и «у всех народов». Приведу еще одно яркое описание детского каприза из воспоминаний писателя Анатолия Мариенгофа. События относятся к его детству в дореволюционной России.

> *Я играю в мячик. Как сейчас его вижу: половинка красная, половинка синяя, и по ней тонкие желтые полоски. Няня сидит на большом турецком диване и что-то вяжет, шевеля губами. Очевидно, считает петли. Мячик ударяется в стену, отскакивает и закатывается под диван. Я дергаю няню за юбку:*
>
> *— Мячик под диваном... Достань.*
>
> *Она гладит меня по голове своей мягкой ладонью:*
>
> *— Достань, Толечка, сам. У тебя спинка молоденькая, гибкая!*

— Нет, ты достань!

Она еще и еще гладит меня по голове и опять что-то говорит про молоденькую спинку. Но я упрямо твержу свое:

— Нет, ты достань. Ты! Ты!

Няня справедливо считает, что меня надо перевоспитать. Я уже не слышу и не понимаю ее слов, а только с ненавистью гляжу на блестящие спицы, мелькающие в мягких руках:

— Достань!.. Достань!.. Достань!..

Я начинаю реветь. Дико реветь. Делаюсь красным, как бочка пожарных. Валюсь на ковер, дрыгаю ногами и заламываю руки, обливаясь злыми слезами.

Из соседней комнаты выбегает испуганная мама:

— Толенька... Толюнок... Голубчик... Что с тобой? Что с тобой, миленький?

— Убери!.. Убери от меня эту старуху!.. Ленивую, противную старуху!.. — воплю я и захлебываюсь своим истошным криком.

Мама берет меня на руки, прижимает к груди:

— Ну, успокойся, мой маленький, успокойся.

— Выгони!.. Выгони ее вон!.. Выгони!

— Толечка, неужели у тебя такое неблагодарное сердце?

— Все теперь знаю. Ты любишь эту старую ведьму больше своего сына.

(А простаки считают четырехлетних детей ангелочками!)

— Толечка, родной, миленький...

Мама уговаривает меня, убеждает, пытается подкупить шоколадной конфетой, грушей дюшес и еще чем-то «самым любимым на свете». Но все это я отшвыриваю, выбиваю из рук и упрямо продолжаю поддерживать свое отвратительное «выгони!» самыми горючими слезами. Они льются из глаз, как кипяток из открытого самоварного крана.

Слезы... О, это мощное оружие! Оружие детей и женщин. Оно испытано поколеньями в бесчисленных домашних боях, больших и малых.

И что же?.. Мою старую няню — этот уют и покой дома — рассчитывают, увольняют за то, что она не полезла под диван, чтобы достать мячик для противного избалованного мальчишки...

Вероятно, многие считают, что угрызения совести — это не больше, чем литературное выражение, достаточно устаревшее в наши трезвые дни. Нет, я с этим не могу согласиться! Вот уже более полувека меня угрызает совесть за ту гнусную историю с мячиком, закатившимся под турецкий диван!

БОКС 5

«ПЕРВОЕ РОЖДЕНИЕ ЛИЧНОСТИ»

В дошкольном детстве, по выражению известного отечественного психолога А.Н. Леонтьева, происходит «первое рождение личности». Вот как это было показано в специальном эксперименте.

Ребенку-дошкольнику предлагали задачу: достать игрушку, которая лежала на некотором расстоянии, на столе. При этом ставилось обязательное условие: достать, **не вставая со своего места**. Расстояние до стола было таким, что просто дотянуться до игрушки ребенок не мог. Что в этих условиях он будет делать?

Экспериментатор уходил из комнаты, но незаметно наблюдал за ребенком. Некоторое время тот сидел в нерешительности. Но игрушка была привлекательной, да и задание хотелось выполнить. В конце концов, ребенок вставал, брал игрушку и садился на место. Тогда взрослый возвращался в комнату, хвалил ребенка за выполненное задание и в качестве награды предлагал шоколадную конфету. Иногда ребенок отказывался ее брать, а если экспериментатор настаивал, начинал тихо плакать.

Этот опыт стал известен под названием **«феномен горькой конфеты»** (объяснить который должен уметь каждый студент–психолог на

Примечательны заключительные строки воспоминания. Они обнажают «двойное дно» в переживаниях требующего ребенка. Знал ли он тогда, что чем сильнее будет кричать и изображать горе, тем скорее добьется своего? Конечно, знал! Одновременно на каком-то уровне сознания (или подсознания) он понимал, что ведет себя как «противный избалованный мальчишка», что это стыдно, что это против совести (см. также Бокс 5).

Потом угрызения совести он испытывал в течение «более полувека»! Но в зародыше они присутствовали уже тогда, когда он «выбивал» из матери удовлетворение своего каприза.

экзамене в Московском университете).

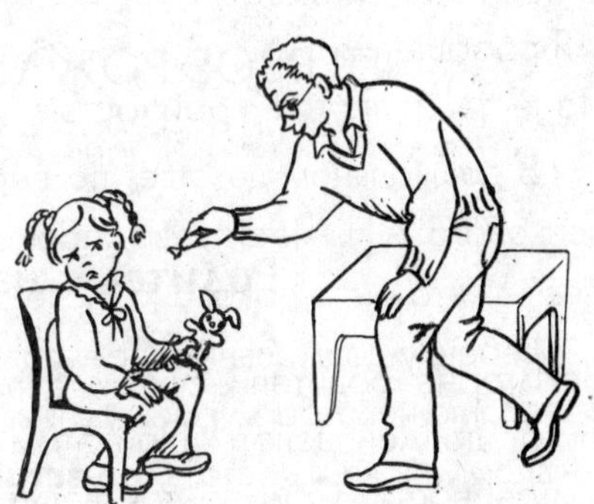

А объяснение состоит в том, что в душе ребенка сталкиваются два противоречивых желания: одно — взять игрушку, другое — выполнить условие, то есть договор со взрослым. Оставшись один на один с игрушкой, ребенок оказывается во власти своего первого желания. С приходом же взрослого, и тем более после его похвалы, для него становится очевидным, что он нарушил договор и не заслуживает награды. Конфета только усиливает стыд, она для него теперь стала совсем «не сладкой!»

Ростки переживаний долга, вины, совести у ребенка-дошкольника еще слабы и неустойчивы. Однако они знаменуют рождение **личности**, так как относятся к сфере человеческих взаимоотношений, моральных норм и нравственности.

Итак,

Капризы детей — это «горячие точки» воспитания и одновременно — испытания для родителей. Сталкиваются желание родителей окружить заботой дорогое дитя и необходимость сохранить свою твердую позицию.

Уступающие родители проигрывают в этом столкновении. Они сдают свои позиции, забывая о возможностях, которые дает владение техникой «Я-сообщения».

Но есть и другая крайность.

Родители на тропе войны

Некоторые родители считают, что они лучше знают, что́ нужно ребенку и что́ тот должен делать. При этом они не учитывают его мнения, желания или потребности. Обычно так ведут себя либо «очень ответственные», либо очень тревожные, либо просто авторитарные родители. Реакция детей, как правило, выливается в **сопротивление** — в той или иной форме.

Одна из форм сопротивления — открытое противостояние. **Подвергаясь постоянному давлению, дети начинают бороться с родителями.** Каким образом — это зависит от возраста, опыта, характера ребенка. Обычно борьба выливается в непослушание, иногда — в упрямство и действия «назло», а порой и в открытую вражду.

Удивительно, как рано может появиться такое противостояние! Жалуется мать двухлетней девочки:

> *Она стала невероятно упрямой. На все говорит «Нет!» С этим «нет» просыпается и засыпает. Утром я только подхожу к ее кроватке, она даже глаз еще не открыла, а уже кричит: «Нет!» Иногда у меня нервы не выдерживают, и я ей наподдаю, а она бьет кошку!*

Аналогичная жалоба матери трехлетней девочки:

> *Совсем с ней измучилась: Маша, одеваться — «нет!», раздеваться — «нет!», кушать — «нет!», купаться — «нет!», спать — «нет!», и так весь день!*

В чем дело? Откуда у детей подобный стойкий «негативизм»?

Скорее всего, дело **в истории отношений с ними**, пусть еще совсем недолгой, где родители допускали ошибки. Ошибки бывают разные, но перечень их более или менее известен. Среди них — слишком жесткий контроль, резкость приказов родителя, неучет состояния ребенка, иногда завышенные требования к нему.

С взрослением детей ситуация может усугубляться. Приведем еще одну жалобу, на этот раз матери подростка.

Моему сыну тринадцать лет. Он у меня очень способный и учится в специальной школе. Чтобы развивать свой талант, он должен очень много работать. Я специально сижу дома, посвящаю ему все свое время. Всем его обеспечиваю, кормлю, ничем его не загружаю, забочусь и постоянно слежу за ним, напоминаю, что надо много заниматься, а не отвлекаться на посторонние дела. На этой почве у нас бесконечные конфликты. Дело дошло до настоящей ненависти! Он смотрит на меня, знаете, такими колючими злыми глазами, как волчонок, который тебя ненавидит и готов на тебя наброситься!

Просто беда, не знаю, что делать. Ведь речь идет о его судьбе, а я бессильна!

. . . .

Чувство бессилия родителя в таких случаях — очень важный и даже полезный сигнал. Это сигнал того, что поведение родителей ошибочно.

. . . .

Есть еще одна форма сопротивления детей — **внутренний саботаж**. Вспоминается беседа с девятилетним мальчиком и его мамой.

Мальчик вполне здоровый, краснощекий, мягкого характера, сообразительный. Но глаза — скучные, голос — безразличный, особенно когда речь заходит о школьных уроках или музыке, которой мама упорно заставляет его заниматься, ссылаясь на слова учительницы, что он очень способный. Сам мальчик постоянно и охотно утверждает, что он ленивый. Мама, безусловно, того же мнения.

На вопрос: «Что тебе нравится?», отвечает: «Играть с кошкой», — добавляя, что может играть с ней часами! При этом глаза радостно вспыхивают. Задаю «дурацкий» вопрос: «А когда ты с ней играешь, ты тоже ленишься?» — в ответ удивленно: «Ну что вы, конечно нет!»

В дальнейшей беседе выясняется, что у мамы главной заботой с некоторых пор стало соблюдение строгого порядка в своей жизни, в семье, в делах сына. Она признается, что раньше была легкой и живой, многим интересовалась, умела со вкусом отдыхать. Но сейчас «под грузом ответственности» за дом и за воспитание сына стала более жесткой, требовательной, живет как-то механически и однообразно.

По ходу беседы она приходит к выводу, что, скорее всего, такой же «груз ответственности» она возложила и на сына, требуя от него жить так, как живет сама: правильно, но механически. Но жить так ей совсем не нравится, тем более она не хочет «засушить» живые силы своего ребенка!

На таких примерах мы видим, что покладистый ребенок может формально подчиняться родителям, неплохо учиться, «перекатываясь из кулька в рогожку», но он может уйти «во внутреннюю эмиграцию», впасть «в спячку», в так называемую лень.

. . . .

Ребенок становится «удобным», но безынициативным. Его вялость и равнодушие справедливо вызывают основательную тревогу родителей.

. . . .

Понимание и гибкость

Есть ли между описанными крайностями «золотая середина»? Как сочетать стремление дать правильное воспитание ребенку, сохраняя четкие родительские позиции и одновременно заботиться о его «живых силах», потребностях и чувствах?

Для ответа обратимся, прежде всего, к техникам эффективного общения, с которых мы начали эту главу. Опыт освоения каждой из них делает возможным гибко использовать их в различных комбинациях. Здесь речь идет уже не об отдельной правильной фразе, а о разговоре или беседе, в которых вы обнаруживаете способность выслушать ребенка, открыто сказать о себе и при этом сохранить доброжелательный позитивный тон.

Посмотрим, как все это может помочь успешно разрешать назревающие конфликты. Первый пример — рассказ матери о беседе с ее пятилетним сыном:

> *Прихожу домой, усталая и голодная.*
>
> *Сын обрадованно: «Ой, мама, я тебя так ждал! Пойдем скорее играть!»*
>
> *«Подожди, — отвечаю я, — сначала я поем».*
>
> *А он: «Нет, нет, пойдем играть!»*
>
> *Я говорю: «Ты **очень хочешь**, чтобы я пошла играть».*
>
> *Сын: «Да, очень! Пошли!»*
>
> *Я: «Ты очень-очень хочешь играть, а я устала и очень хочу есть».*
>
> *Сын: «Ну, мам!»*
>
> *Снова говорю: «Я очень хочу есть, а ты очень хочешь играть. **Как же нам быть?**»*
>
> *Тогда он: «Ну, ладно, я поем вместе с тобой, а потом пойдем играть».*
>
> *Мы так и сделали.*

Можно поздравить мать с успехом и порадоваться вместе с ней. Наверняка в этом разговоре мальчик получил ценный урок мораль-

ного воспитания. Он узнал о желании матери и признал ее право позаботиться о себе. Повторение подобных бесед поможет ему избежать опасности закрепления детского наивного эгоизма.

Для нас же важно понять, что именно сделала мать в этой беседе. Можно увидеть, что она использовала попеременно «Я-сообщение» и активное слушание. Их чередование показало мальчику, что мать его слышит, и это, в свою очередь, дало возможность ему услышать ее.

Вопрос матери: ***«Как же нам быть?»*** — очень важный момент в процессе разрешения конфликтов. Он позволил мальчику внести свое предложение, которое устроило обоих.

В семейной жизни противоречие интересов супругов не такая уж редкость. Таких случаев не меньше, если не больше, чем наших столкновений с детьми. Научиться конструктивно разрешать свои, взрослые, конфликты нам очень важно еще до рождения детей, а уж тем более, когда они появились на свет и живут вместе с нами.

Выше мы много говорили о том, что поведение родителей усваивается детьми как произвольно, так и непроизвольно. На примере родителей дети учатся искусству бесконфликтного общения. Такое искусство

необходимо и для самих родителей, прежде всего, чтобы создавать здоровую атмосферу в жизни семьи.

Отношения супругов — большая и сложная тема, которая выходит за рамки этой книги. Здесь мы ограничимся одним поучительным примером. Это запись разговора молодой женщины с мужем. Замечу, что в нем рассказчица в какой-то момент вспомнила о навыках конструктивного общения, с которыми она была знакома.

Два месяца назад я бросила курить, а мой муж попрежнему курит и очень много. Я долго думала, как можно уговорить его не курить в комнате на диване перед телевизором. Сначала я пыталась это сделать старым, привычным способом: начинала «пилить», занудствовать или умничать на тему вреда здоровью.

Это не производило должного эффекта, и я переходила на крик, что самой уже было противно! В итоге, с каждой закуриваемой сигаретой начинался один и тот же текст, пока мне не становилось скучно от такого «нетворческо-

го» решения проблемы. Муж уже смеялся: «Я заранее знаю, что ты скажешь», — и продолжал курить на диване. Тогда, отчаявшись, я произнесла следующий монолог:

«Ты знаешь, мне очень трудно найти решение, которое устроит нас обоих. Я по-разному пыталась на тебя повлиять, но меньше всего мне хочется, чтобы в своем доме ты не мог делать то, что тебе нравится. Я не хочу также запрещать тебе что-либо или ставить ультиматумы. В то же время мне очень хочется дышать свежим, здоровым воздухом, именно поэтому я бросила курить. Получается, нам нужно искать компромисс, но сама я не могу его найти. Мне нужна твоя помощь. Скажи, какое решение устроило бы тебя?»

Муж внимательно слушал и менялся в лице, хмурил лоб и брови, а потом сказал: «На это невозможно не среагировать». Только теперь я поняла, что он меня услышал.

В результате мы договорились, что он выкуривает одну сигарету после ужина на диване, а остальные уходит

> *курить в другую комнату. Кажется, очень простой выход, но пришлось проделать внутреннюю работу, чтобы он стал естественным, а не заученным. Мои слова произвели такой эффект именно потому, что они шли от самого сердца. Они перестали быть формальными, мне удалось избежать «Ты-сообщения» и искренне выразить мою трудность.*

Давайте посмотрим, что в этом «послании» участницы было такого, что помогло ей быть по-настоящему услышанной мужем.

- Во-первых, в нем встречаются несколько **простых «Я-сообщений»**:
  — *Я хочу дышать чистым воздухом. Поэтому я бросила курить.*
  — *Хочу разрешить эту проблему.*
  — *Не могу сама.*
- Во-вторых, есть то, что можно назвать **мета-«Я-сообщением»**, то есть «сообщением о сообщении». Здесь — слова:
  — *Хочу с тобой поговорить.*
  — *Долгое время пыталась объяснить.*
  Такие вводные фразы настраивают на спокойное обсуждение и одновременно передают дух вашей искренности и доверия.
- В-третьих, мы находим очень важные **позитивные** «Я-» и «Ты-сообщения», то есть высказывания «в пользу партнера» — такие, которые ему приятно услышать:
  — *Я не хочу ставить тебе ультиматумы.*
  — *Меньше всего я хочу, чтобы ты не мог делать в своем доме то, что тебе хочется.*
  — *Могу решить только с твоей помощью.*

Позитивные высказывания — далеко не просто «техника». За ними стоит общее положительное отношение к вашему собеседнику, несмотря на отдельные противоречия и споры. Когда собеседник видит ваше доброжелательное отношение к нему, то больше готов искать решение, которое устроит вас обоих.

Не будем забывать победную силу доброжелательности, которую хорошо иллюстрирует известная легенда о Ветре и Солнце.

Ветер и Солнце поспорили, кто быстрее заставит Человека раздеться. Ветер сказал: «Конечно, я!» Он собрал свои силы и начал дуть все сильнее и сильнее. Но Человек только плотнее запахивал свое пальто. Разозлился ветер, задул еще сильнее, устроил целую бурю! Но чем больше он свирепел, тем больше Человек кутался в свои одежды.

«А теперь моя очередь», — сказало Солнце. Оно вышло из-за тучки, пригрело все вокруг, Человеку стало уютно, тепло — и он разделся!

Путь к согласию

Родители часто спрашивают: ***Можно ли уступать ребенку?*** Все сказанное до сих пор приводит к выводу, что этот вопрос не имеет однозначного ответа. Ясно, что жесткий принцип «всегда стоять на своем» не годится. Но и постоянные уступки тоже не годятся. Разумнее всего выглядит мнение, согласно которому

. . . .

отдельные уступки ребенку вполне возможны,
а иногда и даже необходимы!

. . . .

Следуя такому правилу, нужно учитывать многие разные вещи: состояние ребенка, силу и обоснованность его желания или страдания, того, с каким именно неудобством или ущербом для родителя это связано, от чего тому приходится отказаться.

Ниже на примерах мы увидим, что каждый случай индивидуален. Тем не менее общим в поведении родителей остается способность понять, проявить гибкость и найти разумное решение.

Мать пятилетней девочки учится по вечерам и несколько раз в неделю уходит на занятия. Каждый раз девочка переживает, но бабушке удается уговорить ее и чем-то занять. Но однажды девочка сильно расплакалась, и, цепко держась за маму, не отпускала ее. Никакие доводы и увещевания не действовали, ребенок плакал только сильнее.

Мать рассказывает: «Конечно, в моей душе шла внутренняя борьба: жалко ребенка — и в то же время так нужно идти (как всем нам это знакомо)! Чувства к ребенку перевесили, и я осталась. Я сказала себе: «В конце концов, можно же пойти ей навстречу, она ведь столько раз меня отпускала, хотя ей это было совсем не просто!»

Дочка сразу успокоилась, весь вечер не отходила от меня, придумывала разные игры и занятия. В какой-то момент спросила: «А это ничего, что ты не пошла на учебу? Тебе «двойку» за это не поставят?» — и потом добавила: «Знаешь, я не буду каждый раз так плакать. Тебе же тоже надо учиться!» В общем, я совсем не жалею, что осталась. Мы почувствовали себя с дочкой как-то особенно близкими.

Следующий пример относится к более серьезным жизненным случаям, когда желания ребенка вполне оправданны, но трудно исполнимы, так как противоречат интересам или жизненной ситуации родителей. Ничего не поделаешь, таких случаев немало!

Например, ребенок хочет быть с мамой как можно больше — но маме надо ходить на работу. Ребенок не хочет ходить в сад, он даже умоляет: *«Я лучше буду сидеть дома совсем один!»*, но его не с кем

оставить. Ребенок хочет жить с мамой и папой, он любит их обоих, но родители разводятся...

В таких случаях, если никак нельзя изменить ситуацию, чтобы удовлетворить просьбу ребенка, остается беседа с ним — **беседа по душам**. Для таких бесед лучше выбрать спокойное время (а не моменты, когда он особенно расстроен) и как можно больше его слушать. Именно слушать активно, чтобы он смог высказать все свои огорчения.

. . . .

Не спешите успокаивать, убеждать или разуверять его, особенно не старайтесь логически доказывать, почему это нельзя или невозможно.

. . . .

Дайте ему больше сказать, ведь это помогает разрядить напряжение — у ребенка, так же как и у взрослого.

Немного позже вы сможете сказать о себе, о реальной ситуации, привести доводы, **но именно позже, а не сразу**. Когда накал переживаний спадет, будет шанс перейти к переговорам, и вместе подумать над вопросом: «Как же нам быть?»

Одна семья встретилась с проблемой такого рода:

Сын-первоклассник начал ходить в школу, которая ему очень понравилась. Он уже привык к учителям, подружился с ребятами. Но семья переехала на другой конец большого города, и до школы теперь стало сложно добираться. На дорогу с пересадками уходило в один конец полтора часа, а то и больше. Кроме того, кто-нибудь из взрослых должен был его возить. Поначалу родители вняли мольбам мальчика, и недели две папа сопровождал его в старую школу и из школы домой. Но потом стало ясно, что так продолжаться не может: мальчик сильно уста-

вал, у папы стала страдать работа. К тому же узнали, что поблизости есть школа не хуже. Но сын не хотел даже слышать о ней! Устроил настоящую забастовку!

Родители много беседовали с мальчиком, слушали его рассказы про старую школу — какие там интересные уроки, как там все красиво и весело, как они с друзьями играют на переменках и как он без всего этого «просто не может жить!» Родители сочувственно слушали. Мать даже стала спорить с отцом (конечно, не в присутствии мальчика), говоря, что нельзя же ломать ребенка!

Однако «суровая действительность» требовала своего. Отцу в какой-то момент пришлось сказать, что возможности ездить в дальнюю школу у него больше просто нет из-за работы. «Тогда я буду сидеть дома», — ответил сын. «Хорошо, посиди». Через некоторое время мальчик согласился сходить в новую школу «просто посмотреть». Поговорили с учителем, который был очень приветлив, посидели на уроках. Сын все еще оставался дома.

Нашлись мальчики из класса, живущие поблизости, их стали приглашать в гости...

В конечном счете, «крепость пала», теперь наш герой учится в новой школе с не меньшим удовольствием, чем в прежней.

В этой истории хочется обратить внимание на бережное отношение родителей к понятным и оправданным переживаниям мальчика. И в разговорах с ним, и в своих действиях они шли ему навстречу, проявляя сочувствие. Они также не «продавливали» категорично свою позицию. Например, дали ему возможность посидеть некоторое время дома. Это было, хотя и частичное, но все-таки согласие с ним, признание его права на выбор. Все вместе позволило мальчику, в конце концов, принять сложившуюся ситуацию и положение родителей. Семья преодолела кризис без эмоциональных потерь.

НИКОГДА НЕ ПОЗДНО

Можно ли его исправить?

Мы уже многое обсудили, и читатели, безусловно, обогатились знаниями путей и способов успешного обращения с детьми. Но есть вопрос, который остается у некоторых родителей: ***«А если многое делалось не так, и воспитание ребенка «запущено». Можно ли его исправить?»***

Отвечу: конечно, можно.

Спохватиться никогда не поздно!

И это также можно показать на замечательных примерах. Один такой пример относится к опыту уже известного нам отечественного психолога Льва Семеновича Выготского.

Будучи блестящим ученым, Л.С. Выготский обладал также исключительным даром понимания детей. Этот дар обнаруживался и в том, как он обращался с собственными детьми. Много ценных подробностей можно найти в воспоминаниях Гиты Львовны Выготской — дочери ученого. Из ее воспоминаний мы и берем пример.

В семье Выготских было две дочки. Случилось так, что младшая, Ася, стала проявлять трудный характер. Поскольку отец и мать много работали, девочку воспитывала няня, которая очень ее любила и, по воспоминаниям старшей сестры, *страшно ее баловала.* Ася устраивала разные «фокусы». Один из них состоял в том, что, не желая уходить с

прогулки, она ложилась на тротуар, била по асфальту ногами и истошно орала. Такую картину увидел однажды отец.

На следующий день, когда все повторилось как по нотам, он вышел на улицу, велел нам идти домой, а сам взял отчаянно брыкавшуюся и орущую девочку на руки, внес ее в подъезд, положил на пол, а сам вошел в квартиру и закрыл дверь. Сначала из подъезда неслись отчаянные вопли, но постепенно они стали стихать — ведь зрителей не было! — и, наконец, совсем прекратились. Когда наступила тишина, отец вышел в подъезд, спокойно по-

мог дочери подняться с пола и, молча, привел ее домой. Он не сказал ей ни единого слова. Умыв, он отпустил ее к няне, которая собиралась ее кормить.

Это повторялось несколько дней кряду, с той только разницей, что пару раз Асю забирала из подъезда соседка из квартиры напротив и приносила ее нам через черный ход, со двора. Отец неотступно следовал своей методе и был вполне вознагражден — постепенно все прекратилось, и возвращение с прогулки стало проходить спокойно.

Если же Ася устраивала скандал дома, падала на пол, била ногами по полу, кричала, папа требовал, чтобы все вышли из комнаты, а сам, оставшись с ней, не обращал на нее никакого внимания, делая вид, что чем-то очень занят, поглощен. Когда она успокаивалась, он, опять-таки молча, помогал ей подняться с пола и вел умываться. Он никогда ей при этом ничего не говорил, по-видимому, считая, что она в таком возбуждении, что все равно не в состоянии услышать и осознать сказанное. Как бы то ни было, но выбранный им метод целиком оправдал себя — истерики и скандалы постепенно прекратились.

В воспоминаниях Гита Львовна приводит один из последних подобных случаев. Она сама уже ходила в школу, и Асина няня по утрам должна была ее провожать, так как нужно было перейти через площадь с большим движением. Ася ревновала няню к сестре и всячески противилась их взаимодействию, так что няне приходилось делать все украдкой. Например, она выходила из квартиры раздетой и одевалась только в подъезде.

Однажды Ася, увидев, что мы собираемся уходить, начала плакать, больно ударила меня ногой, а потом в бессильной злобе схватила с кровати мое полотенце, окунула его в таз с водой и начала мокрым полотенцем тереть пол. На полотенце от мастики тотчас же образовалось

большое рыжее пятно. Мы молча наблюдали за маленькой дикаркой. Отец подошел к ней, взял из ее рук полотенце и медленно, очень раздельно и внушительно сказал: «Отныне это полотенце будет твоим». И, действительно, каждый раз, меняя белье (даже тогда, когда отца уже не было в живых), полотенце с рыжим пятном давалось в пользование Асе. Так в семье свято выполнялись требования отца.

Из этих коротких отрывков мы узнаем много очень важных вещей. Во-первых, можно догадаться, как девочка дошла до состояния «дикарки». Это случилось не без помощи доброй няни, которая очень ее любила и *потакала ей* во всем. В результате девочка не знала границ дозволенного и, наоборот, накопила опыт удовлетворения своих желаний через устройство скандалов.

Во-вторых, мы видим мудрое поведение отца. В чем же оно состояло? Отец пресек обычные реакции домочадцев на истерики дочки, причем действовал молча, спокойно и в общем-то дружелюбно (помогал девочке встать с пола, умыться). Он также спокойно давал ей столкнуться с последствиями своих действий, не добавляя никаких назиданий.

Наконец впечатляет последняя фраза из отрывка воспоминаний: *«В семье свято выполнялись требования отца»*, и это происходило даже тогда, когда он уже ушел из жизни. Какие огромное уважение

и любовь к отцу, а также его непререкаемый авторитет стоят за этими словами!

О результатах такой «воспитательной политики» Л.С. Выготского мы узнаем из тех же записок старшей сестры. Вот что она пишет, спустя более полувека.

> *Мне хочется здесь сказать несколько слов о своей сестре. Я считаю необходимым это сделать, так как, к великому сожалению, ее уже нет (она умерла весной 1985 г). Несомненно, активное участие отца в ее воспитании способствовало выравниванию ее характера, его коррекции. Постепенно все ее срывы прекратились, и к школе она была вполне контактной девочкой, хорошо общалась со взрослыми и сверстниками, среди которых всегда, на протяжении всей своей жизни, имела много настоящих друзей. Я бы сказала даже, что она обладала ценнейшим даром — умением дружить. Она всегда была добра и внимательна к своим друзьям, и они платили ей тем же. Она выросла глубоко порядочным человеком и всегда, в любой ситуации, вела себя очень достойно, никогда и ничем не запятнав ни своего имени, ни имени своего отца.*

Вот такая замечательная динамика: от капризного неуправляемого ребенка — к глубоко порядочному человеку, доброму и внимательному другу!

Спросим: ***«А может ли измениться сам родитель?»*** Этот вопрос очень правильный, и он давно назрел. Ведь психологические законы общения говорят: **главное — начать с себя**.

Родители тоже способны меняться

Одна из проблем многих родителей упирается в жесткий контроль. Они понимают, что надо «отпустить» ребенка, дать ему бóльшую само-

стоятельность, **но ничего не могут с собой поделать**. Они продолжают запрещать, указывать, воспитывать.

Возможно ли, поняв ошибочность своего поведения, измениться?

Да, некоторым родителям это удается. Процесс непростой, так как приходится иметь дело со своими трудно преодолимыми эмоциями — тревогой, страхом, беспокойством, а также привычкой думать: «Он без меня не справится». Давайте посмотрим, как это происходит в жизни.

Привожу отрывки из записей одной мамы. Ее дочери Маше одиннадцать лет, она учится в 6-м классе (жирным шрифтом отмечаю мамины переживания и усилия изменить себя).

06.02. *В конце концов, **я решила**: необходимо **перестать давить** в уроках, уборке комнаты и т.п. Попробуем «воспитание свободой»! Отступила, наблюдаю. **Волнуюсь очень**.*

08.02. ***Долой лозунги**. Вот правда жизни: английский 2, 3 и замечание по поводу отсутствия д/з; русский 3, 3. Вечером **не выдерживаю**, спрашиваю:*
— Маш, а много задали?
— Нет, ничего.
— Совсем-совсем?

10.02. *Вечер пятницы, **спрашиваю**:*
— Маш! Много задали?
— Нет. Я решила, что сегодня ничего делать не буду. Я устала (смотрит телевизор).
***Я расстроена, так как предполагаю**, что без моих призывов к приготовлению уроков протянет до вечера воскресенья и с дикими стенаниями поплетется к письменному столу, взывая к нашему сочувствию.*

11.02. *Утро субботы. О планах Маша забыла.*
***Я расстроена**, так как понимаю, что она не хочет бороться: легко пообещала, легко забыла. **Молчу**.*

*14.02. **Осознала, что «продавливаю»** и все равно пытаюсь регламентировать приготовление уроков. **Чувствую растерянность...***

*19.02. Неделя закончилась, **я не вспоминала об уроках**. Маша все делала сама или не делала, но результат в дневнике не хуже, а, может быть, чуть лучше.*

*25.02. Уроки делает сама, что-то в школе, что-то дома, сообщает мне об этом, но не всегда. **Я не спрашиваю**. Учительница математики стала Машу хвалить. С русским неважно, диктант написан на 2, но правила старается учить. Я слышала, как по телефону объясняла заболевшей девочке новую тему. Успеваемость со мной не обсуждает, даже не всегда хвалится хорошими отметками. Когда озвучивает 4 и 5, **я радуюсь, говорю ей об этом**, стараюсь, чтобы моя радость не выглядела слишком напыщенно.*

С момента первой записи прошло всего 19 дней, а можно видеть заметные сдвиги в школьных делах девочки, да и в отношениях между

мамой и дочкой. Конечно, матери это досталось нелегко. **Ей пришлось бороться с собой**, но ее терпение и выдержка оправдали себя.

Похожие процессы происходят и в других семьях, где родители пытаются себя изменить.

Приведу отрывки из записей другой матери. Ее дочке десять лет, и предыстория их отношений похожа на предыдущую: сначала был жесткий контроль, но потом возникло решение **«отпустить»** девочку.

Для ясности даю небольшие заголовки, которые отмечают динамику изменений.

Стала учиться хуже. *В тетрадях Гали много «троек», пишет неряшливо. Слышу, что учит наизусть стихотворение, явно «халтурит».*

— Галя, ты уверена, что хорошо выучила?

— Понимаешь, просто если я буду еще тратить время на литературу, то не успею сделать английский, и у меня вообще не останется свободного времени. Я, что, должна все время только учить и учить?!

— Музыка у тебя еще не сделана. Пока не напомню тебе, ты вообще не садишься за инструмент. Я тебе уже много раз говорила...

Бесконечно долгий и пустой диалог. В результате обе почти в слезах и злы друг на друга.

Решение жестко контролировать. *«Пятерок» все меньше, «тройки» перестали быть редкостью. С мамой принимаем решение контролировать приготовление уроков и жестко требовать соблюдения порядка на рабочем столе.*

Но вместо запланированного контроля — периодические «атаки», которые ничего хорошего не приносят.

Пробую общаться иначе, но возвращаюсь к старому. *Стараюсь поговорить с ней по душам. Снова скатываюсь до поучений. Раздражаюсь и на себя, и на нее...*

Расстояние между нами увеличивается. Боюсь, что она замкнется, а остановиться вовремя никак не могу.

Первые проблески. *Спасительный Святослав Рихтер! Узнала, что в школе его считали очень ленивым. А позднее знаменитый пианист удивлял всех своей волей и самодисциплиной! Приняла это близко к сердцу.*

— Мама, ты только не ругайся, у меня «тройка» за самостоятельную работу по математике. (Активно ее слушаю.)

— И тебе это очень не нравится, ты хочешь это изменить...

— Да, я позанимаюсь дополнительно по этой теме сегодня. (Ура!!!)

Преждевременное «ура». *Но «ура» было преждевременным. Дальше намерений дело не пошло ни сегодня, ни завтра. Однажды не сдерживаюсь и снова опускаюсь до старого шаблона:*

— Что с музыкой, Галя? Скоро экзамен.

— Понимаешь, просто... — и длинная череда «уважительных причин».

— Твое «просто» на этой неделе звучит уже 1001 раз!

И тут: — Я не люблю, когда со мной так разговаривают!

Хлопнув дверью перед моим носом, дочь удаляется в свою комнату.

Замыкаюсь. Переживаю долго и до слез.

Усилия вознаграждаются. *Постепенно ситуация меняется. Очень гордится тем, что делает домашнюю работу существенно быстрее и качественнее. Подтянулась организованность. С мамой отмечаем, что изменилось лицо: оно стало как-то мягче, и я бы сказала счастливее.*

В этой истории мы видим в общем повторение тех же событий, что и в предыдущей. В обоих случаях матери переживали настоящую внутреннюю борьбу между решением измениться и собственными укоренившимися привычками. В такой борьбе, самым трудным для родителей моментом, можно сказать, узлом всего процесса, бывает выдержать **ухудшение** учебы и поведения детей при попытках снять с них контроль. **Важно знать и помнить, что такое ухудшение абсолютно закономерно!**

Во-первых, у отпущенного на свободу ребенка расширяется зона активности, которая раньше была стеснена, и он начинает отвлекаться на многие другие занятия. Во-вторых, из-за длительного родительского контроля он недоразвился в одном важном отношении: он плохо умеет отвечать за себя, свои дела и поступки. Такую ответственность он должен еще осознать и освоить.

. . . .

А это требует некоторого времени и может происходить только в режиме свободы и самоопределения с неизбежными ошибками и неудачами, на которых он учится.

. . . .

И вот эти ошибки, неудачи и ухудшения родитель должен **вытерпеть**, чтобы не помешать процессу взросления их ребенка. Заметим, что в описанных историях обе девочки в конце концов стали счастливее и, несомненно, испытали благодарность к своим матерям за их мудрую помощь.

Дети — родителям

Не стоит забывать, что в попытках родителей изменяться и совершенствоваться есть замечательные помощники — их собственные дети! Присматриваясь к детям, мы можем многому у них научиться.

. . . .

Дети очень чуткие и строгие судьи. Они плохо переносят несправедливость, неискренность, нечестность, глупость и грубость взрослых.

. . . .

Дети страдают, если что-то из этого замечают в своих близких. Они мечтают об идеальных родителях, но только маленькие дети видят в родителях такой идеал. Довольно скоро они начинают нас строго оценивать, а иногда и разочаровываться.

Пишет пятнадцатилетняя девочка:

> *У меня большая проблема с мамой. Она все время за мной следит, можно сказать, выслеживает. Я пишу дневник — ведь это очень личное! А она его разыскивает и читает, приходится его прятать, и вообще пропадает желание писать. А мне так важно довериться кому-то или чему-то, хотя бы страницам дневника!*
>
> *Еще она подслушивает мои телефонные разговоры, еще подсматривает в окно — куда я иду или откуда прихожу. Разве можно так поступать с человеком?! Такая слежка — неуважение и недоверие ко мне. Все это меня очень обижает, и я не знаю, что делать! Пробовала говорить маме, но она не слушает.*

Стоит выразить сожаление, что мать этой девочки не прислушивается к замечаниям и переживаниям дочки, а ведь они касаются ее собственного поведения и дают шанс задуматься о своем моральном облике!

Не только подростки, но и маленькие дети с пристрастием наблюдают, делают ли сами родители то, что требуют от них. В назидание родителям случаются и забавные истории.

Отец с четырехлетним сыном едет в метро. Мальчик взобрался на сиденье, чтобы смотреть в окно. Он стоит на коленках, и его ботинки обращены в сторону стоящих пассажиров. Отец недовольно ему замечает:

— Сколько раз я тебе говорил не забираться с грязными ногами на сиденье! Ты можешь испачкать людей. Когда только ты начнешь слушаться?!

На что сын также громко отвечает:

— А сколько раз мама тебе говорила не пи́сать в раковину, а ты все равно это делаешь!

Излишне говорить, что покрасневший папа выскочил с ребенком из вагона на ближайшей остановке.

Порой дети помогают нам не впадать в воспитательные перегибы. Пример, который хочу здесь разобрать, касается частого вопроса: **стоит ли награждать ребенка дополнительно за то, что он хорошо себя ведет?** При этом имеется в виду плата деньгами за хорошие оценки, за помощь по дому, за соблюдение режима. Вопрос этот вызывает много споров.

На мой взгляд, **платить нельзя** ни за отметки, ни за мытье посуды, ни за самостоятельное вставание, уборку кровати, чистку зубов, приготовление себе завтрака в школу (этот список взят из практики одной семьи, где существовал настоящий прейскурант стоимости подобных «достижений» детей). Ребенок вовлечен в повседневные дела и должен выполнять их — это разумеется само собой.

. . . .

Платить за выполнение домашних дел ребенку — значит сбивать его с толку, лишать его представлений о долге, помощи, бескорыстном труде и семейных взаимоотношениях.

. . . .

Интересно, что дети сами могут чувствовать порочность такой практики. Следующую короткую историю рассказал один отец. Он заметил, что, вообще говоря, в их семье время от времени практиковались небольшие поощрения детей за хорошее поведение, но однажды вечером шестилетний сын сделал ему «неожиданный подарок», который обрадовал его и одновременно заставил задуматься.

> ***Мальчик встретил отца со словами: «Пап, я сегодня сделал доброе дело: помог бабушке на ночь разложить диван. Только ты меня за это ни в коем случае не награждай. А то, какое же это доброе дело, если за него дают награду?!»***

Услышав эту историю, я вспомнила одну проповедь православного священника. В ней говорилось о добрых делах и помыслах, что они только тогда истинны, когда несущий их в мир не думает о себе, когда он абсолютно бескорыстен и не ждет награды, даже на том свете.

И вот, шестилетний ребенок уже понял и прочувствовал эту чистую истину, и так же, как тот священник, с волнением стремился донести ее до сознания взрослого! Я, признаться, до сих пор переживаю это как чудо, которое способны дарить нам дети.

Другая история на тему «учиться у детей» относится к другой стране, другой культуре, но и она о живой и мудрой детской душе. Привожу рассказ американского психолога Мартина Селигмана, в то время президента Американской психологической ассоциации.

Однажды я вместе со своей пятилетней дочкой Никки полол сорняки в саду. Должен признаться, что, хотя я и пишу книги о детях, сам не очень умею обращаться с ними. Вообще я человек целенаправленный и собранный, и если уж взялся полоть сад, то делал это как следует. Никки же, напротив, вела себя беззаботно — подбрасывала сорняки в воздух, пела и танцевала вокруг меня. И я на нее накричал. Она ушла, потом вернулась.

— Папа, я хочу с тобой поговорить.

— Да, Никки?

— Пап, ты помнишь мой день рождения, когда мне исполнилось пять лет? С трех лет до пяти я была плаксой. Я плакала каждый день. Когда же мне исполнилось пять, я решила больше не плакать. Это было для меня самым трудным делом в жизни. И если я могу перестать плакать, то почему ты не можешь перестать быть таким брюзгой?

Это было для меня как гром среди ясного неба — не меньше! Я понял нечто о Никки, о детях, о себе и очень много о своей профессии.

Прежде всего я понял, что воспитание Никки не в том, чтобы исправлять ее плаксивость. Никки сделала это сама. Воспитание Никки означало признание чудесной силы, которая была в ней заложена, — я назвал бы ее «внутренней силой души»...

Я понял, что воспитывать детей значит гораздо больше, чем исправлять их недостатки. Это значит находить и поддерживать их лучшие качества и помогать им находить применение этих качеств в жизни.

Что касается меня, то Никки попала в самую точку: я был брюзгой. В течение всех 50 лет я был постоянно чем-то недоволен, а последние 10 лет был как туча, на-

висшая над домом, полным солнечного света. Все, что случалось хорошего, было не благодаря моей ворчливости, а несмотря на нее. И в этот момент я решил измениться!

Мы, таким образом, видим, что:

. . . .

- ✔ ***Дети думают о нас, хотят, чтобы мы изменились к лучшему, стремятся нам в этом помочь.***
- ✔ ***Мы порой недооцениваем их дружеских стремлений, а зря!***

. . . .

ВМЕСТО ЭПИЛОГА

Народная мудрость гласит:

посеешь поступок — пожнешь привычку,
посеешь привычку — пожнешь характер,
посеешь характер — пожнешь судьбу!

Эта истина относится и к жизни взрослого человека, и к воспитанию ребенка. От каких же поступков родителей зависит судьба детей? От очень многих, больших и маленьких! Это и конкретные слова, и ответы на просьбы или капризы, это и вмешательство или невмешательство в дела ребенка, это способы наказания или одобрения, это умения сдерживать эмоции, общаться, разрешать конфликты и многое другое.

Не всегда родителям понятно, как поступать правильно. В одних случаях кажется, что надо делать одно, в других — прямо противоположное. Никто не владеет абсолютной истиной или универсальными рецептами. Но зато есть опыт успешных воспитателей.

В отдельных главах мы рассматривали позитивные примеры общения взрослых с детьми. Порой могло показаться, что речь шла о слишком мелких подробностях — отдельных словах, интонациях, даже местоиме-

ниях (Я или Ты). Но позволю себе высказать глубокое убеждение в том, что мелочей в общении с ребенком не бывает. Одно неверное слово или тон голоса родителя может оставить горький след в душе ребенка, а накопление таких следов — подорвать его веру в себя, привести к отчуждению, а то и к разрыву отношений.

Личность родителей, их «жизненная философия», их приоритеты и ценности создают атмосферу, в которой живет ребенок. От их самых общих личностных свойств и духовных качеств зависит чистота воздуха, которым он дышит.

Есть известная притча.

Идет прохожий и видит — люди что-то строят.

«Что ты делаешь?» — спрашивает он одного каменщика.

«Я укладываю кирпичи», — отвечает тот.

«А ты что делаешь?» — спрашивает он второго.

«Я возвожу стену», — отвечает второй.

«А ты что делаешь?» — спрашивает он третьего.

«Я строю Храм», — был ответ.

Когда мы строим «дом», в котором будет жить наш ребенок, важно заботиться о качестве отдельных «кирпичей» и правильности их «укладки». Но не забудем, что одновременно мы воздвигаем Храм его жизни и судьбы. И от нас зависит, насколько этот храм будет наполнен светом радости и человечности.

книга третья

. . . .

РОДИТЕЛЯМ: КАК БЫТЬ РЕБЕНКОМ

ХРЕСТОМАТИЯ

. . . .

Всем детям, живущим
с нами и внутри нас

ИЗ ПРЕДИСЛОВИЯ К ПЕРВОМУ ИЗДАНИЮ КНИГИ «РОДИТЕЛЯМ: КАК БЫТЬ РЕБЕНКОМ. Хрестоматия»

Эта книга составлена из живых историй — воспоминаний различных людей о своем детстве, в которых авторам удалось мысленно вернуться в свое прошлое, снова пережить его и проникновенно о нем рассказать. Дети, как правило, не могут открыть нам всю сложность своего внутреннего мира. Им не хватает слов, а иногда и веры в наше понимание. И вот эту труднейшую задачу взволнованно-открытого сообщения о себе за всех детей и от имени всех детей талантливо решают авторы воспоминаний!

Читая эти воспоминания, с удивлением узнаешь, как порой далеки от реальной правды наши представления о том, что значит быть ребенком. Они дают возможность побывать «в коже» ребенка, услышать его внутренний голос, увидеть мир его глазами, узнать о его проблемах и радостях.

Помимо воспоминаний, в книге есть несколько текстов талантливых ученых и педагогов, в которых они делятся своими размышлениями и практическим опытом общения с детьми.

Все тексты даются с сокращениями и сопровождаются моими комментариями[1].

[1] Комментарии Ю. Гиппенрейтер выделены в книге вертикальной чертой (*прим. ред.*).

Предисловие

Общая цель этой хрестоматии и состоит в том, чтобы помочь нам, взрослым, глубже и сочувственнее понять детей. Надеюсь, что такое понимание даст возможность читателям совсем иначе взглянуть на общение с собственным ребенком, увидеть свои промахи и, наоборот, удачи в его воспитании. А знакомство с некоторыми замечательными образцами поведения родителей и учителей даст возможность впитать их блестящий опыт

Хочется поблагодарить всех друзей и коллег, горячо отозвавшихся на саму идею хрестоматии и на мои просьбы рекомендовать известные им интересные воспоминания о детстве. Искренняя признательность Марии Петровой за иллюстрации, в которых ей удалось успешно решить нелегкую задачу искусной передачи смысла авторских текстов и учета пожеланий составителя.

Профессор Ю. Гиппенрейтер, 2009

глава первая

МИР ГЛАЗАМИ РЕБЕНКА

«Глаза ребенка» — это особое видение мира. Дети удивляются вещам и событиям, мимо которых мы проходим не замечая; завораживаются цветами, звуками и словами, в которых мы не находим ничего особенного. У них другие масштабы, другие ценности, другое понимание того, что важно и неважно.

Многие воспоминания детства приоткрывают удивительное своеобразие и богатство внутреннего мира ребенка. Одновременно они показывают, с какой деликатностью взрослым следует обращаться с этим миром. Ведь ребенок живет в нем по-настоящему, всерьез. Через его призму он воспринимает внешний мир, других людей и самого себя. И если мы не всегда понимаем скрытую жизнь ребенка, то, во всяком случае, можем уважать и оберегать ее вместе с ее заветными «тайнами», фантазиями и мечтами.

Эта глава открывается выдержками из книги ***М. Осориной*** — талантливого исследователя детства. За ними следуют тексты из воспоминаний ***П. Флоренского, А. Кристи, М. Цветаевой*** и ***Л. Чуковской***. Хотя название «Мир глазами ребенка» можно отнести ко всей книге, здесь отобраны те эпизоды, которые обнаруживают своеобразие и «непохожесть» мироощущения ребенка на наше, взрослое, восприятие. Будем надеяться, что эти талантливые описания помогут нам вспомнить свое детство и глубже понять наших детей.

М.В. Осорина

Два мира: Этот и Тот[1]

Мария Владимировна Осорина (род. 6 декабря 1950 г.) — российский психолог, доцент факультета психологии СПбГУ, вице-президент Санкт-Петербургского психологического общества, автор многочисленных оригинальных исследований в области детской субкультуры, детского рисунка и творчества.

> Выдержками из ее книги «Секретный мир детей...» мы открываем этот раздел. Материалы книги — результат большого опыта автора — мастера внимательного наблюдения за детьми и сочувствующего общения с ними. Можно видеть, как много узнает «понимающий» взрослый, вступая в доверительный контакт с ребенком.

◆

Для годовалого важно доползти, долезть, дойти до намеченной цели. Двух-трехлетний открывает для себя множество вещей, их названия, возможность использования, их доступность и запретность. Между двумя и пятью годами по нарастающей развивается у ребенка способность образно представлять в уме и фантазировать.

Это качественно новое событие в интеллектуальной жизни ребенка, которое революционно преобразует многие стороны его жизни.

Раньше ребенок был пленником той конкретной ситуации, где он находился. На него воздействовало только то, что он непосредственно видел, слышал, ощущал.

Теперь же он обнаруживает, что получил новую способность *удваивать мир*, представляя воображаемые образы на внутреннем психическом экране. Это дает ему возможность одновременно пребывать в мире *внешне видимом (здесь и сейчас)* и в *воображаемом* мире своих фантазий *(там и тогда)*, возникающих по поводу реальных событий и вещей. Удивительным свойством дет-

---

[1] Осорина М.В. Секретный мир детей в пространстве мира взрослых. СПб.: «Питер», 1999, 2004. «Речь» (с сокращениями).

ского мироощущения в этот период (как и несколькими годами позже) оказывается то, что большинство значимых предметов, окружающих ребенка в обыденной жизни, представляются в его фантазиях героями множества событий. Вокруг них разыгрываются драматические ситуации, они становятся участниками странных сериалов, изо дня в день создаваемых ребенком.

Мама даже не подозревает, что, рассматривая суп в тарелке, ребенок видит подводный мир с водорослями и затонувшими кораблями, а проделывая ложкой бороздки в каше, представляет, что это ущелья среди гор, по которым пробираются герои его сюжета.

Иногда поутру родители не знают, кто сидит перед ними в образе их родного дитяти: то ли это их дочка Настя, то ли Лисичка, которая аккуратно раскладывает свой пушистый хвост и требует на завтрак только то, что едят лисы. Чтобы не попасть впросак, бедным взрослым бывает полезно заранее спросить ребенка, с кем они имеют дело сегодня.

Эта новая способность к воображению дает ребенку совершенно новые степени свободы. Она позволяет ему быть чрезвычайно активным и самовластным в удивительном внутреннем мире психики, который начинает у ребенка формироваться. Внутренний психический экран, на котором разворачиваются воображаемые события, в чем-то подобен экрану компьютера. В принципе на нем с легкостью можно вызвать любой образ (было бы умение!), изменить его как хочешь, представить события, которые невозможны в реальности, заставить действие разворачиваться так стремительно, как это не бывает в реальном мире с обычным течением времени. Все эти умения ребенок осваивает постепенно. Но появление такой психической способности имеет огромное значение для его личности. Ведь все эти поразительные возможности, которые ребенок взахлеб начинает использовать, дают ощущение собственной силы, дееспособности, хозяйского отношения к воображаемым ситуациям. Это находится в резком контрасте с невысокой до поры до времени способностью ребенка управляться с предметами и событиями реального физического мира, где вещи его мало слушаются.

Кстати, если не развивать контакты ребенка с реальными предметами и людьми, не поощрять его действовать «в миру», он может спасовать перед трудностями жизни. В этом сопротивляющемся нам, не всегда подчиняющемся нашим хотениям, требующем умений мире физической реальности чело-

веку важно иногда подавить соблазн нырнуть и спрятаться в иллюзорный мир фантазий, где все легко получается.

Психологически особым классом вещей для ребенка являются игрушки. По самой своей природе они предназначены для того, чтобы воплощать, «опредмечивать» детские фантазии. Вообще, детскому мышлению свойствен *анимизм* — склонность наделять неживые предметы душой, внутренней силой и способностью к самостоятельной потаенной жизни.

Именно эту струну детской психики всегда затрагивают самодвижущиеся игрушки: механические курочки, способные клевать, куклы, закрывающие глаза и говорящие «мама», шагающие медвежата и т. п. У зачарованного ребенка (а иногда и взрослого) такие игрушки всегда находят отклик, поскольку в душе он внутренне знает, что так и должно быть — они живые, но скрывают это. Днем игрушки покорно исполняют волю своих хозяев, но в некоторые особые моменты, в частности ночью, тайное становится явным. Предоставленные самим себе игрушки начинают жить собственной, полной страстей и желаний деятельной жизнью. Эта волнующая тема, связанная с тайнами бытия предметного мира, настолько значима, что стала одним из традиционных мотивов произведений детской литературы. Ночная жизнь игрушек лежит в основе событий «Щелкунчика» Э.-Т.-А. Гофмана, «Черной ку-

рицы» А. Погорельского и многих других книг, а из произведений современных авторов — известного «Путешествия Голубой Стрелы» Дж. Родари. Русский художник Александр Бенуа в своей знаменитой «Азбуке» 1904 года выбрал именно эту тему для иллюстрации к букве «И», где изображено напряженно-таинственное оживание ночного сообщества Игрушек.

Оказывается, что практически всем детям свойственно фантазировать по поводу своего дома и почти у каждого ребенка есть любимые «объекты медитации», сосредоточиваясь на которых он погружается в свои грезы. Ложась спать, кто-то разглядывает пятно на потолке, похожее на голову бородатого дядьки, кто-то — узор на обоях, напоминающий смешных зверюшек, и что-то придумывает о них. Одна девочка рассказывала, что над ее кроватью висела шкура оленя, и каждый вечер, лежа в постели, она гладила своего оленя и сочиняла очередную историю о его приключениях.

Внутри комнаты, квартиры или дома ребенок выделяет для себя любимые места, где он играет, мечтает, куда уединяется. Если плохое настроение — можно спрятаться под вешалку с целой кучей пальто, укрыться там от всего мира и посидеть, как в домике. Или залезть под стол с длинной скатертью и прижаться спиной к теплой батарее.

Можно посмотреть для интереса в маленькое окошечко из коридора старинной квартиры, выходящее на черную лестницу, — что там видно — и вообразить, а что можно было бы там увидеть, если бы вдруг...

Есть в квартире и пугающие места, которых ребенок старается избегать. Вот, например, маленькая коричневая дверца в нише стены на кухне, взрослые ставят туда, в прохладное место, продукты, но для пятилетнего ребенка это может быть самое страшное место: за дверцей зияет чернота, кажется, что там

провал в какой-то другой мир, откуда может прийти что-то ужасное. По собственному почину ребенок не подойдет к такой дверце и ни за что не откроет.

Одна из самых больших проблем детского фантазирования связана с неразвитостью самоосознания у ребенка. Из-за этого он часто не может различить, что является реальностью, а что — его собственными переживаниями и фантазиями, окутавшими этот предмет, склеившимися с ним. Вообще такая проблема есть и у взрослых людей. Но у детей такая слитость реального и фантазийного может быть очень сильной и доставляет ребенку много трудностей.

Дома ребенок может одновременно сосуществовать в двух разных реальностях — в привычном мире окружающих предметов, где распоряжаются и оберегают ребенка взрослые, и в воображаемом собственном мире, наложенном поверх обыденности. Он тоже реален для ребенка, но невидим для других людей. Соответственно, для взрослых он недоступен. Хотя одни и те же предметы могут быть в обоих мирах сразу, имея, однако, там разные сущности. Вот вроде бы просто черное пальто висит, а посмотришь — как будто кто-то страшный.

В *Этом* мире ребенка защитят взрослые, в *Том* — они помочь не могут, так как туда не вхожи. Поэтому если в *Том* мире становится страшно, надо

быстрее бежать в *Этот*, да еще и громко кричать: «Мама!» Иногда ребенок сам не знает, в какой момент переменятся декорации и он попадет в воображаемое пространство другого мира — это бывает неожиданно и мгновенно. Конечно, чаще так случается, когда взрослых нет поблизости, когда они не удерживают ребенка в обыденной реальности своим присутствием, разговором.

Для большинства детей отсутствие родителей дома — трудный момент. Они чувствуют себя оставленными, беззащитными, а привычные комнаты и вещи без взрослых как бы начинают жить своей особой жизнью, становятся другими. Так бывает ночью, в темноте, когда приоткрываются темные, потаенные стороны жизни занавесок и шкафов, одежды на вешалке и странных, неопознаваемых предметов, которых ребенок раньше не замечал.

Если мама ушла в магазин, то некоторым детям даже днем страшно пошевелиться в кресле, пока она не придет. Другие дети особенно боятся портретов и плакатов с изображениями людей. Одна девочка одиннадцати лет рассказывала подругам, как она боится плаката с Майклом Джексоном, висящего на внутренней стороне двери ее комнаты. Если мама уходила из дома, а девочка не успевала выйти из этой комнаты, то ей оставалось только сидеть, сжавшись, на диване до прихода матери. Девочке казалось, что Майкл Джексон сейчас сойдет с плаката и ее задушит. Подруги сочувственно кивали — ее тревога была понятна и близка. Девочка не смела снять плакат или открыться в своих страхах родителям — это они его повесили. Майкл Джексон им очень нравился, а девочка — «большая и не должна бояться».

Ребенок чувствует себя беззащитным, если его, как ему кажется, недостаточно любят, часто порицают и отвергают, оставляют надолго в одиночестве, со случайными или неприятными людьми, бросают одного в квартире, где есть чем-то опасные соседи.

Даже взрослый человек с неизжитыми детскими страхами подобного рода иногда больше боится быть один у себя дома, чем идти в одиночестве по темной улице.

Всякое ослабление родительского защитного поля, которое должно надежно окутывать ребенка, вызывает в нем тревогу и ощущение того, что надвигающаяся опасность легко прорвет тонкую оболочку физического дома и

достигнет его. Получается, что для ребенка присутствие любящих родителей кажется более прочным укрытием, чем все двери с замками.

Поскольку тема защищенности дома и страшные фантазии актуальны практически для всех детей определенного возраста, они находят свое отражение в детском фольклоре, в традиционных страшных историях, изустно передающихся от поколения к поколению детей.

В одном из самых распространенных по всей территории России сюжетов рассказывается о том, как некая семья с детьми живет в комнате, где на потолке, стене или на полу есть подозрительное пятно — красное, черное или желтое. Иногда его обнаруживают при переезде на новую квартиру, иногда кто-то из членов семьи его случайно поставит, — например, мама-учительница капнула на пол красными чернилами. Обычно герои страшилки пытаются оттереть или отмыть это пятно, но у них ничего не получается. Ночью, когда все члены семьи засыпают, пятно обнаруживает свою зловещую сущность. В полночь оно начинает медленно расти, становясь большим, как люк. Потом пятно открывается, оттуда высовывается огромная красная, черная или желтая (в соответствии с цветом пятна) рука...

Правда, эти ужасы происходят в страшилках только в том случае, если родители ушли — в кино, в гости, работать в ночную смену или заснули, что равно лишает их детей защиты и открывает доступ злу.

...Для детского сознания существуют и другие места потенциальных прорывов довольно тонкой защитной оболочки дома в пространство другого мира. Как

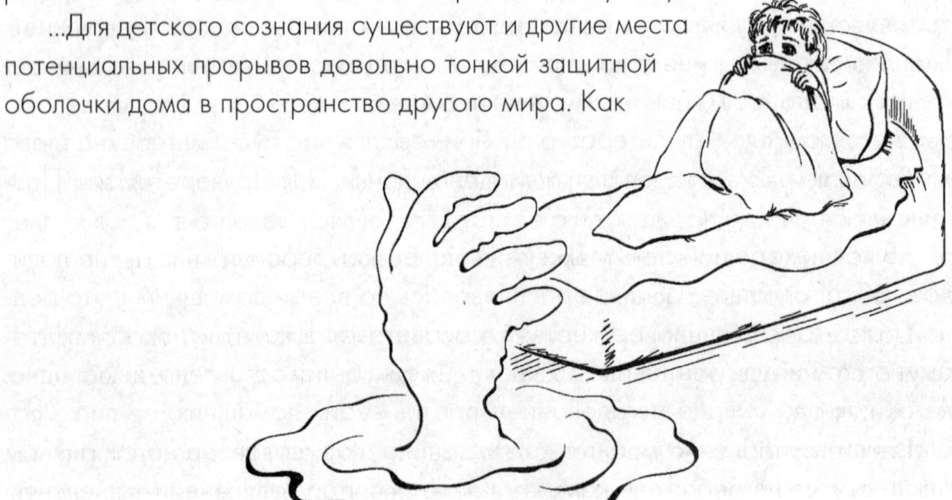

показали наши опросы, чаще всего дети боятся дома стенных шкафов, кладовок, каминов, антресолей, различных дверок в стенах, необычных маленьких окон, картин, пятен и трещин. Устрашают детей и дырки унитаза, а еще больше — дощатые «очки» деревенских уборных.

Итак, для индивидуальных детских страшных фантазий характерен мотив уноса или выпадения ребенка из мира Дома в Иное Пространство через некий магический проем. Этот мотив разнообразно отражен в продуктах коллективного творчества детей — текстах детского фольклора. Но он также широко встречается и в литературе для детей. Например, как сюжет об уходе ребенка внутрь картины, висящей на стене его комнаты (аналог — внутрь зеркала; вспомним Алису в Зазеркалье). Как известно, у кого что болит, тот о том и говорит. Добавим к этому — и с интересом про это слушает.

Страх провала в другой мир, который метафорически представлен в этих художественных текстах, имеет под собой реальные основания в психологии детей. Мы помним, что это — раннедетская проблема слитости двух миров в восприятии ребенка: мира видимого и спроецированного на него как на экран мира психических событий. Возрастная причина этой проблемы (не рассматриваем патологию) — недостаток психической саморегуляции, несформированность механизмов самоосознания, отстранения, по-старинному — трезвения, позволяющих отличить одно от другого и совладать с ситуацией. Поэтому здравым и несколько приземленным существом, возвращающим ребенка к реальности, обычно является взрослый.

В этом смысле, как литературный пример, для нас будет интересна глава «Тяжелый день» из знаменитой книги англичанки П.Л. Трэверс «Мэри Поппинс».

«В тот нехороший день у Джейн — маленькой героини книги — не ладилось абсолютно все. Она так расплевалась со всеми домашними, что родной брат, тоже ставший ее жертвой, посоветовал Джейн уйти из дома, чтобы ее кто-нибудь усыновил. За грехи Джейн была оставлена дома одна. А так как она пылала негодованием против своих домашних, ее легко соблазнили войти в их компанию три мальчика, нарисованные на старинном блюде, висевшем на стене комнаты. Отметим, что уходу Джейн на зеленую лужайку к мальчикам способствовали два важных момента: нежелание

Джейн быть в домашнем мире и трещина на середине блюда, образовавшаяся от случайного удара, нанесенного девочкой. То есть треснул ее домашний мир и треснул мир блюда, в результате чего образовалась щель, через которую Джейн попала в другое пространство. Мальчики зазвали Джейн уйти с лужайки через лес в старинный замок, где жил их прадедушка. И чем дальше, тем страшнее ей становилось. Наконец до нее дошло, что ее заманили, обратно не отпустят, да еще и возвращаться некуда, так как там было другое, старинное время. По отношению к нему в мире реальном ее родители еще не родились, а ее Дом Номер Семнадцать в Вишневом переулке еще не был построен.

Джейн закричала что было мочи: «Мэри Поппинс! Помогите! Мэри Поппинс!» И, несмотря на сопротивление жителей блюда, сильные руки, к счастью, оказавшиеся руками Мэри Поппинс, вытащили ее оттуда.

— Ой, это вы! — пролепетала Джейн. — А я думала, вы меня не слышали! Я думала, мне придется там навсегда остаться! Я думала...

— Некоторые люди, — сказала Мэри Поппинс, мягко опуская ее на пол, — думают слишком много. Несомненно. Вытри лицо, пожалуйста.

Она подала Джейн свой носовой платок и начала накрывать к ужину».

Итак, Мэри Поппинс выполнила свою функцию взрослого, вернула девочку в реальность. И вот Джейн уже наслаждается уютом, теплом и покоем, которым веет от знакомых домашних вещей. Пережитый ужас уходит далеко-далеко.

Но книга Трэверс никогда бы не стала любимой многими поколениями детей всего мира, если бы дело кончилось так прозаически. Рассказывая брату вечером историю своего приключения, Джейн опять посмотрела на блюдо и обнаружила там зримые следы того, что и она, и Мэри Поппинс действительно побывали в том мире. На зеленой лужайке блюда остался лежать оброненный Мэри шарф с ее инициалами, а коленка одного из нарисованных мальчиков так и осталась перевязанной носовым платком Джейн. То есть все-таки правда, что сосуществуют два мира — *Тот* и *Этот*. Надо только уметь оттуда возвращаться обратно. Пока детям — героям книги — помогает в этом Мэри Поппинс. Тем более что вместе с ней они часто бывают в очень странных ситуациях, от которых довольно трудно прийти в себя. Но Мэри Поппинс строга и дисциплинированна. Она умеет в один миг показать ребенку, *где* он находится.

глава первая

Мир глазами ребенка

Так как читателю в книге П.Л. Трэверс многократно сообщается о том, что Мэри Поппинс была лучшей в Англии воспитательницей, мы тоже можем воспользоваться ее педагогическим опытом.

Под пребыванием в *Том* мире в контексте книги Трэверс понимается не только мир фантазий, но и излишняя погруженность ребенка в собственные психические состояния, из которых он не может выйти сам, — в эмоции, воспоминания и т. п. Что же нужно сделать, чтобы вернуть ребенка из *Того* мира в ситуацию мира *Этого?*

Излюбленный прием Мэри Поппинс состоял в том, чтобы резко переключить внимание ребенка и зафиксировать его на каком-нибудь конкретном предмете окружающей реальности, заставив что-то быстро и ответственно делать. Чаще всего Мэри обращает внимание ребенка на его собственное телесное «Я». Так она пытается вернуть в тело витающую неизвестно где душу воспитанника: «Причешись, пожалуйста!»; «У тебя опять развязались шнурки!»; «Иди умойся!»; «Посмотри, как лежит твой воротничок!»

Этот грубоватый прием напоминает резкий шлепок массажиста, которым в конце массажа он возвращает к действительности впавшего в транс, размякшего клиента.

Хорошо бы, если бы все было так просто! Если бы можно было вот так одним шлепком или ловким приемом переключения внимания заставить зачарованную душу ребенка не «улетать» неведомо куда, научить его жить реальностью, прилично выглядеть и делать дело. Даже Мэри Поппинс это удавалось на короткий срок. Да и сама она отличалась способностью вовлекать детей в неожиданные и фантастические приключения, которые умела создавать в повседневной жизни. Поэтому с ней было всегда так интересно детям.

Чем сложнее внутренняя жизнь ребенка, чем выше его интеллект, тем многочисленнее и шире миры, которые он открывает для себя как в окружающей среде, так и в своей душе.

Постоянные, любимые детские фантазии, особенно связанные со значимыми для ребенка предметами домашнего мира, могут определить потом всю его жизнь. Повзрослев, такой человек считает, что они были посланы ему в детстве самой судьбой.

Одно из наиболее тонких психологических описаний этой темы, данной в переживании русского мальчика, мы найдем в романе В.В. Набокова «Подвиг».

«Над маленькой узкой кроватью... висела на светлой стене акварельная картина: густой лес и уходящая вглубь витая тропинка. Меж тем в одной из английских книжонок, которые мать читывала с ним... был рассказ именно о такой картине с тропинкой в лесу прямо над кроватью мальчика, который однажды, как был, в ночной рубашке, перебрался из постели в картину, на тропинку, уходящую в лес. Мартына волновала мысль, что мать может заметить сходство между акварелью на стене и картинкой в книжке: по его расчету, она, испугавшись, предотвратила бы ночное путешествие тем, что картину бы убрала, и потому всякий раз, когда он в постели молился перед сном... Мартын молился о том, чтобы она не заметила соблазнительной тропинки как раз над ним. Вспоминая в юности то время, он спрашивал себя, не случилось ли и впрямь так, что с изголовья кровати он однажды прыгнул в картину, и не было ли это началом того счастливого и мучительного путешествия, которым

обернулась вся его жизнь. Он как будто помнил холодок земли, зеленые сумерки леса, излуки тропинки, пересеченной там и сям горбатым корнем, мелькание стволов, мимо которых он босиком бежал, и странный темный воздух, полный сказочных возможностей».

◆

Нет сомнений, что многое из рассказанного здесь знакомо почти каждому. Но хочется обратить внимание на некоторые акценты, проставленные М. Осориной. Ценность ее описаний в том, что в них подчеркивается особенная, уникальная функция фантазий ребенка, которые взрослые не замечают, либо в лучшем случае называют просто «игрой».

На самом деле воображение ребенка совершает огромную и сложную работу по освоению мира, осознанию себя, овладению своими эмоциями, пониманию других. Это настоящий ***душевный труд***, который неизбежно проделывают дети, входя в нормальную жизнь, это и настоящее душевное творчество, которым особенно наделены дети. Фактически, внутренняя работа воображения происходит в течение всей жизни человека, но у взрослых она «забивается» реальными событиями и заботами. У детей же она имеет большой «удельный вес» и проявляется в своеобразных, не всегда понятных нам формах.

Это и «оживленные» любимые игрушки, и воображаемые события, где сам ребенок — герой, и двойная жизнь вещей — настоящая и таинственная, и страшные персонажи. Своеобразие этих образов определяется многими особенностями детской психики — недостатком опыта, незрелостью формального интеллекта, повышенной эмоциональностью. Через фантазию ребенок развивается умственно, эмоционально, социально. Он, по словам М. Осориной, открывает новые миры «как в окружающей среде, так и в своей душе», а также получает впечатления, которые порой определяют направление всей его дальнейшей жизни.

Все это мы увидим в приводимых далее текстах этой и других глав.

Павел Флоренский

Впечатления таинственного[1]

Павел Александрович Флоренский (1882–1937) — русский религиозный философ, ученый, священник. Окончил физико-математический факультет Московского университета (1904) и Московскую Духовную академию (1908), был доцентом и профессором академии по кафедре истории философии.

Свою жизненную задачу Павел Флоренский понимал как проложение путей к будущему цельному мировоззрению, синтезирующему веру и разум, интуицию и дискуссию, богословие и философию, искусство и науку.

> Отрывки взяты из книги воспоминаний П. Флоренского, которую он посвятил своим детям. В них речь идет о его ранних детских годах. Можно видеть, какой тонкой и впечатлительной натурой обладал мальчик и как это выражалось в его восприятии мира, образах и фантазиях.

◆

...Понятное дело, я не открывался взрослым. И не только потому, что свои глубочайшие восприятия дети никогда не открывают взрослым, но и еще более потому, что мои восприятия казались мне столь естественными, *общими* всем, обычными, что о них не стоило говорить; да и как найти, не говоря уж о том, — как было найти слова для выражения чувств и мыслей, охватывавших все поле внутренней жизни, а потому, при всей своей острой специфичности в силе, расплывчатых, неуловимых, невыразимых? В детстве же чувство *таинственности* было у меня господственным, это был фон моей внутренней жизни, на котором обрисовывалась нежность и ласка к родителям. Все окружающее, то, что обычно не кажется и не признается таинственным, очень многие привычные и повседневные предметы и явления имели какую-то глубину теней, словно по четвертому измерению, и выступали в рембрандтовских вещих тенях.

[1] *Флоренский П.* Детям моим. Воспоминания прошлых дней. М., 2004.

глава первая

Мир глазами ребенка

«Чудовище»

Мы жили в двух квартирах. В одной помещалась столовая, гостиная и еще какие-то спальни. В другой жил я с тетей Юлей — в другой, т. е. во флигеле. Сообщение между двумя помещениями было через двор, вымощенный камнями, сквозь которые прорастала трава. Обычно я ходил в сопровождении кого-нибудь из старших, а может быть, кое-когда решался пробежать и один. Но как-то раз, сидя в столовой, — это было днем, я соскучился по тете Юле или по маме, может быть, почему-то не приходившей из флигеля ко всем, — и побежал к ней или за ней. Как сейчас помню все, что было. Я отворил дверь и сразу, спустившись на 2–3 ступеньки, очутился под слегка темным навесом, образуемым около дома. Помню, что навес этот держался на деревянных некрашеных столбах с ободранной корою, посеревших от дождя... Вероятно, дело было к вечеру, или погода была бессолнечная, но у меня осталось впечатление сумеречное. И вот на каменной мостовой двора, проросшей травой, быть может, осенней уже, — я вижу эту мостовую, как сейчас, — увидел я нечто. Скорее, сперва я услышал — какой-то неслыханный мною своеобразный звук. Его я уже испугался. Но любопытство и смелость победили. Я решил было прошмыгнуть мимо и добраться до своей цели. Но... побежав далее с почти зажмуренными глазами, я вдруг остолбенел. Предо мною стоял невиданный снаряд. Что-то в нем быстро вертелось, визжало, скрипело, и от колеса сыпались яркие искры. И, самое страшное, какой-то человек, мне он показался темным силуэтом на небе, вероятно, вечереющем, — какой-то человек стоял при этом снаряде невозмутимо, бесстрастно и бесстрашно и что-то держал в руках...

Я стоял как очарованный взглядом чудовища. Предо мною разверзались ужасные таинства природы. Я подглядел то, что смертному нельзя было видеть. Колеса Иезекииля? Огненные вихри Анаксимандра? Вечное вращение, ноуменальный огонь... Я остолбенел и пораженный ужасом, и захваченный дерзновенным любопытством, зная, что не должно мне видеть и слышать видимого и слышимого. Но мне открывалась живая действенность таинственных сил естества, бемовская первооснова, гетевские матери. И тот, кто стоял при таинственном искрометном снаряде, тот темный силуэт — это не был, конечно, человек, это не было одно из существ земли, это был дух зем-

ли, великое существо, несоизмеримое со мною. Оно меня не заметило, вероятно...

Не знаю, сколько времени длилось это откровение и столбняк. Секунду ли, несколько ли секунд; но, конечно, очень недолго. И только прошел упоительный и страшный миг *слияния* с этим огненным первоявлением природы, только явилось сознание себя, как панический ужас охватил меня. И вот характерная подробность: никогда мне не изменявшее самообладание в минуту последнего ужаса появилось у меня и тогда, и это первое из памятуемых мною таинственных потрясений души. Я не растерялся. Почти прыжком очутился я снова в столовой, откуда выбежал, и тут только, как это бывало и впоследствии в таких случаях, уже в надежной пристани, на коленях у кого-то из старших, я дал волю овладевшему мной ужасу. Со мною сделалось что-то вроде нервного припадка. Поили сахарной водой, успокаивали. «Ведь это точильщик точит ножи, Павлик, — твердили старшие. — Пойдем, посмотрим». Но я, разумеется, никого не слушал, но и не спорил со старшими. Я тогда уже понимал, что они не постигнут *таинства*, которое открылось мне и ужаснуло меня. Мне предлагали проводить меня через двор. Но и на это не сдавался я. И трудно сказать, только ли от страха пред потоком ноуменальных искр или и от другой боязни — не пережить вновь пережитого, увидеть то, о чем говорили мне взрослые, — что-то обыкновенное и в самом деле не внушающее ужаса... И долго после того боялся я один проходить по двору.

Это чувство откровения тайн природы и ужаса, с ним связанного, тютчевской Бездны и влечения к ней было и есть, как мне думается, одна из наиболее внутренних складок моей душевной жизни.

Вглядываясь в себя еще пристальнее, я нахожу еще нечто, чему я научился от этого нашего обитания в двух квартирах, сообщающихся двором. Это именно твердое, органическое убеждение в *мистическом* «есть» при противоречии ему эмпирического кажется.

Искра

Искра. Нечто, кажущееся обыкновенным и простым, самым заурядным по своей частоте, нередко привлекало в силу каких-либо особых обстоятельств мое внимание. И вдруг тогда открывалось, что оно — не просто. Воистину что-

то вдруг припоминалось в этом простом и обычном явлении, и им открывалось иное, ноуменальное, стоящее выше этого мира или, точнее, глубже его. Полагаю, это — то самое чувство и восприятие, при котором возникает фетиш: обычный камень, черепица, обрубок открывают себя как вовсе не обычные и делаются окнами в иной мир. Со мною в детстве так бывало не раз. Но в то время как иные явления всегда манили к себе мою душу, никогда не давая ей насытиться, другие, напротив, открывали таинственную глубину свою лишь урывками, даже единично, раз только. Одним из таких восприятий были искры.

Мы тогда жили в Батуме, в доме Айвазова. Было же мне около четырех-пяти лет. Возбуждаясь к вечеру, я долго-долго не соглашался ложиться спать; а когда ложился, то все равно часами лежал, не засыпая, ворочаясь с боку на бок и в миллионный раз изучая рисунок обоев или одеяла. Это были часы почти что пытки, когда я вылеживал в постели без сна. И потому я очень не любил укладываться спать рано, несмотря на уговоры. Однажды я с тетей Юлей сидели в спальной комнате, что выходила на двор. Сначала тетя занимала меня, читала, рассказывала, а потом стала посылать спать. Но я чем-то особенно заупрямился и не шел. Тетя говорила, что надо идти. На дворе было темно. Тетя говорила, что если я не пойду, то сон может улететь спать и тогда я уже не засну; не знаю, говорила ли она, ипостазируя сон, или я только — так ее понял. Но посмотрел в темное окно — дело было осень — и вижу: летят искры; вероятно, развели таган или печурку на дворе, с углями. И одна последняя, особенно яркая, летит как-то одиноко поодаль, отсталая. Я — к тете: «Смотри, что это?» А она: «Это улетает твой сон. Вот теперь ты не сумеешь заснуть». Я видел искры, как я, конечно, видывал не раз до того. Но я почувствовал, что тетя глубоко права, что это действительно летит мой сон, имеющий невидимую, но бесспорную форму ангел-

ка, — и что, улетая, он делает что-то непоправимое. Я разрыдался. Почувствовал, что что-то свершилось. Поспешил лечь, но долго-долго не смыкались веки.

Прошли с тех пор годы. Как-то недавно (1919) служил я всенощную в церкви Красного Креста. Химические угли у нас кончились, приходится разжигать кадило простыми, из плиты, и при каждении они иногда искрятся. Вот искра от кадила полетела, как-то одиноко, в темном пространстве алтаря. И мне сразу вспомнилось, как такою же искрою «улетел сон мой» в детстве. А та, детская, искра в свой черед будила воспоминание об огненном потоке искр из-под колеса точильщика, открывшем мне иной мир, полный таинственной жути и влекущий и волнующий ум. Искры перекликаются с искрами и подают весть друг о друге. Сквозь всю жизнь мою пронизывается невидимая нить искр, огненная струя золотого дождя, осеменяющая ум...

Агата Кристи

Волнующий мир детства[1]

Агата Кристи (1890–1976) — английская писательница, автор более 70 детективных романов, переведенных на 103 языка. Ей по праву принадлежит имя «королевы детектива».

> В своей «Автобиографии» А. Кристи рассказывает о счастливых годах детства, которые она провела в родном доме в городе Торквее английского графства Девон. Можно видеть, что весь уклад, распорядок, нравы и обычаи в ее доме, и даже характеры некоторых его обитателей, отражают особенности Викторианской эпохи. Для современного читателя это — далекое культурное прошлое. В то же время детские переживания и игры маленькой Агаты выглядят вполне живыми и современными. Воистину, законы детства вечны!

[1] Кристи А. Автобиография. М., Эксмо, 2007. Пер. В. Чемберджи.

глава первая

Мир глазами ребенка

Мои мама и папа: «Не отпускайте своего ребенка!»

Самое большое счастье, которое может выпасть в жизни, — это счастливое детство. У меня было очень счастливое детство. Милые моему сердцу дом и сад; мудрая и терпеливая Няня; мама и папа, горячо любившие друг друга, сумевшие стать счастливыми супругами и родителями.

Оглядываясь в прошлое, я понимаю, что в нашем доме в самом деле царило благоденствие, и главной его причиной была необыкновенная доброта моего отца.

Только позднее я поняла, как любили его окружающие. Между тем он не обладал ни какими-то особыми достоинствами, ни редкостным умом. У него было простое и любящее сердце, и он действительно любил людей. Выделяло его отменное чувство юмора, он легко мог рассмешить кого угодно. В нем не было ни мелочности, ни ревности, он отличался фантастической щедростью, вплоть до расточительности. Счастливый и безмятежный.

Совсем другой была мама. Натура загадочная, притягательная, более сильная личность, чем папа, на удивление оригинально мыслящая и в то же время робкая и неуверенная в себе, в глубине души, как мне кажется, склонная к меланхолии.

Мама была лет на десять младше папы и страстно полюбила его еще десятилетней девочкой. Пока молодой беспечный повеса курсировал между Нью-Йорком и югом Франции, мама, робкая, тихая девочка, сидела дома, погруженная в мечты о нем, писала в дневнике стихи и вышивала ему кошелек. Этот кошелек отец хранил всю жизнь.

Мама, урожденная Клара Бомер, в детстве была очень несчастлива. Ее отца, служившего в шотландском полку в Аргайле, сбросила лошадь, он разбился насмерть; моя Бабушка, юная и красивая, осталась вдовой с четырьмя детьми на руках и, кроме скудной вдовьей пенсии, без всяких средств к существованию. Ее старшая сестра, только что вышедшая замуж за богатого американского вдовца, написала Клариной матери письмо, в котором предложила взять кого-нибудь из детей на воспитание и обещала обращаться с ребенком как с родным.

Молодая вдова, не выпускавшая из пальцев иголки, чтобы как-то прокормить и воспитать четырех детей, приняла предложение. Из трех мальчи-

ков и девочки она выбрала девочку; то ли оттого, что ей казалось, будто мальчики легче найдут дорогу в жизни, в то время как девочка нуждается в поддержке, то ли, как всегда говорила мама, потому, что она больше любила мальчиков.

Мама покинула Джерси и поселилась в незнакомом доме на севере Англии. Думаю, нанесенная ей обида, горькое чувство отринутости наложили отпечаток на всю ее жизнь. Она потеряла уверенность в себе и стала сомневаться в чувствах окружающих. Тетя, щедрая, веселая, не имела, однако, ни малейшего представления о детской психологии. Мама получила все: богатство, комфорт, уют, заботу. Но безвозвратно потеряла беспечную жизнь с братьями в своем доме.

В газетных столбцах, отведенных для писем обеспокоенных родителей, я часто наталкиваюсь на просьбы: «Хотела бы передать на воспитание в богатую семью ребенка, чтобы он получил блага, которых я не могу ему обеспечить, — прежде всего, первоклассное воспитание и образование».

Мне всегда хочется закричать: «*Не отпускайте своего ребенка!*» Дом, семья, любовь и надежность домашнего очага — разве самое лучшее образование в мире может заменить это или сравниться с этим?

Моя мать была глубоко несчастна в новом доме. Каждый вечер она засыпала в слезах, бледнела, худела. Наконец она заболела, и тете пришлось вызвать врача. Пожилой опытный доктор немножко поговорил с девочкой, потом вернулся к тете и сказал:

— Девочка тоскует по дому.

Тетя страшно удивилась и не поверила.

— О нет, — возразила она, —

этого не может быть. Клара — хорошая, спокойная девочка. Она нисколько не скучает и совершенно счастлива.

Но старый доктор снова пошел к девочке и еще раз поговорил с ней. Не правда ли, у нее есть братья? Сколько? Как их зовут? В ответ девочка разрыдалась, и сомнения рассеялись.

Когда все вскрылось, наступило облегчение, *но ощущение отверженности осталось навсегда.* Думаю, мама сохранила горечь обиды на Бабушку до конца жизни. Она очень сильно привязалась к своему американскому «дяде». Уже тяжело больной, он полюбил тихую маленькую Клару и часто читал девочке вслух ее любимую книгу «Король золотой реки». Однако настоящим утешением в ее жизни были периодические визиты пасынка тети — Фреда Миллера, так называемого кузена Фреда. Фреду было около двадцати лет, и он всегда проявлял большую нежность к своей маленькой кузине. Однажды — Кларе было одиннадцать лет — Фред сказал мачехе:

— Какие у Клары красивые глаза!

Клара, твердо считавшая себя уродиной, побежала в тетину комнату, чтобы посмотреть в большое зеркало, перед которым одевалась и причесывалась тетя. Может быть, у нее и вправду красивые глаза... Клара ощутила невероятный восторг. С того момента ее сердце безвозвратно принадлежало Фреду.

В Америке старинный друг семьи как-то сказал юному бонвивану:

— Фредди, когда-нибудь ты женишься на своей маленькой кузине.

Пораженный Фред ответил:

— Она ведь совсем крошка!

Но он всегда питал особое чувство к обожавшей его девочке, хранил детские письма и стихи, которые она ему писала. После длинного ряда любовных приключений с нью-йоркскими красотками и представительницами высшего света (среди них — Дженни Джером, будущая леди Рэндолф Черчилль) он вернулся в родную Англию и попросил тихую маленькую кузину стать его женой.

Характерно для мамы, что она решительно отказала ему.

— Но почему же? — спросила я ее однажды.

— Потому что я была скучная, — ответила она.

Причина довольно-таки необычная, но для мамы совершенно достаточная.

Отец не стал спорить. Он повторил предложение, и на сей раз мама, преодолев свои опасения, согласилась выйти замуж за него, хотя с большими сомнениями, и страх разочаровать мужа по-прежнему терзал ее.

Так они поженились. У меня есть портрет мамы в свадебном платье: красивое серьезное лицо, темные волосы и большие глаза цвета ореха.

Сад!

Прекрасный, надежный и вместе с тем такой волнующий мир детства! Меня, наверное, больше всего увлекал сад. С каждым годом он значил для меня все больше и больше. Я знала в нем каждое дерево и каждому приписывала особую роль. С незапамятных времен он делился для меня на три части.

Во-первых, огород, обнесенный высокой стеной, примыкающей к дороге. Совершенно неинтересно, если не считать клубники и зеленых яблок, которые я поглощала в огромных количествах. Кухня — все ясно. Никакого волшебства.

Потом шел собственно сад — вытянутая в длину лужайка, сбегающая по склону холма, усеянная разными интересными «существами». Каменный дуб, кедр, секвойя (такая высокая, что голова кружилась). Две пихты, по неясной для меня теперь причине олицетворявшие моих брата и сестру. Я осторожно проскальзывала на третью ветку дерева Монти. Если же тихонько пробраться в глубь кроны дерева Мэдж, можно было сесть на гостеприимно изогнувшуюся ветку и оттуда никем не замеченной наблюдать за жизнью внешнего мира. И еще там было дерево — я называла его скипидарным — с густой и сильно пахнущей смолой, которую я тщательно накапливала: это был «драгоценный бальзам». И возвышался бук — самое высокое дерево в саду, щедро раскидывавший кругом орешки, которые я с наслаждением поедала. Мед-

ный бук, который тоже рос в нашем саду, я почему-то не причисляла к своим деревьям.

И наконец, лес. В моем воображении он выглядел, да и сейчас смутно вырисовывается как самый настоящий Нью-Форест. Лиственный, скорее всего, ясеневый лес, с вьющейся между деревьями тропинкой. Все, связанное с представлением о лесе, жило здесь. Тайна, опасность, запретное удовольствие, неприступность, неведомые дали...

Лесная тропа выводила к крокетной площадке или теннисному корту на вершине откоса против окна гостиной. Тотчас волшебство кончалось. Вы снова оказывались в мире повседневности, где дамы, придерживая подол юбки, катили крокетные шары или в соломенных шляпках играли в теннис.

Мои Котята и другие...

Досыта насладившись игрой в сад, я возвращалась в детскую, где царила Няня — раз и навсегда, непреложно и неизменно. Может быть, оттого, что она была уже совсем немолода и страдала ревматизмом, я всегда играла рядом с Няней, но никогда — с ней самой. Больше всего я любила превращаться в кого-нибудь. Сколько себя помню, в моем воображении существовал целый набор разных придуманных мною друзей. Первая компания, о которой я ничего не помню, кроме названия, — это Котята. Кто были Котята, не знаю, — не знаю также, была ли я одним из них, — помню только их имена: Кловер, Блэки и еще трое. Их маму звали миссис Бенсон.

Няня была достаточно мудрой, чтобы не говорить со мной о них и не пытаться принять участие в беседе, тихо журчавшей у ее ног. Может быть, ее вполне устраивало, что я так легко нахожу себе развлечения.

Поэтому для меня было страшным ударом, когда однажды, поднимаясь по лестнице, я услышала, как наша горничная Сьюзен говорит:

— По-моему, ее совершенно не интересуют игрушки. Во что она играет?

И прозвучавший в ответ голос Няни:

— О, она играет, будто она котенок с другими котятами.

Почему в детской душе существует такая настоятельная потребность в секрете? Сознание, что кто-то — даже Няня — знает о Котятах, потрясло ме-

ня до основания. С этого дня я никогда больше не бормотала вслух во время игры. Это мои Котята, и никто не должен знать о них.

Разумеется, у меня были игрушки. Как младшей, мне всячески потакали и, наверное, покупали все на свете. Но я не помню ни одной, кроме, и то смутно, коробки с разноцветным бисером, который я нанизывала на нитки и делала бусы.

Из кукол помню Фебу, на которую я не слишком обращала внимание, и Розалинду, Рози. У нее были длинные золотые волосы, и я восхищалась ею неимоверно, но долго играть с ней не могла, предпочитая Котят. Миссис Бенсон была ужасно бедной и печальной, — семья еле сводила концы с концами. Их отец, настоящий морской капитан Бенсон, погиб в море, поэтому они и оказались в такой нужде. Этим сюжетом сага о Котятах более или менее исчерпывалась, если не считать, что у меня в голове смутно вырисовывался другой, счастливый конец: оказывалось, что капитан Бенсон уцелел, он возвращался, притом с солидным состоянием, как раз в тот момент, когда ситуация в доме Котят становилась уже совершенно отчаянной.

От Котят я перешла к миссис Грин. У миссис Грин было сто детей, но самыми главными всегда оставались Пудель, Белка и Дерево. Именно с ними я совершала все свои подвиги в саду. Они не олицетворяли собой точно ни детей, ни собак, а нечто неопределенно среднее между ними.

глава первая

Мир глазами ребенка

Канарейка и собака

Еще одно крупное событие произошло в моей жизни, когда мне подарили канарейку. Голди очень быстро стал ручным, летал и прыгал по детской, иногда садился даже Няне на шляпу, а когда я звала его, — мне на палец. Это была не просто моя птичка, но начало новой секретной саги. Главными персонажами были Дики и Диксмистресс. Они вместе носились верхом на конях по всей стране (сад), пускались в опасные приключения и в самый последний момент ускользали из рук грозной разбойничьей шайки.

Однажды произошло страшное несчастье: Голди исчез. Окно было открыто, и дверца его клетки отперта. Скорее всего он, конечно, просто улетел. До сих пор помню, как нескончаемо долго тянулся тот мучительный день. Он не кончался и не кончался. А я плакала, плакала и плакала. Клетку выставили за окно с кусочком сахара между прутьями. Мы с мамой обошли весь сад и все звали: «Дики! Дики! Дики!» Мама пригрозила горничной, что уволит ее за то, что та, смеясь, сказала: «Должно быть, его съела кошка», после чего я заревела в три ручья.

И только когда я уже лежала в постели, держа за руку маму и продолжая всхлипывать, где-то наверху послышался тихий веселый щебет. С карниза слетел вниз Мастер Дики. Он облетел всю детскую и потом забрался к себе в клетку. Что за немыслимое счастье! И представьте себе только, что весь этот нескончаемый горестный день Дики просидел на карнизе.

Мама не преминула извлечь из этого происшествия урок для меня.

— Смотри, Агата, — сказала она, — до чего же ты глупенькая. Сколько слез пролила впустую! Никогда не плачь заранее, если не знаешь точно, что случилось.

Я уверила маму, что никогда не буду плакать зря. Но кроме чуда возвращения Дики что-то еще случилось со мной тогда: я ощути-

ла силу маминой любви и ее сочувствие в момент моего горя. Единственным утешением в тот миг полного отчаяния была ее рука, которую я сжимала изо всех сил. В этом прикосновении было что-то магнетическое и успокаивающее. Если кто-то заболевал, маме не было равных. Только она могла придать вам силы и жизнестойкость.

В пять лет на день рождения мне подарили собаку — это было самое оглушительное событие из всех, которые мне довелось пережить до тех пор; настолько невероятное счастье, что я в прямом смысле лишилась дара речи. Встречаясь с расхожим выражением «онеметь от восторга», я понимаю, что это простая констатация факта. Я действительно онемела, — я не могла даже выдавить из себя «спасибо», не смела посмотреть на мою прекрасную собаку и отвернулась от нее. Я срочно нуждалась в одиночестве, чтобы осознать это несусветное чудо. (Такая реакция осталась характерной для меня на протяжении всей жизни — и почему надо быть такой глупой?) Кажется, насколько подсказывает память, я убежала в туалет — идеальное место, чтобы прийти в себя, где никто не сможет потревожить мои размышления. Туалеты в те времена были комфортабельными, чуть ли не жилыми помещениями. Я опустила крышку унитаза, сделанную из красного дерева, села на нее, уставилась невидящими глазами на висевшую напротив карту Торки и стала думать об обрушившемся на меня счастье.

— У меня есть собака... собака... Моя собственная собака, моя собственная настоящая собака... Йоркширский терьер... моя собака, моя собственная настоящая собака...

Позднее мама рассказала мне, что папа был очень разочарован моей реакцией на подарок.

— Я думал, — сказал он, — девочка будет довольна. Но, похоже, она даже не обратила внимания на собаку.

Но мама, которая всегда все понимала, сказала, что мне нужно время.

— Она еще не может уяснить себе все до конца.

Пока я размышляла, четырехмесячный щенок печально побрел в сад и прижался к ногам нашего сварливого садовника по имени Дэйви. Щенка вырастил один из сезонных садовых рабочих. Вид заступа, погруженного в землю, напомнил ему родной дом. Он сел на дорожку и стал внимательно наблюдать за садовником, рыхлившим почву.

глава первая

Мир глазами ребенка

Именно здесь в положенный срок и состоялось наше знакомство. Мы оба робели и делали нерешительные попытки приблизиться друг к другу. Но к концу недели мы с Тони оказались неразлучны. Официальное имя, данное ему папой, Джордж Вашингтон, я тотчас для краткости предложила заменить на Тони. Тони был идеальной собакой для ребенка — покладистый, ласковый, с удовольствием откликавшийся на все мои выдумки. Няня оказалась избавленной от некоторых испытаний. Как знаки высшего отличия разные банты украшали теперь Тони, который с удовольствием поедал их заодно с тапочками. Он удостоился чести стать одним из героев моей новой тайной саги. К Дики (кенарю Голди) и Диксмистресс присоединился теперь Лорд Тони.

В гостях у Бабушки

Неотразимую привлекательность таили в себе для меня дом и сад Тетушки-Бабушки. Детскую же я разделила на несколько «территорий». Первая состояла из большой оконной ниши и постеленного перед ней на полу веселого полосатого коврика. Эту часть я окрестила Комнатой Мюриэл, вероятно, под влиянием пленившего меня слова «эркер». Другая часть, сплошь покрытая брюссельским ковром, называлась Столовой. Разные кусочки ковра и линолеума я тоже считала отдельными комнатами. С озабоченным и важным

видом я переходила из одной «комнаты» в другую, перешептываясь сама с собой. По обыкновению невозмутимая Няня тихонько вязала в уголке.

Добрый друг моих детских игр, Бабушка откладывала в сторону длинное письмо, которое писала с тяжелыми вздохами, густо зачеркивая строчки, «чтобы сберечь почтовую бумагу», и с удовольствием погружалась в сладостное времяпрепровождение с «цыпленком от мистера Уайтли». Сначала Бабушка выбирала цыпленка; она «звонила» торговцу, чтобы проверить, действительно ли цыпленок молодой и нежный. Меня приносили домой, со связанными крылышками и лапками, нанизывали на вертел, чтобы цыпленок зажаривался, медленно вращаясь, ставили блюдо на стол, и вот Бабушка начинала точить большой нож, готовясь разделать птицу, когда вдруг цыпленок оживал и кричал: «Это же я!» — кульминация всего действия. Эта игра могла повторяться до бесконечности.

Игра в «Старшую сестру»

Мэдж изобрела игру, которая одновременно пугала и зачаровывала меня. Игра называлась «Старшая сестра». Идея состояла в том, что в нашей семье существовала еще одна старшая сестра, старше Мэдж. Она сошла с ума и жила в Корбин Хед, но иногда приходила домой. Они с Мэдж были похожи как две капли воды, но говорила «старшая сестра» совершенно другим голосом — страшным, елейным.

— Ты ведь знаешь, дорогая, кто я такая? Я твоя сестра Мэдж. Ты ведь не принимаешь меня за кого-то другого? Надеюсь, нет?

Я приходила в неописуемый ужас. Конечно, я понимала, что на самом деле это была Мэдж, что она притворялась, ну а если... Вдруг «старшая сестра» действительно существует? Этот голос, взгляд искоса. Это «старшая сестра»!

Обыкновенно мама очень сердилась.

— Я же просила тебя, Мэдж, не пугать ребенка своими глупыми играми.

Мэдж отвечала вполне резонно:

— Но она просит меня играть в это!

Я просила. Я спрашивала Мэдж:

— А скоро придет старшая сестра?

— Не знаю. Ты хочешь, чтобы она пришла?

— Да-да, хочу...

глава первая

Мир глазами ребенка

Хотела ли я в самом деле? Не знаю, но думаю, что хотела. Моя просьба никогда не удовлетворялась немедленно. Только дня через два в дверь детской стучали и раздавался голос:

— Можно мне войти, дорогая? Это твоя старшая сестра...

Многие годы спустя, стоило Мэдж заговорить голосом «старшей сестры», как у меня немедленно бежали мурашки по спине.

Почему мне нравилось это чувство ужаса? Какой инстинкт нуждается в удовлетворении страхом? Почему, в самом деле, дети любят сказки про медведей, волков и ведьм? Может быть, это бунт против чересчур благополучной жизни? Может быть, человек нуждается в ощущении некоторой опасности? Может быть, детская преступность в современном мире обязана своим возникновением чересчур благополучному обществу? Не нужно ли человеку бороться с чем-то, победить противника — доказать себе свою силу? Уберите из «Красной Шапочки» Серого Волка — разве хоть какому-нибудь ребенку это понравится? Короче говоря, как и во всем, что существует в жизни, вы нуждаетесь в некоторой порции страха, но не слишком большой.

В четыре года я влюбилась

Сокрушительное и сладостное переживание. Героем моего романа был курсант морского училища в Дартмуре, друг моего брата. Золотоволосый, голубоглазый, он пробудил во мне романтические чувства. Ему, конечно, и в голову не приходило, какую бурю переживаний он вызвал к жизни. Восхитительно индифферентный к младшей сестре своего друга Монти, он наверняка, если бы его спросили, ответил, что не нравится мне. Я пускалась наутек при его появлении, а за столом решительно от него отворачивалась. Маме приходилось напоминать мне о правилах приличия:

— Дорогая, я знаю, что ты стесняешься, но нужно быть вежливой. Это так невоспитанно — все время отворачиваться от Филиппа, а когда он заговаривает с тобой, бормотать в ответ что-то невнятное. Даже если он тебе не нравится, ты должна быть вежливой.

Не нравится! Если бы кто-нибудь только знал! Мысленно возвращаясь к своему тогдашнему состоянию, я думаю теперь: сколь малым довольствуется первая любовь! Она не требует ничего — ни взгляда, ни слова. Чистое обожание. Охваченная любовью, я брожу по улице и создаю в воображении разные героические ситуации, требующие спасения любимого. Я кормлю его, когда он болен чумой. Выхватываю из огня, загораживаю от шальной пули, совершаю все подвиги, которые только может подсказать фантазия. В этих воображаемых историях не может быть счастливого конца. Я сгораю в огне, погибаю от пули, умираю от чумы. Герой даже не подозревает о жертве, которую я ему принесла.

Я сидела на полу детской, играла с Тони, торжественная, гордая собой, и голова моя кружилась от ликования, вызванного самыми сумасбродными мечтами. Проходили месяцы. Филипп стал гардемарином и покинул Великобританию. Некоторое время его образ жил в моем сердце, но потом незаметно исчез. Любовь ушла, чтобы возвратиться через три года, когда я безответно полюбила высокого темноволосого молодого капитана, ухаживавшего за сестрой.

Истории Няни и мамы

Раз в день, как полагалось всем хорошо воспитанным детям, я «отправлялась на прогулку». Я этого терпеть не могла, в особенности потому, что надо было застегнуть на все пуговицы ботинки, — необходимое условие. Я плелась позади, шаркая ногами; единственное, что заставляло меня ускорить шаг, были рассказы Няни. Ее репертуар состоял из шести историй, крутившихся вокруг детей из разных семей, в которых она жила. Я не помню ничего: в одной, кажется, фигурировал тигр из Индии, в другой — обезьяны, в третьей — змеи. Все были страшно интересные, и я имела право выбирать. Няня повторяла их без устали, не проявляя ни малейших признаков неудовольствия.

Иногда как большую награду я получала разрешение снимать белоснежный Нянин чепец. Без него она сразу становилась частным лицом, теряя свой официальный статус. И тогда, с невероятным трудом задерживая дыхание,

потому что для четырехлетней девочки это было совсем нелегко, я обвязывала вокруг ее головы широкую голубую атласную ленту. После чего отступала на несколько шагов назад и восклицала в восторге:

— Ой, Няня, до чего ты красивая!

Она улыбалась и отвечала своим ласковым голосом:

— В самом деле, милая?

После чая меня наряжали в накрахмаленное муслиновое платье, и я спускалась в салон, чтобы поиграть с мамой.

Если прелесть историй Няни заключалась в том, что они никогда не менялись и служили для меня оплотом незыблемости, очарование рассказов мамы состояло в том, что она ни разу не повторила ни одного из них, ее истории всегда были разными, и мы в самом деле ни разу не играли с ней в одну и ту же игру. Одна сказка, как я вспоминаю, была о мышке по имени Большеглазка. С Большеглазкой происходили разные приключения, и вдруг однажды, к моему ужасу, мама объявила, что сказки о Большеглазке кончились. Я так плакала, что мама сказала:

— Но я расскажу тебе о Любопытной Свече.

У нас были готовы уже два эпизода из жизни Любопытной Свечи, явно носившие детективный характер, когда вдруг, ни с того ни с сего, заявились непрошеные гости; они пробыли у нас несколько дней, и наши тайные игры и истории повисли в воздухе неоконченными. Когда гости, наконец, уехали, я спросила маму, чем же кончается «Любопытная Свеча», — ведь мы остановились в самом захватывающем месте, когда преступник медленно подливал яд в подсвечник, — мама страшно растерялась и явно не могла вспомнить, о чем идет речь. Этот прерванный сериал до сих пор тревожит мое воображение.

Другая упоительная игра заключалась в том, чтобы собрать все банные полотенца, составить вместе столы и стулья и построить дом, в который можно было вползти только на четвереньках.

Обруч и Матильда

Размышляя о том, что доставляло мне в детстве наибольшее удовольствие, я склоняюсь к мнению, что твердое первенство принадлежало обручу,

этой самой простой игрушке, которая стоила... сколько? Шесть пенсов? Шиллинг? Никак не больше. И какое неоценимое облегчение для родителей, нянь и слуг! В погожий день Агата идет в сад играть с обручем, и все могут быть совершенно спокойны и свободны, вплоть до следующей трапезы или, точнее говоря, до момента, когда даст о себе знать голод.

Обруч по очереди превращался в коня, морское чудовище и железную дорогу. Гоняя обруч по тропинкам сада, я становилась то странствующим рыцарем в доспехах, то придворной дамой верхом на белом коне, Кловером (из «Котят»), совершающим побег из тюрьмы, или — несколько менее романтично — машинистом, кондуктором или пассажиром на трех железных дорогах моего собственного изобретения.

Я разработала три ветки: «Трубная» — железная дорога с восемью станциями протяженностью в три четверти сада, «Баковая» — по ней ходил товарный поезд, обслуживающий короткую ветку, начинавшуюся от огромного бака с краном под сосной, и «Террасная» железная дорога, которая шла вокруг дома. Совсем недавно я обнаружила в чулане лист картона, на котором каких-то шестьдесят лет назад коряво начертила план железнодорожных путей.

Никак не могу постичь теперь, почему мне доставляло такое неизъяснимое удовольствие гнать перед собой обруч, останавливаться и кричать: «Ландышевая». Пересадка на «Трубную». «Труба». «Конечная. Просьба освободить вагоны». Я играла так часами. Наверное, это были великолепные физические упражнения. Я со всей прилежностью постигала искусство так бросать свой обруч, чтобы он возвращался ко мне, этому трюку меня научил один из наших друзей — морских офицеров. Сначала у меня ничего не получалось, но я упорно пробовала снова и снова и наконец уловила нужное движение —.как же я была счастлива!

В дождливые дни на свет появлялась Матильда. Большая американская деревянная лошадь-качалка. Матильду подарили сестре и брату еще в Америке, когда они были маленькими. Ее привезли в Англию и теперь оставшуюся от нее бледную тень — грива вылезла, краска облупилась, хвост исчез и т. д. — поместили в примыкавшую к дому маленькую теплицу, не путать с оранжереей, помпезным сооружением, уставленным горшками с бегонией, геранью, целыми ярусами всевозможных папоротников и несколькими пальмами. Маленькая теплица называлась, сама не знаю почему, К. К. (а может

быть, Кай Кай?); лишившись всех растений, она приютила у себя крокетные молотки, обручи, мячи, сломанные садовые кресла, старые крашеные железные столы, рваную теннисную сетку и Матильду.

Матильда работала прекрасно — гораздо лучше всех английских лошадей-качалок, которых я когда-либо видела. Оседланная, она скакала вперед и назад, вверх и вниз и, если ее как следует пришпорить, могла запросто сбросить седока. Рессоры, нуждавшиеся в смазке, отчаянно стонали, и к удовольствию примешивалось чувство опасности. Опять же прекрасная тренировка. Неудивительно, что я была тощей. Компанию Матильде составлял Верный, тоже заокеанского происхождения. Верный — маленький крашеный конь с педальной коляской. Вероятно, из-за долгих лет неподвижности педали больше не крутились. Щедрая порция смазки, конечно, сделала бы свое дело, но существовал гораздо более легкий способ заставить Верного служить. Подобно всем садам в Девоне, наш сад располагался на склоне холма. Мой метод состоял в том, чтобы втащить Верного на самую верхушку поросшего травой откоса, осторожно сесть на него верхом, прошептать ему на ухо что-нибудь подбадривающее — и вот мы уже едем вниз, сначала медленно, потом набирая скорость, так что мне приходится тормозить ногами, чтобы остановиться у самой араукарии в глубине сада. Потом я снова втаскивала Верного на вершину, и все начиналось сначала.

Спустя несколько лет выяснилось, что в наблюдении за этим целеустремленным торжественным процессом, длившимся порой час кряду, черпал колоссальное удовольствие мой будущий зять.

С уходом Няни я, конечно, потеряла товарища своих игр. Безутешная, я бродила по саду до тех пор, пока на помощь не пришел обруч.

Как все дети, я, конечно, всегда стремилась вовлечь в свою игру сначала маму, а потом кого-нибудь из слуг. Но в те времена, если в чью-то прямую обязанность не входило играть с детьми, тем приходилось играть самим. Слуги, хоть и настроенные очень дружелюбно, были по горло заняты своей работой, а потому обычно я слышала в ответ:

— А сейчас, мисс Агата, бегите играть. У меня полно дел.

Доброта Джейн ограничивалась горстью изюма или кусочком сыра, которые она давала мне, но с непременным условием съесть все это в саду.

Так я оказалась в своем собственном мире с моими товарищами по играм. Думаю, это прекрасно. Я никогда не знала, что такое скука, унылое «мне нечего делать», в отличие от многих женщин, всю жизнь страдающих от одиночества и не знающих, чем себя занять. Свое свободное время они рассматривают как кошмар, а не источник наслаждения. Если вас постоянно развлекают, естественно, вы к этому привыкаете. И когда никто не обращает на вас внимания, приходите в полное замешательство.

Полагаю, из-за того, что подавляющее большинство детей начинают теперь ходить в школу очень рано и жизнь их организованна, они совершенно не знают, куда себя деть во время каникул, и отчаянно скучают. Я всегда очень удивляюсь, когда они подходят ко мне со словами:

— Ну мне совершенно нечего делать.

Притворно ужасаясь, я спрашиваю:

— У тебя ведь очень много игрушек, не правда ли?

— Не очень.

— Ну да, разве что два поезда, грузовики, краски да кубики. Ты не можешь поиграть сам?

— Но я не умею играть один.

— Вот как? А я умею. Нарисуй птичку, потом вырежь ее, сделай клетку из кубиков и посади птичку в клетку.

Тучи расходятся, и примерно на десять минут воцаряется тишина.

глава первая

Мир глазами ребенка

Перебирая в памяти прожитые годы, я все больше и больше убеждаюсь в одном: мои пристрастия совершенно не изменились.

Все, во что я любила играть в детстве, осталось любимым занятием на всю жизнь.

Игра в дом

Думаю, у меня было разумное количество игрушек: кукольная кроватка с настоящими простынями и одеялами и доставшиеся мне от брата и сестры кубики, из которых можно было построить домик. Многие игрушки я изобретала сама. Вырезала картинки из старых иллюстрированных журналов и наклеивала их в альбомы, сделанные из коричневой толстой бумаги. Разрезала старые рулоны обоев и оклеивала ими коробки. Дело небыстрое.

Но главное удовольствие в дни, когда нельзя было гулять в саду, конечно же доставлял мне самый обыкновенный крашеный кукольный домик со свободно подвешенной передней стеной, за которой открывались кухня, столовая и холл на первом этаже, а на втором — две спальни и ванная комната. По крайней мере, с этого все начиналось. Потом, постепенно, предмет за предметом, приобреталась мебель. Тогда в магазинах был огромный выбор очень дешевой кукольной мебели. Мои карманные деньги по тем временам составляли приличную сумму. Она складывалась из медяков, которые могли заваляться в папиных карманах. Я приходила к нему в комнату, говорила «доброе утро», а потом поворачивалась к туалетному столику посмотреть, что судьба уготовила мне на этот раз: двухпенсовик? пятипенсовик? Однажды целых восемь пенсов! А иногда вовсе ничего. Неизвестность делала ожидание волнующим.

Я покупала всегда одно и то же. Немножко конфет — из жженого сахара, потому что мама признавала полезными только их. Конфеты делались прямо в лавке мистера Уайтли, поэтому стоило пересечь ее порог, как по запаху сразу же можно было определить, что изготавливается сегодня: характерный запах жженого сахара — значит ириски, острый — мятные леденцы, едва уловимый — ананасовые, довольно неприятный, совсем слабый — ячменного сахара и всепобеждающий аромат находившихся в процессе приготовления грушевых леденцов.

Все стоило одинаково: восемь пенсов за фунт. Я тратила четыре пенса в неделю — по одному пенни за каждый из четырех разных сортов. Один пенс полагалось откладывать на нужды беспризорных и бездомных детей (на столе в холле стояла копилка); с сентября копились монеты на рождественские подарки, которые предстояло купить, помимо сделанных дома. Остальное шло на обзаведение моего кукольного домика.

Я до сих пор помню обворожительные вещи, которые можно было купить. Продукты, например. Маленькие картонные тарелочки с жареной курицей, яичница с ветчиной, свадебный торт, баранья ножка, яблоки и апельсины, рыба, бисквит, рождественский пудинг с черносливом. Плоские коробки с ножами, вилками и ложками. Наборы крошечных рюмок. И наконец, собственно мебель. В моей гостиной стоял гарнитур из обитых голубым атласом стульев, к которым я постепенно подобрала софу и довольно громоздкое золоченое кресло. Здесь же стояли туалетный столик с зеркалом, круглый полированный обеденный стол и уродливый столовый гарнитур, отделанный оранжевой парчой. Лампы и вазы, особенно вазы с цветами. Ну и, конечно, все, что требуется в домашнем хозяйстве: щетки, совки, метла, ведра, кастрюли.

Вскоре мой кукольный домик стал похож на мебельный магазин.

А можно — вдруг можно? — чтобы у меня был еще один кукольный домик?

Мама не считала, что маленькой девочке полагалось иметь два кукольных домика. Но почему бы, осенило маму, не попробовать, предложила она, использовать для этих целей буфет? Так в моем распоряжении оказался буфет — это был бешеный успех. В просторном пустом помещении, расположенном на самом верху, папа когда-то задумывал сделать две спальни для гостей, но сестре и брату так понравилось играть там, что оно осталось комнатой для игр. По стенам кое-где стояли полки с книгами и буфеты, посредине было пусто. Мне выделили буфет с четырьмя полками, встроенный в стену. Мама разыскала обрезки красивых обоев и разрешила мне наклеивать их на полки как коврики. Собственно кукольный дом стоял на верху буфета, став теперь шестиэтажным.

Дом, конечно, нуждался в семье, которая жила бы в нем. Я поселила туда папу и маму, двух детей и служанку, куклу с фарфоровым лицом и набитым опилками тряпичным телом. Мама сшила из лоскутков кое-какую одежду для

них. А папе даже наклеила на лицо маленькую черную бородку и усики. Папа, мама, двое детей и няня. Не семья, а само совершенство. Не припоминаю, чтобы члены семьи отличались какими-то особенностями характера, — они никогда не были для меня живыми людьми, существуя только как обитатели дома. Но когда семья усаживалась вокруг стола, это действительно выглядело здорово. Тарелки, рюмки, на первое — жареная курица и потом весьма изысканный розовый пудинг.

Еще одним упоительным развлечением был переезд. Грузовой машиной служила большая картонная коробка. Мебель грузили в машину и за веревочку тянули по комнате, совершая несколько кругов, пока грузовик не останавливался у «нового дома». (Переезд совершался, по крайней мере, раз в неделю.)

Сейчас мне совершенно ясно, что я продолжаю играть в дома до сих пор. Я сменила бесчисленное множество домов, покупала дома, меняла их на другие, обставляла, отделывала, перестраивала. Дома! Благослови, Господь, дома!

◆

Хочется закончить эти отрывки из воспоминаний А. Кристи ее же словами.

«Что доставляет в жизни самое большое удовольствие? Осмелюсь предположить, что это зависит от человека. Размышляя и припоминая, я прихожу к выводу, что для меня это почти всегда мирные часы обычной повседневной жизни. Конечно же именно тогда я ощущала самое большое счастье. Украшать голубыми бантами седую голову Няни, играть с Тони, проводить расческой пробор в шерсти на его широкой спине, скакать на воображаемой лошади вброд по реке, которую моя фантазия создала в нашем саду. Гнать обруч через все станции «Трубной» железной дороги. Счастливые часы игр с мамой».

Перебирая в памяти события прошедшей жизни, А. Кристи с благодарностью вспоминает, казалось бы, незначительные, мелкие подробности детства. Но в том-то и дело, что только в бытовом измерении это были мелкие «пустяки» или смешные «выдумки» ребенка, вроде завязывания голубого бантика на голове Няни, или игры в железную дорогу с

обручем. Но в пространстве детства, внутреннего мира живой растущей девочки, это были часы насыщенной полной жизни, окрашенной ощущением счастья!

Марина Цветаева
«Памятник-Пушкина»[1]

Марина Ивановна Цветаева (1892–1941) — русский поэт, прозаик, переводчик, одна из самых самобытных поэтов Серебряного века. Родилась в Москве. Ее отец И.В. Цветаев — профессор Московского университета, известный филолог и искусствовед; основатель Музея изящных искусств. Мать, Мария Мейн, была пианисткой, ученицей Антона Рубинштейна; она мечтала о музыкальной карьере дочери. Детские годы Марины прошли в Москве и в Тарусе. Стихи она начала писать в шестилетнем возрасте.

С необыкновенной художественной силой Марина Цветаева описывает свои детские годы. Можно сказать, что в тексте ее воспоминаний слились два таланта: талант очарованного миром ребенка — и талант выдающегося художника, сумевшего выразить в словах ранний уникальный детский опыт.

В этом отрывке мы знакомимся с впечатлениями и переживаниями Марины вокруг памятника Пушкина. Это — разнообразные открытия, размышления, постижения расстояния, числа, цвета, материала, масштаба и — величия поэта!

◆

Но до «Дуэли» Наумова[2] был другой Пушкин, Пушкин, — когда я еще не знала, что Пушкин — Пушкин. Пушкин не воспоминание, а состояние, Пуш-

[1] Отрывки из произведений М. *Цветаевой:* «Мой Пушкин». СПб., 2006; «Мать и музыка». СПб., 2001.

[2] Картина на стене в спальне матери.

кин — всегда и отвсегда, — до «Дуэли» Наумова была заря, и, из нее вырастая, в нее уходя, ее плечами рассекая, как пловец — реку, — черный человек выше всех и чернее всех — с наклоненной головой и шляпой в руке.

Памятник Пушкина был не памятник Пушкина (родительный падеж), а просто Памятник-Пушкина, в одно слово, с одинаково непонятными и порознь не существующими понятиями памятника и Пушкина. То, что вечно, под дождем и под снегом, — о, как я вижу эти нагруженные снегом плечи, всеми российскими снегами нагруженные и осиленные африканские плечи! — плечами в зарю или в метель, прихожу я или ухожу, убегаю или добегаю, стоит с вечной шляпой в руке, называется «Памятник-Пушкина».

Памятник Пушкина был цель и предел прогулки: от памятника Пушкина — до памятника Пушкина. Памятник Пушкина был и цель бега: кто скорей добежит до Памятник-Пушкина. Только Асина нянька иногда, по простоте, сокращала: «А у Пушкина — посидим», — чем неизменно вызывала мою педантическую поправку: «Не у Пушкина, а у Памятник-Пушкина».

Памятник Пушкина был и моя первая пространственная мера: от Никитских Ворот до памятника Пушкина — верста, та самая вечная пушкинская верста, верста «Бесов», верста «Зимней дороги», верста всей пушкинской жизни и наших детских хрестоматий, полосатая и торчащая, непонятная и принятая.

Памятник Пушкина был — обиход, такое же действующее лицо детской жизни, как рояль или за окном городовой Игнатьев, — кстати, стоявший почти так же непреложно, только не так высоко, — памятник Пушкина был одна из двух (третьей не было) ежедневных неизбежных прогулок — на Патриаршие Пруды — или к Памятник-Пушкину. И я предпочитала — к Памятник-Пушкину, потому что мне нравилось, раскрывая и даже разрывая на бегу мою белую дедушкину карлсбадскую удавочную «кофточку», к нему бежать и, добежав, обходить, а потом, подняв голову, смотреть на чернолицего и чернорукого великана, на меня не глядящего, ни на кого и ни на что в моей жизни не похожего. А иногда просто на одной ноге обскакивать. А бегала я, несмотря на Андрюшину долговязость и Асину невесомость и собственную толстоватость, — лучше их, лучше всех: от чистого чувства чести: добежать, а потом уж лопнуть. Мне приятно, что именно памятник Пушкина был первой победой моего бега.

С памятником Пушкина была и отдельная игра, моя игра, а именно: приставлять к его подножию мизинную, с детский мизинец, белую фарфоровую куколку — они продавались в посудных лавках, кто в конце прошлого века в Москве рос — знает, были гномы под грибами, были дети под зонтами, — приставлять к гигантову подножию такую фигурку и, постепенно проходя взглядом снизу вверх весь гранитный отвес, пока голова не отваливалась, рост — сравнивать.

Памятник Пушкина был и моей первой встречей с черным и белым: такой черный! такая белая! — и так как *черный* был явлен гигантом, а *белый* — комической фигуркой, и так как непременно нужно выбрать, я тогда же и навсегда выбрала черного, а не белого, черное, а не белое: черную думу, черную долю, черную жизнь.

Памятник Пушкина был и моей первой встречей с числом: сколько таких фигурок нужно поставить одна на другую, чтобы получился памятник Пушкина. И ответ был уже тот, что и сейчас: «Сколько ни ставь...» — с горделиво-скромным добавлением: «Вот если бы сто *меня*, тогда — *может*, потому что я ведь еще выросту...» И, одновременно: «А если одна на другую сто фигурок, выйду — я?» И ответ: «Нет, не потому, что я большая, а потому, что я живая, а они фарфоровые».

Так что Памятник-Пушкина был и моей первой встречей с материалом: чугуном, фарфором, гранитом — и своим.

Памятник Пушкина со мной под ним и фигуркой подо мной был и моим первым наглядным уроком иерархии: я перед фигуркой великан, но я перед Пушкиным — я. То есть маленькая девочка. Но которая вырастет. Я для фигурки — то, что Памятник-Пушкина — для меня. Но что же тогда для фигурки — Памятник-Пушкина? И после мучительного думанья — внезапное озарение: а он для нее такой большой, что она его просто не видит. Она думает — дом. Или — гром. А *она* для него — такая уж маленькая, что он ее тоже — просто не видит. Он думает — просто блоха. А меня — видит. Потому что я большая и толстая. И скоро еще подрасту.

Первый урок числа, первый урок масштаба, первый урок материала, первый урок иерархии, первый урок мысли и, главное, наглядное подтверждение всего моего последующего опыта: из тысячи фигурок, даже одна на другую поставленных, не сделаешь Пушкина.

глава первая

Мир глазами ребенка

А вот как памятник Пушкина однажды пришел к нам в гости. Я играла в холодной белой зале. Играла, значит — либо сидела под роялем, затылком в уровень кадке с филодендроном, либо безмолвно бегала от ларя к зеркалу, лбом в уровень подзеркальнику.

Позвонили, и залой прошел господин. Из гостиной, куда он прошел, сразу вышла мать, и мне, тихо: «Муся! Ты видела этого господина?» — «Да». — «Так это — сын Пушкина. Ты ведь знаешь памятник Пушкина? Так это его сын. Почетный опекун. Не уходи и не шуми, а когда пройдет обратно — гляди. Он очень похож на отца. Ты ведь знаешь его отца?»

Время шло. Господин не выходил. Я сидела и не шумела и глядела. Одна на венском стуле, в холодной зале, не смея встать, потому что вдруг — пройдет.

Прошел он — и именно вдруг — но не один, а с отцом и с матерью, и я не знала, куда глядеть, и глядела на мать, но она, перехватив мой взгляд, гневно отшвырнула его на господина, и я успела увидеть, что у него на груди — звезда.

— Ну, Муся, видела сына Пушкина?

— Видела.

— Ну, какой же он?

— У него на груди — звезда.

— Звезда! Мало ли у кого на груди звезда! У тебя какой-то особенный дар смотреть не туда и не на то...

— Так смотри, Муся, запомни, — продолжал уже отец, — что ты нынче, четырех лет от роду, видела сына Пушкина. Потом внукам своим будешь рассказывать.

Внукам я рассказала сразу. Не своим, а единственному внуку, которого я знала, — няниному: Ване, работавшему на оловянном заводе и однажды принесшему мне в подарок собственноручного серебряного голубя. Ваня этот, приходивший по воскресеньям, за чистоту и тихоту, а еще и из уважения к высокому сану няни, был допускаем в детскую, где долго пил чай с баранками, а я от любви к нему и его птичке от него не отходила, ничего не говорила и за него глотала.

«Ваня, а у нас был сын Памятник-Пушкина». — «Что, барышня?» — «У нас был сын Памятник-Пушкина, и папа сказал, чтобы я это тебе сказала». — «Ну, значит, что-нибудь от папаши нужно было, раз пришли...» — неопределенно

отозвался Ваня. «Ничего не нужно было, просто с визитом к нашему барину, — вмешалась няня. — Небось сами — полный енерал. Ты Пушкина-то на Тверском знаешь?» — «Знаю». — «Ну, сынок их, значит. Уже в летах, вся борода седая, надвое расчесана. Ваше высокопревосходительство».

Так, от материнской обмолвки и няниной скороговорки и от родительского приказа смотреть и помнить — так это у меня и осталось: к нам в гости приходил сын Памятник-Пушкина. Но скоро и неопределенная принадлежность сына стерлась: сын Памятник-Пушкина превратился в сам Памятник-Пушкина. К нам в гости приходил сам Памятник-Пушкина.

Взрослый в мире ребенка, ребенок в мире взрослого

Отношение взрослых к внутренней жизни ребенка — тонкое и деликатное дело, о котором стоит помнить.

Прежде всего, очень важно ***знать*** о сокровенной жизни детей, о том, что она есть. Здесь нам на помощь может прийти внимательное наблюдение за ребенком, всматривание и вслушивание во все, что он произносит и делает в течение дня, наконец, очень полезно читать воспоминания о детстве. Во-вторых, важно ***понимать*** и принимать возрастные особенности ребенка, его право и даже необходимость быть другим. И, наконец, совершенно необходимо ***беречь*** его внутренний мир!

В первом рассказе, взятом из воспоминаний Л.К. Чуковской, мы увидим, как все это делал Корней Иванович Чуковский, общаясь со своими детьми (см. также с. 184).

Л.К. Чуковская

«Коля мечтает»[1]

В Куоккале он не только охотно играл с нами каждый свой свободный час, но и старательно оберегал от посторонних и даже собственных вторжений наши самостоятельные утехи и выдумки — в особенности те, в которых чувствовал ростки одухотворенности, творчества. Коля любил мечтать. И притом в одиночестве.

— Уходи отсюда, — говорил мне Коля. — Разве ты не видишь, я мечтаю.

Нет, это совсем не означало, что он сидел на камне, подперев щеки руками, и мечтательно глядел на облака. «Мечтать» на его языке означало прыгать с камня на камень вдоль берега у самой воды и то прятаться от невидимых врагов, таившихся в засаде, то самому устраивать засаду на них, то кидаться в гущу преследователей, разя их направо и налево. Он без устали перепрыгивал с камня на камень и, размахивая палкой, которая была по мере надобности и ружьем, и бумерангом, и пикой, и шашкой, быстро негромко и непрерывно выкрикивал:

— И вот они вылетели из густых зарослей. Бах, бах, раздались выстрелы, но ни одна пуля не коснулась его головы! Зато от его пуль не поздоровилось нападавшим! Трах-тах-тах! — неслось из-за скалы, где он залег, прижимая ружье к виску. Убитые падали градом. Лошади поднимались на дыбы и, сбрасывая всадников с седел, в бешеном испуге мчались обратно в прерии.

(«Уходите, — кричал он, заметив меня или Бобу, — разве вы не видите, я тут мечтаю!»)

Десятки тел оставались лежать на земле. Он встал во весь рост и оглядел пустыню. Он знал, что, собравшись с силами, они вернутся. В его распоряжении не более трех минут. Помощи ждать неоткуда. Необходимо укрепить позицию.

И Коля, отбросив палку, начинал, судорожно ползая по песку, стаскивать в одно место песок и камни. Смотреть на него было завидно. Мне тоже хотелось прыгать по камням и прикладывать палку к виску — бах! бах! А он не берет в игру. Ну и не брал бы, пусть, я буду играть сама, но он с берега гонит.

[1] *Чуковская Л.* Памяти детства. М., 2007.

Несправедливо!

И я бежала домой жаловаться. Но жалоба моя не имела успеха. Наш капитан, предводитель и верховный судья, вчера еще так беспощадно накричавший на Колю за карты, сегодня не хотел ему мешать. Он охранял его беготню по камням. Тут деятельно работали воображение, свежий ветер, литературная память. Это была Ее Величество Игра. Объяснять это все мне в ту пору он, разумеется, не мог, но и обижать ему меня не хотелось.

— Вот что, Лидочек, — говорил он извиняющимся, вкрадчивым голосом. — Давно я тебе ничего не рисовал. Вот, гляди — я буду рисовать, а ты угадывай.

Пером или черным карандашом он рисовал карикатуры — очень меткие. Сразу можно было угадать кто — кто. Впереди носатый булочник в картузе, с черным кругом и плетеной корзиной на голове, — тот самый, что приносит нам по воскресеньям выборгские крендели. Кажется, будто слышишь скрип его корзины. А вот эт — репинский дворник, он же кучер. Тот, который позволяет мне заплетать косичками гриву лошади Любы. А вот и сама Люба. Ее старая добрая морда.

Но сегодня я не радовалась картинкам. Будто я не понимаю! Он просто хочет, чтобы я не мешала Коле. И для этого рисует дворника и лошадь.

А Коля захватил весь берег. Все мои любимые камни. И так чуть не каждый день. Сколько раз я уже слышала:

— Боба, Лида, не ходите в ту сторону! Там Коля мечтает!

Не надо мне картинок. Мне нужна справедливость.

«И вот кони сшиблись в богатырской схватке. И вот всадники крючьями вцепились друг другу в пояса... И вот Илья уже летит через гриву лошади — наземь...»

◆

Ребенок особенно легко погружается в свои фантазии, когда остается один. Важно видеть такие моменты и оставлять его в покое. К.И. Чуковский это хорошо понимал. Больше того, он ценил такие состояния, как проявления «одухотворенности и творчества».

Но иногда ребенок хочет поделиться своими фантазиями и переживаниями. Вспомним ощущения маленькой Марины: «Но в конце концов любить и не говорить — ***разорваться***...» или ее же мольбы о море: «Давай помечтаем!»

Часто дети просят поиграть с ними (в учителя, доктора, дочки-матери) и через игру выражают и проживают свои накопившиеся эмоции. То же происходит и при совместном рассказывании историй или сказок. В таких случаях взрослому приходится проявлять особую осторожность, чтобы не помешать развитию детского сюжета или мысли. Из него можно так много узнать о ребенке того, что он не выражает прямо!

Очень яркий пример устного «сотворчества», а по сути, рассказа детей о себе, своих переживаниях, чувствах мы находим в повести М. Цветаевой «Сказка матери». Фрагменты этого рассказа приведены в моей второй книге, но, признаюсь, было трудно удержаться от того, чтобы здесь не поместить этот очаровательный и очаровывающий текст целиком.

Марина Цветаева

Сказка матери[1]

— Мама, кого ты больше любишь: Мусю или меня? Нет, не говори, что все равно, все равно не бывает, кого-нибудь всегда чу-уточку больше, другого не меньше, но этого чу-уточку больше! Даю тебе честное слово, что я не обижусь (с победоносным взглядом на меня), — если — Мусю.

---

[1] *Цветаева М.* Вольный проезд. Автобиографическая проза. СПб., 2001.

Все, кроме взгляда, было чистейшее лицемерие, ибо и она, и мать, и, главное, я отлично знали — кого, и она только ждала убийственного для меня слова, которого я, покраснев, с не меньшим напряжением ждала, хотя и знала, что не дождусь.

— Кого — больше? Зачем же непременно кого-нибудь больше? — с явным замешательством (и явно оттягивая) — мать. — Как же я могу больше любить тебя или Мусю, раз вы обе мои дочери. Ведь это было бы несправедливо...

— Да, — неуверенно и разочарованно Ася, проглотив уже мой победоносный взгляд. — А все-таки — кого? Ну, хоть чу-уточку, капельку, крошечку, точечку — больше?

— Жила-была мать, у нее были две дочки...

— Муся и я! — быстро перебила Ася. — Муся лучше играла на рояле и лучше ела, а зато Ася... Асе зато вырезали слепую кишку, и она чуть не умерла... и она, как мама, умела свертывать язык трубочкой, а Муся не умела, и вообще она была (с трудом и с апломбом) ми-ни-а-тюрная...

— Да, — подтвердила мать, очевидно не слышавшая и сочинявшая свою сказку дальше, а может быть, думавшая совсем о другом, о сыновьях, например, — две дочери, старшая и младшая.

— А зато старшая скоро состарилась, а младшая всегда была молодая, богатая и потом вышла замуж за генерала, Его Превосходительство, или за фотографа Фишера, — возбужденно продолжала Ася, — а старшая за богадела Осипа, у которого сухая рука, потому что он убил брата огурцом. Да, мама?

— Да, — подтвердила мать.

— А младшая потом еще вышла замуж за князя и за графа, и у нее было четыре лошади: Сахар, Огурчик и Мальчик — одна рыжая, другая белая, другая черная. А старшая — в это время — так состарилась, стала такая грязная и бедная, что Осип ее из богадельни выгнал: взял палку и выгнал. И она стала жить на помойке, и столько ела помойки, что обратилась в желтую собаку, и, вот, раз младшая едет в ландо и видит: такая бедная, гадкая, желтая собака ест на помойке пустую кость, и — она была очень, очень добрая! — ее пожалела: «Садись, собачка, в экипаж!», а та (с ненавистным на меня взглядом) — сразу влезла — и лошади поехали. Но вдруг графиня поглядела на собаку и нечаянно увидела, что у нее глаза не собачьи, а такие гадкие, зеленые, старые, особенные — и вдруг узнала, что это ее старшая,

старая сестра, и разом выкинула ее из экипажа — и та разбилась на четыре части вдребезги!

— Да, — снова подтвердила мать. — Отца у них не было, только мать.

— А отец умер — от диабета? Потому что слишком много ел сахару, да и вообще пирожных, разных тортов, кремов, пломбиров, шоколадов, ирисов и таких серебряных конфет со щипчиками, да, мама? Хотя Захарьин ему запретил, потому что это вас сведет в могилу!

— При чем Захарьин, — внезапно очнулась мать, — это было давно, когда еще никакого Захарьина не было, и вообще никаких докторов.

— А слепая кишка была? Ап-пен-ди-цит? Такая маленькая, маленькая кишка, совсем слепая и глухая, и в нее все сыпется: разные кости, и рыбьи хребты, и вишневые кости тоже, и кости от компота, и всякие ногти... Мама, а я сама видела, как Муся объела карандаш! Да, да, у нее не было перочинного

ножика, и она чинила зубами, а потом глотала, все чинила и глотала, и карандаш стал совсем маленький, так что она даже потом не могла рисовать и за это меня *страшно* ущипнула!

— Врешь! — от негодования и изумления прохрипела я. — Я тебя ущипнула за то, что ты при мне объедала *мой* карандаш, с «Муся» чернилом.

— Ма-ама! — заныла Ася, но, по невыгодности дела, тут же меняя рейс. — А когда человек сказал да, а во рту — нет, то что же он сказал? Он ведь *два* сказал, да, мама? Он пополам сказал? Но если он в эту минуту умрет, то куда же он пойдет?

— Кто куда пойдет? — спросила мать.

— В ад или в рай? Человек. Наполовину враный. В рай?

— Гм... — задумалась мать. — У нас — не знаю. У католиков на это есть чистилище.

— Я знаю! — торжествующе Ася. — Чистильщик Дик, который маленькому Лорду подарил красный фуляр с подковами и лошадиными головами.

— И вот, когда тот разбойник потребовал, чтобы она выбрала, она, обняв их обеих сразу, сказала...

— Мама! — завопила Ася. — Я совсем не знаю, какой разбойник!

— А я знаю! — я, молниеносно. — Разбойник — это враг этой дамы, этой мамы, у которой было две дочери. И это, конечно, он убил их отца. И потом, потому что он был очень злой, захотел еще убить одну из девочек, сначала двух...

— Ма-ама! Как Муся смеет рассказывать твою сказку?

— Сначала двух, но Бог ему запретил, тогда — одну...

— И я знаю *какую!* — Ася.

— Не знаешь, потому что он сам не знал, потому что ему было все равно какую, и он только хотел сделать неприятность той даме — потому что она за него не вышла замуж. Да, мама?

— Может быть, — сказала мать, прислушиваясь, — но я этого и сама не знала.

— Потому что он был в нее *влюблен!* — торжествовала я, и уже безудержно: — И ему лучше было ее видеть в могиле, чем...

— Какие африканские страсти! — сказала мать. — Откуда это у тебя?

— Из Пушкина. Но я другому отдана, но буду век ему верна. (И после краткой проверки.) Нет, кажется, из «Цыган».

— А по-моему, из «Курьера», который я тебе запретила читать.

— Нет, мама, в «Курьере» — совсем другое. В «Курьере» были эльфы, то есть сильфы, и они кружились на поляне, а молодой человек, который ночевал в копне сена, потому что его проклял отец, вдруг влюбился в самую главную сильфиду, потому что она походила на молочную сестру, которая утонула.

— Мама, что такое молочная сестра? — спросила присмиревшая, подавленная моим превосходством Ася.

— Дочь кормилицы.

— А у меня есть молочная сестра?

Мать, на меня:

— Вот.

— Фу! — сказала Ася.

— А Ася, мама, не моя, правда, мама?

— Не твоя, — подтвердила мать. — Потому что Асю кормила я, а тебя — кормилица. Твоя молочная сестра — дочь твоей кормилицы. Только у твоей кормилицы — был сын. Она была цыганка и очень злая и страшно жадная, до того жадная, что, когда дедушка ей однажды вместо золотых серег подарил позолоченные, она вырвала их из ушей и так втоптала в паркет, что потом ничего не могли найти.

— А у тех девочек, которых потом убили, сколько было кормилиц? — спросила Ася.

— Ни одной, — ответила мать, — их мать кормила сама, потому, может быть, так и любила и ни одной не могла выбрать и сказала тому разбойнику: «Выбрать я не могу и никогда не выберу. Убей нас всех сразу». — «Нет, — сказал разбойник, — я хочу, чтобы ты долго мучилась, а обеих я не убью, чтобы ты вечно мучилась, что эту — *выбрала*, а ту... Ну, которую же?» — «Нет, — сказала мать. — Скорей *ты* умрешь, здесь передо мной стоя, от старости или от ненависти, чем я — сама осужу одну из моих дочерей на смерть».

— А кого, мама, она все-таки больше жалела? — не вытерпела Ася. — Потому что одна была болезненная... плохо ела, и котлет не ела, и бобов не ела, а от наваги ее даже тошнило...

— Да! А когда ей давали икру, она мазала ее под скатерть, а селедку жеваную выплевывала Августе Ивановне в руку... и вообще под ее стулом всегда была помойка, — я, с ненавистью.

— Но чтобы она нечаянно не умерла с голоду, мама становилась перед ней на колени и говорила: «Ну ррради Бога, еще один кусочек: открой, душенька, ротик, я тебе положу этот кусочек!» Значит, мама ее — больше любила!

— Может быть... — честно сказала мать, — то есть больше — жалела, хотя бы за то, что так плохо выкормила.

— Мама, не забудь про аппендицит! — взволнованно, Ася. — Потому что у младшей, когда ей стукнуло четыре года, — тогда она стукнулась об камень, и у нее сделался аппендицит — и она бы, наверное, умерла, — но ночью приехал доктор Ярхо — из Москвы — и даже без шапки и без зонтика, — а шел даже град! — и он был совершенно мокрый. Это — правда — мама, *святой* человек?

— Святой, — убежденно сказала мать, — я святее не встречала. И притом — совершенно больной, и мог бы тогда простудиться насмерть, — ведь *какая* гроза! И еще, бедный, тогда так упал перед самой дачей...

— Мама! А почему у него не сделалась слепая кишка? Потому что он доктор — да? А когда доктор заболеет — кто его спасет? Просто — Бог?

— Всегда — Бог. И тогда тебя — Бог. Через доктора Ярхо.

— Мама, — я, устав слушать про Асю, — а почему, если он святой, он всегда говорит вместо живот — *пузо*? «Что, Муся, опять пузо болит?» Ведь это неприлично?

— *Непривычно*, — сказала мать. — Может быть, его в детстве так научили?.. Конечно, странно. Но с таким сердцем и все позволено. И не то позволено. И я всегда, пока сама жива буду, буду ставить за его здравие свечу.

— Мама, а что же те девочки, так и остались незарезанные? — после долгого общего молчания спросила Ася. — Или ему просто надоело, что она так долго думает, и он так — ушел?

— Не ушел, — сказала мать. — Не ушел, а сказал ей следующее: «Зажжем в церкви две свечи, одна будет...»

— Муся! А другая Ася!

— Нет, имен в этой сказке нет. «...левая будет старшая, а правая младшая. Которая скорее догорит, ту и...» Ну, вот. Взяли две свечи, совершенно одинаковых...

— Мама! Одинаковых не бывает. Одна была все-таки чу-уточку, кроохотку...

— Нет, Ася, — уже строго сказала мать, — я тебе говорю, совершенно одинаковые. «Сама зажигай», — сказал разбойник. Мать, перекрестясь, зажгла. И свечи стали гореть — ровно-ровно и даже как будто не уменьшаясь. Уж ночь наступила, а свечи все горят: одна другой не меньше, не больше, две свечи — как два близнеца. Бог их знает, сколько еще времени будут гореть. Тогда разбойник сказал: «Иди к себе, а я пойду к себе, а утром, как только солнце встанет, мы оба придем сюда. Кто первый придет — другого будет ждать».

Вышли и заперли дверь на огромный замок, а ключ положили под камень.

— А разбойник, мама, конечно, раньше прибежал? — Ася.

— Погоди! Настало утро, взошло солнце. И вот, один другого не раньше, один другого не позже — с двух разных сторон — разбойник слева, мать справа — потому что от церкви расходились две совершенно одинаковых дороги, как две руки, как два крыла — и вот по разным дорогам, с двух разных сторон, шаг в шаг, секунда в секунду к церкви — а против церкви — солнце вставало — разбойник и мать. Открывают замок, входят в церковь, и...

— Одна свечка совсем сгорела: че-ерная! А другая еще чу-уточку... — взволнованно Ася.

— Две черные, — трезво я. — Потому что, конечно, за целую ночь обе-две сгорели, но так как никто не видел, — то все опять сначала.

— Нет. Обе свечи горели ровно, одна другой не меньше, одна другой не больше, нисколько не сгорев, ни на столечко не сгорев... Как вчера поставили — так и стояли. И мать стояла, и разбойник стоял, и сколько они так стояли — неизвестно, но когда она опомнилась — разбойника не было — как и куда ушел — неизвестно. Не дождались его и в его разбойничьем замке. Только через несколько лет в народе пошел слух о каком-то святом отшельнике, живущем в пещере, и...

— Мама! Это был — разбойник! — закричала я. — Это всегда так бывает. Он, конечно, стал самым хорошим на земле, после Бога! Только — ужасно жаль.

— Что — жаль? — спросила мать.

— Разбойника! Потому что когда он так, как побитая собака, — поплелся — ни с чем! — она, конечно... я бы, конечно, его страшно полюбила: взяла бы его в дом, а потом бы непременно на нем женилась.

— Вышла бы за него замуж, — поправила мать. — Женятся — мужчины.

— Потому что она его и *вперед* любила, только она уже была замужем, как Татьяна.

— Да, но ты совершенно забыла, что он убил ее мужа, — сказала мать взволнованно,— разве можно выходить замуж за убийцу отца своих детей...

— Нет, — сказала я. — Ей бы по ночам было бы очень страшно, потому что тот бы стал являться к ней с отрубленной головой. И всякие звуки бы начались. И, может быть, дети бы заболели... Тогда, мама, я бы сама стала отшельником и поселилась в канаве...

— А дети? — спросила мать глубоко-глубоко. — Разве можно бросить детей?

— Ну, *тогда*, мама, я стала бы писать ему стихи в тетрадку!

◆

Детям трудно, а до некоторого возраста и невозможно «адекватно» реагировать на известных людей, так называемых знаменитостей. Собственно говоря, а что значит «адекватно»? Нет ли в детском восприятии большой доли правды: знаменитость ведь тоже человек! Об этом — в следующем отрывке из тех же воспоминаний Л.К. Чуковской.

Л.К. Чуковская

«Люди как люди!»

Разбуженная, моя память оказывается на удивление инфантильной. В именитых людях, посещавших наш дом по воскресеньям, а иногда и в другие дни недели, она сохранила черты не основные, а побочные, не главные, а случайные. Не те, какие в прославленном человеке интересны взрослому, а те, какие в каждом прохожем интересны ребенку. Если мимо шагает прохожий, ведя на цепочке собаку, то всякий ребенок заинтересуется сначала собакой, а уж потом — человеком. Лошадь, которую ты гладил в детстве по шелковой шерсти и кормил сахаром с ладони, — она незабвенна. А уж первая белка!

Репин. Мастерская. Помню холсты на мольбертах, много Пушкиных, Шаляпина, помню каких-то черных загорелых людей, размашисто гребущих в широкой лодке среди волн. Помню Репина за письменным столом у Корнея Ива-

новича, изображающим кого-то в «Чукоккале» папиросным окурком, который он макает в чернильницу. Но мне семь лет, и гораздо более, чем о портретах, картинах, кистях, холстах и таком странном орудии, как окурок, я думаю о том: правда ли рассказывают, будто репинский Мик кинулся недавно во дворе у соседей на живую курицу? и съел ее? Собаки не могут без мяса, а жена Репина, Наталья Борисовна, ни мяса не ест, ни молока не пьет и никому не позволяет — не только гостям, но и Репину самому, а Мика перевела на одни каши... вот с горя он и бросился на курицу. Интересно, съел ли он ее и как? Разорвал в клочки или проглотил живьем? Это ужасно занимает меня и Бобу. И в мастерской у Репина нас не более занимают картины, чем жгучий вопрос: если тут играть в прятки — не будут ли видны ноги из-за пышных занавесей, опущенных над холстами? И еще: позволит ли мне кучер снова заплетать в косички гриву репинской лошади Любы, чтобы волосы не падали ей на глаза? И самое главное: правду ли Репин сказал мне, что к нему в парк каждый день приходит белка? Спросить не решаюсь, а мне смерть как хочется знать.

Помню моторную яхту, которая никак не могла пристать к нашему берегу: мелко! и матроса в бескозырке с золотой ленточкой, и лодку, которая была спущена с яхты и называлась шлюпкой, и человека в белом свитере и с биноклем через плечо, о котором я слышала столько разговоров кругом: Леонид Андреев. Но я на него еле взглянула. Гораздо больше занял меня матрос. Тельняшка. Трепещущая на ветру ленточка с золотыми буквами «Дальний». Первый мотор и первый матрос в жизни. Звук мотора, стучащий, мертвый, чуждый плеску волн, синеве, тишине.

Помню день, когда Корнея Ивановича навестил гостивший в «Пенатах» Шаляпин. Пения его слышать мне не довелось; но, когда он поднимался в кабинет на второй этаж, я в недоумении глянула в окно: мне показалось, там, в саду, зашумели деревья. Это он напевал себе под нос, поднимаясь по лестнице. Поразило меня, что он не только шире в плечах, крупнее, огромнее нашего отца, но и выше его на целую голову. «Полтора папы». В кабинете за ними закрылась дверь, и прямо носом в дверь уткнулась, застыла собака: широкогрудая, зубы наружу и в попоне с бубенчиками. Она ни на секунду не отходила от двери, за которой скрылся хозяин. Я впервые видела собаку в попоне... Она была противная, хрипела, сопела... У Шаляпина был лакей-китаец; первый мой китаец в жизни: с длинной косой, в шароварах. Он обращался со

мной изысканно вежливо, как со взрослой дамой, чем очень меня конфузил; а Коле дарил китайские марки для альбома. Мы то и дело бегали к нему в репинскую дворницкую, влекомые желтым лицом, косой, шароварами, поклонами.

В Андрееве более всего поразил меня матрос и моторка, в Шаляпине — китаец и собака с бубенчиками. И матрос, и моторка, и собака — были впервые в жизни. Правда, и Леонид Андреев и Шаляпин были тоже впервые, но в них-то что особенного? Писатель, артист, значит, люди как люди, заурядные, обыкновенные, привычные. А вот матрос! А вот лакей, да еще китаец! Это — невидаль. Что же касается всесветной известности Андреева, Репина или Шаляпина, то, к счастью, «воздух искусства» оставлял нас детьми и не учил пялить глаза на знаменитостей. Понятие славы было невнятно нам. Да и знаменитости умели вести себя так, будто им решительно ничего не ведомо о собственной славе.

Разумеется, Корней Иванович был доволен, что присутствие Леонида Андреева или Шаляпина не заставляло нас чувствовать себя какими-то особенными: «а у нас Шаляпин был!» Он ведь так и хотел: «дети как дети». Для этого, чтобы мы оставались детьми, были и шарады, и лодка, и босоногость, и городки, и лыжи, и путешествия. И в то же время, как я понимаю теперь, он, преклонявшийся перед талантом, был несколько смущен и даже шокирован, убеждаясь, что изобилие знаменитостей, постоянно посещавших наш дом, делало их в наших глазах заурядными. Стирало с них чудесность. Мы утрачивали ощущение счастья в их присутствии — ощущение, какого сам он не терял никогда. Репин? Ну и что с того: Репин. Короленко? «Да, папа, я забыл, — докладывал Коля, — когда тебя не было дома, заезжал Владимир Галактионович... Представь себе, он на велосипеде, прислонил велосипед к забору и пошел к нам... Просил тебе передать... А как ты думаешь, кто быстрее: самый медленный поезд или самый быстрый велосипед?»

Ему иногда казалось: перед нашими глазами пересыпают драгоценные камни, а мы как бы не видим их блеска и предпочитаем играть с мальчишками или девчонками в камешки на берегу.

И хорошо. Это нам по возрасту: в камешки... Но все же...

Беспокоился он напрасно. Помню, через десятилетия, когда мне было уже не семь, а тридцать, я однажды сказала ему, что часто встречаюсь теперь с Анной Ахматовой (когда-то сам же он мельком меня с ней познакомил). В ответ он спросил требовательно-встревоженным голосом:

— Я надеюсь, ты понимаешь, что следует записывать каждое ее слово?

Я понимала. И этим пониманием обязана я ему, его отношению к поэзии и культуре, его чувству преемственности, «Чукоккале», тому утру, когда я увидела, с какою осторожностью прикасается он к подлинным рукописям Некрасова.

◆

Чувство значимости мастера, художника приходит с возрастом, когда человек способен воспринять его вклад в культуру, и еще больше — внутренне откликнуться на него. Но ребенок еще не обременен ни знаниями, ни запасом культурного опыта, ни тем более представлениями о славе. В отличие от взрослого, он совсем не робеет перед «великими».

Очень похожий пример можно прочесть в воспоминаниях Агаты Кристи.

Агата Кристи

«В моей памяти осталось...»

В дни моей юности к нам часто приходили очень интересные люди, и жаль, что я не обращала на них внимания.

Все, что я помню о Генри Джеймсе, — это сетования мамы на то, что во время чая он всегда разламывал пополам кусок сахара, — чистое притворство, как будто не было другого, маленького.

Мир глазами ребенка

Приходил Редьярд Киплинг, и опять в моей памяти осталось лишь, как мама с подругой обсуждают, почему же он в свое время женился на миссис Киплинг. Обсуждение кончилось тем, что мамина подруга сказала:

— Я знаю почему. Они прекрасно дополняют друг друга.

Приняв слово complement за compliment, я нашла это заключение совершенно бессмысленным. Но когда Няня в один прекрасный день объяснила мне, что самый большой комплимент, который джентльмен может сделать даме, — это предложить ей руку и сердце, все встало на место.

Хотя я всегда присутствовала на чаепитиях, одетая, как сейчас помню, в белое муслиновое платье, перепоясанное желтой атласной лентой, гости не запечатлелись в моей памяти. Люди, которых я придумывала, всегда были для меня более реальными, чем настоящие.

Зато я очень хорошо помню близкую подругу моей мамы, мисс Тауэр, главным образом потому, что она постоянно делала мне больно, и я стремилась избежать встречи с ней. У нее была привычка набрасываться на меня с поцелуями и при этом восклицать:

— Сейчас я тебя съем!

Я всегда опасалась, что она действительно может съесть меня. Всю жизнь я тщательно следила за тем, чтобы не кидаться на детей с непрошеными поцелуями. Бедные малютки, ведь они совершенно беззащитны. Дорогая мисс Тауэр, добрая, сердечная, она любила детей, но так мало задумывалась над их чувствами.

глава вторая

ОТ УВЛЕЧЕНИЯ К ПРИЗВАНИЮ

Дети — народ очень восприимчивый и эмоциональный. Нередко ранние детские впечатления перерастают в стойкий интерес, а потом и в настоящее жизненное призвание. Родителей и ученых давно занимает вопрос: ранний интерес — это проявление «заложенных» способностей или результат «внешних воздействий»? Ждать, когда наука точно ответит на вопрос о доле «генов» в способностях, не приходится. К тому же многие знания о том, как появляются и набирают силу таланты, можно найти в биографиях и автобиографиях. Воспоминания людей о собственном детстве — драгоценный подарок для ищущих родителей и озадаченных психологов.

В этой главе помещены отрывки из воспоминаний известных людей, нашедших себя в разных профессиях: артиста и режиссера (***К.С. Станиславского***), естествоиспытателя-путешественника (***Т. Хейердала***), музыканта (***С.С. Прокофьева***), физика (***Р. Фейнмана***), писателя и поэта (***М. Цветаевой***). Они жили в разные исторические эпохи, в разных странах, в семьях разного материального положения и разной культуры. Но есть много общего в судьбах зарождения и развития способностей этих детей.

Во-первых, бросается в глаза готовность детей удивляться и очаровываться, казалось бы, обычными предметами, событиями или явлениями природы. Во-вторых, получив эмоциональный «заряд» от такого впечатления, они начинают проявлять удивительную настойчивость в актив-

ном «добывании» того, что для них оказалось важным и нужным. И такая активность постепенно превращается в стойкий интерес, а потом, возможно, и в профессию.

Для нас важно проследить, какое участие в развитии интереса ребенка принимали родители таких детей. Мы увидим, что это участие было очень разным. Одни родители предоставляли ребенку относительную свободу, не вмешиваясь в его «выдумки» и занятия, другие — сочувственно наблюдали со стороны; третьи — шли навстречу просьбам и активно помогали; а были и те, которые увлекались сами и увлекали своим энтузиазмом. Но во всех случаях, по воспоминаниям детей, они получали от родителей то, что мы можем назвать доброжелательным принятием, а еще — созданием «обогащенной среды», в которой находилась пища для пытливого ума и эмоциональной увлеченности ребенка.

К.С. Станиславский

Детство[1]

Константин Сергеевич Станиславский (1863–1938) — известный русский театральный режиссер, актер, театральный педагог. Родился в Москве, по рождению и воспитанию принадлежал к высшему кругу русских промышленников. В семье увлекались театром, в московском доме был специально перестроенный для театральных представлений зал.

В 1898 году совместно с Немировичем-Данченко основал Московский художественный театр. В 1936 году К.С. Станиславскому было присвоено звание Народного артиста СССР.

Мы открываем этот раздел отрывками из книги К.С. Станиславского «Моя жизнь в искусстве» . Это автобиографическое повествование автор начал писать в 60-летнем возрасте. За плечами стояли десятилетия напряженной жизни и работы. Здесь, на первых страницах воспоминаний мы узнаем о том, «как все начиналось».

---

[1] *Станиславский К.С.* Моя жизнь в искусстве (1925).

книга третья

Родителям: как быть ребенком

Ранние воспоминания

Я родился в Москве в 1863 году. Мои отец и мать не любили светской жизни и выезжали только в крайних случаях. Они были домоседы. Мать проводила свою жизнь в детской, отдавшись целиком нам, ее детям, которых было десять человек.

Мои родители были влюблены друг в друга и в молодости, и под старость. Они были также влюблены и в своих детей, которых старались держать поближе к себе.

Из моего далекого прошлого я помню ярче всего мои собственные крестины, конечно, созданные в воображении, по рассказам няни.

Другое яркое воспоминание из далекого прошлого относится к моему первому сценическому выступлению. Это было на даче в имении Любимовка, в тридцати верстах от Москвы, около полустанка Тарасовка Ярославской ж. д. Спектакль происходил в небольшом флигеле, стоявшем во дворе усадьбы. В арке полуразвалившегося домика была устроена маленькая сценка с занавесью из пледов. Как полагается, были поставлены живые картины «Четыре времени года». Я — не то трех-, не то четырехлетним ребенком — изображал зиму. Как всегда в этих случаях, посреди сцены ставили срубленную небольшую ель, которую обкладывали кусками ваты. На полу, укутанный в шубу, в меховой шапке на голове, с длинной привязанной седой бородой и усами, постоянно всползавшими кверху, сидел я и не понимал, куда мне нужно смотреть и что мне нужно делать. Ощущение неловкости при бессмысленном бездействии на сцене, вероятно, почувствовалось мною бессознательно еще тогда, и с тех пор и по сие время я больше всего боюсь его на подмостках. После аплодисментов, которые мне очень понравились, на бис мне дали другую позу. Передо мной зажгли свечу, скрытую в хворосте, изображавшем костер, а в руки мне дали деревяшку, которую я как будто совал в огонь.

«Понимаешь? Как будто, а не в самом деле!» — объяснили мне.

При этом было строжайше запрещено подносить деревяшку к огню. Все это мне казалось бессмысленным. «Зачем как будто, если я могу по-всамделишному положить деревяшку в костер?»

Не успели открыть занавес на бис, как я с большим интересом и любопытством потянул руку с деревяшкой к огню. Мне казалось, что это было вполне естественное и логическое действие, в котором был смысл. Еще естественнее было то, что вата загорелась, и вспыхнул пожар. Все всполошились и подняли крик. Меня схватили и унесли через двор в дом, в детскую, а я горько плакал.

После того вечера во мне живут, с одной стороны, впечатления приятности успеха и осмысленного пребывания и действия на сцене, а с другой стороны — неприятности провала, неловкости бездействия и бессмысленного сидения перед толпой зрителей.

Цирк

Воспоминания о более поздних детских чувствованиях еще ярче врезались в душу. Они относятся к области артистических потребностей и переживаний. Стоит мне теперь воскресить в памяти обстановку прежней детской жизни, и я снова точно молодею и ощущаю знакомые чувства.

Вот канун и утро праздника; впереди день свободы. Утром можно встать поздно, а затем — день, полный радостей; они необходимы, чтобы поддержать энергию на предстоящий длинный ряд безрадостных учебных дней, скучных вечеров. Природа требует веселья в праздник, и всякий, кто этому мешает, вызывает в душе злость, недобрые чувства, а тот, кто этому способствует, — нежную благодарность.

За утренним чаем родители нам объявляют, что сегодня надо ехать с визитом к тетке (скучной, как все тетки), или, — еще того хуже, — что после завтрака к нам приедут гости — нелюбимые нами двоюродные братья и сестры. Мы столбенеем, теряемся. С таким трудом дожили мы до свободного дня, а у нас отняли его и сделали скучные будни. Как дотянуть до будущего праздника?

Раз сегодняшний день пропал, единственная надежда, какая нам остается, — вечер. Кто знает, может быть, отец, который лучше всех понимает дет-

ские потребности, уже позаботился о ложе в цирк или хотя бы в балет, или даже, на худой конец, в оперу. Ну, пусть даже в драму... Билетами в цирк или в театр ведал управляющий домом. Расспрашиваешь, где он. Уехал? Куда? Направо или налево? Отдавали ли приказ кучерам беречь битюгов (большие, сильные лошади)? Если да, — хороший признак. Значит, нужна большая четырехместная карета — та самая, в которой возят детей в театр. Если же битюги уже ходили днем, — плохой признак. Ни цирка, ни театра не будет.

Но управляющий вернулся, вошел в кабинет к отцу и передал ему что-то из бумажника. Что же, что? Подкарауливаешь: лишь только отец выйдет из кабинета, скорей к письменному столу. Но на нем, кроме скучных деловых бумаг, не находишь ничего. Сердце заныло! А если заметишь желтую или красную бумажку, т. е. билет в цирк, — тогда сердце забьется так, что слышны удары, и все кругом засияет. Тогда и тетка, и двоюродный брат не кажутся такими скучными. Наоборот, любезничаешь с гостями вовсю, для того чтобы вечером, во время обеда, отец мог сказать:

«Сегодня мальчики так хорошо принимали гостей, так милы были с тетей, что можно им доставить одно маленькое (а может быть, и большое!) удовольствие. Как вы думаете, какое?»

Красные от волнения, с кусками пищи, остановившимися в горле, мы ждали, что будет дальше.

Отец молча лезет в боковой карман, медленно, с выдержкой, ищет там чего-то, но не находит. Не в силах больше ждать, мы вскакиваем, бросаемся к отцу, окружаем его, в то время как гувернантка кричит нам строго:

«Enfants, ecoutez done ce qu'on vous dit. On ne quitte pas sa place pendant le diner!» (Дети, слушайте, что вам говорят. Из-за стола не встают во время обеда!)

Тем временем отец лезет в другой карман, шарит в нем, достает портмоне, не спеша выворачивает карманы — и там ничего.

«Потерял!» — восклицает он, весьма естественно играя свою роль.

Кровь бежит вниз от щек до самых пяток. Нас уже ведут и усаживают на места. Но мы не отрываем глаз от отца. Проверяем по глазам братьев и товарищей: что это, шутка или правда? Но отец вытащил что-то из кармана жилета и говорит, коварно улыбаясь:

«Вот он! Нашел!» — и машет красным билетом в воздухе.

глава вторая

От увлечения к призванию

Тут никто не в силах нас удержать. Мы вскакиваем из-за стола, танцуем, топаем ногами, машем салфетками, обнимаем отца, виснем у него на шее, целуем и нежно любим его.

С этого момента начинаются новые заботы: не опоздать бы!

Ешь, не прожевывая, не дождешься, чтоб кончился обед, потом бежишь в детскую, срываешь домашнюю и с почтением надеваешь праздничную куртку. А потом сидишь, ждешь и мучаешься, чтоб отец не опоздал. Он любит вздремнуть за послеобеденным кофе в опустевшей комнате. Как разбудить его?.. Ходишь мимо, топаешь ногами, уронишь какую-нибудь вещь или закричишь в соседней комнате, делая вид, что не знаешь о том, что он рядом. Но у отца был крепкий сон.

«Опаздываем! Опаздываем! — волновались мы, поминутно бегая к большим часам. — К увертюре не поспеем, это ясно!»

Пропустить цирковую увертюру! Это ли не жертва!

«Сейчас уже семь часов!» — восклицали мы. Пока отец проснется, оденется, — того гляди начнет бриться, — будет уж по меньшей мере семь двадцать. И мы понимали, что дело шло уже о пропуске не одной только увертюры, но и первого номера программы: «Voltige arretee, исполнит Чинизелли младший». Как мы ему завидовали!.. Надо спасать вечер. Пойти повздыхать рядом с комнатой матери. В эту минуту она казалась добрее отца. Пошли, поохали, повосклицали. Мать поняла наш маневр и отправилась будить отца.

«Коли хочешь баловать мальчиков, так уж балуй, а не томи, — говорит она отцу. — Tu l'as voulu, Georges Dandin! {«Ты этого хотел, Жорж Данден!» — фраза из комедии Мольера «Жорж Данден». *(Ред.)*} Поезжай-ка на работу!»

Отец встал, потянулся, поцеловал мать и пошел сонной походкой. А мы, как пули, ринулись вниз — велеть подавать экипаж, упрашивать кучера Алексея, чтобы ехал скорее. Сидим в четырехместной карете, болтаем ногами, — это облегчало ожидание: все-таки как будто движение. А отца все нет и нет. Уже в душе растет к нему недоброе чувство, а благодарности нет и следа. Наконец дождались. Отец сел; карета, скрипя колесами по снегу, тихо двигается, качаясь на ухабах; от нетерпения помогаешь ей собственным подталкиванием. Совершенно неожиданно вдруг карета останавливается. Приехали!.. Не только второй номер, но и третий номер программы кончился. К сча-

стью, наши любимцы Морено, Мариани и Инзерти еще не выступали. *Она, она* — тоже. Наша ложа оказалась рядом с выходом артистов. Отсюда можно наблюдать за тем, что делается за кулисами, в частной жизни этих непонятных, удивительных людей, которые живут всегда рядом со смертью и шутя рискуют собой. Неужели они не волнуются перед выходом? А вдруг это последняя минута их жизни! Но они спокойны, говорят о пустяках, о деньгах, об ужине. Герои!

Музыка заиграла знакомую польку, — это ее номер. «Danse de chale» {Танец с шалью *(франц.)*} — исполнит партер и на лошади девица Эльвира. Вот и она сама. Товарищи знают секрет: это мой номер, моя девица, — и все привилегии мне: лучший бинокль, больше места, каждый шепчет поздравление. Действительно, она сегодня очень мила. По окончании своего номера Эльвира выходит на вызовы и пробегает мимо меня, в двух шагах. Эта близость кружит голову, хочется выкинуть что-то особенное, и вот я выбегаю из ложи, целую ей платье и снова, скорей, на свой стул. Сижу, точно приговоренный, боясь шевельнуться и готовый расплакаться. Товарищи одобряют, а сзади отец смеется:

«Поздравляю, кончено! — шутит он. — Костя — жених! Когда свадьба?»

Последний, самый скучный номер — «кадриль верхом на лошадях, исполнит вся труппа». После него наступает предстоящая неделя с длинным рядом безрадостных, унылых дней, без надежды вернуться сюда в следующее воскресенье. Мать не позволяет часто баловать детей. А цирк — это самое лучшее место во всем мире!

Чтобы продлить удовольствие и подольше пожить приятными воспоминаниями, назначаешь тайное свидание товарищу: «Непременно, обязательно приходи!»

«Что будет?»

глава вторая

От увлечения к призванию

«Приходи, увидишь. Очень важно!»

На следующий день приходит друг, мы удаляемся в темную комнату, и я ему открываю великую тайну о том, что я решил, как только вырасту, стать директором цирка. Для того чтобы не было возврата после моего обещания, надо закрепить решение клятвой. Мы снимаем образ со стены, и я торжественно клянусь, что буду непременно цирковым директором. Потом обсуждается программа будущих представлений моего цирка. Составляется список труппы из лучших имен наездников, клоунов, жокеев.

В ожидании открытия моего цирка мы решили назначить частный домашний спектакль — для практики. Намечаем временную труппу из братьев, сестер, товарищей; распределяем номера и роли.

«Жеребец, дрессированный на свободе: директор и дрессировщик — я, а ты — жеребец! Потом я буду играть рыжего — пока вы будете стелить ковер. Потом — музыкальные клоуны».

На правах директора я забрал себе лучшие роли, и мне уступали их, потому что я — профессионал: я клялся, мне нет поворота назад. Представление назначается на ближайшее воскресенье, так как нет никакой надежды на то, что нас повезут в цирк или даже в балет.

В свободные от уроков часы и вечера нам стало много дела. Во-первых, напечатать билеты и деньги, которыми будут нам платить за них. Устроить кассу, т. е. затянуть дверь пледом, оставив небольшое окно, у которого придется дежурить целый день спектакля. Это очень важно, так как настоящая касса, пожалуй, больше всего дает иллюзию подлинного цирка. Надо подумать и о костюмах, и о кругах, затянутых тонкой бумагой, сквозь которые мы будем прыгать в «pas de chale», и о веревках, и о палках, которые должны служить барьерами для дрессированных лошадей; надо подумать и о музыке. Это самая больная часть представления. Дело в том, что брат, который один мог заменить оркестр, — чрезвычайно беспечен, недисциплинирован. Он не смотрел на наше дело серьезно и потому бог знает что мог выкинуть. Бывало, играет, играет, а потом, вдруг, при всей публике — возьмет, да и ляжет на пол посреди зала, задерет ноги кверху и начнет орать:

«Не хочу больше играть!»

В конце концов, за плитку шоколада он, конечно, заиграет. Но ведь спектакль уж испорчен этой глупой выходкой, потеряна его «всамделишность».

А это для нас — самое важное. Надо верить, что все это по-серьезному, по-настоящему, а без этого — неинтересно.

Публики собирается мало. Конечно, всегда одни и те же, домашние. На свете не существует самого плохого театра или актера, которые не имели бы своих поклонников. Они убеждены, что кроме них никто не понимает скрытых талантов их протеже, все другие люди не доросли до этого. И у нас были свои поклонники, которые следили за нашими спектаклями и ради собственного (а не нашего, заметьте) удовольствия приходили на них. Одним из таких «ярых» был старый бухгалтер отца, и за это он имел у нас в цирке почетное место, что очень ему льстило.

Чтоб поддержать работу в кассе, многие из нашей доморощенной публики в течение всего дня брали билеты; потом, как будто, их теряли, потом приходили с заявлением в кассу. О каждом случае велась обстоятельная беседа, спрашивали распоряжения директора, т. е. меня, я отрывался от дела, приходил в кассу, отказывал или разрешал дать пропуск. На случай выдачи контрамарок существовала другая книжка с номерами и заголовками на билетах:

«Цирк Констанцо Алексеева».

В день спектакля мы приступали к гримированию и костюмированию за много часов до начала. Куртки и жилеты закалывались наподобие фрака. Клоунский костюм делался из длинной женской сорочки, которая завязывалась у щиколотки, образуя нечто вроде широких панталон. Выпрашивался отцовский старый цилиндр для «директора и дрессировщика», т. е. для меня; бумажные клоунские колпаки заготовлялись тут же. Завернутые до колен штаны и голые ноги изображали костюмы цирковых акробатов в трико. С помощью сала, пудры и свеклы белилось лицо, румянились щеки и красились губы, а углем подрисовывались брови и треугольники на щеках для клоунского грима. Спектакль начинался чинно, но после обычного скандала брата публика расходилась, и представление обрывалось. На душе оставалась окись, а впереди — длинный-длинный ряд унылых дней, вечеров предстоящей учебной недели. И опять создаешь светлую перспективу для предстоящего воскресенья: на этот раз можно рассчитывать на поездку в цирк или театр.

И снова наступает воскресенье, и снова томление и догадки в течение дня, и снова радость во время обеда. На этот раз — театр. Поездка туда не

то, что в цирк. Это куда серьезнее. Этой экспедицией управляет сама мать. Нас предварительно моют, одевают в шелковые русские рубахи с бархатными шароварами и замшевыми сапогами. На руки натягивают белые перчатки и строго-настрого наказывают, чтобы по возвращении домой из театра перчатки оставались белыми, а не совершенно черными, как это обыкновенно случается. Понятно, что мы весь вечер ходим с растопыренными пальцами рук, держа ладони далеко от собственного туловища, дабы не запачкаться. Но вдруг забудешься и схватишь шоколад или помнешь в руках афишу с большими черными буквами невысохшей печати. Или от волнения начнешь тереть рукою грязный бархатный барьер ложи, — и вместо белой тотчас же перчатка делается темно-серой с черными пятнами.

Сама мать надевает парадное платье и становится необыкновенно красивой. Я любил сидеть подле ее туалета и наблюдать, как она причесывалась. На этот раз берут с собой приглашенных детей прислуги или бедных опекаемых. Одной кареты не хватает, и мы едем, точно пикником, в нескольких экипажах. С нами везут специально сделанную доску. Она кладется на два широко расставленных стула, на эту доску усаживают подряд человек восемь детей, которые напоминают воробьев, сидящих рядом на заборе. Сзади в ложе садятся няни, гувернантки, горничные, а в аванложе мать готовит нам угощение для антракта, разливает чай, привезенный для детей в особых бутылках. Тут же к ней приходят знакомые, чтобы полюбоваться нами. Нас представляют, но мы никого не видим среди огромного пространства нашего золотого красавца — Большого театра. Запах газа, которым тогда освещались театры и цирки, производил на меня магическое действие. Этот запах, связанный с моими представлениями о театре и получаемых в нем наслаждениях, дурманил и вызывал сильное волнение.

Огромный зал с многотысячной толпой, расположенной внизу, вверху, по бокам, непрекращающийся до начала спектакля и во время антрактов гул людских голосов, настраиванье оркестровых инструментов, постепенно темнеющий зал и первые звуки оркестра, взвивающийся занавес, огромная сцена, на которой люди кажутся маленькими, провалы, огонь, бушующее море из крашеного холста, тонущий бутафорский корабль, десятки больших и малых фонтанов живой воды, плывущие по дну моря рыбы, огромный кит — заставляли меня краснеть, бледнеть, обливаться потом или слезами,

холодеть, особенно когда похищенная балетная красавица молила страшного корсара отпустить ее на волю. Балетный сюжет, сказку, романическую фабулу я любил. Хороши и превращения, разрушения, извержения: музыка гремит, что-то валится, трещит. Это, пожалуй, можно сравнить с цирком. Самое скучное и ненужное в балете, по моим тогдашним взглядам, были танцы. Балерины становятся в позу для начала своего номера, и мне делается скучно. Ни одна танцовщица не может сравниться с девицей Эльвирой из цирка.

Иногда в будни, экспромтом, мы представляли балет. Но считалось невозможным тратить на это воскресенье. Оно всецело принадлежало цирку. Наша гувернантка Е.А. Кукина была балетмейстером и в то же время музыкантом. Мы играли и танцевали под ее пение. Балет назывался «Наяда и рыбак». Но я не любил его. Там приходилось представлять любовь, надо было целоваться, и мне было стыдно. Лучше кого-нибудь убивать, спасать, приговаривать к смерти, миловать. Но главная беда в том, что в этом балете был ни к селу, ни к городу вставлен номер танцев, который мы проходили с учителем. Это уже пахло уроком и потому отвращало.

Кукольный театр

После долгих мытарств мы с товарищем убедились, что дальнейшая работа с любителями (так мы звали брата, сестер и всех, кроме себя) невозможна ни в цирковом деле, ни в балете. Кроме того, при таком ведении предприятия пропадает самое главное, что есть в театре: декорации, эффекты, провалы, море, огонь, гроза... Как передашь их в простой комнате с ночными простынями, пледами, живыми пальмами и цветами, стоящими всегда в зале? Поэтому решено было променять живых актеров на картонных и приступить к устройству кукольного театра с декорациями, эффектами и всякой театральностью. И тут можно устроить кассу и продавать билеты.

«Ты пойми: это не измена цирку, — говорил я в качестве его будущего директора, — это печальная необходимость».

Но кукольный театр требовал расходов: нужен был большой стол, который ставился бы в широких дверях. Сверху и снизу, т. е. над и под порталом кукольного театра, отверстия закрывались простынями. Таким образом, в од-

ной комнате сидела публика — там был зрительный зал, в другой же комнате, соединенной с нею дверью, была сцена и закулисный мир. Там работали мы — артисты, декораторы, постановщики, изобретатели всяких эффектов. На это дело пошел и старший брат — отличный рисовальщик и выдумщик разных трюков. Кроме того, его участие было важно потому, что у него водились деньги, а нам требовался оборотный капитал. Плотник, которого я знал чуть ли не со дня моего рождения, так как он постоянно приходил работать в наш дом, сжалился, сбавил цену и согласился на рассрочку.

«Скоро Рождество, — убеждали мы его, — а потом Пасха. Нам подарят деньги, мы и расплатимся».

Пока делался стол, мы уже принялись за декорации. Первое время пришлось писать их на оберточной бумаге; она рвалась, мялась, но мы не унывали, так как со временем, когда мы разбогатеем (спектакли будут платные, на настоящие серебряные деньги, по 10 копеек билет), мы купим картон и наклеим на него разрисованную оберточную бумагу. Просить денег у родителей мы не решались — они могли бы быть недовольны нашей затеей, которая будто бы отвлекает нас от учебных занятий. С тех пор как мы почувствовали себя антрепренерами, режиссерами, директорами нового театра, который строился по нашему плану, наша жизнь сразу наполнилась. В каждую минуту было о чем думать, надо было что-то делать.

Мешало всему лишь проклятое ученье. В ящике стола была всегда спрятана какая-нибудь театральная работа — либо фигура действующего лица, которую надо было разрисовать и раскрасить, либо часть декорации, куст, дерево, либо план и эскиз новой постановки. На столе книга, а в ящике — декорация. Лишь только учитель выйдет из комнаты, тотчас декорация попадает на стол и прикрывается книгой или просто прячется в самое ее нутро. Пришел учитель, я повернул страницу, и — все скрыто. На полях тетрадей, книг рисовались планы мизансцен. Поди уличи, что это план, а не геометрический чертеж.

Нами было поставлено много опер, балетов или, вернее, отдельных актов из них. Мы брали моменты катастрофического характера. Например, акт «Корсара», изображавший море, сначала тихое, при дневном свете, потом бушующее ночью, тонущий корабль, спасающиеся вплавь герои, появление маяка с ярким светом, спасение, восход луны, молитва, восход солнца... Или,

например, акт из «Дон Жуана» с появлением Командора, с провалом Дон Жуана в ад, с огнем из люка (детская присыпка), с разрушением дома, превращающим сцену в раскаленный ад, в котором клубы огня и дыма играли главную роль. Не раз эта декорация сгорала и заменялась другой. Мы ставили балет под названием «Роберт и Бертрам» — два вора; ночью они вылезали из тюрьмы, а потом лазали в окна городских жителей. На эти спектакли билеты продавались сполна. Многие ходили для нашего поощрения, а другие для собственного удовольствия.

Наш неизменный поклонник — старый бухгалтер — просто разрывался, рекламируя наш новый театр. Он приводил с собой всю семью, родных, знакомых. Теперь нам не приходилось в кассе придумывать себе дело: его было достаточно, а за кулисами — еще больше. Поэтому касса открывалась перед самым спектаклем, так сказать для вечеровой продажи. Однажды ввиду наплыва публики пришлось из маленького помещения перейти в большое, но мы были наказаны за свое сребролюбие, так как художественная сторона спектакля при этом пострадала.

Искусством надо заниматься бескорыстно, решили мы.

Теперь нам стало весело по воскресеньям и без цирка и театра. И, даже когда нам предлагали выбрать между тем и другим, мы уже предпочитали последний. Не потому, что произошла измена, а потому, что наше новое, кукольное дело заставляло ездить в театр, смотреть там постановки, учиться, приобретать новый материал для своего кукольного творчества.

В промежутках между уроками наши прогулки получили большой смысл. Прежде мы ходили на Кузнецкий Мост покупать фотографии артистов цирка, следили постоянно, не появятся ли новые карточки, которых нет в нашей коллекции. С возникновением нашего кукольного театра явилась надобность во всяких материалах, которые приходилось постоянно искать или закупать

во время прогулок. Теперь мы не ленились ходить, как прежде. Мы покупали всевозможные картины, книги с видами или костюмами, которые помогали нам при выделке декораций и кукольных действующих лиц. Это были первые книги будущей библиотеки.

Итальянская опера

Меня с братом стали возить в итальянскую оперу с ранних лет, но мы мало ценили эти выезды. Оперные спектакли были, так сказать, сверх программы, и мы просили не ставить нам их в зачет, в ущерб другим очередным удовольствиям — вроде цирка. Нам была скучна музыка. Тем не менее я очень благодарен родителям за то, что нас с ранних лет заставляли слушать музыку. Не сомневаюсь в том, что это благотворно повлияло и на мой слух, и на выработку вкуса, и на глаз, который присмотрелся к красивому в театре. У нас был абонемент на весь сезон, т. е. на 40–50 спектаклей, и мы сидели в бенуаре, близко к сцене. Впечатления от спектаклей итальянской оперы живут и теперь во мне с чрезвычайной остротой и, конечно, гораздо больше, чем от цирка. Я думаю, это происходит оттого, что самая сила впечатлений была огромна, но не осознана тогда, а воспринята органически и бессознательно, не только духовно, но и физически. Я понял и оценил эти впечатления лишь впоследствии, по воспоминаниям. Цирк же забавлял, веселил — в детстве; но воспоминания о нем не представляли интереса в зрелом возрасте, и я забыл их.

Впечатления от этих спектаклей итальянской оперы запечатлелись во мне не только в слуховой и зрительной памяти, но и физически, т. е. я их ощущаю не только чувством, но и всем телом. В самом деле, при воспоминании о них я испытываю вновь то физическое состояние, которое когда-то было вызвано во мне сверхъестественно высокой нотой чистейшего серебра Аделины Патти, ее колоратурой и техникой, от которой я физически захлебывался, ее грудными нотами, при которых физически замирал дух и нельзя было удержать улыбки удовлетворения. Рядом с этим запечатлелась в моей памяти ее точеная небольшая фигурка с профилем, точно вырезанным из слоновой кости.

Такое же органическое, физическое ощущение стихийной силы сохранилось во мне от короля баритонов Котоньи и от баса Джамета.

Вот какова сила молодых впечатлений от Котоньи. В 1911 году, т. е. около тридцати пяти лет после его приезда в Москву, я был в Риме и шел со знакомым по какому-то узкому переулку. Вдруг из верхнего этажа дома вылетает нота — широкая, звенящая, бурлящая, греющая и волнующая. И я физически вновь испытал знакомое ощущение.

«Котоньи!» — воскликнул я.

«Да, он здесь живет, — подтвердил знакомый. — Как ты узнал его?» — удивился он.

«Я его почувствовал, — ответил я. — Это никогда не забывается».

Итак, мы узнаем о первых встречах со сценой четырехлетнего Кости Станиславского. Они оставили двойственное чувство: удовольствие от успеха и понимание, что на сцене не должно быть «бессмысленного сидения». Эти детские впечатления, по мнению К. Станиславского, оказались важными для его будущей деятельности.

Затем — раннее увлечение цирком и необыкновенная эмоциональная насыщенность всех событий вокруг! Нетерпение, изобретательность, переходы от восторга к отчаянию и снова к восторгу описаны Станиславским очень ярко. И здесь мы можем увидеть целый ряд важных для нас подробностей относительно того, как развивалось увлечение мальчика и как родители способствовали этому.

Суть поведения родителей можно выразить двумя словами: ***поддержка*** и ***дисциплина***. Именно сочетание этих двух «тактик», казалось бы, противоречивых, оказалось удачным.

Цирк — это праздник, а праздник не может быть каждый день. Кроме того, праздник надо заслужить хорошим поведением и учебой. Но все-таки он довольно регулярно случается — родители тоже за этим следили. Правда, пропускались какие-то выходные, когда должны были приехать родственники или объявлялась поездка в оперу (вызывает улыбку, что дети просили не ставить им это «в зачет»). Такие пропуски определялись родителями и принимались детьми как должное, как то, чему следовало подчиняться.

Знали ли родители о той страсти, с которой дети ждали поездки в цирк? Да, безусловно, отец не только знал, но и шутливо разыгрывал «потерю билетов» на пике их нетерпения. Возможно, смыслом этой игры было испытание и тренировка выдержки детей. «Умейте властвовать собой» — любил повторять еще один знакомый папа нетерпеливым детям.

Итак, на следующие выходные цирк детям не полагался: «Цирк — это самое лучшее место во всем мире!» — читаем мы у Станиславского. — Но «...мать не позволяла часто баловать детей».

И что же тогда происходит? Происходит нечто очень важное и интересное! ***Энергия мальчика уходит в мечту, фантазию*** (тайную от взрослых!), ***а потом — и в ее реализацию на деле***. Костик придумывает и организует свой домашний цирк, а затем и кукольный театр с «настоящими», «серьезными» представлениями, декорациями, музыкой, афишами кассой. Все это добывается и сооружается своими силами, а материальные затраты — только из карманных денег или в долг, в счет них. Вот уж действительно, на пути большой энергии должны встречаться препятствия, чтобы сильнее разгоралось пламя! И родители интуитивно знали это: они не «перекармливали» детей уступками, «благами», готовностью устранить любую трудность.

С гениальной психологической прозорливостью Станиславский показывает, как первые увлечения набирают силу и превращаются в главный мотив. У мальчика появилась «доминанта», которая стала поглощать многие дела и заботы дня. «*Наше новое, кукольное дело заставляло ездить в театр, смотреть там постановки, учиться, приобретать новый материал для своего кукольного творчества*», «*жизнь сразу наполнилась, в каждую минуту было о чем думать, надо было что-то делать*», «*наши прогулки получили большой смысл... во время прогулок... мы покупали всевозможные картины, книги с видами или костюмами*». Примечательно, что многое из этих занятий сохраняется в тайне. Ведь это — ***свое*** дело, и оно оберегается от посторонних вмешательств, особенно если не приходится ждать сочувственного понимания.

Наконец, театр начинает осознаваться как настоящее ***призвание***: подросток объявляет себя «профессионалом»: «*...я забрал себе луч-*

шие роли, и мне уступали их, потому что я — профессионал: я клялся, мне нет поворота назад».

А что оставалось на долю родителей? Важная функция: окружать растущий талант культурной средой, из которой он мог бы черпать новые впечатления. Продолжались регулярные поездки в оперу, посещение драматического театра, музыка в доме. Мальчик впитывал впечатления от концертов, спектаклей, оперы. Они «живут и теперь во мне с чрезвычайной остротой».

Итак: первые эмоциональные впечатления — интерес и эмоциональная захваченность, — игры, фантазии, «проба сил» в собственных спектаклях — расширяющийся кругозор и практический опыт — наконец, чувство выбранной профессии — таковы шаги превращения детских увлечений в призвание, которые ясно проступают в воспоминаниях К. Станиславского.

Сходные этапы развития увлечения мы увидим и в других детских судьбах.

Тур Хейердал
«Я — часть природы»[1]

Тур Хейердал (1914–2002) — легендарный ученый-этнограф, родился в Норвегии. Совершил несколько героических путешествий на плоту и на хрупких папирусных лодках, пересекая Атлантический и Тихий океаны.

Воспоминания о детстве Тур Хейердал начинает с рассказа о своих первых «открытиях» мира природы, о далеких путешествиях в мечтах, о воображаемых странах с дикими животными и неизвестными народами. Удивительно — но все это так и случилось в его жизни!

Окруженный замечательной природой Норвегии с ее фьордами, горами и лесами, Тур Хейердал еще мальчиком испытал чувство единения с жизнью во всех ее формах. «*Стоит один раз испытать это чувство,*

[1] *Хейердал Т.* По следам Адама. М., Вагриус, 2001. Пер. С. Луговой.

и вы везде будете как дома», — пишет он. Вполне возможно, что это — и еще встреча с необычайным свободным человеком — предопределили его судьбу.

Став взрослым, Тур Хейердал считал себя гражданином мира и посвятил его исследованию всю свою жизнь. Он выдвинул теорию о том, что океаны не разделяли, а соединяли древние цивилизации. «*Границы?* — спрашивал он. — *Никогда их не видел, но слышал, что они существуют в умах большинства людей*».

Первые открытия

Одно из моих первых воспоминаний: я на улице и пытаюсь вскарабкаться на старую, выветрившуюся ступеньку на невысокой горке. Никогда не забуду этот первый в жизни миг самостоятельности. Я уполз от своих одеял и от своей няньки и попробовал забраться на такую высокую ступеньку, что, в конце концов, решил ползти в обход. И вот тогда, уткнувшись лицом в траву, я обнаружил, что муравьям приходится так же тяжело, как и мне. Один попробовал забраться на травинку. Совсем уж крошечные жучки усеяли лист красными точечками, и рядом с ними зеленая гусеница казалась огромным драконом, сидящим опершись на хвост и, раскачиваясь из стороны в сторону, осматривающим окрестности. И вдруг откуда-то налетела Лаура, подхватила меня и утащила далеко-далеко от вновь обнаруженного мира.

Когда я стал немного постарше, меня как-то вели мимо небольшой горки золотого морского песка. Я вырвался из рук взрослых, запустил пальцы в мелкий легкий песок и внезапно обнаружил, что горка куда-то исчезла, а вместо нее я смотрю на волшебный мир крошечных игрушек. Они были такие маленькие, что взрослые не могли бы их разглядеть, а мои пальцы оказались слишком толстыми, чтобы схватить их. Одни походили на кукольную посуду, другие — на трубы, третьи — на морские раковины, только уменьшенные в тысячи раз. Когда меня оттаскивали, я горько рыдал от огорчения. Ну как мог я рассказать о своих открытиях этим взрослым, таким большим, что они даже не могут увидеть фантастический мир, скрытый в обыкновенной горке песка? Именно тогда я понял впервые в жизни, что есть вещи, скрытые от взгляда даже самых больших и самых умных людей.

Мечты, приключения

...Теперь, после того как я оставался у себя в комнате один, у меня появились новые ритуалы. Летом я на цыпочках подкрадывался к окну и забирался на широкий подоконник, откуда открывался вид на фьорд Ларвик. Наш дом стоял на крутом склоне холма, спускавшегося к морю, и с высоты третьего этажа я видел тянувшиеся до самой гавани черепичные крыши, а дальше — открытый океан. Вернувшись в постель, я фантазировал о том, что скрывалось дальше, за горизонтом. Потом я засыпал, и если мне везло, то мне снились негры и удивительные африканские звери. Но зимой вылезать из-под теплого одеяла не хотелось, тем более что мама настаивала, чтобы в моей комнате окна стояли нараспашку круглый год. В такие ночи я представлял, что стою в ванной, один, без Хельги. Вот я открываю оба крана, вода наполняет ванну, переливается через край, течет по полу, подбирается к двери в спальню. Затем подхватывает мою кровать и несет меня вниз по склону, во фьорд и дальше, дальше, пока я, наконец, не слезаю с кровати в стране пальм и новых друзей, гораздо более забавных, чем прежние.

В другой моей фантазии мне не требовалось никуда плыть. Я просто возводил огромный стеклянный купол над заброшенной пивоварней, а в получившейся оранжерее сажал тропические растения и приглашал туда то двух

маленьких индейцев, то двух маленьких арабов, то негров — как Ной в его ковчег. Ну и животных, конечно...

Может быть, на меня оказали такое сильное впечатление принадлежавшие маме книжки о великих открытиях, диких животных и чужеземцах. Прежде всего о чужеземцах. Но в те дни в окрестностях Ларвика даже завалящего чужеземца не удалось бы отыскать днем с огнем.

Помню, как-то раз в город приехал цирк, и все бежали со всех ног, чтобы увидеть живого негра. Каково же было наше разочарование, когда один из мальчишек заметил, что у него светлые ладони. Мы пришли к единодушному выводу, что негр — поддельный.

Примыкавший к городу лес — в основном сосновый, переходящий в лиственный на востоке и в кедровый на западе — кишел всякой живностью. Мы часто откладывали в сторону наши игрушечные ружья и луки со стрелами и, вооружившись сачками и сетями, отправлялись ловить зверей. В те времена опасность могла исходить только от крупных млекопитающих. Никто и слыхом не слыхивал о токсичных пестицидах и загрязнении окружающей среды. В наших реках водилась рыба.

В маленьких озерах и ручьях мы ловили головастиков, цветных саламандр и крупных черных водяных жуков. На суше — дикобразов, мышей, жуков, кузнечиков и змей. В воздухе — все, что летало, от летучих мышей до бабочек. И если в обнаруженном нами птичьем гнезде было много яиц, мы и яйцо добавляли к своей коллекции. Отец отдал в мое полное распоряжение заново обшитую панелями комнату в заброшенной конюшне, и мы повесили на ее дверь вывеску: «*Зоологический музей*».

В повседневной жизни я был, конечно, белоручкой, но когда дело касалось пополнения экспозиции «музея», во мне просыпались скрытые силы. Однажды, явившись домой с ватагой приятелей, я чуть не довел маму до обморока. Она открыла дверь на мой звонок, и перед ней предстал ее сынок, державший за хвост живую гадюку. Змея шипела, извивалась и пыталась ужалить меня, но я каждый раз встряхивал ее, и она повисала головой вниз. Мама метнулась стрелой и принесла кувшин со спиртом, куда мы и опустили яростно шипящего гада. Когда пресмыкающееся затихло на дне, свернувшись в кольца, я исхитрился выудить его оттуда с помощью раздвоенной палочки, не повредив его волшебной красоты.

...Я не интересовался спортом, не блистал в футболе и не любил скакать на батуте во время уроков физкультуры. Вместо всего этого я часами мог разглядывать крошечных насекомых на булавках под стеклом.

«Сказочный» Уле — уроки на всю жизнь

...Однажды летом произошло нечто совершенно неожиданное. Из дикого, словно заколдованного леса, что лежал на противоположной стороне озера Хернше, вышел высокий человек, похожий на героя из детских сказок. На нем был старомодный поношенный охотничий костюм. Он постучал в дверь нашего дома и предложил купить у него горную форель невиданных размеров. Мама решила, что человек из сказки, должно быть, голоден, и пригласила его пообедать с нами. Какие удивительные истории рассказывал незнакомец! Никогда я не слышал и не читал ничего подобного о животных, которых нам доводилось видеть только изредка и мельком, в сосновом лесу или выше в горах. О лосях и оленях, о росомахах и куницах, о зайцах и даже о горностаях, о снежных мышах, леммингах, лесных гусях, журавлях и прочих диких созданиях, которые жили в чаще леса своей, неведомой нам жизнью. Все они составляли мир Уле Бьернебю, с ними он встречал восходы и закаты, им был обязан удивительным спокойствием духа и неизменным простым юмором.

Он нарубил нам дров и заработал еще несколько шиллингов. Мама даже не протестовала, когда он показал мне, как правильно вырезать биту. А потом случилось чудо. Однажды, возвращаясь из города, он позволил мне помочь ему донести покупки до его хижины в долине среди гор. Я вернулся домой без рук, без ног, но настолько взбудораженный и восхищенный увиденным, что через несколько дней мама, к моему неописуемому счастью, отпустила меня пожить у него короткое время.

Долина, в которой поселился Уле, была почти полностью оторвана от остального мира, с которым ее связывала только одна узенькая тропинка.

«Хюнна» — так называлась заброшенная горная ферма, где он нашел себе пристанище. Новое волшебное слово вошло в мою жизнь, когда мы прыгали с камня на камень там, где река вытекала из озера и начинала свой стремительный бег под густой кровлей соснового леса. Уле жил в бывшей ов-

чарне, маленьком строении с земляным полом и бревенчатыми стенами, немного не доходившими до земли. Еду он готовил на жаровне посреди единственной комнаты, а дым от костра уходил через отверстие в крыше. Мебелью служили камни, пни и сучья деревьев. Самое длинное бревно одним концом лежало в кострище под жаровней и с каждым днем становилось все короче и короче, так что я был избавлен от необходимости рубить дрова, разве что для растопки.

Там, в мире старого Уле, я впервые понял, насколько, в сущности, проста жизнь. Сложной ее делают люди, в силу привычки сами того не замечая. С первых шагов нас учат: чтобы спать, необходима кровать, чтобы есть, нужны стол и стулья. Однако после первого же дня, проведенного в доме Уле, я вдруг осознал, что можно прекрасно обходиться вовсе без мебели.

Уле любил поговорить, но никогда не рассказывал о себе. Окольными путями мама выяснила, что он, как говорится, знавал лучшие дни. Сын некогда богатого, но спившегося и разорившегося землевладельца, Уле был слишком горд, чтобы просить подачек под видом помощи, и вместо этого в один прекрасный день просто взял да ушел в горы, захватив с собой только отцовскую охотничью и рыболовную снасть. Когда он нашел хижину в Хюнне, то решил остаться там навсегда.

Уле жил тем, что давал ему лес, и еще немножко браконьерствовал, но никогда не заступал слишком далеко за грань закона. Его любили все в округе, в том числе и егеря, и длинная рука правоохранительных органов редко дотягивалась до долины Аста. Таким образом, Бьернебю добывал себе пропитание на свой манер и ни от кого не зависел, подобно Робинзону Крузо наших дней. Как-то раз он принес на продажу в деревню горную форель таких невиданных размеров, что «доброжелатели» донесли на него лесни-

кам. Страж закона, повинуясь приказу, отправился в долгий путь к озеру Лунг, расположенному высоко в горах Остердали. Он спрятался с биноклем за кустами и вскоре увидел, как мы с Уле, ничуть не таясь и ничего не подозревая, вышли на озеро на маленькой лодке. Уле решил научить меня ловить на наживку, которую в здешних местах называли «выдрой», и представлявшую собой кусок дерева с добрым десятком прикрепленных к нему крючков. Деревяшку цепляют на длинную леску и тянут вслед за лодкой. Таким образом, за один заход удается поймать сразу несколько рыб. Этот метод рыбалки считался допустимым для местного населения, но строго запрещенным для горожан и других посторонних.

Уле греб, внимательно глядя по сторонам, и вдруг заметил блеск стекол бинокля. Он тут же отнял у меня леску, а меня самого посадил на весла. Грести я имел полное законное право, а вот Уле, хотя и считался местным жителем, непременно угодил бы за решетку за то, что позволил мне держать «выдру». Я греб так, словно от этого зависела вся моя жизнь, и ни за что не

признавался, что устал, хотя совсем выбился из сил. Хорошо было этому типу лежать себе с биноклем! Мои руки покрылись волдырями, а скамейка казалась такой жесткой, что пришлось подложить подушку из свернутой несколько раз оленьей шкуры. С каждой минутой у меня на руках оставалось все меньше и меньше кожи, а на заднице — все больше и больше обнаженных нервов. Только вечером, когда мы пристали к берегу, бдительный стражник собрался в обратный путь. Мы же двинулись в противоположном направлении. Лесник торопился дотемна добраться до цивилизации, а мы спешили в хижину в Хюнне.

Победа на озере была одержана, но мой путь домой никак не напоминал триумфальное шествие победителя. Каждый шаг отдавался в задней части моего тела, словно удар хлыстом, и я никак не мог угнаться за моим наставником, хотя именно он нес большую часть нашего пятидесятикилограммового улова. «Не беда. Мы переночуем здесь и пойдем дальше рано поутру», — сказал Уле, улегся на оленью шкуру и моментально уснул. Обычно, если ночь застигала нас в лесу, мы забирались под шатер из еловых веток. Что может быть лучше, чем лежать на спине под открытым, усеянным звездами небом! На сей раз, однако, я упустил возможность насладиться любимым зрелищем. Плюхнувшись животом на гранитный валун, я уснул как убитый.

Летние каникулы, проведенные в обществе Уле, многому научили меня, и эти уроки остались со мной на всю оставшуюся жизнь. Но главное — я понял, что являюсь частью природы, независимо от того, какая на мне одежда. Стоит один раз испытать это чувство, и вы везде будете как дома, даже если до ближайшего жилья много дней пути, а вокруг — лес, горы, пустыня или океан. В лесу мы с Уле не только видели диких зверей, но стали свидетелями их повседневной жизни. Мы все замечали — где спал лось, где проходила лосиха с лосятами, где заяц обгрыз ствол дерева, где лиса охотилась за птенцами. Когда я вернулся в школу и засел за учебники, я знал уже почти все про живую природу.

С.С. Прокофьев

«Музыку в доме я слышал от рождения»[1]

Сергей Сергеевич Прокофьев (1891–1953) — один из крупнейших композиторов XX века. Родился в селе Сонцовка Донецкой области на Украине. Воспитание сына взяла на себя мать, которая была хорошей пианисткой. Мальчик начал заниматься музыкой с 5 лет и уже тогда проявлял интерес к сочинительству. В 1902–1903 годах брал частные уроки у Р. Глиэра, с 1904 года учился в Петербургской консерватории у Н. Римского-Корсакова. Окончил консерваторию как композитор в 1909 году.

Это автобиографические заметки С.С. Прокофьева — та их часть, которая касается периода детства. Они показывают, как и в каких условиях жизни семьи развивался этот замечательный талант.

Детство

Мать любила музыку, отец музыку уважал. Вероятно, он тоже любил ее, но в философском плане, как проявление культуры, как полет человеческого духа.

Мать добивалась возможно лучшего исполнения разучиваемых вещей, относилась к работе любовно и интересовалась исключительно серьезной музыкой. Последнее сыграло огромную роль в воспитании моего музыкального вкуса: от рождения я слышал Бетховена и Шопена и в двенадцать лет помню себя сознательно презирающим легкую музыку.

Я родился в 1891 году.

...Когда мать ждала моего появления на свет, она играла до шести часов в день: будущий человечишка формировался под музыку.

Музыкальные склонности начали проявляться рано, вероятно года в четыре. Музыку в доме я слышал от рождения. Когда вечером укладывали спать, а спать не хотелось, я лежал и слушал, как где-то вдалеке, за несколько комнат, звучала соната Бетховена. Больше всего мать играла сонаты из первого тома; затем прелюдии, мазурки и вальсы Шопена. Иногда что-нибудь из Листа, что не

[1] *Прокофьев С.С.* Автобиография. М., Советский композитор, 1973.

так трудно. Из русских авторов — Чайковского и Рубинштейна. Антон Рубинштейн находился на вершине своей славы, и мать была уверена, что он более крупное явление, чем Чайковский. Портрет Рубинштейна висел над роялем.

Занятия на рояле мать начинала с упражнений Ганона и этюдов Черни. Вот тут и я старался примоститься к клавиатуре. Мать, занятая экзерсисами в среднем регистре, иной раз отводила в мое пользование две верхних октавы, по которым я выстукивал свои детские эксперименты. Довольно варварский ансамбль на первый взгляд, но расчет матери оказался правильным, и вскоре дите стало подсаживаться к роялю самостоятельно, пытаясь что-то подобрать. Мать обладала педагогической жилкой. Незаметно она старалась направить меня и объяснить, как надо пользоваться инструментом. К тому, что она играла, я относился с любопытством и критически, иногда заявляя:

— Эта песенка мне нравится (я произносил «нлавится»). Пусть она будет моей.

Возникали также споры с бабушкой: какую именно пьесу играет мать. Обыкновенно прав был я.

Слушание музыки и импровизирование за клавиатурой привели к тому, что я стал подбирать самостоятельные пьески. Тут линия творчества довольно пикантно раздвоилась: с одной стороны, я подбирал за роялем мотивчики, которые не умел записать; с другой стороны, сидя за столом, писал ноты, которые ничего не обозначали. Писал, как орнамент, как дети рисуют человечков и поезда, потому что постоянно видел ноты на пюпитре.

Однажды Сергушечка явился к мамочке (так она рассказывает) с листом бумаги, разрисованным нотами, и заявил:

— Вот я сочинил рапсодию Листа.

Пришлось объяснить, что сочинить рапсодию Листа нельзя, потому что рапсодия есть пьеса, а Лист как раз тот человек, который ее сочинил. И, кроме того, нельзя писать музыку на девяти линейках без перегородочек, потому что на самом деле она пишется на пяти линейках с перегородочками. Это толкнуло мать к более систематическому объяснению принципов нотного письма.

Между тем я подобрал пьеску, которая приняла вполне приемлемую форму. Эту пьеску я играл несколько раз. Мать решила записать ее, что, вероятно, далось не без труда, ибо дело было новое. Трудно придумать более нелепое название, чем то, которое я дал этому сочинению: «Индейский га-

лоп». Но в ту пору в Индии был голод; большие читали о нем в газетах и обсуждали между собой, а я слушал. Отсутствие *си-бемоля* не следует отнести на счет симпатий к лидийскому ладу. Скорее неопытный композитор не решался еще дотронуться до черной клавиши. Мать, однако, объяснила, что с черненькой будет лучше, и без дальнейших рассуждений внесла *си-бемоль*. Также название «индейский» было переправлено на «индийский», что мне нравилось меньше.

Это произошло в конце лета 1896 года. Мне было пять лет и несколько месяцев.

...Затем приехала в Сонцовку Екатерина Иппократовна, жена того Лященки, которому я наплевал на лысину. Она хорошо владела роялем и даже немного занималась с матерью. Вдвоем они играли в четыре руки, что мне очень нравилось: играют разные вещи, а вдвоем выходит недурно!

— Мамочка, я напишу марш в четыре руки.

— Это трудно, Сергушечка. Ты не можешь подобрать музыку и для одного человека и для другого.

Тем не менее я сел подбирать, и марш вышел. Приятно было сыграть его в четыре руки и слышать, как звучит вместе подобранное отдельно. Как-никак,

это была первая партитура! (Февраль 1898 года; возраст — шесть лет десять месяцев.) Тетя Таня, младшая сестра матери, в восторге от замечательного ребенка, увезла все эти каракули в Петербург и дала опытному переписчику. Переписанные четко и красиво, пьески были переплетены в альбом, на котором золотом красовалось: «Сочинения Сереженьки Прокофьева».

Этот альбом содержал первые полтора года моего творчества, представлявшие три ступени развития: музыка, записанная чужой рукой; музыка, записанная рукой композитора; музыка в четыре руки, то есть такая, которую нельзя было подобрать, а надо было складывать в голове. Альбом сохранился до сих пор. Оригиналы переписчик выкинул — за ненадобностью.

К моему музыкальному развитию мать относилась с большим вниманием и осторожностью. Главное, поддержать в ребенке интерес к музыке и, сохрани бог, не оттолкнуть его скучной зубрежкой. Отсюда: на упражнения как можно меньше времени и как можно больше на знакомство с литературой. Точка зрения замечательная, которую надо бы, чтобы мамаши помнили.

Первое время, то есть когда мне было семь лет, мать занималась по двадцать минут в день, тщательно следя, чтоб никогда не передерживать сверх урочного времени; потом, годам к девяти, постепенно увеличила до часу. Для занятий она покупала «Классную библиотеку» Стробля, в которой пьесы расположены по степеням трудности. Читал я ноты легко, и после нескольких проигрываний пьеса обыкновенно шла складно. Больше всего боясь долбежки, мать переводила меня на другую и третью пьесу и, чтобы увеличить репертуар, выписывала параллельную «Классную библиотеку» фон Арка и, кажется, Черни. Таким образом, количество музыки, которое проходило сквозь меня, было огромно. Прежде чем давать ученику, мать проигрывала все вещи сама, и если что-либо казалось ей скучным или недостаточно интересным, выбрасывала. Те же, которые одобряла и которые попадали ко мне, после проигрывания

обсуждались совместно: что мне нравится, что не нравится и почему. Таким образом, у меня рано развилась самостоятельность суждений, а умение хорошо читать ноты и знакомство с большим количеством музыки помогали легко разбираться в произведениях.

Была у этого и оборотная сторона медали: ничто не было доучено, развивалась небрежность исполнения. Развивалась и другая небрежность — небрежность постановки пальцев на клавиатуре: мысль бежала впереди, а пальцы кое-как поспевали сзади. Эта неотделанность деталей и нечистота техники были моим бичом во все время последующего пребывания в консерватории и лишь после двадцатилетнего возраста стали постепенно изживаться. Зато в десять лет я имел собственную точку зрения на музыкальные сочинения и мог ее защищать. Эта ранняя музыкальная зрелость служила гарантией тому, что я смогу справиться с грешками, когда их вредоносность станет очевидной...

Между тем наступило новое столетие, и в январе 1900 года родители собрались на несколько недель в Москву, решив в этот раз взять и меня...

В Москве меня взяли в оперу, на «Фауста». Когда мы очутились в ложе театра Солодовникова (после революции — филиал Большого театра), мать дала мне несколько предварительных объяснений.

— Ты понимаешь, жил-был Фауст, ученый. Он уже старик, а все читает книги. И вот приходит к нему черт и говорит: «Продай мне душу, тогда я сделаю тебя снова молодым». Ну, Фауст продал, черт сделал его молодым, и вот они начинают веселиться...

Я насторожился. Пришли мы в театр задолго до начала, я скучал в ожидании, не вполне понимая, куда и зачем привели, и скептически относился к предстоящему, а тут вдруг такая интересная перспектива: приходит черт и потом они начинают веселиться!

Заиграли увертюру, и поднялся занавес. Действительно, книги, книги и Фауст с бородой, читает в толстом томе и что-то поет, и опять читает и опять поет. А когда же черт? Как все медленно. Ах, наконец-то! Но почему же в красном костюме и со шпагой и вообще такой шикарный? Я почему-то думал, что черт будет черный, вроде негра, полуголый и, может быть, с копытами. Дальше, когда «они начали веселиться», я сразу узнал и вальс и марш, которые слышал от матери в Сонцовке.

глава вторая

От увлечения к призванию

Мать оттого и выбрала «Фауста», что ей хотелось, чтобы я услышал знакомую музыку. В их веселье я не много понял, что к чему, но дуэль на шпагах и гибель Валентина произвели впечатление. Вероятно, много другого было еще впитано сознательно и бессознательно, ибо, вернувшись в гостиницу, я спрашивал у матери:

— Ты то-то заметила?

— Нет, не заметила.

А я заметил.

Или:

— Ты на вот это обратила внимание?

— Нет, не обратила.

— А я обратил.

Не вполне понятно было, почему на Маргариту иногда падал луч белого света, а на Мефистофеля густо-красного, особенно если Мефистофель долго пел. Но, может быть, мне не все было известно про чертей, и так собственно и надлежало ему купаться в красном луче...

Вторая опера, которую я увидел, была «Князь Игорь», но она произвела меньшее впечатление, хотя и очень было жалко Игоря, когда в последнем акте он прибежал к Ярославне.

В Сонцовку я возвратился с богатым запасом впечатлений. Из этого резервуара фантазия потекла по двум направлениям. Во-первых, со Стеней, Сережей, Егоркой, Марфушей я стал играть в театр. Забившись в угол, мы выдумывали пьесу и затем разыгрывали ее родителям, или дети мне, или мы вместе Марфуше. Сюжеты были убогие и непременно включали дуэль на шпагах. Для этого выдергивались палочки, охранявшие куртину с лилиями от кур. По форме это была commedia dell'arte: выдумывался скелет, а затем актеры импровизировали.

Во-вторых, я явился к матери и заявил:

— Мама, я хочу написать свою оперу.

— Как можешь ты написать оперу? — возразила мать без всякого уважения ко мне.— Зачем говорить такие вещи, которые ты исполнить не можешь!

— А вот увидишь.

Так поговорили, и как будто разговор этим кончился.

Я вернулся к мысли сочинить собственную оперу. Вернее, эта мысль меня не покидала, но мешали обстоятельства. Откуда взялся сюжет? По-видимому, он был придуман в том же порядке, в каком выдумывались темы для наших детских пьес. Происходило дело приблизительно так. Я фантазировал:

— Стеня, как будто ты сидишь и читаешь книгу. Вдруг мимо проходит Великан. Ты испуганно спрашиваешь: «кто там идет?». И он отвечает: «я, это я», после чего входит и хочет тебя поймать. В это время мы с Егоркой проходим мимо и слышим, как ты кричишь. Тогда Егор спрашивает: «Что ж, стрелять?» А я отвечаю: «Нет, погоди», — потому что обстановка еще невыгодная.

— Тогда я говорю: «Ножи вынимать?» — вставляет Егор.

— А я говорю: «Теперь стрелять!» В этот момент Великан видит нас и быстро отступает.

— А я падаю в обморок, — завершает Стеня.

— Ну, после этого мы уходим, — говорит Егор.

— Как же я узнаю, кто меня спас? — спрашивает Стеня. Минута задумчивости. Мне приходит гениальная мысль:

— Уходя, мы нечаянно роняем визитные карточки. Ты сначала плачешь, что ты одна и такая несчастная, а потом находишь карточки и решаешь написать нам по письму. Ну, а потом тебе уже пора спать, и двери закрываются. На этом кончается первая картина.

«Двери закрываются» означало, что падает занавес. Пьеса обыкновенно разыгрывалась в одной комнате, а зрители (или зритель) сидели в другой, перед закрытой дверью.

...Когда в начале лета 1900 года я пришел к матери с рукописью и сказал:

— Мама, ты сказала, что я оперу не напишу, а я вот написал! — то она прежде всего изумилась, когда же я успел это сделать. Затем заговорил скепсис: не стоит увлекаться, чтобы потом не разочаровываться. Но пошли к роялю — и оказалось складно, даже занимательно. Мать сказала:

— Вот скоро приедет тетя Таня. Она все огорчается, что умерла бабушка. Ты вот и посвяти ей твою оперу, ей будет приятно.

— А что это такое посвятить?

— Ну, точно подарить.

— Но я не хочу дарить ей эту музыку.

— Твоя музыка останется у тебя. Но выходит, будто ты сочинил ее для тети Тани. Ведь ты же подарил мне в прошлом году пьесу в четыре руки?

— Но я не сочинял «Великана» для тети Тани.

Мать начала объяснять, что тетя Таня такая бедная, убитая и будет плакать на могилке бабушки, а я люблю же, когда она привозит мне игрушечные кареты? — вот, вероятно, и в этот раз привезет, поэтому надо же доставить ей удовольствие. Жестяные кареты я действительно любил и вообще поездку в карете с фонарями поэтизировал...

Посвящение «Великана» как будто могло доставить удовольствие тете Тане и в то же время лично мне особых убытков не сулило. Поэтому я согласился.

◆

В этих отрывках из «Автобиографии» мы видим знакомые черты раннего формирования таланта — маленький Сережа активно тянется к музыке. Он пристраивается к матери, которая играет на инструменте; «играет» вместе с ней (получается «*варварский ансамбль*», тем не менее мать его терпит); подбирает мелодии; сочиняет и пытается «записать» музыку. Сначала это все — трогательно, по-детски наивно: «ноты» рисуются на девяти линейках и без «перегородочек», черненькая клавиша еще не понятно зачем, собственное сочинение объявляется «рапсодией Листа». В то же время мальчик быстро продвигается — сочиняет марш в четыре руки, когда ему нет еще семи лет, а в девять увлеченно сочиняет оперу.

Картина напоминает истории детства других самобытных талантов.

Интересы мальчика вращаются вокруг музыки: он слушает и наблюдает игру на инструменте, пробует сам, узнает и обсуждает новое, что-то предпринимает, вовлекает в свои музыкальные планы близких.

Но что в его рассказе хочется особенно выделить — это участие матери. Мать следит за музыкальным развитием Сережи, и делает это очень искусно! Пожалуй, главное, что отличает ее поведение, — это деликатное и мудрое внимание к интересам ребенка. Мальчик ни к чему не принуждается. Ему предоставлена свобода делать то, что ему нравится, о чем он замышляет и мечтает, что приходит ему в голову. В то же время мать готова оказать ему любую помощь, но только если он

без нее не может обойтись и сам подходит к ней с вопросами или просьбами.

Современным родителям, наверное, странно читать, как мать Сережи ограничивала его занятия музыкой двадцатью минутами в день (!). Она тщательно следила, чтобы это ограничение соблюдалось, и только к девяти годам увеличила время занятий до одного часа. Делала она это для того, чтобы *«не оттолкнуть его скучной зубрежкой»*. Но одновременно она заботилась о том, чтобы расширять кругозор сына, знакомя с музыкальной литературой, *«незаметно направляя»* развитие его вкуса, отбирая пьесы и совместно их обсуждая.

Таким образом, Сергею Прокофьеву в детстве посчастливилось иметь рядом с собой понимающего взрослого в лице собственной матери. Их общение было таким, что позволяло мальчику доверять ее вкусам и впитывать ее богатый музыкальный опыт.

Ричард Фейнман

«Он станет ученым»

Ричард Фейнман (1918–1988) — известный американский физик. Родился и провел детство в Нью-Йорке. Получил Нобелевскую премию за работы в области квантовой электродинамики (1965). Был не только блестящим ученым, но и талантливым педагогом, пользовался неизменной любовью студентов. Автор широко известного университетского курса лекций по физике («Фейнмановские лекции»).

Мы помещаем отрывки из его двух живо и остроумно написанных книг воспоминаний и рассказов о себе. Первый отрывок относится к подростковому возрасту, когда уже определилась тяга Ричарда к технике, физике и математике. Примечательна активность мальчика и эмоциональный подъем, с которым он брался за все более сложные задачи. Этот азарт к разгадке задач и головоломок, в том числе серьезных научных, Р. Фейнман сохранил на всю жизнь.

Второй отрывок — про то, как же «получился» такой активный и любознательный ребенок и какую замечательную роль сыграл в этом его отец.

глава вторая

От увлечения к призванию

Он чинит радиоприемники, думая![1]

Когда мне было лет одиннадцать-двенадцать, я устроил у себя дома лабораторию. Она состояла из старого деревянного ящика, в который я приладил полки. У меня был нагреватель, благодаря чему я брал жир и постоянно жарил картошку по-французски. Кроме того, у меня была аккумуляторная батарея и ламповый блок.

Чтобы соорудить ламповый блок, я отправился в дешевый хозяйственный магазинчик и купил несколько патронов, которые привинчиваются к деревянному основанию. Потом я соединил их звонковым проводом. Я знал, что, если по-разному комбинировать выключатели — последовательно или параллельно, — можно получить разное напряжение. Однако я не знал, что сопротивление лампочки зависит от ее температуры, поэтому результаты моих вычислений разошлись с тем, что я получил на выходе своей цепи. Тем не менее результат был вполне приемлем. При последовательном соединении лампочки загорались в полсилы и *тлееееееееели;* очень здорово, просто классно!

В созданной мной системе был и предохранитель, так что если б я что-то закоротил, он бы перегорел. Вся соль в том, что мне нужен был предохранитель более слабый, чем тот, который был в доме, поэтому я делал предохранители сам: брал оловянную фольгу и оборачивал ею старый перегоревший предохранитель. В параллели с моим предохранителем была пятиваттная лампочка, так что, когда мой предохранитель перегорал, нагрузка от буферного заряжателя, подававшего заряд на аккумуляторную батарею, зажигала лампочку. Лампочка располагалась на щите управления под коричневой конфетной оберткой (когда под ней загорается свет, она краснеет), так что если что-то портилось, я мог узнать об этом, взглянув на щит управления и на месте предохранителя увидев большое красное пятно. Это было просто *супер*!

Я балдел от радиоприемников. Все началось с детекторного приемника, который я купил в магазине. Я слушал его ночью в постели перед сном, надев наушники. Когда мама с папой возвращались домой поздно, они обычно приходили ко мне в комнату, чтобы снять наушники — и поволноваться о том, что же творится в моей голове, когда я сплю.

---

[1] *Фейнман Р.* Вы, конечно, шутите, мистер Фейнман. М., 2001. Пер. Н.А. Зубченко, О.Л. Тиходеева, М. Шифман.

Примерно в этом же возрасте я изобрел охранную сигнализацию, совсем бесхитростную штуку: я взял какую-то проволоку и соединил ею большую батарейку и звонок. Когда открывалась дверь в мою комнату, она прижимала проволоку к выводам батарейки и тем самым замыкала цепь, тогда и включался звонок.

Однажды ночью мои родители вернулись откуда-то поздно и очень-очень тихо, не дай бог ребенок проснется, открыли дверь, чтобы войти ко мне в комнату и снять наушники. И вдруг этот ужасный звонок как загремит: БОМ БОМ БОМ БОМ БОМ!!! Я выпрыгнул из кровати с воплями: «Сработало! Сработало!»

У меня была индукционная катушка от «Форда» — обычная автомобильная катушка зажигания, — а ее клеммы я вывел на свой щит управления. Параллельно клеммам я подсоединял газоразрядную лампу фирмы «Рейтеон» с аргоном внутри, и искра, попадая в вакуум, издавала пурпурное свечение — это было просто потрясно!

...Мне не удавалось осуществить все, что хотелось, потому что мама постоянно отправляла меня поиграть на улицу. Но частенько я оставался дома, чтобы повозиться со своей лабораторией.

Я покупал радиоприемники на распродаже. Денег у меня не было, но они были совсем дешевые: старые, сломанные радиоприемники, — я покупал их и старался починить. Поломки обычно были нехитрые: отцепился какой-то проводок, который явно должен быть прицеплен, сломалась или чуть-чуть размоталась катушка, — так что некоторые приемники мне удавалось починить. На одном из них однажды ночью мне удалось поймать радиостанцию «У-Эй-Си-Оу» в Уако, штат Техас. Вот это было действительно здорово!

...Однажды дома раздался телефонный звонок: «Мистер, Вы Ричард Фейнман?»

— Да.

глава вторая

От увлечения к призванию

— Звонят из отеля. У нас сломалось радио, и мы хотели бы его починить. Мы знаем, что вы, скорее всего, сможете нам помочь.

— Но я же еще маленький, — сказал я. — Я не знаю, как.

— Да, мы знаем, но все же мы хотели бы, чтобы вы подошли.

Этим отелем управляла моя тетя, но я этого не знал. Я пошел туда (они до сих пор рассказывают эту историю), засунув в задний карман огромную отвертку. Но ведь я был маленький, поэтому *любая* отвертка в моем заднем кармане показалась бы огромной.

Я подошел к радио и попытался починить его. Я не знал о нем ничего, но в отеле был какой-то рабочий, и то ли он, то ли я заметили, что рычажок реостата ослаб (он регулирует звук) и не поворачивает вал. Он принялся за работу, что-то заточил и закрепил, и радио заработало.

Следующий радиоприемник, который я попытался починить, не работал вовсе. Дело было несложное: его неправильно включали в розетку. По мере того как работы все усложнялись и усложнялись, я все лучше и лучше справлялся со своими обязанностями и становился все более искусным. Я купил в Нью-Йорке миллиамперметр и переделал его в вольтметр с совершенно другой шкалой, используя отрезки очень тонкой медной проволоки нужной длины (все длины я рассчитал). Вольтметр получился не слишком точный, но достаточно хороший для того, чтобы определить, находятся ли разные соединения внутри радиоприемников в нужном диапазоне напряжений.

Главной причиной того, почему меня нанимали, была Депрессия[1]. У людей не было денег на починку радио, они узнавали, что какой-то мальчишка чинит радиоприемники за гроши. Поэтому я залезал на крыши, чтобы починить антенны, и все такое. Я получил целый ряд уроков всевозрастающей сложности. Однажды мне пришлось переделывать радиоприемник, работающий на постоянном токе, в радиоприемник, работающий на переменном токе. Очень сложно было не пропустить в систему шум, и я не совсем удачно его переделал. Я не должен был откусывать какой-то проводок, но я этого не знал.

Одна работа была действительно сенсационной. Я работал у одного печатника, а какой-то человек, который был знаком с этим печатником, знал, что я чиню радиоприемники, и послал за мной в печатный цех. Этот парень, судя

---

[1] Имеется в виду экономический кризис 1930-х годов в США *(примеч. пер.)*.

по всему, был беден (машина у него почти разваливалась), мы поехали к нему домой, в бедняцкий квартал. По пути я спрашиваю: «А что случилось с радио?» Он говорит: «Когда я включаю его, слышится шум, потом шум прекращается, и радио начинает работать нормально, но этот шум в начале мне не нравится».

Я думаю про себя: «Черт побери! Раз у него нет денег, неужто нельзя немножко потерпеть какой-то там шум».

Все время, пока мы ехали к нему, он донимал меня расспросами: «А ты хоть что-нибудь знаешь о радиоприемниках? Как ты вообще можешь разбираться в радиоприемниках — ты же совсем маленький!»

Он унижает меня всю дорогу, а я думаю: «В чем же дело? Ну шумит немножко».

Но когда мы добрались до места, я подошел к радиоприемнику и включил его. Немножко шумит? *Бог мой!* Ничего удивительного, что бедняга не мог вынести этот шум. Приемник зарычал и задрожал — ВУХ БУХ БУХ БУХ БУХ БУХ. *Невыносимый* шум. Потом он успокоился и начал работать нормально. Итак, я начал думать: «Почему же это происходит?»

Я начинаю ходить взад-вперед, размышлять и понимаю, что одной из причин может быть то, что лампы нагреваются в неправильной последовательности, то есть усилитель нагрелся, лампы готовы к работе, а их ничто не питает, или проскакивают какие-то токи в обратном направлении, а может, что-то неправильно в начале цепи, в радиочастотной части, и это «что-то» производит ужасный шум. А когда радиочастотный контур наконец начинает работать и контурные напряжения устанавливаются правильным образом, все приходит в порядок.

Итак, этот парень говорит: «Что ты делаешь? Ты пришел чинить радио, а сам только ходишь взад-вперед!»

Я говорю: «Я думаю!» После этого я сказал себе: «Ладно, достанем лампы и полностью изменим порядок их расположения в радиоприемнике». (В те дни во многих радиоприемниках стояли одни и те же лампы в разных местах, кажется, это были 212-е или 212-е А.) Итак, я поменял лампы местами, встал перед радиоприемником, включил эту штуку, и она повела

себя тихо, как ягненок: дождалась, пока не нагреется, и начала идеально работать — никакого шума.

Когда человек тебя недооценивает, а ты делаешь что-то подобное, он сразу изменяет свое отношение на 180 градусов, словно старается скомпенсировать свое поведение. Он находил мне другие работы и всем рассказывал о моей гениальности. Он говорил: «Он чинит радиоприемники, думая!» Ему и в голову не приходило, что можно чинить радио подумав: какой-то маленький мальчик останавливается, думает и находит способ сделать это, — для него это было непостижимо.

В то время в радиоцепях было не так уж сложно разобраться: все было на виду. Сняв крышку радиоприемника (главная проблема состояла в том, чтобы отыскать нужные винты), можно было увидеть, что вот это резистор, это конденсатор, это — это, а это — то; на каждой детали стояла надпись. И если из конденсатора сочился воск, значит температура слишком высокая, и было ясно, что конденсатор перегорел. Если один из резисторов был покрыт углем, снова было понятно, в чем дело. Или, если ты не мог определить, что случилось, глядя на детали, ты мог проверить радиоприемник с помощью вольтметра и посмотреть, проходит ли напряжение. Приемники были простыми, соответственно и цепи были несложными. Сеточное напряжение в триодах было всегда около полутора или двух вольт, в то время как катодное напряжение — около 100 или 200 вольт постоянного тока. Так что починить радио для меня было не так уж сложно: я понимал, что происходит внутри, замечал, что что-то не в порядке, и исправлял.

Иногда на это уходило некоторое время. Помню, как-то раз у меня целый день ушел на то, чтобы найти перегоревший резистор, на котором не было явных признаков неисправности. Именно в тот раз я чинил радио для подруги своей мамы, поэтому время у меня было — никто не стоял над душой и не надоедал вопросами: «Что ты делаешь?» Вместо этого меня спрашивали: «Хочешь молока или кусочек торта?» В конце концов, я починил радио, так как обладал, и до сих пор обладаю, упорством. Начиная решать головоломку, я не могу оторваться от нее. Если бы подруга моей мамы сказала: «Да ладно, брось ты его, тут слишком много работы», я бы просто взорвался, потому что если уж я взялся за эту штуку, то хочу добить ее. Я не могу просто бросить ее после того, когда столько о ней узнал. Я должен продолжать, чтобы выяснить, наконец, что же с ней случилось.

Это и есть присущая мне потребность в разгадывании головоломок. Именно она объясняет мое желание найти ключ к иероглифам майя и мои попытки открывать сейфы. Помню, когда я учился в старших классах, как-то во время первого урока ко мне подошел парнишка с какой-то геометрической задачкой или чем-то другим, что ему задали на занятиях продвинутого курса математики. Я бился над этой чертовой задачкой, пока не решил: на это у меня ушло минут пятнадцать–двадцать. Но в течение дня ко мне подходили и другие ребята с той же самой задачкой, и я решал ее в мгновение ока. Так что для одного парня я помучился двадцать минут, а пять остальных сочли меня супергением.

Вот так и возникла моя фантастическая репутация. Судя по всему, пока я учился в старших классах, через меня прошли все головоломки, известные человечеству. Я знал каждую чертову, бредовую загадку, когда-либо изобретенную человечеством. И когда, уже поступив в МТИ, я как-то раз отправился на танцы, я встретил там одного старшекурсника с его девушкой. Она знала множество головоломок, а он сказал ей, что я в них неплохо разбираюсь. Так что во время танца она подошла ко мне и сказала: «Ты, говорят, неглупый парень. Отгадай-ка вот это: человеку нужно порубить восемь корд дров...»

Я говорю: «Он начинает рубить корды через одну на три части», — потому что уже слышал эту загадку.

Тогда она уходит и возвращается с новой загадкой, и всегда оказывается, что я ее знаю.

Это продолжалось довольно долго, и, наконец, почти в конце танцев, она подходит ко мне в полной уверенности, что на этот раз она меня поймает, и говорит:

— Мать и дочь едут в Европу...

— У дочери бубонная чума.

Она просто рухнула! Того, что она сказала, было явно недостаточно, чтобы разгадать эту загадку. Это была очень длинная история о том, как мать и дочь остановились в отеле в разных комнатах, а на следующий день мать входит в комнату дочери, а там никого нет или живет кто-то другой. Она говорит: «Где моя дочь?», а владелец отеля спрашивает: «Какая дочь?» В регистрационном журнале записано только имя матери и т. д., и т. п. В общем, случившееся выглядит ужасно таинственно. Ответ же заключается в следующем: у дочери обнаружилась бубонная чума, и владелец отеля, не желая закрывать

его, быстренько отправляет дочь в больницу, отдает распоряжение убраться в ее комнате, уничтожает все следы ее пребывания в отеле. История была длинная, но я уже слышал ее и поэтому, когда девушка начала с: «Мать и дочь едут в Европу», — я понял, что знаю одну загадку, которая начинается именно так, поэтому я просто наугад дал ответ и попал.

...Также я чинил печатные машинки с помощью скрепок для бумаг и резиновых лент (резиновые ленты не рвались так, как они рвутся здесь, в Лос-Анджелесе), но профессиональным мастером я не был; я просто направлял их так, чтобы они начинали работать. Необходимость отыскать, что же произошло, и определить, что нужно сделать, чтобы исправить поломку, — вот что интересовало меня, вот что составляло для меня головоломку.

Создание ученого[1]

Еще до моего рождения мой отец сказал маме: «Если родится мальчик, то он станет ученым». Когда я был всего лишь малышом, которому приходилось сидеть на высоком стуле, чтобы доставать до стола, мой отец принес домой много маленьких кафельных плиток — которые были отбракованы — разных цветов. Мы играли с ними: отец ставил их на мой стул вертикально, как домино, я толкал колонну с одного конца, и все плитки складывались.

Прошло совсем немного времени, и я уже помогал ставить их. Совсем скоро мы начали ставить их более сложным образом: две белые плитки и одну голубую и т. д. Когда моя мама увидела это, она сказала: «Оставь бедного ребенка в покое. Если он хочет поставить голубую плитку, пусть ставит».

Но отец сказал: «Нет, я хочу показать ему, что такое узоры и насколько они интересны. Это что-то вроде элементарной математики». Таким образом, он очень рано начал рассказывать мне о мире и о том, как он интересен.

У нас дома была «Британская энциклопедия». Когда я был маленьким, отец обычно сажал меня на колени и читал мне статьи из этой энциклопедии. Мы читали, скажем, о динозаврах. Книга рассказывала о тираннозавре рексе и утверждала что-то вроде: «Этот динозавр двадцать пять футов в высоту, а ширина его головы — шесть футов».

---

[1] *Фейнман Р.* Какое тебе дело до того, что думают другие? М., 2001. Пер. Н.А. Зубченко.

Тут мой папа переставал читать и говорил: «Давай-ка посмотрим, что это значит. Это значит, что если бы он оказался на нашем дворе, то смог бы засунуть голову в это окно». (Мы были на втором этаже.) «Но его голова была бы слишком широкой, чтобы пролезть в окно». Все, что он мне читал, он старался перевести на язык реальности.

Я испытывал настоящий восторг и жуткий интерес, когда думал, что существовали животные такой величины и что все они вымерли, причем никто не знает почему. Вследствие этого я не боялся, что одно из них залезет в мое окно. Однако от своего отца я научился переводить: во всем, что я читаю, я стараюсь найти истинный смысл, понять, о чем же в действительности идет речь.

Мы часто ездили в Кэтскилл маунтинз, куда нью-йоркцы обычно отправляются летом. В течение недели отцы работают в Нью-Йорке и приезжают только на выходные. По выходным отец водил меня на прогулку в лес и рассказывал множество интересных вещей, которые там происходят. Когда это увидели другие мамы, они подумали, что будет замечательно, если все папы будут также водить детей на прогулку. Они попытались поработать над своими мужьями, но поначалу у них ничего не вышло. Потом они захотели, чтобы мой отец взял и других детей, но он не захотел, потому что у нас с ним были осо-

бые отношения. В конце концов, в следующие выходные всем отцам пришлось вывести своих детей на прогулку.

В следующий понедельник, когда отцы уехали на работу, мы, дети, играли во дворе. И один паренек мне говорит: «Видишь вон ту птицу? Какая это птица?»

Я сказал: «Не имею ни малейшего понятия о том, какая это птица».

Он говорит: «Это коричневошейный дрозд. Твой отец ничему тебя не учит!»

Но все было как раз наоборот. Он уже научил меня: «Видишь ту птицу? — говорит он. — Это певчая птица Спенсера». (Я знал, что настоящего названия он не знает.) «Ну так вот, по-итальянски это Чутто Лапиттида. По-португальски: Бом да Пейда. По-китайски: Чунь-лонь-та, а по-японски: Катано Текеда. Ты можешь знать название этой птицы на всех языках мира, но когда ты закончишь перечислять эти названия, ты ничего не будешь знать о самой птице. Ты будешь знать лишь о людях, которые живут в разных местах, и о том, как они ее называют. Поэтому давай посмотрим на эту птицу и на то, что она делает, — вот что имеет значение». (Я очень рано усвоил разницу между тем, чтобы знать название чего-то и знать это что-то.)

Он сказал:

— Например, взгляни, птица постоянно копается в своих перышках. Видишь, она ходит и копается в перышках?

— Да.

Он говорит:

— Как ты думаешь, почему птицы копаются в своих перьях?

Я сказал:

— Ну, может быть, во время полета их перья пачкаются, поэтому они копошатся в них, чтобы привести их в порядок.

— Хорошо, — говорит он. — Если бы это было так, то они должны были бы долго копошиться в своих перьях сразу же после того, как полетают. А после того, как они какое-то время провели на земле, они уже не стали бы столько копаться в своих перьях — понимаешь, о чем я?

— Угу.

Он говорит: «Давай посмотрим, копошатся ли они в своих перьях больше сразу после того, как сядут на землю».

Увидеть это было несложно: между птицами, которые бродили по земле в течение некоторого времени, и теми, которые только что приземлились, осо-

бой разницы не было. Тогда я сказал: «Я сдаюсь. Почему птица копается в своих перьях?»

— Потому что ее беспокоят вши, — говорит он. — Вши питаются белковыми слоями, которые сходят с ее перьев.

Он продолжил: «На лапках каждой вши есть воск, которым питаются маленькие клещи. Они не в состоянии идеально переваривать это вещество, поэтому выделяют материал, подобный сахару, в котором растут бактерии».

Наконец он говорит: «Итак, ты видишь, что везде, где есть источник пищи, существует какая-то форма жизни, которая его находит».

Теперь я знаю, что, быть может, это не были вши, что, быть может, на их ножках не живут клещи. Эта история, возможно, была неправильна в деталях, но то, что он мне рассказывал, было правильно в принципе.

В другой раз, когда я был старше, он сорвал с дерева лист. На этом листе был порок, то, на что мы обычно не обращаем особого внимания. Лист был поврежден: на нем была маленькая коричневая линия, в форме буквы «С», которая начиналась где-то в середине листа и завершалась завитком где-то у края.

— Посмотри на эту коричневую линию, — говорит отец. — Она узкая в начале и расширяется вблизи края листа. Что это? Это муха: голубая муха с желтыми глазами и зелеными крылышками прилетела и отложила на этом листе яйцо. Потом, когда из яйца выводится личинка (что-то вроде гусеницы), она в течение всей своей жизни ест этот лист — именно здесь она получает свою пищу. Съедая лист, она оставляет за собой этот коричневый след. По мере роста личинки след становится шире, пока личинка не вырастет до своего полного размера в конце листа, где она превращается в муху — голубую муху с желтыми глазами и зелеными крылышками, — которая улетает и откладывает яйцо на другой лист.

И опять я знал, что детали этой истории нельзя назвать в точности правильными — это мог быть и жук, — но сама идея, которую он пытался мне объяснить, представляла собой занятную роль жизни: вся жизнь — лишь размножение. Неважно, насколько сложен этот процесс, главная задача — вновь повторить его!

Не имея опыта общения со многими отцами, я не осознавал, насколько замечателен мой. Как он узнал глубокие принципы науки, как он научился ее любить? Как узнал, что за ней стоит и почему ей стоит заниматься? Я никог-

да не спрашивал его об этом, потому что я просто считал, что все эти вещи известны любому отцу.

Мой отец учил меня обращать внимание на все. Однажды я играл с «железной дорогой»: маленьким вагончиком, который ездил по рельсам. В вагончике был шарик, и, потянув вагончик, я заметил одну особенность движения шарика. Я пошел к отцу и сказал: «Слушай, пап, я кое-что заметил. Когда я тяну вагончик, шарик катится к его задней стенке. Когда же я вдруг резко останавливаюсь, то шарик катится к передней стенке вагона. Почему это происходит?»

— Этого не знает никто, — сказал он. — Основной принцип состоит в том, что движущееся тело стремится продолжать свое движение, а покоящееся тело стремится оставаться в покое, если только его сильно не толкнуть. Эта тенденция называется «инерцией», но никто не знает, почему она имеет место.

Итак, вот это глубокое понимание. Он не просто сказал мне название этого явления.

Затем он продолжил: «Если ты посмотришь со стороны, то увидишь, что по отношению к шарику ты тянешь заднюю стенку вагона, шарик же остается неподвижным. Но на самом деле, из-за трения он начинает двигаться вперед по отношению к земле. Но назад он не движется».

Я побежал к маленькому вагончику, снова положил в него шарик и потянул вагончик. Глядя сбоку, я увидел, что отец действительно был прав. Шарик немного двигался вперед относительно дорожки сбоку.

Вот так мой отец обучал меня, используя такие примеры и разговоры: никакого давления — просто приятные, интересные разговоры. Все это обеспечило для меня мотивацию на всю оставшуюся жизнь. Именно благодаря этому, мне интересны все науки. (Так уж случилось, что у меня лучше всего получается заниматься физикой.)

Я, так сказать, попался, подобно человеку, которому дали что-то удивительное, когда он был ребенком, и он постоянно ищет это снова. Я все время ищу, как ребенок, чудеса, которые, я знаю, что найду — и нахожу: быть может, не каждый раз, но время от времени.

Примерно в то же время мой двоюродный брат, который был тремя годами старше, учился в средней школе. Ему с трудом давалась алгебра, поэтому к нему приходил домашний учитель. Мне разрешали сидеть в уголке, когда учитель пытался научить моего брата алгебре. Я слышал, как он рассказывает об x.

Я сказал брату:

— Что ты пытаешься сделать?

— Я пытаюсь найти, чему равен x в уравнении $2x + 7 = 15$.

Я говорю:

— Ты имеешь в виду 4.

— Да, но ты применил арифметику. А его нужно найти с помощью алгебры.

К счастью, я изучил алгебру, не ходя в школу. На чердаке я нашел старый учебник алгебры, принадлежавший моей тете, и понял, что вся идея состоит в том, чтобы найти x — неважно как. Я не видел разницы в том, чтобы найти его «с помощью арифметики» или «с помощью алгебры». «Сделать это с помощью алгебры» означало взять набор правил, которые, если им слепо следовать, могут дать ответ: «вычти 7 из обеих частей уравнения; если у тебя есть множитель, то раздели на него обе части», — и так далее — ряд шагов, с помощью которых можно получить ответ, если не понимаешь, что пытаешься сделать. Правила изобрели, чтобы все дети, которые должны изучать алгебру, могли сдать экзамен. И именно поэтому моему брату никак не давалась алгебра.

В нашей местной библиотеке была серия математических книг, которая начиналась с книги «Арифметика для практика». Потом шла «Алгебра для практика» и уж потом — «Тригонометрия для практика». (По этой книге я изучил тригонометрию, но вскоре забыл ее, потому что не слишком хорошо понял.) Когда мне было около тринадцати лет, библиотека должна была получить «Исчисление для практика». К тому времени из энциклопедии я узнал, что исчисление — это важный и интересный предмет, так что я должен был его изучить.

Когда я наконец увидел книгу по исчислению в библиотеке, то очень разволновался. Я пошел к библиотекарю, чтобы оформить получение книги, но она посмотрела на меня и сказала: «Ты же совсем маленький. Зачем тебе эта книга?»

Это был один из немногих случаев в моей жизни, когда я почувствовал себя неуютно и солгал. Я сказал, что беру книгу для отца.

Я принес книгу домой и начал изучать по ней исчисление. Я счел книгу весьма простой и незамысловатой. Мой отец начал ее читать, но счел запутанной и непонятной... Тогда я впервые осознал, что, в некотором смысле, я знаю больше него.

Кроме физики отец учил меня и многому другому, например, пренебрегать некоторыми вещами, не знаю, правильно это или нет. К примеру, когда

я был совсем маленьким, он сажал меня на колени и показывал ротогравюры в «Нью-Йорк таймс» — это напечатанные фотографии, которые тогда только-только появились в газетах.

Однажды мы смотрели на фотографию Папы Римского, которому кланялись все остальные люди. Отец сказал: «Взгляни-ка на этих людей. Вот стоит один человек, а все остальные ему кланяются. В чем же разница между ними? Этот Римский Папа», — он, кстати, терпеть не мог священников. Он сказал: «Вся разница — в шапке, которая на нем надета». (Если это был генерал, то вся разница состояла в эполетах. Все дело всегда было в костюме, в униформе, в положении.) «Но, — сказал он, — у этого человека те же самые проблемы, что и у любого другого: он обедает; ходит в ванную. Он просто человек». (Кстати, мой папа изготовлял униформы, поэтому он знал разницу между человеком в униформе и человеком без нее — для него это был один и тот же человек.)

Несмотря на то что моя мама ничего не знала о науке, она тоже оказала на меня очень сильное влияние. Например, у нее было прекрасное чувство юмора, и от нее я узнал, что самые высокие формы понимания, которых мы можем достичь, — это смех и сострадание.

Марина Цветаева

«Пушкин был мой первый поэт»[1]

В начале пути почти каждого таланта можно найти значимую встречу. У Цветаевой это была встреча с Пушкиным.

В известной прозе «Мой Пушкин» мы находим волнующий рассказ о том, как с самого раннего возраста трагическая судьба поэта отозвалась в душе ребенка, и Пушкин вошел в жизнь девочки во многих образах: картина дуэли на стене; памятник Пушкина на московском бульваре; синий том в тайном шкафу; одинокая Татьяна на театральной сцене. Каждое впечатление оставляет неизгладимый след в душе маленькой Марины и все больше погружает в ее любимую «стихию стихов».

---

[1] *Цветаева М.* Мой Пушкин. СПб., 2006.

Если в воспоминаниях других известных людей мы находим описания внешних условий их жизни — их увлечений и ранних успехов, то у Цветаевой — это внутренняя история рождения поэта, осознания и неотступного осуществления своего призвания.

◆

В красной комнате был тайный шкаф. Но до тайного шкафа было другое, была картина в спальне матери — «Дуэль».

Снег, черные прутья деревец, двое черных людей проводят третьего, под мышки, к саням — а еще один, другой, спиной отходит. Уводимый — Пушкин, отходящий — Дантес. Дантес вызвал Пушкина на дуэль, то есть заманил его на снег и там, между черных безлистных деревец, убил.

Первое, что я узнала о Пушкине, это — что его убили. Потом я узнала, что Пушкин — поэт, а Дантес — француз. Дантес возненавидел Пушкина, потому что сам не мог писать стихи, и вызвал его на дуэль, то есть заманил на снег и там убил его из пистолета в живот. Так я трех лет твердо узнала, что у поэта есть живот, и, — вспоминаю всех поэтов, с которыми когда-либо встречалась, — об этом *животе* поэта, который так часто не-сыт и в который Пушкин был убит, пеклась не меньше, чем о его душе. С пушкинской дуэли во мне началась *сестра.* Больше скажу — в слове *живот* для меня что-то священное, — даже простое «болит живот» меня заливает волной содрогающегося сочувствия, исключающего. Нас этим выстрелом всех в живот ранили.

— Нет, нет, нет, ты только представь себе! — говорила мать, совершенно не представляя себе этого *ты.* — Смертельно раненный, в снегу, а не отказался от выстрела! Прицелился, попал и еще сам себе сказал: браво! — тоном такого восхищения, каким ей, христианке, естественно бы: «Смертельно раненный, в крови, а простил врагу!» Отшвырнул пистолет, протянул руку, — этим, со всеми нами, явно возвращая Пушкина в его родную Африку мести и страсти и не подозревая, какой урок — если не мести, так страсти — на всю жизнь дает четырехлетней, еле грамотной мне.

Пушкин был мой первый поэт, и моего первого поэта — убили.

С тех пор, да, с тех пор, как Пушкина на моих глазах на картине Наумова — убили, ежедневно, ежечасно, непрерывно убивали все мое младенчество,

детство, юность, — я поделила мир на поэта — и всех, и выбрала — поэта, в подзащитные выбрала поэта: защищать — поэта — от всех, как бы эти все ни одевались и ни назывались...

Но что же тайна красной комнаты? Ах, весь дом был тайный, весь дом был — тайна!

Запретный шкаф. Запретный плод. Этот плод — том, огромный сине-лиловый том с золотой надписью вкось — Собрание сочинений А.С. Пушкина.

В шкафу у старшей сестры Валерии живет Пушкин, тот самый негр с кудрями и сверкающими белками. Но до белков — другое сверкание: собственных зеленых глаз в зеркале, потому что шкаф — обманный, зеркальный, в две створки, в каждой — я, а если удачно поместиться — носом против зеркального водораздела, то получается не то два носа, не то один — неузнаваемый.

Толстого Пушкина я читаю в шкафу, носом в книгу и в полку, почти в темноте и почти вплоть и немножко даже удушенная его весом, приходящимся прямо в горло, и почти ослепленная близостью мелких букв. Пушкина читаю прямо в грудь и прямо в мозг.

Мой первый Пушкин — «Цыганы». Таких имен я никогда не слышала: Алеко, Земфира, и еще — Старик. Я стариков знала только одного — сухорукого Осипа в тарусской богадельне, у которого рука отсохла — потому что убил брата огурцом. Потому что мой дедушка, А.Д. Мейн, — не старик, потому что старики чужие и живут на улице.

Живых цыган я не видела никогда, зато отродясь слышала про цыганку, мою кормилицу, так любившую золото, что, когда ей подарили серьги и она поняла, что они не золотые, а позолоченные, она вырвала их из ушей с мясом и тут же втоптала в паркет.

Но вот совсем новое слово — любовь. Когда жарко в груди, в самой грудной ямке

(всякий знает!), и никому не говоришь — любовь. Мне всегда было жарко в груди, но я не знала, что это — любовь. Я думала — у всех так, всегда — так. Оказывается — только у цыган. Алеко влюблен в Земфиру.

А я влюблена — в «Цыган»: в Алеко, и в Земфиру, и в ту Мариулу, и в того цыгана, и в медведя, и в могилу, и в странные слова, которыми все это рассказано. И не могу сказать об этом ни словом: взрослым — потому что краденое, детям — потому что я их презираю, а главное — потому что тайна: моя — с красной комнатой, моя — с синим томом, моя — с грудной ямкой.

Но в конце концов любить и не говорить — разорваться, и я нашла себе слушательницу, и даже двух — в лице Асиной няньки Александры Мухиной и ее приятельницы — швеи, приходившей к ней, когда мать заведомо уезжала в концерт, а невинная Ася — спала.

— А у нас Мусенька — умница, грамотная, — говорила нянька, меня не любившая, но при случае мною хваставшаяся, когда исчерпаны были все разговоры о господах и выпиты были все полагающиеся чашки. — А ну-ка, Мусенька, расскажи про волка и овечку. Или про того (барабанщика).

(Господи, как каждому положена судьба! Я уже пяти лет была чьим-то духовным ресурсом. Говорю это не с гордостью, а с горечью.)

И вот однажды, набравшись духу, с обмирающим сердцем, глубоко глотнув:

— Я могу рассказать про «Цыган».

— Цы-ган? — нянька, недоверчиво. — Про каких таких цыган? Да кто ж про них книжки-то писать будет, про побирох этих, руки их загребущие?

— Это не такие. Это — другие. Это — табор.

— Ну, так и есть табор. Всегда возле усадьбы табором стоят, а потом гадать приходит — молодая чертовка: «Дай, барынька, погадаю о твоем талане...» — а старая чертовка — белье с веревки али уж прямо — бриллиантовую брошь с барынина туалета...

— Не такие цыгане. Это — другие цыгане.

— Ну, пущай, пущай расскажет! — приятельница, чуя в моем голосе слезы. — Может, и вправду другие какие... Пущай расскажет, а мы — послушаем.

— Ну, был один молодой человек. Нет, был один старик, и у него была дочь. Нет, я лучше стихами скажу. Цыгане шумною толпой — По Бессарабии кочуют — Они сегодня над рекой — В шатрах изодранных ночуют — Как воль-

ность весел их ночлег — и так далее — без передышки и без серединных запятых — до: звон походной наковальни, которую, может быть, принимаю за музыкальный инструмент, а может быть, просто — принимаю.

— А складно говорит! как по-писаному! — восклицает швея, тайно меня любившая, но не смеющая, потому что нянька — Асина.

— Мед-ве-едь... — осуждающе произносит нянька, повторяя единственное дошедшее до ее сознания слово.

◆

Через Пушкина происходит первая встреча Марины со стихами. С четырехлетнего возраста в ее сознании шла огромная работа над Словом. Можно сослаться на запись ее матери в дневнике: «Старшая все ходит вокруг и бубнит рифмы. Может быть, моя Маруся будет поэтом?» Эта работа скрыта от взрослых, вначале — потому что еще нет подходящих слов, позже — потому что не поймут, а еще хуже — осудят или запретят. В результате приходится искать убежища — в шкафу, под роялем и, конечно, в себе!

Звучание слов и их рифмы, слова в книгах и даже нотах, их загадочные и таинственные значения заполняли мысли девочки. Можно видеть, как в ее воображении рождались образы и ассоциации, позволявшие охватить, обобщить, осмыслить значение любого непонятного, и этим еще больше интригующего, слова.

◆

Пушкин меня заразил любовью. *Словом* — любовь. Ведь разное: вещь, которую никак не зовут, — и вещь, которую *так* зовут. Когда горничная походя сняла с чужой форточки рыжего кота, который сидел и зевал, и он потом три дня жил у нас в зале под пальмами, а потом ушел и никогда не вернулся — это любовь. Когда Августа Ивановна говорит, что она от нас уедет в Ригу и никогда не вернется, — это любовь. Когда барабанщик уходил на войну и потом никогда не вернулся — это любовь. Когда розово-газовых нафталинных парижских кукол весной после перетряски убирают в сундук, а я стою и смотрю и

знаю, что я их больше никогда не увижу, — это любовь. То есть это — от рыжего кота, Августы Ивановны, барабанщика и кукол так же и там же жжет, как от Земфиры и Алеко и Мариулы и могилы. А вот волк и ягненок — не любовь, хотя мать меня и убеждает, что это очень грустно.

— Подумай, такой белый, невинный ягненок, который никакой воды не мутил...

— Но волк — *тоже* хороший!

Все дело было в том, что я от природы любила волка, а не ягненка, а в данном случае волка было любить нельзя, потому что он съел ягненка, а ягненка я любить — хоть и съеденного и белого — не могла, вот и не выходила любовь, как никогда ничего у меня не вышло с ягнятами.

«Сказал и в темный лес ягненка поволок».

Под влиянием непрерывного воровского чтения, естественно, обогащался и словарь.

— Тебе какая кукла больше нравится: тетина нюрнбергская или крестнина парижская?

— Парижская.

— Почему?

— Потому что у нее глаза страстные.

Мать, угрожающе:

— Что-о-о?

— Я, — спохватываясь: — Я хотела сказать: страшные.

Мать еще более угрожающе:

— То-то же!

Мать не поняла, мать услышала смысл и, может быть, вознегодовала правильно. Но поняла — неправильно. Не глаза — страстные, а я чувство страсти, вызываемое во мне этими глазами... приписала — глазам. Не я одна. *Все* поэты. (А потом стреляются — что кукла *не* страстная!) Все поэты, и Пушкин первый.

◆

Маленькой Марине уже знакомо «чувство страсти», ее восприимчивость и эмоциональность быстро развивались и обогащались. Но то ли по причине «занятости» окружающих, то ли в силу склада характера близких, в первую очередь матери, а также самой Марины, а скорее

всего из-за всего этого вместе, она часто оставалась одна, наедине со своими переживаниями. Слова из Онегина о Татьяне: «Она в семье своей родной казалась девочкой чужой» — вполне как бы были про нее. В результате эмоции ребенка уходят вглубь и прочно запечатлеваются в ее душе со всей их детской категоричностью, прямотой и силой. И здесь мы видим, как в развитие стойкого жизненного интереса вовлекается и формирование личности ребенка.

◆

Немножко позже — мне было шесть лет, и это был мой первый музыкальный год — в музыкальной школе Зограф-Плаксиной, в Мерзляковском переулке, был, как это тогда называлось, публичный вечер — рождественский. Давали сцену из «Русалки», потом «Рогнеду» — и:

Теперь мы в сад перелетим,
Где встретилась Татьяна с ним.

Скамейка. На скамейке — Татьяна. Потом приходит Онегин, но не садится, а *она* встает. Оба стоят. И говорит только он, все время, долго, а она не говорит ни слова. И тут я понимаю, что рыжий кот. Августа Ивановна, куклы *не* любовь, что *это* — любовь: когда скамейка, на скамейке — она, потом приходит он и все время говорит, а она не говорит ни слова.

— Что же, Муся, тебе больше всего понравилось? — мать, по окончании.

— Татьяна и Онегин.

— Что? Не «Русалка», где мельница, и князь, и леший? Не «Рогнеда»?

— Татьяна и Онегин.

— Но как же это может быть? Ты же там ничего не поняла? Ну, что ты там могла понять?

Молчу.

Мать, торжествующе:

— Ага, ни слова не поняла, как я и думала. В шесть лет! Но что же тебе там могло понравиться?

— Татьяна и Онегин.

— Ты совершенная дура и упрямее десяти ослов! (Оборачиваясь к подошедшему директору школы, Александру Леонтьевичу Зографу.) Я ее знаю,

теперь будет всю дорогу на извозчике на все мои вопросы повторять: «Татьяна и Онегин!» Прямо не рада, что взяла. Ни одному ребенку мира из всего виденного не понравилась бы «Татьяна и Онегин», все бы предпочли «Русалку», потому что — сказка, понятное. Прямо не знаю, что мне с ней делать!!!

— Но почему, Мусенька, «Татьяна и Онегин»? — с большой добротой директор.

(Я, молча, полными словами:) «Потому что — любовь».

— Она, наверное, уже седьмой сон видит! — подходящая Надежда Яковлевна Брюсова, наша лучшая и старшая ученица, — и тут я впервые узнаю, что есть седьмой сон, как мера глубины сна и ночи.

— А это, Муся, что? — говорит директор, вынимая из моей муфты вложенный туда мандарин, и вновь незаметно (заметно!) вкладывая, и вновь вынимая, и вновь, и вновь...

Но я уже совершенно онемела, окаменела, и никакие мандаринные улыбки, его и Брюсовой, и никакие страшные взгляды матери не могут вызвать с моих губ — улыбки благодарности. На обратном пути — тихом, позднем, санном — мать ругается:

— Опозорила! Не поблагодарила за мандарин! Как дура — шести лет — влюбилась в Онегина!

Мать ошиблась. Я не в Онегина влюбилась, а в Онегина и Татьяну (и, может быть, в Татьяну немножко больше), в них обоих вместе, в любовь. И ни одной своей вещи я потом не писала, не влюбившись одновременно в двух (в нее — немножко больше), не в них двух, а в их любовь. В любовь.

Скамейка, на которой они *не* сидели, оказалась предопределяющей. Я ни тогда, ни потом, никогда не любила, когда *целовались*, всегда — когда расставались. Никогда — когда садились, всегда — расходились. Моя первая любовная сцена была нелюбовная: он не любил (это я поняла), потому и не сел, любила *она*, потому и встала, они ни минуты не были вместе, ничего вместе не делали, делали совершенно обратное: он говорил, она молчала, он не любил, она любила, он ушел, она осталась, так что если поднять занавес — она одна стоит, а может быть, опять сидит, потому что стояла она только потому, что *он* стоял, а потом рухнула и так будет сидеть вечно. Татьяна на той скамейке сидит вечно.

Эта первая моя любовная сцена предопределила все мои последующие, всю страсть во мне несчастной, невзаимной, невозможной любви. Я с той

самой минуты не захотела быть счастливой и этим себя на *нелюбовь* — обрекла. В том-то и все дело было, что он ее не любил, и только потому она его — *так*, и только для того его, а не другого, в любовь выбрала, что втайне *знала*, что он ее не сможет любить. (Это я сейчас говорю, но *знала* уже тогда, тогда знала, а сейчас научилась говорить.) У людей с этим роковым даром несчастной — единоличной — всей на себя взятой — любви — прямо *гений* на неподходящие предметы.

Но еще одно, не одно, а многое, предопределил во мне «Евгений Онегин». Если я потом всю жизнь по сей последний день всегда первая писала, первая протягивала руку — и руки, не страшась суда, — то только потому, что на заре моих дней лежащая Татьяна в книге, при свечке, с растрепанной и переброшенной через грудь косой, это на моих глазах — сделала. И если я потом, когда уходили (всегда — уходили), не только не протягивала вслед рук, а головы не оборачивала, то только потому, что тогда, в саду, Татьяна застыла статуей.

Урок смелости. Урок гордости. Урок верности, Урок судьбы. Урок одиночества.

С младенчества посейчас весь «Евгений Онегин» для меня сводится к трем сценам: той свечи — той скамьи — того паркета. Иные из моих современников усмотрели в «Евгении Онегине» блистательную шутку, почти сатиру. Может быть, они правы, и может быть, не прочти я его до семи лет... но я прочла его в том возрасте, когда ни шуток, ни сатиры нет: есть темные сады (как у нас в Тарусе), есть развороченная постель со свечой (как у нас в детской), есть блистательные паркеты (как у нас в зале) и есть любовь (как у меня в грудной ямке).

Быт? («Быт русского дворянства в первой половине XIX века».) Нужно же, чтобы люди были как-нибудь одеты.

◆

> Обращают на себя внимание слова: «...но я прочла его в том возрасте, когда ни шуток, ни сатиры нет...» И это большая правда о ребенке, который может пережить чувство любви, не важно, своей или прочитанной, не менее серьезно, чем взрослый, и потом беречь чистоту и возвышенность этого чувства в душе как собственную драгоценность, не одешевляя и не предавая ее. Такую правду о ребенке, и лично о самой себе, М. Цветаева раскрывает нам талантливее и глубже, чем это могло бы сделать любое «психологическое исследование».
>
> Мир ребенка обогащается с возрастом, и особенно интенсивно — когда он чем-то увлечен, и внутри этого увлечения. На примере других детей — авторов предыдущих воспоминаний — мы видели настойчивую и разнообразную деятельность, страстное желание узнать, понять и осмыслить, работу воображения и фантазии — неизменных спутников любого творчества. Как много всего этого мы встречаем в переживаниях Марины в рассказе о любимом стихотворении Пушкина!

◆

«К Морю». Все предшествовавшее лето 1902 года я переписывала его из хрестоматии в самосшивную книжку. Зачем в книжку, раз есть в хрестоматии? Чтобы всегда носить с собой в кармане, чтобы с Морем гулять в Пачево и на пеньки, чтобы мое было, чтобы я сама написала.

Все на воле: я одна сижу в нашей верхней балконной клетке и, обливаясь потом, — от июля, полдня, чердачного верха, а главное от позапрошлогоднего предсмертного дедушкиного карлсбадского добереженного до неносимости и невыносимости платья — обливаясь потом и разрываясь от восторга, а немножко и от всюду врезающегося пикея, переписываю чер-

ным отвесным круглым, крупным и все же тесным почерком в самосшивную книжку — «К Морю».

Тетрадка для любви худа, да у меня их и нет: мать мне на писание бумаги не дает, дает на рисование. Книжка — десть писчей бумаги, сложенной ввосьмеро, где нужно разрезанной и прошитой посредине только раз, отчего книжка топырится, распадается, распирается, разрывается — вроде меня в моих пикеях и шевиотах, — как я ни пытаюсь ее сдвинуть, все свободное от писания время сидя на ней всем весом и напором, а на ночь кладя на нее мой любимый булыжник — с искрами. Не на нее, а на них, ибо за лето — которая?

Перепишу и вдруг увижу, что строки к концу немножко клонятся, либо, переписывая, пропущу слово, либо кляксу посажу, либо рукавом смажу конец страницы — и кончено: этой книжки я уже любить не буду, это не книжка, а самая обыкновенная детская мазня. Лист вырывается, но книга с вырванным листом — гадкая книга, берется новая (Асина или Андрюшина) десть — и терпеливо, неумело, огромной вышивальной иглой (другой у меня нет) шьется новая книжка, в которую с новым усердием: «Прощай, свободная стихия!»

Стихия, конечно, — стихи, и ни в одном другом стихотворении это так ясно не сказано. А почему прощай? Потому что, когда любишь, всегда прощаешься. Только и любишь, когда прощаешься. А «моей души предел желаний» — предел, это что-то твердое, каменное, очень прочное, наверное, его любимый камень, на котором он всегда сидел.

Но самое любимое слово и место стихотворения:

Вотще рвалась душа моя!

Вотще — это *туда*. Куда? Туда, куда и я. На тот берег Оки, куда я никак не могу попасть, потому что между нами Ока, еще в La Chaux de Fonds, в тетино детство, где по ночам ходит сторож с доской и поет: «Gue, bon gue! Il a frappe dix heures!»[1] — и все тушат огни, а если не тушат, то приходит доктор или сажают в тюрьму; *вотще* — это в чуждую семью, где я буду одна без Аси и самая любимая дочь, с другой матерью и с другим именем — может быть, Катя, а может быть, Рогнеда, а может быть, сын Александр.

---

[1] Стража не спит! Пробило десять! *(франц.)*

Ты ждал, ты звал. Я был окован.
Вотще рвалась душа моя!
Могучей страстью очарован
У берегов остался я.

Вотще — это туда, а могучей страстью — к морю, конечно. Получалось, что именно из-за такого желания *туда* Пушкин и остался у берегов.

Почему же он не поехал? Да потому, что могучей страстью очарован, так хочет — что прирос! (В этом меня утверждал весь мой опыт с *моими* детскими желаниями, то есть полный физический столбняк.) И со всем весом судьбы и отказа:

У берегов остался я.

(Боже мой! Как человек теряет с обретением пола, когда *вотще, туда, то, там* начинает называться именем, из всей синевы тоски и реки становится лицом, с носом, с глазами, а в моем детстве и с пенсне, и с усами... И как мы люто ошибаемся, называя это — *тем*, и как *не* ошибались — тогда!)

Но вот имя — без отчества, имя, к которому на могильной плите последние верные с непогрешимым чутьем малых сих отказались приставить фамилию (у этого человека было два имени, фамилии не было) — и плита осталась пустой.

Одна скала, гробница славы...
Там погружались в хладный сон
Воспоминанья величавы:
Там угасал Наполеон...

О, прочти я эти строки раньше, я бы не спросила: «Мама, что такое Наполеон?» Наполеон — тот, кто погиб среди мучений, тот, кого замучили. Разве мало — чтобы полюбить на всю жизнь?

...И вслед за ним, как бури шум,
Другой от нас умчался гений,
Другой властитель наших дум.

Вижу звездочку и внизу сноску: Байрон.

глава вторая

От увлечения к призванию

Но уже не вижу звездочки; вижу: над чем-то, что есть — море, с головой из лучей, с телом из тучи, мчится *гений*. Его *зовут* Байрон.

Это был апогей вдохновения. С «Прощай же, море...» начинались слезы. «Прощай же, море! Не забуду...» — ведь он же это морю — обещает, как я — моей березе, моему орешнику, моей елке, когда уезжаю из Тарусы. А море, может быть, не верит и думает, что — забудет, тогда он опять обещает: «И долго, долго слышать буду — Твой гул в вечерние часы...» (Не забуду — буду —)

В леса, в пустыни молчаливы
Перенесу, тобою полн,
Твои скалы, твои заливы,
И блеск, и тень, и говор волн.

И вот — видение: Пушкин, переносящий, проносящий над головой — все море, которое еще и внутри него (тобою полн), так что и внутри у него все голубое — точно он весь в огромном до неба хрустальном продольном яйце, которое еще и в нем (Моресвод). Как тот Пушкин на Тверском бульваре держит на себе все небо, так этот перенесет на себе — все море — в пустыню и там пролет его — и станет море.

В леса, в пустыни молчаливы
Перенесу, тобою полн,
Твои скалы, твои заливы,
И блеск, и тень, и говор волн.

Когда я говорила *волн*, слезы уже лились, каждый раз лились, и от этого тоже иногда приходилось начинать новую десть.

Об этой любви моей, именно из-за явности ее, никто не знал, и когда в ноябре 1902 года мать, войдя в нашу детскую, сказала: к морю — она не подозревала, что произносит магическое слово...

С этой минуты я ехала *К Морю*, весь этот предотъездный, уже внешкольный и бездельный, бесконечный месяц одиноко и непрерывно ехала *К Морю*.

По сей день слышу свое настойчивое и нудное, всем и каждому: «Давай помечтаем!» Под бред, кашель и задыхание матери, под гулы и скрипы сотря-

саемого отъездом дома — упорное — сомнамбулическое — и диктаторское, и нищенское: «Давай помечтаем!» Ибо прежде, чем поймешь, что *мечта* и *один* — одно, что мечта — уже вещественное доказательство одиночества, и источник его, и единственное за него возмещение, равно как одиночество — драконов ее закон и единственное поле действия — пока с этим смиришься — жизнь должна пройти, а я была еще очень маленькая девочка.

— Ася, давай помечтаем! Давай немножко помечтаем! Совсем немножко помечтаем!

— Мы уже сегодня мечтали, и мне надоело. Я хочу рисовать.

— Ася! Я тебе дам то, Сергей-Семеныча, яичко.

— Ты его треснула.

— Я его внутри треснула, а снаружи оно целое.

— Тогда давай. Только очень скоро давай — помечтаем, потому что я хочу рисовать.

Яичко давалось, но тут же и отбиралось, потому что у Аси, кроме камешков и ракушек, в резерве морской мечты не было ничего. Иногда я ее, за эти ракушки, била.

С Асей *К Морю* дробилось на гравий, со старшей сестрой Валерией, море знавшей по Крыму, превращалось в татарские туфли — и дачи — и глицинии — в скалу Деву и в скалу Монах, во все что угодно превращалось — кроме самого себя, и от *моего* моря после таких «давай помечтаем» не оставалось ничего, кроме моего тоскливого неузнавания.

Чего же я от них — Аси, Валерии, гувернантки Марии Генриховны, горничной Ариши, тоже ехавшей, — хотела?

Может быть — памятника Пушкина на Тверском бульваре, а под ним — говора волн? Но нет — даже не этого. Ничего зрительного и предметного в моем *К Морю* не было, были шумы — той розовой австралийской раковины, прижатой к уху, и смутные видения — того Байрона и того Наполеона, которых я даже не знала лиц, и, главное, — звуки слов, и — самое главное — тоска: пушкинского призвания и прощания.

◆

Последние слова этого отрывка снова поражают очень точным художественным описанием замечательного психологического факта. Одно слово может «вобрать» («впитать») в себя множество жизненных впечатлений, чувств, мыслей, надежд и превратиться в некое обобщенное переживание, чего-то очень значимого и личного! Так случается особое ***эмоциональное обобщение***. Оно возникает благодаря слову и в связи с ним, но теперь к нему, к его значению или отдельным впечатлениям, никак не сводимо! Подобная «аккумуляция смысла» в слове как результат работы души происходит только при сильном мотиве, особенной любви и интересе к предмету. Замечательно, что такую мотивацию, любовь и интерес порождали у Марины с раннего детства именно стихи. В ее рассказах масса других примеров такого личностного восприятия слов и такой «захваченности» стихами. История «К Морю» — просто один из них.

глава третья

БЛИЗКИЙ ЗНАЧИМЫЙ ВЗРОСЛЫЙ

Почти во всех главах этой книги мы находим упоминания о родителях и близких взрослых. В настоящий же раздел помещены особенные тексты. В них — развернутые рассказы детей о значимом для них взрослом и взаимоотношениях с ним. Можно сказать, что это своего рода эмоциональные истории отношений с человеком, которого ребенок горячо любил, к кому был бесконечно привязан и кто оказал решающее влияние на формирование его личности.

Конечно, больше всего шансов оставить глубокий эмоциональный след в душе ребенка у родителя, хотя это может быть и кто-то другой из окружения, например бабушка, тетя или няня. Для ребенка огромное счастье, когда близкий взрослый не только его понимает, но и щедро дарит свое время! Когда он серьезно им интересуется и с ним занимается!

Такой была счастливая детская судьба ***Л. Чуковской*** и ***Г. Выгодской***, благодаря их замечательным, талантливым и внимательным отцам.

К сожалению, счастье с любимым родителем не всегда бывает стойким и безоблачным. Детство ***Е. Шварца*** было окрашено горячей, преданной любовью к матери. Но, как мы увидим, непростая атмосфера в семье больно отзывалась и на взаимоотношениях с родителями, и на эмоциональном состоянии ребенка.

Наконец в тексте ***П. Флоренского*** автор знакомит нас с описанием очень разных переживаний любви ребенка к взрослому. С одной стороны, это любовь — безраздельная близость. Совсем другая любовь — та, которая окрашена безоговорочным уважением и даже преклонением, с сохранением, однако, некоторой дистанции.

В целом в текстах этой главы мы можем найти ответы на многие волнующие вопросы: Как и за счет чего возникает душевная близость между ребенком и взрослым? Каким бывает этот взрослый? В чем секреты такого общения, которое «питает» ребенка в детстве и не забывается потом в течение всей жизни?

Евгений Шварц

«Мы все ссорились... но как я ее любил!»[1]

Шварц Евгений Львович (1896–1958) — русский советский писатель, драматург. Посвятил свою жизнь театральному искусству и литературе. Автор более двадцати пьес для драматического и кукольного театра, а также нескольких к кинофильмам.

Евгений Шварц описывает первую счастливую пору своего детства. Мать — самое дорогое существо на свете, и с сыном они «необыкновенно дружны»! Но счастье не длится долго. Оно сменяется переживаниями боли, страха, обиды. Несправедливые наказания отца, конфликты между отцом и матерью, наконец, ощущение настоящей беды: новорожденный брат забирает всю мамину любовь. От несчастливости мальчик замыкается, ведет себя резко, мама раздражается, становится холодной. Как тут не превратиться в одинокого неуживчивого, агрессивного подростка!

Автор воспоминаний живо и эмоционально описал «горести» ребенка, страстно привязанного к матери, но вынужденного, как и многие дети, нести груз сложных семейных отношений. Его свидетельства «от первого лица» помогают лучше понять ребенка, порой тернистый

[1] *Шварц Е.Л.* Позвонки минувших дней. М., Вагриус, 2008.

> путь взросления, который он проходит во взаимоотношениях с любимыми близкими.

◆

Мне кажется, что я был счастлив в те дни, о которых вспоминаю теперь. Во всяком случае, каждая минута, которая оживает ныне передо мной, окрашена так мощно, что я наслаждаюсь и ужасаюсь поначалу, что передать прелесть и очарование тогдашней краски — невозможно....

В этот период жизни мама была весела и ласкова... Она шутит, смеется и даже шалит не только со мной, но и с подругами. Я вижу, как она умеет их рассмешить, — я радуюсь.

Когда я иной раз, чтобы утешиться, мечтаю о том свете, то представляю маму именно того времени — веселую, молодую, она встречает меня в раю, чуть наклонившись, глядя вниз, как глядела на меня маленького. Я считал маму красавицей и удивлялся, что она смеется, когда я говорю ей это. Мы были необыкновенно дружны в те дни. Иной раз она называла меня Женюрочкой, что я очень любил. Я считал, что на одной фотографии я изображен именно в качестве Женюрочки. К сожалению, эта фотография пропала, и мне трудно теперь понять, почему я так думал. Когда мама была недовольна мною, то заявляла, что ее сейчас унесет ангел, — и исчезала. Я метался в страхе по комнатам — в каком страхе! Я до сих пор не люблю, когда кто-нибудь из близких, шутя, прячется от меня или теряется в магазине или в толпе. На мгновение меня ударяет тот, прежний, ужас, как будто маму опять уносит ангел. Обыкновенно мама обнаруживалась, когда я начинал громко плакать. Иной раз я сам находил ее в шкафу или за дверью, и выяснялось, что ангел уронил ее именно сюда...

Отец спит после обеда. Мы с мамой рассматриваем книжку, присланную в подарок бабушкой Бальбиной Григорьевной, екатеринодарской бабушкой. Это большого формата книжка, с цветными картинками, в картонном переплете. Принес ее, кажется, студент Володя Альтшуллер, о котором я слышал, что он влюблен в мою молоденькую тетю Феню. Или услышал об этом я позже? Во всяком случае, вспомнив эту книжку, я всегда вспоминаю вежливого студента в мундире и то печальное событие, о котором я сейчас и рас-

скажу. Итак, мы с мамой мирно рассматривали, сидя у лампы, картинки в новой книжке. Текста в книжке не было. Были изображения зверей с подписями. «А вот зебра, — говорит мама. — Или нет, это ослик». — «А какая бывает зебра?» — спрашиваю я. «Полосатая». — «А что значит полосатая?» — «Помнишь кофточку, что была на Беатрисе Яковлевне, когда у нее было распущенное сердце? Вот она и была полосатая. А вот лев, царь зверей». Пока мы беседовали, стол накрыли к вечернему чаю, подали самовар, и отец вышел из своего кабинета. Он был мрачен. Я сказал: «Вышел Лев, царь зверей». Отца звали Лев Борисович, что и было причиной злосчастного моего замечания. Я не успел после этих слов и глазом моргнуть, как взлетел на воздух. Отец схватил меня и отшлепал. С тех пор прошло примерно сорок девять лет, но я помню ужас от несоответствия мирных, даже ласковых, даже почтительных моих слов с последующим наказанием. Прощай, мирный вечер! Я рыдал, родители ссорились, самовар остывал. Неуютно, неблагополучно!

У отца был особый прием наказывать меня. Он брал меня к себе под левую руку, а правой шлепал по заду. Это было не очень больно, но страшно и оскорбительно. Называлось это — взять под мышку. Мама так и говорила: «Смотри, попадешь к папе под мышку!» Однажды, проснувшись ночью, я услышал, что мама плачет, а папа кричит, сердится. Я заплакал. Мама сказала отцу: «Перестань, ты напугаешь ребенка». На что отец безжалостно ударил кулаком по голове самого себя, и еще раз, и еще раз и сказал что-то вроде того, что, мол, гляди, до чего довели твоего отца. Коли он бил самого себя, значит, доходил до последнего градуса ярости. И это случалось много чаще, чем он шлепал меня...

Я могу припомнить только два-три случая, за все мое детство, взлета высоко в воздух, отцу под мышку. Вероятно, самая редкость наказания сделала его столь памятным во всех подробностях. В те времена отец

страдал сильнейшими приступами мигрени. Вот он идет в кабинет, зажмурившись, побелев, говорит нам: «Опять флажки, флажки!» Так называл он мелькания в левом глазу. Он, как вся их семья, был очень нервен, но вместе с тем прост, прост по-мужски, как сильный человек. Так же сильно и просто он сердился, а мы обижались, надолго запоминали его проступки перед семьей.

Его любили больные, товарищи по работе, о вспыльчивости его рассказывали в городе целые легенды, рассказывали добродушно, смеясь. Любила его, конечно, в те времена и мама, но, неуступчивая, самолюбивая, замкнутая, тем сильнее обижалась и не шла на размены и упрощения. А я испытывал в присутствии отца, которого понял и оценил через десятки лет, только ужас и растерянность, особенно когда он был хоть сколько-нибудь раздражен. А в те времена, повторяю, это случалось слишком часто. К сожалению, у нас начинала образовываться семья, которая не помогала, а мешала жить. И теперь, когда я вспоминаю первые месяцы майкопской нашей жизни, то жалею и отца, и мать. Вот он ходит взад и вперед по большой зале родичевского дома, играет на скрипке. Бородатая его голова упрямо упирается в инструмент, рука с искалеченным пальцем легко держит смычок. Я слушаю, слушаю, и мне не нравится его музыка. Я не хочу, чтобы он перестал, мне не скучно слушать скрипку, но это его, папина, музыка, и она враждебна мне, как все, что исходит от него. А отец все бродит и бродит по залу, как по клетке, и играет. Чаще всего играл он Presto Крейцеровой сонаты. Вот, укладывая меня, мама плачет. Отец где-то в гостях. Мы одни во всем доме, и я начинаю плакать вслед за мамой. Я заметил, что мама теперь уже не та, что была в Ахтырях. Она не смеется, не шалит с подругами, строго отзывается о людях. Причем она, сказав худо о человеке, добавляет часто: «Я все это ему выскажу». Этого я не любил. Мама и в самом деле высказывала человеку все, что о нем думает...

Я очень любил хвалиться, но не было, кажется, ни одного среди наших знакомых, кого не осудили, хоть однажды, старшие. И маленьких осуждали: Наташа Соловьева держится неестественно, Леля так упряма, что даже отец как-то вышел из себя, Костя — мало способен к наукам. Сердились и на взрослых — исключение составляли Анна Александровна и Василий Федорович Соловьевы. Это меня огорчало. Человек, осуждаемый взрослыми, точнее мамой, делался бракованным. Из этого не следует, что родители были особенно строги к людям, — нет. Они были скорее благожелательны. Но сло-

во, сказанное случайно, в минуту раздражения, для меня звучало приговором. Я верил всему, не споря и не думая, только огорчаясь. Зато как я восхищался теми, кого мама хвалила.

«Одевайся скорее, и идем», — сказал отец, и я, как часто случалось это со мною и в дальнейшем, не понимая, что с этого мгновения моя жизнь переломилась, весело побежал навстречу неведомому будущему. Мама лежала на кровати. Рядом сидела учительница музыки и акушерка Мария Гавриловна Петрожицкая, которая массировала ей живот. И тут же на маминой кровати лежал красный, почти безносый, как показалось мне, крошечный спеленутый ребенок. Это и был мой брат, которого на этих днях я встретил на Невском и со страхом почувствовал, как он утомлен, как постарел, как озабочен. (Запись от 28 сентября 1950 г.)

Тогда же, сорок восемь лет назад, он показался мне до отвратительности молодым. Вот он сильно сморщил лоб. Вот открыл рот, и я услышал тот самый крик, который приписал дикой цесарке. И мама ласково стала уговаривать нового сына своего, чтобы он перестал плакать. Несколько дней я был рад и счастлив тому, что в нашем доме произошло такое событие. Помню, как мама, улыбаясь, рассказывала кому-то: «Женя побежал к Рединым, позвонил в парадное. Его спросили: «Кто там?» А он закричал: «Открывайте поскорее, новый Шварц народился». Однако этот новый Шварц заполонил весь дом, и я постепенно стал ощущать, что дело-то получается неладное. Мама со всей Шелковской, материнской, бесконечной и безумной любовью принялась растить младшего сына. На первых порах он не одному мне казался некрасивым, что мучило бедную маму. Она все надеялась, что люди заметят вместе с нею, как Валя хорош. Доктор Штейнберг жаловался, что видел во сне, как мама бегала за ним с Валей на руках и спрашивала: «Правда, он хорошенький?» Каждая болезнь брата приводила ее в отчаяние. Было совер-

шенно законно и естественно, что с 6 сентября старого стиля 1902 года мама большую часть своего сердца отдала более беспомощному и маленькому из своих сыновей. Но мне в мои неполные шесть лет понять это было непосильно. Я все приглядывался, все удивлялся и наконец вознегодовал.

И, вознегодовавши, я воскликнул: «Жили, жили, вдруг — хлоп! Явился этот...» Эти слова со смехом повторяли и отец, и мать много раз. Даже когда я стал совсем взрослым, их вспоминали в семье. Судя по этим словам, я довольно отчетливо понял, что дело в новом Шварце, а не в том, что я стал хуже. Но я так верил взрослым, в особенности матери, что невольное раздражение, с которым иногда она теперь говорила со мною, я стал приписывать своим личным качествам. Если мама говорила худо о наших знакомых, то они, как я неоднократно писал, делались в моих глазах как бы уцененными, бракованными, тускнели. И ни разу я не усомнился в справедливости маминых приговоров. Не усомнился я в них и тогда, когда коснулись они меня самого. Однажды я сидел за калиткой, на земле. Был ясный осенний день. Гимназистки, взрослые уже девушки, шли после уроков домой. Увидев меня, одна из них сказала: «Смотрите, какой хорошенький мальчик! Я бы его нарисовала». Я было обрадовался и тотчас же вспомнил, что девушка говорит так ласково только потому, что не знает, какой я теперь неважный человек. И с грубостью бессмысленной и удивлявшей меня самого, но все чаще и чаще просыпавшейся во мне в те дни, я крикнул вслед девушкам: «Дуры!» По старой привычке я побежал и рассказал все маме, и она побранила меня. Но я не мог объяснить ей, почему я выругал бедных гимназисток. Я, до сих пор окруженный, как футляром, маминой любовью и заботой, стал чувствовать неясно и бессознательно пустоту, страх одиночества и холод.

В те дни стали определяться душевные свойства, которые сохранил я до сих пор. Неуверенность в себе и страх одиночества. К этому следует прибавить вытекающее отсюда желание нравиться. Мне страстно хотелось, чтобы я стал нравиться маме, как и в те дни, когда еще не явился «этот». Я всеми силами старался вернуть потерянный рай и, чувствуя, что это не удается, бессмысленно грубил, бунтовал и суетился.

Переходный возраст переживаешь не только в тринадцать-четырнадцать лет, но и раньше, и позже. Несомненно, что возраст между шестью и семью годами критический, причем у меня этот кризис совпал с рождением брата и

отдалением мамы. Сильно развились чувства страха, одиночества, мистического страха, ревности, любви, вспыхнуло воображение, а разум отстал, несмотря на чтение запойное и беспорядочное...

К этому времени стала развиваться моя замкнутость, очень мало заметная посторонним, да и самым близким людям. Я был несдержан, нетерпелив, обидчив, легко плакал, лез в драку, был говорлив. Но самое главное скрывалось за такой стеной, которую я только сейчас учусь разрушать. Казалось, что я весь был как на ладони. Да и в самом деле — я высказывал и выбалтывал все, что мог. Но была граница, за которую переступать я не умел... Причем скрывал я самые разнообразные чувства и мечты, иногда неизвестно, по каким причинам...

Страх за маму, тоже глубочайшим образом скрываемый в моем одиночестве, в глубине, был самым сильным чувством того времени. Он никогда не умирал. Бывало, что он засыпал, потому что я жил весело, как положено жить в восемь лет, но выступал, едва я оставался наедине с собой. К этому времени моей жизни отношения с мамой усложнились и испортились до того, что она не приходила прощаться со мною на ночь, кроме тех случаев, когда я был болен. Ссоры наши иногда доходили до полного разрыва.

Помню день, приведший к тому, что по маминой жалобе я в последний раз в жизни попал отцу под мышку, то есть взлетел высоко вверх и был отшлепан. Это меня до того оскорбило, что я, зная свою отходчивость и умение забывать обиды, сделал из бумаги книжечку и покрыл ее условными знаками, нарисованными красным карандашом. Эти знаки должны были напоминать мне вечно о нанесенном оскорблении. Но они не помогли. Я дня через два перестал сердиться на отца.

Как я теперь понимаю, у мамы было редкое умение угадывать мою точку зрения при наших несогласиях. И она принималась спорить со мною как равная, вместо того чтобы приказывать, как это делал отец. Угадывая мою точку зрения и весь ход моих мыслей, мама чувствовала, что логикой меня не убедить, и раздражалась от этого и все-таки пробовала спорить там, где надо было холодно запрещать или наказывать. Эту несчастную жажду переубеждать дураков и злиться от сознания, что это воистину немыслимо, я, к сожалению, унаследовал от нее.

Словом, по тем или иным причинам мы все ссорились и удалялись друг от друга, но как я ее любил! Я не мог уснуть, если ее не было дома, не находил

себе места, если она задерживалась, уйдя в магазин или на практику. Мамины слова о том, что она может сразу упасть и умереть, только теперь были поняты мною во всем их ужасном значении. Я твердо решил, что немедленно покончу с собой, если мама умрет. Это меня утешало, но не слишком. Просыпаясь ночью, я прислушивался, дышит она или нет, старался разглядеть в полумраке, шевелится ли ее одеяло у нее на груди.

Я ничем не отличался от своих сверстников, не выделялся никакими талантами, но эта скрытая, тайная жизнь, для выражения которой у меня и сил не было, иногда приводила меня к мыслям не по возрасту. Помню, как терзало меня открытие, что если мама умрет, то я никогда не увижу ее. Никогда! Ни завтра, ни послезавтра — никогда. Вот я жду ее, все жду, а если она умерла в гостях, то я никогда не дождусь ее. И мысли эти часто, особенно ночами, приводили к тому, что я уже начинал одеваться, чтобы среди ночи бежать на поиски. Останавливали меня страх наказания, темноты и того, что мама вдруг узнает, как я боюсь за ее жизнь.

Однажды мама с Валей и Беатрисой Яковлевной ушла погулять. Уже смеркалось. Самовар вскипел. «Куда это они пропали? — удивлялась няня. — Хотели скоро вернуться, а вот не идут». Я терпел, ходил, стоял на одном углу, на другом, возвращался домой — нет мамы. И я побежал ее искать. Был теплый летний вечер, громко кричали сверчки в траве. Я побежал в городской сад, мамы там не нашел, примчался домой — пусто. Весь в поту, я снова бросился на поиски. Я бежал и глядел, не собиралась ли толпа вокруг умершей внезапно на улице моей мамы. Толпился народ у пивной Чибичева, толпился у Пушкинского дома, толпился возле оркестра под управлением Рабиновича. Когда я наконец, потеряв уже всякую надежду, приплелся домой, мама, Валя и Беатриса Яковлевна мирно сидели за столом и пили чай. И я сел за стол, спрятался за самовар и стал плакать. «Чего ты?» — спросила меня Беатриса Яковлевна. Я не ответил. «Он боялся, что я умерла», — ответила мама, угадав со своей сверхъестественной чуткостью, что творится у меня в душе. Но сказала она это сурово, даже осуждающе, никак не поощряя меня к открытому признанию. Всю жизнь после этого до сих пор крик сверчка вызывает у меня печаль и тревогу.

Вот такие были у меня горести.

глава третья

Близкий значимый взрослый

Л.К. Чуковская

«Если с ним — то не важно куда»[1]

Лидия Корнеевна Чуковская (1907–1996) — русский поэт, прозаик, критик. Это ее воспоминания о детстве и об отце, Корнее Ивановиче Чуковском (1882–1969), известном детском писателе, поэте, литераторе.

Воспоминания относятся в основном к периоду жизни в Куоккале — финском местечке, где семья Чуковских жила круглый год вплоть до Октябрьской революции (1907–1917). По соседству с их домом находилась дача И.Е. Репина, известная под названием «Пенаты». Семьи Чуковских и Репиных хорошо знали друг друга, ходили друг к другу в гости, принимали общих гостей. В обоих домах бывали многие известные люди из мира искусства и литературы — Короленко, Леонид Андреев, Шаляпин, Ахматова, Гумилев, Маяковский. Для детей Чуковского (их было трое) — это время вольной жизни на природе и счастливого общения с отцом, а для Корнея Ивановича — место, где он много работал и где, по его словам, он обрел «свою духовную родину».

Здесь приводятся те отрывки воспоминаний Л.К. Чуковской, из которых видно, какое влияние на детей оказывала увлеченность их отца — увлеченность жизнью, трудом, стихами, наконец, самим общением с детьми. Все, что исходило от него, усваивалось детьми безусловно и безоговорочно. И это потому, что ему удавалось находиться с ними «на одной волне». На эту «волну» он попадал со своими бесконечными выдумками, шутками, непосредственностью «большого ребенка». Он умел превратить в игру не только любой труд, но и скучную зубрежку. Дети чувствовали в нем родственную душу и платили бесконечным обожанием и преданностью.

---

[1] *Чуковская Л.* Памяти детства. М., 2007.

«Для детей младшего возраста»

Тогда, в нашем детстве, в Куоккале, он казался нам самым высоким человеком на свете. Идет к себе в комнату — в дверях голову непременно наклонит: не ушибиться б о притолоку! Посадит к себе на плечо — с высоты сразу откроется глазам среди редких сосновых стволов дальняя даль залива. В оттепель подпрыгнет и лыжною палкой легко собьет сосульки с балкона второго этажа, а с теми, что свисают с крыши дровяного сарая, и без палки управится: протянет руку и обломает рукой. Он длиннорукий, длинноногий, узкий, длинный. Кто выше его? Нет такого!

Тощий, но сильный; любит веселье и любит и занозистой насмешкой поддеть. Непоседлив, беспечен, всегда готов затесаться в нашу игру или изобрести для нас новую.

До первой детской книги Корнея Чуковского оставалось в ту пору года три, до второй — около десяти, им не была написана еще ни единая строка для детей, но сам он, во всем своем физическом и душевном обличье, был словно нарочно изготовлен природой по чьему-то специальному заказу «для детей младшего возраста» и выпущен в свет тиражом в один экземпляр.

Нам повезло. Мы этот единственный экземпляр получили в собственность. И, словно угадывая его назначение, играли не только с ним, но и им и в него: лазили по нему, когда он лежал на песке, как по дереву поваленному, прыгали с его плеча на диван, как с крыльца на траву, проходили или проползали между расставленных ног, когда он объявлял их воротами.

Он был нашим предводителем, нашим командиром в игре, в ученье, в работе, капитаном на морских прогулках и в то же время нашей любимой игрушкой. Не заводной — живой.

— Папа, — говорю я, переминаясь от нетерпения с ноги на ногу, понимая, что ему хочется поиграть со мной не менее, чем мне с ним, — папа! Посади меня на шкаф.

Он отступает на шаг. Грозно глядит со своей высоты. Наклоняется. Перед моим носом назидательно закачался длинный палец.

— Учишь вас, учишь! Проси как следует.

Игра началась. Я жажду испытаний и ужасов: пострашней, поужасней, а кончилось чтобы все хорошо. Более всего на свете я боюсь высоты. Потому и

просусь не куда-нибудь, а на вершину высоты, под самый потолок, на шкаф.

— Глу-бо-ко-у-ва-жа-е-мый папаша! — говорю я по складам, как положено в этой игре. — По-са-ди меня, пожалуйста, на шкаф!

— То-то же! — Палец исчезает. — А вниз не запросишься?

— Нет.

— Так и будешь теперь всю жизнь жить на шкафу?

— Жить на шкафу.

Он берет меня под мышки, минуту раскачивает, потом сажает на шкаф и сразу большими шагами уходит из комнаты прочь. И закрывает за собой дверь, чтобы страшнее.

Я сижу. Мне страшно. Как чужие, болтаются над пропастью мои бедные ноги. Я решаюсь одним глазом заглянуть туда, вниз, в пропасть. Там, на полу, желтый линолеум с черным узором. Вот упаду и разобьюсь вдребезги, как чайная чашка. И зачем это я попросилась на шкаф! Никогда мне уже больше не пробежаться по песку, не сесть вместе со всеми обедать... Все купаются, играют в пятнашки, и он вместе с ними... а я? Я живу на шкафу. И никогда, никогда не буду больше вместе с другими бросать плоские камни в море и подсчитывать, сколько раз камень подскочит, и никогда уже больше он не позовет меня устраивать плотину на нашем ручье!

— Папа!

Молчит.

— Папа!

Не отвечает. Ушел, позабыл обо мне и оставил меня здесь на всю жизнь...

Глядеть вниз — страх пробирает. Вверх — тоже, там потолок, там самая и есть высота высоты. Он нас отучает бояться, меня и Колю. Велит лазить по раскидистым соснам. Выше. Еще. Еще выше! Но тогда он сам стоит под сосной и командует, и можно держаться за его голос.

Сижу, скованная страхом, поглядывая на свои никчемные ноги. Одна.

— Глубокоуважаемый папаша, — пробую я, ни на что не надеясь, — сними меня, пожалуйста, со шкафа.

Его шаги! Он тут! Он только притворялся, что ушел далеко! Он входит, берет меня под мышки, раскачивает, подбрасывает и опускает на пол. Какое счастье! Я опять на полу, где все люди, и могу бежать куда хочу.

Учил, играл, придумывал

Он научил нас играть в шахматы и шашки (он сам одно время, в Лондоне, сильно увлекался шахматами), разыгрывать шарады, ставить пьесы (одну написал специально для нас: «Царь Пузан»), строить из песка крепости и запруды, решать шахматные задачи; он поощрял игры — кто выше прыгнет, кто дальше пройдет по забору или по рельсу, кто лучше спрячет мяч или спрячется сам; играл с нами в городки, скакал на одной ноге до калитки и обратно. Он превратил для нас в любимую игру уборку письменного стола; какая это была радость: выковыривать кнопки особой раздвоенной лопаточкой; постилать на стол новую зеленую бумагу и ровненько закалывать ее кнопками; протирать ящики особой тряпкой, которую он хранил в потайном месте, и потом, по его поручению, мчаться к ручью — стирать ее серым, тоже извлеченным из особого тайника мылом! А сушить эту тряпку на сосновом суку и проверять — высохла ли! А трогать вопреки запрету маленькую мохнатую тряпочку, всю в синих чернильных пятнах, которой он протирал перо! (Она была дочкой большой пыльной тряпки...) Он охотно играл с нами и в самые распространенные, общепринятые, незамысловатые игры: в палочку-выручалочку, перегонки, снежки, даже в кучу малу: ни с того ни с сего хохот, толкотня, клубок тел на полу, визг... Он задавал нам загадки, заставлял нас выдумывать свои и загадывать их Бобе.

Свежий воздух, стихи, книги, разнообразное общение с разнообразными людьми, выдумки, россказни, шарады, игры с детьми — вот в чем обретал Корней Иванович веселье и силы.

Работа или игра?

В куоккальские времена всю черную мужскую работу по дому он делал сам. Сам воду носил, колол дрова, топил печи. Сам был за кухонного мужи-

ка и за дворника; разметал метлой лужи, или ломом скалывал с крыльца лед, или деревянной квадратной лопатой прокладывал дорогу от крыльца до калитки: узкую яму среди сугробов. И мы, с маленькими лопатками, следом за ним. ...Аппетиту, с которым он красил забор или ящик, помешивая кистью густую зеленую кашу, могли бы позавидовать сподвижники Тома Сойера. И уж разумеется, неистово завидовали мы. А он — по-том-сойеровски! — снисходительно предоставлял нам это редкостное счастье: мазнуть! Зеленой краской мазнуть разок по калитке.

— Стань передо мной, как лист перед травой!

Он вручает мне кисть с торжественностью, словно монарх, передающий наследнику скипетр.

— Держи ровно! Не капай! Не капай! О-о-о, как я страшен в гневе!

Летом нашей любимой работой были постоянные походы к Репину в «Пенаты» за водой. Вода в колодце на нашем участке годилась для стирки, для поливки цветов, для умывания, но для питья не годилась. За питьевой мы и ходили в «Пенаты». Там был артезианский колодец.

«Айда!» — и работа (или игра?) — начиналась.

Я бежала в сарай за палкой. Коля, позванивая, уже нес ведро. Боба, ко-

торый давно уже понимал каждое наше слово, но сам не удостаивал никого ни одним, первый хватался за конец палки, боясь, как бы не ушли без него. Мгновенно оказывались возле нас наши приятели финны: Матти, Павка, Ида.

Эти походы к Репину за водой были через много лет описаны Корнеем Чуковским в книге «От двух до пяти». А тогда он сам шагал по дороге рядом — долговязый, дочерна небритый, в старых штанах, худой и веселый, взрывая босыми ногами клубы теплой пыли с таким же удовольствием, как мы.

Вот и резные ворота «Пенатов». Он открывал их без скрипа и, вытянув губы трубочкой, громким свистящим шепотом требовал, чтобы мы замолчали. Репин работал, тишину мы обязаны были соблюдать полную. Еще и до ворот, едва достигнув репинского забора, он шикал не только на нас — на прохожих. А уж в саду! Чуть не на цыпочках выступал перед нами, гневно оборачиваясь на каждый шорох. Мог и за плечо тряхануть ослушника.

Молчание давалось нам нелегко, но от напряженности этой тишины нам становилось еще веселее: выходило, будто мы не брали воду у Репина, а крали ее.

Без звука вешал он ведро на округлую шею крана, а потом снимал и ставил на крупный гравий. Теперь наша очередь. Мы надевали тяжелое ведро на палку и, не спуская глаз с качающейся — вот-вот выплеснется! — воды, благоговейно несли ее.

— Тише, тише, тише, тише! — свистящим шепотом требовал наш командир.

Но вот он снова отворял перед нами резные ворота и снова затворял их. Вот наконец мы миновали забор, и тут накопившийся в нас шум победоносно вырывался на волю.

Все мы разного роста, палка больно бьет по ногам и бокам, вода норовит расплескаться, но нам это нипочем. Отойдя от «Пенатов», мы привольно выкрикиваем давно уже сочиненную, привычную и каждый раз заново веселящую песню:

Два пня,
Два корня,
У забора,
У плетня, —
Чтобы не было разбито,
Чтобы не было пролито...

Мы в ожидании смолкаем. Ожидание кажется долгим, хотя оно длится мгновение.

— Блямс! — выкрикивает он.

Мы по команде опускаем ведро на землю и плюхаемся рядом. Он вместе с нами.

Боба смотрит в воду, с удивлением разглядывая, как комкает и корежит вода его лицо.

— Марш! — выкрикивает наш повелитель. — Одна нога здесь, другая там!

И снова мы затягиваем наш водяной гимн, ожидая блаженного «блямс!».

От него мы всегда ожидали веселого чародейства.

Если с ним, значит уж так завлекательно — не оторвешься. Особенно: «идем путешествовать». На почту ли, рукопись отправить, на берег ли моря, за водой ли в «Пенаты», в лавку ли на станцию, или шагать на край света, или отправиться в плаванье — это уже все равно: лишь бы с ним.

Серьезной угрозой из его уст считали мы в детстве одну: «Не возьму с собой». «Завтра не возьму с собой». Куда не возьмет? Это уже и не важно. С собой не возьмет, вот куда. Оставит дома. Расстанется. Все будут с ним, все возле, вместе — а я одна. Без его шагов, голоса, рук, насмешек. Сиди в саду и делай вид, что читаешь. Гляди на калитку и прислушивайся: жди, когда с Большой Дороги в переулочек поворотят голоса, и вот ближе и ближе его голос, покрывающий все, высокий, с примесью свиста и шепота, командующий и насмешливый вместе.

К счастью, был он хоть и горяч, но отходчив. И устрашающая угроза «завтра не возьму» не исполнялась почти никогда. Он забывал ее, и мы снова оказывались вместе, в путешествии или труде.

Он пытался и уроки превратить в игру

«Сухопарая экономка знаменитого лысого путешественника, заболев скарлатиной, съела яичницу, изжаренную ею для своего кудрявого племянника. Вскочив на гнедого скакуна, долгожданный гость, подгоняя лошадь кочергой, помчался в конюшню...»

Это мне задано. Это я должна к завтрому перевести на английский. Чушь эту сочинил для меня он сам; для Коли — другую, столь же несусветную; он

составил эти интересные сочинения из тех английских слов, которые накануне дал нам выучить.

Мне лет шесть или семь; Коле — девять или десять. Мы переводим подобную ахинею верстами и от нее в восторге. Радостный визг и хохот! «Подгоняя лошадь кочергой!»

Наш учитель пытался и уроки превратить в игру. Отчасти это ему удавалось.

«Пестрая бабочка, вылупившись из куриного яйца, угодила прямо в тарелку старому холостяку...»

Бабочка из куриного яйца! Переводить мы любили. А вот слова зазубривать — не очень-то. Ими он преследовал нас постоянно и по-нашему — невпопад. В лодке ли, по дороге ли на почту или в «Пенаты» он внезапно швырял в нас вопросами: как по-английски фонарь? Или аптека? «А скажи-ка, мне, Колечка, — спрашивал он ласковым и чуть-чуть угрожающим голосом, — как по-английски солома? Так. Верно... А ты, Лидо-очек, не скажешь ли, что значит the star? А много звезд? Громче! Не слышу!.. А как будет счастливый? А как хворост? А что такое the spoon?»

С русского на английский и с английского на русский.

Совал нам в руки палку, заставляя писать английские слова на снегу, на песке. Спрашивал заданные слова, вызвав пораньше утром наверх в кабинет. Вразбивку. Подряд. Через одно. Старые. Новые...

Английские уроки, в сущности, мы любили. Только бы не слова! Зато, когда управишься со словами, начинаются радости:

«Старая дева, объевшись замазкой, упала в пруд. Бурный южный ветер гнал ее прямо на скалы. Но в эту минуту прилетела ласточка и клювом вцепилась в ее волосы».

Объевшись замазкой! Какая радость! Мы были неприхотливы и смеялись взапуски.

Когда же после ахинеи, белиберды, чуши откроешь, бывало, книгу Диккенса на той странице, к которой он нас готовил, и сама, без его помощи, узнаешь, что случилось дальше с Оливером Твистом, — о! ради этого стоило зубрить слова и даже терпеть его немилость.

Море!

Игрою игр нашего детства было море. С утра мы бежали на берег взглянуть: виден ли Кронштадт? Хорошо ли виден? Не тает ли он на горизонте, не затягивается ли мглой? Кронштадт — наш барометр. Синяя плотная наклейка на голубом небе и золотой купол собора. Отчетливо видные, они, как стрелка, указывают мореплавателю: «ясно».

Теперь... теперь только бы он до сумерек окончил работу!

Слоняясь возле крыльца веранды, мы прислушиваемся к звукам на втором этаже.

Идет! Веселый! С лестницы через две ступеньки!

Выговаривает громким свистящим полушепотом:

> Частию по глупой честности,
> Частию по простоте,
> Пропадаю в неизвестности,
> Пресмыкаюсь в нищете.

Веселый! Едем!

Он не зовет нас, нас не замечает, не подает нам никакого знака. Высоко задрав подбородок, с видом бесстрастным и замкнутым, большими шагами шагает к берегу — будто намерен отправиться в море один... Но мы не пугаемся нисколько; лодочный ритуал давно уже разработан в малейших подробностях, и то, что наш капитан, задрав голову, бесстрастно шагает мимо, тоже входит в игру. Никуда он без нас не уедет! Мы разбегаемся — каждый по своему назначению. У каждого своя морская обязанность. Боба уже мчится в сарай за черпаком. Коля и Павка волочат тяжелые весла, две пары. Ида — уключины.

Матти — багор, а я — я именуюсь «хранительницей пресной воды» и несу с ледника заткнутую пробкой холодную бутыль. (Впоследствии в пьесе «Царь Пузан» он написал для меня роль «Хранительницы королевской зубочистки».)

Поджидая нас, он уже успел перевернуть и столкнуть на воду тяжелую широкую рыбачью лодку. Руля на ней нет, вместо якоря — камень, обвязанный канатом. Зато она хоть тяжела, да вместительна. Он быстро нагружает ее всею снастью: уключинами, веслами, якорем-камнем — и приказывает садиться: Коле или Матти на среднюю скамейку, остальным — куда попало, на корму, на нос, на дно; закатывает штаны повыше, спихивает лодку с мели, на которую она плотно уселась, чуть только в нее плюхнулись мы, потом, накренив ее, сам ступает через борт и, выпрямившись во весь свой огромный рост, принимается ловко работать веслом, а то и багром, пока не выводит судно на глубокую воду...

Гладь почти безветренная. Мелкие волнишки мирно толкаются о борт. Широкий след за кормой. Простор, вода и небо. Воздух такой чистый, что каждый вздох ощущаешь как глоток свежей воды. Лодка идет легко, спокойно, устойчиво, чуть-чуть пожурчивает вода за бортом.

Хочется не говорить, а молчать. Мы и молчим, глядя, как удаляется берег.

◆

Итак, в общении отца-Чуковского с детьми было много игр, шуток, веселья, развлечений. Но было не только это. К. Чуковскому удавалось

передавать детям и серьезные вещи. Среди них — моральные принципы, культурные и духовные ценности.

Одним из нерушимых принципов для Чуковского было уважение к труду. Человек должен трудиться; «*праздность, в особенности умственную, он всегда ощущал как великую пошлость*»; безделье — непростительно, почти преступление; также непростительна некачественная работа.

Он преклонялся перед выдающимися мастерами — великими тружениками, и сам был таким. Он благоговел перед искусством. Среди безусловных ценностей для него была поэзия. Дети постоянно сталкивались с тем, что во всех этих важных точках личностного существования отец был для них ярким живым примером и одновременно столь же страстно нетерпимым к нарушениям и отступлениям.

И здесь приходится обратить внимание на одну особенность воспитания, исходящего от темпераментных натур (ведь именно таким был Корней Иванович): они взрывчаты, но и отходчивы. Как реагируют на это дети? И как это сказывается на их воспитании?

Некоторые ответы мы находим у Лидии Чуковской.

«Он не терпел полузнайства, да и полуделанья»

В молодости был он горяч и несдержан — и из-за плохо выученных (английских) слов случалось ему и по столу кулаком стукнуть, и выгнать из комнаты вон или даже — высшая мера наказания! — запереть виноватого в чулан.

Тут уже не пахло игрой. Тут уж было искреннее отвращение.

— Убирайся! — кричал он мне, когда я отвечала с запинкою, не сразу. — Только б лентяйничать и в постели валяться! Я сегодня с пяти часов утра за столом!

(Ему действительно нередко случалось ночи и дни напролет просиживать за письменным столом, и чужое безделье вызывало в нем презрительный гнев. Увидев, что мы слоняемся без толку, он мигом находил нам занятие: обертывать учебники разноцветной бумагой, ставить по росту книги на полках у него в кабинете, полоть клумбы или, открыв окно, выхлопывать пыль из тяжелых томов. Чтобы не валандались, не лоботрясничали.)

Отсутствие в нас аппетита к английскому ставило его в тупик и раздражало безмерно. Он воспринимал это как личную обиду. Когда он кричал на

меня за дурно выученное английское слово, я скрывалась в любимом своем убежище, в кустах за ледником, — плакать и учить слова заново. Боба, вздыхая, протягивал мне на ладони три ягодки черники и одну брусничину.

Однажды Коля просидел наказанным в чулане целый час — все из-за тех же английских слов. Не то чтобы Коля совсем их не выучил — нет, выучил, но недостаточно твердо. Это-то и было в глазах нашего учителя преступлением. Вчера Коля не мог ответить, как по-английски ложка, а сегодня ответить — ответил, но написал с ошибкой.

Сам он не терпел полузнайства, да и полуделанья — ни в чем.

«Перебивать — только если загорелся дом!»

Вот, на веранде под вечер он читает стихи. Не нам, а гостям, взрослым. Но и мы тут же: нас не оторвать от его голоса:

> Под насыпью, во рву некошеном,
> Лежит и смотрит, как живая,
> В цветном платке, на косы брошенном,
> Красивая и молодая.
> Вагоны шли привычной линией.
> Подрагивали и скрипели;
> Молчали желтые и синие;
> В зеленых плакали и пели...

И тут, в этом плаче и пении вагонов, дороги, одиночества... вдруг наступил нелепый, безобразный перерыв... — на веранду вбежала няня Тоня и запыхавшись спросила:

— Подавать самовар? Вскипел.

Вечер был прохладный, с самоваром ее торопили.

Поглядев на нее с таким удивлением, будто кто-то из них двоих сумасшедший, Корней Иванович в бешенстве разбил тарелку, раскровенил себе палец и крикнул:

— Как вы смеете — смеете — говорить при стихах?! — Тоня заплакала. Он накричал на нее не только при стихах — при гостях. И это был тот самый чело-

век, который деликатности с прислугой требовал от себя и от нас, детей, безупречной, который уже больным стариком стеснялся попросить домашнюю работницу принести ему грелку: лишний раз подняться на второй этаж! Вспылив тогда, на веранде, в Куоккале, он мгновенно опомнился и побежал за Тоней на кухню просить прощения. Он утешал ее и при этом по складам выговаривал:

— Когда читают стихи, перебивать можно только в одном случае: если загорелся дом! Других причин я не знаю!

(Мы-то уже обученные. Мы-то усвоили давно, накрепко, что перебивать нельзя не только чтение вслух, а иногда и молчание. Притащишь ему зимою на чужую дачу в мороз — он убегал туда кончать статью, — притащишь кастрюлю супу или чайник кипятку, а он сидит с карандашом в руке и молчит — и этого молчания прерывать нельзя. Ставь еду на подоконник и скорей уходи. Молча. Если невпопад заговоришь — он как рявкнет! А уж когда он или кто другой читает стихи...)

«Рука искусства»

Однажды и на меня было рявкнуто — по такому же поводу — и не тише, чем на Тоню.

...Снова Большая Дорога, снова зима, снова возвращаемся мы с ним откуда-то вдвоем. Мороз ненастоящий, градусов пять, не более. Сеется мелкий снежок... Мы вынуждены отступить в придорожный сугроб, из переулка на Большую Дорогу медленно вытягивается нам навстречу обоз со льдом. ...Медленно, нудно тянется обоз; мне надоедает глядеть на лошадей и на прозрачные прямоугольники только что вырубленного льда. Наконец обоз проскрипел. Последняя лошадь, последняя глыба льда, последний шлем.

Мы ступили на дорогу. И тогда новая помеха — Репин. Оказалось, он на той стороне. В теплых башмаках, в мягкой меховой шапке, весь припорошенный снежком, пережидает обоз, как и мы.

Мне досадно: теперь они будут разговаривать! Опять стой!

Репин, сняв перчатку, учтиво здоровается с Корнеем Ивановичем, потом протягивает руку мне.

Нет, долго ждать не приходится. Что-то такое условились насчет «среды».

Снова учтивые рукопожатия — и Репин исчезает в снегу.

Мы движемся сквозь снег в одну сторону, он — в другую.

Но не успеваем мы сделать и десяти шагов, как происходит нечто странное. В отца моего словно вселяется бес. Корней Иванович вдруг срывает с моей руки перчатку и бросает ее далеко в сугроб, к кольям чужого забора.

— Тебе Репин протягивает руку без перчатки, — кричит он в неистовстве, — а ты смеешь свою подавать не снявши! Ничтожество! Кому ты под нос суешь рукавицу? Ведь он этой самой рукой написал «Не ждали» и «Мусоргского». Балда!

Я, как няня Тоня, начала реветь. Я, как няня Тоня, не понимаю, в чем моя вина. Репин со мной поздоровался. Я подала ему руку и ответила «здравствуйте». Откуда мне знать, что в перчатке нельзя? Мне этого раньше не говорили. А это был тот самый, обыкновеннейший Репин, который рассказывал мне про белку, и всегда угощал нас с Колей конфетами, когда мы приносили ему письмо от папы, и позволял бегать по лесенкам у него в доме. Репин, просто Репин. За что же? Несправедливо!

И чего это они там не ждали! И кто такой Мусоргский?

Наверное, Корней Иванович был в своем гневе несправедлив, не прав, и уж во всяком случае, непедагогичен. Гораздо правильней было бы с его стороны просто объяснить мне — спокойно, весело, полунасмешливо, как он это великолепно умел, что дети, здороваясь со взрослыми, должны всегда снимать перчатку. Ведь объяснил же он Коле, раз и навсегда, без всякого крику, что мальчик, переступая порог любого дома или здороваясь на улице с любым человеком, должен прежде всего снять шапку. Зачем же тут надо было на меня кричать? Да еще, проваливаясь в снег по пояс и принеся перчатку от забора, колотить меня ею изо всех сил по плечу, будто бы стряхивая снег, а на самом деле от непрошедшей злости?

Но как я благодарна ему теперь за эту неправоту, за эту несправедливо нанесенную мне обиду!

За этот поучительный гнев, которым он разразился, когда ему почудилось, будто я с недостаточным уважением прикоснулась к руке, протянутой мне искусством!

◆

Исключительное преклонение отца перед мастером помешало в этом случае понять чувства и замешательство ребенка. Со своей горячностью он хотел сразу внедрить в сознание девочки ощущение необыкновенной ценности искусства. Конечно, можно сказать, что «непедагогично» и «обидно». Но дети, как правило, прощают взрывы, если видят, что для взрослого это абсолютно всерьез!

Чуковскому удавалось передавать детям безусловные принципы и ценности потому, что он ими жил, а еще и потому, что огорчения от его взрывов составляли маленькую толику того счастья, в которое он их погружал.

Вот описание впечатления от поэзии, которой отец «очаровывал» своих детей.

«Зыбь ты великая! Зыбь ты морская!»

И здесь, на Финском заливе, ясный солнечный день, мерные взмахи весел, ожидающие лица детей рождали в нем жажду читать стихи. Жажда эта жила в нем неутолимо: поэзия смолоду и до последнего дня была для него неиссякаемым источником наслаждения. Стихи он читал постоянно и всегда вслух: себе самому, один на один, у себя в кабинете, Репину в мастерской и репинским гостям в беседке; захожим студентам на песке у моря; друзьям-соседям: Николаю Федоровичу Анненскому, Татьяне Александровне Богданович и Короленко, нам по дороге на почту. И уж конечно в море. Тут, в море, он давал себе полную волю. Ритм волн и ритм гребли естественно выманивали в ответ ритмический отклик.

Никогда я не слышала чтения более пленительного. Как будто все черты его личности собирались в эти минуты в голосе, в интонациях, в губах, которые льнули к звукам, в звуках, которые льнули к губам.

В голосе его, когда он читал великую лирику, появлялось некое колдовство, захватывавшее и его и нас. На страницах своих сочинений он не раз говорит, что смолоду привык «упиваться стихами». Упоение заразительно. Наверное, потому мы и упивались, слушая, что он упивался, произнося. И все стихи, которые я узнала потом, одна, сама, без него, звучание всех на свете стихотворных строчек, кто бы их ни произносил, навсегда связаны для меня с моим детством и его голосом.

— Зыбь ты великая! Зыбь ты морская! — начинал он, закидывая весла и чуть-чуть раскачиваясь. — Чей это праздник так празднуешь ты?

Волны несутся, гремя и сверкая,
Чуткие звезды глядят с высоты, —

читал он широким, певучим, страстным, словно молящимся голосом, и мне казалось, что теперь уже лодка покоряется не волнам и веслам, а весла и волны — и все вокруг — звучанию голоса.

◆

Итак, образ отца — Корнея Ивановича Чуковского, — как он встает из воспоминаний его дочери, оставляет у читателя незабываемое впечатление. Что же говорить о том, каким он казался его детям! Можно найти много слов, которые описывали бы их чувства к отцу, но все они, скорее всего, будут неполными и недостаточными. Это, конечно, и горячая любовь, и обожание, и восхищение, и вера в его необыкновенность. Ко всему этому нужно прибавить еще «чувство принадлежности», то есть убеждение, что он принадлежит им *(«изготовлен для нас в одном экземпляре»)*, а они — ему. Знать и чувствовать, что у тебя не просто есть папа, но что ты ему очень нужен, что он, безусловно, «твой» —

бесконечное счастье для ребенка; и такими знанием и чувством пронизана каждая строчка воспоминаний Лидии Чуковской.

Как же это получалось? Можно было бы сказать, что, несмотря на свою постоянную занятость и порой изнуряющий труд, Корней Иванович находил время для детей. Но это были бы бледные и неточные слова. Он не просто ***находил время*** для детей, а ***жил*** с детьми, постоянно с ними играя, занимаясь их учебой и образованием, делясь с ними своей любовью к стихам и литературе. И все это он делал так же ярко, эмоционально, страстно, как и работал, как и жил вообще. Он отводил детям не время, а часть жизни. Можно думать, что и вспышки отцовского гнева, когда они случались, дети воспринимали как продолжение его горячей заинтересованности в них, и в душе его прощали.

Все это ему удавалось потому, что он был «ребячливым папой» (как его называли) и в то же время умным, мудрым взрослым, глубоко любившим и понимавшим детей — не только своих, но и других, как и детство вообще.

Можно предположить, а на самом деле так это и было, что увлекательное и увлекающее общение с детьми питало талант и чуткую мудрость писателя Корнея Ивановича Чуковского, так же как он своим эмоциональным талантом обогащал жизнь своих и всех читающих его детей.

Г.Л. Выгодская

«Просто жизненно необходимо»[1]

Лев Семенович Выготский (1896–1934) — создатель культурно-исторической теории психики, основоположник одного из наиболее значительных направлений в отечественной психологии и психологии развития ребенка. Его яркая жизнь оборвалась, когда ему было всего 37 лет, но он успел написать фундаментальные работы, которые принесли ему всемирную известность.

---

[1] *Выгодская Г.Л., Лифанова Т.М.* Лев Семенович Выготский. Жизнь, деятельность, штрихи к портрету. М., Смысл, 1986.

«Глазами дочери» — так назвала Г.Л. Выгодская одну из глав книги об отце. В ней личные воспоминания детства. В этих воспоминаниях Г. Выгодская рассказывает о том, каким человеком был ее отец, кем он был для нее, и как складывались их взаимоотношения. Л.С. Выготский скончался, когда Гите Львовне было всего 9 лет, а писала она свои воспоминания, спустя более полувека. Несмотря на такой срок, мы видим, какой неизгладимый, и значимый след оставил отец в жизни дочери.

Отрывки воспоминаний сгруппированы в небольшие тематические рубрики; предваряющие их фразы взяты из текста автора воспоминаний.

«Непередаваемое чувство защищенности»

Есть люди, события, которые не забываются, которые память хранит всю жизнь. Очень живо помню я Льва Семеновича, помню все, не только его облик, но и его слова, его поступки, все события, связанные с ним. И если ряд моментов жизни, событий, постепенно тускнеет в памяти, то все, что связано с отцом, остается таким ярким и четким, что порой кажется, что это было только вчера.

Конечно, я была тогда ребенком, причем самым заурядным ребенком, поэтому я не могла понять и оценить, что это был за ученый. Моя память сохранила его как доброго, любящего отца, каким он был до последних дней своей жизни. Я помню отца с тех пор, как помню себя. Но это, по большей части, отрывочные, фрагментарные воспоминания, иногда такие яркие, что напоминают отдельные переводные картинки.

Мои последовательные воспоминания, пожалуй, можно отнести к весне 1929 г.[1] Очень хорошо помню, как мы ехали провожать моих родителей, уезжавших в Ташкент, дорогу домой и пустоту вокруг, которую я ощутила, войдя в квартиру. Все были ко мне внимательны, добры, но мне было пусто. Пожалуй, то, что я испытывала, можно назвать дискомфортом. Вот тогда впервые я не поняла, конечно, еще, но почувствовала, что такое для меня отец и какое место в моей жизни он занимает. Это было очень странно, ведь росла я в большой семье, да и отец не мог уделять мне много времени. Но, видимо,

[1] Гите было пять лет.

то, что он давал мне в то время, что мог уделять мне, было для меня очень важно, было просто жизненно необходимо.

В детстве я очень плохо переносила поездки в транспорте — мне становилось плохо, меня неизменно укачивало. Поэтому, если случалось меня куда-нибудь везти, приходилось ехать на извозчике. Хорошо помню эти поездки!

Мы садились в пролетку, лошадь неспешно шла, и мы долго ехали к нашей цели — через Крымский мост на Арбат. Почему-то больше запомнились зимние поездки. Мы сидим с папой, плотно прижавшись друг к другу, верх у пролетки поднят, так что идущий снег нас не мочит. Лошадь мерно идет, покачивая головой; снег хлопьями падает на землю, так что окружающее видно, как сквозь кружево; папа негромко разговаривает со мной. Как хорошо! Ощущения, испытанные тогда, сохранились на всю жизнь.

Иногда мы едем вместе с мамой. Папа тогда выглядит совсем счастливым. Он попеременно говорит то с мамой, то со мной, то затевает общий разговор, чтобы я не чувствовала себя лишней. Он все время дает мне почувствовать, что его радует мое присутствие рядом. (Оно никогда не тяготило его.) Даже тогда, когда он говорит с мамой — в этот момент он или плотнее обнимает меня, или крепко берет за руку и время от времени пожимает ее. Да, я все время чувствую, что папа ни на минуту не забывает обо мне, что я нужна ему. Все это дает непередаваемое чувство защищенности, близости, уверенности в том, что ты нужна. Как всё это в детстве необходимо!

Почему я пишу об этом? Почему так подробно рассказываю, казалось бы, о таком незначительном? Может быть, даже кому-то покажется, что о мелочи? Почему память сохранила не только эти поездки, но и то, что я тогда испытывала? А может, это не такая уж мелочь?..

Уже взрослой, я много думала об этом и часто воскрешала в памяти те минуты, вероятно, по контрасту с наблюдаемым в обыденной жизни.

Вот в вагон метро или в троллейбус входит малыш с кем-то из родителей.

Пристроив ребенка, усадив его, взрослый тут же достает книгу или газету и начинает ее читать, не обращая никакого внимания на ребенка. Иногда, правда, не отрывая взора от книги, малышу дается директива: «Не вертись!» или «Сиди спокойно!» Мне в таких случаях всегда бывает так обидно за ребенка — он в это время предоставлен сам себе и не ожидает от родителей ничего, кроме, разве, замечания. А может быть, ему хочется поделиться впечатлениями о том, что он увидел в окно? Или попросить разъяснения? Или просто поговорить? Ведь ему скучны, утомительны и неинтересны такие поездки. Что он вспомнит, когда вырастет? Не здесь ли лежит одна из причин постепенного отчуждения детей?..

К счастью, меня своим вниманием отец не обделил. Я получила его сполна. И всю свою жизнь благодарна ему за это.

◆

Вдумываясь в отношения Льва Семеновича и дочери, стоит вспомнить, что Л.С. Выготский был автором замечательного психологического закона «зоны ближайшего развития». Согласно этому закону, взрослый — необходимый участник и «проводник» человеческой культуры в процессе развития психики ребенка — развития, умственного, эмоционального, морального.

В воспоминаниях дочери мы обнаруживаем, что Л.С. Выготский блестяще проводил в жизнь то, о чем говорила его теория. Будучи отцом двух дочерей, он принимал тесное участие во всех сферах их жизни. Старшей дочери, Гите, посчастливилось в сознательном уже возрасте (после трех лет) испытать разнообразное и глубоко эмоциональное общение с ним. Это были многочисленные беседы, в которых отец откликался на трудные и важные переживания дочки; он поддерживал ее в учебе, играх, в общении с детьми; серьезно обсуждал ее мечты и планы. Его высокие человеческие качества освещали жизнь близких и служили для детей, как и взрослых, эталонами чуткости, доброты и скромности.

Обо всем этом рассказывает Гита Львовна.

глава третья

Близкий значимый взрослый

«Скажи, что случилось?»

Это лето для меня было омрачено двумя разными по масштабу, но одинаково огорчительными событиями. Помню, все были потрясены нелепой трагической смертью профессора М. Басова и, по-видимому, поэтому в доме много говорили о смерти. В результате всех этих разговоров я поняла неизбежность смерти, и это меня потрясло. Я была напугана, очень угнетена, все казалось мне непрочным, зыбким. Отец заметил мое состояние и однажды, дождавшись, когда мама уйдет вниз к бабушке, взял меня за руку и привел к нам наверх, на балкончик. Там он посадил меня к себе на колени так, чтобы видеть мое лицо, обнял и спросил: «Скажи, что случилось?» — «Это правда, что все люди умирают?» — спросила я и с надеждой посмотрела на него. Мне так хотелось, чтобы он развеял мой страх и сказал, что это не так. Отец выдержал мой взгляд, погладил по голове и спокойно сказал мне: «Правда. Но только умирают люди очень старые и очень больные. Так что тебе нечего тревожиться. Это все будет очень-очень нескоро, через много-много лет». Говоря это, он сделал неопределенный жест рукой в воздухе, как бы показывая отдаленность этого момента. Становилось спокойнее, но надо было все уточнить: «А ты? А мама?» Он улыбнулся: «Мы тоже нескоро будем старыми, и, видишь, мы здоровы. Так что ты не тревожься, иди спокойно играть». Спустив меня с колен и поцеловав, он мягко подтолкнул к двери: «Иди к детям играть». На душе снова стало спокойно. Помню, меня распирало от любви к отцу и благодарности. Поверьте, я это так помню, как будто это произошло только что.

«Шприц для игры — совсем не прихоть!»

В самый разгар моей болезни (а скарлатину тогда лечили 6 недель) мне отчаянно повезло — свалился с тяжелой ангиной папа. Теперь я была не одна, со мной в комнате лежал больной папа. С ним мне было всегда хорошо. Я никогда не раздражала его, даже если приставала к нему или тормошила его во время работы. Он никогда не сердился на меня, мог без конца отвечать на мои вопросы, рассказывать что-нибудь интересное.

То ли моя длительная болезнь, то ли частое общение с доктором и его доброе ко мне отношение, а скорее всего, все это вместе взятое привело меня к то-

му, что я просто «заболела» игрой в доктора. Мы с Леонидом играли в эту игру изо дня в день и не могли пресытиться. С игрушками тогда было плохо, и наш игровой аксессуар состоял из каких-то коробочек, баночек, бутылочек, палочек и одного, как мы тогда считали, «настоящего» предмета. Им был металлический остов от разбитого шприца. Вот всем этим «инструментарием» мы и пользовались для исцеления наших пациентов. Увидев, что наша игра носит стойкий характер, отец очень сочувственно отнесся к ней и подарил мне свой настоящий стетоскоп. Это, конечно, очень нас обрадовало и оживило нашу игру. Но по прошествии некоторого времени я решила, что шприц нам нужен тоже совсем настоящий и действующий. И я обратилась с просьбой к отцу отдать мне для игры его шприц. Он спокойно и убедительно объяснил мне, что сделать этого не может, так как шприц необходим ему самому, чтобы лечить бабушку (он сам делал ей в случае необходимости инъекции). «Но я понимаю, — добавил он, — что шприц тебе действительно нужен и я обещаю постараться достать его для тебя». Прошло, вероятно, пару месяцев, а может быть, и больше. Однажды вечером я была в гостях у кого-то из ребят. Мне позвонили из дому и сказали, чтобы я собиралась домой, так как сейчас за мной придут. Я начала просить отсрочки, но тут трубку взял папа и сказал мне: «Приходи скорее, у меня что-то для тебя есть». Дважды повторять мне не пришлось — папа дома, да еще что-то принес мне! Я мгновенно собралась и всю дорогу торопила своего провожатого: «Скорее! Скорее!» В дом я ворвалась пулей и, не раздевшись, кинулась к отцу. Он ласково со мной поздоровался, а потом отослал раздеться. Когда я, раздетая, вернулась к нему, он не торопился меня обрадовать. Казалось, он предвкушал мою радость и растягивал удовольствие. Он сел, посадил меня на колени так, чтобы хорошо видеть выражение моего лица, и, взяв что-то со стола, подал мне. Это была маленькая черная коробочка. Я сидела не шевелясь. «Что это?» — спросила я. В ответ на мой вопрос папа открыл коробочку, и я онемела от восторга — на пурпурном бархате лежал прекрасный шприц, гораздо лучше папиного, а ря-

дом с ним — игла. Изнутри крышка коробочки была из красного атласа, она откидывалась, и между ней и крышкой лежала проволочка для чистки иглы. Я боялась вздохнуть, мне казалось, что это сон. Видя, что я буквально онемела и ошеломлена, папа сказал мне: «Это тебе. Помнишь, я же обещал тебе шприц. Теперь ты можешь играть в больницу». Я не в силах была сказать ни слова. «Ты довольна?» — спросил меня папа. Я глубоко вздохнула и кивнула головой. Говорить я все еще не могла. Я крепко обняла отца, прижалась к нему и поцеловала его. Он улыбнулся. Сняв меня с колен, он сказал: «Сегодня уже поздно. Ты положи его на место, а завтра будешь играть с ним. Хорошо?» С этого момента все наши с Леонидом пациенты стали получать ежедневные инъекции. А к этому времени папа привез мне из Ленинграда в подарок очень большую матерчатую, набитую опилками, с головой из папье-маше куклу. Вот эта кукла и была главным объектом нашего лечения. Взрослые только удивлялись, почему кукла течет.

А много лет спустя, в 1956 г. я узнала историю этого шприца. Меня как-то попросила прийти к ней одна из давних сотрудниц и друзей отца — Л.С. Гешелина, чтобы передать мне ряд книг. Я зашла, завязался разговор об отце, и вдруг она мне сказала: «Если б ты только знала, как Лев Семенович любил тебя! Знаешь, однажды я даже отдала ему для тебя шприц, так он тебя любил. А ведь не хотела сначала отдавать!» Я попросила ее рассказать, как это было, и она рассказала мне следующее. «Как-то однажды, кажется, в 1931г., Лев Семенович спросил при мне: «Товарищи, нет ли у кого-нибудь из вас лишнего шприца? Мне очень нужен». А мне как раз только что привезли из Германии прекрасный шприц, поэтому я сказала ему: «У меня есть, и я его отдам вам с удовольствием». Он немного смутился и сказал: «Это, собственно, не для меня, а для Гиты». Я была поражена и сказала довольно запальчиво: «Ну уж ей, конечно, и не подумаю его отдать!» Лев Семенович молчал, а я добавила: «Нельзя потакать каждой прихоти ребенка! А потом она у вас еще что-нибудь попросит?!» И тут он очень тихо сказал мне: «Если у ребенка интерес к медицине, то шприц для игры — совсем не прихоть, не блажь. Ведь игра в детстве так важна, так значима, она имеет такое кардинальное, незаменимое значение для детского развития... И потом, кто знает, — добавил он, — может быть никогда после я не смогу доставить ей такую радость!» Это все так убедительно прозвучало для меня, что я сказала ему: «Бог Вам судья. Наверное, вы правы. Вот Вам шприц». Этот шприц цел у меня до сих пор.

«Вот если бы папа был милиционером!»

По правде говоря, папина манера держаться с людьми, его чрезмерная скромность огорчали меня в то время. Он никогда не «выпячивался», всегда старался быть «в тени». Мне казалось, что при этом никто не мог даже догадаться, какой он хороший. Так, или примерно так, думала я в те годы. Идем мы с ним по улице — никто не обращает на него никакого внимания, никто его не замечает, никто не понимает, с каким замечательным папой я иду за руку. А мне так хотелось, чтобы все его видели, чтобы он был в центре всеобщего внимания! Вот, если бы...

На перекрестке, возле нашего дома, был милицейский пост. Там, на возвышении, целый день стоял постовой. В этом, конечно, была необходимость, так как улица наша была оживленной — было много транспорта, пешеходов. Да еще машины и телеги выезжали из переулка. Необходимо было всем этим управлять, и постовой успешно это делал. Я могла часами наблюдать из окна или стоя на улице у подъезда, как одному движению его руки повинуются и громоздкие трамваи, и машины, и извозчики, и пешеходы. Мне он казался таким могущественным! И он всегда был в центре внимания — все на него смотрели, все видели, какую важную работу он выполняет. Вот, если бы папа был милиционером! Стоял бы он на посту, все бы на него смотрели! А я бы гордилась им... Я бы даже могла к нему подойти и постоять рядом с ним на посту... И все ребята видели бы...

Однажды я даже познакомилась с одним из постовых, когда он сдал свой пост другому и направлялся, вероятно, домой. Мы с ним дружески поговорили, он спросил меня о том, где работает мой папа, а мне, увы, похвастаться было нечем: я честно призналась ему, что папа работает за столом, он пишет. Милиционер покачал головой — то ли одобрительно, то ли сочувственно. С той поры мы всегда с ним здоровались.

И вот как-то, после того, как я очередной раз наблюдала из окна за его триумфом, когда вся улица жила по движению его руки, я не выдержала и пошла к папе. Он работал. Я не окликнула его, а остановилась у стола и стала ждать, когда он меня заметит. Обычно папа чувствовал, что ли, мое присутствие и оборачивался ко мне. Так было и в этот раз. Дождавшись, когда он заметит меня, я подошла к нему вплотную. Он понял, что мне надо погово-

рить с ним, и положил ручку, которой писал. Тогда я сказала ему, что мне не нравится его работа: «Все время пишешь, да пишешь. Что это за работа? Вот если бы ты был милиционер, — мечтательно сказала я, — ты бы стоял на посту, и все бы вокруг видели, какую важную работу ты делаешь!» Мама рассмеялась и сказала что-то, из чего я могла заключить, что такая радужная перспектива ее не увлекает. Папа же был абсолютно серьезен. Он наклонился ко мне, взял за плечи и, немного склонив голову набок, сказал: «Конечно, милиционер выполняет очень важную и ответственную работу. Трудно даже представить, что было бы на улице без него... Но ведь, понимаешь ли, бывает и другая важная работа — и водить трамваи, и лечить людей, и учить детей — тоже очень важно и необходимо. Это тоже должен кто-то делать... Всякая работа, которая нужна людям, важна». — «И твоя работа — тоже важная?» — с недоверием спросила я. Папа немного помедлил и уверенно ответил: «Мне представляется, очень... Да, то, что я делаю, тоже важно людям».

Помню, помимо всего, меня удивило в этом разговоре и то, что папа, как мне показалось, нисколько не завидует ни милиционеру, ни его могуществу, ни его популярности. Мне это было просто непонятно. Я вздохнула и отошла от него. Приходилось примириться с тем, что папа никогда не будет милиционером.

«Мы с папой работали за одним столом»

Папа очень серьезно и с огромным уважением относился к моим школьным обязанностям. Так, для моих занятий он отвел мне место за своим столом. Он специально освободил для меня половину своего письменного стола, чтобы я могла спокойно, без помех заниматься. Я была чрезвычайно горда тем обстоятельством, что мы с папой работали за одним столом и иногда даже одновременно.

В тот год я особенно пристрастилась к чтению и стала меньше играть. Это папу огорчало. Он не раз сетовал по этому поводу, спрашивал, почему так редко ко мне приходят играть ребята, почему мало играю сама. Его душевная тонкость проявлялась и в том, как он относился к моей реакции на читаемое. Помню, застав меня в слезах над «Маленьким оборвышем» Гринвуда, он не стал говорить мне, что это выдумка, что на самом деле этого не было, а потому не стоит плакать. Присев ко мне и обняв меня, он просто вмес-

те со мной посочувствовал герою. Когда я читала о приключениях Тома Сойера и Гекельберри Финна, порой мне было страшно, и папа всегда находил какие-то слова, которые успокаивали меня, но тем не менее не разрушали создаваемые воображением картины.

Под влиянием школы и чтения у меня родились новые планы на будущее. И, конечно, я пошла поделиться ими с отцом. «Я хочу быть учительницей, писателем и художником. Как мне быть?» Папа серьезно отнесся к моей новой мечте и посоветовал и рисовать, и писать, и заниматься с Асей как с ученицей. А потом посмотреть, к чему душа больше лежит, что лучше будет получаться. Некоторое время спустя, начитавшись Сетон-Томпсона, я снова вернулась в разговоре с папой к своему будущему. «Знаешь, я решила, что буду одновременно и учить детей, и писать книги, и делать к ним рисунки. Ведь Сетон-Томпсон не только писал, но и сам делал рисунки к своим книгам. Я буду учительницей, буду писать книги о ребятах и сама буду рисовать для них». Папа даже не улыбнулся, выслушав мою грандиозную жизненную программу. Он только сказал мне, что все в жизни нужно стараться делать очень хорошо. А делать очень хорошо сразу несколько таких ответственных дел, по его мнению, очень трудно. Для каждого из них нужно долго и упорно учиться. Но если у меня получится то, что я задумала, то он, конечно, будет рад и готов мне помочь, если мне понадобится его помощь. Он не позволил себе ни малейшей иронии, не лишил мечты, не убил ее.

«Можно! Конечно, можно!.. Иди за ребятами»

Мне кажется, что наукой отец занимался всегда, каждую минуту своей жизни, что бы он ни делал, а не только тогда, когда сидел за письменным столом. Условия для работы у него были очень трудные, а точнее — никаких условий для работы не было. Судите сами. Жили мы вчетвером в одной комнате. В комнате было тесно: по стенам стояли книжные шкафы и стеллажи с книгами с пола до потолка, вдоль окон — большой письменный стол отца, кровать родителей, мой диванчик и Асина кровать. Свободным оставалось лишь небольшое пространство в центре комнаты. Вот его-то мы и использовали для игр. При этом, играя, мы располагали наши игрушки так, что некоторые из них были вплотную придвинуты к письменному столу, за которым работал папа. И все же он умудрялся ежедневно по много часов проводить за столом, и не просто проводить, а напряженно работая. Казалось, ничто не мешало ему работать — ни разговоры рядом, ни наши игры и возня на полу. Он никогда не требовал тишины, не делал замечаний. Мне думается, работа целиком поглощала его, настолько увлекала, что порой он и не замечал того, что происходит вокруг. Вероятно, из-за этого он мог иногда и невпопад ответить. Так, мама рассказывала, что однажды оставила меня, еще маленькую, с ним. Он работал, а я играла рядом. Потом мне зачем-то понадобилась бумага, и я обратилась к нему: «Папа, мне нужна бумага». — «В каком смысле?» — спросил он, не в силах оторваться от работы. «В белом», — ответила я. Мой ответ сразу вернул его на землю, он очень смеялся. Кажется, он это тоже использовал в одной из своих работ. Он был очень непритязателен, скромен и никогда не требовал для себя особых условий, никогда никого не стеснял, не ущемлял. Ребята со двора очень любили приходить к нам играть. Частенько они говорили мне: «Пойди спроси, можно к вам?» Очень ярко помню, как вхожу в комнату, вижу склоненную над столом фигуру отца и, стараясь не шуметь, спрашиваю у мамы: «Мама, ребята спрашивают...» Дальше говорить мне не удается, так как быстро, резко повернувшись ко мне, папа отвечает: «Можно! Конечно, можно!» Смотрю на маму, она с сомнением качает головой. Не знаю, как быть, но на помощь мне снова приходит папа: «Можно! Чего же ты ждешь?! Ведь ко мне приходят товарищи. Было бы ужасно, было бы несправедливо, если бы к тебе не могли прийти. Иди за ребятами». Так быс-

тро решается этот вопрос. Это повторялось многократно. И потом, когда мы уже играем тут же, рядом с ним, он время от времени оборачивается к нам, смотрит, улыбаясь, на нас и снова погружается в работу. Приходится лишь удивляться, как, работая в таких условиях, он успел столько написать.

«Он что-то чертил, придумывал...»

А вот в чем совершенно не разбирался отец, чего он совершенно не знал, так это музыка. Эта область была для него terra incognita. Может быть, это произошло потому, что в детские годы в семье не уделялось внимания приобщению детей к музыке. Так или иначе, у него был плохой музыкальный слух. Не знаю, мог ли он различать по звучанию различные музыкальные произведения, но передать правильно ни одной мелодии не мог. Ему нравилось, когда мама, что-либо делая, напевала вполголоса. Он щурился при этом от удовольствия. Он хотел, чтобы я училась играть на рояле, и была даже предпринята такая попытка, которая закончилась пару месяцев спустя. (Льщу себя надеждой, что так случилось из-за неблагоприятных условий, а не из-за моей музыкальной тупости.) Дело в том, что у нас дома инструмента не было, поэтому для того, чтобы приготовить задание учительницы, меня отводили в семью живших неподалеку наших знакомых. Там же никаких условий не было. В конце концов, я отказалась ходить туда для приготовления уроков, а другой возможности не было. Но важно не это, важно отношение отца к моим занятиям. Когда мне было задано учить ноты, различные музыкальные паузы, папа старался помочь мне сделать это. Он что-то чертил, придумывал какие-то приемы, чтобы облегчить мне запоминание материала и сделать эти занятия интересными для меня. С ним я занималась этим скучным делом с удовольствием. Для того чтобы объяснить мне материал, он должен был сначала разобраться в нем сам, так как не владел даже элементарной музыкальной грамотой. И он находил для этого и время, и терпение, и всячески способствовал моему обучению. Когда через несколько месяцев мои занятия прекратились, он огорчился. Спросив у меня, хочу ли я учиться музыке, и получив мой утвердительный ответ, он обещал купить для этого пианино. Это свое обещание ему не суждено было выполнить — он не успел.

◆

Отдельно хочется сказать о редкой способности Л.С. Выготского сочетать в общении с детьми неизменное внимание и тепло с твердостью, заботой о дисциплине и нравственности. Как он это делал?

«Папа никогда не морализировал, но...»

Однажды, помню, я вернулась из школы гордая и счастливая — за какую-то очень важную контрольную работу я получила самую высшую оценку. Рассказывая об этом, я не без удовольствия сказала, что моя соседка по парте получила отметку ниже, чем я, так как не успела у меня что-то списать. И вдруг вместо ожидаемой радости отца я увидела, что он очень огорчен и не пытается скрыть это. Я не могла понять причины его огорчения. Он сказал, что это,

конечно, хорошо, что я справилась с трудной работой. Но он не понимает, как можно радоваться чужой неудаче? Надо быть добрым к людям и всегда стараться им помочь. Мне стало стыдно перед ним за ту радость, которую я испытала от того, что превзошла одноклассницу. Но, осудив мой поступок, папа показал мне путь к исправлению. Он сказал, что советует мне спросить у моей соседки по парте, что ей непонятно, и предложить ей помочь, объяснить непонятное. «Конечно, если ты действительно хочешь ей помочь, то предложить помощь нужно от души, чтобы она поверила, что ты желаешь ей добра». И потом добавил: «Я прошу тебя, пожалуйста, всегда относись к людям по-доброму, всегда старайся помочь. И никогда не радуйся чьей-либо неудаче». Мне было стыдно, и от моей радости ничего не осталось. Но отец, чтобы научить добру, не побоялся омрачить мою радость, даже разрушить ее. Этот урок запомнился мне на всю жизнь.

Очень нравилось нам, детям, когда к отцу приходил Б.Г. Столпнер. Был он очень близорук и, несмотря на толстенные стекла очков, видел очень скверно. Был ли он к тому же рассеян, судить не берусь. Но по той или другой причине (а может быть, и из-за обеих причин вместе) с ним случались в доме смешные, с нашей точки зрения, истории. Так, помню, собираясь домой, он тщетно старался напялить на свои огромные растоптанные ботинки маленькие женские галоши на высоком каблуке, да еще стоящие задом наперед. Мы с Леонидом получили массу удовольствия и еле сдерживались, чтобы не захохотать в голос. Папа страдальчески (да, да, именно так) посмотрел на нас, и мы присмирели. Потом, с обычной своей деликатностью, он сказал: «Борис Григорьевич! Мне кажется, это не Ваши галоши», на что Столпнер ответил: «Нет, Лев Семенович, я хорошо знаю свои галоши». Отец пытался очень тактично добавить, что ему кажется, что это женские галоши, но Столпнер продолжал терзать их, пока не убедился окончательно в негодности попытки надеть их. В другой раз он спутал дверь в туалет и ломился в запертый бельевой шкаф. Стоявший рядом отец робко говорил ему: «Мне кажется, Борис Григорьевич, Вы не ту дверь открываете», на что Столпнер ответил: «Нет, Лев Семенович, я отлично знаю Вашу дверь». Папа предусмотрительно посмотрел на нас, и мы сдержались. После ухода Столпнера папа позвал нас. Он был очень огорчен. Он сказал нам, как это неблагородно и жестоко смеяться над чужими недостатками. Он сказал, что надо всегда быть добрым к людям и стараться помочь им,

а не выискивать их недостатки. Он добавил, что ему очень грустно оттого, что мы сами этого не понимаем. Он не требовал ни наших объяснений, ни извинений, ни обещаний на будущее. Просто он встал и вышел из комнаты. До сих пор помню, как мне было стыдно. Весь день я ничем не могла заняться и только и думала об этом разговоре и мечтала, чтобы что-нибудь случилось такое, чтобы я могла показать папе, что я не такая уж злая.

«Сказал, что сам ею займется»

В первые годы своей жизни Ася[1] росла нелегким ребенком, она была, как принято говорить, с характером. Это проявлялось в бурных скандалах, которые она периодически устраивала. Мама работала, и нас воспитывала няня, которая очень любила Асю, страшно ее баловала, во всем потакала ей, что, безусловно, не способствовало улучшению ее характера. Увидев однажды один из Асиных фокусов, Лев Семенович сказал, что сам ею займется, и просил никого не вмешиваться. Ася очень любила гулять, очень хорошо играла во время прогулки, но возвращение домой вызывало ее бурный протест. Как только она видела, что мы приближаемся к дому, она ложилась на тротуар, начинала бить ногами, не подпуская к себе, и истошно орала. Вот такую картинку и увидел однажды отец. На следующий день, когда все повторилось как по нотам, он вышел на улицу, велел мне, Леониду и няне идти домой, а сам взял отчаянно брыкавшуюся и орущую девочку на руки, внес ее в подъезд, положил на пол, а сам вошел в квартиру и закрыл дверь. Сначала из подъезда неслись отчаянные вопли, но постепенно они стали стихать — ведь зрителей не было! — и, наконец, совсем прекратились. Когда наступила тишина, отец вышел в подъезд, спокойно помог дочери подняться с пола и, молча, привел ее домой. Он не сказал ей ни единого слова. Умыв, он отпустил ее к няне, которая собиралась ее кормить. Это повторялось несколько дней кряду, с той только разницей, что пару раз Асю забирала из подъезда соседка из квартиры напротив и приносила ее нам через черный ход, со двора. Отец неотступно следовал своей методе и был вполне вознагражден — постепенно все прекратилось, и возвращение с прогулки стало проходить спокойно. Если же Ася устраивала скандал дома, пада-

[1] Сестра, на пять лет младше Гиты.

ла на пол, била ногами по полу, кричала, папа требовал, чтобы все вышли из комнаты, а сам, оставшись с ней, не обращал на нее никакого внимания, делая вид, что чем-то очень занят, поглощен. Когда она успокаивалась, он, опять-таки молча, помогал ей подняться с пола и вел умываться. Он никогда ей при этом ничего не говорил, по-видимому, считая, что она в таком возбуждении, что все равно не в состоянии услышать и осознать сказанное. Как бы то ни было, но выбранный им метод целиком оправдал себя — истерики и скандалы постепенно прекратились.

Хорошо помню один из последних скандалов. Я уже училась в первом классе. Школа была на значительном расстоянии от дома и, главное, надо было переходить в нескольких местах Серпуховскую площадь, где было очень оживленное по тем временам движение. Обычно няня переводила меня через площадь, а дальше я шла одна. Ася очень ревниво относилась к няне, и когда она видела, что няня собирается меня провожать, она протестовала, плакала, била меня. Не желая лишний раз огорчать свою любимицу, няня часто уходила из дома раздетой и одевалась только в подъезде дома. На этот раз Ася, увидев, что мы собираемся уходить, начала плакать, больно ударила меня ногой, а потом в бессильной злобе схватила с кровати мое полотенце, окунула его в таз с водой и начала мокрым полотенцем тереть пол. На полотенце от мастики тотчас же образовалось большое рыжее пятно. Мы молча наблюдали за маленькой дикаркой. Отец подошел к ней, взял из ее рук полотенце и медленно, очень раздельно и внушительно сказал: «Отныне это полотенце будет твоим». И, действительно, каждый раз, меняя белье (даже тогда, когда отца уже не было в живых), полотенце с рыжим пятном давалось в пользование Асе. Так в семье свято выполнялись требования отца.

Мне хочется здесь сказать несколько слов о своей сестре. Я считаю необходимым это сделать, так как, к великому сожалению, ее уже нет (она умерла весной 1985 г.). Несомненно, актив-

ное участие отца в ее воспитании способствовало выравниванию ее характера, его коррекции. Постепенно все ее срывы прекратились, и к школе она была вполне контактной девочкой, хорошо общалась со взрослыми и сверстниками, среди которых всегда, на протяжении всей своей жизни, имела много настоящих друзей. Я бы сказала даже, что она обладала ценнейшим даром — умением дружить. Она всегда была добра и внимательна к своим друзьям, и они платили ей тем же. Она выросла глубоко порядочным человеком и всегда, в любой ситуации, вела себя очень достойно, никогда и ничем не запятнав ни своего имени, ни имени своего отца.

◆

Таким образом, мы познакомились с еще одним примером замечательных отношений между родителем и ребенком.

Корней Иванович Чуковский — и Лев Семенович Выготский: при всем различии этих выдающихся людей — разнице в их темпераментах, знаниях и взглядах — в одном отношении они были похожи. Каждый из них смог очаровать ребенка своей личностью, своей увлеченностью, тонким пониманием, умной заботой. Их дети чувствовали, что они нужны и важны родителю! В свою очередь, они платили ему безграничной любовью, преданностью, обожанием и благодарностью на всю жизнь.

Хочется завершить итог этих воспоминаний об отце простыми словами, которые написала Гита Львовна спустя многие десятилетия: «Я любила его. Я и сейчас его люблю».

Совсем другую тональность воспоминаний о родителях мы находим у Павла Флоренского.

Павел Флоренский

Семья и тетя Юля

Основы личности ребенка формируются в первые 5–6 лет его жизни и зависят от отношений с близкими. Простые чувства: душевное тепло, ласка, понимание и принятие создают основу эмоционального благо-

получия ребенка, а система семейных ценностей задает ориентиры для растущей личности. Не случайно первые воспоминания о детстве включают рассказы о родителях и взаимоотношениях с ними.

В своих воспоминаниях П. Флоренский описывает сложные и неоднозначные чувства к родителям. Это была любовь и одновременно – ощущение отстраненности, или дистанции. Зато глубокая эмоциональная привязанность к тете компенсировала то тепло, которое не давала (или не могла дать) мать.

Поражает блестящее психологически глубокое описание атмосферы в семье Флоренских: уважение и почти поклонение перед родителями не только со стороны детей, но и всех окружающих; предельная интеллигентность и вежливость; строгое соблюдение моральных норм; взаимная забота и оберегание чувств друг друга и одновременно умолчание о неприятных переживаниях. Эта атмосфера формировала в мальчике, по его собственному благодарному признанию, такие качества, как честность, порядочность, совестливость, ответственность. Но преувеличенный акцент на моральной чистоте, строгости и сдержанности может приходить в противоречие с естественной эмоциональностью, спонтанностью и открытостью и мешать установлению действительно близких отношений, душевной гармонии детей и взрослых. Необходимость такого сложного равновесия между следованием моральным нормам и спонтанностью показывает П. Флоренский на примере нехватки его в семье родителей, фактически на полвека предвосхищая идеи и открытия гуманистической психологии.

Прогулки с папой

Отец часто брал меня с собою на прогулки, в город, и, конечно, всегда они заканчивались какими-нибудь занимательными для меня покупками, то сластей, то игрушек. Помнится мне смутно, как в одну из таких прогулок была подарена мне первая кукла. Смутно припоминаю, что ноги и руки ее болтались на жидко набитых тряпочках и что куклу эту я страстно любил.

Мы жили высоко, на половине Давидовской горы. Подъем туда и сейчас был бы не очень легким в тифлисскую жару; тогда же я, едва ходивший, от жа-

ры размаривался и раскисал. По Головинскому и Дворцовой я ходил с папой, а возвращался домой уже у него на руках или сидя на плече: папа любил носить нас, маленьких, именно на плече. Жгучее тифлисское солнце, дышащий в лицо жар от накаленных скал, стен и мостовой, душный воздух и тяжелые, словно злые, лучи, придавливающие долу своею тяжестью спину и голову, словно прижимающие к мостовой пыль, врезались в мое сознание, и с тех пор во мне живет чувство враждебности Солнца-Молоха, полуденного тифлисского солнца, готового пожрать все живое. В этих прогулках мне открылась еще таинственная и уже определенно враждебная сила природы.

Было ли папе очень трудно вносить меня на Давидовский подъем, я не знаю. Но у меня осталось за эти ношения на плече к нему наиболее благодарное чувство как к избавителю от враждебного и злого Солнца-Губителя. Отчасти, может быть, это так еще и потому, что Люся еще не рождалась или была совсем маленькой, у меня не было с ней столкновений, отец принадлежал мне всецело, и еще не было у меня с ним неприятностей из-за Люси, которые стали омрачать мое детство впоследствии и тем самым вносить несколько отчуждения от отца. Тогда единство сына и отца, в моем сознании, было безусловным, и самый отец был для меня безусловным отцом, а я — его безусловным сыном.

Мать

Этого чувства близости и нераздельности существования у меня никогда не было в отношении к матери. Прежде всего, она мало возилась со мною, занятая Люсей и потом другими детьми. Сдержанная, замкнутая, гордо-застенчивая в проявлении чувств, преувеличенно-стыдливо прятавшаяся от меня уже с самого детства — когда кормила и вынашивала детей, она казалась

мне с первых дней моего сознания существом особенным, как бы живым явлением природы, кормящей, рождающей, благодетельной, — и вместе далекой, недоступной.

Этому впечатлению от матери — как от Матери-Природы — способствовал и культ, которым отец мой, и по движению чувства, и по сознательному убеждению, чтил мою мать, полагая, что жена-женщина вообще есть существо особое, а его жена — и трижды особое, что, впрочем, было, вероятно, не несправедливо. В ней я не воспринимал лица; она вся окружала наше бытие, всюду чувствовалась и была как-то невидима. Я мог говорить об отце, о тете Юле, о братьях и сестрах, и тетках, и двоюродных братьях и сестрах, но едва ли что-нибудь мог раньше сказать о матери своей. Да и сейчас я очень мало могу сказать о ней — лишь то, что говорили мне о ней другие, но не свое. Ибо сила моего анализа не может расчленить аморфного, хотя и очень сильного, впечатления от матери, не может объективироваться оно, не может выразиться в слове. С отцом я много всегда разговаривал; с тетей Юлей, с тетками, со всеми — тоже. Но с матерью, кажется, никогда, или у меня сложилось впечатление, что я не разговаривал с нею. Отношения к ней мне представляются чувством одинокого путника в большой прохладной роще. Священный трепет и молчание, прохлада и робость... не страх, а... Мать была для меня родными недрами бытия, но прижаться к ней как к родной — было странным, неподходящим. Конечно, я говорю об этом преувеличенно. Конечно, я прижимался к ней, целовал ее, но мне помнится, что она с каждым годом все не то холоднее, не то смущеннее встречала эти ласки, и я чувствовал, что нарушаю какие-то должные грани. А я, надо отметить, был ребенок очень ласковый, все время целовал то одного, то другого и жить без этих ласк не мог, как без воздуха, тепла и света...

... Тут я не могу не заявить этого решительно, — что с самого начала у меня не было той привязанности к матери, которая бывает у всякого ребенка, — привязанности сыновней. Этою последнею всецело владела тетя Юля. По сказанным я не хочу сказать, что у меня не было никаких отношений к матери. Напротив, они были весьма могучи. Однако они были не личны, они были характера скорее пантеистического, чем нравственного.

В матери я любил Природу или в Природе — Мать. Я знал, что мать очень любит меня; и в то же время у меня было всегда чувство таинственного вели-

чия ее. И мне казалось, что она же может встать во весь рост — и, не заметив меня, — раздавить. Я не боялся этого и не протестовал бы против этого. Но при этом не могло не быть отдаления, какого и в помине не было в отношении отца или тети.

Тетя

Тетя, напротив, представляла обратный полюс моей детской жизни. В ней я не отрицал ноуменальной мощи, не удивлялся ей, но любил ее глубоко-личною любовью, был, вероятно, влюблен в нее со всем цельным чувством ребенка. Она была мне и другом, и товарищем, и учителем; с ней я делился своими горестями и радостями; от нее получал выговоры и наказания (хотя таковых бывало очень мало), вообще все человеческое было у нее. Она не подавляла меня своей отрешенностью от мелочей жизни; с нею можно было поболтать о нарядных платьях, кружевах, бантиках и шляпах, до чего я был большой охотник; с нею можно было собирать цветы и делать букеты; вообще с нею можно было жить. Матери же надо было поклоняться. И не потому, чтобы она требовала поклонения. Напротив, ничто, если брать сознание, убеждения, не было столь чуждо моей матери, как

притязание на внимание и подобное. Напротив, она тяготилась всяким вниманием, усиливала свою скромность и свое стеснение до невозможности жить в человеческом обществе... И все же, а может быть, и тем более, около нее была атмосфера, требовавшая поклонения, а не жизни.

Атмосфера семьи

У меня была нежная и горячая любовь к родным, собственно и преимущественно к старшим. Точнее сказать, нежная любовь и род влюбленности направлялись на тетю Юлю. Хотя и старше меня, она по складу своего характера откликалась на многие мои чувства и, насколько я теперь могу понять, со мной жила тою жизнью, которая не нашла бы удовлетворения в среде взрослых. Это она охотно рассказывала мне трогательные истории о каком-нибудь засохшем растении или умершей птичке и, как по крайней мере мне тогда казалось, оплакивала погибших вместе со мною. Мое ощущение — то, что пред нею мне не было надобности особенно скрывать мои мысли и чувства. Правда, она их формально не поддерживала, вероятно, по просьбе родителей и из боязни огорчить отца, бывшего предметом ее жгучей и единственной любви. Но я угадывал ее сочувствие и внутренне считал ее за единомышленницу. Сестры матери впоследствии мне говорили, что тетя Юля была сентиментальна. Но я хорошо знаю, что они имеют в виду, и знаю, как это неверно. Между тетей Юлей и другими тетками, несмотря на дружественные отношения, не могло быть настоящего понимания. Мне это ясно всем нутром...

Все они добры, приветливы, стараются окружить теплотой и вниманием и умеют это делать. Однако это — именно теплота, в ней что-то слепое. Действие ее иссякает почти тут же, за пределами небольшого пространства, в ней нет звонкости, нет света. Когда из такого теплого гнезда видишь далекие горы, сверкающие на солнце, тогда не оторваться от этой теплоты. Но если гнездо, ради большего удобства, закрыто со всех сторон, тогда во имя света взбунтуешься против этого уюта. Тетя Юля понимала это влечение к свету. Может быть, если бы она дожила до более поздних моих лет, она перестала бы понимать мои желания, но тогда, в детстве, мы друг другу соответствовали. Мое восприятие природы ею как-то одобрялось. И мое чувство к тете, вероятно, имело в себе сходство с тем ощущением, что отсутствуют какие-либо разделяющие

преграды и происходит взаимная диффузия личности, которая бывает при разделяемой и весьма одухотворенной влюбленности у взрослых...

Я позволял любить себя отцу, испытывал полумистическое благоговение, с чувством какой-то несоизмеримости, что ли, пред матерью, имел приязнь к теткам и вообще ко многим людям, любил же, нежно и страстно, лишь тетю Юлю, однако и ее — не как ее, т. е. без внутренней мотивированности, а за ее отношение к природе. Мне странно думать сейчас, а тем более писать, что в такой насыщенной взаимным признанием и взаимною любовью семье, как наша, такой впечатлительный и нежный, слишком даже нежный, каким я был, я, в сущности, может быть, никого не любил, т. е. любил, но любил Одну. Этой единственной возлюбленной была Природа.

Может быть, мне повредили в детстве люди. Уж слишком у нас в доме было сплошное тепло, сплошная ласка, а главное, сплошная порядочность и чистоплотность. Тут все подобралось одно к одному. Никогда ни одного пошловатого слова, ни одного приниженного интереса, никакого проявления эгоизма; всегдашняя взаимная предупредительность всех друг к другу при широкой, активной доброте отца в отношении окружающих, посторонних.

А со стороны окружающих — признание, уважение, почти благоговение к отцу, ко всей семье. Посторонние мне говорили о благородстве, о великодушии, о щедрости, об уме, о честности отца. Няньки на бульваре нередко поднимали оживленный спор, чья барыня в городе красивее и лучше, и, после обсуждения всех кандидаток, первенство красоты и всех достоинств утверждалось хором нянек неизменно за барыней Флоренской. У папы нередко срывалось искреннее восхищение пред тетей Лизой, в частности пред самодержавным размахом ее характера и пред редкою красотою ее глаз, а в его поддразниваниях тети Сони, тогда еще совсем девочки, опять чувствовалось одобрение. Наудачу указаны здесь некоторые из элементов этой доброкачественности. На самом деле все было пропитано этим, или я так воспринимал это, в данном случае то и другое не составляет разницы. Но если бы и никто ничего не говорил в этом направлении нам, детям, не могли же мы не видеть особого отношения прислуги, особого признания знакомых, подчиненных, сослуживцев. Мне кажется, характер папы не был особенно легким, и времена мрачности в нем сменялись веселостью и оживлением. Как мне кажется, он мог сказать и говорил как в ту, так и в другую полосу что-нибудь резкое,

слишком правдивое, иногда дразнительное. Но признание его было настолько велико, что никогда из-за подобных излишеств в слове не происходило ссор, неприятностей, то же, в своем роде, относительно матери. Горделиво застенчивая и охваченная нравственной чистоплотностью до нелюдимства, она еле-еле выполняла обычные светские требования, в гостях почти не бывала, визиты отдавала так, что почти как не отдавала, словом, несмотря на светскую воспитанность, шла в жизни по острию. И все же разрывов, обид и ссор, которые естественно должны были возникнуть, тут не выходило, — несомненно силою личного признания.

Мы все это видели. Отрицательных же свойств жизни других людей мы не только не видели, но и подозревать о них не могли. В нашем доме самый отдаленный намек не только что на сплетни и пересуды, но даже на сообщение вполне невинных новостей о чужих делах услышать было невозможно, — что я говорю — услышать, несомненно, подумать никто ничего такого не мог. Опять повторяю, неважно, насколько правильно освещено здесь строение нашей семьи, а важно, что я-то, во всяком случае, воспринимал его так. Может быть, взрослые, оставаясь одни вечером и весело смеясь чему-то, причем особенно развеселялся папа, может быть, они говорили и что-нибудь в ином роде. Но до нас, до меня это не доходило. Даже ряд слов, около которых обычно выкристаллизовываются пересуды, был решительно исключен из домашнего словаря: служба, начальство, ордена, награды, губернаторы и министры, деньги, жалованье, женихи и невесты, мужья и жены, рождения и смерти, похороны и свадьбы, священники и всякие богословские термины, евреи и различные щекотливые национальные вопросы и т. д. и т. д., — всего и не перечислишь, — эти понятия, наравне со многими другими, были, по крайней мере, в моем детском сознании, табуированы. Никто формально не запрещал нам употреблять подобные слова и обсуждать соответственные понятия — кроме только двух: деньги и жалованье, почитавшихся безусловно неприличными. Но и без такого запрета я из каких-то неуловимых семейных токов почувствовал с самых проблесков своего сознания полуприличность одних из этих слов и неприличность других. У детей есть абсолютно верный инстинкт, собачье чутье для расценки приличного и неприличного. Между плохим и хорошим нет глубокой разницы, и сделать плохое — это, конечно, нехорошо, потому что огорчит родителей; но, в сущности, — почему бы и не

сделать его. А вот неприличное и приличное — это деление абсолютное, и сделать неприличное — хуже чем умереть. А еще хуже, чем сделать неприличное, — сказать его. Плохое дело, плохая речь, неприличный поступок, неприличное слово — такова градация недопустимого; хуже неприличного слова, стыднее, уничтожающее, бесповоротнее — ничего не может быть, кроме одного: *мысли* о нем. В ночной темноте, закрывшись с головою одеялом, — и то не осмелишься подумать таковое, иначе будешь раздавлен каким-то нарушенным категорическим императивом, сгоришь и умрешь от стыда, даже мысль о том, что можешь нечаянно подумать такое слово, приводит в полное содрогание и на мгновение останавливает всякую жизнь.

Но, повторяю, неприличное — это не то чтобы плохое и не какое-либо особенное; у него, у этого неприличного, нет таких внешних признаков, чтобы по ним определить его неприличность и объяснить ее. Скорее всего, оно сродни мистическим понятиям, оно — табу; и только верхним чутьем я постигал, что табу и что не табу, но, конечно, никакие силы в мире не подвигнули бы спросить взрослых, что прилично и что неприлично и почему это так. Правда, во мне с раннейшего детства были чрезвычайная застенчивость и еще большая стыдливость. Но я хорошо помню, это чувство неприличия оценивалось мною не как моя застенчивость, стыдливость, вообще не как мое личное свойство, а как правое и должное чувство, именно та́к, как обычно говорят о совести. Малейшее нарушение этого словесного табу, малейшее приоткрытие запретной области мною внутренне сурово осуждалось, ибо казалось бесстыдством, обнажением, хамством, если употребить это слово в его исходном значении. Бытие в основе таинственно и не хочет, чтобы тайны его обнажались словом. Очень тонка та *поверхность* жизни, о которой праведно и дозволено говорить; остальному же, корням жизни, может быть, самому главному, приличествует подземный мрак. Правда, влечет познать его, но это надлежит делать именно поглядывая, а не нагло рассматривая пристальным взглядом, — доходить до неведомого «каким-то незаконнорожденным рассуждением», как говорил о познании первичного мрака материи Платон, но никак не внятными, да еще вдобавок сообща, силлогизмами. Вот смысл моих тогдашних ощущений приличного и неприличного. Я хорошо помню, он был именно таков, хотя я не мог бы сказать тогда этими словами, и мне кажется, это не индивидуально случайное мое чувство и не произвольно субъективный круг слов —

табу, установившийся в моем сознании, а что-то несравненно более общечеловеческое. Мне кажется еще, не эти ли же слова табуируются у дикарей, психологию которых и по сей день я чувствую родною себе?

Во всяком случае, в нашей семье были какие-то объективные поводы, может быть не вполне сознаваемые и самими родителями, к установлению таких табу. Два-то рода мотивов тут были во всяком случае: один — нравственная pruderie[1], а другой — такое же, как у меня, ощущение тайн жизни, в особенности жизни семьи, и инстинктивная боязнь огрубить эти тайны, облекши их в слова и дозволив разговор о них. Но как бы ни было, в моем сознании строй семейной жизни был изысканен. И ничего другого я не знал.

Детское сознание привыкло к этой изысканности, раз навсегда приняло ее, но приняло как нечто подразумеваемое, естественное. Иначе и быть не может. Отношения личные не могут быть иными, как ласковыми и вежливыми, внешние отношения — бескорыстными, честными и т. д. Люди вообще не могут быть иными, как воспитанными, немелочными, знающими. Ложь, даже оттенок неправды, невозможна и т. д. и т. д. Никто не может сказать слова грубого, обнаженного, неприличного. Вообще, весь мир построен, как и наш островной рай. Правда, боковым слухом я откуда-то узнавал, что случаются нарушения райской тишины. Но такие нарушения мне не представлялись даже неприличными. Они были слишком далеки от наглядно воспринимаемого, и если я интересовался ими, правда очень слабо, то в порядке естественнонаучном: так взрослые могут интересоваться сиамскими близнецами или, скорее, боа констриктором.

Человек невоспитанный, позволяющий себе заговорить о жалованье или не отвечающий в любой час дня и ночи на геологические или астрономические вопросы своего сына, представлялся мне вроде Джэка-потрошителя или преступников, которым убить — все равно, что выпить стакан чаю. Таких людей, если бы кто о них мне сказал, я бы и осуждать не стал, как нечеловеков, хотя и в человеческом образе. Грубое обращение, пресловутые мачехи, невнимательные отцы — право, о них я вовсе не думал, а когда детская беллетристика заговаривала о них, я относился к этим мифическим образам с гораздо меньшим чувством реальности, чем большинство взрослых к шайтанам арабских сказок.

---

[1] Стыдливость *(франц.)*.

глава третья

Близкий значимый взрослый

Все, что может быть неблагородного, невоспитанного, нравственно нечуткого, грубого в слове и в действиях, стало для меня как раз тем, что педагоги желают сделать для ребенка мир мистической фауны, т. е. *ничем*, практически ничем, словами и образами, лишенными какой бы то ни было реальности. Есть же, просто есть, само собою подразумевается именно то, что окружает меня, чего не быть кругом меня не может, — эти люди, эти отношения.

Я был привязан к этому бытию и к этим людям органически, как к своему телу, и отдаление от них — разумею пространственное расстояние — вызывало ощущение почти телесной болезненности, растяжение каких-то органических связей с ними.

...Так вот, полное нравственное благополучие нашего уединенного острова воспитало во мне подобное описанному отношение к людям. Хорошие люди, воспитанность, деликатность, всяческая порядочность, ум и т. д. и т. д. — это подразумевается, об этом нечего говорить, нечего это и замечать, даже чудовищно, хотя бы в самом себе, сказать о человеке, что он такой-то, в хорошем смысле, как никто не констатирует, что глаза у человека именно два, а голова — одна. Но вот противное — оно не может не быть замеченным. Однако такой, о ком замечено, — это ведь уж почти что не человек, и внутренне считаться с ним было бы нелепым и претящим.

Итак, с одними почти не считаешься, потому что они подразумеваются, а с другими считаться, по меньшей мере, странно. И я, в теплом гнезде наилучших — так, по крайней мере, оценивал их — людей, пронизанный любовью и нежной заботой о себе, оказываюсь предельно одиноким; только тетя Юля, с ее глухим страданием и с характером менее величественным, чем у отца и матери, протягивает мне нитку к Человеку.

Я не знаю, как объяснить свою мысль. Потом, в совсем другом смысле, уже не в отношении к семье, я расскажу о несколько родственном состоянии, от которого я оторвался с большою потерею крови: назову его несколько приблизительно *фарисейством*. А то, что мне хочется сказать о семье нашей, так названо быть не может. Кроме того, это и не самодовольство, и не американская здоровость и сытость, и, наконец, менее всего сектантское чувство праведности. Все это совсем не то. Но в нашей семье не было бы места Достоевскому. Он со своей истерикою у нас осекся бы, в этом я уверен. Светский дом, или самодовольный дом, или безбожный дом он преодолел бы и перевер-

нул бы все его благополучие. Но наш отнюдь не был благополучным, напротив, в основе его был фатализм и чувство обреченности всего прекрасного. Именно поэтому-то хаосу был раз и навсегда прегражден доступ на этот остров: его можно было разрушить, но — не возмутить скандалом.

Формальная светскость и холод внешних отношений были бы в нашем доме неприличны. Но не менее неприлично было бы патетическое. Рыдания, вопли, восклицания — совершенно не могу представить себе чего-нибудь такого в нашем доме. А если бы Достоевский ворвался с этим в дом, то, ясно представляю, мама сказала бы нам, детям: «Подите побегайте во дворе, Федор Михайлович болен». Потом все взрослые переглянулись бы между собою и из деликатности разошлись бы по своим комнатам. Через четверть часа папа сказал бы маме или тете: «Il faut lui dormer un verre d'eau avec sucre»[1], — и послали бы тетю Соню, как младшую, тоже из деликатности, с подносом, на котором был бы на блюдечке чайный — непременно граненый — стакан с сахарною водой. Тетя Соня тихо ушла бы, а через несколько минут решили бы, что теперь все кончилось, папа маме, или наоборот, сказал бы: «Pauvre homme, il est tres nerveux»[2], — и, делая вид, что ничего не произошло,— пошли бы объявлять: «Федор Михайлович, ужин уже на столе», — причем за ужином обязательно был бы шашлык из лососины или осетрины с ломтями помидор и луку, свежая икра и вино, а после ужина папа поднес [бы] Достоевскому какую-нибудь особенную гаванскую сигару и затеял бы разговор о последней книжке «Revue des deux Mondes», «Deutsche Rundschau» или же о только что полученном новом томе «Histoire Universelle par Lavisse et Rambeau». Не сомневаюсь, что Достоевский не мог бы не почувствовать, что это ненарочно проделано, и так есть в семье, и, затаив конфуз, искренно осудил бы в себе истерику.

Так вот, Достоевскому не было места, и даже романы его, хотя и стояли в шкафу, но, открыто по крайней мере, никем не читались как что-то сомнительное — в противоположность настольным и провозглашаемым Диккенсу, Шекспиру, Гете и Пушкину, каковые признавались *вполне и насквозь* приличными.

---

[1] «Надо дать ему стакан сладкой воды» *(франц.)*.

[2] «Бедняга, он очень нервен» *(франц.)*.

глава третья

Близкий значимый взрослый

Достоевский, действительно, — истерика, и сплошная истерика сделала бы нестерпимой жизнь, и Достоевский сплошной был бы нестерпим. Но, однако, есть такие чувства и мысли, есть такие надломы и такие узлы жизненного пути, когда высказаться можно только с истерикой — или никак. Достоевский единственный, кто вполне постиг возможность предельной искренности, но без бесстыдства обнажения, и нашел способы открыться в слове другому человеку. Да, конечно, это слово будет истерикой и юродством, и оно безобразно и само собою замрет среди благообразия, подлинного благообразия, но закупоривающего поры наиболее глубоких человеческих общений. Конечно, Достоевскому, чтобы высказаться, не годен наш дом, не годен монастырь, по крайней мере, хороший монастырь, может быть, не пригоден даже храм. Достоевскому нужен кабак, или притон, или ночлежка, или преступное сборище, по меньшей мере, вокзал, — вообще, где уже уничтожено благообразие, где уже настолько неприлично, что этой бесконечности неприличия никакое слово, никакое неблагообразие уже не увеличат. Тогда-то можно дозволенно делать недозволенное, излиться, не оскверняя мирного приюта, не оскорбляя самой атмосферы. Достоевский снова открыл, после антиномий апостола Павла, спасительность падения и благословенность греха, не какой-нибудь под грех, по людскому осуждению, поступка, а всамомделишнего греха и подлинного падения.

Достоевскому у нас нечего было бы делать. Но это укор не только ему, но и дому. Невысказанные жили в членах семьи чувства патетические, к которым на самом деле, как к подземному ветру, втайне прислушивались все, но каждый сам за свой страх и скрывая от других. Бетховенский стук судьбы в окно остро чувствовался, и смертельным ужасом сжималось сердце каждого из членов, начиная от отца и кончая не только нами, детьми, но и собакою, делавшеюся членом семьи. И каждый понимал, что этот стук услышан другими, но старался своим видом уверить всех прочих, что он ничего не слышал. Исключительно близкие между собою и в этой близости полагавшие цель жизни, члены семьи, именно ради этой близости, из деликатности и желания дать другим жизнь гармоничную, отделялись от близости и в самом важном, самом ответственном затаивались в себе. Я начал говорить о своем одиночестве, но, на разные лады, все были одинокими.

глава четвертая

ЗАНЯТИЯ, УЧЕБА, ШКОЛА

Учить ребенка — не это ли становится главной заботой родителей после того, как малыш покинул колыбель? И сколько сил взрослых, да и самих детей направляется на эту задачу в последующие пятнадцать–двадцать лет!

В этом разделе собраны тексты, которые затрагивают разные вопросы вокруг учения, обучения и образования детей. Большинство из них написаны из позиции ученика — того, кто учился и кого учили. Но есть также несколько текстов профессиональных психологов и педагогов, которым удалось сделать заметный вклад в науку и практику обучения детей.

Каждый знает, что учение как освоение нового происходит двумя путями. Во-первых, ребенок (человек) ***учится сам***; во-вторых — его учат или ***обучают учителя*** («учителя» в широком смысле). Эти формы учения, конечно, тесно переплетены, и, как правило, одна невозможна без другой. Тем не менее в жизни — домашней, личной, общественной — они часто разделены. Ребенку, а затем и взрослому ***полагается*** освоить определенный объем знаний, и он это делает «по заказу», под руководством учителя. Так возникли школы, программы, методики, оценки, экзамены и т. д. Одновременно, в той мере, в которой у ребенка или взрослого остается свободное время и вообще свобода от направленных воздействий, он имеет возмож-

ность учиться сам. И это происходит в играх, занятиях-увлечениях, самостоятельном чтении, общении, поисках ответов на возникшие вопросы.

Тексты, в которых описывается свободное самообучение детей, помещены в основном в первой главе этой книги. Здесь же мы обращаемся больше к воспоминаниям о ***школе*** в широком смысле (это может быть и детский сад, и домашний учитель, и даже вуз). Всем понятны важность и необходимость официального ***направленного*** обучения. Без него в наше время человеку трудно найти место в обществе. Тем не менее с обязательным образованием до сих пор связано много острых психологических проблем, о которых рассказывают авторы воспоминаний. Среди них — нелюбовь к школе, конфликты с учителями и родителями, «лень», безразличие и отвращение к урокам, формализм требований, а порой и грубое непонимание со стороны учителя (***К. Юнг, С. Рихтер, М. Цветаева, А. Звонкин***).

С другой стороны, существуют вдохновляющие позитивные примеры разрешения этих проблем. Об этом можно прочесть в текстах выдающихся ученых-педагогов (***А. Нилла, К. Роджерса***), а также в воспоминаниях об увлекательных занятиях с родителем, или учителем (***И. Менухин, Н. Сац***). В таких занятиях через эмоциональное общение происходило не только усвоение знаний, но и особый, творческий контакт двух личностей — ребенка и взрослого. Кстати, последняя тема особенно сильно звучит также в текстах третьего раздела — о значимых близких взрослых.

Почти во всех текстах можно видеть, как не похож процесс учения, когда он основан на интересе, свободном выборе заниматься тем, что нравится, что ощущается как «свое», на школьное традиционное обучение. Часто он идет параллельно со школой и независимо от нее, порой в ущерб ей. Куда девается «лень», «безразличие», «дурной характер», капризы? Ребенок просит, требует, пристает, ходит по пятам, проявляет настойчивость и волю, не слушается советов пойти гулять, слишком утомляет себя, его не оторвать от книги, занятий. Но в итоге это оказывается истинным учением и нередко началом серьезного жизненного пути.

Карл Густав Юнг

«Передо мной оказалась глухая стена»[1]

Карл Густав Юнг (1875–1961) — известный швейцарский психолог и философ, основатель «аналитической психологии». Оказал большое влияние на культурологию, сравнительное религиоведение и мифологию.

Карл Юнг рос одиноким нелюдимым ребенком. По умственному развитию он опережал своих сверстников, многие часы проводил в библиотеке за чтением книг. Уже взрослым ученым он много размышлял над проблемами становления личности ребенка, в том числе вспоминая значимые события своего детства.

Мы помещаем небольшой отрывок из воспоминаний К. Юнга. В нем он рассказывает об остро пережитом эпизоде столкновения с учителем немецкого языка. Учитель позволил себе грубо оскорбить мальчика, незаслуженно обвинив его во лжи и мошенничестве.

По воспоминаниям Юнга, этот случай не только оставил надолго чувство горести, и отвратил от изучаемого предмета, но еще больше усилил чувство отчужденности, от которого и так страдал неординарный подросток.

◆

Я ощущал свое вынужденное «отличие», и оно пугало меня (означая не что иное, как изоляцию) и приводило к очевидной несправедливости: меня делали козлом отпущения куда чаще, чем я мог это вынести. На уроках немецкого я выглядел весьма посредственно: ни грамматика, ни синтаксис совершенно меня не интересовали. Я скучал и ленился. Темы сочинений казались мне, как правило, пустыми и глупыми, а собственные работы — беспредметными и вымученными.

Оценки я получал средние, что вполне устраивало: я старался не выделяться, не подчеркивать свое проклятое «отличие». Меня тянуло к мальчикам

[1] *Юнг К.* Воспоминания, сновидения, размышления. М., АСТ-ЛТД, 1998.

из бедных семей, которые, как и я, вышли из ничтожества, но многие из них были тупыми и невежественными, а это уже раздражало. Притягивало же меня то, что эти одноклассники в своей простоте не замечали во мне ничего особенного. А я из-за своего «отличия» уже начал бояться сам себя: мне казалось, что есть во мне нечто такое, чего я сам в себе не знаю, из-за чего меня не любят учителя и избегают товарищи.

Тогда же произошла история, которая меня доконала. Мы наконец получили тему для сочинения, которая показалась мне интересной. Я писал добросовестно и с увлечением и, как мне казалось, мог рассчитывать на успех — получить один из высших баллов, не самый высший, конечно, это бы меня выделило, но близкий к нему.

Наш учитель имел обыкновение начинать обсуждение сочинений с лучших. Сперва он прочел сочинение первого ученика, это было в порядке вещей. Затем последовали другие, а я все ждал и ждал, когда же прозвучит мое имя. Меня не называли. «Этого не может быть, — думал я, — неужели мое сочинение настолько плохое, ведь он уже перешел к откровенно слабым работам. В чем же дело?» Или я снова оказался «вне конкурса» и обнаружил свое проклятое «отличие»?

В конце концов, когда все сочинения были прочитаны, учитель сделал паузу и произнес: «У меня есть еще одно сочинение — Юнга. Оно намного превосходит другие, и я должен был бы отдать ему первое место. Но, к сожалению, это обман. Откуда ты списал его? Скажи начистоту!»

В ужасе и негодовании я вскочил с криком: «Я не списал ни единого слова! Я же потратил столько сил, я старался написать хорошее сочинение». Но учитель был неумолим: «Ты лжешь. Ты не мог написать такое сочинение. Это маловероятно. Итак — откуда ты его списал?»

Напрасно я клялся в невиновности, учитель стоял на своем. «Значит, так, — сказал он, — если я найду, откуда ты его списал, тебя исключат из школы». И отвернулся. Мои одноклассники бросали на меня странные взгляды, и я с ужасом понял, что они думают: «Ах, вот оно что». И снова передо мной оказалась глухая стена.

Теперь на мне было клеймо — клеймо моего проклятого «отличия». Униженный и опозоренный, я клятвенно пообещал отомстить учителю, и, если бы такая возможность вдруг появилась, я рассчитался бы с ним по

закону джунглей. Но как мог я доказать всему свету, что не списывал сочинение?

Я днями размышлял над этой историей и снова приходил к выводу, что ничего нельзя было поделать, что волею слепой и глупой судьбы я оказался лжецом и обманщиком. Теперь до меня стало доходить многое, чего я не понимал раньше, например, почему один из учителей сказал моему отцу, когда тот пришел поинтересоваться моей учебой: «Ну, он, конечно, средний ученик, но работает с похвальным усердием». То, что я числился в «недалеких» и «поверхностных», сказать по правде, меня не задевало. Меня убивало то, что они считали меня способным на ложь.

Я уже не в силах был сдерживать горечь и негодование. И тут случилось то, что я замечал в себе и прежде: в сознании воцарилась внезапная тьма, будто захлопнулась глухая дверь, отгородив меня от всех.

◆

Трудный опыт детства, а затем — и глубокие размышления ученого-психолога привели К. Юнга к безоговорочному выводу о том, что ***воспитатели сами нуждаются в воспитании***. По его убеждению, «ни один человек, из окончивших школу и даже университет, не может считаться вполне воспитанным». Что касается непосредственно деятельности школ и учителей, то также хочется привести краткие и веские слова Юнга: «Часто в школе все сводится лишь к тому, чтобы методически вдалбливать в головы учеников учебный материал. Но в этом заключается самое большее только половина действительного значения школы. Другую половину составляет подлинное психическое воспитание, опосредствуемое личностью учителя». Но для этого учитель ***«сам должен быть честным и нравственно здоровым человеком»***.

глава четвертая

Занятия, учеба, школа

Александр Звонкин

Грустные размышления о школе[1]

Звонкин Александр Калманович, московский математик, кандидат физико-математических наук, до 1989 г. сотрудник одного из исследовательских институтов нефтяной и газовой промышленности. В настоящее время профессор университета в г. Бордо (Франция).

В своей книге «Малыши и математика» А.К. Звонкин делится уникальным опытом ведения математического кружка с дошкольниками. Это своего рода дневник занятий, насыщенный интересными задачами, ценными наблюдениями и размышлениями автора о математике и детях.

В моей книге «Продолжаем общаться с ребенком. Так?» можно найти примеры, отражающие поиски и замечательные находки А. Звонкина как настоящего учителя с большой буквы, который сумел не только вызвать и поддерживать длительный интерес детей к занятиям, но и развить их способности самостоятельно мыслить, обсуждать вопросы, доказывать гипотезы. В результате его ученики-дошкольники смогли освоить некоторые темы, традиционно попадающие в программу средних классов школы, а то и вовсе выходящие за ее пределы.

В начале занятий «кружка» (март 1980) самому младшему их участнику Диме (сыну автора) было неполных четыре года. Занятия длились немногим более трех лет и закончились вскоре после поступления детей в школу. Публикуемый здесь отрывок из книги А. Звонкина относится к началу школы (осень 1983). В нем мы видим разительный контраст между результатами внимательного и вдумчивого обучения детей в кружке и официального школьного образования[2].

---

[1] *Звонкин А.К.* Малыши и математика. Домашний кружок для дошкольников. М., 2006.

[2] «Я хочу сделать здесь одно важное замечание. В дальнейшем тексте будет еще много инвектив и филиппик в адрес школы. Я не хочу их убирать: именно так я тогда думал и так чувствовал. Однако несколько позже я приобрел собственный — совсем небольшой — опыт работы в школе. Я не хочу сказать, что моя точка зрения кардинально изменилась; но она очень сильно обогатилась большим количеством дополнительных нюансов и более ясного понимания школьных проблем. Проблемы эти столь трудны, что мне сегодня кажется почти чудом тот факт, что школа умудряется решать хотя бы даже небольшую их часть. При этом она в очень большой степени лишена моральной поддержки со стороны общества. От авторов вроде меня учителя не слышат в свой адрес ничего, кроме критики. Увы». *(Примеч. А.К. Звонкина)*

◆

3 октября 1983 года. После первого месяца в школе.

Мне почему-то до самого последнего времени казалось, что на Диму школа не подействует так, как она действует на других ребят (страшно применять к нему слово «отупляюще», поэтому скажем так: «негативно»). Однако в последнее время я начинаю замечать у него некоторые сбои.

Так, недавно, он у меня спросил:

— Папа, а 4 недели — это сколько дней? Нужно к 228 четыре раза прибавить по 7 или четыре раза отнять?

Я так и не смог у него добиться, откуда он взял число 228.

В другой раз мы вместе шли из школы и вычисляли, может ли один учитель вести уроки физкультуры во всей школе. Он очень плохо понимал, что и зачем надо делать, не мог сосчитать количество уроков в неделе, не знал потом, следует делить на 2 или умножать (2 урока в неделю в классе) и т. п.

Вот и сегодня он тоже был не на высоте. И не в том дело, что он соображал медленнее, чем раньше, а в том, что его поток гипотез был менее интенсивен, чем обычно, и они были менее разнообразны.

Характерен в этом отношении рассказ Гали З. о своем сыне. В их учебнике (кажется, второго класса) есть так называемые «задачи нестандартного содержания». В течение года ни одну из этих задач Лева решить не мог. Однако началось лето, и через две недели каникул он легко решил все задачи до единой: что-то его «отпустило».

Ноябрь 1983 года. Школа наводит ужас. [Записано в те дни, когда Дима сложил все нечетные числа сначала от 1 до 99, а потом от 1 до 999.[1]]

Так случилось, что в день занятия кружка (17 ноября) Дима поздно вернулся из школы, а погода была очень хорошая, и я после обеда выпустил его

[1] Решение задач этого типа участники кружка обсуждали раньше. Например, для того, чтобы сложить все нечетные числа от 1 до 19, можно делать так: сложить 1 + 19; 3 + 17; 5 + 15 и т. д. Каждый раз получаем 20. Остается понять, сколько таких 20-к мы получим? Очевидно, пять. Таким образом, в ответе получаем 100. Теперь у читателя есть возможность довольно просто найти сумму нечетных чисел от 1 до 99 и от 1 до 999, то есть проделать то, что сделал первоклассник Дима, в школе оказавшийся «двоешником» *(примеч. Ю.Б. Гиппенрейтер)*.

погулять. Поэтому уроки он стал делать после кружка, и контраст между его успехами на кружке и в школе оказался особенно ярким. Дело в том, что оценки первоклассникам начинают ставить только со второй четверти, т. е. с 10 ноября. За прошедшую неделю Дима получил четыре оценки по математике. Вот они в порядке поступления: 3, 2, 3, 2. Как раз в четверг, 17-го, Дима получил свою тетрадь домой: мы как родители двоечника должны были расписаться возле каждой оценки, чтобы показать, что мы с его успехами ознакомлены.

В чем же дело? Я внимательно просмотрел его тетрадь. Исписано около трети. Прежде всего, хочется отметить, что в ней нет ни одной — подчеркиваю, ни одной — арифметической ошибки. Я был даже удивлен: я привык, что в счете он нередко ошибается. Наивысшая оценка — тройка — стоит за решение «примеров», т. е. за чистые вычисления типа: 9 – 4 – 3 = 2. Здесь претензии только к почерку. Написал бы красиво — вполне мог бы получить 5. Остальные оценки — за задачи, и с ними дело хуже. Конечно же, все задачи решены правильно — этот факт я выношу за скобки (и, видимо, учительница его выносит за скобки тоже). Однако *запись* — вот в чем корень зла! Есть, конечно, замечания и по почерку, но не они главное. Замечания другого рода таковы (я смешиваю в одну кучу «ошибки» из разных задач): слово «задача» написано с маленькой буквы; после него не стоит точка; слово «ответ» тоже с маленькой буквы; в другом месте вместо «ответ» написано сокращенно «от.». После слова «ответ» следует ставить двоеточие; сначала Дима этого не заметил, потом после моего вопроса, заданного дома, специально в школе посмотрел; оказалось, двоеточие таки нужно. Но на следующий раз он поставил его не там — написал «Ответ 6 : р.». (Какой смысл для него в этом знаке?) Тонким моментом является также употребление именованных величин (а они у них сейчас таковы во всех задачах). Допустим, нужно сложить 3 и 4 коровы. Тогда в так называемой краткой записи условия задачи нужно написать соответственно 3 к. и 4 к., например:

На лугу — 3 к. ⎤
На поле — 4 к.⎦ ?

Затем, в момент выполнения действия, размерность исчезает: 3 + 4 = ... Когда же получается результат, то размерность появляется снова — но на этот раз обязательно в скобках: . . . = 7 (к.). (В принципе — вполне разумно,

иначе слева стояли бы безразмерные величины, а справа — уже коровы. Но что понимают в этом первоклашки?) Наконец, в ответе это самое «к.» пишется опять без скобок. Дима поначалу не разобрался в этой системе и иногда писал лишние скобки где не надо, а иногда забывал поставить размерность вообще. Трудности вызывает также место для вопросительного знака. Если в задаче спрашивается, сколько штук чего-то у кого-то, то и знак вопроса ставится в той же строчке, например:

На поле — ? — на 1 к. больше.

Если же требуется узнать суммарное количество, то к обеим строчкам ставится квадратная скобка, и знак вопроса после нее — как в примере выше. В этом случае, кстати, сразу ясно, что задача — на сложение. Однако Дима этой условности тоже не уловил. Он не приписывал квадратной скобке никакого определенного смысла или понимал ее интуитивно как то, что «требуется что-то узнать». В результате он иногда навешивал эту скобку и на задачи на вычитание (это уже было не в школьной тетради, а в наших тренировках).

Одним словом, как читатель уже догадался, мы приступили к тренировкам. Алла задала Диме такую задачу: «У Светы было 8 ромашек; 3 она подарила другой девочке; сколько ромашек у нее осталось?» (Это после наших-то прогрессий!) Требовалось, конечно, не решить эту задачу, а правильно записать условие и решение.

Сначала все шло гладко: слово «Задача» он написал с большой буквы, и точку не забыл. Дальше возник спор; я считал, что следует писать: «У Светы — 8 р.», а Дима утверждал, что они всегда в таких случаях пишут «Света — 8 р.». Вопрос отнюдь не праздный — ведь и за гораздо меньшие отклонения от формы оценка снижается. Мне это показалось странным, но, в самом деле, предыдущие задачи были записаны именно так. Я отступил, хотя и не был твердо уверен в его правоте. Написав первую строчку, Дима надолго задумался, и тут я *впервые в жизни* услыхал от него то, что, думал, не услышу вообще никогда:

— *Мы таких задач еще не решали.*

Что такое?!! Оказывается, непонятно, как записать вторую строчку условия.

Если написать Света — ? — на 3 р. меньше, то это вроде бы противоречит первой строчке.

— Нужно обязательно, чтобы у кого-то другого было меньше, — объяснил нам Дима.

Внутренне схватившись кто за голову, кто за сердце, мы с Аллой стали менять условие: «...А у Гали на 3 ромашки меньше». Это, однако, не ликвидировало всех вопросов. Нужно ли писать тире *после* вопросительного знака или только перед ним? Следует ли писать «На 3 р. меньше.» с большой буквы? Я чувствовал себя совершенно беспомощным. А ведь одновременно нужно писать красиво, аккуратно, *письменными буквами* — в точности такими, каким их учат, но на бумаге в клетку, а не в линейку. Можно лишь удивляться, что за всеми этими проблемами Дима все же сумел правильно вычесть 3 из 8. Между прочим, считать их учат тоже не лишь бы как.

— Вот, например, нужно сложить 7 и 3, — рассказывает Дима. — Но если ты сложишь 7 + 3, это будет неправильно. Нужно складывать так: 7 + 2 + 1.

(Я в этот момент ему не поверил, стал спорить, но дальнейшие примеры убедили меня в том, что он говорил правду.) А если нужно сложить 6 и 4, то нужно складывать 6 + 2 + 2. Вот, например, Ольга Ильинична спрашивает:

— Сколько получилось?

— 10.

— А как ты считал?

— 6 + 4.

— Садись, неправильно. А ты как считал?

— 6 + 1 + 1 + 1 + 1.

— Садись, неправильно! А ты?

— 6 + 2 + 2.

— Правильно!

— Ну, а ты как считаешь? — спросила Алла.

— Ну, я вообще-то считаю 6 + 4, но когда у меня спрашивают, отвечаю, что считал 6 + 2 + 2, — сказал Дима и сам засмеялся от того, какой он хитрец.

Видимо, методика обучения счету состоит в том, чтобы идти по натуральному ряду с шагом 1 или 2. Возможно, для тех детей, которые еще совсем не умеют считать, это и имеет какой-то смысл. Но это тупое чудовище (я имею в виду школу — учителя в этом не виноваты) заставляет всех повиноваться своим примитивным принципам. И некуда деться!

Святослав Рихтер

«Школу я ненавидел»[1]

Святослав Теофилович Рихтер (1915–1997) — выдающийся советский и российский пианист, культурный и общественный деятель, один из крупнейших музыкантов XX века.

Когда знакомишься с судьбой творческого человека, пытаешься понять, что в детстве способствовало его будущему успеху. Обстоятельства и причины оказываются очень разными.

Мы увидим, что в случае Святослава Рихтера это было счастливое сочетание нескольких вещей. Во-первых, ***высокая музыкальная культура*** в доме: отец был композитором, регентом хора, органистом, пианистом и музыкальным педагогом, к тому же фанатично увлекался Вагнером. Это создавало такую атмосферу вокруг маленького Славы, что, можно сказать, он «родился в музыку».

С другой стороны, и это, судя по всему, оказалось фактором столь же сильным, ***его не принуждали к занятиям музыкой***. Мальчик просто тянулся к музыке сам. Мать защищала его желание не играть гаммы и этюды и позволяла ему заниматься так, как он хочет. Короче говоря, Славе предоставили ***свободу***, а это — непременное условие пробуждения и развития творчества! Мы видели, что так же поступала и мать другого выдающегося музыканта — Сергея Прокофьева.

[1] *Монсенжон Б.* Рихтер. Дневники. Диалоги. М., 2007. Пер. О. Пичугина.

глава четвертая

Занятия, учеба, школа

◆

В Одессе мы жили в немецком квартале. Отец служил регентом церковного хора — он ведь еще и на органе играл — и одновременно вел в консерватории класс фортепиано.

Я читал запоем. В свои десять лет или около того я просто глотал книги. Матушка корила меня за нелюбовь к Толстому, и это чистая правда, его я не читал, но обожал Гоголя, которого начал читать совсем еще маленьким, и Диккенса тоже... Меня завораживал Метерлинк — конечно, «Пелеас и Мелисанда» и еще «Принцесса Мален».

Поэзия начала волновать меня позднее. Я по-прежнему страстно люблю Расина, Рембо, Шекспира, Пушкина и Пастернака, но это та форма художественного выражения, которую моя голова не удерживает, что же касается прозы, то я храню в памяти все, что прочел.

Я всегда столько читал, что однажды (много лет спустя, уже в Москве, во время войны) органист и композитор Александр Гедике сказал кому-то: «Непременно скажите Р-р-рихтеру (он произносил «р» на немецкий лад), что читать на ходу на улице опасно!» Где-то в городе он столкнулся со мной, но я был так поглощен «Поэзией и правдой» Гете, что не поздоровался.

Девяти лет от роду я сочинил нечто вроде маленькой драмы под названием «Дора», пьесу из восьми действий и пятнадцати картин, с тринадцатью персонажами; мы представляли ее на одном из вечеров, которые устраивали иногда родители в нашей небольшой квартире. При случае задавались и костюмированные балы. Эту традицию я продолжил у себя в Москве.

Все шло чудесно, и до одиннадцати лет у меня было счастливое детство. Но вот началась самая ужасная пора в моей жизни: школа! Школу я ненавидел, и даже сейчас при одном воспоминании о ней меня бьет дрожь. Все в ней меня отвращало, и прежде всего то, что она была обязательна. Все дети считались «бандитами», хотя школа была немецкая и у нее была превосходная репутация. Нашей классной дамой была строгая учительница фрау Петерс. Наш страх перед ней усугублялся тем, что обычно она была очень спокойной и казалась мягкой и ровной. Но вдруг раздавался ее зычный, подобный иерихонской трубе вопль: «Вон!»

Довольно недурная собой — было в ней что-то от Джоконды, — она даже благоволила ко мне, но однажды воскликнула, и на немецком языке это звучало ужасно: «Alle sind so faul, faul, alle! Aber der Richter, der stinkt von Faulheit!» (Все вы лодыри, лодыри все до единого! Но от Рихтера просто разит ленью!)

Я правда ничего не делал, был и остался ленивым. Есть у меня такой недостаток: я от природы лентяй.

Однажды я сделал вид, будто иду в школу, но не пошел, а отправился бродить по окрестностям Одессы. Эскапада длилась десять дней. Я пошел открывать мир, полагаясь лишь на себя, вовсе не потому, что мне что-то там пытались вбить в голову. Я несравненно больше узнал, прогуливая уроки, чем посещая их в немецкой школе.

Как бы то ни было, в пятнадцать-шестнадцать лет этому пришел конец. Я с великим трудом сдал экзамены. В математике я ничего не смыслил, к тому же был слишком поглощен музыкой, которую открыл для себя лет в восемь, когда начал пробовать силы в игре на фортепиано.

Отец был действительно замечательный пианист и, когда располагал свободным временем, два-три часа занимался по вечерам. Я, понятное дело, слушал. Впечатления от его игры, несомненно, оказали сильное влияние на меня. Но когда я сам сел за пианино, папа пришел в ужас. Я до сих пор слышу, как он кричит: «Просто невероятно, что выделывает этот малыш!»

На первых порах я занимался с ним, но скоро у него опустились руки, потому что я обходился с ним без особого почтения. Он был человек очень мягкий, молчаливый... Ходила к нему прелестная ученица, чешская арфистка, уехавшая впоследствии в Сан-Франциско, где стала первой арфисткой Оперы. Она дала мне несколько уроков, и я быстро усвоил то, что положено знать, чему учат детей в самом начале, все, чему мне было необходимо научиться, чтобы отдаться целиком единственному занятию, меня интересовавшему: разбору партитур. После этого я решил, что могу обходиться без ее уроков.

глава четвертая

Занятия, учеба, школа

Папа, как истый немец, явно не был согласен с моей методой, вернее, с полным отсутствием какой бы то ни было методы. Мама же, напротив, не раз повторяла: «Оставь его в покое, пусть делает так, как хочет». Наверное, она была права. Где-то в уголке ее сознания шевелилась мысль, что мне надо предоставить свободу. «Если у него нет охоты играть гаммы, — говаривала она, — значит, ему нет нужды в них». Так что гамм я не играл. Ни разу, как, впрочем, и упражнений. Никогда и никаких. Черни тоже не играл.

Первой сыгранной мною пьесой был Первый ноктюрн Шопена, за ним последовал ми-минорный этюд опус 25 № 5. Потом я пытался разобрать сонаты Бетховена, в особенности сонату ре-минор. Спустя еще какое-то время, поскольку я часто слышал, как отец играл Вагнера — он был фанатичным вагнерианцем, в Вене все время просиживал в опере, слушая Вагнеровы сочинения, и пересказал мне сюжеты всех его опер, — я заинтересовался им и начал проигрывать сокращенные варианты для фортепиано «Тангейзера» и «Лоэнгрина». Можете вообразить, каково было мое исполнение! Но я играл все, что мне хотелось: Вагнера и Верди, Масканьи и Пуччини.

В нашей квартире было три комнаты. Большая была разделена надвое громадным шкафом. По одну сторону находилась мамина комната, а по другую — столовая, но ели мы на кухне. В маленькой комнате стоял рояль, и там я спал. Порою я слишком увлекался и заявлял: «Сегодня вечером я проиграю всю оперу от начала до конца». Мама сердилась: «Нет-нет, уже поздно, тебе пора спать!»

Одновременно я сочинял музыку. Сначала мои сочинения записывал папа, но потом я начал делать это самостоятельно. То были небольшие, разумеется, чрезвычайно нескладные вещицы, все для фортепиано. Первым моим «серьезным» сочинением оказалась, как можно догадаться, опера по мотивам лермонтовской «Бэлы». Текста не было, только музыка. Позднее на свет появились соната-фантазия и фокстрот на еврейские мотивы (и то и другое для фортепиано), а также опера-сказка «Ариана и Синяя Борода». Тем не менее композитора из меня не получилось. А ведь что-то могло и выйти, ибо первые вещицы, написанные мной лет в одиннадцать-двенадцать, отличались заметным своеобразием. Но когда я стал постарше, началось подражательство, я принялся сочинять музыку в духе Франца Шрекера, потому что мне в руки попала его опера и совершенно околдовала меня. Ну да что там...

Самое важное заключалось в неодолимой силе, с которой меня притягивал театр. Отец обладал одним удивительным качеством, совершенно особенным даром: он бесподобно импровизировал на органе, и ему предложили место органиста в Одесской опере. Поскольку он работал там, меня пропускали к нему. До сих пор помню второе действие «Царской невесты», третье действие «Богемы». Театр завладел мною без остатка, мало-помалу я разучил все, «Аиду», «Риголетто»...

Именно это меня интересовало, а не фортепиано. По сути, я был воспитан на опере.

Летом 1931 года мы перебрались в Житомир. К тому времени мне уже исполнилось шестнадцать лет, и отец представил меня своим старинным приятельницам и поклонницам, восьмерым сестрам Семеновым. Они жили все вместе в чудном особняке с колоннами — казалось, вы переносились вдруг в тургеневский роман. Они были очаровательны, но немного смешны, оттого что держались как молоденькие девицы, а им было уже под семьдесят... Старые дамы, старомодно одетые. Все над ними подтрунивали, но это были замечательные женщины, каждая на свой лад, — настоящие чудачки!

Они устроили у себя что-то вроде домашнего концерта, где я играл на рояле концерт Шумана, исполняя одновременно и партию фортепиано, и партию оркестра. На другой день они прислали моим родителям букет цветов из своего сада, находившегося вблизи какого-то монастыря, на краю оврага. Очень красивый сад.

Так восемь сестер стали моей первой публикой — первой публикой, у которой я имел успех. Это событие решило, по существу, мое будущее. Именно тогда во мне возникло желание стать пианистом. Подумать только, сразу восемь восторженных поклонниц! До этого мне никогда в голову не приходила мысль стать профессиональным пианистом.

Правда, в четырнадцатилетнем возрасте я выступал пианистом-аккомпаниатором в одесском Дворце моряков. Там был кружок певцов-любителей, исполнявших под аккомпанемент фортепиано отрывки из опер. Мне было интересно, я проводил там много времени. Да и они обожали, как и положено любителям, свое занятие. Конечно, певцы были прескверные, с ужасными голосами, тем не менее я приобретал некоторый опыт. Например, я сопровождал целое действие «Черевичек» Чайковского и «Пиковую даму».

глава четвертая

Занятия, учеба, школа

В пятнадцать лет мне предложили выступать аккомпаниатором на небольших концертах в клубах. Я колесил по всему району, меня отправляли в тот или иной загородный клуб; известно было только его местонахождение — и это все. Приходилось разбирать ноты прямо на сцене, я никогда не знал заранее, чего ждать. Могло быть что угодно. Нужно было аккомпанировать певице, скрипачу, балетному номеру, цирковому — и всегда с ходу! Иногда представления устраивались на открытом воздухе, и однажды на пианино хлынул ливень. В другой раз я аккомпанировал скрипачу, исполнявшему «Хоровод эльфов» Баццини. Я сыграл несколько тактов, и тут началась какофония. То, что он исполнял, не имело ничего общего с тем, что я видел в нотах. Мне перевернули сразу две страницы! Мы начали заново, благополучно пропустили опасные страницы и... Новая катастрофа! Вырвана страница! А он похлопывает меня по плечу:

— Слушай, парень, тебе не надоело?

Я чувствовал себя опозоренным. Но виновата-то была партитура! Вся рваная, страниц не хватало... Такие концерты всегда давались без репетиций. Вышел на сцену — и играй.

Именно тогда, странствуя по клубам с концертами в свои пятнадцать лет, я начал зарабатывать немного денег. Иногда платили натурой, и так было даже лучше. Однажды, после концерта в каком-то клубе, меня одарили мешком картошки, которая пришлась весьма кстати. Дело было сразу после коллективизации, время очень трудное, нужно было как-то жить... Но, в общем-то, это меня никак не затрагивало...

Мне хотелось работать, и, конечно, мама это одобряла, не из-за денег, а ради того, чтобы я мог выступать. Мне этого очень хотелось.

В восемнадцать лет, благодаря тому, что мы многих знали в Оперном театре — я ходил туда вместе с отцом, игравшим на органе, и постоянно торчал в оркестровой яме, — меня взяли, наконец, балетным аккомпаниатором. Главный дирижер Самуил Александрович Столерман был в высшей степени профессиональным и честным человеком, малосимпатичным, но... достойным уважения. Под его руководством я многому научился, ибо, поработав некоторое время аккомпаниатором балета, стал концертмейстером оперных хоров.

Столерман, благожелательно настроенный по отношению ко мне, даже обещал, что мне дадут подирижировать. Какой соблазн для меня! Речь шла о

«Раймонде» Глазунова, довольно сложном произведении. Кончилось тем, что дирижировал кто-то другой, кто-то, державшийся правильной линии и состоявший в партии. В этом балете есть вариация на двух страницах, где исполняется сольная партия фортепиано. Мне пришлось довольствоваться партией фортепиано.

Мне уже приходилось слышать Генриха Густавовича Нейгауза во время одного из его приездов в Одессу, и я просто влюбился в его манеру игры — он исполнял сонату «Hammerklavier» Бетховена — и в то, как он держался. Было что-то в его лице, очень напоминавшее моего отца, но черты гораздо мягче. Можно сказать, что у меня было, в сущности, три учителя: Нейгауз, папа и Вагнер.

В Москве жили друзья, согласившиеся приютить меня, — знак необыкновенного гостеприимства, когда знаешь, что, подобно большинству граждан, они жили в убогой коммунальной квартире. Едва я приехал в Москву, как эти друзья, Лобчинские (г-жа Лобчинская сама была его ученицей), привели меня в класс Нейгауза, чтобы он послушал меня. Я пустил в ход, среди прочего, главный мой козырь той поры, Четвертую балладу Шопена.

После прослушивания мы говорили о разном, в том числе о Вагнере. Судя по всему, я произвел на него благоприятное впечатление, потому что меня сразу же приняли в консерваторию без экзамена и конкурса, с тем, однако, условием, что я буду изучать все обязательные предметы. Занятия эти не имели ничего общего с музыкой, какая-то политико-философская, совершенно чуждая мне мешанина, но подлежавшая чрезвычайно строгим экзаменам. Мне не хватало духу посещать эти лекции, и в первый же год меня дважды исключали из консерватории. Я вернулся в Одессу с твердым намерением не появляться более в учебном заведении, которое меня не устраивало. Родителям я и словом не обмолвился о происшедшем. Но — о ужас! — они получили письмо от Нейгауза на мое имя. Профессор писал что-то вроде: «Ты — мой лучший ученик. Вернись!» Письмо было проникнуто таким сердечным теплом, что оно стало орудием моего спасения. В те годы Нейгауз был ректором консерватории. Конечно же он устроил так, что меня приняли без всяких формальностей, и он же теперь сгладил углы, возникшие из-за моего поведения.

Нейгауз стал мне как бы вторым отцом. Поразительно щедрая душа; мы были без ума от него. Никогда больше не встречал я человека, наделенного таким обаянием. Прелестный, легкий, чуть ли не беспечный, и тем не менее!..

Как и мой отец, он имел немецкие и польские корни, приходился двоюродным братом композитору Каролю Шимановскому. В юности дружил с Владимиром Горовицем и всю жизнь поддерживал очень близкие отношения с Артуром Рубинштейном. В начале века он учился не только в России, но и в Берлине, в Италии, где прожил много лет и которую обожал, а также в Вене, где был учеником великого пианиста Леопольда Годовского. Он обладал огромной литературной, философской и художественной культурой, бегло говорил по-русски, по-польски, по-немецки, по-французски и по-итальянски. Лингвистические познания такого рода были нередки в прежней России, но почти исчезли в стране, отгородившейся от мира после большевистской революции. Несмотря на слишком маленькие руки, он был выдающимся пианистом, но, поскольку ему так и не дали разрешения на выезд, его знали за пределами страны лишь как педагога.

Рассказ Генриха Нейгауза о том, как Святослав Рихтер попал в его класс Московской консерватории

«Студенты попросили прослушать молодого человека из Одессы, который хотел бы поступить в консерваторию в мой класс.

— Он уже окончил музыкальную школу? — спросил я.

— Нет, он нигде не учился.

Признаюсь, ответ этот несколько озадачивал. Человек, не получивший музыкального образования, собирался в консерваторию!.. Интересно было посмотреть на смельчака.

И вот он пришел. Высокий, худощавый юноша, светловолосый, синеглазый, с живым, удивительно привлекательным лицом. Он сел за рояль, положил на клавиши большие, мягкие, нервные руки и заиграл.

Играл он очень сдержанно, я бы сказал, даже подчеркнуто просто и строго. Его исполнение сразу захватило меня каким-то удивительным проникновением в музыку. Я шепнул своей ученице: «По-моему, он гениальный музыкант». После Двадцать восьмой сонаты Бетховена юноша сыграл несколько своих сочинений, читал с листа. И всем присутствующим хотелось, чтобы он играл еще и еще... С этого дня Святослав Рихтер стал моим учеником».

◆

Судя по всему, для Рихтера ощущение свободы было ***очень важным условием жизни вообще***. Он был своевольным ребенком (а потом таким же взрослым) в высоком смысле этого слова: у него была ***своя воля*** — такая, которая позволяла идти наперекор мнениям, обстоятельствам и порядкам, если они его не устраивали. Мы видели, что гимназистом он стал прогуливать ненавистную школу, а еще раньше не захотел заниматься с отцом, позже отказался от общественно-политических предметов в консерватории и за этот отказ был готов заплатить дорогой ценой — отчислением из консерватории.

Что же он защищал всем этим? Делать то, что хотел, что ему было интересно и нужно, чем он был увлечен, что он чувствовал как свое призвание. Так проявлялась в нем вера в себя — в то, что он имеет право выбирать собственные пути и способен это делать. Здесь снова сказалась мудрость родителей, отпускавших его на самостоятельные поиски и «приключения».

Способность к самоопределению — это стержень зрелой личности. Человек, нашедший свой путь, — будь то ребенок, подросток или взрослый — трудится ярко и упорно. Известно, например, что уже зрелым пианистом С. Рихтер занимался по восемь–десять, а иногда и шестнадцать часов (!) в сутки. Если он не выполнял намеченную для себя программу, то возвращал себе «долг», добавляя часы, иногда ночью. Но тот же упорный труд-увлечение мы можем увидеть и в его детстве. Вспомним его слова: «*отдавался целиком разбору партитур*», и это в восемь–десять лет, а ведь «партитурами» были целые оперы! Или: «*Театр завладел мною без остатка, мало-помалу я разучил все, „Аиду", „Риголетто"*»...

Как здесь не вспомнить слова А. Маслоу, что для творческих людей труд — это игра, а игра — это труд. И это потому, что они увлечены (зачарованы) делом!

Как нелепо на этом фоне звучат слова гимназической наставницы о подростке-Рихтере как о безнадежном лентяе! Но еще более комичны слова самого Рихтера: «*Я и правда ничего не делал, был и остался ленивым. Есть у меня такой недостаток: я от природы лентяй*».

Перед нами психологическая загадка: как можно думать об увлеченном, «захваченном» человеке как о лентяе?! Ну, можно еще простить гимназическую наставницу — у нее, можно сказать, по определению, профессиональные шоры на глазах. Но сам Рихтер — о себе (?!).

Однако разгадка парадокса — в его же собственных словах и в его судьбе: «*Школу я ненавидел, и даже сейчас при одном воспоминании о ней меня бьет дрожь. Все в ней меня отвращало, и, прежде всего то, что она была обязательна*». Вот в чем дело: ***обязательные занятия*** — вот где он был «лентяем»!

Мы сталкиваемся здесь с серьезной позицией «общества», школы, учителей и родителей. Она навязывается детям, а потом становится собственной оценкой для детей и взрослых. Позицию эту можно кратко выразить словами: ленивый — тот, кто не умеет работать по принуждению.

Еще раз повторим, С. Рихтер, как и некоторые подобные ему дети, помимо специальной одаренности, обладал еще одним даром: ***чувст-***

вом собственного пути. Это особый, ***личностный дар***, который пора понять, признать и всячески оберегать в детях! «Лень» таких одаренных детей — это сопротивление затягиванию их на чуждый путь. Чем одареннее ребенок, тем он «ленивее» в этом смысле. И тогда судьба его зависит от жесткости рамок, в которых он оказывается, а точнее — от соотношения прочности рамок и сил сопротивления (протеста) личности.

Подросток-Рихтер покидает немецкую гимназию с ее муштрой; отказывается от занятий с по-немецки методичным отцом — и тот почти в отчаянии опускает руки. А мудрая мать отпускает сына на свободу — «пусть делает, что хочет»; «значит ему это нужно». Так спасается талант!

Марина Цветаева

«Музыкального рвения у меня не было»[1]

В повести «Мать и музыка» М. Цветаева рассказывает о музыке в их доме и в ее собственной жизни. Из ее яркого рассказа мы узнаем много интересных подробностей, среди которых — неудачные попытки матери сделать из нее музыканта.

Марина рано ощутила свое «рожденное» писательское призвание, но ее мать этого не видела или не хотела видеть. Будучи сама блестящей пианисткой, она мечтала о музыкальной карьере дочери и настаивала на серьезных занятиях. Поражает контраст: мать выдающегося композитора С. Прокофьева ***не разрешала*** сыну играть на рояле дольше двадцати минут в день, мать М. Цветаевой ***требовала*** от девочки играть в течение двух часов подряд утром и вечером!

У Марины были «все данные» — общая музыкальность, большая рука, упорство и послушание. Но все напрасно! «Честные» усилия девочки не приводили к успеху, ибо они были подчинены не ее воле, а требованиям матери. Занятия музыкой превращались в механическое отбывание за инструментом под ненавистный звук метронома.

[1] *Цветаева М.* Мать и музыка. СПб., 2001 (с сокращениями).

глава четвертая

Занятия, учеба, школа

Зато как оживал ребенок, погружаясь наперекор всем и всему, в любимую «стихию стихов»! Снова и снова убеждаешься, как необходимы таланту свобода самоопределения и как он добывает ее для себя!

◆

Музыкального рвения — и пора об этом сказать — у меня не было. Виной, верней причиной, было излишнее усердие моей матери, требовавшей с меня не в меру моих сил и способностей, а всей сверхмерности и безвозрастности настоящего рожденного призвания. С меня требовавшей — себя! С меня, уже писателя — меня, никогда не музыканта.

«Отсидишь свои два часа — и рада! Меня, когда мне было четыре года, от рояля не могли оттащить! «Noch ein wenig!»[1] Хотя бы ты раз, раз у меня этого попросила!»

Не попросила — никогда. Была честна, и никакая ее заведомая радость и похвала не могли меня заставить попросить того, что само не просилось с губ. (Мать меня музыкой — замучила.) Но и в игре была честна, играла без обману два своих положенных утренних часа, два вечерних (до музыкальной школы, то есть до шести лет!), и даже не часто оглядываясь на спасительный круг часов (которых я, впрочем, лет до десяти совершенно не понимала, — с тем же успехом могла бы оглядываться на «Смерть Цезаря» над нотной этажеркой), но как их глубокому зову — радуясь!

Играла без матери так же, как при матери, играла, несмотря на соблазны враждовавшей с матерью немки и сердобольной няньки («совсем дитя замучили»!) и даже дворника, топившего печку в зале: «Пойди-ка, Мусенька, пробегись!» — и даже, иногда, самого отца, появлявшегося из кабинета, и, не без робости: «А как будто два часа уже прошли? Я тебя точно уж полных три слышу...»

Нет, несмотря ни на какие соблазны, соболезнования и зовы — играла. Играла твердокаменно.

Жара. Синева. Мушиная музыка и мука. Пот льет, пальцы красные — играю всем телом, всей своей немалой силой, всем весом, всем нажимом и, главное, всем своим отвращением к игре. Смотрю на кисть, которую в детст-

[1] «Ну, еще немножко!» *(нем.)*

ве матери нужно было держать на одной линии (напряжения!) с локтем и первым пальцевым суставом и так неподвижно, чтобы не расплескать поставленной на нее (оцените коварство!) севрской чашки с кипящим кофе или не скатить серебряного рубля, а ныне, в моем — держать в непрерывном движении свободы, в чередовании поклона и заброса, чтобы играющая рука, в совокупности локтя, кисти и концов пальцев, давала пьющего лебедя, и на обороте которой (кисти) голубые жилы, у меня, если нажать, дают явную букву Н — того Николая, за которого, по толкованию немки, я через двенадцать лет выйду замуж, — по француженке же: Henri. Все на воле: Андрюша с папой пошли купаться, мама с Асей «на пеньки», Валерия в Тарусу на почту, только кухарка одна стучит котлетным ножом — и я — по клавишам.

Или осень: Андрюша строгает палку, Ася, высунув язык, рисует дома, мама читает «Eckerhardt», Валерия пишет письмо Вере Муромцевой, я одна — «играю». (Зачем??) «Нет, ты не любишь музыку! — сердилась мать (именно сердцем — сердилась!) в ответ на мой бесстыдно-откровенный блаженный, после двухчасового сидения, прыжок с табурета. — Нет, *ты* музыку — *не* любишь!»

Нет — любила. Музыку — любила. Я только не любила — свою. Для ребенка будущего нет, есть только сейчас (которое для него — всегда). А сейчас были гаммы, и ганоны, и ничтожные, оскорблявшие меня своей малюточностью «пьески». И моя будущая виртуозность была для меня совершенно тем мужем Николаем или Henri. Хорошо ей было, ей, которая на рояле могла все, ей, на клавиатуру сходившей, как лебедь на воду, ей, на моей памяти в три урока научившейся на гитаре и игравшей на ней концертные вещи, ей, с нотного листа читавшей, как я с книжного, хорошо ей было «любить музыку».

Мать — залила нас музыкой. (Из этой Музыки, обернувшейся Лирикой, мы уже никогда не выплыли — на свет дня!) Мать затопила нас как наводнение. Ее дети, как те бараки нищих на берегу всех великих рек, отродясь были обречены. Мать залила нас всей горечью своего несбывшегося призвания, своей несбывшейся жизни, музыкой залила нас, как кровью, кровью второго рождения. Могу сказать, что я родилась не ins Leben, a in die Musik hinein[1]. Все лучшее, что можно было слышать, я отродясь слышала (будущее включая!). Каково же было, после невыносимого волшебства тех ежевечер-

[1] Не в жизнь, а в музыку *(нем.)*.

глава четвертая

Занятия, учеба, школа

них ручьев (тех самых ундинных, лесноцаревых, «жемчужны струи»), слышать свое честное, унылое, из кожи вон лезущее, под собственный счет и щелк метронома «игранье»? И как я могла не чувствовать к нему отвращенья? Рожденный музыкант бы переборол. Но я не родилась музыкантом. (Помню, кстати, что одна из ее самых любимых русских книг была «Слепой музыкант», которым она меня постоянно попрекала, как и трехлетним Моцартом, и четырехлетней собой, а позже — Мусей Потаповой, которая меня обскакивала, и кем еще не, и кем только не!..)

Щелк метронома. Есть в моей жизни несколько незыблемых радостей: не идти в гимназию, проснуться не в Москве 19-го года и не слышать метронома. Как это музыкальные уши его переносят? (Или музыкальные уши другое, чем музыкальные души?) Метроном я, до четырех лет, даже любила, почти так же, как часы с кукушкой, и за то же: за то, что в нем тоже кто-то живет, причем кто — неизвестно, потому что я его, в доме, обновила. Это был дом, в котором я сама хотела жить. (Дети всегда хотят в чем-нибудь немыслимом жить, — так мой сын, шести лет, мечтал жить в уличном фонаре: светло, тепло, высоко, все видно: «А если в твой дом бросят камнем?» — «Тогда я в них

буду бросаться огнем!») Но как только я под его методический щелк подпала, я его стала ненавидеть и бояться до сердцебиения, до обмирания, до похолодания, как и сейчас боюсь по ночам будильника, всякого равномерного, в ночи, звука... За ужасом звука я даже забывала ужас вида: стальная палка, вылезающая, как палец, и с маниакальной тупостью качающаяся за живой спиной.

О, я никогда не отставала от метронома! Он меня держал — не только в такте, но физически приковывал к табурету. Открытый метроном был лучшей гарантией, что я не оглянусь на часы. Но мать, к счастью, иногда забывала, и никакая моя — ее! — протестантская честность не могла заставить меня напоминанием обречь себя на эту муку. Если я когда-нибудь кого-нибудь хотела убить — так метроном. И не перестал еще идти из глаз моих тот взгляд сладострастной мести, которым я, отыграв и с самым непринужденным видом проходя мимо этажерки, его, через все высокомерие плеча, дарила: «Я — иду, а ты — стоишь!»

Но мимо этажерки я не только проходила, я у нее подолгу стояла. Этажерка была та же библиотека... Нотная этажерка делилась на «мамино» и «Лерино». Мамино: Бетховен, Шуман... и Лерино — Нувеллист. Нувеллист+Романсы (через французское an). И я, конечно, предпочитала «ансы». Во-первых, в них вдвое больше слов, чем нот (на одну нотную строчку — две буквенные), во-вторых, я всю Лерину библиотеку могу прочесть подстрочно, минуя ноты... Романсы были те же книги, только с нотами. Под видом нот — книги. Только жаль, что такие короткие. Распахнешь — и конец.

Всю эту Лерину полку я с полным упоением и совершенно всухую целый день повторяла наизусть, даже иногда, забывшись, при матери. «Что это ты опять говоришь? Повтори-ка, повтори!» — «В сердце радость и гроза». — «Что это значит?» Я, уже тихо: «Что в сердце радость и гроза». — «Что? Что?» — мать, наступая. Я, уже совсем тихо (но твердо): «Гроза — и радость». — «Какая

гроза? Что значит — гроза?» — «Потому что ей страшно». — «Кому ей?» — «Которая подошла к старушке, потому что старушка — страшная. Нет, это старушка — подошла». — «Какая старушка? Ты с ума сошла!» — «Из Лериной песни. Одна барышня обдирала маргаритку и вдруг видит: старушка — с палкой... Это называется «Ворожея» (ударяю на предпоследнем слоге). Мать, так же: «А что значит «Ворожея»?» — «Я не знаю». Мать, торжествующе: «А, вот, видишь, не знаешь, а говоришь! Я тебе тысячу раз говорила, чтобы ты не смела читать Лериных нот. Не могу же я, наконец, от нее и этажерку запирать на ключ!» — мать, торопливо проходящему с портфелем в переднюю, внимательно-непонимающему отцу. Пользуясь отводом, скрываюсь в недосягаемость лестницы, но уже с половины ее: «На устах ее улыбка, в сердце радость и гроза... Та-та, та-та, та-та, та-та... Он глядит в ее глаза...»

Так, из-под самого метронома, из-под самого его полированного носа лились на меня потоки самой бестактной лирики. А иногда я, застигнутая, просто — врала. (До четырех лет я, по свидетельству матери, говорила только правду, потом, очевидно, спохватилась...) «Что ты опять тут делаешь?» — «Я смотрю на метроном». — «Что значит „смотрю на метроном"?» Я, с противоестественным восторгом: «Он такой красивый! (Пауза и, ничего не найдя): желтый!» Мать, уже смягченная: «На метроном нужно не смотреть, а слушать». Я, уже на верху спасательной лестницы, разрываясь между желанием и ужасом быть услышанной, громким, но шепотом: «Мама, а я в Лериных нотах рылась! А метроном — урод!»

...После смерти матери я перестала играть. Не перестала, а постепенно свела на нет. Приходили еще учительницы. Но те вещи, которые я при ней играла, остались последними. Дальше при ней достигнутого я не пошла. Старалась-то я при ней из страху и для ее радости. Радовать своей игрой мне уже было некого — всем было все равно, верней: только ей одной мое нестарание было бы страданием — а страх, страх исчез от сознания, что ей оттуда (меня всю) видней... что она мне меня — такую, как я есть — простит?

Учительницы моих многочисленных школ, сначала ахавшие, вскоре ахать перестали, а потом уж и по-другому ахали. Я же молчаливо и упорно сводила свою музыку на нет. Так море, уходя, оставляет ямы, сначала глубокие, потом мелеющие, потом чуть влажные. Эти музыкальные ямы — следы материнских морей — во мне навсегда остались.

Жила бы мать дальше — я бы, наверное, кончила консерваторию и вышла бы неплохим пианистом — ибо данные были. Но было другое: заданное, с музыкой несравненное и возвращающее ее на ее настоящее во мне место: общей музыкальности и «недюжинных» (как мало!) способностей.

Есть силы, которых не может даже в таком ребенке осилить даже такая мать.

Мы видим, что от музыки Марину отталкивало принуждение заниматься «не своим». Но музыку она любила. Она любила ***музыку матери***. «Мать — залила нас музыкой. (Из этой Музыки, обернувшейся Лирикой, мы уже никогда не выплыли..!)»

Музыка матери была для ее детей, конечно, бесценным даром. В часы своей вдохновенной игры она, свободная от всяких мыслей о воспитании и обучении, погружала детей в мир возвышенных чувств и образов.

И здесь — еще один урок, который преподает нам М. Цветаева, а точнее, обе они, мать и дочь, — нам, родителям, подчас замороченным проблемами воспитания и желающим как можно раньше и как можно больше «дать», «привить», «научить», «сформировать». Будем помнить о том, что ребенок по-настоящему растет и развивается рядом со взрослым в те минуты, когда тот сам увлечен и живет полной жизнью!

Наталия Сац

«Мне рано и горячо захотелось учиться»[1]

Наталия Ильинична Сац (1903–1993), российский режиссер, театральный деятель. Создатель первого государственного драматического и первого музыкального театра для детей. Народная артистка СССР (1975), лауреат Ленинской и Государственной премий. Родилась в семье композитора И.А. Саца, работавшего в Московском Художественном театре (автора музыки к «*Синей птице*» М. Метерлинка и другим спектаклям театра).

[1] *Сац Н.* Новеллы моей жизни. М., Эксмо-пресс, 2001.

Занятия, учеба, школа

На страницах своих воспоминаний Наталия Сац живо описывает обстановку родительского дома: бедный быт, но зато — душевная теплота, забота и внимание к детям. Талантливый отец щедро делился своим увлечением музыкой и театром. Обращают на себя внимание слова Наташи: «Мы самые счастливые!» И это — на фоне, когда в доме подчас не хватало еды, дров, чтобы согреться. Зато была радость общения и увлекательные занятия всей семьей вместе!

У девочки рано появилась мечта учиться музыке. Замечательна ее активность, настойчивость и упорство в осуществлении этой мечты — так знакомые нам черты других увлеченных детей. Она «выспрашивает» музыкальные задания у отца, настаивает на приеме в музыкальную школу, тренирует волю в занятиях.

История маленькой Наташи Сац заставляет задуматься нас, родителей, когда мы стараемся делать «все», чтобы ребенок «только бы» учился. То ли мы делаем? И правильно ли понимаем его путь к «наукам»?

У нас, на Пресне

Детство — это Москва, одноэтажный домик в переулке за зоологическим садом, на Пресне. Детство — это мама, младшая сестра Ниночка, папа, музыка и театр.

Да, театр.

Мысли о нем, как белые хлопья одуванчика под ветром, носятся в моей едва осознавшей свое собственное существование голове — настойчиво и часто.

Меня в этот театр еще не водили. Там для взрослых: «Драма жизни», «У жизни в лапах». Я люблю непонятные слова и знаю: театр — это самое главное. Когда мама говорит: «Наш папа пошел в театр», ее голос звучит торжественно, хотя папа туда ходит почти каждый день: он — композитор Московского Художественного театра.

Музыку к спектаклям этого театра наш папа пишет по ночам, когда нас с Ниной укладывают спать и в доме становится совсем тихо.

Но мы не спим: притворяемся. Наш папа звучит так интересно! Его музы-

ка нам про театр рассказывает. Вот из его комнаты несутся аккорды, его голос, снова аккорды. Папа говорит за артистов, пианино плачет, стонет...

А вот папин голос стал громким, страшным, музыка колючая, чужая, упрямая... Про кого она?

Утром папа сказал: про Анатэму. Он вроде черта. Зубы вперед, чтобы всех проглотить...

Папина музыка к «Гамлету» — самая моя любимая. Только фанфар я боялась больше, чем Нина Анатэму. Мне никогда не говорили, о чем эта музыка, но, когда я ее слушала, похоронная процессия почему-то всегда ползла в воображении...

Помню ясно, как некоторое время папа не позволял нам ходить в его комнату, сделал там какие-то приспособления, подвесил колокол и однажды ночью, когда дул сильный ветер, открыл настежь окно (хотя была поздняя осень), играл то на рояле, то на фисгармонии, окно стучало ставнями, колокол звонил, а потом к папе в одной рубашке вбежала мама, закричала: «Сумасшедший, простудишься», прибежала кухарка от Плевако: «Что случилось?» — и папа после долго ходил с завязанным горлом, но был очень доволен.

— Нашел, что мы с Крэгом искали. Сплендид![1]

Когда Зверевы «звереют»

На вывеске самого большого магазина у нас на Пресне написано «Братья Зверевы». Там все продается. Но где взять деньги? Они у нас далеко не всегда есть. Наш папа получает деньги, только когда напишет хорошую музыку.

— Жалованья у нас нет, — говорит мама.

Таким, как мы, Зверевы дают продукты в долг, это называется «на книжку». Только у братьев Зверевых короткое терпение. Оно кончается каждый раз, как мы перебираем за сорок рублей. Мама становится мрачной: «Зверевы больше... «на книжку» не дают», — а папа пытается шутить: «Когда наши долги доходят до сорока рублей, Зверевы «звереют», а мы знаем, что паузы в музыке приятнее, чем паузы в желудке».

---

[1] Блестяще! *(англ.)*

глава четвертая

Занятия, учеба, школа

Мы с Ниной даже рады: не будет супа, значит, не будут заставлять его есть и кашу тоже, дадут что придется — это интересней.

Но, оказывается, потухнут все наши лампы — они не могут гореть без керосина, а керосин тоже зависит от всесильных братьев...

Самое плохое, когда «кончились дрова». Зима. В комнате холодно, как на улице. Утром нас с Ниной быстро одевают под одеялом, а потом заворачивают обеих вместе в оба одеяла, «чтобы было теплее». У мамы грустное лицо, но она шутит:

— Сидите тихо, мои сиамские близнецы, не слезайте с кровати, пока ваш папа не «найдет денег».

Единственное развлечение — фантазировать, где и как «ищет деньги» наш папа, а еще — дышать и смотреть, как застывает пар в холодном воздухе.

И вдруг, когда уже стемнело, за окном раздается стук в ритме польки из «Жизни Человека», смех, похожий на лошадиное ржанье, папин голос: «Анночка, сюда, ко мне». Это наш удивительный папа нашел где-то большую вязанку дров, уложил их на салазки и прикатил на себе. Вот уже мама затапливает печку, а папа на столе, на подоконниках — везде, везде налепляет разноцветные свечки, он их взял у Сулержицких, остались от прошлогодней елки. Огненные язычки болтают так весело!

В карманах у папы две бутылки кваса — шипучего, клюквенного, а в руках большущая коробка с розовыми бантами, золотой подковой и бархатными фиалками. Внутри шоколадные конфеты! Пока мама готовит обед, я шестнадцать конфет съесть успела (у Нины живот заболел раньше).

Помню мамины большущие глаза при виде разнаряженной коробки на продырявленном стуле: «Откуда это?» Папа хохочет и не просто рассказывает, а представляет нам, как он, запряженный в санки, с разлохматившимися усами и бровями, трусил к воротам нашего дома, и вдруг перед ним предстал гладко выбритый статный лакей в белых перчатках; лакей прищурился и слегка улыбнулся, передавая в папины красные от мороза руки конфеты и за-

писку: «Жду «Пастушескую песню», привет жене и девочкам. *Надежда Плевицкая*».

Мама говорит насмешливо:

— Лакей этот, наверное, подумал: «Моя должность куда приличней, а музыкант — что уличный шарманщик, что знаменитый композитор — просто голытьба».

— Мы с Ниной Плевицкую видели. Она летом на рысаке к папе приезжала. «Из-за острова на стрежень» пела. К папиному окну весь наш переулок сбежался...

И снова у нас весело, горячая мамина еда даже вкуснее шоколада.

А потом начинается самое главное. Папа говорит:

— Сюрприз. За то, что наши девочки не хныкалки какие-нибудь, а хорошие товарищи, я написал для них оперу. За мной!

Мама, Нина и я выскакиваем из-за стола и бежим вслед за папой к пианино. Опера называется «Сказка о золотом яичке». Папа играет аккомпане-

мент и поет за деда, мама — за бабу, я — курочка (жили себе дед да баба, была у них курочка-ряба). Нина будет мышкой.

— Наташа, докажи, что ты у нас музыкальная: у курочки трудные интервалы.

Ничуть не трудные. Пою точно, с восторгом. Куд-куда с неожиданной нотой кверху в моем исполнении, по мнению мамы, очень напоминает соседскую курицу — высший комплимент!

Но елочные свечки Сулержицких стали совсем маленькими. Спать. Сладко спать, чтобы скорее было завтра. Папа обещал целое утро с нами репетировать «Сказку о золотом яичке». Я уже придумываю, как наклею на свой фартук «с крылышками» кружочки из коричневой бумаги — стану «курочка-ряба». Курятник сделаю себе за папиным диваном и появлюсь из-за него только на свою музыку — она вся во мне звучит.

Мы — самые счастливые!

Разная музыка, разные люди

Бывает и так: папа долго не может найти денег, а долго сидеть в одеяле без супа дети не могут. Тогда нас отправляют «на время» к какой-нибудь родственнице, чаще всего к тете Оле.

— По крайней мере, будете хорошо питаться, вовремя ложиться спать, — со вздохом говорит мама.

Да, в этой семье все «вовремя», совсем по-другому, чем у нас.

Дядя Саша (муж тети Оли) встает в будни рано утром, всегда в одно время, бреется, надевает мундир, делается прямой, как жердь, голову вскидывает высоко (ее воротничок стоячий под самый подбородок подпирает).

— Он в чинах, — важно говорит тетя Оля.

Зато, когда дядя Саша приходит домой, надевает халат и шлепанцы, он сразу делается как чехол от самого себя. Полулежит в кресле, молчит и курит. Один раз я его спросила:

— Дядя Саша, расскажи, что у тебя было сегодня нового на службе?

Он ничего не ответил, удивленно поднял бровь, а тетя Оля закричала:

— Невоспитанная девчонка! Какое ты имеешь право задавать вопросы старшим?

Но папа нам всегда рассказывает про свой театр! Наверное, дядя Саша не любит эту службу, а папа о своей работе думает всегда.

Помню, как-то мы приехали с папой весной в деревню, шли лугом по опушке леса. Еще светло-зелеными были листья на деревьях, первая трава под ногами. Словно радуясь и удивляясь вновь пришедшей весне, где-то высоко щебетали птицы. Отец учил нас слушать музыку жизни.

— Только что мы были с вами, девочки, на птичьем дворе, а здесь — лесные птицы. Как не похожи их звуки и ритмы, как разнообразна музыка жизни.

— А иногда все молчит, — говорит Нина.

— Паузы бывают в жизни, как и в музыке, — точно взрослой, отвечает ей папа и добавляет: — Но и молчание звучит по-разному.

Верно. Когда молчат сердито, это совсем другое, чем когда молчат ласково.

Растем

Выдумывать новые игры, сказки было в нашем доме так же естественно, как дышать. Главный «выдумщик» был папа — он зажигал веру в свои силы и у нас с Ниной.

Как-то мы с ней сочинили для папы «баюкательную песню» (Нина — слова, я — музыку). Ночью папа работал, днем иногда ложился на наш единственный диван, но не мог уснуть — наша песня должна была ему помочь спать, как нам помогали мамины колыбельные.

Но, кроме «выдумывания», мне рано и горячо захотелось учиться. Взрослые много знали, но всегда куда-то спешили. Зацепить их внимание, хоть ненадолго, выспросить «свое», а потом, ухватившись за нитку узнанного, самой распутать клубок нового — это ли не самое интересное?! Лет пяти принесла родителям свою первую «нотную баюкательную». Печатные буквы и хвостовые ноты были «нарисованы» на листе криво разлинованной оберточной бумаги.

Долго и упорно перед этим «выспрашивала свое» у старших, но что-то сообразила и сама. Родители сжалились, и папа объявил меня своей ученицей. Высшая награда! Теперь не успевал папа утром открыть глаза, как я уже

была около его дивана и, пока он умывался, одевался, ел, жадно глотала его задания — простучать ритм одной песни, подобрать мотив другой, записать ноты третьей. Скоро эти полуигры переросли в занятия теорией музыки и сольфеджио. Когда после завтрака отец шел куда-нибудь по делу, я увязывалась его провожать, и он давал мне задачи по устному счету: какое число к какому прибавить, из того, что получится, что вычесть, на сколько разделить — и все в голове. Ответ один, когда дойдем до места. Позже, в гимназии на уроках арифметики, по устному счету соперниц не имела, а когда стала директором (это на меня рано навалилось), обсчитать меня никому не удавалось.

Папа говорил: где-то музыка и арифметика — родные сестры, а в чем-то они очень разные.

Девчонка я была молчаливая, большеглазая и озорная. Как-то папу спросил его старый знакомый:

— Говорят, Илья, ты женат, две девочки у тебя?

Отец ответил:

— Младшая, точно, девочка, а старшая — без пяти минут мальчик.

Скакать по крышам чердаков и сараев, играть в казаки-разбойники с дворовыми ребятами — плохо ли?! Мерилась силой с самим Аркадием. Он на два года меня старше, курносый, ловкий, но атаманом ребята чаще выбирали меня.

Однажды этот Аркадий меня побил. Не особенно больно, но самолюбие было задето. Побежала домой, пожаловалась папе и, когда папа взял меня за руку и вместе со мной отправился на квартиру, где жил Аркадий, заранее вкушала «радость победителя». Узнав, что пришла Наташа со своим папой, Аркадий струхнул не на шутку и как-то боком вышел из комнаты в переднюю, где мы стояли. Папа поздоровался с ним вежливо, а потом сказал:

— Вот, Аркадий, серебряная монета, десять копеек. Я буду давать тебе каждый раз столько же, когда ты будешь бить Наташу; буду давать до тех пор, пока она не научится сама за себя заступаться.

Папа протянул Аркадию гривенник, Аркадий ничего не понял, отдернул руку, монета упала и исчезла в щели пола. Аркадий заревел, а у меня от удивления слезы высохли. Мы вышли из чужой квартиры и долго молчали. Только перед сном папа меня обнял и сказал:

— Не годится тебе, моя ученица, жаловаться! В жизни будет много трудностей. Учись их преодолевать, а не хныкать. Учись бороться и побеждать.

«Бороться и побеждать»

Очень рано слово «воля» стало моим любимым.

— Воспитывай волю, — часто повторял отец.

К шести годам воля моя стала довольно настойчивой. Неотступно я повторяла:

— Хочу учиться играть на рояле, хочу сама делать музыку.

Но тут отец неожиданно сказал мне:

— Нет. Руку должен ставить специалист, а мой инструмент — виолончель. Позже отдадим тебя в музыкальную школу.

Почему позже? К счастью, право «сметь свое суждение иметь» было предоставлено нам чуть не от рождения.

Как-то мы с Ниной попросили папу «объяснить» нам вальс, который он написал для будущего спектакля «Miserere», — мы его сегодня ночью слышали. Папа объяснил: этот вальс танцует юноша Левка с красавицей Тиной на свадьбе Левки... с Зинкой. Левка говорит: «Я люблю Тину, а должен жениться на Зинке», и в последний раз он танцует с той, которую очень любит и которая никогда не будет его женой.

Папа играет по нашей просьбе музыку: вальс и грустный, и «словно со всеми спорит», — говорю я.

— Да, это протест, — отвечает папа.

— А в середине этого вальса, кажется, кто-то всхлипывает. Верно, папа?

Папа отвечает серьезно:

— Да. Понимаете, они танцуют молча, а в сердце у них слезы.

Значит, музыка — сердце. Это запомнила навсегда. Папа добавляет:

— А в конце музыки — вы заметили? — никаких всхлипов. Ведь он, этот Левка, ничего не может изменить — подчиняется.

Зачем? А я бы не стала подчиняться, раз несправедливо.

Моя настойчивость, мое «хочу учиться играть на рояле» росло. Однажды по Б. Никитской улице к двухэтажному белому дому с вывеской «Музыкаль-

ный институт Е.Н. Визлер» зашагала девочка в шубе и капоре, в правой руке папина рука, в левой — мамина.

На экзамен привели много детей. Все старше меня. Я стараюсь держаться солидно, лет на восемь. Все время молчу. Родителей оставляют в передней, нас ведут в класс. Проверяют слух, ритм — все отвечаю верно. Моим родителям объясняют:

— Слух хороший, но пальцы слабые, лучше год подождать.

Раздается оглушительный рев. Многие смеются. Маленькая девочка ревет низким, почти мужским голосом и повторяет:

— Это несправедливо, я все ответила.

Напрасно учительница просит меня замолчать. Может быть, Левка в «Miserere» согласен мириться с несправедливостью, а я ни в коем случае.

На пороге появляется директриса Музыкального института Евгения Николаевна Визлер, в синем платье с белыми кружевами, полная, важная.

Ору еще громче. Она уводит меня вместе с родителями в свой кабинет. Папа просит Евгению Николаевну еще раз меня проэкзаменовать.

В кабинете знаменитые музыканты, профессора: Е.В. Богословский и Марк Мейчик. Меня экзаменуют все трое. Слезы высыхают моментально, отвечаю на все вопросы точно — угадываю ноты, подбираю, пою.

— У нее низкое контральто, — с удовольствием говорит Евгения Николаевна, — она мне очень пригодится в хоре.

— А рояль? — спрашиваю я угрожающе.

Марк Мейчик заливается хохотом, а папа стискивает мне руку в знак того, что я чересчур осмелела.

— Мы примем вашу Наташу на испытательный срок и по фортепьяно, а на хор пусть она обязательно ходит в основную группу.

Счастливая, иду с родителями по улице домой.

— Высечь тебя мало, — весело говорит мама. — Взяла всех на горло.

— У меня контральто, — важно отвечаю я, и мы все смеемся...

Воля! Папа учил меня ее воспитывать, закалять, отличать большое устремление к цели «я хочу» от капризного, недодуманного «мне хочется».

Началось со съестного: дадут шоколад «Галапетер» и скучную кашу. Съесть только ее. Шоколад будет несколько дней меня ждать, хотя я его куда больше, чем кашу, хочу съесть сейчас.

Зимой хочется поспать. А воля?

Реши проснуться в шесть утра и проснись даже без часов точно, оденься тихо, выйди во двор.

То, что папа задаст по сольфеджио, трудно? Сделай больше заданного — и станет легче. Сперва всякие такие задачи мне задавал папа, а потом полюбила задавать их себе сама. Когда сама — еще интересней. Воля эта ведь моя. Сама решила, сама хочу, а без сильного «хочу» всякие Аркадии будут меня лупить. Не согласна!..

Карл Роджерс

«Вопросы, которые я бы себе задал, если бы был учителем»[1]

Карл Роджерс (1902–1987) — известный американский психолог и психотерапевт, один из основателей гуманистической психологии. Был убежден, что от природы человек стремится к росту и развитию и главная задача психотерапевта — поддерживать это стремление. Разработал метод «эмпатического слушания» (который более известен как активное слушание).

Роджерс доказал успешность своего подхода при работе с людьми различных возрастов и профессий. Его клиентами были студенты, проблемные подростки и их родители, учебные классы и учителя, супруги, руководители учреждений и бизнеса.

В 1986 году К. Роджерс посетил Москву и провел 3-дневную группу-семинар (группу «личностного роста») с профессиональными психологами. Работа и личность К. Роджерса произвели глубокое впечатление на участников семинара, а для некоторых стали поворотным пунктом в их жизни и деятельности.

Разъясняя свой подход к воспитанию ребенка, К. Роджерс использовал замечательную метафору. Согласно ей, ребенок подобен крепкому

[1] Доклад на конференции учителей «Способные и талантливые дети» 1973 г.

молодому ростку, который изначально обладает жизненной силой, стремится к росту и развитию. Родитель или учитель выступает в роли садовника. Задача садовника — заботиться о растении: и удобрять и рыхлить почву, поливать его, обеспечивать ему защиту, солнечный свет... но он не должен тянуть его за верхушку в своем желании ускорить его рост!

Приводимый ниже текст — выступление Роджерса на съезде американских учителей. В нем Роджерс делится своим опытом, обращаясь к разным периодам своей жизни. Он говорит и как ребенок-школьник, и как опытный профессор, и как ученый, много сделавший для понимания человеческой природы.

Ответы, которые К. Роджерс дает себе-учителю, обращены также к ищущим учителям и думающим родителям, ко всем, кто озабочен не только обучением ребенка, но и гармоничным развитием его личности.

Ко мне обратились с просьбой выступить от имени гуманистической психологии и рассказать, что мы можем сегодня дать тем детям, которых обычно называют способными или талантливыми. Однако думаю, что все, что мне удастся сегодня сказать, будет относиться ко всем детям. Я убежден, что ребенок обладает громадным нераскрытым потенциалом творческих возможностей...

Я выбрал следующую тактику: я попытался представить, какие вопросы я бы задал себе, если бы внезапно стал учителем любых детей, одаренных и самых обычных.

Вопрос 1. *Что значит быть ребенком, который сам учится чему-то нетривиальному?*

Пожалуй, это первый вопрос, который я задал бы себе перед тем, как идти к детям. Я стал вспоминать свое детство, такую ситуацию, когда я чему-то учился бы в подлинном смысле этого слова, учился творчески.

Однажды, когда мне было лет 13, я случайно набрел на книжку о ночных мотыльках (в целом это было какое-то очень красочное пособие о дикой природе). В это же время я обратил внимание на очень красивую ночную бабочку с удивительными зелеными крыльями с красной окантовкой. Я до сих пор

вижу этого мотылька как тогда, глазами ребенка: нечто удивительное, сияющее зеленым и золотом, с великолепными пятнами цвета лаванды. Я был покорен. Я нашел коробку и стал устраивать жилище для таких бабочек. Семья мотыльков вывела личинки, и я стал кормить маленьких гусениц. Постепенно я научился ухаживать за ними. Я прошел через опыт выращивания целого поколения ночного мотылька. Я видел чудо — как на моих глазах крошечные, величиной с ноготь, крылья вырастали до пяти—семи дюймов. Это было фантастически захватывающе. Но большая часть времени это была работа, тяжелая, по сути, работа, которой я занимался сам, никем не принуждаемый. Я каждый день собирал для них свежие листья, выбирая правильные породы деревьев; в течение долгой зимы я поддерживал жизнь коконов. Постепенно я оказался включенным как бы в большой исследовательский проект. В свои 15 лет я стал специалистом по этому виду мотыльков, неплохим специалистом. Я знал многое о питании этого вида, условиях, в которых они живут; я легко определял по внешнему виду дерево, на котором всегда можно было найти мотылька, и т. д.

Но вот что главное: я никогда не рассказывал никакому учителю о своем увлечении. Тот проект, который поглощал меня целиком, для меня лично не был частью моего официального образования. Образованием было то, что начиналось в стенах школы. Учителям мое увлечение было не интересно. Кроме того, я знал по этому вопросу гораздо больше них. Но ведь они должны были обучать меня, а не я их. В школе было несколько учителей, которые мне нравились, но то, что интересовало меня, было чем-то личным. Это не входило в отношения с учителями. Не должно было входить в них.

Итак, у меня было дело, было настоящее дело, которому я отдал несколько лет. Это дело требовало работы, дисциплины, знаний, практических навыков. Но для того мальчика, который реально учился, отдавая себя вот такому настоящему делу, для него это не было учением.

Я уверен, что подлинное учение всегда очень индивидуально: оно не бывает одинаковым у мальчиков и девочек, у отстающего ребенка и, наоборот, у ребенка успевающего. Но если бы я был учителем, я бы очень серьезно подумал над тем, что значит учение для этого конкретного ребенка и что оно значит для другого. Я попытался бы увидеть глазами этого ребенка тот мир, в котором он нечто усваивает. И самое меньшее, что я бы сделал, это попытался бы превратить школу в дружелюбный дом, дом, в который ребенок мог бы естественно внести этот свой мир учения.

Вопрос 2. *Я спросил бы себя, осмелился бы я не закрываться от своих учеников, а быть с ними таким, как я есть: человеком, часто не знающим то или другое, колеблющимся, ошибающимся, ищущим? Сумел бы я пойти на такой риск и что бы это дало?*

Да, риск в этом деле есть. Но есть одна вещь, которая стоит этого риска. Я приведу пример. В одном фильме («Потому что я так хочу») участвовали учитель, мальчик-наркоман и полицейский. После окончания работы группы один из ее участников (это был старшеклассник) сказал: «Я никогда не думал, что учитель, полицейский и наркоман — это люди, со своими желаниями, надеждами, целями, со своим миром! Я никогда бы раньше в это не поверил!» И действительно, в опыте своей школьной жизни этот подросток никогда не сталкивался с такими открытыми отношениями, как в группе терапии.

Мы проводили широкий эксперимент по гуманизации производственных отношений в одном из медицинских учреждений. И одним из наших общих открытий, открытий для каждого из нас — исследователей и их помощников — было следующее: мы обнаружили, что наше начальство, деканы, члены факультета такие же личности, как и мы. Нам показалось тогда это невероятным. Мы имели аналогичный опыт при проведении такого же эксперимента в одной из школ колледжа. И там тоже обнаружили, какие перспективы несет в себе неролевое, гуманизированное общение и для студентов, и для школьников, и для учителей. Для тех и других это был совершенно новый опыт общения, новый тип осознания себя и других.

Знаю, что навряд ли в каждой школе, в любой группе я рискнул бы вступить в такие отношения, сойти с привычного пьедестала «учителя» и стать од-

ним из тех, кто помогает учиться и учится сам у тех, кому помогает. Но в глубине души я знаю, что делал бы так. Я шел бы на риск, и в итоге выиграли бы все. Это заразительно — сам опыт гуманистического общения людей друг с другом.

Вопрос 3. *Что интересует моих учеников?*

Возможно, я ошибаюсь, но думаю, что узнать, чем более всего интересуется ученик, не так уж трудно. Это можно сделать и прямо, спросив его, и косвенно. Но лучше всего — создать такую атмосферу доверия и творчества, в которой интересы проявятся естественным образом.

Я помню, как однажды в детстве на полях одного из моих сочинений (кажется, я писал о своей собаке) обнаружил вопрос учителя, обращенный ко мне: «Почему, Карл?» Прошло много лет, я многое забыл, а вопрос учителя помню до сих пор. Моего учителя искренне заинтересовало, почему я что-то сделал. Прошло 60 лет, а искреннюю неформальную заинтересованность учителя по делу, которое касалось только меня одного, я хорошо помню. Это показывает, насколько учителя редко задают вопросы, действительно интересуясь каким-то событием в жизни ребенка, а не преследуя некоторую дидактическую цель, и как это воспринимается ребенком!

Вопрос 4. *Как сохранить и поддержать любопытство ребенка к миру?*

Всем хорошо известно, что по мере школьного обучения дети теряют любопытство, становятся менее любознательными. Это один из самых тревожных показателей школьного неблагополучия. Ректор Калифорнийского университета однажды сказал мне, что он отбирал бы студентов только по одному-единственному показателю: любознательности. Я часто думаю о том, что в силу некоторых странных обстоятельств школа как бы делает все возмож-

глава четвертая

Занятия, учеба, школа

ное, чтобы забить в детях живое естественное любопытство, поиск необычного в мире, в котором они живут.

Не раз замечалось, что пятилетний ребенок моментально овладевает иностранным языком, если оказывается в другой стране и чувствует себя там как дома. Но попробуйте обучать ребенка иностранному языку, и вы увидите, что процесс усвоения языка будет невероятно долгим. В этом случае утеряно главное — желание найти в ситуации что-то для себя новое.

Один из профессоров Калифорнийского университета пишет мне: «Я хочу поделиться своим опытом, тем, как я пытался применить в своей студенческой группе те принципы гуманистического обучения, которые вы описываете в книге «Свобода учиться» (1969). Я поступил следующим образом: подробно рассказал студентам принципы, на которых будет построено наше обучение, сказал также, что посещение эксперимента — добровольное. В классе было 60 учащихся. И это был для меня самый восхитительный

курс из всех, какие прежде довелось проводить. Но оказалось, что и студенты были не менее меня увлечены атмосферой наших занятий. И работы моих студентов были на таком творческом уровне, какой я раньше встречал редко или от случая к случаю. Здесь же шел поток хороших творческих работ: доклады, сообщения, самостоятельные исследования, проекты и т. д. Эта приподнятость передалась студентам других групп. Они подходили к моим испытуемым и просили поделиться той радостью открытий, которые несли в себе мои студенты.

А вот оценки самих студентов: «Ни в одном из прежних курсов обучения я не научился так многому, как на этот раз». Или: «Первый раз в моей жизни учитель спрашивал меня, чему я хочу учиться, и было удивительно хорошо самому обнаружить в себе, что я сам хочу». Но, возможно, самым приятным для меня были отзывы тех студентов, которые написали после окончания наших занятий: «Я не научился так многому, как мог, но это была моя ошибка. И главное, Карл, удивительно приятно было находиться в ситуации, в которой студенты имели возможность учиться так, как им самим казалось наиболее правильным. И как свободно чувствовал себя я сам в роли не учителя, а человека, который помогает учиться и учится сам».

Вопрос 5. *Как обеспечить поступление для моих учеников таких материалов, которые были бы интересными, захватывающими, отвечали бы разным склонностям и способностям, могли бы обеспечить свободный выбор на личный вкус того, что хочется, что посильно усвоить «именно сейчас и именно мне» и, может быть, никому другому?*

Думаю, что это самая серьезная проблема, которой хороший учитель должен уделять 90% времени подготовки к занятиям: обеспечить поток материалов, избыток их.

Считаю, что важно не столько учить детей, сколько создать ситуацию, в которой ребенок просто не мог бы не учиться сам и делал бы это с удовольствием. И один из путей — подбор богатого, развивающего воображение материала.

Мой сын врач. Почему? Однажды, когда он учился в старшем классе, всем учащимся, как обычно, дали несколько недель на то, чтобы они сами подобрали себе где-нибудь работу и постажировались, попробовали

свои силы в каком-нибудь деле. Мой сын сумел добиться расположения к себе одного врача, и тот эти несколько недель водил его в палаты, на операции, в приемную. Дейв как бы на короткое время погрузился в подлинную жизнь медицинской практики, и она его захватила, превратила временный интерес в постоянный. Кто-то помог ему, и я бы хотел быть на месте этого человека.

Вопрос 6. *Достаточно ли у меня мужества и терпения для того, чтобы помогать зарождению творческих идей у моих учеников? Достаточно ли у меня терпения и человечности, чтобы переносить часто раздражающие, надоедающие поступки, частое сопротивление и иногда странности тех, у кого чаще всего возникают творческие мысли? Могу ли я «дать простор» творческому человеку?*

Мне кажется, в каждом методическом пособии для учителей должна быть глава «Забота о выращивании крохотных творческих мыслей у детей». Творческие мысли в начале своего зарождения столь же малы и беспомощны, как только что родившийся ребенок: они слабы, незащищенны, легко уязвимы. Всякая новая идея всегда проигрывает перед идеей, уже устоявшейся, признанной. Дети полны таких новых небольших творческих идей, но эти последние, как правило, забиваются школьной рутиной.

Есть, как верно пишут американские психологи Гизел и Джексон, есть большая разница между теми, кто просто умный, и теми, кто умен и умеет творить. Творческие люди менее предсказуемы, более беспокойны. Смогу ли я в качестве учителя позволить им обнаруживать и проявлять свои творческие способности, не дергать их, а помогать им? А ведь большинство великих мыслей появлялось и заявляло о себе, когда все вокруг утверждали, что они тривиальны, неинтересны. Томас Эдисон считался глупым.

Я бы хотел, чтобы в моем классе создалась атмосфера, которую часто боятся воспитатели — атмосфера взаимного уважения и свободы выражения себя. Она непременно позволит творческому индивиду писать стихи, рисовать картины, пробовать новые рискованные ситуации без страха, что его, такого ребенка, осудят и придавят. Я бы хотел быть учителем, который его сбережет.

Вопрос 7. *Смог ли бы я обеспечить своим ученикам развитие не только в сфере познания, но и чувств? Смог ли бы помочь им осуществить то, что Томас Ханна назвал «сомой»: физическое состояние и интеллект, «чувства и интеллект»?*

Все мы прекрасно понимаем, что одна из трагедий существующей системы обучения состоит в том, что в ней признается в качестве основного только интеллектуальное развитие. Я рассматриваю книгу Девида Хеберстена «Лучшие и талантливые» как выражение этой трагедии. Люди, которые окружали Кеннеди и Джонсона, были все талантливы и способны. Но, как пишет Хеберстен, тогда людей связывало и определяло способ их работы лишь одно мнение, что только интеллект и рациональность могут разрешить любую проблему, вставшую перед человеком. Конечно, такое убеждение сформировалось нигде иначе, как в школе. Это абсолютизированная опора только на интеллект была причиной тех военных и других последствий, к которым привела страну эта группа людей, стоявших у власти.

Компьютеры, к мнению которых они прибегали, не учитывали ни чувств, ни эмоциональной преданности своему делу людей в темных пижамах, которые жили и боролись во Вьетнаме. И недоучет этих человеческих факторов обернулся поражением. Человеческий фактор не был заложен в компьютеры, поскольку Макнамара и другие не придавали значения эмоциональной жизни людей.

Я бы хотел, если бы был учителем, сделать так, чтобы в моем классе происходило обучение, втягивающее в себя всего человека, всю его личность. Это трудно, но это необходимо.

Заключение

Позвольте мне суммировать ответы на вопросы, которые поставил бы перед собой, если бы я был учителем, и выразить их в несколько иной форме.

Вот вопросы, которые я задал бы себе, если бы взял на себя ответственность за детей, к которым пришел в класс, чтобы помочь им учиться.

1. Умею ли я входить во внутренний мир человека, который учится и взрослеет? Смог бы я отнестись к этому миру без предрассудков, без оценок, смог ли бы я личностно эмоционально откликнуться на этот мир?

2. Умею ли я позволить самому себе быть личностью и строить открытые, эмоционально насыщенные неролевые взаимоотношения с моими учениками, в отношения, в которых все участники этого взаимодействия учатся? Хватит ли у меня мужества разделить со своими учениками этот интенсивный внутренний мир наших взаимоотношений?
3. Сумею ли я обнаружить интересы каждого индивида в моем классе и смогу ли позволить ему или ей следовать этим индивидуальным интересам, куда бы они ни вели?
4. Смогу ли я помочь моим ученикам сохранить живой интерес, любопытство по отношению к самим себе, к миру, который их окружает, сохранить и поддержать самое дорогое, чем обладает человек?
5. В достаточной ли степени я сам творческий человек, который может столкнуть детей с людьми и с их внутренним миром, с книгами, всеми видами источников знаний, теми, что действительно стимулируют любопытство и поддерживают интерес?
6. Смог ли бы я принимать и поддерживать нарождающиеся и в первый момент несовершенные идеи и творческие задумки моих учеников, этих «посланников» будущих креативных форм учения и активности? Смог ли бы я личностно принять тех очень творческих детей, которые так часто выглядят беспокойными и не отвечают принятым стандартам в поведении?
7. Смог ли бы я помочь ребенку расти целостным, интегрированным человеком, чувства которого порождают идеи, а идеи — чувства?

Если бы я мог совершить чудо и ответить «да» на эти вопросы, тогда бы я решился стать тем, кто не «учит», а способствует подлинному усвоению нового, помогает ребенку реализовать потенциал своих индивидуальных возможностей.

Александр Нилл

Воспитание свободой[1]

Александр Нилл (1883–1973) — выдающийся английский педагог XX в. Начав свою карьеру в качестве школьного учителя и разочаровавшись в традиционных методах воспитания и обучения, он организовал собственную школу-интернат, сначала в Германии (в 1921 г.), а с 1924 г. в Англии. Школа получила название Саммерхилл (в переводе с англ. — Летний холм).

В школе А. Нилла было введено много «революционных» порядков, в частности, не требовалось обязательного посещения уроков.

Школа А. Нилла ко времени написания его книги существовала уже более сорока лет[2]. В течение этого времени результаты ее работы продолжали поражать. Дело в том, что в школу принимались в основном «трудные» дети, от которых отказывалась традиционная школа и даже родители. В Саммерхилле они «излечивались»: начинали учиться и становились счастливыми детьми с нормальным поведением.

В приводимых отрывках из книги А. Нилл рассказывает о своих убеждениях, идеях и поисках, которые легли в основу его педагогических успехов. Эти отрывки в основном не пересекаются с теми, которые использованы в моей второй книге «Продолжаем общаться с ребенком. Так?». Таким образом, тексты этой хрестоматии и моей книги, равно как и комментарии к ним, стоит рассматривать как дополняющие друг друга. Надеюсь, их чтение поможет глубже понять выдающийся вклад А. Нилла в педагогику и психологию ребенка.

Вступление, идейные предпосылки

Саммерхилл сегодня в своих главных чертах — тот же, что был при его основании в 1921 г. Самоуправление для учеников и персонала, свобода ходить на уроки или не ходить, свобода играть целыми днями, неделями или

[1] *Нилл А.* Саммерхилл: Воспитание свободой. М., 2000. Пер. Э.Н. Гусинского, Ю.И. Турчаниновой.
[2] После смерти А. Нилла школу возглавила его дочь, Зоя.

даже годами, если необходимо, свобода от навязывания какой-либо идеологии — религиозной, моральной или политической, свобода от целенаправленного формирования характера...

Огромная беда состоит в том, что стандартное школьное обучение очень мало связано с жизнью за ее пределами. Сколько бывших учеников читают Мильтона, Т. Харди или Шоу? Сколько слушают Бетховена или Баха? Школа игнорирует воспитание чувств ребенка, по крайней мере, так построены школьные предметы, поэтому эмоциональная жизнь ребенка протекает под влиянием других факторов: телевидения, популярных групп, бинго, футбола, комиксов, эротических журналов. А поскольку все эти факторы — элементы хорошо налаженной индустрии развлечений, у бедного учителя в соревновании с ними нет никаких шансов. Кто из школьных педагогов способен вызвать такую же бурю аплодисментов, как «Битлз»? Толстопузый учитель математики хотел бы, чтобы вся школа восторгалась иррациональными числами.

На мой взгляд, самая насущная задача образования — разрешить противоречие между сложившимся еще в Викторианскую эпоху набором школьных дисциплин и стремлением современной молодежи к полноте жизни.

Никто не может отрицать ни того, что общество больно, ни того, что оно не хочет расставаться со своими болезнями. Общество борется с любыми человеческими усилиями, направленными на его улучшение. В некотором смысле задача педагогов — противостоять массовой — овечьей психологии: когда у всех овец одинаковые шкуры и одинаковое бе-бе-бе-е, когда загоняют в угол паршивую овцу, бунтаря. У наших школ свои пастыри, отнюдь не всегда великодушные. Наши барашки-ученики одеты в миленькую одинаковую форму. Я не хочу излишне развивать эту метафору, но смею предположить, что символический «настриг шерсти» с множества скучающих учеников этому обществу подходит.

Образование призвано готовить детей к жизни в обществе и одновременно помогать им стать независимыми личностями, и самоуправление, без сомнения, делает и то, и другое.

В обычной школе добродетелью является послушание, причем доведенное до такой степени, что очень немногие ее выпускники во взрослой жизни способны бросить вызов хоть чему-нибудь. Тысячи студентов в педагогических учебных заведениях полны энтузиазма в отношении будущей профессии. Но уже через год после окончания колледжа они сидят в сво-

их учительских и полагают, что в понятие «образование» входят только учебные предметы и дисциплина. Конечно, они не смеют бунтовать открыто, потому что это грозит потерей работы, но даже в мыслях бунтуют немногие. Человеку нелегко вырваться из пут сформировавшего его жизненного опыта. И вырастает новое поколение, которое навязывает все те же запреты, устаревшие нравственные правила и педагогические глупости уже следующему поколению, — и замыкается добрый старый порочный круг. Печальный факт: обработанные таким образованием люди принимают пороки своего общества как должное...

Все это — естественное следствие нашего благоденствующего общества, привычного «так хорошо еще никогда не было». Подлинной культуры там нет и не было. Мне кажется, что наши телевизионные программы ориентирова-

ны на зрителей с эмоциональной зрелостью восьмилетних детей. Что же происходит? Может, во всем виновата большая бомба, которая висит над нами? Давайте есть, пить и веселиться, потому что завтра мы умрем. Или, скорее, это новый вид материализма, полагающего, что единственными источниками удовольствия являются автомобили, электрифицированные кухни, ночные клубы, бинго и прочие инфантильные идиотства?

Я иду на ощупь. Я безуспешно пытаюсь понять, почему человечество творит так много зла. Я не могу поверить во врожденную порочность людей, в существование первородного греха. Я повидал слишком много злобных детей, которые в условиях свободы и принятия их взрослыми становились хорошими.

Я задаю себе вопрос: если Саммерхилл может растить людей, не склонных к ненависти, жестокости, милитаризму и предрассудкам, почему весь мир не может иметь школы, дающие подобные результаты? Две тысячи лет назад люди выбрали Варавву и распяли Христа. Сегодня они повторяют тот же выбор. Почему? Хотел бы я знать...

Все великие мира сего — его Сократы, Христы, Фрейды, Дарвины, папы и епископы — не смогли разгадать загадку человечности. И мы, малые, тоже не знаем ответа. Диагноз нам известен: разрушьте любовь, и вы получите ненависть. Нам только неизвестно, почему, собственно, мы разрушаем любовь.

В самые трудные дни Саммерхилла малолетние мошенники избавлялись там от своих пороков, так и не осознав корни своего непреодолимого стрем-

ления к воровству. Человечество излечилось бы от своих болезней, если бы мы смогли избавиться от тирании в семье, строгих школ, жизнеотрицающей религии. Но как же огромно это «если бы»! И все же либо такое «если», либо человечество погибнет — от атомной бомбы, отравленных почвы и воздуха или отравленных чувств.

Может быть, в конце концов, первородный грех и существует... грех неучастия. Если Саммерхиллу и есть что сказать, то следующее: ты не имеешь права на неучастие. Борись с нездоровьем мира, но не лекарствами вроде нравственных поучений и наказаний, а натуральными средствами — принятием, нежностью, терпимостью. Я не осмеливаюсь использовать слово «любовь», потому что оно стало почти неприличным, как и множество других ясных и чистых коротких англосаксонских слов.

С тех пор как я оставил теоретическую педагогику и занялся детской психологией, мне пришлось поработать с самыми разными детьми: поджигателями, ворами, лжецами, теми, кто мочился в постель, и теми, кто страдал приступами ярости. Годы напряженной работы убедили меня, что я довольно мало знаю о движущих силах жизни. Я уверен, однако, что родители, которые имеют дело только с собственными детьми, знают гораздо меньше, чем я. И поскольку я считаю, что трудным ребенка почти всегда делает неправильное обращение с ним дома, я осмеливаюсь обратиться к родителям.

В чем состоит задача психологии? Я предлагаю слово «лечение». Однако я вовсе не хочу быть излеченным от предпочтения оранжевого или черного цвета; от пристрастия к курению, равно как и от моей привязанности к бутылочке пива. Ни один педагог на свете не имеет права лечить ребенка от желания извлекать шум из барабана. Единственное, от чего можно лечить, — это несчастливость.

Трудный ребенок — несчастливый ребенок. Он находится в состоянии войны с самим собой, а следовательно, и со всем миром.

Трудный взрослый сидит в той же лодке. Ни один счастливый человек никогда не нарушал порядок на собрании, не проповедовал войну, не линчевал негра. Ни одна счастливая женщина никогда не придиралась к своему мужу или детям. Ни один счастливый мужчина никогда не убивал и не крал. Ни один счастливый начальник никогда не держал своих подчиненных в страхе.

Все преступления, всю злобу, все войны можно свести к несчастливости. Эта книга — попытка показать, как возникает несчастье, как оно разрушает человеческую жизнь и что можно сделать, чтобы несчастье, по возможности, не возникало. Более того, это книга о конкретном месте — Саммерхилле, где детское несчастье излечивается и, что еще важнее, дети воспитываются в счастье.

Саммерхилл: замысел, порядки, дети их судьбы

Несколько слов об учениках Саммерхилла. Дети попадают в нашу школу обычно в возрасте 5 лет, но могут прийти и в 15. Заканчивают школу в 16 лет. Как правило, у нас около 25 мальчиков и 20 девочек.

Дети разделены на три возрастные группы: младшие — от 5 до 7 лет, средние — от 8 до 10 и старшие — от 11 до 15. У нас учится довольно много детей из других стран.

Дети размещаются в школе по своим возрастным группам. Комнаты как мальчиков, так и девочек рассчитаны на два-три-четыре человека. Никто не проверяет комнаты, и никто за детьми не прибирает. Их оставляют в покое. Никто не говорит им, что надевать: они носят что хотят.

Школу с таким порядком газеты называют школой «делай-что-хочешь», журналисты считают, что у нас тут сборище примитивных дикарей, не признающих никаких правил и не умеющих себя вести. Поэтому мне придется рассказать о Саммерхилле настолько честно, насколько я вообще могу это сделать. Понятно, что я пристрастен, когда пишу о своей школе, но все-таки я постараюсь показать не только ее заслуги, но и упущения. Заслуга — здоровые и свободные дети, чья жизнь не испорчена страхом и ненавистью.

Очевидно, что школа, которая заставляет детей, активных по своей природе, все время сидеть за партами, изучая по большей части бесполезные предметы, — это плохая школа. Она хороша лишь для тех, кто верит именно в *такую* школу, для людей, которые лишены творческой жилки, стремящихся и

детей привести не к творчеству, а к послушанию, к полному соответствию цивилизации, где единственный критерий успеха — деньги.

Саммерхилл начинался как экспериментальная школа. Теперь это скорее показательная школа, а показывает она, что свобода делает свое дело. Когда мы с моей первой женой создавали эту школу, у нас была одна ведущая идея: *школа должна подходить детям*, а не наоборот — дети школе.

Я много лет преподавал в обычных школах. Я хорошо знал другой способ организации школьной жизни и понимал, что он никуда не годится. Не годится потому, что он основывается на представлениях взрослых о том, каким ребенок должен быть и как учиться. Этот другой способ ведет отсчет своего существования с тех времен, когда психология как наука была еще неизвестна.

Так вот, мы взялись создать школу, в которой детям предоставлялась бы свобода быть самими собой. Для этого мы должны были отказаться от всякой дисциплины, всякого управления, всякого внушения, всяких моральных поучений, всякого религиозного наставления.

Нас называли храбрецами, но это вовсе не требовало храбрости. Все, что требовалось, — это вера: в ребенка, в то, что он по природе своей существо доброе, а не злое. Более чем за 40 лет вера в добрую природу ребенка ни разу не поколебалась и, скорее, превратилась в окончательную уверенность.

Я полагаю, что ребенок внутренне мудр и реалистичен. Если его оставить в покое, без всяких внушений со стороны взрослых, он сам разовьется настолько, насколько способен развиться. Поэтому Саммерхилл — это такое место, где имеющие способности и желание заниматься наукой станут учеными, а желающие мести улицы будут их мести. Мы, правда, до сих пор не вырастили ни одного дворника. Я пишу это без всякого снобизма, потому что мне приятнее школа, выпускающая счастливых дворников, чем та, из которой выходят ученые-невротики.

Так что же это за школа, Саммерхилл? Во-первых, уроки необязательны. Дети вольны посещать их, если хотят, но могут и игнорировать — годами, если пожелают. Расписание существует, но только для учителей.

Дети обычно ходят на те занятия, которые соответствуют их возрасту, а иногда — интересам. У нас нет новых методов преподавания, потому что мы не считаем преподавание само по себе очень важным. Есть у школы особые способы обучения делению в столбик или их нет — не имеет никакого значе-

ния, потому что сам навык деления в столбик важен только для тех, кто хочет его освоить. А ребенок, который действительно *хочет* научиться делить в столбик, непременно будет уметь это делать независимо от того, каким способом его обучают.

Дети, которые поступили в Саммерхилл в дошкольном возрасте, ходят на уроки с самого начала своего пребывания у нас, но дети, поучившиеся прежде в других школах, заявляют, что они больше никогда в жизни не пойдут ни на один идиотский урок. Это продолжается порой несколько месяцев. Они играют, катаются на велосипедах, мешают другим, но уроков избегают. Время выздоровления от этой болезни пропорционально ненависти, порожденной у них их прошлой школой. Рекорд поставила одна девочка, пришедшая из монастырской школы. Она пробездельничала три года. Вообще, средний срок выздоровления от отвращения к урокам — три месяца.

Люди, не разделяющие нашей концепции свободы, подумают: что же это должен быть за сумасшедший дом, в котором дети, если хотят, могут играть целыми днями. Одни взрослые говорят: «Если бы меня отправили в такую школу, я бы вообще никогда ничего не делал». Другие говорят: «Такие дети будут чувствовать себя неполноценными, когда им придется состязаться с детьми, которых заставляли учиться».

Я же думаю о Джеке, который ушел от нас, когда ему было семнадцать, чтобы поступить на механический завод. Однажды его вызвал к себе управляющий.

— Ты — парень из Саммерхилла, — сказал он. — Вот мне интересно, что ты думаешь об этом обучении теперь, когда ты встретился с ребятами из обычных школ. Если бы сейчас тебе снова пришлось выбирать, ты предпочел бы Итон или Саммерхилл?

— Конечно, Саммерхилл, — ответил Джек.

— Но что дает эта школа, чего не дают в других?

Джек поскреб затылок.

— Не знаю, — ответил он задумчиво. — Я думаю, что она дает чувство полной уверенности в себе.

— Да уж, — сухо констатировал управляющий, — я это заметил, когда ты вошел в мой кабинет.

— О, боже, — рассмеялся Джек, — жаль, если я произвел на вас такое впечатление.

— Мне это понравилось, — сказал управляющий. — Большинство людей, когда я вызываю их к себе в кабинет, ерзают на стуле и смущаются. Ты же вошел как равный. Между прочим, в какой отдел, ты сказал, ты хотел бы перейти?

Эта история показывает, что само по себе учение не так важно, как личность и характер. Джек провалился на экзаменах в университет, потому что ненавидел книжную премудрость. Но недостаток знаний об «Эссе» Лэма или незнание французского языка не сделали его не приспособленным к жизни. Сейчас он успешно работает механиком.

Между прочим, в Саммерхилле довольно много учатся. Возможно, группа наших двенадцатилетних и не сможет конкурировать с обычным классом такого же возраста в чистописании, орфографии или дробях. Но в ответах на вопросы, требующих сообразительности, наши разбили бы их в пух и прах. Новички здесь, как правило, не поднимаются до уровня ребят, уже по-

обвыкшихся в школе. И не из-за слабости интеллекта, а скорее из-за укоренившейся привычки ходить проторенными дорожками, а свобода передвижения их озадачивает.

Мы говорили об игровом аспекте учения, но на всех занятиях проводится и большая работа. Если учитель почему-либо не может провести занятие, назначенное на данный день, то это обычно вызывает у детей большое разочарование.

Дэвида, 9 лет, пришлось изолировать из-за коклюша. Он горько плакал и протестовал: «Я же пропущу урок мисс Роджер по географии». Дэвид находился в школе практически с рождения, и у него были вполне определенные и окончательные представления о необходимости ходить на уроки. Сейчас Дэвид — профессор математики в Лондонском университете.

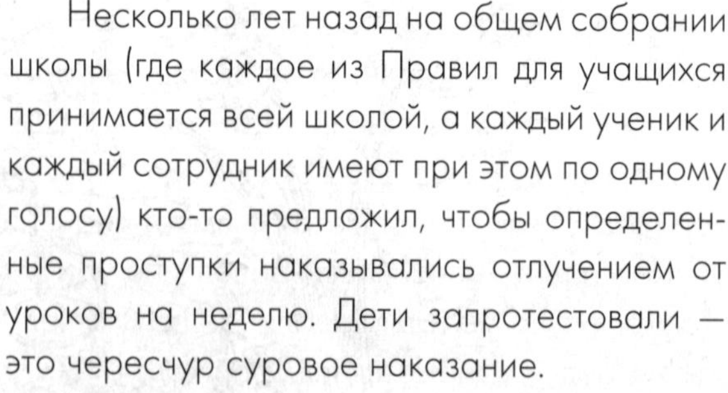

Несколько лет назад на общем собрании школы (где каждое из Правил для учащихся принимается всей школой, а каждый ученик и каждый сотрудник имеют при этом по одному голосу) кто-то предложил, чтобы определенные проступки наказывались отлучением от уроков на неделю. Дети запротестовали — это чересчур суровое наказание.

И я, и мои сотрудники до глубины души ненавидим экзамены. Для нас университетские экзамены — проклятие. Но мы не можем не учить наших ребят обязательным предметам. Пока экзамены существуют, нам приходится с этим считаться.

Немногие дети хотят сдавать эти экзамены, к ним стремятся лишь те, кто собирается поступать в университет. Они обычно начинают серьезно готовиться к экзаменам лет с 14 и года за три осваивают все необходимое. Конечно, не всегда наши выпускники поступают с первой попытки. Важно, что они пробуют поступать снова.

Принятие и справедливость против страха и агрессии

Саммерхилл, вероятно, самая счастливая школа в мире. У нас нет прогульщиков и редко случается, чтобы дети тосковали по дому. У нас почти никогда не бывает драк — ссоры, конечно, неизбежны, но мне редко доводилось видеть кулачные бои вроде тех, в которых я участвовал мальчиком. Также редко я слышу, чтобы дети кричали, потому что у свободных детей, в отличие от подавленных, нет ненависти, которая требует выражения. Ненависть вскармливается ненавистью, а любовь — любовью. Любовь означает принятие детей, и это существенно для любой школы. Вы не можете быть на стороне детей, если наказываете или браните их. Саммерхилл — это школа, где ребенок знает, что его принимают.

Я для детей не начальник, которого надо бояться.

Кое-кто скажет: «Это все одни разговоры. Никакого равенства тут не может быть. Нилл — главный, он старше и мудрее». И это правда. Я — главный, и, если бы случился пожар, дети побежали бы ко мне. Они знают, что я старше и опытнее, но, когда я встречаюсь с ними на их территории, на картофельной грядке, так сказать, это не имеет значения.

Когда пятилетний Билли велел мне убираться с его дня рождения, потому что меня туда не приглашали, я сразу ушел, нимало не колеблясь, — точно так же Билли убирается из моей комнаты, когда я не желаю его общества.

В Саммерхилле у всех равные права. Никому не позволено бренчать на моем рояле, но и мне не позволено брать без спроса чей-либо велосипед. На общих собраниях школы голос шестилетнего ребенка значит столько же, сколько мой.

Наши дети не боятся наших сотрудников. Одно из школьных правил состоит в том, что после десяти часов вечера в коридоре верхнего этажа должно быть тихо. Однажды вечером, около одиннадцати, разгорелась подушечная баталия, и я поднялся из-за стола, за которым писал, чтобы выразить протест по поводу шума. Когда я поднимался наверх, в коридоре поначалу раздался топот, а затем стало тихо и пусто. И тут я услышал как бы даже разочарованный возглас: «Да это же Нилл», — и веселье возобновилось. Когда я объяснил, что сижу внизу и пытаюсь писать книгу, они проявили сочувствие и сразу согласились прекратить шум. А разбежались они, подумав, что их застукал дежурный, обязанный следить за соблюдением времени отбоя (их ровесник).

Я хочу подчеркнуть важность отсутствия страха перед взрослыми. Девятилетний ребенок, разбив окно мячом, придет и скажет мне об этом. Скажет, потому что не боится, что я разозлюсь и начну читать мораль. Ему, возможно, придется заплатить за окно, но он не опасается нотации или наказания.

Дети возмутились бы, если бы персоналу были предоставлены какие-либо привилегии.

Когда я стал проводить с персоналом еженедельные беседы по психологии, поднялся ропот — это показалось несправедливым. Я изменил свой план и сделал беседы открытыми для всех, кто старше 12 лет. И так каждый вторник вечером моя комната набита подростками, которые не только слушают, но и свободно высказывают свои мнения. Вот некоторые темы, которые дети просили меня обсудить: комплекс неполноценности, психология воровства, психология гангстера, психология юмора, почему человек изобрел мораль, мастурбация, психология толпы. Очевидно, что такие дети выйдут в жизнь с довольно широким и ясным представлением о себе и других.

Постоянные опасения

Вопрос, который чаще всего задают посетители Саммерхилла, таков: «Не осудит ли ребенок, оглядываясь назад, школу за то, что она не заставляла его заниматься арифметикой или музыкой?» Ответ состоит в том, что юный Фредди-Бетховен или Томми-Эйнштейн все равно не позволят удержать их в стороне от соответствующих занятий.

Задача ребенка состоит в том, чтобы прожить свою собственную жизнь, а не ту, которую выбрали ему беспокойные родители. Разумеется, и не ту, которая соответствовала бы целям педагога, полагающего, что уж он-то знает, как лучше. Вмешательство и руководство со стороны взрослых превращают детей в роботов.

Вы не можете заставлять ребенка учиться музыке или чему-нибудь еще, не подавляя его волю и тем самым, хотя бы в некоторой степени, не превращая его в безвольного взрослого. Вы делаете из них людей, безропотно принимающих status quo, удобных для общества, которому нужны люди, послушно сидящие за скучными столами, толкущиеся в магазинах, автоматически вскакивающие в пригородную электричку в 8.30, — короче говоря, для общества, сидящего на хилых плечах маленького дрожащего человека — до смерти напуганного конформиста.

Страх родителей перед будущим часто заставляет их действовать в ущерб здоровью своих детей. Страх этот, как ни странно, проявляется в желании родителя, чтобы ребенок научился большему, чем он сам. Такой роди-

тель не в состоянии ждать, чтобы его Вилли научился читать, когда сам того захочет, он нервничает и боится, что Вилли вообще ничего не добьется в жизни, если его не подталкивать. Такому родителю не хватает терпения, чтобы позволить ребенку двигаться со своей собственной скоростью. Они спрашивают: «Если мой сын не умеет читать в 12 лет, какие у него шансы добиться успеха в жизни? Если в 18 он не сможет сдать вступительные экзамены в колледж, что ему останется, кроме неквалифицированного труда?»

Но я научился ждать, наблюдая, как ребенок продвигается понемногу или не продвигается вовсе. Я не сомневаюсь, что, в конце концов, если не приставать к нему и не вредить ему, он добьется успеха в жизни.

Конечно, обыватель может сказать: «Хм, по-вашему, значит, стать водителем грузовика — успех в жизни!» Мой собственный критерий успеха — способность радостно работать и уверенно жить. При таком определении большинство учеников Саммерхилла преуспели в жизни.

Том поступил в Саммерхилл в 5 лет. Он ушел от нас в 17, так и не посетив ни одного урока. Он проводил большую часть времени в мастерской, делая самые разные вещи. Его отец и мать не могли без содрогания подумать о будущем сына. Он никогда не проявлял ни малейшего желания научиться читать. Но однажды вечером (ему тогда было 9 лет) я обнаружил его в постели за чтением «Давида Копперфильда».

— Привет, — сказал я, — кто научил тебя читать?

— Я сам научился.

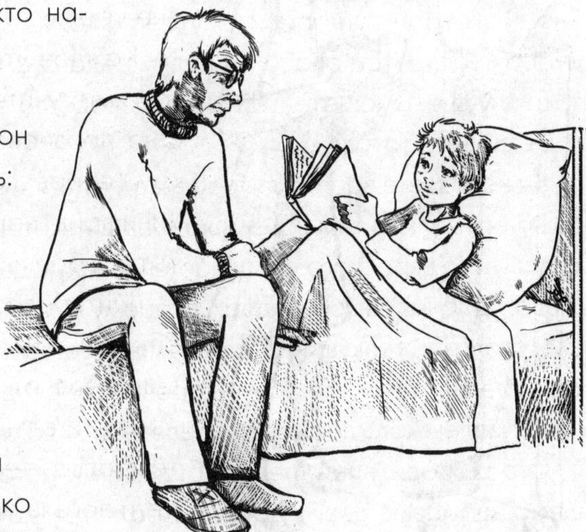

Еще через несколько лет он пришел ко мне, чтобы спросить: «Как сложить половину и две пятых?» Я объяснил и спросил, не хочет ли он узнать что-нибудь еще. «Нет, спасибо», — ответил он.

Позднее он получил место ассистента оператора на киностудии. Когда он еще только осваивал эту работу, я случайно

встретился с его начальником на одном званом обеде и, конечно, спросил, как там Том.

— Лучшего парня у нас не было, — ответил его босс. — Он никогда не ходит — он бегает. А в выходные с ним просто беда, потому что он торчит на студии и в субботу, и в воскресенье.

Уинифрид, 13 лет, новая ученица, заявила мне, что ненавидит все школьные предметы, и завопила от радости, когда я сказал ей, что она вольна делать только то, что хочет. «Ты не должна даже приходить в класс, если не хочешь», — сказал я. Она решила наслаждаться вольной жизнью и делала это в течение нескольких недель. Потом я заметил, что она заскучала.

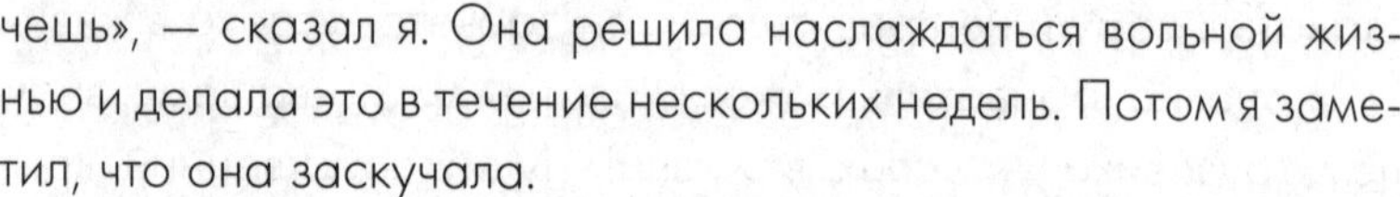

— Поучи меня чему-нибудь, — попросила она меня однажды, — мне скучно так болтаться.

— Здорово! Чему ты хочешь научиться?

— Не знаю, — ответила она.

— А я тоже не знаю, — сказал я и ушел от нее.

Шли месяцы. Потом она пришла ко мне снова. «Я собираюсь сдавать вступительные экзамены в колледж и хочу, чтобы ты давал мне уроки».

Каждое утро она занималась со мной и с другими учителями, и занималась хорошо. Она признавала, что предметы ее не слишком интересовали, но у нее появилась *цель*. Уинифрид нашла себя, когда ей позволили быть собой.

Интересно отметить, что свободные дети берутся за математику. Они получают удовольствие от географии и истории. Свободные дети отбирают из предлагаемых предметов только те, что им интересны. Свободные дети посвящают большую часть времени другим интересным занятиям — работе по дере-

ву или металлу, рисованию, чтению художественной литературы, занятиям в любительском или импровизационном театре, слушанию джазовых пластинок.

Том — ему было 8 лет — имел обыкновение заглядывать ко мне и спрашивать: «Слушай, чем бы мне заняться?» Никто не советовал, что ему делать.

Шесть месяцев спустя Тома всегда можно было найти в его комнате — среди разложенных на полу листов бумаги. Он часами чертил географические карты. Однажды в Саммерхилл приехал профессор из Венского университета. Он случайно столкнулся с Томом и задал ему кучу вопросов. Позже этот профессор пришел ко мне и сказал: «Я попробовал проэкзаменовать этого паренька по географии, и он говорил о таких местах, о которых я никогда не слышал».

Если обобщить, то метод свободы срабатывает практически наверняка с детьми до 12 лет, но детям постарше нужно слишком много времени, чтобы оправиться от кормления знаниями с ложечки.

В семье ребенка тоже постоянно учат. Почти в каждом доме всегда найдется по крайней мере один великовозрастный недоросль, который кинется показывать Томми, как работает его новая машинка. Всегда есть кто-нибудь, готовый поднять малыша на стул, когда тот хочет рассмотреть что-то на стене. Всякий раз, показывая Томми, как работает его новая машинка, мы крадем у ребенка радости жизни: открытия, преодоления трудностей. Хуже того! Мы заставляем ребенка поверить, что он маленький, слабый и зависит от посторонней помощи.

Родители не спешат понять, насколько неважна учебная сторона школы. Дети, как и взрослые, научаются только тому, чему хотят научиться. Все награды, оценки и экзамены лишь отвлекают от подлинного развития личности. И одни лишь доктринеры могут утверждать, что учение по книжкам и есть образование.

Книги — наименее важный инструмент школы. Все, что действительно нужно каждому ребенку, — это чтение, письмо и арифметика; остальное надо предоставить инструментам и глине, спорту и театру, краскам и свободе.

Большая часть школьной учебы, которую выполняют подростки, — простая растрата времени, сил, терпения. Она отбирает у детства право играть, играть и играть; она водружает старческие головы на юные плечи.

Настало время бросить вызов существующим представлениям о работе школы. Считается само собой разумеющимся, что каждый ребенок должен изучать математику, историю, немного естественных наук, чуть-чуть искусст-

ва и, уж конечно, литературу. Пришло время понять, что обычный ребенок толком не интересуется ни одним из этих предметов.

Подтверждение этому я нахожу в каждом новом ученике. Узнав, что учеба — дело добровольное, он кричит: «Ура! Теперь уж никто не застанет меня за арифметикой или еще какой-нибудь скучной ерундой!»

Я вовсе не пытаюсь умалить значение учебы. Однако она по важности должна идти после игры.

Учеба важна, но не для каждого. Нижинский не мог сдать школьные экзамены в Санкт-Петербурге, а без этого его не могли принять в Государственный балет. Он просто не мог выучить школьные предметы — его мысли были далеко от них. Как рассказывает его биограф, экзаменаторы смошенничали, выдав ему тексты ответов вместе с бумагой для подготовки. Как велика была бы потеря для мира, если бы Нижинскому пришлось сдавать экзамены по-настоящему!

Творческие люди изучают то, что хотят знать, чтобы обрести орудия, которых требуют их индивидуальность и талант. Нам никогда не узнать, сколько творчества убивается в школьных классах из-за того, что школа придает такое значение учебе.

Свобода — не вседозволенность

Саморегуляция[1] означает право ребенка жить свободно, без внешнего давления — физического или психологического. Следовательно, ребенок ест, когда голоден, приобретает привычки чистоплотности, когда захочет, на него никогда не кричат и не поднимают руки, он всегда любим и защищен. Сказанное звучит легко, естественно и прекрасно, однако поразительно, как много молодых родителей, ревностно отстаивающих эту идею, умудряются понимать ее превратно.

Например, четырехлетний Томми лупит по клавишам соседского пианино деревянным молотком. Любящие родители оглядываются с торжествующей улыбкой, которая означает: разве не удивительна саморегуляция этого ребенка?

---

[1] Нилла связывает понятие «саморегуляции» с воспитанием в условиях свободы. Он противопоставляет саморегуляцию внешней регуляции.

Другие родители считают, что их полуторагодовалого ребенка никогда не следует укладывать спать, поскольку это было бы насилием над природой. Пусть он бодрствует, сколько хочет, а когда рухнет, мать отнесет его в постель. На самом деле ребенок все больше устает и возбуждается. Он не может сказать, что хочет спать, ибо еще не умеет выражать свою потребность словами. В конце концов усталая и разочарованная мать хватает его на руки и тащит плачущего в постель. Одна молодая пара, считающая себя адептом моего учения, пришла ко мне с вопросом, хорошо ли будет, если они установят в детской пожарную сигнализацию. Приведенные примеры показывают, что любая идея, будь она старой или новой, опасна, если не сочетается со здравым смыслом.

Только полный идиот, если ему поручить маленьких детей, позволит оставить незарешеченными окна в спальне или открытым огонь в детской. И все же довольно часто молодые поборники саморегуляции, посещая мою школу, возмущаются недостаточной свободой у нас, потому что мы запираем ядовитые вещества в шкафах или запрещаем игры с огнем. Все движение за свободу детей омрачается и дискредитируется тем, что слишком многие поборники свободы витают в облаках.

Один такой адепт выразил мне недавно свое возмущение тем, что я накричал на трудного семилетнего мальчика, который стучал по двери моего кабинета. По мнению возмущавшегося, я должен улыбаться и терпеть шум, пока ребенок не изживет свое желание барабанить по дверям. Я действительно провел немало лет, терпеливо снося деструктивное поведение трудных детей, но делал это в качестве их психотерапевта, а не просто человека. Если молодая мать считает, что ее трехлетнему ребенку следует позволить разрисовать входную дверь красными чернилами на том основании, что та-

ким образом он свободно самовыражается, значит, она не способна ухватить самый смысл саморегуляции.

Помню, мы с другом были в театре Ковент-Гарден. Во время первого отделения девочка, сидевшая перед нами, громко говорила что-то отцу. В антракте я нашел другие места. Друг спросил меня: «А что бы ты сделал, если бы так вел себя один из учеников Саммерхилла?» — «Велел бы ему заткнуться», — ответил я. «Тебе не пришлось бы этого делать, — сказал мой друг, — потому что они не стали бы так себя вести». И я думаю, что никто из них действительно не повел бы себя так.

Как-то одна женщина привела ко мне свою семилетнюю дочь. «Мистер Нилл, — сказала она, — я прочла каждую написанную вами строку, и еще до того, как Дафна родилась, я решила вырастить ее в точности по вашим идеям». Я взглянул на Дафну, которая стояла на моем рояле в грязных ботинках. Оттуда она совершила прыжок на софу и чуть не пробила ее насквозь. «Вы видите, как она естественна, — восхищенно прокомментировала мать. — Настоящий ребенок, воспитанный по Ниллу». Боюсь, я покраснел.

Именно различие между свободой и вседозволенностью и не могут ухватить многие родители. В строгой, суровой семье у детей нет никаких прав, в испорченной семье у них есть права на все. Хороша та семья, в которой у детей и взрослых равные права. Это справедливо и для школы. Еще и еще раз следует подчеркнуть, что предоставить ребенку свободу и портить ребенка — разные вещи. Если трехлетний ребенок хочет пройтись по обеденному столу, вы просто говорите ему, что он не должен этого делать. Он обязан подчиниться, это верно, но и вам следует подчиниться ему, когда это необходимо. Я ухожу из комнат малышей, если меня об этом просят.

Для того чтобы дети могли жить в согласии со своей внутренней природой, от взрослых требуется определенное самопожертвование. Здравые родители находят какой-то компромисс. Вздорные родители либо лютуют, либо портят детей, отдавая им все права.

На практике расхождение интересов между родителями и детьми может быть смягчено, если не вполне разрешено, честным обменом. Зоя уважала мой стол и не проявляла никаких поползновений поиграть с моей пишущей машинкой или бумагами. В ответ я уважал ее детскую и игрушки.

глава четвертая

Занятия, учеба, школа

Дети очень мудры и рано принимают социальные правила. Их не следует эксплуатировать, как это часто делается, когда один из родителей кричит: «Джимми, принеси мне стакан воды!» — в тот момент, когда ребенок находится в самом разгаре увлекательной игры. Непослушание в большой мере связано с тем, что родители сами неправильно обращаются с детьми.

Зоя, когда ей было чуть больше года, прошла через период огромного интереса к моим очкам — она постоянно стаскивала их с моего носа, чтобы посмотреть, что это такое. Я не возражал, ни взглядом, ни голосом не показывал никакого беспокойства. Вскоре она потеряла всякий интерес к моим очкам и больше никогда их не трогала. Несомненно, прикажи я не трогать очки или, еще хуже, ударь по маленькой ручонке, ее интерес к очкам сохранился бы, смешавшись со страхом передо мной и протестом против меня. Моя жена позволяла брать свои хрупкие украшения. Девочка играла с ними осторожно и редко что-нибудь ломала. Она постепенно сама выясняла, как следует обращаться с вещами. Конечно, саморегуляция имеет пределы. Мы не можем позволить шестимесячному ребенку обнаружить на собственном опыте, что горящая сигарета больно жжется. Не нужно и предупреждающе кричать в подобном случае. Здраво — без шума устранить опасность.

Обычный аргумент против свободы для детей таков: *жизнь сурова, и мы обязаны так воспитать детей, чтобы они впоследствии к ней приспособились, — стало быть, должны их вышколить. Если мы позволим им делать все, что они хотят, как же дети когда-нибудь смогут работать под чьим-то началом? По силам ли им будет конкуренция с теми, кто приучен к дисциплине, в состоянии ли они когда-нибудь выработать самодисциплину?*

Возражающие против предоставления детям свободы используют этот аргумент и не понимают, что исходят из ничем не обоснованного и никак не

доказанного допущения: что ребенок не будет ни расти, ни развиваться, если только не заставлять его это делать. В то же время все 39 лет моего опыта в Саммерхилле опровергают данное допущение.

Свобода необходима ребенку потому, что только тогда он может расти естественным образом, т. е. хорошо. Я вижу плоды несвободы и подавления в тех новых учениках, которых ко мне переводят из приготовительных и монастырских школ. Эти дети — смесь неискренности с невероятной вежливостью и фальшивыми манерами.

Их реакция на свободу стремительна и предсказуема. Первую пару недель они открывают дверь перед учителями, обращаются ко мне «сэр» и тщательно умываются. Они смотрят на меня с «уважением», в котором прочитывается страх. Через несколько недель свободы они показывают себя истинных: становятся грубыми, неумытыми, утрачивают все свои манеры. Они делают все то, что раньше им запрещали: сквернословят, курят, ломают вещи, при этом сохраняют неискреннюю вежливость в глазах и в голосе.

На то, чтобы расстаться с неискренностью, у них уходит, по крайней мере, полгода. По истечении этого срока они утрачивают и притворную почтительность обращения к тем, кого считали властью. Всего через 6 месяцев они становятся естественными здоровыми детьми, которые говорят то, что думают, без смущения или грубости. Когда ребенок достаточно рано обретает свободу, ему не приходится проживать эту стадию неискренности или притворства. Именно абсолютная искренность учеников больше всего поражает посетителей Саммерхилла.

Возможно, самое большое открытие, которое мы сделали в Саммерхилле, — ребенок рождается искренним существом. Мы решили у себя в школе предоставить детей самим себе, чтобы узнать, каковы они на самом деле, — это единственно возможный способ обращения с детьми. Новаторская школа будущего должна будет двигаться именно таким путем, если захочет внести свой вклад в знание о детях и, что гораздо важнее, в счастье детей.

Я понимаю и принимаю как должное, что искренность порой создает неловкие ситуации. Например, недавно трехлетняя девчушка, посмотрев на нашего бородатого посетителя, сказала: «Что-то мне не нравится твое лицо». Посетитель оказался на высоте. «А мне твое нравится», — отпарировал он, и Мэри улыбнулась.

Я не стану агитировать за предоставление свободы детям. Полчаса, проведенные со свободным ребенком, убеждают лучше, чем целая книга аргументов. Увидеть — значит поверить.

Дать свободу — значит позволить ребенку жить своей собственной жизнью. Только и всего! Но убийственная привычка поучать, формировать, читать нотации и попрекать лишает нас способности осознать простоту истинной свободы.

Как ребенок реагирует на свободу? И смышленые, и не слишком сообразительные дети приобретают кое-что почти неуловимое, чего у них не было прежде. Это выражается в том, что они становятся все более искренними и доброжелательными и все менее агрессивными. Когда отсутствует давление страха и дисциплины, дети не проявляют агрессии. Лишь один раз за 39 лет я видел в Саммерхилле драку, завершившуюся разбитыми носами. А ведь у нас всегда есть какой-нибудь маленький задира, потому что, какой бы свободной ни была школа, она не в силах полностью преодолеть влияние плохой семьи. Характер, приобретенный в первые месяцы или годы жизни, способен смягчиться в условиях свободы, но он никогда не изменится на противоположный. Главный враг свободы — страх. Если мы расскажем детям о сексе, не вырастут ли они распущенными? Если мы не будем подвергать пьесы цензуре, не восторжествует ли безнравственность?

Взрослые, которые боятся, что дети станут испорченными, на самом деле испорчены сами, аналогично тому, что именно люди с грязными мыслями требуют закрытых купальных костюмов. Если человека что-нибудь постоянно шокирует, то именно оно больше всего его интересует. Ханжа — это распутник, не имеющий мужества посмотреть в лицо своей обнаженной душе.

Учеников Саммерхилла нельзя шокировать не потому, что они погрязли в грехе. Они изжили свой интерес к шокирующим вещам и больше не нуждаются в них ни как в предметах для разговора, ни как в поводах для юмора.

О воспитании детей: ответы на вопросы родителей

Почему вы так много говорите о том, что ребенок должен быть счастливым? Разве кто-нибудь вообще счастлив?

Это нелегкий вопрос, потому что каждый понимает счастье по-своему! Конечно, никто не бывает постоянно счастлив. У всех случаются зубная боль, неудачные романы, скучная работа.

Если слово «счастье» вообще что-нибудь означает, то, скорее всего, это — внутреннее чувство благополучия, равновесия, удовлетворенности жизнью. Все они могут существовать только в том случае, если человек чувствует себя свободным. Дети, которых наказывают, выглядят запуганными, несчастными.

Счастье можно было бы определить как отсутствие подавленности. В доме, где живет счастливая семья, правит любовь, а несчастливая семья постоянно живет в напряжении.

Я отдаю счастью первое место, потому что на то же первое место я ставлю личностный рост. Лучше не иметь никакого представления о том, что такое десятичная дробь, но быть свободным и довольным, чем успешно сдать школьные экзамены и ходить с лицом, покрытым прыщами. Я никогда не видел прыщей на лице счастливого и свободного подростка.

Вы действительно искренне считаете правильным позволять мальчику, по природе ленивому, идти по легкому пути — делать то, что он хочет, напрасно теряя при этом время? Как вы усадите его за работу, если она ему неприятна?

Лени вообще не существует. Ленивый мальчик либо физически болен, либо не имеет интереса к тому, что, как полагают взрослые, он должен делать.

Среди детей, поступивших в Саммерхилл в возрасте до 12 лет, я не видел ни одного ленивого ребенка. Многие якобы ленивые ребята были отправлены в Саммерхилл из строгих школ. Такой мальчик остается «ленивым» довольно долгое время, пока не излечится от своего предыдущего образования. И я не принуждаю его делать работу, которая ему не нравится, потому что он еще не готов к этому. Как вам и мне, позднее ему в жизни придется делать многое такое, что ему ненавистно, но он будет готов встретиться с любой трудностью, если сейчас оставить его в покое и дать прожить свой игровой период. Насколько мне известно, ни одного бывшего саммерхиллца никогда не обвиняли в лени.

Занятия, учеба, школа

Что вы думаете о телесных наказаниях?

Телесные наказания — это зло, потому что они жестоки и продиктованы ненавистью. Они вызывают ненависть у обоих: и у наказывающего, и у наказываемого.

Телесное наказание всегда акт проекции: наказывающий ненавидит себя и проецирует отношение к себе на ребенка. Мать, шлепающая ребенка, ненавидит себя и, как следствие этого, ненавидит своего ребенка.

На днях я видел, как мать выпустила гулять мальчугана лет трех во двор собственного дома. Его наряд был безупречен. Он начал возиться с глиной и слегка испачкал одежду. Мамаша вылетела из дома, отшлепала его, потащила внутрь и чуть позже снова отослала его во двор, плачущего, но в новой чистой одежде. Через 10 минут он испачкал и этот костюмчик, и все повторилось сначала. Я подумал было сказать этой женщине, что ее сын будет ненавидеть ее всю жизнь и, хуже того, ненавидеть жизнь как таковую. Но я понимал: что бы я ни сказал, она меня не услышит.

Чуть ли не каждый раз, когда мне приходится бывать в городе, я наблюдаю, как какой-нибудь малыш лет трех спотыкается и падает, и содрогаюсь, видя, как мать шлепает малыша за падение.

Что бы вы стали делать с ребенком, который ничем всерьез не интересуется? Вот он ненадолго заинтересовался музыкой, потом танцами и т. д.

Я бы ничего не стал делать. Такова жизнь. Я в свое время перешел от фотографии к переплетному делу, затем к работе по дереву, потом к чеканке. Жизнь полна осколков прежних интересов. Многие годы я рисовал пером. Когда я понял, что художник из меня неважный, я бросил это.

Вкусы ребенка всегда эклектичны. Он пробует все — так он учится. Наши мальчики проводят целые дни, мастеря лодки, но, если случится, что к нам заедет летчик, эти самые мальчишки бросят свои недоделанные лодки и примут-

ся за самолеты. Мы никогда не считаем, что ребенок обязан непременно доделать начатое. Если его интерес прошел, не следует заставлять его непременно доводить дело до конца.

Можно ли позволять себе сарказм по отношению к детям? Не считаете ли вы, что это помогло бы развить у ребенка чувство юмора?

Нет. Сарказм и юмор не связаны между собой. Юмор — проявление любви, а сарказм — ненависти. Быть саркастичным с ребенком значит заставлять его чувствовать себя неполноценным и униженным. Только скверный учитель или родитель позволяет себе сарказм по отношению к ребенку.

Мой ребенок все время спрашивает меня, что делать и во что играть. Как мне отвечать? Правильно ли подавать ребенку игровые идеи?

Ребенку полезно находиться рядом с кем-то, кто может посоветовать ему, что делать, но это вовсе не обязательно. Те занятия, которые ребенок находит себе сам, для него лучше всего. Так что ни один учитель в Саммерхилле никогда не будет советовать ребенку, что делать. Учитель только поможет ребенку найти необходимую техническую информацию о том, как сделать какую-то вещь.

Мой сын прогуливает школу. Что я могу с этим поделать?

Осмелюсь предположить, что школа скучна, а ваш мальчик активен.

Вообще говоря, прогуливание означает, что школа недостаточно хороша. Если возможно, попробуйте перевести своего мальчика в такую школу, где больше свободы, творчества, любви.

Следует ли мне начать приучать мою дочь к бережливости, подарив ей копилку?

Нет. Ребенок не в состоянии видеть дальше сегодняшнего дня. Позднее, если она искренне захочет купить что-нибудь дорогое, она накопит деньги без всякой предварительной тренировки.

Позвольте мне еще раз подчеркнуть, что ребенку следует предоставить возможность расти со своей собственной скоростью. Многие родители делают ужасные ошибки, пытаясь ускорить процесс роста.

Никогда не помогайте ребенку, если ему по силам сделать что-то самому. Когда ребенок пытается вскарабкаться на стул, любвеобильные родители подсаживают его, тем самым отравляя величайшую радость детства — победу над трудностью.

Что вы делаете с ребенком, который вечно упрям и угрюм?

Не знаю. Мне, пожалуй, не приходилось видеть таких детей в Саммерхилле. Когда ребенок свободен, у него просто нет повода для упрямства. Вызывающее поведение ребенка — всегда вина взрослых. Если вы относитесь к ребенку с любовью, вы не сделаете ничего такого, что заставило бы его упрямиться. У упрямого ребенка есть какая-то печаль. Мое дело — выяснить, что лежит в основании этой печали. Я бы предположил, что за ней скрывается чувство, что с ним обошлись несправедливо.

Что мне делать с моим шестилетним ребенком, который рисует непристойные картинки?

Поощрить его, конечно. Но одновременно оглянуться на себя, потому что всякая непристойность в семье исходит от вас, у шестилетнего ребенка нет естественной непристойности.

Вы видите непристойность в его рисунках, потому что у вас у самого именно такое отношение к жизни. Я полагаю, что непристойность его рисунков связана с туалетом и половыми органами. Отнеситесь к этим вещам естественно, без всяких идей о добре и зле, и ребенок переживет свой временный детский интерес к ним точно так же, как со временем он вырастет и из других детских интересов.

Почему мой маленький сын так много врет?

Возможно, он подражает родителям.

Если двое детей, брат и сестра 5 и 7 лет, постоянно ссорятся, каким методом я могу воспользоваться, чтобы они прекратили это? Они так любят друг друга.

Разве? А не получает ли один из них больше материнской любви, чем другой? Не подражают ли они папе и маме? Не внушали ли им чувство ви-

ны в отношении тела? Наказывают ли их? Если ответ на все эти вопросы — «нет», тогда их ссоры просто нормальное желание поупражняться во властвовании.

Однако брату и сестре обязательно нужно общаться с другими детьми, не имеющими к ним эмоциональной привязанности. Ребенок должен сравнивать себя с остальными детьми. Он не может сравнивать себя с родными братьями и сестрами, потому что здесь замешаны всевозможные эмоциональные факторы — ревность, фаворитизм и прочие.

Почему мой двухлетний ребенок всегда ломает игрушки?

Скорее всего, потому что он — мудрый ребенок. Игрушки обычно бывают абсолютно не творческими. Когда он их ломает, он хочет узнать, что там внутри.

Однако я не знаю всех обстоятельств дела. Если шлепками и нотациями ребенка заставляют ненавидеть себя, он, естественно, будет ломать все, что попадется на пути.

Как заставить пятнадцатимесячного ребенка не подходить к плите?

Установите защитный экран. Но лучше предоставьте ребенку возможность узнать правду о плите. Дайте ему чуть-чуть обжечься.

Я придираюсь к маленькой дочери по пустякам, и вы можете сказать, что я ее ненавижу, но это неправда.

Но тогда, должно быть, вы ненавидите себя. Пустяки выступают символами чего-то важного. Если вы действительно придираетесь по пустякам, вы — несчастная женщина.

Что делать с ребенком, который плохо ест?

Не знаю. У нас в Саммерхилле таких не было никогда. Если бы такое случилось, я бы сразу заподозрил, что ребенок устраивает демонстрацию сво-

им родителям. У нас была пара детей, которых отправили в Саммерхилл, потому что они отказывались есть, но у нас они никогда не голодали.

В тяжелых случаях я бы рассмотрел и возможность того, что ребенок эмоционально остался на грудной стадии, и попробовал бы кормление из бутылки. Я также подумал бы, что родители придавали кормлению слишком большое значение и настаивали, чтобы ребенок ел то, чего он не хотел.

◆

Мы познакомились со взглядами, идеями и практикой А. Нилла. Они касаются устройства общества, школы и семейного воспитания. Какую бы из этих обширных тем он ни затронул, всюду его исходной точкой и центром внимания оказываются личность ребенка, его благополучие и счастье.

Для Нилла трудный ребенок — это несчастливый ребенок, и таким «трудным» и несчастливым его делает сначала неправильное обращение в семье, а затем в школе. К сожалению, школа, по мысли Нилла, обслуживает интересы не ребенка, а общества, а современному обществу нужны люди, *«послушно сидящие за скучными столами, толкущиеся в магазинах, автоматически вскакивающие в пригородную электричку в 8.30»*.

Обязательность предметов, принуждение, жесткая дисциплина, система отметок и экзаменов в сочетании с неучетом природы ребенка, его интересов, стремлениями играть, познавать и попробовать приводят к «отравлению» ребенка школой, а заодно и желания учиться. Трудно не согласиться со словами автора: *«Нам никогда не узнать, сколько творчества убивается в школьных классах!»*

К сожалению, большинство родителей сами воспитаны в таких условиях, и поэтому не могут встать на сторону ребенка. Они приняли такое устройство общества и согласились с ним. В результате они требуют, наказывают, подгоняют. Ими руководит страх за судьбу ребенка. А о какой его судьбе идет речь? Этот вопрос Нилл ставит очень остро, и его ответы заставляют задуматься: *«Мой собственный критерий успеха — способность радостно работать и уверенно*

жить», — пишет он. И в другом месте его слова звучат почти как вызов: *«...мне приятнее школа, выпускающая счастливых дворников, чем та, из которой выходят ученые-невротики»*.

Правда, оговаривается Нилл, никто из выпускников школы пока не стал дворником, а от неврозов многие излечились.

Итак, Нилл настаивает на ***психологическом*** критерии успеха и счастья, кстати, не только для ребенка, но и взрослого, а не на успехе, который определяется карьерой и материальными благами. Положение и зарплата важны, но давайте зададим себе вопрос: приходят ли они (иногда или часто) в противоречие с жизненной удовлетворенностью? И если да, то чем мы за это платим? И — еще более важно — ***чем заставляем платить ребенка***? Нилл показывает, что ребенок платит несчастливостью, «трудностью», агрессивностью, неискренностью, отвращением к учебе!

Привычные «лекарства» от всех этих бед в семье и школе — наказание, ужесточения, принуждение, усиление контроля — не работают, они только усугубляют положение.

И Нилл пошел в противоположном направлении. Ключевым понятием для всей системы его взглядов и практических действий стала ***«свобода»***.

«Свобода» для него — это отнюдь не политический лозунг. За ним стоит очень многое: и жизненная философия, и убеждения, и взаимоотношения.

Это, прежде всего, ***вера в ребенка.*** Вера в то, что он по природе своей существо доброе и доброкачественное, что он стремится к росту и развитию.

Доверие к природе ребенка проявляется, в частности, в умении наблюдать и ждать, а не подгонять его в развитии. (В этом месте приходит на ум абсурдная современная «мода» обучать чтению младенцев чуть ли не с пеленок!) Ребенок обязательно будет развиваться в том направлении, в котором ему естественно по складу и возрасту. Важно ему не мешать!

Нилл поясняет: *«Дать свободу — значит позволить ребенку жить своей собственной жизнью. Только и всего! Но убийственная привычка поучать, формировать, читать нотации и попрекать лишает нас способности осознать простоту истинной свободы»*.

Родители хорошо знают, что «простота» идеи свободы не так уж проста. Очень трудно отказаться от привычных «рефлексов» поучать, формировать, толкать. За этим стоит убеждение или страх, что если не заставлять ребенка учиться, то он ничего не будет делать и вообще остановится в развитии.

Открытие Нилла состоит в том, что это ложное мнение! Оно ничем не доказано. А противоположная истина, согласно которой свободный ребенок успешно развивается и хочет учиться, ***проверена его сорокалетней практикой!***

По существу, в традиционных взглядах на воспитание и обучение произошла подмена причины следствием: упрямство, «лень», агрессивность ребенка рассматриваются как первопричина и используются как основание для введения строгих мер. Нилл своей практикой показал, что дело обстоит ровно наоборот: стоит снять строгие меры и принуждение (действительные причины), как постепенно исчезают «отрицательные наклонности» ребенка.

«В условиях свободы, — пишет он, — *дети приобретают кое-что почти неуловимое, чего у них не было прежде... они становятся все более искренними и доброжелательными и все менее агрессивными».*

Так, А. Нилл не только предвосхитил почти за полвека многие идеи гуманистической психологии. Он был среди первых, кто в работе с детьми нашел целый ряд замечательных практических путей и методов общения, которые продолжали разрабатываться в психологии и психотерапии. Теперь они известны под различными названиями, такими как принцип безусловного принятия, эмпатическое (активное) слушание, эмоциональная открытость («Я-сообщение»), искренность и конгруентность, техники конструктивного разрешения конфликтов, «зона ближайшего развития» ребенка и другие.

А. Ниллу по праву принадлежит место среди тех гуманистов, которые во весь голос сказали и продолжают говорить людям, что ***Человечность спасет мир!***

ВМЕСТО ПОСЛЕСЛОВИЯ

Мы познакомились с живыми голосами талантливых взрослых, которые в своих воспоминаниях и размышлениях открыли для нас многогранный мир ребенка. Оживляя память детства, они помогают лучше и глубже почувствовать детей с их радостями и трудностями, сложными отношениями и переживаниями на пути взросления. Это дает возможность с большим пониманием отнестись к воспитанию детей, к повседневным проблемам жизни с ними и, конечно, иначе взглянуть на себя.

Позволю себе от имени читателей низко поклониться всем авторам повествований — уже ушедшим от нас и ныне живущим — за бесценный подарок детям, родителям и всем, кто мечтает о сохранении и передаче новым поколениям высокой культуры и духа человечности.

Литература

Антоний, митрополит Сурожский. Человек перед Богом. М.: Паломник, 2000. — 383 с.

Арнольд В.И. Истории давние и недавние. Изд. 2-е. М.: Фазис, 2006.

Выготская Г.Л., Лифанова Т.М. Лев Семенович Выготский. Жизнь. Деятельность. Штрихи к портрету. М.: Смысл, 1996. — 424 с.

Звонкин А.К. Малыши и математика. М.: МЦНМО, МИОО, 2006. — 240 с.

Зейг Дж.К. Испытание Эриксоном. М.: Класс, 1999. — 199 с.

Киплинг Р. Сказки. М.: Детская литература, 1973. — 158 с.

Козлова Е.Г. Сказки и подсказки. М.: МЦНМО, 2004. — 165 с.

Корчак Я. Как любить ребенка. Екатеринбург: У-Фактория, 2004. — 352 с.

Ле Шан Э. Когда ваш ребенок сводит вас с ума. М.: Педагогика, 1990. — 272 с.

Леонтьев А.Н. Деятельность. Сознание. Личность. Изд. 2-е. М.: Политиздат, 1977. — 304 с.

Лоренц К. Год серого гуся. М.: Мир, 1984. — 191 с.

Макдональд В. Руководство по субмодальностям. Воронеж: НПО «МОДЕК», 1994. — 89 с.

Мариенгоф А.Б. Бессмертная трилогия. М.: Вагриус, 2006. — 510 с.

Маршак С. Я.Из Редьярда Киплинга. (Соч., т. 3.) М.: Гослитиздат, 1957. — 816 с.

Монтессори М. Дом ребенка: метод научной педагогики. М.: Астрель, АСТ, 2005. — 269 с.

Монтессори М. Помоги мне сделать это самому. М.: Карапуз, 2001. — 272 с.

Нилл А. Саммерхилл — воспитание свободой. М.: Педагогика-Пресс, 2000. — 296 с.

Список литературы

Осорина М.В. Секретный мир детей в пространстве мира взрослых. СПб.: Питер, 1999. — 288 с. (Изд. 3-е. СПб.: Речь, 2004. — 276 с.)

Сидоренко Е.В. Терапия и тренинг по Альфреду Адлеру. СПб.: Речь, 2000. — 352 с.

Соловьев С.М. Избранные труды. Записки. М.: Изд. Моск. ун-та, 1983. — 440 с.

Тибальди-Кьеза М. Паганини. М.: Молодая гвардия, 1981. — 303 с.

Толстой Л.Н. Детство. Отрочество. Юность. М.: Наука, 1978. — 527 с.

Толстой Л.Н. Об истине, жизни и поведении. (Круг чтения). М.: Эксмо, 2006. — 992 с.

Уайльд О. Избранное. СПб.: Кристалл, 1999. — 735 с.

Флоренский П. Детям моим. Воспоминания прошлых дней. М.: АСТ, 2004. — 381 с.

Хейли Дж. Необычайная психотерапия. СПб.: Белый кролик, 1995. — 384 с.

Цветаева М. Вольный проезд: Автобиографическая проза. СПб.: Азбука-классика, 2001. — 384 с.

Чуковская Л. Памяти детства: Мой отец — Корней Чуковский. М.: Время, 2007. — 288 с.

Эльконин Д.Б. Психология игры. М.: Педагогика, 1978. — 304 с.

Эриксон М. Мой голос останется с вами. СПб.: Петербург–XXI век, 1995. — 256 с.

Seligman, Martin E. P., Csikszentmihalyi, Mihaly. Positive Psychology: an introduction. American Psychologist v. 55(1), 2000, p. 5–14.

ПУТЕВОДИТЕЛЬ ПО КНИГАМ Ю. ГИППЕНРЕЙТЕР

Общаться с ребенком. Как?

Страниц 240
Формат 60x90/16 (145x215 мм)
Обложка

Страниц 240
Формат 60x90/16 (145x215 мм)
Переплет

Страниц 352
Формат 60x90/16 (145x215 мм)
Переплет

Общаться с ребенком. Как?

Содержание

Страниц 256
Формат 60x90/16 (145x215 мм)
Переплет (голубой)

Страниц 256
Формат 60x90/16 (145x215 мм)
Обложка (зеленая)

Страниц 304
Формат 60x90/16 (145x215 мм)
Переплет

Содержание

Страниц 384
Формат 60x90/16 (145x215 мм)
Обложка (красная)

Страниц 384
Формат 60x90/16 (145x215 мм)
Переплет (фиолетовый)

Содержание

Страниц 256
Формат 60x90/16 (145x215 мм)
Обложка

Страниц 256
Формат 60x90/16 (145x215 мм)
Переплет

Содержание

Родителям: книга вопросов и ответов

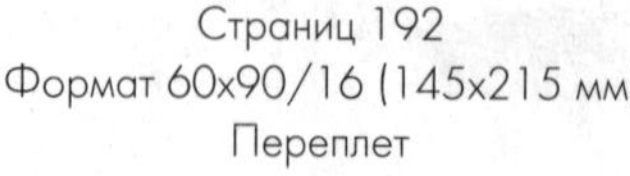
Страниц 192
Формат 60x90/16 (145x215 мм)
Переплет

Страниц 192
Формат 60x90/16 (145x215 мм)
Обложка

Содержание

Эти дети. Кто они?

Страниц 128
Формат 70x108/32 (130x165 мм)
Обложка

Содержание

Как учиться с интересом

Страниц 128
Формат 70x108/32 (130x165 мм)
Обложка

Как учиться с интересом

Содержание

Страниц 192
Формат 70х108/32 (130х165 мм)
Обложка

Содержание

Содержание

Содержание

Список литературы

КНИГА ТРЕТЬЯ
РОДИТЕЛЯМ: КАК БЫТЬ РЕБЕНКОМ
Хрестоматия

Содержание

Глава четвертая

ЗАНЯТИЯ, УЧЕБА, ШКОЛА

Научно-популярное издание
ғылыми-бұқаралық баспа

Серия «Гиппенрейтер»

Юлия Борисовна Гиппенрейтер

САМАЯ ВАЖНАЯ КНИГА ДЛЯ РОДИТЕЛЕЙ

Ведущий редактор *К. Секачева*
Дизайн *К. Елькина*
Корректор *И. Мокина*
Технический редактор *Т. Тимошина*
Компьютерная верстка *В. Андриановой*

Подписано в печать 03.06.2019.
Формат 70х100/16. Усл. печ. л. 61,1
Печать офсетная. Гарнитура «FuturaBookC». Бумага офсетная.
Доп. тираж 7000 экз. Заказ № 5525.

Общероссийский классификатор продукции
ОК-034-2014 (КПЕС 2008); 58.11.1 — книги, брошюры печатные

Произведено в Российской Федерации. Изготовлено в 2019 г.
Изготовитель: ООО «Издательство АСТ»
129085, Российская Федерация, г. Москва,
Звездный бульвар, д. 21, строение 1, комната 705, пом. I, 7 этаж
Наш электронный адрес: **www.ast.ru**

«Баспа Аста» деген ООО
129085, Мәскеу қ.,
Звёздный бульвары, 21-үй, 1-құрылыс, 705-бөлме, I жай, 7-қабат.
Біздің электрондық мекенжайымыз: www.ast.ru

Интернет-магазин: www.book24.kz
Интернет-дүкен: www.book24.kz
Импортёр в Республику Казахстан ТОО «РДЦ-Алматы».
Қазақстан Республикасындағы импорттаушы «РДЦ-Алматы» ЖШС.
Дистрибьютор и представитель по приему претензий на продукцию
в республике Казахстан:
ТОО «РДЦ-Алматы»

Қазақстан Республикасында дистрибьютор
және өнім бойынша арыз-талаптарды қабылдаушының
өкілі «РДЦ-Алматы» ЖШС, Алматы қ., Домбровский көш., 3а, литер Б, офис 1.
Тел.: 8(727) 251 59 89, 90, 91, 92
Факс: 8(727) 251 58 12, вн. 107; E-mail: RDC-Almaty@eksmo.kz
Өнімнің жарамдылық мерзімі шектелмеген.

Өндірген мемлекет: Ресей. Сертификация қарастырылмаған

Отпечатано с готовых файлов заказчика
в АО «Первая Образцовая типография»,
филиал «УЛЬЯНОВСКИЙ ДОМ ПЕЧАТИ»
432980, Россия, г. Ульяновск, ул. Гончарова, 14